왑샷 가문 연대기

The Wapshot Chronicle

THE WAPSHOT CHRONICLE
by John Cheever

세계문학전집 192

왑샷 가문 연대기

The Wapshot Chronicle

존 치버

김승욱 옮김

민음사

M에게 사랑을 담아 이 책을 바친다.
그 밖에 내가 아는 모든 이들에게 좋은 일만 있기를.

이 책의 네 장(章)은 《뉴욕 타임스 매거진》에
약간 다르게 실린 바 있다.
또한 저자는 《뉴요커》의 편집자들에게도
감사의 마음을 전한다.

차례

1부   11

2부   149

3부   319

4부   449

작품 해설   463

작가 연보   487

1부

1

세인트보톨프스는 오래된 강가 마을이었다. 매사추세츠 선단의 전성기에는 내륙 항구 도시였지만, 지금은 은 식기를 만드는 공장과 그 밖의 작은 공장 몇 개밖에 남지 않았다. 이곳 토박이들은 마을의 규모나 중요성이 줄어들었다고 생각하지 않았지만, 잔디밭의 대포에 붙은, 남북 전쟁 사망자들의 긴 명단은 1860년대에 이 마을에 얼마나 많은 사람이 살았는지를 일깨워 주었다. 이제 다시는 세인트보톨프스에서 그렇게 많은 병사를 모집할 수 없을 것이다. 잔디밭에는 아름드리 느릅나무 몇 그루가 그늘을 드리웠고, 가게들이 늘어선 광장이 잔디밭을 느슨하게 둘러쌌다. 광장의 서쪽 벽 구실을 하는 카트라이트 블록 2층에는 가운데가 둥글고 끝이 뾰족한 창문들이 줄지어 늘어서 있었다. 교회의 창문처럼 섬세하고 사람들을 꾸짖는 듯한 느낌을 주는 창문이었다. 이 창문들 뒤에 이스턴스타, 불스트로드 치과, 전화 회사, 보험사 지국 등이 입주해 있었다.

이 사무실들에서 나는 냄새(치과 냄새, 바닥에 바르는 기름 냄새, 타구에서 나는 냄새, 석탄 가스 냄새)가 과거의 향기처럼 아래층 복도에서 뒤섞였다. 후두두 떨어지는 가을비 속에서, 많은 것이 변해 버린 세상에서, 세인트보톨프스의 잔디밭은 유난히 영원할 것처럼 보였다. 독립 기념일 아침에 사람들이 기념 행진에 동참하기 시작하자 세인트보톨프스에는 축제 기분에 들뜬 부유한 마을 같은 분위기가 감돌았다.

왑샷 가의 두 아들인 모지스와 코벌리는 워터 거리의 잔디밭에 앉아 꽃수레들이 들어오는 모습을 지켜보았다. 행렬에는 영적인 주제와 상업적인 주제가 자유로이 섞여 있었으며, '76년의 정신' 근처에 선 낡은 짐마차에는 "신선한 생선은 히램 씨에게."라는 말이 적혀 있었다. 이 짐마차의 바퀴는 물론 행렬에 참가한 모든 수레의 바퀴가 빨간색, 하얀색, 파란색 오글오글한 종이로 장식되었고, 장식용 천이 사방을 뒤덮었다. 카트라이트 블록의 정면도 천으로 만든 꽃 줄로 장식되었다. 주름 잡은 천으로 만든 꽃 줄이 은행 앞에도, 모든 화물차와 수레에도 매달려 있었다.

왑샷 가의 두 아들은 새벽 4시에 일어난 탓에 졸음이 몰려왔다. 뜨거운 햇빛을 받으며 앉은 모습이 축제 분위기에서는 이미 벗어난 듯 보였다. 모지스는 폭죽 때문에 손에 화상을 입은 적이 있고, 코벌리도 폭죽이 폭발하는 바람에 눈썹 한쪽을 잃었다. 두 사람은 마을 아래쪽으로 3킬로미터 떨어진 곳에서 농사를 지었는데, 동트기 전에 카누를 타고 상류로 올라온 참이었다. 카누의 노를 젓는 동안 밤공기 때문에 노와 손에 닿는 강물이 미지근했다. 두 사람이 항상 그렇듯이 그리스도 교회의 창문을 억지로 열고 종을 울리는 바람에 수많은 새와 마을 사람, 그리고 몇 킬로미터나 떨어진 힐 거리에 사는 플루진스키 일가의 블러드하운드를 포함해서 마을 안의 모든 개가 잠에서 깼다. "왑샷 씨 아들들이야." 모지스는 목사관의 어두운 창문 안에서 누군가가 이렇게 말하는 소리를 들었다. "그냥자." 코벌리는 당시 열여섯인가 열일곱 살이었는데, 형처럼 피부가 하얀 편이었지만 형과는 달리 목이 길었고, 목사들이 쓰는 것과 같은 모자를 쓰고 있었다. 또한 손마디를 꺾는 나쁜 버릇도 있었다. 그는 기민하고 감상적인 성격이라 히램 씨 수레를 끄는 말의 건강을 걱정했고, '선원의 집'에 사는 사람들을 슬픈 표정으로 바라보았다. 열다섯 명에서 스무 명쯤 되는 그 노인들은 화물차에 마련된 긴 의자에 앉아 있었는데, 너무나 피곤해 보였다. 모지스는 대학생이었다. 그는 작년에 신체적인 성숙의 정점에 도달하면서 현명하고 차분한 표정으로 자아도취에 빠져드는 재능을 얻었다. 10시가 된 지금 두 사람은 풀밭에 앉아 어머니가 '여성 클럽'의 꽃수레에 자리 잡고 앉기를 기다리고 있었다.

왑샷 부인은 세인트보톨프스 여성 클럽의 창립자였다. 사람들은 매년 독립 기념일 행진 때 여성 클럽 창립을 기념했다. 코벌리가 기억하는 한 어머니는 독립 기념일마다 여성 클럽 창립자로서 등장했다. 어머니가 타는 꽃수레는 소박했다. 화물차인지 짐마차인지 모를 꽃수레의 바닥에는 동양풍의 융단이 깔렸고, 예닐곱 명의 창립 회원이 화물차 뒤쪽을 보고 접이식 의자에 앉아 있었다. 왑샷 부인은 모자를 쓴 차림으로 연단에 서서 물 잔을 가끔 홀짝거리면서 창립 회원이나 구경꾼들 중에

섞여 있는 옛 친구들을 향해 슬픈 미소를 지었다. 그렇게 구경꾼들을 내려다보는 자리에 서서 화물차인지 짐마차인지 모를 꽃수레의 움직임 때문에 살짝살짝 흔들리면서, 가을에 보스턴 사람들이 바다의 세찬 폭풍을 가라앉히려고 도시의 북쪽 거리를 행진할 때 들고 가는 성화들과 똑같은 모습으로 왑샷 부인은 매년 친구들과 이웃들 앞에 나타났다. 그녀는 이렇게 수레를 타고 거리를 지나갈 자격이 있었다. 마을을 계몽하는 데 그녀만큼 기여한 사람이 이 마을에는 아무도 없었으니까. 그리스도 교회의 교구 회관 신축 비용을 모으려고 위원회를 구성한 사람도 그녀였고, 한쪽 구석의 대리석 말구유를 만들 기금을 모은 사람도 그녀였으며, 말구유가 시대에 뒤떨어진 물건이 되자 거기에 제라늄과 피튜니아를 심자고 한 사람도 그녀였다. 언덕 위에 새로 들어선 고등학교, 새 소방서, 새 신호등, 전쟁 기념관. 그래, 그래, 심지어 강가에 있는 기차역의 깨끗한 공중화장실까지도 왑샷 부인의 천재적인 능력이 맺은 결실이었다. 그녀는 광장을 지나가면서 틀림없이 몹시 흡족했을 것이다.

왑샷 씨, 그러니까 리앤더 선장은 이곳에 없었다. 그는 S. S. 토파즈 호의 키를 잡고 만을 향해 강을 내려가고 있었다. 그는 날씨가 좋은 여름날 아침이면 항상 이 낡은 배를 몰고 나가 트래버턴에 들러서 보스턴 발 열차를 맞이한 다음, 만을 가로질러 백사장과 놀이 공원이 있는 냉거서킷으로 갔다. 그는 지금까지 살아오면서 많은 일을 겪었다. 은 식기를 만드는 회사의 공동 경영자였던 적도 있고, 친척에게 유산을 물려받기도 했다. 하지만 그 어떤 것도 그의 손에 오래 머무르지 못했다. 3년 전 사촌인 오노라가 사고 좀 그만 치고 다니라며 토파즈 호의 선장 자리를 마련해 주었다. 그에게 잘 맞는 일자리였다. 마치 그가 직접 토파즈 호를 만든 것 같았다. 낭만과 허튼짓을 좋아하는 그의 성격, 바닷가 여인네들과 소금 내 나는 길고 어리석은 여름날에 대한 사랑이 그 배에 고스란히 투영된 것 같았으니까. 토파즈 호의 흘수선은 18미터 정도였으며, 배에는 스크루가 하나밖에 없는 낡은 할리 엔진이 달려 있었다. 선실과 갑판은 승객 마흔 명은 넉넉히 태울 수 있을 만큼 넓었다. 토파즈 호는 바다에 나갈 수 없는 배라서 땅 위의 집처럼 움직였다.(리앤더가 속으로 한 혼잣말이다.) 갑판에는 어린 학생들, 매춘부들, 머시 수도회의 수녀들, 관광객들이 빽빽이 들어섰고, 배가 지나간 자리에는 삶은 달걀 껍질과 샌드위치 포장지가 가득했다. 속도를 바꿀 때마다 배의 뼈대가 워낙 심하게 흔들렸기 때문에 뱃전의 페인트가 길게 떨어져 나갔다. 하지만 키를 잡고 있는 리앤더에게는 이 배가 찬란하고 슬픈 항해를 하는 것처럼 보였다. 여름의 눈부신 빛과 덧없음이 이 낡은 소형 증기선의 목조 뼈대를 붙들어 주는 것 같았고, 배에서는 여름의 쓰레기 냄새가 났다. 운동화, 수건, 수영복, 싸구려 향내를 풍기는 낡은 탈의장의 판자 냄새. 만을 내려간 배는 때로 사람의 눈처럼 보라색을 띠는 물 위를 지나 회전목마의 음악이 뭍바람에 실려 오고 냉거서킷의 해안이 저 멀리 보이는 곳으로 움직였다. 엉터리 놀이 기구의 반투명한 막, 종이 등, 튀김, 음악 등이 워낙 덧없이 뒤죽박죽 뒤섞여서 대서양 앞에 가슴을 내밀었기 때문에, 파도에 밀려온 잡동사니, 불가사리, 오렌지 껍질 등과 잇닿아 있는 것 같았다. "날 돛대에 묶어, 페리메데스." 리앤더는 회전목마 소리가 들리면 이렇게 소리를 지르곤

했다. 그는 독립 기념일 행렬에 등장한 아내의 모습을 놓치는 것쯤은 개의치 않았다.

그날 아침에는 행렬의 출발이 조금 늦어졌다. 여성 클럽의 수레가 문제인 것 같았다. 창립 회원 한 명이 거리로 나와 모지스와 코벌리에게 어머니가 어디 있느냐고 물었다. 두 사람은 새벽에 집을 나섰다고 말했다. 그들이 슬슬 걱정하기 시작했을 때 왑샷 부인이 무디스 잡화점 문간에서 갑자기 나타나 수레에 올라 자리를 잡았다. 총감독이 호각을 불자 피투성이 붕대를 머리에 둘러맨 고수가 박자를 쳤고, 피리가 삑삑대고 북이 둥둥거리기 시작했다. 카트라이트 블록의 지붕에서 비둘기 열두 마리가 날아올랐다. 강에서 바람이 살짝 불어오며 진흙의 음산한 냄새가 광장에 생생하게 풍겼다. 여기저기 흩어져 있던 수레들이 행렬의 모습을 갖추고 움직이기 시작했다.

자원 소방관들이 자정까지 자지 않고 나이아가라 호스 회사의 장비를 닦아 반짝반짝 윤을 내 놓았다. 그들은 작업 결과가 흡족한 모양이었지만, 무슨 명령을 받았는지 심각한 표정이었다. 스타벅 노인이 소방차 뒤를 따랐다. 그는 남북 전쟁 참전 육해군 군인회 제복 차림으로 무개차에 타 있었다. 그가 남북 전쟁에 참전한 적이 없다는 사실이 잘 알려져 있었는데도 말이다. 그 뒤를 따르는 것은 역사 학회의 수레였다. 프리실라 올든의 직계 후손으로 확인된 사람이 무거운 가발을 쓰고 수레 위에서 땀을 뻘뻘 흘리고 있었다. 그다음에는 은 식기 회사에서 나온 발랄한 아가씨들이 화물차를 타고 지나가면서 사람들에게 쿠폰을 흩뿌렸다. 그 뒤를 따르는 것이 왑샷 부인이었다. 연단에 선 그녀는 마흔 살이었는데, 조직을 결성하는 재능이 있었으며 피부가 곱고 이목구비는 뚜렷했다. 그녀는 아름다웠지만, 연단에 놓인 물을 맛보면서 쓴 물을 마시는 것처럼 슬픈 미소를 지었다. 그녀가 시민 활동에 열심이면서도 한편으로는 우울한 것(오렌지 껍질과 훈제용 나무의 연기 냄새)을 좋아하는 묘한 취향을 가졌기 때문이었다. 그녀는 남자들보다 여자들 사이에서 더 인기가 좋았다. 어쩌면 그녀는 환상에서 깨어났기 때문에 오히려 아름다움을 얻게 된 것인지도 모른다.(리앤더가 바람을 피운 적이 있었다.) 그녀는 여성으로서 자신이 가진 모든 것을 동원해 그의 부정에 맞섰으며, 그 보상으로 억울한 일을 당한 귀족 같은 분위기와 반짝이는 이상을 갖게 되었다. 그 때문에 그녀를 좋아하는 사람들은 광장을 지나가는 그녀를 보며 마치 그녀의 얼굴에서 우리 곁을 스쳐 지나가는 한 생애를 본 것처럼 한숨을 쉬었다.

그때 어떤 건달 녀석(틀림없이 강 건너편에 사는 외국인일 것이다.)이 핀처 씨의 늙은 암말 궁둥이 밑에서 폭죽을 터뜨리는 바람에 말이 놀라 달아났다. 세월이 흐른 후 세인트보톨프스의 주민들은 이 재앙을 회상하면서 그래도 다행이었다고 말하곤 했다. 행렬이 지나가는 거리에 늘어서 있던 여자와 아이 들이 한 명도 말에게 짓밟히지 않아 천우신조라는 것이다. 사고가 났을 때 수레는 워터 거리와 힐 거리가 만나는 모퉁이에서 겨우 몇 미터 떨어진 곳에 있었고, 말은 모퉁이를 향해 전속력으로 달아났다. 핀처 노인은 워워 소리를 질러 댔다. 행렬의 앞부분에 섰던 사람들은 사고 현장을 등지고 있었다. 그래도 흥분한 사람들의 고함 소리와 말굽 소리는 들을 수 있었지만, 그렇게 커다란 사고가 일어났을 거라고는 짐작도 하지 못한 탓에 삑삑거리는 피리 소리가 계속 울려 퍼졌다. 스타벅 씨는 좌우를 향해 연신 꾸벅꾸벅 인사를 했고, 은 식기 회사의 아가씨들은 사람들에게 연신 쿠폰을 뿌려 댔다. 수레가 힘겹게 힐거리를 오르는 동안 새러 왑샷이 서 있던 연단이 뒤집히면서 물병과 물 잔도 함께 거꾸러지는 것이 보였다. 그러나 여성 클럽의 회원들은 결코 비겁하거나 멍청하지 않았으므로, 수레 여기저기를 단단히 붙들고 주님께 운명을 맡겼다. 당시 힐 거리는 흙 길이었는데, 그해 여름에는 날씨가 건조했으므로 말발굽이 피워 올린 흙먼지가 기둥처럼 높이 솟아서 몇 분 만에 수레를 가려 버렸다.

2

하코트 일가와 휠라이트 일가, 코핀 일가와 슬레이터 일가, 로웰 일가와 캐벗 일가와 세지윅 일가와 킴볼 일가(그래, 심지어 킴볼 일가까지도.)는 모두 자신들의 족보를 조사해 책으로 만들었다. 이제 왑샷 일가의 차례다. 그들은 자신들과 과거가 항상 함께 고려되기를 바랄 것이다. 결혼으로 일가가 된 친척이 가계를 추적해 노르만 족 시조인 뱅크르-쇼까지 거슬러 올라갔다. 뱅크르-쇼에서 팬쇼, 웨이프쇼, 왑새프티스, 왑샷티스, 왑샷으로 이어지는 변천사가 노섬벌랜드와 도셋셔의 교구 기록에 나타나 있다. 세인트보톨프스 사람들은 코감기에 걸린 것처럼 '왑샷'이라고 발음하는 것을 당연하게 생각했다. 이 일가 중에서 우리가 관심을 갖고 있는 지파의 시조는 1630년에 아벨라 호를 타고 잉글랜드에서 이주해 온 이지키얼 왑샷이다. 이지키얼은 보스턴에 정착해서 라틴 어, 그리스 어, 히브리 어, 플루트를 가르쳤다. 총독부에서 그에게 일자리를 제의했지만,

그는 현명하게도 이를 거절했다. 이로써 300년 후 리앤더와 그 아들들의 운명을 희롱하게 된, 사려 깊은 사절이라는 가문의 전통이 확립되었다. 누군가는 이지키얼이 "가발을 혐오했으며, 영연방의 안녕을 항상 꺼림칙하게 생각했다."고 썼다. 이지키얼은 데이비드, 미카바, 아론을 낳았다. 이지키얼의 장례식에서는 코튼 메이서가 추도사를 했다.

데이비드는 로렌조, 존, 애버디아, 스티븐을 낳았다. 스티븐은 앨피어스와 네스토를 낳았다. 영국과의 전쟁에 장교로 참전했던 네스토는 워싱턴 장군이 훈장을 주겠다고 했으나 거절했다. 이지키얼이 확립한 전통과 일치하는 행동이었다. 이 사려 깊은 사절에는 자신에 대한 솔직한 평가가 어느 정도 영향을 미쳤지만, 양키다운 약삭빠름도 일조했다. 눈에 띄는 사람이 되는 것, 영웅이 되는 것에는 성가신 경제적 부담이 따를 수도 있으니까 말이다. 가문의 어느 누구도 영예를 수락하지 않았으며, 가문의 여자들은 자신을 깎아내리는 이 전통을 더욱더 확대해 외식을 할 때면 음식을 깨작거리기만 했다. 차를 마실 때 샌드위치를 거절하거나 일요일에 닭고기를 거절하는 것, 아니 무엇이든 거절하는 것이 인격의 특징이라고 생각했기 때문이다. 여자들은 식탁에서 일어설 때 항상 배가 고팠지만, 항상 목적의식을 새로이 다졌다. 홈그라운드에서는 물론 늑대처럼 음식을 먹어 치웠다.

네스토는 라파예트, 테오필러스, 다시, 제임스를 낳았다. 제임스는 처음으로 만들어진 토파즈 호의 선장이었으며, 나중에는 서인도 제도와 무역을 한 '상인'이 되었다. 그는 아들 셋과 딸 넷을 낳았지만, 우리의 관심을 끄는 것은 벤저민뿐이다. 벤저민은 엘리자베스 머서브와 결혼해 새디어스와 로렌조를 낳았다. 엘리자베스는 벤저민이 일흔 살 때 세상을 떠났다. 그 후 그는 메리 헤일과 결혼해 아론과 에비니저를 낳았다. 세인트보톨프스 사람들은 벤저민의 두 부인이 낳은 아이들을 각각 '첫 수확', '두 번째 수확'이라 불렀다.

벤저민은 돈을 잘 벌었기 때문에 리버 거리의 집을 증축했다. 그의 유품 중에는 골상학 도표와 초상화가 있었다. 골상학 도표에는 그의 머리 둘레가 '척추 후두골에서 개성까지' 60센티미터라고 되어 있다. '그의 귓구멍에서 자비심까지'의 길이는 17센티미터였다. 계산에 따르면, 그의 뇌는 유난히 컸다. 그의 성격에서 가장 두드러진 특징은 바람기, 다혈질, 자존심이었다. 그는 다소 비밀스러운 성향이 있었으며, 뭔가에 감탄하거나 경의를 드러내는 일이 없었다. 초상화 속의 그는 짧은 노란색 구레나룻이 있고 푸른 눈이 아주 작았다. 하지만 그 그림을 열심히 살피며 그 머리카락 밑에 어떤 성격의 사람이 숨어 있는지 알아내려고 했던 그의 후손들은 항상 그가 냉혹하고 정직하지 못한 사람이라는 느낌을 받았다. 그것만으로도 마음이 불편했는데, 벤저민이 살아 있었다면 개버딘 정장을 입은 후손들 자신을 몹시 싫어했을 거라는 확신이 마음을 더욱 불편하게 했다. 초상화에 이처럼 서로를 싫어하게 하는 힘이 워낙 강력하게 드러나 있었으므로, 후손들은 초상화를 다락에 처박아 두었다. 초상화 속의 벤저민은 선장 제복을 입지 않았다. 그는 선장 제복과는 거리가 먼, 가장자리를 모피로 두른 노란색 벨벳 모자와 그냥 가운인지 목욕 가운인지 알 수 없는 헐렁한 초록색 벨벳 옷차림이었다. 정강이뼈 모양으로 생긴 해안 지방에서 태어나 콩과 대구를 먹으며 자란 그가 중국 관리나 르네상스 시대의 매부리코 귀족으로 변신한 것 같았다. 사나운 개들에게는 뼈를, 창녀들에게는 보석을 던져 주고, 황금 잔으로 술을 벌컥벌컥 마시며, 벨벳으로 된 바지 앞섶이 터질 듯 부풀어 있는 귀족 말이다.

골상학 도표와 초상화 외에 가문의 일기도 있었다. 왑샷 가문 사람들은 모두 열심히 일기를 썼다. 이 집안에서 병든 말을 치료하거나 돛단배를 사거나 밤늦은 시간에 지붕에 떨어지는 빗방울 소리를 듣고도 그것을 기록으로 남기지 않은 남자는 거의 없었다. 그들은 바람의 변화, 들고나는 배들, 차와 황마의 가격, 왕들의 죽음을 모두 기록했다. 그들은 더 나은 사람이 되기 위해 스스로를 채근했으며, 자신의 게으름, 나태함, 추잡함, 어리석음, 음주벽을 책망했다. 세인트보톨프스는 활기찬 항구라서 동이 틀 때까지 사람들이 춤을 추고 항상 럼주가 넘쳐나는 곳이었기 때문이다. 다락은 이런 문서들을 두기에 안성맞춤이었다. 집의 맨 꼭대기에 자리한 이 헛간 같은 곳, 건초장만큼 넓은 이곳에는 여행용 가방과 노와 키 손잡이와 찢어진 돛과 부서진 가구와 구부러진 굴뚝과 말벌들과 나나니벌들과 유행에 뒤떨어진 등들이 사라진 문명의 유적처럼 발치에 널려 있었으며, 공기가 엄청나게 싸했다. 마치 18세기의 어떤 조상이 햇볕 쨍쨍한 해변에서 마데이라 백포도주를 마시고 견과류를 먹으며 세월의 흐름을 생각하다가 그날의 열기와 빛을 병이나 바구니 같은 곳에 담아 이곳 다락에 풀어놓은 것 같았다. 그래서 이곳에서는 활기를 잃어버린 여름의 냄새가 났고, 여름의 빛과 소리가 그대로 보존되어 있는 것 같았다.

벤저민이 마을 사람들의 기억에 남게 된 것은 그가 두 번째 토파즈 호를 타고 실론 섬에서 돌아왔을 때 일어난 일 때문이다.(이것은 정말 부당한 일이었다.) 그의 아들 로렌조가 이때 일을 일기에 자세히 적어 놓았다. 그의 일기는 모두 네 권인데, 다음과 같은 소개말과 함께 마분지로 제본되었다. "나 로렌조 왑샷은 스물한 살이고, 이 시대와 내가 처한 상황과 앞으로 살아가는 동안 일어날지도 모르는 다양한 사건을 일종의 일기로 기록하는 것이 재미있을 것 같아서 나의 관심사뿐만 아니라 내가 힘들이지 않고 확인할 수 있는 세인트보톨프스 전체의 관심사들과 관련된 모든 상황을 이 책에 매일 자세히 적기로 했다." 그가 아버지의 유명한 귀환과 관련된 사건을 적어 놓은 곳은 두 번째 권의 일기였다.

(로렌조는 이렇게 썼다.) 오늘 우리는 아버지가 선장으로 있는 토파즈 호의 소식을 들었다. 토파즈 호는 원래 석 달 전에 돌아올 예정이었다. 쌍돛단배 루나 호의 브래킷 님 말에 따르면, 토파즈 호는 삭구가 폭풍에 심하게 손상되어 사모아에 두 달 동안 머무르면서 수리를 했고, 이제 곧 돌아올 예정이라고 한다. 어머니와 루스 이모와 페이션스가 헤일스포인트에 심한 파도가 일고 있다는 소식을 들었기 때문에 나는 마차에 말을 매고 그리로 마차를 몰았다.

오늘 쌍돛단배 루나 호의 일등항해사인 데이비드 마시맨이 우리를 찾아와 어머니와 조용히 이야기하고 싶다고 해서 뒷방으로 안내했다. 우리는 그에게 차 한잔 내놓지 않았고, 그가 떠나자마자 어머니는 이모들과 모여 앉아 한참 동안 속닥거렸다. 어머니와 이모들이 모두 저녁을 들지 않았기 때문에 나는 중국 놈과 둘이서만 부엌에서 밥을 먹었다. 저녁에 나는 코디스 가게까지 걸어가서 몸무게를 쟀다. 75킬로그램이었다.

오늘은 날씨가 쾌청하고 따스했으며 남풍이 불었다. 낮에 다음의 배들이 항구에 들어왔다. 지브롤터에서 온 토비아스 모펫 선장의 레질리언스 호, 뉴올리언스에서 온 로버트 폴저 선장의 골든 도지 호, 키토에서 온 에지 스몰 선장의 비너스 호, 앤트워프에서 온 조시 켈리 선장의 유니콘 호. 나는 강에서 수영을 했다. 오늘 오후 목마른 대지에 너무나 반가운 소나기가 내렸다.

오늘 정오쯤에 불이 났다는 외침이 들렸다. 알고 보니 덱스터 씨의 집 지붕에 불이 붙은 것이었다. 그러나 사람들이 즉시 대량의 물을 뿌려 불은 곧 진화되었다. 지붕이 조금 손상됐을 뿐이다. 저녁에 코디스 가게로 가서 몸무게를 쟀다. 75킬로그램이었다. 내가 코디스 가게에 있을 때 뉴웰 헨리가 토파즈 호에 관한 또 다른 소식이 있다며 나를 한쪽으로 끌고 갔다. 그러고는 뻔뻔하게도 아버지가 늦는 것이 삭구가 망가져서가 아니라 부도덕한 행위에 중독되었기 때문이라고, 즉 아버지가 술을 마구 마셔 대며 원주민들과 음탕한 행위에 빠져들었기 때문이라고 말했다. 나는 그의 엉덩이를 차 주고 집까지 걸어왔다.

오늘 오전에는 이 일대 젊은이들의 남자다운 행동과 도덕적인 인격을 고양하기 위해 설립된 버치로드 클럽의 회장인 프린스 님이 나를 찾아와 회계 사무소에서 기다리고 있었다. 프린스 님은 내가 엉덩이를 걷어찼다는 헨리의 불평 때문에 저녁에 나를 클럽 앞에 세웠다. 쌍돛단배 루나 호의 일등항해사 마시맨이 헨리의 주장이 진실이라고 증언했고, 변호인 역할을 한

H. 프린스는 헨리의 주장에 진실의 고갱이가 들었는지 아닌지를 놓고, 온갖 종류의 뒷공론을 비난하는 우아하고 감동적인 연설을 했다. 배심원들은 내게 무죄 평결을 내리고 고소인에게 세 다스의 상급품 사과를 벌금으로 부과했다. 집으로 돌아오니 어머니와 이모들이 럼 펀치를 마시고 있었다.

오늘 새벽에는 날씨가 맑았다. 웹 선장의 어린 아들이 말에 짓밟혀서 불을 켤 무렵이 되기 전에 죽었다. 코디스 가게에 가서 몸무게를 쟀다. 75킬로그램이었다. 어머니, 이모들과 함께 초원을 산책했다. 어머니와 이모들은 럼 펀치를 마셨다.

오늘 정원에서 거름 나르기를 했다. 어머니와 이모들은 럼 펀치를 마셨다. 사모아에 대한 마시맨의 이야기에 실망해서 이렇게 된 것이다. 하지만 아버지의 부재를 나쁘게 해석하거나, 육체가 정신과는 반대의 욕망을 품는다는 점을 잊어선 안 된다. 나는 지난 1년 동안 여가 시간의 상당 부분을 내 마음을 다스리는 데 썼지만, 지나고 보니 지극히 멍청한 짓이었던 것 같다. 어스름 무렵에 정숙하고 상냥하고 우아한 아가씨들과 함께 초원을 산책할 때 나는 다름 아닌 돼지 같은 열정을 느낀다. 나는 지난여름에 러셀의 『현대 유럽』을 읽기 시작했다. 지금까지 1권과 2권을 읽었는데 아주 재미있다. 나는 이 작품을 끝까지 읽을 수 있는 이 첫 번째 기회를 계속 추구할 것이다. 과거를 되돌아보며 미래를 다스리고 더 유익하게 향상할 수 있는 지혜를 얻게 되기를 바란다. 이 목적을 달성하고 내 인격을 함양하기 위해 우주의 전능한 통치자께서 도움의 손길을 내려 모든 좋은 일에서 나를 이끌어 주시기를.

오늘 야생 동물 캐러밴*이 리버하우스에 도착했다. 나는 신기한 것들을 보러 저녁에 그리로 갔다. 6시 30분에 천막으로 통하는 문이 열렸다. 그전에 이미 많은 사람이 모여서 털 깎는 사람 앞에 모인 엄청난 양 떼처럼 애인들과 함께 북적거렸다. 잘생기고 엄숙하고 키가 큰 젊은이들뿐만 아니라 우아한 여성들과 가장 훌륭한 집안의 여성들까지 한데 모여 천막 입구 근처에서 자기 자리를 지키기 위해 서로를 밀쳐 대며 가능한 한 가까운 자리를 잡으려고 애쓰는 모습이 너무나 혐오스러웠다. 마침내 문이 열리자 사람들이 한꺼번에 몰렸다. 문지기 여러 명이 있는 힘을 다했지만 안으로 물밀 듯이 밀려드는 사람들을 통제하고 잘라 내기에는 역부족이어서 곧 천막 안에 사람들이 빼곡히 들어찼다. 다행히도 나는 여러 사람의 머리 사이로 신기한 것들을 볼 수 있는 자리를 잡았다. 신기한 것이란 사자 한 마리, 원숭이 세 마리, 표범 한 마리, 그리고 재주를 배운 곰 한 마리였다. 이 멍청한 짐승은 음악에 맞춰 춤추는 것과 덧셈을 할 줄 알았다.

오늘 오전 8시에 샘 트로우브리지가 솔스힐에서 말을 타고 와서 토파즈 호가 목격되었다는 소식을 알려 주었다. 우리 집 식구들과 마을의 토파즈 호 소유주들이 부산하게 활기를 띠었다. 토머스 판사와 함께 그의 마차를 타고 강 하류로 갔다. 존 펜들턴이 나를 토파즈 호로 데려다 주었다. 아버지는 생기가 넘쳤고, 내게 선물로 크리스**라는 화려한 검을 주었다. 선실에서 아버지, 토머스 판사와 함께 마데이라 포도주를 마셨다. 아

---

* (서커스단, 가구 등을 실어 나를 때 쓰는) 뚜껑 달린 대형 운반차.
** 날이 물결 모양인 단검.

버지가 싣고 온 화물은 황마다. 사람들이 배로 다가가 단단히 고정하고, 어머니와 이모들이 아버지를 맞이하려고 기다리는 곳까지 배다리를 놓았다. 어머니와 이모들은 우산을 들고 있었다. 아버지가 다가오자 루스 이모가 우산을 공중으로 높이 치켜들었다가 아버지의 뒤통수를 아주 사납게 후려쳤다. 호프 이모는 아버지의 몸 왼쪽을 성난 손길로 후려갈겼고, 어머니는 앞쪽에서 아버지에게 달려들었다. 어머니와 이모들의 화풀이가 끝나자 아버지는 마차를 타고 곧장 하울랜드 의사의 수술실로 옮겨져 귀를 세 바늘 꿰맨 후 나를 말동무 삼아 그곳에서 밤을 보냈다. 우리는 술을 마시고 견과류를 먹으며 즐거운 시간을 보냈다. 아버지가 통증을 느끼긴 했지만 말이다.

로렌조의 일기 중에서 앞의 권들(세인트보톨프스의 기마 경비대가 풀밭에서 훈련하는 소리가 들려오던 여름밤과 강가의 활기찬 모습을 설명한 것)이 가장 좋았다. 어떤 의미에서는 놀라운 일이었다. 그가 마음을 다스리는 데 성공해 주 의회 의원을 두 번 지냈으며, 세인트보톨프스 철학회를 설립했기 때문이다. 하지만 학식이 그의 글솜씨에는 아무런 영향을 미치지 못한 탓에 그는 다시는 야생 동물 캐러밴을 설명할 때처럼 훌륭한 글을 쓰지 못했다. 그는 여든 살까지 살았으며, 한 번도 결혼하지 않았고, 형 새디어스의 외동딸인 조카 오노라에게 자신이 모아 둔 돈을 물려주었다.

새디어스는 태평양으로 항해를 나갔다. 어쩌면 속죄의 항해였던 것 같기도 하다. 그와 그의 아내 앨리스는 18년 동안 태평양에서 선교사로 활동하면서 신약 성서를 나눠 주고, 산호

벽돌로 교회를 짓는 것을 감독하고, 병자를 치료해 주고, 죽은 사람들을 땅에 묻었다. 외모로만 보면 새디어스도, 앨리스도 헌신적인 선교사의 모습과는 거리가 있었다. 가족사진에서 두 사람은 반짝반짝 빛났다. 잘생기고 성격 좋은 부부였다. 그들은 헌신적이었다. 새디어스는 편지에서 어느 날 저녁 보트를 타고 어떤 섬에 갔더니 옷을 하나도 입지 않은 아름다운 여자들이 꽃목걸이를 들고 기다리고 있었다고 적었다. "제 신앙심에 커다란 위협이었습니다." 그는 이렇게 썼다.

오노라는 오아후에서 태어나 세인트보톨프스로 보내져 작은아버지 로렌조의 손에서 자랐다. 그녀에게는 자식이 없었다. 에비니저도 자식이 없었지만, 아론은 햄릿과 리앤더를 낳았다. 햄릿은 법적으로 자손을 남기지 않았고, 리앤더는 새러 코벌리와 결혼해 모지스와 코벌리를 낳았다. 앞에서 행렬을 지켜보던 그 형제 말이다.

3

핀처 씨의 말은 힐 거리를 따라 100미터쯤(어쩌면 200미터인
지도 모르겠다.) 질주하다가 놀란 가슴이 가라앉자 무거운 속보
로 속도를 늦췄다. 패티 티터스가 자동차를 타고 꽃수레를 뒤
쫓았다. 여성 클럽의 창립 회원들을 구출할 생각이었다. 그러
나 꽃수레에 도착해 보니 분위기가 너무 차분해서(마치 마차를
타고 소풍 가는 사람들 같았다.) 그는 행렬을 마저 구경하려고 차
를 돌려 마을로 돌아왔다. 이제 핀처 씨의 암말만 빼면 어느
누구도 위험하지 않았다. 녀석의 심장과 허파가 이번 일로 얼
마나 스트레스를 받았는지는 하느님만 아실 것이다. 녀석의 살
고자 하는 의지도 아마 영향을 받았을 것이다. 녀석의 이름은
레이디였다. 녀석은 씹는담배를 즐겼으며, 핀처 씨에게는 왑샷
부인과 그녀의 친구들보다도 녀석이 더 가치가 있었다. 그는
녀석의 다정함을 사랑했으며, 녀석의 끈기에 감탄을 금치 못했
다. 그런 녀석이 궁둥이 밑에서 폭죽이 터지는 봉변을 당했다

고 생각하니 핀처 씨는 화가 나서 미칠 지경이었다. 이 세상이 어찌 되려고 이러는가. 그 늙은 암말이 안쓰러웠다. 그는 자신의 다정함으로 녀석의 널찍한 등을 담요처럼 감싸 주고 싶었다.

"레이디가 집으로 가고 있어요." 그가 어깨 너머로 왑샷 부인에게 소리쳤다. "녀석이 집에 가고 싶어 하니까 그냥 내버려 둘 거예요."

"우리가 내리면 안 될까요?" 왑샷 부인이 물었다.

"지금은 녀석을 멈춰 세우기 싫어요. 저 녀석은 여러분보다 훨씬 더 힘든 처지니까. 녀석이 지금 집에 가고 싶어 하니까 멈춰 세우기 싫어요."

왑샷 부인과 그 친구들은 체념하고, 꼼짝할 수 없게 된 현실을 받아들였다. 사실 다친 사람도 없지 않은가. 물병이 깨지고 연단이 뒤집혔지만, 연단에 부서진 곳은 없었다. 그들은 레이디의 마구간이 휴잇 거리에 있다는 것을 알았다. 언덕을 넘고 미개간지를 가로질러 리버 거리까지 가야 한다는 뜻이었다. 하지만 날씨가 화창했으므로 소금기 섞인 공기와 여름 풍경을 즐기기에 좋은 기회였다. 게다가 달리 선택의 여지도 없었다.

늙은 암말이 왑샷 언덕을 올라가기 시작했다. 거기서 보면 나무들 너머로 계곡에 있는 마을의 아름다운 모습이 고스란히 내려다보였다. 북동쪽에는 은 식기 공장의 벽돌담, 철교, 우울한 빅토리아 시대 양식인 정거장 뾰족탑이 있었다. 마을 중심부 근처에는 그보다 덜 우울한 뾰족탑이 있었다. 1780년에 세워진 유니테리언* 교회의 탑이었다. 일행이 수레를 타고 움직

---

* 기독교의 한 종파로 교회와 교리보다는 윤리를 중요시한다.

이는 동안 그 교회의 시계가 30분을 알리는 종을 쳤다. 앤트워프에서 주조된 그 종은 유쾌하고 선명한 소리를 냈다. 잠시 후 그리스도 교회(1870년)의 종이 프라이팬 두드리는 것 같은 우울한 소리로 30분을 알렸다. 그 종은 올투나에서 가져온 것이었다. 언덕 정상 바로 아래에서 수레가 나이 많은 드링크와인 부인의 아름다운 하얀 집을 지나갔다. 그 집 울타리는 빨간 장미에 푹 파묻혀 있었다. 하얀 집, 깃털 같은 느릅나무, 정확하게 울리는 교회 종(심지어 희미한 바다 내음까지) 때문에 이 여행자들의 마음속에 삶의 변덕스러움을 그냥 너그럽게 보아 넘기자는 생각이 일었다. 드링크와인 부인이 한때 리와 J. J. 슈버트의 침모였으므로 인생의 이면에 대해 루이-페르디낭 셀린*보다 더 잘 안다는 사실을 잊어버리는 것이 지극히 상식적인 일이라도 되는 것처럼.

하지만 왑샷 언덕 정상에서는 마을을 바라보는 눈에 예의와 기묘함의 화려하면서도 우울한 광택이 끼어들지 않을 수 없었다. 아니면 한때 떠들썩하게 북적거렸던 항구가 쇠락한 것을 한탄하며 이제는 그레이트피스마이어가 올더베일로 바뀌었고 선원 술집이 그레이스루이즈 찻집으로 바뀌었다는 사실을 지적하거나. 그들의 발아래 아름다운 풍경이 펼쳐져 있었다. 이의를 제기할 여지가 없는 독특한 풍경. 튼튼한 남자들을 만족시키기 위해 지어진 훌륭한 건물이 많았다. 마을이 쇠락했음을 보여 주는 풍경도 있었다. 물 위에 뜬 배보다 병 속에 들어가 있는 배가 더 많았으니까. 하지만 이것을 슬퍼할 이유가

---

* 프랑스 소설가.

무엇인가? 마을을 뒤돌아보며 우리가 모종의 목적 때문에 (아내와 가족들을 클리블랜드에 두고) 이곳으로 돌아오는 토박이의 아들 입장이 되어 볼 수는 있다. 아마도 유산이나 호손 작품집이나 미식축구를 할 때 입었던 스웨터를 가지러 오는 길일 것이다. 그가 날씨 좋은 날 거리를 건들건들 걸을 때, 대장간이 이제 미술 학교로 바뀌었다 한들 무슨 상관이겠는가? 클리블랜드에서 온 이 토박이의 아들은 어스름 무렵에 광장을 지나가며 이 마을이 쇠락하고 분위기가 변했어도 자신의 인간성은 바뀌지 않았음을 알아차릴지도 모른다. 그는 자신이 어떤 사람이든, 유산을 받으러 온 사람이든 아니면 매춘부를 찾아 헤매는 술 취한 선원이든, 자신의 앞길을 비춰 주는 것이 찻집에서 반짝이는 촛불이라 해도 문제 될 것이 없다고 생각할 것이다. 그것이 그를 바꿔 놓지는 않을 테니까.

하지만 클리블랜드에서 온 이 친구는 잠깐 다니러 온 것에 불과했다. 따라서 그는 곧 떠나겠지만, 핀처 씨와 수레에 타 있는 사람들은 그렇지 않았다. 이제 드링크와인 부인의 집을 지나 언덕 정상을 넘어서자 마을 서쪽의 풍경이 발아래 펼쳐졌다. 밭과 숲, 저 멀리 보이는 파슨스 연못. 파슨스 연못은 파시니어 브라운이 스스로 물에 빠져 죽은 곳이자, 이제는 쓸모가 없어진 얼음 창고가 육지와 이어진 발판을 파란 물속에 늘어뜨린 채 서 있는 곳이었다. 이렇게 높은 곳에 올라서니 마을 주위에 벽이나 담이 전혀 없다는 것을 알 수 있었다. 하지만 수레가 왑샷 언덕의 서쪽 사면을 천천히 내려가면서 리바 히슬립의 집이 가까워지면, 일행은 리바가 담도 없는 집에서 어떻게 살 수 있었는지 모르겠다는 생각을 할지도 모른다. 리바는 낯선 사람을 소개받을 때마다 이렇게 외쳤다. "난 메이스닉 성당의 지성소에서 태어났어요." 이 말은 물론 지금의 메이스닉 성당이 예전에 그녀 아버지의 집이었다는 뜻이다. 하지만 변덕 심하고 감탄 잘하는 그녀가 시카고 같은 곳에 있었더라면 크게 출세하지 않았을까? 그녀는 열렬한 동물 실험 반대론자였으며, 크리스마스를 바꾸거나 아예 없애는 운동에 헌신적이었다. 그녀는 크리스마스가 파괴적인 낭비, 거짓 기준, 경제적 타락을 사람들 머릿속에 주입해 영속화한다고 생각했다. 크리스마스이브에 그녀는 자신이 열정적으로 추구하는 이 두 가지 주장을 결합해 캐럴을 부르는 사람들과 함께 다니면서 동물 실험에 반대하는 글을 나눠 주었다. 그녀는 두 번 체포된 적이 있는데, 자기를 체포한 사람들을 '파시스트 경찰'이라고 불렀다. 그녀의 집도 드링크와인 부인의 집처럼 하얀색이었으며, 문에는 다음과 같은 표지판이 못 박혀 있었다. "이 집은 생애의 마지막 10년을 동물 실험 반대 운동에 바친 아주 나이 많은 부인의 집이다. 그녀 집안의 많은 남자들이 나라를 위해 목숨을 바쳤다. 여기에는 귀중품이 하나도 없다. 국기에 경례하라! 강도와 도둑 들은 그냥 지나가라!" 이 표지판은 이미 10년이나 돼서 많이 낡았기 때문에 수레 위의 부인들은 표지판을 거의 알아보지 못했다.

리바의 집 앞마당 잔디밭에는 피튜니아를 심어 놓은 작은 보트 한 척이 있었다.

수레의 무게가 모두 굴대에 실린 상태에서 왑샷 언덕의 서쪽 사면을 내려가는 암말이 천천히 더듬더듬 길을 찾았다. 리바의 집 너머에는 햇빛이 얼룩덜룩 아름다운 무늬를 만들어

놓은 작은 숲이 있었다. 이 숲이 일행 모두, 심지어 핀처 씨까지도 행복하게 만들어 주었다. 마치 이 숲을 보며 낙원이 생각난 것처럼. 여름날 시골의 아름다움을 증명해 주는 행복한 증거인 것처럼. 많은 사람들이 거실에 걸어 놓는 풍경화와 비슷한 광경이었으니까. 그들은 지금 점점이 무늬가 새겨진 빛을 한껏 받으며 사진이나 그림이 아닌 진짜 풍경 속을 지나가고 있었다. 모든 것이 진짜였고, 그들도 피와 살이 있는 진짜 사람이었다.

숲을 지나자 피터 코벨의 집이 나왔다.

피터는 농부였다. 그는 사탕옥수수, 글라디올러스, 버터, 감자 등 시장에 내다 팔 작물을 조금 길렀다. 옛날에는 돌담을 쌓는 일로 돈을 좀 벌기도 했다. 일흔 살쯤으로 짐작되는 그는 힘이 셌다. 하지만 그의 연장들은 녹이 슬었고, 헛간은 주저앉았으며, 부엌과 거실에는 각각 닭과 고양이 들이 들어와 있었다. 원기 왕성한 그는 때로 술에 취해 있었지만, 발음은 항상 분명했다. 그는 레이디보다 더 늙은 암말을 데리고 땅에서 돌을 뽑아 마을보다 더 오래 살아남을 담을 쌓았다. 앞으로 마을이 어떤 운명을 맞게 될지는 모르겠지만 말이다. 강을 막아 저수지를 만들면(이런 일이 실제로 일어날 수도 있다.) 가뭄이 든 여름에 사람들이 차를 몰거나 비행기를 타고 지나가며(이것은 미래의 일이다.) 점점 뒤로 물러나는 물 위로 모습을 드러내 무늬를 그리는 코벨의 담들을 보게 될 것이다. 아니면 덤불과 단풍 묘목과 덩굴이 마을을 뒤덮게 내버려 두면, 어부와 사냥꾼들이 코벨의 담을 오르며 이곳이 옛날에 틀림없이 초원이었을 거라고 말할 것이다. 코벨의 딸 앨리스는 결혼하지 않았다. 아버지를 너무 사랑했기 때문에. 지금도 일요일 오후마다 두 부녀는 손에 손을 잡고 언덕을 올랐다. 만에 정박한 배들을 보려고 망원경을 들고서. 앨리스는 콜리 종 개들을 길렀다. 집 앞에는 "콜리 팝니다."라는 표지판이 붙어 있었다. 콜리를 살 사람이 어디 있다고. 차라리 아이들을 기르거나 달걀을 파는 편이 나았을 것이다.

팔리지 않은 개들이 하나같이 집 앞을 지나가는 수레를 향해 짖어 댔다.

코벨의 집 뒤에는 브라운스 강이 있었다. 사실은 나무다리가 놓인 작은 개울이었다. 일행이 다리 위를 지날 때 다리에서 천둥 같은 소리가 났다. 강 건너편에는 플루진스키의 농가가 있었다. 피뢰침이 유리로 장식되고, 앞마당에 장미 나무 두 그루가 있는 작은 갈색 집이었다. 플루진스키 일가는 근면한 외국인들이었으며, 장남이 아카데미에서 장학금을 받았지만, 동네 사람들과는 잘 어울리지 않았다. 직선으로 쭉 뻗은 모양에 모든 것을 갖춘 그들의 집은 피터 코벨의 집과 정면으로 마주 보았다. 비록 영어는 할 줄 몰라도 늙은 양키보다는 그들이 이 계곡에 사는 것이 훨씬 더 자연스러운 일이기라도 한 것처럼.

플루진스키의 집 뒤에서 길은 오른쪽으로 꺾였다. 아름다운 그리스 식 주랑 현관이 있는 테오필러스 게이츠의 집이 나타났다. 테오필러스는 포카매섯 은행과 신탁 회사의 총재였으며, 정직과 검소함을 추구했기 때문에 아침마다 출근하기 전에 집 앞에서 장작을 패는 모습이 눈에 띄곤 했다. 그의 집은 초라하지는 않지만, 페인트칠을 새로 할 필요가 있었다. 이것 역시 장작 패기와 마찬가지로 앞날을 생각하지 않고 재산을 과시하는 것보다 초라하더라도 정직하게 살아가는 것을 더 중시하는 그의 성격 때문이었다. 집 앞 잔디밭에는 "집 팝니다."라는 표지판이 있었다. 테오필러스는 트래버틴과 세인트보톨프스의 전기와 수도 사업을 아버지에게 물려받아 커다란 이윤을 남기고 팔았다. 협상을 마무리하던 날 그는 집으로 돌아와 "집 팝니다."라는 표지판을 잔디밭에 세웠다. 물론 진짜로 집을 팔 생각은 없었다. 그가 이런 표지판을 세운 것은 아버지의 사업체를 팔면서 손해를 봤다는 소문을 퍼뜨려, 가난하고 우울하고 하느님을 두려워하며 항상 지나치게 일을 많이 하는 사람이라는 자신의 평판을 유지하기 위해서였다. 여기서 한 가지 더. 테오필러스가 손님들을 저녁 식사에 초대하면, 손님들은 식사를 마친 후 정원으로 나가 숨바꼭질을 해야 했다.

게이츠의 집 앞을 지나갈 때 수레 위의 부인들은 저 멀리 보트 거리에 있는 오노라 왑샷 집의 슬레이트 지붕을 볼 수 있었다. 오노라는 그들 모임에 나오려 하지 않았다. 예전에 오노라는 미국 대통령을 소개받은 적이 있는데, 그때 그의 손을 굳게 잡고 흔들면서 이런 말을 했다. "저는 세인트보톨프스에서 왔습니다. 그곳이 어디 있는지 아시죠? 사람들은 세인트보톨프스가 호박 파이 같다고들 합니다. 맨 위의 껍질이 없고……"

모티머 존스 부인이 나비 채를 들고 자기 집 정원의 오솔길을 달리는 모습이 눈에 띄었다. 그녀는 집에서 입는 헐렁한 원피스에 커다란 밀짚모자를 썼다.

존스 부인의 집 뒤에는 브루스터의 집이 있었다. 그 집에는 "집에서 만든 파이와 케이크 팝니다."라는 표지판이 붙어 있었다. 브루스터 씨가 환자였기 때문에 브루스터 부인이 빵을 구워 팔아서 남편을 먹여 살리고 두 아들을 대학에 보냈다. 그녀의 아들들은 공부를 잘했지만, 지금은 각자 샌프란시스코와 디트로이트에 살면서 집에는 한 번도 다니러 오지 않았다. 그들은 편지에 크리스마스나 부활절에 집에 갈 계획이라고(세인트보톨프스를 가장 먼저 찾아가겠다고) 썼지만 그 대신 요세미티 국립 공원이나 멕시코시티로 갔다. 파리까지 간 적도 있었다. 그러면서도 집에는 단 한 번도 오지 않았다.

힐 거리와 리버 거리가 교차하는 곳에서 수레는 오른쪽으로 방향을 꺾어 조지 홈볼트의 집 앞을 지났다. 홈볼트는 어머니와 함께 살았으며, 사람들은 그를 '피피 마시멜로 아저씨'라고 불렀다. 피피 아저씨는 용감무쌍한 선원 집안 출신이었지만 조상들만큼 남자답지 못했다. 그가 단순히 갈망과 상상만으로 실제로 마젤란 해협을 통과한 것처럼 단련될 수 있을까? 여름날 저녁이면 가엾은 피피 아저씨는 가끔 알몸으로 강가 정원들 사이를 정처 없이 돌아다녔다. 그러면 이웃들은 짜증을 내며 그에게 말했다. "집으로 가요, 피피 아저씨. 가서 옷 좀 입어요." 그가 체포되는 경우는 거의 없었고, 다른 곳으로 보내진 적도 한 번도 없었다. 그를 다른 곳으로 보낸다면 이곳이 아주 독특한 마을이라는 평판이 손상될 테니 말이다. 세인트보톨프스 사람들이 못 한 일을 다른 사람들이 어떻게 할 수 있겠는가?

피피 아저씨의 집 뒤로 왑샷의 집이 멀리 보였다. 항상 낭만적인 모습인 리버 거리는 정오가 다 된 휴일 오전에 더욱더 낭만적으로 보였다. 공기 중에는 소금 내가 배어 있었다. 동풍이 불어오기 시작했으니까. 조금 있으면 이곳은 모종의 목적과 광채와 슬픔을 안게 될 것이다. 부인들은 거리의 집과 느릅나무들에 찬사를 보내면서도 자기 아들들이 멀리 떠나 버릴 것임을 알기 때문이었다. 젊은이들은 왜 떠나고 싶어 하는 걸까? 젊은이들은 왜 떠나고 싶어 하는 걸까?

왑샷 부인이 수레에서 내릴 수 있도록 핀처 씨가 잠시 수레를 세웠다. "태워 줘서 고맙다는 말은 안 할 거예요." 그녀가 말했다. "하지만 레이디한테는 고마워요. 이 드라이브는 레이디가 생각해 낸 거니까." 이것이 왑샷 부인의 방식이었다. 그녀는 작별 인사로 미소를 지으며 자기 집으로 통하는 샛길을 우아하게 걸어 올라갔다.

4

　　로절리 영은 그날 아침 해안으로 향하는 길로 나갔다. 내가
여러분을 모르듯이, 왑샷 일가도 아직 그녀를 모를 때였다. 세
인트보톨프스에서 행렬이 만들어지기 한참 전, 아침 일찍 저
기 남쪽을 향해. 그녀와 데이트할 남자가 낡은 컨버터블*을 타
고 그녀가 사는 도시의 하숙집 앞으로 그녀를 데리러 왔다. 하
숙집 주인인 섀넌 부인은 현관문 유리창 너머로 두 사람이 차
를 타고 떠나는 모습을 지켜보았다. 젊음은 섀넌 부인에게 쓰
디쓴 수수께끼였는데, 오늘은 로절리의 하얀 겉옷과 정성 들여
분칠한 얼굴 때문에 그 수수께끼가 한층 더 깊어졌다. 저 두
사람이 수영을 하러 가는 거라면 로절리가 새로 산 하얀 겉옷
을 입지 않았을 텐데. 섀넌 부인은 속으로 생각했다. 그런데 수
영하러 가는 게 아니라면, 로절리가 왜 수건을 가져간 거지?

---

*　접이식 포장 지붕이 있는 자동차.

그것도 내 수건을? 두 사람이 결혼식에 가거나 직장 야유회를 가거나, 경기를 보러 가거나, 친척을 만나러 가는 길일 수도 있었다. 두 사람이 어딜 가는지 확실히 모른다는 사실 때문에 새 넌 부인은 슬퍼졌다.

하지만 타인이 로절리의 목적지를 추측하는 것은 항상 어려운 일이었다. 그녀는 어딜 갈 때마다 매번 커다란 기대를 품었기 때문에. 가을쯤 그녀의 애인은 부모에게 사냥을 간다고 말하고서 고속도로변에 있는 관광용 오두막으로 로절리를 데려가 하룻밤을 보낼 것이다.(일단 하숙집을 나서면 그녀를 감시할 사람이 하나도 없었다.) 토요일 오후에 그가 데리러 올 때면, 그녀는 대개 국화 한 송이와 떡갈나무 잎을 핀으로 옷깃에 꽂고 앰허스트나 하버드의 로고가 붙은 작은 여행 가방을 들었다. 마치 미식축구 경기가 벌어지는 주말의 즐거운 일들(경기, 다과회 춤, 교수 초대연, 무도회)을 잔뜩 기대하는 사람처럼. 그녀의 생각은 결코 어긋난 적이 없었다. 그가 관광용 오두막에서 불을 피워 습기를 걷어 버리려고 애쓰는 동안 그녀가 겉옷을 걸때, 이 밤의 밀회가 골대 기둥을 붙들고 추는 뱀 춤과는 다르다는 점 때문에 그녀가 우울해 한 적도 없고, 그 때문에 기대가 어긋났다고 느끼거나 기대를 바꾼 적도 없었다. 그녀의 기대는 대부분 대학생 수준이었다. 이제 차를 타고 시내를 빠져나가는 동안 그녀는 노래를 부르기 시작했다. 라디오에서 흘러나오는 대중음악과 밴드가 연주하는 노래들이 기억력 좋은 그녀의 머릿속으로 곧장 들어가 자꾸 같은 말이 반복되면서 감상적인 이야기를 늘어놓기는 하지만 그래도 유쾌한 가사의 자취를 남겨 놓았다.

시내를 빠져나가는 길에 두 사람은 북적거리는 해변을 지나 갔다. 시 경계선 안에 있는 그 해변은 중간에 공장들이 몇 개 있는 것을 제외하고는 남쪽으로 몇 킬로미터나 쭉 뻗어 있었다. 오전이 절반쯤 지난 지금, 해변의 활기는 최고조에 달했으며, 조리용 기름과 팝콘에 넣는 버터 특유의 냄새가 대서양의 그 어떤 냄새보다 강하게 풍겼다. 점점 가라앉는 해안에서 섬들에 갇혀 머무는 대서양의 내음은 사내다우면서도 슬픈 분위기를 풍긴다. 반쯤 벌거벗은 수많은 해수욕객은 해변이 보이지 않을 정도로 바닷가를 차지했거나, 무릎까지 오는 바닷물 속에서 주저했다. 이 물에 갠지스 강물처럼 신성한 정화 능력이 있어서, 집을 떠나와 몇 킬로미터나 되는 해안을 따라 늘어선 이 벌거벗은 사람들이 겉으로는 휴일의 축제 분위기를 즐기면서도 속으로는 순례자의 기분을 느끼는 것 같았다. 사실 로절리와 그녀의 애인도 차를 타고 지나치는 수천 명의 휴양객과 마찬가지로 순례자의 기분을 느꼈다.

"배고프지 않아?" 그가 말했다. "뭘 좀 먹을래? 엄마가 세 끼는 족히 되고도 남을 만큼 음식을 싸 주셨어. 계기판 서랍에는 위스키도 좀 있고."

남자가 소풍 바구니를 가져왔다는 말에 그녀는 머리가 하얗게 센 그의 평범한 어머니를 떠올렸다. 그녀는 바구니 속에 자신의 마음도 실어 보냈을 것이다. 아들을 주의 깊게 살펴보며 아들의 행동에 결코 반대하지는 않지만, 외동아들이 누릴 쾌락 때문에 슬퍼하는 마음. 그는 항상 자신의 뜻을 관철했다. 깔끔하고, 황량하고, 보기 흉한 그의 침실은 그 집의 축이었으며, 그와 부모의 관계는 너무나 강렬하고 암묵적이어서 로절리의 눈에는 비밀스러워 보였다. 그의 성장 과정을 보여 주는 기념품들이 모든 방을 점령했다. 총과 골프 클럽, 학교, 야영에서 받아 온 트로피. 피아노 위에는 그가 10년 전에 연습했던 악보가 있었다. 이 서늘한 집과 과거를 후회하는 그의 부모가 로절리의 눈에는 이상해 보였다. 그가 오늘 아침에 입은 하얀 셔츠에서 그가 아빠, 엄마와 함께 비밀스러운 삶을 이어 가는 그 집의, 노란 니스를 칠한 마룻바닥 냄새가 나는 것 같았다. 그녀의 애인은 항상 개를 길렀다. 지금까지 네 마리를 길렀는데, 로절리는 그 녀석들의 이름, 습관, 특징, 비극적인 최후를 모두 알고 있었다. 그녀가 딱 한 번 그의 부모를 만났을 때, 그의 개들이 화제에 오르자 그녀는 그들이 그와 그녀의 관계를 (악의가 있어서라기보다는 그들이 아는 관계가 그것뿐이었으므로) 그와 개들 사이의 관계와 비슷하게 생각하는 듯한 느낌을 받았다. 내가 완전히 개가 된 것 같아. 그녀가 말했다.

두 사람은 휴일을 맞은 마을 광장 몇 군데를 가로질렀다. 광장에서 유일하게 문을 연 잡화점 밖에 신문이 쌓였고, 광장에서는 행렬이 만들어지고 있었다. 이제 그들은 내륙 쪽으로 몇 킬로미터 들어간 시골 길을 달리고 있었지만, 느낌은 별로 변하지 않았다. 도로변에 가게, 식당, 선물 가게, 온실, 관광용 오두막 들이 늘어서 있기 때문이었다. 그가 그녀를 데려가고 있는 해변은 인기가 없었다. 그곳으로 이어진 도로가 울퉁불퉁하고 해변에도 돌이 많았기 때문에. 그런데 그날 그는 바닷가 공터에 차를 세우면서 이미 다른 차 두 대가 서 있는 것을 보고 낙담했다. 두 사람은 소풍 바구니를 차에서 내려 꼬부라진 길을 따라 바다로 향했다. 이곳의 바다는 광활했다. 분홍색 장미가 길을 따라 자라나 있고, 그녀의 입술에 소금기 섞인 공기가 닿는 것이 느껴졌다. 그녀는 혀로 공기의 맛을 보았다. 절벽이 끊어진 곳에 돌멩이가 많은 좁은 해변이 있었다. 저 아래쪽에 그들과 같은 남녀 한 쌍과 아이들을 데리고 온 부부가 보였다. 그 너머는 초록색 바다였다. 그는 어색한 모습으로 돌아서면서, 사방을 둘러싼 낭떠러지들 덕분에 맛볼 수 있기를 그토록 간절히 바랐던 으슥한 분위기를 포기한 채, 소풍 바구니와 위스키 병과 테니스공을 들고 바닷가로 내려가 다른 해수욕객들이 훤히 볼 수 있는 곳에 자리를 잡았다. 그의 어머니가 샌드위치 속에 어떤 심정을 담아 놓았는지는 몰라도, 어쨌든 어머니의 그 마음을 위해 순간적으로 이런 몸짓을 취하며 다른 사람들을 기쁘게 해 주려는 것처럼. 로절리는 바위 뒤로 가서 수영복으로 갈아입었다. 그는 물가에서 그녀를 기다리고 있었다. 그녀는 수영 모자 속에 머리카락을 단단히 집어넣은 뒤 그의 손을 잡고 함께 물속으로 걸어 들어갔다.

이곳의 물은 잔인할 정도로 차가웠다. 항상 그랬다. 물이 무릎까지 차오르자 그녀는 그의 손을 놓고 물속으로 풍덩 뛰어들었다. 그녀는 크롤 수영을 배웠지만, 손발을 너무 빨리 놀리는 버릇을 결코 고치지 못했다. 그녀는 초록색 물속에 얼굴을 반쯤 담그고 바다를 향해 3미터쯤 나아가다가 방향을 돌려 물속으로 들어가면서 차가운 물 때문에 비명을 지르더니 해변을 향해 전속력으로 헤엄쳤다. 바닷가에는 햇빛이 쨍쨍했다. 차가운 물과 따뜻한 햇볕 때문에 그녀는 의욕을 잃었다. 그녀는 수건으로 대충 몸을 닦고 수영 모자를 벗더니 햇빛 속에 서서 열기가 뼛속까지 도달하기를 기다렸다. 그녀가 손에 묻은 물기를 닦고 담배에 불을 붙였을 때 그가 바다에서 나와 손의 물기만 닦고는 그녀 옆에 털썩 주저앉았다.

그녀의 머리카락은 노란색이고 피부는 희었다. 팔다리는 길고 가슴은 풍만했다. 그녀는 왠지 겁이 많은 것처럼 보여서 성가대 예복을 입었을 때도 급히 도망치는 사람처럼, 옷을 입지 않은 것처럼 보였다. 그가 그녀의 손을 들어 올리더니 솜털이 난 팔을 가볍게 입술로 덮었다. "블루베리를 따고 싶어." 그녀가 해변에 있는 다른 사람들에게 다 들리도록 커다란 소리로 말했다. "블루베리를 따고 싶어. 네 모자를 가져다가 블루베리를 담자."

두 사람은 손에 손을 잡고 해변 위의 바위들을 올랐다. 하지만 그녀의 마음에 들 만한 으슥한 장소를 찾는 데는 시간이 오래 걸렸다. 결국 이곳저곳을 돌아다니다가 그가 그녀를 멈춰 세웠고, 그녀도 아마 여기보다 더 나은 장소는 없을 것이라고 수줍게 동의했다. 그가 그녀의 어깨에서 수영복을 벗겨 내자 알몸이 된 그녀는 햇빛을 받은 흙 위에 기꺼이 드러누워, 단한 번뿐인 몸의 결혼을 추억에 바쳤다. 일이 끝난 후에도 애정과 선량함이 두 사람 사이에 머물렀다. 그녀는 그의 어깨에 몸을 기댄 채 다시 수영복을 입었고, 두 사람은 손에 손을 잡고 바닷가로 돌아갔다. 두 사람은 다시 수영을 한 다음, 걱정 많은 어머니가 전날 밤에 만들어 준 샌드위치를 먹었다.

겨자를 듬뿍 바른 달걀, 닭고기, 샌드위치, 케이크, 과자가 있었다. 두 사람은 음식을 실컷 먹은 뒤 남은 음식을 바구니에 다시 넣었다. 그는 해변을 달려 내려가 그녀에게 테니스공을 던졌다. 가벼운 테니스공이 바람 속에 흔들렸지만 그녀는 그

공을 잡아 다시 그에게 던졌다. 수영을 할 때처럼 팔의 움직임이 충분히 크지 않았다. 그는 한껏 화려하게 공을 잡아 다시 그녀에게 던졌다. 이제 공을 잡고 던지고, 잡고 던지는 일이 기분 좋은 박자를 따라 단조롭게 계속되었다. 이렇게 공을 잡고 던지면서 그녀는 오후가 지나가는 것을 느꼈다. 바닷물이 밀려 나면서 더 거친 자갈들과 해초들이 바닷가에 남았다. 그녀가 해초의 꽃을 손가락으로 터뜨리자 톡 소리가 나면서 꽃의 모양이 망가져 버렸다. 바닷가에서 놀던 부부는 소지품을 챙기며 아이들을 불렀다. 남녀 한 쌍은 나란히 누워서 웃음을 터뜨리며 이야기를 하고 있었다. 그녀가 다시 바닥에 눕자 그는 그녀 옆에 앉아 담배에 불을 붙이며 물었다. 지금? 지금? 하지만 그녀가 안 된다고 하자 그는 물가로 걸어갔다. 그녀가 시선을 들어 보니 그가 파도 속에서 헤엄치고 있었다. 잠시 후 그가 그녀 옆에서 몸을 말리며 그녀에게 위스키 한 컵을 내밀었다. 하지만 그녀는 아니, 아니, 아직은 안 돼라고 말했다. 그는 그 컵에 담긴 위스키를 마시고 바다를 바라보았다.

아침에 출발했던 뚱뚱하고, 하얗고, 사람 많고, 오랜 항해를 견디지 못하는 유람선들이 돌아오고 있었다.(그중에는 토파즈호도 있었다.) 바다의 놀이 조금 조용해졌다. 그녀의 애인은 위스키를 마시고 종이컵을 손으로 구겼다. 왼쪽의 남녀 한 쌍은 가려고 일어섰다. 그들이 가고 나자 그가 다시 물었다. 지금? 지금? 그녀는 안 된다고 말했다. 절제해야 한다는 생각이 어렴풋이 들었기 때문에. 그녀는 사랑의 힘에서 고독의 힘을 떼어 놓으려고 애쓰느라 지쳐 있었다. 그녀는 고독했다. 그녀는 고독했고, 바닷가에서 물러나는 햇빛과 다가오는 밤 때문에 예민해져서 겁이 났다. 그녀는 마음속 방들 중 적어도 한 곳에 절제해야 한다는 생각을 품고 그를 바라보았다. 그는 물끄러미 바다를 응시하고 있었다. 그의 마른 얼굴에 색욕이 걱정처럼 내려앉았다. 사자처럼 생긴 암초들이 그의 눈에는 쇄골과 여자의 무릎처럼 보였다. 하늘의 구름조차 그의 욕망을 꺾으려 하지 않았다. 유람선은 바다를 떠다니는 유곽처럼 보였다. 바다에서 음탕한 냄새가 나는 것 같았다. 이 사람은 가슴이 큰 여자랑 결혼할 거야. 그녀는 속으로 생각했다. 도배장이의 딸과 결혼해서 소독약을 팔러 돌아다니겠지. 그래, 그래. 그녀가 말했다. 그래, 지금.

그러고 나서 두 사람은 위스키를 조금 더 마시고 음식을 더 먹었다. 이제 집으로 돌아오던 유람선들은 보이지 않았고, 해변과 가장 높은 절벽 말고는 모든 것이 어둠에 잠겨 있었다. 그는 자동차로 가서 담요를 꺼냈다. 하지만 이번에는 으슥한 곳을 금방 찾을 수 있었다. 사방이 어두웠으니까. 별들이 모습을 드러냈고, 일이 끝난 후 그녀는 바닷물에 몸을 씻고 하얀 겉옷을 입었다. 그리고 두 사람은 함께 맨발로 해변을 오락가락하며 자신들과 다른 사람들이 버린 샌드위치 포장지, 병, 달걀 껍질을 꼼꼼히 주웠다. 두 사람은 중산층 가정의 깔끔하고 착한 아이들이었으니까.

그는 젖은 수영복을 말리려고 자동차 문에 걸어 놓고 그녀의 무릎을 부드럽게 토닥거렸다. 무엇보다도 다정한 몸짓. 그러고 나서 그는 차에 시동을 걸었다. 중앙로에 들어서자 길이 많이 막혔다. 옆을 지나치는 자동차들 중에는 그의 차처럼 문 손잡이에 수영복이 걸린 차들이 많았다. 차가 낡았는데도 그는 빠른 속도로 차를 몰았다. 그녀는 그가 현명하다고 생각했다. 그의 자동차 불빛이 약한 데다 다가오는 차들의 불빛이 그의 눈동자를 가득 채웠기 때문에 그는 도로를 벗어나지 않으려고 신경을 잔뜩 곤두세웠다. 달리기를 하는 장님처럼. 하지만 그는 자기 차가 자랑스러웠다.(얼마 전에 그는 실린더 헤드와 과급기를 새것으로 바꿨다.) 트래버틴과 세인트보톨프스의 구부러진 도로에서 불빛이 침침한 낡은 자동차를 모는 자신의 솜씨도 자랑스러웠다. 두 사람이 차가 막히는 곳을 빠져나와, 그가 알기로 경찰이 순찰을 돌지 않는 도로에 들어섰을 때 그는 속도를 최대한으로 올렸다. 로절리는 차의 속도를 느끼며 긴장을 풀고 있다가 그가 욕을 퍼붓는 소리와 함께 차가 기울어지며 들판으로 곤두박질치는 것을 느꼈다.

5

왑샷 일가가 사는 집의 핵심적인 부분은 독립 전쟁 이전에 지어졌지만, 그 후 여러 번 증축되어서 벽장문을 열면 전에 없던 복도와 계단이 나타나는, 자주 꾸는 꿈속의 집처럼 높이와 폭이 늘어났다. 꿈속에서 계단은 위로 올라가다가 어떤 복도로 이어지는데, 거기에는 책꽂이들 사이에 문이 즐비하게 늘어서 있다. 그중에 아무 문이나 열어도 넓은 방이 계속 나타나기 때문에 누구나 정처 없이 계속 돌아다닐 수 있다. 꿈속에서도 왠지 그곳은 집이 아니라 잠자는 사람의 욕구에 부응해서 아무렇게나 만들어진 건축물처럼 보인다. 리앤더는 젊었을 때는 집을 방치해 두었지만, 은 식기 회사에서 잘나가던 시절에 집을 원래 모습으로 되돌려 놓았다. 집이 워낙 낡고 큰 데다가 이곳에서 음산한 일들도 많이 벌어졌기 때문에 유령이 출몰할 법도 했지만, 이 집에서 귀신이 나오는 방은 위층 복도 뒤의 낡은 수세식 화장실뿐이었다. 여기에는 유리 같은 사기와 마호가

니로 만들어진 원시적인 엔진이 덩그러니 놓여 있었다. 이 기묘한 기계는 가끔 혼자서 제 기능을 발휘했다.(무려 하루에 한 번씩 기능을 발휘할 때도 있었다.) 그럴 때면 기계가 덜컹거리는 소리와 낡은 밸브가 날카롭게 휭휭거리는 소리가 났다. 그러고 나면 물이 콸콸 쏟아지다가 빨려 나가는 소리가 집 안의 모든 방에 울려 퍼졌다. 이 집의 귀신이란 그런 것이었다.

이 집을 묘사하기는 쉽지만, 오래된 정원의 여름날 풍경은 어떻게 써야 할까? 풀 냄새를 맡아 보면 될 것이다. 나무 냄새를 맡으면 된다! 다락방 창문에서 집 정면으로 깃발 하나가 드리워 있어 복도가 어둡다. 어스름 무렵이라 식구들이 한데 모여 있다. 새러는 식구들에게 핀처 씨와 함께 수레를 타고 온 이야기를 이미 해 주었다. 리앤더는 토파즈 호를 항구에 정박하고 왔다. 모지스는 포카매섯 클럽에서 돛단배 경주를 하고 돌아와 중앙 돛의 물기를 말리려고 풀밭에 펼쳐 놓고 있다. 코벌리는 헛간의 둥근 지붕 위에서 은 식기 회사 사람들의 구기 경기를 지켜보았다. 리앤더는 버번을 마시고 있고, 새장 속의 앵무새는 부엌문 옆에 매달렸다. 나지막이 뜬 태양을 가리며 구름이 지나가자 계곡이 어두워지고, 식구들은 순간적으로 크게 불편해진다. 마치 마음이라는 대륙이 어둠에 잠길까 봐 걱정하는 사람들처럼. 바람이 기운을 북돋워 주자 그들은 자신의 회복 능력을 새로이 인식한 사람들처럼 모두 기분이 좋아진다. 말콤 피비는 작은 돛배를 강 상류로 몰고 있다. 사방이 워낙 고요해서 배가 움직일 때 나는 소리를 누구나 들을 수 있다. 부엌에서는 잉어를 요리하고 있다. 누구나 알듯이, 잉어는 절인 굴, 안초비, 타임, 마요라나, 바질, 하얀 양파와 함께 붉은 포도주에 넣고 끓어야 제맛이다. 이 모든 재료의 냄새가 난다. 그러나 강 위 장미 정원에 흩어져서 앵무새 소리에 귀를 기울이고, 마치 처녀의 체취 같은 뉴잉글랜드의 저녁 바람 향내(흰 붓꽃 뿌리와 비누 냄새, 천둥과 함께 소나기가 내릴 때 창문을 열어 두는 바람에 젖어 버린 셋방의 냄새, 요강과 괭이밥 수프와 장미와 깅엄*과 잔디밭 냄새, 성가대 제복과 흐물흐물한 모로코 가죽으로 제본한 신약 성서 냄새와 루타**와 양치류가 만발한, 팔려고 내놓은 초원의 냄새)를 맡고 있는 왑샷 일가를 보면서, 리앤더가 부러진 하키 스틱과 대걸레와 빗자루로 받쳐 놓은 꽃들을 보면서, 지금은 없어져 버린 세인트보톨프스 기마대의 빨간 제복을 입고 옥수수 밭에 서 있는 허수아비와 우리 역사와 뒤섞여 흐르는 것처럼 보이는 발아래의 푸른 강물을 보면서, 예전에 어느 건축 사진가가 이 집의 옆문을 사진으로 찍고 나서 했던 말을 되풀이하면 안 될 것 같다. "J. P. 마컨드***가 쓴 작품 속의 한 장면 같아." 그의 말은 틀렸다. 이 사람들은 시골 사람들이고, 한데 모여 앉은 식구들 한가운데는 교사의 미망인인 애들레이드 포브스 아주머니가 앉아 있다. 애들레이드 아주머니의 말을 들어 보자.

"어제 오후 3시쯤, 3시나 3시 30분쯤에 정원에 그늘이 많아서 일사병에 걸리지 않을 것 같아 저녁때 먹을 당근을 몇 개 뽑으러 나갔지. 그런데 당근을 뽑다가 갑자기 그 이상한 당근이 내 손에 잡힌 거야." 그녀는 오른손 손가락을 쫙 펴서 가슴

---

* 줄무늬나 바둑판무늬의 무명.
** 운향과의 여러해살이풀. 향이 강하다.
*** 미국 소설가.

에 갖다 댔다가 다시 한데 모았다. 말로 설명하기가 어려운 모양이었다. "나는 평생 동안 당근을 뽑은 사람인데, 그런 당근은 처음 봐. 그냥 평범한 당근하고 같은 줄에서 자라고 있었어. 당근을 그런 모양으로 만들 만한 돌멩이도, 뭣도 없었지. 그런데 그 당근은 마치, 뭐라고 말해야 할지 모르겠네, 그 당근은 꼬챙이 같은 게 포브스 씨의 거시기랑 닮았어." 그녀의 얼굴이 벌게졌지만, 수줍음 때문에 이야기를 멈추거나 지체할 수는 없었다. 새러 왑샷이 황혼을 향해 천사 같은 미소를 지었다. "어쨌든 나는 저녁때 먹으려고 다른 당근들을 부엌으로 가져왔지." 애들레이드 아주머니가 말했다. "그리고 그 이상한 당근을 종이로 싸서 곧장 리바 히슬럽한테 가져갔어. 리바는 워낙 나이가 많은 할머니니까 그런 당근에 관심을 보일 것 같아서 말이지. 리바가 부엌에 있기에 내가 그 당근을 줬지. 그러면서 이렇게 말했어. 이게 이렇게 생겼어요, 리바. 꼭 이렇게 생겼어요."

그때 룰루가 저녁을 먹으러 오라고 식구들을 불렀다. 식당에서 나는 붉은 포도주 냄새, 생선 냄새, 양념 냄새 때문에 머리가 어질어질했다. 리앤더가 감사 기도를 드리고 나서 식구들에게 음식을 나눠 주었다. 다들 잉어 요리를 맛보고는 연못 같은 맛이 나지 않는다고 말했다. 그 잉어는 리앤더가 스스로 발명한 낚시 도구에 상한 도넛을 미끼로 끼워 잡아 온 것이었다. 식구들은 강으로 민물이 유입되는 지점에서 잡힌 다른 잉어에 대해 이야기했다. 그렇게 잡힌 잉어가 모두 여섯 마리였다. 아니 예닐곱 마리. 다른 사람들이 기억하지 못하는 잉어를 애들레이드가 기억했다. 리앤더가 잡은 잉어가 세 마리였고, 덱스터 씨가 두 마리를 잡았으며, 강 건너편에 사는 폴란드 출신의 공장 직공이 한 마리를 잡았다. 잉어는 정원의 장식용 연못에 풀어 놓으려고 중국에서 세인트보톨프스로 수입된 물고기였다. 그런데 사람들이 90년대에 잉어를 개울에 버렸고, 잉어들은 그곳에서 잘 살아남아 번성했다. 리앤더가 개울에 잉어가 더 있다는 말을 하고 있을 때 우지끈 하는 소리가 들렸다. 사고를 낸 자동차가 아주 낡았다는 점을 감안하면, 대단히 화려한 소리였다. 어떤 사악한 자가 보석 상자 뚜껑을 도끼로 쪼갤 때 나는 소리 같았다. 리앤더와 그의 아들들은 식탁에서 일어나 옆문을 통해 밖으로 나갔다.

대단한 여름밤이었다. 어두운 밤공기가 유난히 부드러웠고, 별빛은 온화했으며, 어둠의 밀도가 유난히 높아서 리앤더는 자기 집 마당에서조차 돌부리에 걸려 휘청거리거나 찔레 덤불 속에 발을 잘못 딛지 않도록 조심스레 움직여야 했다. 자동차는 길이 꺾이는 지점에서 도로를 벗어나 옛날부터 있던 들판의 느릅나무에 처박힌 상태였다. 빨간 꼬리등과 전조등 한 개가 여전히 빛나고 있어, 그 빛 속에서 풀과 느릅나무 이파리들이 밝은 초록색으로 빛났다. 리앤더 부자가 차로 다가가는 동안 라디에이터에서 쉭쉭거리며 증기가 올라왔다. 하지만 리앤더 부자가 들판을 가로지르는 사이 쉭쉭거리는 소리가 줄어들었고, 그들이 자동차에 이르렀을 때는 소리가 완전히 멈췄다. 그래도 증기 냄새는 아직 허공에 남아 있었다.

"이 사람 죽었다." 리앤더가 말했다. "죽었어. 이게 웬 난리인지, 원. 여기 있어라, 모지스. 내가 집으로 가서 경찰에 신고할 테니. 넌 나랑 같이 가자, 코벌리. 네가 애들레이드 아주머니를 집까지 차로 모셔다 드려. 애들레이드가 없어도 이것만으로도 골치가 아플 테니까. 이 사람은 죽었다." 그가 중얼거렸다. 코벌리는 아버지를 따라 들판을 가로지르고 길을 건너 집으로 향했다. 집의 모든 창문에 하나씩 불이 들어왔다.

모지스는 너무 놀라 말을 잃은 것 같았다. 그가 할 수 있는 일은 하나도 없었다. 그때 탁탁거리는 소리가 들리자 그는 리앤더나 아니면 다른 누군가가 이리로 다시 오다가 들판에서 가지를 밟은 모양이라고 생각하며 몸을 휙 돌렸다. 하지만 들판과 도로에는 아무도 없었다. 그가 다시 차를 바라보니 후드의 배기구 밑에 불길이 보였다. 그와 동시에 더러운 증기와 고무의 끈적끈적한 냄새에 달궈진 금속 냄새와 페인트 타는 냄새가 보태졌다. 아직은 후드가 불길이 번지는 것을 막고 있었지만, 페인트가 물집처럼 부풀어 오르기 시작했다. 모지스는 죽은 남자의 어깨를 붙들고 밖으로 끌어내리려고 애썼다. 그동안 불길은 저물녘 축축한 집의 난로에서 타는 불처럼 즐겁게 탁탁거리면서 나무들을 황금빛으로 물들이기 시작했다. 모지스는 자동차가 폭발해 자신도 저 남자처럼 죽을지도 모른다는 생각 때문에 남자를 서둘러 꺼내려고 팔에 힘을 주었다. 그는 불길을 피해 도망치고 싶었지만, 죽은 남자를 불길 속에 남겨둘 수는 없었으므로 계속 남자를 잡아당겼다. 마침내 차에서 시체가 빠져나오면서 모지스는 시체와 함께 들판 쪽으로 내동댕이쳐졌다. 길가에는 모래가 깔려 있었는데, 모지스는 양손으로 모래를 퍼서 불 위에 끼얹었다. 모래가 불길을 억제해 주었으므로, 그는 후드에 모래를 쌓고 막대기로 후드를 두들겨 연 다음 실린더 헤드 위로 모래를 뿌렸다. 마침내 불이 꺼지고 차

가 폭발할지도 모른다는 걱정이 사라지자 자신이 들판에서 망
가진 자동차와 죽은 남자 옆에 혼자 있다는 데 생각이 미쳤다.
그는 기진맥진해서 주저앉았다. 길 건너편 농가의 모든 창문
에 불이 켜진 것이 보이고, 네거리 북쪽에서 사이렌 소리가 들
려왔다. 리앤더가 경찰을 불렀음을 알 수 있었다. 그는 경찰이
올 때까지 여기 앉아서 숨을 고르며 기운을 차려야겠다고 생
각했다. 그런데 그때 어둠 속 어디선가 여자의 목소리가 들렸
다. 나 다쳤어, 찰리. 다쳤어. 어디 있는 거야? 나 다쳤어, 찰리.
모지스는 순간적으로 나도 저 여자를 그냥 내버려 둬야겠다고
생각했다. 하지만 그녀의 목소리가 다시 들려오자 그는 힘겹게
몸을 일으켜 그녀를 찾으려고 차 옆을 돌아갔다. 찰리. 그녀가
말했다. 나 다쳤어. 마침내 모지스가 그녀를 찾아냈다. 그녀는
모지스가 죽은 남자인 줄 알고 이렇게 말했다. 찰리, 찰리, 여
긴 어디야? 그러고는 울기 시작했다. 모지스는 바닥에 누워 있
는 그녀 옆에 무릎을 꿇었다. 사이렌 소리는 이미 네거리를 지
나 이쪽 도로를 향해 다가오고 있었다. 이윽고 어둠 속에서 리
앤더와 경찰관들의 목소리가 들리더니 손전등 불빛이 들판 위
에서 한가로이 궁금하다는 듯 움직이는 것이 보였다. 그 한가
롭고 호기심에 찬 불빛이 죽은 남자의 몸에 닿자 한숨 소리가
들렸고, 누군가가 일행에게 집으로 가서 담요를 가져오라고 말
하는 소리가 들렸다. 그러고 나서 그들은 한가로이 불길에 대
해 이야기하기 시작했다. 모지스가 큰 소리로 그들을 부르자
그들은 그 호기심에 찬 불빛을 그가 여자 옆에 무릎 꿇고 앉
아 있는 곳으로 돌렸다. 그들은 불빛으로 여자를 이리저리 비
췄다. 여자는 괴로운 표정으로 흐느끼고 있었다. 금발의 그녀

는 무척 어려 보였다. "여자를 움직이지 마요. 여자한테 손대지 마요." 어떤 경찰관이 아주 중요한 이야기를 하듯이 말했다. "어쩌면 내상을 입었을지도 몰라요." 그러고는 경찰관 한 명이 다른 경찰관에게 들것을 가져오라고 해서 여자를 거기에 실었다. 여자는 여전히 흐느끼고 있었다. 그들은 여자를 들고 망가진 차와 이제 담요로 덮인 죽은 남자 옆을 지나 불이 환하게 켜진 집으로 향했다.

7B에서 있었던 사고 기억나? 경찰관 한 명이 말했다. 하지만 그가 불안한 목소리로 물었기 때문에 사람들은 대답하지 않았다. 밤의 기묘한 분위기, 사방을 탐색하는 불빛, 멀리서 들려오는 불꽃놀이 소리, 들판에 남겨 둔 죽은 남자 때문에 다들 마음이 불안해졌고, 적어도 한 명은 기가 꺾였다. 이제 그들은 자기들이 할 수 있는 단 한 가지 일을 했다. 불 켜진 집으로 여자를 옮기는 것. 왑샷 부인은 문간에 서 있었다. 슬픈 미소를 띤 얼굴로 침착하게. 그것은 그녀가 미지의 것과 맞닥뜨릴 때마다 자기도 모르게 짓는 표정이었다. 그녀는 여자가 죽었다고 생각했다. 그뿐만 아니라 여자가 헌신적인 부부의 외동딸이며, 훌륭한 남자와 약혼해 풍요롭고 훌륭한 삶을 앞두고 있었을 거라고 생각해 버렸다. 하지만 무엇보다도 그녀의 머릿속을 차지한 것은 이 여자도 예전에는 아이였을 거라는 생각이었다. 왑샷 부인은 술에 취해 길에 드러누운 사람을 보거나 창유리를 두드리는 매춘부를 볼 때마다 이 불운한 사람들도 한때는 싱그러운 아이였다는 생각 때문에 가슴 깊이 슬픔을 느끼곤 했다. 그녀는 마음이 편치 않았지만 경찰관들이 열린 문 안으로 들것을 들고 들어왔을 때 약간은 오연한 태도

로 냉정을 되찾아 경찰관들에게 말했다. "빈방으로 데려가세요." 그러나 경찰관들은 머뭇거렸다. 이 집에 와 본 적이 한 번도 없어서 빈방이 어디 있는지 알 수 없었기 때문에. 그녀는 마치 이 바보들이 그러잖아도 비극적인 일을 더 복잡하게 만들었다는 듯이 말했다. "빈방으로 데리고 올라가라고요." 명령조였다. 왑샷 부인은 온 세상 사람들이 웨스트 농장의 내부 구조를 안다고, 아니 마땅히 알아야 한다고 생각했다. 경찰관들은 올라가라는 말에서 힌트를 얻어 계단으로 향했다.

전화로 연락을 받은 의사가 왔고, 여자는 빈방 침대에 눕혀졌다. 그녀의 팔과 어깨에 자그마한 돌멩이와 모래알에 긁힌 상처가 있었다. 의사가 도착했을 때 사람들은 의사가 먼저 들판에 있는 남자가 죽었음을 확인해야 하는지, 아니면 여자를 봐야 하는지 결정하지 못했다. 하지만 의사가 여자를 먼저 보기로 하자 모두들 아래층 복도에서 기다렸다. "환자한테 뜨거운 것을 좀 가져다주세요. 뜨거운 것을 좀 줘요." 의사가 왑샷 부인에게 이렇게 말하는 소리가 들리더니 그녀가 아래층으로 내려와 부엌에서 차를 끓였다. "여기가 아파요?" 의사가 여자에게 묻는 소리가 들렸다. "여기가 아파요? 아픕니까?" 여자는 의사가 물을 때마다 아니라고 대답했다. "이름이 뭐죠?" 의사가 묻자 여자가 말했다. "로절리 영이에요." 그리고 시내의 주소를 댔다. "하숙집이에요. 제 가족은 필라델피아에 살아요." "내가 부모님께 연락할까요?" 의사가 이렇게 말하자 여자가 다정한 목소리로 대답했다. "아뇨, 그러지 마세요. 부모님께 굳이 알릴 이유가 없어요." 그러고는 여자가 다시 울기 시작했고, 새러 왑샷이 그녀에게 차를 주었고, 현관문이 조용히 열리더니 이 마을의 장의사인 에멋 캐비스가 들어왔다.

에멋 캐비스는 금 구슬 공장의 외판원으로 처음 세인트보톨프스를 찾았다. 마을 사람들은 도회풍의 세련된 모습과 멋진 옷차림 때문에 그에게 깊은 인상을 받았다. 당시만 해도 외진 곳에 사는 사람들은 오로지 외판원을 통해서만 소란스럽고 화려한 도시 생활을 접할 수 있었기 때문이다. 그는 세인트보톨프스를 몇 번 찾아오더니 장의사 학교 졸업장을 들고 돌아와 장의사로 개업하고 가구점도 열었다. 그가 미리 계산한 일인지 아닌지는 몰라도, 보석 외판원에서 장의사로 변신한 것은 그에게 좋은 일이었다. 그가 외판원으로서 관련되어 있던 모든 것들, 즉 보석, 문란한 생활, 잦은 출장, 쉽게 버는 돈 때문에 사람들로부터 소외되었고, 적어도 농촌 여자들은 그런 것들이 죽음의 천사에게나 걸맞은 특징이라고 생각했기 때문이다.

가족을 잃고 당황한 사람들을 상대하면서 그는 시신을 수습해 주는 대가로 가구나 물건을 받았는데, 가끔 약삭빠르게 부정을 저지르기도 했다. 그러나 특수한 기술과 부정을 정중한 시선으로 바라보는 것이 이 지방의 풍습이다. 그는 약삭빠른 교활함 덕분에 녹록지 않고 똑똑한 사람처럼 보였으며, 훌륭한 양키답게 유족들에게서 돈을 우려낼 때마다 '지상 모든 것의 불확실성'을 언급했다. 그는 외판원으로 일하던 시절의 재능을 버리지 않고 계속 발전시켜 마을 광장에 생기를 불어넣었다. 그는 재기 넘치게 쑥덕거릴 수 있었으며, 사투리로 이야기할 수 있었고, 단 하나뿐인 자식을 파도에 잃어버린 가엾은 여인을 위로해 줄 수도 있었다. 그는 직업상 생겨난 정신적인 습관을 겨우 억눌렀고, 리앤더와 이야기를 나누면서 그가 앞으로 15년은 거뜬히 살 것이라는 판단을 내렸다. 하지만 그때쯤이면 그가 들어 둔 보험의 효력이 다해서 두 아들이 개입해 화장을 고집하지 않으면 장례식이 검소해질지도 모른다는 걱정이 들었다. 재밖에 남지 않은 몸으로 심판의 날을 어찌 맞이할 것인가? 그는 주위에 있던 모든 사람과 악수를 나눴다. 상대가 불쾌하게 여길 만큼 열렬하지도 않고, 교활해 보일 만큼 머뭇거리는 악수도 아니었다. 악수를 마친 후 그는 경찰관 두 명과 함께 밖으로 나갔다.

그는 경찰관들에게 할 일을 일러 주었다. 그는 영구차의 문을 여는 일 외에는 손가락 하나 까딱하지 않았다. "그 사람을 이리로 집어넣어요. 저기 대 위로. 그냥 밀기만 하면 됩니다. 거길 밀어요." 그는 영구차 문을 닫고 문이 제대로 닫혔는지 손잡이를 돌려 보았다. 그는 세인트보톨프스에서 가장 큰 자동차를 갖고 있었다. 죽음의 권능 중 첫째가 바로 부이기라도 한 것처럼. 그는 운전석에 올라타고 천천히 그 자리를 떠났다.

6

사고 소식은 오전 무렵까지 세인트보톨프스 주민 거의 모두가 알게 되었다. 주민들은 젊은이가 죽었다는 말을 듣고 슬픔에 잠겼으며, 오노라 왑샷이 농장에 와 있는 그 이방인을 어떻게 생각할지 궁금해 했다. 그들이 오노라를 생각한 것은 지극히 자연스러운 일이었다. 자식이 없는 이 여장부는 리앤더에게 토파즈 호를 준 것 외에도 왑샷 일가를 위해 많은 일을 해 주었으니까. 사람들 말대로 그녀는 돈이 있었고, 모지스와 코벌리는 혹시 모르는 사건이 일어날 경우 그녀의 유산을 상속하게 될 터였다. 뉴잉글랜드에 괴짜 노파들이 많은 것은 내 잘못이 아니다. 우리는 오노라를 그냥 있는 그대로 인정할 것이다.

우리가 알다시피 그녀는 폴리네시아에서 태어나 세인트보톨프스에서 로렌조 삼촌의 손에 자랐다. 그리고 '미스윌버 아카데미'에서 공부했다. "아이고, 난 정말 지독한 말괄량이였어." 그녀는 손으로 미소를 가리며 자주 이런 말을 했다. 아마

자기 때문에 속상해 하던 사람들이나, 개 꼬리에 깡통을 매달았던 일처럼 작은 마을에서 아이들이 벌일 수 있는 못된 장난을 생각했을 것이다. 그녀가 폴리네시아에서 죽은 부모의 따뜻한 사랑을 받지 못하고, 나이 많은 삼촌의 압제에 시달리다가 외로움 때문에 어쩔 수 없이 남다른 행동을 하게 된 것인지는 몰라도, 그런 것이 그녀의 삶이었다. 오노라는 항상 변화하는 환경 속에서 살았다고 말할 수 있지만, 지금 우리가 이야기하고 있는 것은 대도시나 위대한 문명이 아니라 매년 인구가 줄어드는 낡은 항구의 삶이다.

오노라는 미스월버 아카데미를 졸업한 후 로렌조와 함께 시내로 이주했다. 그곳에서 로렌조는 시 의원으로 일했고, 그녀는 사회 복지와 관련된 일을 했다. 그녀가 한 일은 대부분 의료 봉사였던 것 같다. 그녀는 그 시절이 가장 자랑스럽다면서, 사회봉사를 그만두지 말걸 그랬다고 자주 말하곤 했다. 그녀처럼 고함도 잘 지르고 화도 잘 내는 사람이 왜 빈민가에서 일하고 싶어 하는지 짐작하기는 어려웠지만 말이다. 때로 그녀는 봉사 활동을 할 때의 경험을 즐겨 회고했다. 그런 얘기를 듣는 사람들은 때로 식욕이 사라지고 온몸의 털이 곤두서곤 했지만, 그녀가 그런 이야기를 늘어놓은 것은 아마 훌륭한 여성들이 말년에 빠져드는 음침함 때문이었을 것이다. 우리는 버스와 기차에서, 부엌과 식당에서 할머니들이 피부가 썩어 들어가면서 생긴 상처에 대해 너무나 슬프고 음악적인 목소리로 이야기하는 것을 들을 수 있다. 하지만 그들의 이야기는 아무리 아니라고 주장해 봐도 결국은 육체가 유한하다는 사실을 깨닫고 느낀 당혹감의 표현에 지나지 않는 것 같다. 오노라는 굳이 의학 용어를 쓸 필요를 느끼지 못했기 때문에 타협책을 만들어 냈다. 문제의 단어를 첫음절만 발음하고 나머지는 중얼중얼 얼 버무리는 것이 그것이었다. 그래서 자궁 절제 수술은 자궁중얼 중얼이 되었고, 화농은 화중얼중얼이 되었으며, 고환은 고중얼 중얼이 되었다.

로렌조는 세상을 떠나면서 그녀가 기대했던 것보다 훨씬 많은 신탁 재산을 그녀에게 남겼다. 왑샷 일가는 한 번도 그 액수를 입에 올리지 않았다. 올빼미들이 울어 대는 깜깜한 밤에도 그 말을 입에 올린 적이 없다. 로렌조가 죽은 지 한두 달 뒤에 오노라는 데 사스타고라는 사람과 결혼했다. 그는 자신이 후작이며 스페인에 성을 갖고 있다고 주장했다. 그녀는 새댁의 몸으로 배를 타고 유럽으로 떠났지만 여덟 달도 안 돼서 돌아 왔다. 이 시기에 관해 그녀는 이렇게만 말할 뿐이었다. "옛날에 어떤 외국인과 결혼했다가 엄청 실망했지……." 그녀는 다시 처녀 때 이름을 쓰면서 보트 거리에 있는 로렌조의 집에 정착했다. 그녀를 이해하려면 그녀의 하루를 지켜보는 것이 최선이다.

오노라의 침실은 쾌적하다. 벽은 연한 파란색이고, 침대 위로 높이 솟은 날씬한 기둥들은 원래 캐노피 천을 받치도록 되어 있지만 지금은 벌거벗은 나무틀을 지탱하고 있다. 가족들은 그녀에게 이 나무틀을 없애 버리라고 종용했다. 나무틀이 이미 여러 번 떨어진 적이 있으니, 그녀가 밤중에 한창 꿈에 빠져 있을 때 또 떨어져서 머리를 때려 부술지도 모른다는 것이 그 이유였다. 그녀는 가족들의 주의에 아랑곳하지 않고 다 모클레스*를 연상시키는 이 골동품 침대에서 편안히 잠을 청한다. 물론 그녀가 가진 가구들이 웨스트 농장의 가구들처럼 불안정하다는 뜻은 아니다. 하지만 그녀의 집에는 혹시 이방인이 찾아와서 앉기라도 하면 곧장 부서져서 사람을 바닥에 내동댕이쳐 버릴 만한 의자가 서너 개 있다. 그녀가 가진 가구들대다수가 로렌조의 것이었으며, 그가 이탈리아를 여행하면서사들인 것이 대부분이다. 그가 이 가구들을 사들인 것은 자신이 사는 신세계가 르네상스 시대 사람들의 머릿속에서 튀어나왔다고 생각했기 때문이다. 모든 사물을 뒤덮은 먼지는 세상의 먼지지만, 소금기 밴 습지 냄새, 짚자리 냄새, 나무를 훈연하는 냄새는 세인트보톨프스의 숨결이다.

오노라는 오늘 아침에 경적을 울리며 역으로 들어서는 7시 18분 기차 소리에 잠에서 깨어, 비몽사몽 중에 기차 경적을 천사들의 나팔 소리로 착각한다. 그녀는 신앙심이 아주 깊어서트래버틴과 세인트보톨프스의 거의 모든 종교 단체에 열정적으로 가입했다가 쓰디쓴 심정으로 탈퇴하곤 했다. 기차 소리를듣고 그녀는 눈처럼 하얀 옷을 입고 날씬한 나팔을 든 천사를상상한다. 그리고 이제 자신이 부름을 받았다며 기뻐한다. 뭔가 비범한 일을 해야 한다는 부름을 받은 것이다. 그녀는 옛날부터 이런 것을 기대했다. 그녀가 베개 위에서 몸을 일으켜 그메시지를 듣는다. 기차가 다시 경적을 울린다. 천사가 있던 자리에 기관차의 모습이 대신 들어섰지만, 그녀는 그리 크게 실망하지 않는다. 그녀는 침대에서 나와 옷을 입고 공기의 냄새를 맡는다. 양고기 냄새가 나는 것 같다. 그녀는 식욕이 동해서

---

* 그리스 신화의 등장인물. 왕이 다모클레스의 머리 위에 말총 한 올로 칼을 매달아 왕위가 얼마나 위험한 자리인지 보여 주었다.

아침을 먹으러 내려간다. 그녀는 걸을 때 지팡이를 사용한다.

　7월 아침인데도 식당에서는 불이 타고 있다. 그녀는 나이 때문에 생긴 한기를 뼈에서 몰아내려고 불에 손을 쬔다. 요리사인 매기가 뚜껑 덮은 접시를 식탁으로 가져온다. 하지만 양고기를 기대하던 오노라는 접시에서 농어를 발견하고 실망해서 짜증이 치민다. 그녀는 갑자기 화를 내거나 한밤중에 식은땀을 흘리는 등 여러 가지 불안 증세를 겪고 있다. 하지만 자신에게 이런 문제가 있다는 것을 인정할 필요는 없다. 기분이 언짢을 때면 요리사에게 접시를 던지면 되니까. 그녀는 심벌즈처럼 챙 하는 소리가 나도록 금속 뚜껑으로 접시를 덮고는 매기가 식당으로 들어오자 소리를 지른다. "농어라니. 내가 아침 식사로 농어를 먹을 사람 같아? 농어라니. 빨리 가져가. 얼른 이거 가져가고 베이컨이랑 달걀을 요리해 줘. 귀찮지 않다면 말이지." 매기는 생선을 치우며 한숨을 쉬지만 진심으로 절망한 것은 아니다. 그녀는 이런 대우에 익숙하다. 사람들은 매기가 왜 오노라 곁에 남아 있는지 종종 궁금해 한다. 매기는 오노라에게 매여 있는 신세가 아니다. 내일 당장이라도 더 좋은 직장을 구할 수 있으니까. 그렇다고 그녀가 오노라를 사랑하는 것도 아니다. 그녀는 이 노파에게서 적나라한 인간의 힘 같은 것을 보는 것 같다. 의존성이나 사랑과는 거리가 멀다.

　매기가 베이컨과 달걀을 요리해서 식탁으로 가져온다. 그러고는 웨스트 농장 근처에서 사고가 있었음을 알린다. 남자 한 명이 죽었고 젊은 여자 한 명이 집 안으로 옮겨졌다고. "가엾은 것." 오노라는 죽은 남자에 대해 이렇게 말하고는 더 이상 아무 말도 하지 않는다. 우체부의 발소리와, 편지들이 황동으로 된 우편물 투입구로 떨어져 바닥에 흩어지는 소리가 매기에게 들려온다. 그녀는 편지를 집어다가(10여 통쯤 된다.) 오노라의 접시 옆에 놓는다. 오노라는 편지에 눈길을 거의 주지 않는다. 어쩌면 옛 친구가 보낸 편지, 애플턴 신탁 회사에서 보낸 수표, 청구서, 간청이 담긴 편지, 초대장 같은 것들이 이 안에 들어 있는지도 모른다. 하지만 정확히 어떤 편지가 있는지는 아무도 영원히 알 수 없을 것이다. 오노라가 편지 더미를 흘 깃 보더니 집어 불 속에 던진다. 그녀는 왜 편지를 읽지도 않고 태워 버리는 걸까. 하지만 벽난로에서 의자로 돌아가는 그녀의 얼굴에 아주 선명한 감정이 스치고 지나가는 듯하다. 어쩌면 이것만으로도 모든 것을 설명할 수 있을지 모른다. 자신이 가장 쉽게 이해할 수 있는 것에 찬탄하는 우리는 하인에게 친절하고 은빛 칼로 편지를 열어 보는 점잖은 할머니의 모습을 동경한다. 하지만 삶의 흔적들을 즉시 없애 버리는 오노라가 훨씬 더 시적이지 않은가. 그녀는 아침 식사를 게걸스레 먹어 치우고 나서 자리에서 일어나 어깨 너머로 매기에게 소리친다. "혹시 누가 날 찾거든 정원에 있다고 해."

정원사인 마크는 벌써 일을 하고 있다. 그의 출근 시간은 7시다. "잘 잤나, 마크." 오노라가 유쾌하게 말하지만 마크는 귀도 안 들리고 말도 못 한다. 오노라는 마크를 고용할 때까지 마을의 정원사들을 차례로 고용했다가 모두 갈아 치웠다. 마크가 오기 직전에 일하던 정원사는 이탈리아 인이었는데 행실이 고약했다. 그는 갈퀴를 집어던지고 이렇게 소리쳤다. "이건 나빠요, 여기서 일하는 거, 미스 오노라. 이건 나빠요. 이걸 심어라, 저걸 뽑아라. 5분마다 마음을 바꾸잖아요. 이건 나빠요." 할 말을 다 한 그는 눈물을 흘리는 오노라를 남겨 두고 정원을 나갔다. 매기가 부엌에서 달려 나와 노부인을 품에 안고 말했다. "저 사람 말은 신경 쓰지 마세요. 저 사람 말은 신경 쓰지 마세요, 미스 왑샷. 마님이 얼마나 훌륭한 분인지 모르는 사람이 없어요. 마님이 얼마나 훌륭한 여자인지 모르는 사람이 없다고요." 마크는 귀가 들리지 않기 때문에 그녀의 간섭에서 자유롭다. 그래서 그녀가 장미 나무를 전부 옮겨 심으라고 말해도 돌멩이한테 말하는 것과 같다.

오노라는 무릎을 꿇고 앉기 힘든 몸인데도 그렇게 앉아 오전이 절반쯤 지나갈 때까지 정원에서 일한다. 그러고 나서는 집으로 들어가 조용히 손을 씻고 모자와 장갑과 가방을 들고 정원을 지나 네거리로 가서 트래버틴 행 버스를 탄다. 그녀가 이처럼 아주 은밀하게 집을 나선 것이 계산된 행동인지 아닌지는 영원히 알 수 없을 것이다. 오노라가 차를 마시자며 사람들을 초대해 놓고는 사람들이 제일 좋은 옷을 입고 왔을 때 집을 비워도 그건 일부러 사람들을 불편하게 하려는 게 아니라 그냥 자기 성격대로 행동한 것에 불과하다. 어쨌든 그녀가 정원에서 나온 지 몇 분 후에 애플턴 은행의 신탁 담당 직원이 그녀의 집을 찾아와 초인종을 울린다. 로렌조의 신탁 재산에서 나오는 돈으로 살아온 지난 세월 동안 오노라는 은행의 관리 방침을 승인하는 서류에 단 한 번도 서명한 적이 없다. 이 신탁 담당 직원은 그녀의 서명을 받아 낼 때까지 세인트보톨프스를 떠나지 말라는 명령을 받고 온 참이다. 그가 한동안 초인종을 울려 댄 후에야 매기가 창문을 열고는 왑샷 부인이 정원에 있다고 말해 준다. 그러나 정원사 마크에게서는 당연히 아무 이야기도 들을 수 없었으므로 그가 다시 초인종을 울리자 매기가 소리친다. "마님이 정원에 안 계신다면 나도 어디 계신지 몰라요. 어쩌면 왑샷 일가가 사는 농장에 가 계실지도 모르죠. 저쪽 40번 도로에 있어요. 강 옆의 큰 집이에요." 신탁 담당 직원이 40번 도로를 향해 출발하는 순간 오노라는 트래버틴 행 버스에 오른다.

오노라는 다른 승객들과 달리 요금 함에 10센트를 집어넣지 않는다. 그녀의 말처럼 그녀에게 뭐라고 할 수 있는 사람이 아무도 없다. 대신 그녀는 매년 크리스마스에 버스 회사로 20달러짜리 수표를 보낸다. 버스 회사 측은 그녀에게 편지도 써 보고, 전화도 해 보고, 그녀의 집으로 직원도 보내 보았지만 아무 소용이 없었다. 버스는 낡아서 덜컹거리고, 좌석들에는 절연 테이프가 붙어 있다. 차창 여러 군데에도 역시 테이프가 붙어 있다. 삐걱삐걱, 덜컹덜컹 하는 이 버스는 자동차로서는 참으로 드물게도 금방이라도 부서질 것 같은 느낌을 준다. 이 버스는 세상이라는 무대의 막(다정다감하지만 주눅이 든 모습으로 장을 보러 가는 여자들, 곱사등이들, 주정뱅이들)을 싣고 가는 것 같다. 오노라는 창밖의 강과 집들을 내다본다. 그 통렬한 풍경 속에서 그녀는 일생의 대부분을 보냈으며, 놀라운 오노라, 굉장한 오노라, 훌륭한 오노라 왑샷이라고 불리고 있다. 버스가 트래버틴의 거리 모퉁이에 멈춰 서자 그녀는 버스에서 내려 히럼 씨의 어물전을 향해 걸어간다. 히럼 씨는 가게 뒤쪽에서 소금에 절인 생선 상자를 열고 있다. 오노라는 계산대 뒤를 돌아서 바닷물 속에 가재를 넣어 둔 작은 수조로 간다. 그리고 가방과 지팡이를 내려놓은 다음 한쪽 소매를 걸어 올리고 수조 속에 손을 넣어 2킬로그램은 족히 나가는 가재를 꺼낸다. 바로 그때 히램 씨가 가게로 들어온다. "그거 내려놔요, 미스 오노라." 그가 소리친다. "아직 살아 있는 놈이에요. 아직 살아 있다고요."

"이놈이 날 해칠 것 같지는 않은데 뭐." 오노라가 말한다. "그러지 말고 종이봉투나 줘."

"조지 울프가 방금 가져온 녀석이에요." 히램 씨가 종이봉투를 찾으려고 허둥지둥 돌아다니며 말한다. "그 2킬로그램짜리가 부인을 물면 손가락이 달아날 수도 있다고요."

그가 종이봉투를 벌리자 오노라가 가재를 그 안에 넣고 돌아서서 다시 수조 속에 손을 넣는다. 히램 씨가 한숨을 내쉬지만, 오노라는 이번에도 재빨리 가재를 꺼내 봉투에 넣는다. 그녀는 히램 씨에게 값을 치른 후 가재를 들고 밖으로 나가 거리 모퉁이로 간다. 그곳에서 세인트보톨프스 행 버스가 승객들을 기다리고 있다. 그녀는 가재가 든 봉투를 운전사에게 건네준다. "자, 받아." 그녀가 말한다. "내 금방 다녀올 테니."

그녀는 포목상을 향해 출발한다. 하지만 싸구려 잡화점 옆을 지나다가 프랑크푸르트 소시지 냄새에 이끌려 안으로 들어가 계산대에 앉는다. "소시지 냄새가 아주 좋군." 그녀가 점원에게 말한다. "도저히 그냥 지나갈 수가 있어야지. 내 사촌 저스티나가 옛날에 여기서 피아노를 쳤지. 아, 내가 그걸 기억한다는 걸 알면 저스티나는 죽어 버릴 거야……." 그녀는 프랑크푸르트 소시지 두 개와 아이스크림 한 접시를 먹는다. "정말 맛있었어." 그녀는 계산대 아가씨에게 이렇게 말하고는 소지품을 챙겨 다시 버스 정류장 쪽으로 걷기 시작한다. 그런데 그때

넵튠 극장의 간판이 눈에 들어온다. 「서부의 장미」. 할머니가 영화 좀 보는 게 무슨 잘못이겠어. 그녀는 속으로 생각한다. 하지만 표를 사서 고약한 냄새가 나는 어두운 극장 안에 들어서자 억지로 도덕적인 부정에 휘말린 사람처럼 짜증이 엄습한다. 그녀는 부도덕한 일을 저지를 용기가 없다. 바깥세상에서 빛이 반짝이고 있는데 어두운 곳에 발을 들여놓는 것은 잘못임을 그녀는 안다. 이건 잘못된 일이고 그녀는 볼품없는 죄인이다. 그녀는 팝콘 한 봉지를 사서 맨 뒷줄 통로 쪽 좌석에 앉는다. 이 애매한 자리가 그녀의 죄책감을 조금 덜어 주는 듯하다. 그녀는 팝콘을 씹으면서 수상쩍다는 표정으로 영화를 본다.

그동안 매기는 그녀의 점심 식사가 식지 않도록 풍로 뒤쪽에 음식을 올려놓았고, 오노라가 산 가재는 종이봉투 안에서 살아남으려고 발버둥 치며 세인트보톨프스까지 실려 갔다가 다시 트래버틴으로 돌아오는 중이다. 신탁 담당 직원인 버스틴 씨는 웨스트 농장까지 차를 몰고 갔다. 새러가 친절하게 그를 맞이해 도움이 되는 정보를 알려 주었다. "저도 오노라를 못 봤어요." 그녀가 말한다. "하지만 조만간 오실 거예요. 헛간에 있는 가구에 관심이 있거든요. 어쩌면 거기 계실지도 몰라요." 버스틴 씨는 진입로를 걸어 내려가 헛간으로 간다. 그는 도시 사람이라서 커다란 헛간과 거기서 풍기는 강렬한 냄새를 맡자 집이 그리워진다. 헛간 바닥에 있던 커다란 노란색 거미 한 마리가 똑바로 다가오자 그는 거미를 피해 크게 원을 그리며 움직인다. 다락방으로 통하는 계단이 있고, 양수기 세 개 중 둘은 고장 난 상태다. 나머지 하나도 금방 고장 날 것처럼 보인다. 그는 다락방으로 올라가 보았지만 그 위에는 아무도 없다.

하지만 확실하지는 않다. 다락방에 빛이 들어오는 구멍이라고는 거미줄이 잔뜩 쳐 있고 건초 부스러기가 둥둥 떠다니는 창문 하나밖에 없으니까 말이다.

오노라는 한자리에 앉아 영화를 두 번이나 연달아 본다. 극장을 나설 때 그녀는 여느 죄인과 마찬가지로 피곤하고 슬픈 기분이다. 극장 복도는 인도를 향해 뻗은 터널처럼 경사져 있다. 미끌미끌한 인조 돌멩이가 통로 양편에 조금 놓여 있고, 그 위에는 얼음 배달부가 가져온 얼음이나 아이가 들고 있던 음료수 병에서 떨어진 것 같은 물방울 자국이 있다. 어쩌면 누가 침을 뱉은 자국인지도 모른다. 오노라는 그걸 밟고 미끄러져 돌멩이 위로 쓰러진다. 그녀의 가방과 지팡이가 제각기 다른 방향으로 날아가고 삼각 모자는 그녀의 콧잔등에 내려앉는다. 못생긴 매표소 아가씨는 이 광경을 보고 심장이 멈추는 것 같다. 넘어진 노파에게서 시간의 무자비함을 보았기 때문에. 그녀는 주위를 더듬어 현금 등록기 열쇠를 찾아 돈을 현금 등록기에 넣고 잠근다. 그러고는 자기만의 작은 탑, 성소, 또는 본거지로 통하는 문을 열고 오노라가 쓰러져 있는 곳으로 서둘러 달려가 그 옆에 주저앉는다. "세상에, 미스 왑샷," 그녀가 말한다. "어떡해요, 미스 왑샷?"

오노라는 팔로 몸을 지탱하며 일어나 앉는다. 그러고는 천천히 고개를 돌려 자신을 도와주러 온 여자를 바라본다. "날 내버려 둬." 그녀가 말한다. "부탁이니 날 내버려 둬." 사납거나 오만한 목소리가 아니라, 작고 애처로운 소리다. 뭔가 고민이 있는 아이 같은 목소리. 품위를 지키게 해 달라는 간청. 그녀 옆으로 사람들이 점점 모여들기 시작한다. 오노라는 여전히 손과 무릎으로 바닥을 짚고 있다. "부탁이니 나한테 신경 쓰지 마요." 그녀가 모여든 사람들에게 말한다. "가서 볼일들 봐요. 제발 나한테 신경 쓰지 말고 가요." 사람들은 그녀가 고통을 혼자 참아 내야 한다는 말을 하고 있음을 깨닫고 뒤로 물러난다. "부탁이니 나한테 신경 쓰지 마요." 그녀가 말한다. "가서 볼일들 봐요." 그녀는 모자를 똑바로 펴고 지팡이로 몸을 지탱하며 일어섰다. 누군가가 그녀에게 가방을 건네준다. 옷이 찢어지고 더러워졌지만 그녀는 사람들 사이를 똑바로 걸어 세인트보톨프스 행 버스가 기다리고 있는 거리 모퉁이로 간다. 아까 그녀를 트래버틴으로 데려다 준 운전사가 저녁을 먹으러 집으로 갔기 때문에 젊은이가 대신 운전대를 잡고 있다. "내 가재는 어떻게 했지?" 오노라가 묻는다.

운전사는 가재를 배달했다고 말하고는, 양식을 발휘해 그녀에게 요금을 요구하지 않는다. 그렇게 그들은 리버 거리를 따라 세인트보톨프스로 간다. 오노라는 네거리에서 내려 뒷문을 통해 정원으로 들어간다.

그동안 마크가 훌륭하게 일을 마무리해 놓았다. 오솔길과 꽃밭이 황혼 속에서 깔끔해 보인다. 날이 거의 어두워졌기 때문이다. 그녀는 오늘 하루를 흡족하게 보냈고, 영화도 마음에 들었다. 눈을 반쯤 감으면 총천연색 초원과 말을 타고 언덕을 내려오던 인디언들이 지금도 보이는 것 같다. 부엌 창문에 불이 들어와 있고, 여름밤이라 창문이 열려 있다. 그녀는 창문으로 다가가다가 매기가 여동생과 함께 부엌 탁자에 앉아 있는 것을 본다. 매기의 목소리가 들린다. "농어라니." 매기가 말한다. "농어라니, 이러는 거야. 접시 뚜껑을 쾅 닫고 입에서 불을 내뿜으면서. 내가 아침 식사로 농어를 먹을 사람 같아? 몇 주 전부터 농어가 먹고 싶다고 했으면서. 그래서 내가 어제 내 돈으로 타운센드의 아이한테 농어 두어 마리를 사서 예쁘게 요리해 줬더니 감사하다는 말은커녕 고작 그런 소리나 듣고 말이야. 농어라니. 내가 아침 식사로 농어를 먹을 사람 같아!"

매기는 화가 난 것이 아니다. 전혀. 그녀와 여동생은 오노라에 관해 이야기하며 박장대소를 하고 있다. 오노라가 지금 불 켜진 자기 집 창문 밖 어스름 속에 서 있는데 말이다. "그러고 나서," 매기가 말한다. "맥그래스 씨가 와서 우편물을 투입구에 넣는 소리가 들리기에 내가 가서 편지를 가져다줬어. 그랬더니 어떻게 했는지 알아?" 매기는 의자에 앉은 채 앞뒤로 몸을 흔들어 대며 크게 웃는다. "그 편지들을 가져다가, 전부 합해서 열두 통은 됐을 텐데, 그걸 불 속에 던져 버리더라고. 세상에, 링 세 개를 돌리는 서커스보다 더 재미있다니까."

오노라가 부드러운 풀밭을 걸어 창가를 지나가지만, 두 사람은 그녀의 발소리를 듣지 못한다. 웃음소리가 너무 크기 때문이다. 오노라는 집의 벽을 따라 절반쯤 걷다가 걸음을 멈추고 양손으로 지팡이를 잡으며 무겁게 몸을 기댄다. 너무나 격렬하고 이름조차 붙일 수 없는 감정에 푹 빠진 그녀는 혹시 이 외로움과 당황스러움이 삶의 신비가 아닐까 생각해 본다. 날카로운 아픔이 온몸을 적시는 통에 무릎에 힘이 빠진 그녀는 누군가에게 이해받고 싶은 마음이 너무나 간절한 나머지 고개를 들고 반쯤은 기도처럼 들리는 말을 중얼거린다. 그러고는 남은 힘을 모아 현관문으로 들어가서 명랑한 목소리로 복도 아래쪽을 향해 소리친다. "나 왔어, 매기." 2층 침실로 올라간 그녀는 물 잔에 포트와인을 가득 따라 마신다. 그러고 나서 신발을 갈아 신는데 전화벨이 울린다. 가엾은 버스틴 씨의 전화다. 그는 바이어덕트 여관에 방을 잡았는데, 그곳은 품위 있는 남자가 묵을 곳이 못 된다. "날 만나고 싶으면 와서 만나면 되지." 오노라가 말한다. "날 찾기는 어렵지 않아요. 트래버틴에 다녀오는 것을 빼면, 난 거의 7년 동안 세인트보톨프스를 떠난 적이 없으니까. 은행에 가서 말해요. 나랑 얘기하고 싶다면, 노파를 찾는 재주 말고 다른 재주도 가진 사람을 보내는 게 좋을 거라고." 이 말을 마친 후 그녀는 수화기를 내려놓고 왕성한 식욕을 느끼며 저녁 식사를 하러 내려간다.

7

아침 햇살과 2층에서 돌아다니는 식구들 소리 때문에 여자는 반쯤 잠에서 깨었다. 그녀는 먼저 자신이 낯선 곳에 있다는 것을 느꼈다. 비록 이제는 그녀에게 친숙한 곳이 그리 많지도 않았지만, 공기 중에서는 소시지 냄새가 났고, 심지어 파란색 그림자를 거느린 황금빛 아침 햇살까지도 고통스러울 정도로 낯설어 보여서, 옛날에 야영 첫날 잠을 자고 일어나 자신이 이불에 오줌을 쌌다는 것을 알게 되었을 때가 생각났다. 그다음으로 생각난 것은 사고였다. 하지만 자세히 기억나지는 않았다. 사고의 기억이 그녀의 머릿속에서 바윗덩어리처럼 불쑥 모습을 드러냈다. 너무 커서 움직일 수도 없고, 너무 단단해서 둘로 쪼개 속을 들여다볼 수도 없는 바윗덩어리. 그녀의 머릿속에 모든 기억이 검은 돌처럼 자리 잡고 있었다. 축축한 리넨 이불보 때문에 그녀는 낯설어서 고통스러운 느낌을 다시 떠올렸고, 자기가 살아가야 할 세상에서 왜 이토록 비참하고 쓰라린 기분이 드는지 모르겠다는 생각이 들었다. 침대에서 일어나 보니 온몸이 뻐근하고 아팠다. 옷장 안에는 그녀의 겉옷이 있었는데, 주머니에 담배가 몇 개비 들어 있었다. 담배 맛 덕분에 낯선 느낌으로 인한 고통이 조금 줄어들었고, 그녀는 조개껍데기를 재떨이 삼아 침대 옆으로 가져다 놓고 다시 침대에 누웠다. 그녀는 몸을 부들부들 떨면서 울려고 해 보았지만 울음이 나오지 않았다.

이제 집 안이, 아니 그녀가 누워 있는 방 주위나마 조용해졌다. 한 남자가 커다란 목소리로 작별 인사를 하는 소리가 들렸다. 벽에 걸린 어린 네덜란드 소녀의 그림 뒤에는 종려 주일에 쓰인 종려나무 이파리 몇 개가 끼워져 있었다. 여기가 사제의 집이 아니었으면 좋겠다는 생각이 들었다. 잠시 후 아래층 복도에서 전화벨이 울리더니 누군가가 큰 소리로 말했다. "여보세요, 메이블. 오늘 못 갈지도 몰라. 아니, 아직 돈은 못 받았어. 그 여자한테는 돈이 한 푼도 없어. 다들 오노라한테 돈을 받아 오는데. 그 여자한테는 돈이 한 푼도 없어. 아니, 보험사에서는 돈을 더 빌릴 수 없어. 내가 말했잖아. 내가 그 사람들한테 정말로 골탕을 먹였다고. 골탕을 먹였어. 그 여자 때문에 하루에도 오십 번씩 계단을 오르락내리락하니까 사실 나도 신발을 하나 사야 돼. 여기 지금 누가 와 있어. 혹시 사고 소식 들었어? 어젯밤에 여기서 사고가 났어. 자동차가 도로를 벗어난 사고였는데 남자 한 명이 죽었지. 끔찍해. 어쨌든 어떤 아가씨가 남자랑 같이 타고 있었는데, 식구들이 그 아가씨를 이리로 데려왔어. 그래서 지금 그 아가씨가 여기 있어. 나중에 얘기해 줄게. 나중에 얘기한다고 했잖아. 식구들이 그 아가씨를 데리고 있어서 내 일이 더 늘어났다고. 찰리는 어때? 오늘 저녁에는 뭐 먹을 거야? 미트 로프*는 먹지 마. 음식이 충분하지 않잖아. 미트 로프는 먹지 말라고. 연어 통조림을 하나 따서 찰리더러 맛있는 샐러드를 만들어 달라고 해. 미트 로프는 양이 모자라. 방금 말했잖아. 연어 통조림을 따고, 빵집에서 맛있는 롤빵을 좀 사 와. 찰리더러 후식으로는 파이를 만들라고 해. 여기 파이 만들기에 좋은 사과가 있어. 찰리는 아직도 변비야? 파이용 사과가 있어. 파이용 사과가 있다고. 내가 그저께 봤어. 티터스 가게에 가면 있어. 티터스 가게에 가서 사과를 좀 사다가 찰리더러 사과 파이를 만들어 달라고 해. 내 말대로 해. 사고 얘기는 나중에 만나서 해 줄게. 그 아가씨가 여기 얼마나 있을지는 나도 몰라. 나도 몰라. 난 이제 침대를 정리해야 돼. 끊을게……"

통화가 끝난 후 집 안은 다시 조용해졌다. 그런데 누군가가 계단을 올라오는 소리와 쟁반 위의 접시들이 기분 좋게 흔들리는 소리가 들렸다. 그녀는 담배를 껐다. "잘 잤어요?" 왑샷 부인이 말했다. "잘 잤어요, 로절리? 그냥 로절리라고 부를게요. 여기서는 예의 같은 거 잘 안 따지니까."

"안녕하세요?"

"우선 아가씨 부모한테 전화를 해야겠어요. 걱정하고 계실 테니까. 아냐, 내가 무슨 소리를 하는 거야. 우선 할 일은 그게 아니지. 아침 식사부터 좀 들어요. 내가 베개를 받쳐 줄게."

"정말 죄송하지만 아무것도 못 먹을 것 같아요." 아가씨가

---

* 다진 고기를 식빵 모양으로 구운 요리.

말했다. "정말 친절한 말씀이지만, 도저히 못 먹겠어요."

"쟁반에 있는 음식을 다 먹을 필요는 없어요." 왑샷 부인이 상냥하게 말했다. "하지만 뭐라도 좀 먹어야죠. 여기 이 달걀을 한번 먹어 보지그래요? 이것만 먹으면 돼요. 달걀은 꼭 먹어야 돼요."

그러자 아가씨가 울기 시작했다. 그녀는 베개를 옆으로 베고 누워 구석을 뚫어지게 바라보았다. 마치 그곳에 높은 산들이 솟아 있는 것처럼. 그녀의 표정이 그렇게나 아련하고 가슴 아팠다. 눈물이 뺨을 타고 흘러내렸다. "이런, 미안해요." 왑샷 부인이 말했다. "정말 미안해요. 그 청년이랑 약혼한 사이였던 모양이네요. 그러니까……."

"그런 게 아니에요." 아가씨가 흐느끼며 말했다. "달걀 때문에 그래요. 전 달걀을 참을 수가 없어요. 집에서 살 때 식구들이 아침 식사로 저한테 달걀을 먹였는데, 아침에 달걀을 먹지 않으면 저녁에라도 먹어야 했어요. 그러니까 제가 먹어야 하는데 먹지 못한 음식이 항상 저녁 식사 때 접시에 수북이 쌓여 있었죠. 달걀이 정말 역겨웠어요."

"그럼 아침 식사로 뭐 먹고 싶은 거 없어요?" 왑샷 부인이 물었다.

"땅콩버터를 먹고 싶어요. 땅콩버터 샌드위치랑 우유라면……."

"그거라면 만들어 줄 수 있을 거예요." 왑샷 부인은 이렇게 말하고는 쟁반을 들고 미소를 지으며 방을 나가 계단을 내려갔다.

그녀는 자신이 준비해 간 음식이 거절당한 것에 전혀 화가 나지 않았다. 아가씨가 자기 집에 있는 것이 기쁠 뿐이었다. 마치 그녀가 마음속 깊이 외로운 여인이라서 누가 됐건 말동무가 생긴 것에 감사하는 것 같았다. 그녀는 딸을 갖고 싶었다. 진심으로. 어린 딸이 그녀의 무릎에 앉아서 바느질을 배우거나, 눈 오는 밤에 부엌에서 설탕 과자를 만든다면 얼마나 좋을까. 그녀는 로절리의 샌드위치를 만드는 동안 그 낯선 아가씨에게 즐거이 소개해 주고 싶은 삶을 그려 보는 것 같았다. 함께 블루베리를 딸 수도 있고, 강가를 오랫동안 산책할 수도 있고, 일요일에 함께 교회에 갈 수도 있을 것이다. 그녀가 샌드위치를 가지고 다시 2층으로 올라가자 로절리는 침대에서 일어나고 싶다고 말했다. 왑샷 부인은 안 된다고 했지만, 로절리의 간청에도 일리가 있었다. "일어나서 좀 돌아다니다가 햇빛을 받으며 앉아 있으면 몸이 훨씬 나아질 것 같아요. 그냥 햇빛을 느끼고 싶어요."

로절리는 아침 식사를 마친 후 옷을 입고 왑샷 부인과 함께 정원으로 내려갔다. 정원에는 낡은 접의자가 있었다. "햇빛이 너무 좋아요." 그녀가 소매를 걷어 올리고 머리를 흔들어 머리채를 아래로 풀어 내리면서 말했다.

"이제 아가씨 부모님께 전화를 해야겠어요." 새러가 말했다.

"오늘은 부모님께 전화하고 싶지 않아요." 아가씨가 말했다. "내일이면 괜찮을지도 몰라요. 저기, 저한테 문제가 생기면 부모님은 항상 귀찮아 하세요. 그래서 제 문제로 두 분을 귀찮게 해 드리고 싶지 않아요. 부모님은 저더러 집으로 오라며 이러쿵저러쿵하실 거예요. 제 아버지가 성직자거든요. 교구 목사님이요. 그래서 일주일 내내 예배를 드리는 것 같아요."

"여긴 저교회파*예요." 왑샷 부인이 말했다. "하지만 좀 변화를 주고 싶어 할 사람이 몇 명 있을 것 같네요."

"아버지는 제가 아는 사람 중에서 정말이지 불안증이 제일 심한 분이에요." 로절리가 말했다. "정말이에요. 아버지는 항상 배를 긁고 계세요. 불안증이죠. 남자들 셔츠는 대개 깃 부분이 닳죠, 아마? 그런데 아버지 셔츠는 아버지가 긁은 부분이 닳아요."

"그래도 아가씨가 부모님께 전화를 해야 할 것 같은데." 왑샷 부인이 말했다.

"지금 제가 곤경에 빠져 있어서 그래요. 부모님은 항상 제가 말썽을 부린다고 생각하시거든요. 제가 예전에 야영에 갔는데, 애나매타포이셋이라는 야영이었어요. 거기서 아주 잘했다는 뜻으로 A자가 새겨진 스웨터를 받았어요. 그런데 아버지는 그걸 보더니 그 A가 '항상 문제를 일으킨다.(Always in Trouble.)'는 뜻일 거라고 하시더라고요. 그러니까 두 분을 귀찮게 해 드리고 싶지 않아요."

"그러면 안 될 것 같은데."

"제발 부탁이에요." 그녀가 입술을 깨물었다.

금방이라도 울 것 같아서 왑샷 부인은 재빨리 화제를 바꿨다. "모란 냄새를 맡아 봐요. 난 모란 냄새를 정말 좋아하는데, 꽃이 거의 다 졌네요."

"햇빛이 정말 좋아요."

"시내에서 직장에 다녀요?" 왑샷 부인이 물었다.

---

* 교의나 의식에 치중하지 않는 영국 국교회의 일파.

"사실은 비서 학교에 다녔어요." 로절리가 말했다.

"비서가 될 생각이에요?"

"그게, 저는 비서가 되고 싶지 않았어요. 화가나 심리학자가 되고 싶었지만, 앨런데일 학교에 다닐 때 거기 지도 교수를 참을 수가 없어서 마음을 정하지 못했어요. 지도 교수가 항상 제 몸에 손을 대고 제 옷깃을 만지작거리는 통에 그 사람하고 얘기하는 걸 참을 수가 없었거든요."

"그래서 비서 학교로 간 거예요?"

"음, 처음에는 유럽으로 갔어요. 지난여름에 다른 아가씨들하고 유럽으로 갔죠."

"마음에 들던가요?"

"유럽 말씀이세요?"

"그래요."

"뭐, 신성한 곳 같았어요. 그러니까 제가 실망한 게 몇 가지 있었다는 뜻이에요. 스트랫포드 같은 곳에서 말이에요. 그냥 흔한 소도시 같았거든요. 런던도 참을 수가 없었어요. 하지만 신실하고 작은 사람들이 사는 네덜란드는 참 좋았어요. 정말로 색달랐거든요."

"그럼 비서 학교에 전화해서 아가씨가 어디 있는지 알려야 하지 않아요?"

"아뇨." 로절리가 말했다. "지난달에 낙제했어요. 시험을 망쳤거든요. 다 아는 내용이었는데 단어가 생각나지 않더라고요. 제가 아는 단어라고는 '신성하다' 같은 것밖에 없어요. 시험에서는 당연히 안 쓰는 단어죠. 그래서 문제의 뜻을 도무지 모르겠더라고요. 단어를 더 많이 알았으면 좋겠어요."

"그렇군요." 왑샷 부인이 말했다.

어쩌면 로절리가 그녀에게 이야기를 계속했을 수도 있다. 그랬다면 아마 이런 이야기를 했을 것이다. '제 말은, 자라면서 제가 들은 거라고는 온통 섹스에 관한 이야기밖에 없는 것 같아요. 다들 저한테 그게 정말로 굉장하다면서 제가 가진 모든 문제와 외로움을 해결해 줄 거라고 했거든요. 그래서 당연히 섹스에 커다란 기대를 품었는데, 앨런데일에 다닐 때 잘생긴 남자랑 춤추러 가서 그걸 했지만, 외로움이 가시지 않았어요. 저는 항상 외로움을 많이 탔거든요. 그래서 그걸 계속했어요. 그렇게 하면 외롭지 않을 것 같아서. 그러다 임신을 했는데 당연히 두려운 일이었죠. 아버지가 성직자이고 워낙 고결하고 유명한 분이라서요. 부모님은 사실을 알고 죽을 것처럼 놀라시더니 저를 어딘가로 보냈어요. 저는 거기서 아주 귀여운 아기를 낳았죠. 다른 사람들한테는 코 수술을 받으러 간 거라고 말했지만. 나중에 부모님은 저를 어느 노부인하고 같이 유럽으로 보내서……'

그때 집에 있던 코벌리가 잔디밭으로 나왔다. "오노라 고모님이 전화하셨어요." 그가 말했다. "차를 마시러 오시든지, 저녁 식사 후에 들르실 것 같대요."

"너도 우리랑 같이 얘기하자." 왑샷 부인이 말했다. "코벌리, 이쪽은 로절리 영이야."

"안녕하세요?" 그가 말했다.

"안녕하세요?" 그의 목소리는 그가 이미 남자의 세계에 발을 들여놓았음을 선언하듯 무시무시할 정도로 굵었지만, 로절리는 그가 아직도 그 세계의 문밖에 있음을 알 수 있었다. 아니나 다를까, 그는 그녀에게 미소를 지으며 서 있다가 생각에 잠긴 표정으로 오른손 엄지손가락 아래쪽에 생긴 굳은살을 씹어 대기 시작했다.

"모지스는?"

"트래버틴에 갔어요."

"모지스는 방학 때 매일 배를 타요." 왑샷 부인이 로절리에게 말했다. "우리 큰아들이 아주 없어져 버린 것 같다니까."

"형은 경주에서 우승하고 싶어서 그러는 거예요." 코벌리가 말했다. 세 사람은 룰루가 점심을 먹으라고 부를 때까지 정원에 있었다.

점심을 먹은 후 로절리는 2층으로 가서 누웠다가 집 안이 고요해서 잠이 들었다. 일어나 보니 잔디밭에 드리워진 그림자가 길어져 있고, 아래층에서 남자들 목소리가 들렸다. 아래로 내려가 보니 다들 정원에 있었다. 식구들 전부. "여기가 우리 야외 거실이에요." 왑샷 부인이 말했다. "이쪽은 우리 남편하고 모지스예요. 이쪽은 로절리 영."

"안녕하세요, 아가씨?" 리앤더가 그녀의 미모에 반한 표정으로 말했다. 하지만 교활한 생각을 하는 것 같지는 않았다. 그는 의기양양하고, 밝고, 다른 욕심이 없는 사람처럼 그녀에게 말을 걸었다. 그녀가 오랜 술친구의 딸이라도 되는 것처럼. 그녀에게 퉁명스럽게 군 것은 모지스였다. 그는 그녀를 거의 쳐다보지도 않았지만, 예의에 어긋나는 짓을 하지는 않았다. 왑샷 부인은 젊은이들의 관계에 장애가 생긴 것을 보고 마음이 불편해졌다. 식구들은 소박한 식당에서 차가운 잉어를 먹었다. 우울한 색깔들을 꿰어 맞춰 뒤집어 놓은 스테인드글라스처럼 보이는 물건과 여름의 석양빛이 식당을 밝혀 주었다. "이 냅킨은 마땅하다기보다는 좀 심한 편이지." 왑샷 부인이 말했다. 식탁에서 그녀가 하는 말은 대개 진부하고 고색창연했다. 여자들 중에는 말을 그냥 기계적으로 암기해 배운 것 같은 사람들이 있는데 그녀도 그중 하나였다. "먼저 일어날게요." 모지스가 접시를 비우자마자 이렇게 중얼거리고는 어머니가 뭐라고 하기도 전에 식당을 나가 밤공기 속으로 한 발을 내딛었다.

"후식 안 먹을 거니, 모지스?"

"안 먹어요."

"어디 가는 거야?"

"펜들턴네요."

"일찍 돌아와라. 오노라 고모님이 오실 거야."

"예."

"오노라 고모님이 정말로 오시면 좋겠는데." 왑샷 부인이 말했다.

오노라는 오지 않을 것이다. 융단을 짜고 있으니까. 하지만 식구들은 그것을 모른다. 그러니 식구들이 밤이 다가오는 것을 지켜보며 체호프의 소설 주인공들처럼 늑장을 부리는 것을 지켜보는 대신 차라리 계단을 올라가 더 괜찮은 일들을 살펴보는 편이 나을지도 모르겠다. 2층에 있는 리앤더의 책상 서랍에는 옛날에는 노란색이었지만 지금은 시들어 버린 장미 한 송이, 노란 털로 만든 화환, 세기가 바뀔 때 불을 밝혔던 꽃불의 밑동, 벌거벗은 여자가 빨간 잉크로 적나라하게 그려진, 삶아빤 셔츠, 샴페인 병의 코르크 마개로 만든 목걸이, 총알이 장전된 권총이 있다. 아니면 코벌리의 책꽂이를 살펴볼 수도 있다. 『전쟁과 평화』, 『로버트 프로스트 시 전집』, 『마담 보바리』, 『검은 튤립』. 아니면 대여 금고에 오노라의 유언장이 든 마을의 포카매섯 신탁 회사에 가 보는 편이 훨씬 더 좋을지도 모르겠다.

8

오노라의 유언장은 결코 비밀이 아니었다. "로렌조가 나한테 남겨 준 게 좀 있어." 그녀는 식구들에게 이렇게 말했었다. "난 내 뜻뿐만 아니라 로렌조의 뜻도 생각해야 돼. 로렌조는 식구들한테 아주 헌신적이었지. 나도 나이를 먹을수록 가족이 더 중요해지는 것 같아. 내가 믿고 존경하는 사람들은 대부분 뉴잉글랜드의 훌륭한 뿌리에서 나온 것 같아." 그녀는 이런 말을 계속하다가 모지스와 코벌리가 왑샷 일가의 막내이므로 두 사람이 남자 후계자를 낳는다는 조건 아래 자기 재산을 두 사람에게 나눠 주겠다고 말했다. "돈이 있으면 정말 좋을 거예요." 왑샷 부인은 이렇게 소리쳤었다. 맹인과 절름발이 들을 위한 요양소, 미혼모들의 집, 고아원 등을 머릿속으로 정신없이 그리면서. 두 사람은 재산을 상속받을 것이라는 말을 듣고도 들뜨지 않았다. 처음에는 그 소식이 삶을 대하는 두 사람의 태도를 뚫고 들어가거나 바꿔 놓지 못한 것 같았다. 리앤더는 오노라의 결정이 지극히 당연하다고 생각했다. 오노라가 그 돈을 달리 어떻게 하겠는가? 하지만 그녀가 당연한 결정을 내렸는데도, 다들 그 소식을 듣고 불안감처럼 당연하지 않은 감정을 느끼는 것이 놀라웠다.

오노라가 유언장을 작성한 뒤 찾아온 겨울에 모지스가 심한 이하선염에 걸렸다. "모지스는 좀 괜찮아?" 오노라는 계속 이렇게 물었다. "모지스가 괜찮아질까?" 모지스는 건강을 회복했지만, 그해 여름에 돛단배 취사실의 작은 석유난로가 폭발하는 바람에 코벌리가 사타구니에 화상을 입었다. 사람들은 또다시 조바심치기 시작했다. 하지만 아들들의 남성적인 능력이 이렇게 정면에서 공격을 받는데도 리앤더는 가문의 대가 끊어질지도 모른다는 사실을 더 걱정했다. 가문의 대가 끊어지는 것은 그로서는 도저히 이해할 수 없는 일이었다. 코벌리가 열한 살인가 열두 살 때 어머니와 함께 「한여름 밤의 꿈」을 보러 갔다가 하마터면 대가 끊어질 뻔한 일이 있었다. 그가 현실을 벗어나 오베론이 되어 집으로 돌아온 것이다. 그는 넥타이를 헐렁하게 몸에 두르고 뒷계단에서 거실로 날아내리려 했다. 거실에서는 아버지가 월말 정산을 하고 있었다. 코벌리는 당연히 날 수 없었으므로 바닥에 널브러졌다. 넥타이를 여전히 몸에 두른 채. 리앤더는 코벌리에게 화를 내지는 않았지만, 뭔가 신비롭고 불안한 것에 사로잡혀(이카로스! 이카로스!) 알몸으로 누워 있는 아들을 굽어보며 아들이 아버지의 마음에서 아주 멀리 떨어져 버린 것 같다는 생각을 했다.

리앤더는 아들들을 따로 불러내서 인생에 대해 이야기해 줄 생각이 없었다. 오노라가 식구들에게 계속 다양하게 자선을 베풀어 줄지의 여부가 아들들의 남성적인 능력에 달렸는데도 말이다. 창밖을 잠시 내다보면 세상의 흐름을 볼 수 있을 것이다. 삶이라는 기름진 초록색 수프에서 뽑아낸 사랑, 죽음, 간음은 반쪽짜리 진실과 다를 바 없다는 것이 그의 생각이었으므로, 그는 아들들에게 일반적인 것만 가르쳤다. 그는 자신이 전혀 주목받지 못하면서도 예의를 지키며 살아가는 것이 탁월함과 세상의 지속을 염원하는 몸짓이나 서약임을 아들들이 알아주기를 원했다. 그는 크리스마스에 스케이트를 타러 갔다. 술에 취했든 취하지 않았든, 몸이 아프든 건강하든 상관없었다. 그는 파슨스 연못에 모습을 드러내는 것이 마을에 대한 자신의 책임이라고 생각했다. "저기 리앤더 왑샷이 간다." 사람들은 이렇게 말했다. 그 소리가 그의 귀에도 들려왔다. 그는 아들들이 자기처럼 꾸준히 순진무구하게 운동을 즐기는 훌륭한 사람이 되기를 바랐다. 그가 아침마다 냉수욕을 하는 것도 격식을 위해서였다. 때로는 오로지 그것만이 목적일 때도 있었다. 거의 비누를 사용하지 않아서 몸을 닦을 때 쓴 낡은 스펀지의 바다 소금 냄새를 풀풀 풍기며 욕조에서 나오곤 했으니까. 그는 자신이 저녁 식사 때 입는 겉옷, 식탁에서 드리는 감사 기도, 봄마다 가는 낚시 여행, 날이 어두워지면 마시는 버번, 단춧구멍에 꽂은 꽃 등을 모두 아들들이 이해해 주기를 바랐다. 어쩌면 따라 해 주기를 바랐는지도 모른다. 그는 아들들에게 나무 베는 법, 닭 털 뽑고 손질하는 법, 바느질하는 법, 밭 갈고 추수하는 법, 물고기 잡는 법, 돈 저축하는 법, 못 박는 법, 수동식 압착기로 사과주 만드는 법, 총 소제법, 배 모는 법 등을 가르쳤다.

그는 아내가 자신의 가르침에 반대하며 이의를 제기해도 놀라지 않았다. 아내는 꽃꽂이나 벽장 청소 같은 자기만의 불가해한 의식(儀式)을 가졌으니까. 그와 새러의 의견이 항상 일치하는 것은 아니었는데, 그가 보기에 이것은 무엇보다도 자연스러운 일이었다. 게다가 인생이 두 사람의 다른 점들을 알아서 조절하는 것 같았다. 그는 충동적이어서 어떤 행동을 할지 예측하기 어려웠다. 그가 언제 아들들에게 강에서 수영하라고 시킬지, 또는 고기를 자르라고 시킬지 도무지 알 수 없었다. 그는 봄마다 캐나다 국경 근처의 자연 속에서 야영을 하면서 송어 낚시를 했는데, 어느 해 봄에는 이제 모지스를 함께 데려갈 때가 되었다고 느닷없이 결정해 버렸다. 그런데 이번에는 새러가 화를 내면서 고집을 굽히지 않았다. 모지스가 아버지와 함께 북쪽으로 여행하는 것이 싫었던 그녀는 두 사람이 떠나기 전날 밤 모지스가 아프다고 말했다. 천사 같은 표정으로.

"불쌍한 녀석. 애가 너무 아파서 어딜 갈 수 있는 형편이 아냐."

"우린 내일 아침에 낚시하러 갈 거야." 리앤더가 말했다.

"리앤더, 아파서 누워 있는 가엾은 녀석을 끌어내서 북쪽 숲으로 데려간다면, 절대 당신을 용서하지 않을 거야."

"용서하고 말고 할 게 뭐 있어?"

"리앤더, 이리 와 봐."

두 사람은 새러의 침실 문을 닫아 놓고 토론인지 싸움인지 모를 이야기를 계속했지만, 아들들(과 룰루)은 두 사람이 화를 내며 모진 말을 해 대는 소리를 들을 수 있었다. 리앤더는 다음 날 날이 밝기 전에 잠든 모지스를 깨웠다. 미끼와 낚시 도구를 이미 꾸려 놓은 뒤였다. 두 사람은 새러가 아직 잠들어 있을 때 별빛을 받으며 레인즐리 연못으로 출발했다.

두 사람이 낚시 여행을 떠난 것은 5월이었다. 웨스트 강 계곡에는 꽃이 만발했고, 땅에서는 며칠 전부터 농부가 입는 바지 같은 냄새가 났다. 큰조아재비 냄새, 거름 냄새, 달콤한 풀 냄새. 콘코드 북쪽까지 갔을 때 해가 떠올랐고, 점심은 뉴햄프셔의 어떤 마을에서 먹었다. 두 사람은 이미 녹음이 우거진 강 계곡에서 훨씬 북쪽까지 가 있었다. 나무들은 벌거벗은 모습이었고, 두 사람이 들른 여관에서는 아직도 추운 겨울이 한창인 것 같았다. 여관에서는 석유 냄새가 났고, 여종업원은 콧물을 줄줄 흘렸다.

두 사람은 이제 산속에 들어와 있었다. 돌처럼 얼어붙은 강에는 검은 물(눈 녹은 물)이 가득 찼고, 얼음에 비친 파란 하늘 빛도 추위를 별로 누그러뜨리지 못했다. 모지스는 고갯길을 오르면서 유쾌한 표정으로 고개를 들어 관능적인 선을 그리는 산들을 바라보았다. 헐벗은 나무들 사이로 천둥 같은 소리를 내며 불어오는 바람은 왠지 파란색을 띤 것 같았다. 세찬 바람 소리를 들으니 아침에 떠나온 완만한 계곡이 생각났다. 채진목과 라일락이 자라고, 발밑에서는 벌써 철쭉이 밟히던 계곡. 이윽고 두 사람은 캐나다의 프랑스 어 지역 입구에 도착했다. 그곳 농가와 마을 들은 겨울의 추위와 지루함에 완전히 노출되어 있는 듯했다. 생테바리스트, 생메토드, 황량한 성령의 고장이 겨울의 채찍질에 노출되어 있었다. 북풍은 모질었고, 구름은 음산한 하얀색이었으며, 땅 여기저기에는 오래된 눈이 쌓여 있는 것이 보였다. 두 사람은 그날 늦게 레인즐리 마을에 도착했다. 두 사람을 호수 위쪽의 자연 속으로 데려다 줄 낡은 증기선 어린백조호가 부두에 매여 있었다. 모지스는 가방과 낚시 도구를 배에 실었다.

레인즐리에는 우체국과 가게가 하나씩밖에 없었다. 늦은 시간이었으므로 곧 어두워질 터였다. 우체국 창문에는 불이 켜져 있었지만, 호숫가는 사람이 살지 않는 곳이라 어두웠다. 모지스는 부두에 매인 낡은 증기선을 바라보았다. 긴 뱃머리와 운전대처럼 생긴 키도 보았다. 마호가니 판에 놋쇠로 통풍구를 만들고 벽을 보강한 뱃머리를 보면서 그는 이 배가 오래전에 여름휴가를 즐기러 오던 사람들을 위해 만들어진 것임을 깨달았다. 선미의 깊숙한 갑판에는 고리버들 의자 네 개가 나란히 놓여 있었다. 낡아서 여기저기 올이 풀리고 누더기가 된 그 의자들에 여름옷을 입은 여자들과 플란넬 옷을 입은 남자들이 앉아서 일몰을 보러 나갔을 것이다.(그게 언제 적 일일까?) 이제는 페인트로 칠한 색깔도 더러워지고 광택도 희미해진 배는 북풍에 밀려 부두에 몸을 비비면서 자신이 이렇게 방치된 것을 슬퍼했다.

아버지가 식료품을 사 들고 길을 걸어 내려왔다. 어떤 노인이 아버지의 뒤를 따라왔다. 노인이 닻줄을 풀고 갈고리로 배를 깊은 물속으로 밀어 주었다. 아무래도 여든 살은 되어 보였다. 치아가 하나도 없어서 입이 푹 꺼져 있었기 때문에 살짝 튀어나온 턱이 더 도드라져 보였다. 노인은 더러운 안경 뒤로 눈을 껌벅거리며 입술 사이로 혀를 빼물고 있는 힘껏 배를 앞으로 밀고는 아주 뻣뻣한 자세로 자리를 잡았다. 야영지까지는 배를 타고 11킬로미터를 더 가야 했다. 그들은 수프 깡통으로 연통을 만든, 다 쓰러져 가는 집까지 물건들을 가지고 올라가 불을 피우고 등을 켰다. 다람쥐들이 매트리스 안까지 들어왔던 흔적이 있었다. 쥐와 호저도 이곳을 들락거린 모양이었다. 모지스는 저 아래쪽에서 노인이 어린백조호에 시동을 걸고 우체국으로 돌아가는 소리를 들었다. 얼음처럼 차가운 저녁놀의 잔광, 배가 점점 멀어져 가는 소리, 난로에서 나는 냄새, 이 모든 것이 세인트보톨프스에서 맞이했던 그날 아침과 너무 달라서 세상이 두 조각으로 나뉜 것 같았다.

여기 이 반쪽 세상에는 깊은 호수와 낡아 빠진 어린백조호를 가진 노인과 더러운 야영지가 있었다. 여기에는 소금과 케첩과 조각 이불과 깡통에 든 스파게티와 더러운 양말이 있었다. 여기에는 녹슨 양철 깡통들이 계단 주위에 쌓여 있었다. 여기에는 『어부의 기도』, 『어부들의 용어』, 『어부의 미망인의 한탄』, 『어부의 눈물 수건』 등 낚시와 관련된 무의미하고 우스운 온갖 쓰레기 옆 벌거벗은 벽에 못으로 박아 놓은 《새터데이 이브닝 포스트》의 표지가 있었다. 여기에는 지렁이와 창자 냄새, 석유와 타 버린 팬케이크 냄새, 바람을 쏘이지 않은 담요 냄새, 오랫동안 갇혀 있던 연기 냄새, 젖은 신발 냄새, 잿물과 낯설음의 냄새가 있었다. 그가 서 있는 곳 근처 탁자 위에는 누군가가 꽂아 놓은 양초가 있고, 그 옆에는 탐정 소설이 한 권 있었는데, 앞부분은 쥐가 뜯어 먹은 모양이었다.

저쪽의 또 다른 반쪽 세상에는 세인트보톨프스의 농장, 완만한 계곡, 힘없이 흐르는 강, 이제 라일락과 히아신스의 향기를 풍기는 방, 산마르코의 컬러 판화, 집게발 달린 가구들이 있었다. 그곳에는 물망초가 가득 든 중국 그릇들, 축축한 리넨 덮개, 찬장의 은 식기, 거실에서 커다란 소리로 째깍거리는 시계가 있었다. 한 지방에서 다른 지방으로 경계선을 넘어갔을 때보다 두 세상의 차이가 더 큰 것 같았다. 계곡의 그 부드러움(동풍과 인도산 숄)에 자신이 얼마나 깊은 애착을 느끼는지 깨닫지 못하고, 그의 훌륭한 어머니 같은 사람들(여름 원피스를 입은 강철 같은 여인들)이 얼마나 단단하게 그 지방을 장악했는지 알지 못했기 때문에 그 차이가 그렇게 크게 느껴지는 것 같았다. 그는 생전 처음으로 그 여인들의 부재가 똑똑히 느껴지는 곳에 서 있었다. 그는 그들이 이 야영지를 어떻게 공격했을지, 그들이 이곳의 가구들을 어떻게 태워 버릴지, 양철 깡통들을 어떻게 파묻어 버릴지, 바닥을 어떻게 닦을지, 등불의 등피를 어떻게 청소할지, 유리로 된 슬리퍼(또는 그 밖의 매력적인 골동품)에 제비꽃과 둥굴레 꽃다발을 어떻게 꽂을지 생각하면서 미소를 지었다. 그들이 이곳을 다스린다면, 잔디밭이 야영지에서 호수까지 뻗을 것이고, 향초와 샐러드용 채소가 뒷문에 만발할 것이며, 커튼과 융단과 화학 약품을 쓰는 화장실과 종을 울리는 시계가 생겨날 것이다.

그의 아버지는 잔에 위스키를 따랐다. 화덕이 뜨거워지자 그는 햄버거를 몇 개 꺼내서 화덕 뚜껑에 올려놓고 녹슨 숟가락으로 뒤집어 가며 익혔다. 마치 위생과 질서에 관한 아내의 훌륭한 생각들을 무시해 버리는 의식을 치르는 것처럼. 저녁 식사를 끝냈을 때 호수의 물새들이 울고 있었다. 그리고 그 울음소리 때문에 자신들이 아주 외진 곳에 와 있다는 섬세한 느낌이 화덕의 열기로 지나치게 뜨거워진 오두막 안으로 들어오는 것 같았다. 모지스는 호숫가로 걸어가 숲 속에서 오줌을 싸고 물로 얼굴과 손을 씻었다. 물이 너무 차가워서 그가 옷을 벗고 더러운 담요 사이로 들어갈 때까지도 피부가 얼얼했다. 아버지가 등을 입김으로 불어 끄고 잠자리에 누운 뒤 두 사람은 잠이 들었다.

낚시를 하는 곳은 레인즐리가 아니라 숲 속 더 깊은 곳에 있는 연못이었다. 두 사람은 다음 날 아침 6시에 폴저스 연못으로 떠났다. 바람은 여전히 북쪽에서 불어오고 하늘은 구름에 뒤덮여 있었다. 두 사람은 2기통짜리 모터가 달린 작은 배를 타고 호수를 건너 켄턴스 습지로 향했다. 호수를 절반쯤 건넜을 때 낡은 배에 물이 들어오기 시작했다. 모지스는 선미에 앉아 미끼 깡통으로 물을 퍼냈다. 로벨스 곶에서 아버지가 모터의 속도를 줄이고 물이 새는 배를 넓은 습지 안으로 몰았다. 위험하고 불안한 곳이었지만 모지스의 눈에는 이곳 풍경이 매혹적이었다. 죽은 나무들이 줄지어 물가에 늘어서 있었다. 온몸이 마비된 듯한 키 큰 잿빛 나무들이 마치 인간의 재앙을 묘사한 조각상 같았다. 물이 얕아지자 리앤더가 모터를 배 안으로 집어넣었고, 모지스가 노를 잡았다. 두 사람이 배를 수문 안으로 집어넣는 소리에 거위 떼가 깜짝 놀라 날아갔다. "조금 좌측으로." 아버지가 말했다. "조금 더 좌측으로……." 모지스가 어깨 너머로 돌아보니 습지가 좁아져 개울로 이어지는 곳이 보였고, 뭔가가 우당탕 떨어지는 소리가 들렸다. 이윽고 물속에서 돌들이 모습을 드러내더니 노가 바닥에 닿았고, 뱃머리가 물가를 스쳤다.

그는 배를 끌어올려 나무에 단단히 묶었다. 그사이 아버지는 상륙 직전에 배가 돌에 긁히면서 페인트가 벗겨진 곳을 살펴보았다. 작년에 바른 페인트인 것 같았다. 모지스는 아버지가 숲 속에 처음으로 발을 디디는 사람이 되고 싶어 안달하고 있음을 깨달았다. 그가 배에서 장비를 내리는 동안 리앤더는 혹시 다른 사람들의 발자국이 없는지 길을 살펴보았다. 발자국이 몇 개 있었지만, 그가 칼로 흙을 긁어 보니 발자국 가장자리에 곰팡이가 피어 있었다. 사냥꾼들의 발자국이었다. 그는 기운차게 길을 걸어가기 시작했다. 모든 것이 죽어 있었다. 죽은 이파리, 죽은 나뭇가지, 죽은 양치류, 죽은 풀. 숲의 모든 것이 죽어서 역한 냄새와 곰팡내를 풍기며 길 위에 두껍게 쌓여 있었다. 희미한 하얀빛이 구름을 탈출해 숲을 순식간에 스치고 지나갔다. 모지스는 그 빛 덕분에 간신히 자신의 그림자를 볼 수 있었지만, 빛은 금방 사라져 버렸다.

오르막길이었다. 몸이 더워지고 땀이 났다. 그는 사랑을 느끼며 감탄 어린 눈으로 아버지의 머리와 어깨를 지켜보았다. 오전 중반 무렵에 나무들 사이로 저 앞에 공터가 보였다. 두 사람이 힘을 내서 오르막길을 마저 오르자 연못이 나타났다. 가을에 사냥꾼들이 이곳을 찾은 뒤로 이 연못을 본 사람은 두 사람이 처음이었다. 위험한 곳이었지만, 그것은 습지 특유의 짜릿한 위험이었다. 리앤더는 덤불 속을 들여다보다가 자신이 원하는 것을 찾았다. 오리 사냥용의 낡은 보트였다. 그는 모지스에게 불을 피울 나무를 좀 주워 오라고 했다. 그리고 화톳불을 피운 다음 배낭에서 타르 깡통을 꺼내 불 위에 푸른 나무를 걸고 타르를 가열했다. 그가 뜨거운 타르를 보트의 이음매에 바르자 추위 때문에 타르가 금방 단단하게 굳었다. 두 사람은 보트를 물에 띄우고 북풍에 맞서 노를 저었다. 타르를 발랐는데도 배에서는 물이 샜지만, 두 사람은 낚싯대에 미끼를 걸고 낚시를 시작했다.

5분 뒤 리앤더의 낚싯대가 휘어졌다. 그는 끙 소리를 내며 갈고리를 끼우고 커다란 송어와 대전했다. 모지스는 배를 계속 움직이는 일을 맡았다. 송어가 선미 쪽 1킬로미터 지점에서 솟아오르더니 다시 물속으로 들어가 몸부림치면서 보트의 그림자 속을 마지막 피난처로 삼았다. 그러고는 곧이어 모지스가 물고기를 한 마리 잡았다. 한 시간쯤 지나자 두 사람 사이에는 십여 마리의 송어가 쌓였다. 그때 눈이 내리기 시작했다. 두 사람은 눈보라 속에서 세 시간 동안 낚시질을 했지만 입질은 한 번도 없었다. 정오에는 마른 샌드위치를 점심으로 먹었다. 힘든 일이었지만, 모지스는 그것도 여행의 일부임을 알아챌 만큼 눈치가 있었다. 오후 중반에 눈보라가 그치더니 리앤더의 낚싯대에 입질이 있었다. 물고기가 한 번 더 미끼를 물었고, 하늘이 어두워지기 전에 두 사람 모두 한계에 이르렀다. 두 사람은 너무 지쳐 무감각해진 몸으로 배를 물가로 끌고 간 다음 휘청거리며 호수로 이어진 길을 걸어 내려갔다. 두 사람이 호수에 도착한 것은 어두워지기 직전이었다. 바람이 북동풍으로 바뀌어 습지 입구 너머에서 물이 포효하는 소리가 들렸지만, 모지스가 배에 고인 물을 퍼내면서 무사히 호수를 건너 보트의 머리와 꼬리를 단단히 묶어 두었다. 모지스가 불을 피우는 동안 아버지는 송어 네 마리의 창자를 제거해 화덕 뚜껑에 올려놓고 기름에 튀겼다. 그렇게 저녁 식사를 끝낸 뒤 두 사람은 잘 자라는 말을 중얼거리고는 등을 끄고 잠자리에 들었다.

즐거운 여행이었다. 두 사람은 모든 친척과 친구 들에게 충분히 나눠 줄 수 있을 만큼 많은 물고기를 들고 세인트보톨프스로 돌아왔다. 그 이듬해에는 코벌리가 여행을 갈 차례였다. 공교롭게도 코벌리는 이때 정말로 코를 훌쩍거렸지만 새러는 아무 말도 하지 않았다. 하지만 여행을 떠나기 전날 밤늦게 그녀가 요리 책을 들고 그의 방으로 와서 배낭에 집어넣었다. "네 아버지는 요리할 줄 몰라." 그녀가 말했다. "네가 나흘 동안 뭘 먹게 될지 몰라서 이걸 너한테 주기로 했다." 그는 어머니에게 고맙다고 인사하고 입을 맞추며 안녕히 주무시라고 말했다. 그리고 날이 밝기 전에 아버지와 함께 길을 떠났다. 이번 여행도 똑같았다. 두 사람은 도중에 잠시 멈춰서 점심을 먹으며 위스키를 마시고, 어린백조호를 타고 한참 동안 호수를 거슬러 올라갔다. 야영지에서는 리앤더가 화덕 뚜껑에 햄버거 몇 개를 올려놓았고, 저녁 식사를 마친 후에는 잠자리에 들었다. 코벌리가 책을 읽어도 되느냐고 물었다.

"무슨 책인데?"

"요리 책이에요." 코벌리가 책 표지를 살피며 말했다. "물고기를 요리하는 방법이 삼백 가지나 있어요."

"그런 건 갖다 버려라, 코벌리." 리앤더가 고함을 질렀다. "갖다 버려." 그는 아들의 손에서 책을 빼앗아 문을 열고 밖으로 던져 버렸다. 그러고는 아들이 자신의 가슴에서 떨어져 나간 것 같은 기분을 또다시 느끼며(이카로스, 이카로스!) 등을 붙어 껐다.

코벌리는 자기 때문에 아버지가 화가 났다는 것을 알았지만 자신이 느끼는 고통과 불편함을 묘사하기에 죄책감이라는 말은 너무 지나친 것 같았다. 어쩌면 오노라의 유언장에 명시된 조건 때문에 자신이 더 고통스러운 것 같기도 했다. 자신이 낚시 여행에 요리 책을 가져온 것은 자신과 아버지를 실망시키는 짓이었을 뿐만 아니라, 남성성을 기리는 신비의 의식을 더럽히고 오노라의 자선을 받는 사람들('선원의 집'과 허친스 맹인 요양원)뿐만 아니라 미래의 모든 왑샷 후손들까지도 실망시키는 짓이었다. 비참한 기분이었다. 나중에 그는 오노라의 유언장 때문에 자신의 인간적 책임이 비정상적으로 커졌다는 기분이 들어서 또 한 번 비참해졌다. 그것은 시간이 조금 흐른 뒤의 일이었다. 아마 한 1년쯤? 어쨌든 아주 간단한 일이 원인이었다. 낚시보다 더 간단한 일. 언제나 그렇듯이 8월 말에 아버지와 함께 참가했던 마을 축제. (모지스도 함께 갈 계획이었지만, 제비갈매기호가 모래톱에 좌초하는 바람에 10시까지 집에 돌아오지 못했다.) 코벌리는 부엌에서 일찌감치 저녁을 먹고 자기 옷 중에서 제일 좋은 하얀색 즈크 바지와 깨끗한 셔츠를 입었다. 주머니에는 용돈이 들어 있었다. 리앤더는 토파즈 호를 몰고 물굽이를 돌아 부두 쪽으로 배의 방향을 돌리면서 코벌리를 향해 경적을 울렸다. 그는 배의 속도를 절반으로 줄였다가 중립 기어를 넣고 코벌리가 배에 뛰어오를 수 있도록 잠시 부두에 스칠 듯이 떠 있었다.

승객은 몇 명밖에 없었다. 코벌리가 선실로 올라오자 리앤더가 그에게 키를 넘겨주었다. 물살이 밖으로 빠져나가는 중이어서 배는 물살을 거슬러 천천히 움직였다. 낮에는 덥더니 지금은 바다 쪽으로 적란운이 떠 있었다. 구름이 워낙 선명하고 밝은 햇빛 속에 떠 있어서 강이나 작은 마을과는 아무런 상관이 없는 것처럼 보였다. 코벌리는 배를 부두에 솜씨 좋게 대고 갑판원인 벤틀리를 도와 배를 고정한 다음 양탄자 조각으로 겉을 감싼 낡은 갑판 의자들을 접어서 쌓고 그 위에 방수포를 획 덮었다. 리앤더는 그라임스 빵집에 들러 구운 콩 한 접시를 먹었다. "구운 콩은 음악적인 열매죠." 나이 많은 여종업원이 말했다. "많이 먹을수록 나팔을 많이 불게 돼요." 이 농담이 적당히 투박했기 때문에 그녀의 귀에는 항상 신선하게 들렸다. 리앤더는 축제장을 향해 워터 거리를 걸어가며 여러 번 큰 소리로 방귀를 뀌었다. 너무나 멋진 여름밤이어서 마치 추억을 떠올릴 때와 같은 느낌이 들었다. 앞쪽에 은촛물림 판자로 만든 울타리가 보였을 때는 너무 즐거워서 발꿈치를 부딪치며 뛰어오르기라도 할 것 같은 기분이었다. 울타리 안과 위에서는 축제의 불빛들이 폭풍우를 품은 구름에 맞서 용감하게 빛나고 있었다. 구름 속에서 번개가 번쩍 이는 것이 보였다.

코벌리는 어둠 속에 있다가 그렇게 많은 불빛이 빛나는 것을 보고 신이 났다. 줄타기 곡예사의 장비들도 짜릿하기는 마찬가지였다. 버팀줄로 묶어 놓은 높은 장대 위에 술 장식이 달린 발판이 있고, 위를 향한 조명등 두 개의 눈부신 빛이 이 모든 것을 비추었다. 먼지가 둥둥 떠 있는 불빛 속에서 나방들이 껌 종이 조각들처럼 떠다니는 것이 보였다. 분을 바른 것 같은 피부에 머리는 밀짚 색깔이고, 배꼽은 엄지손가락을 넣어도 될 만큼 깊고(리앤더의 생각이다.) 귀와 가슴에서는 라인스톤*이 파랗고 빨갛게 타오르는 아가씨가 머리를 뒤로 쓸어 넘기며 줄 위에서 걷기도 하고 자전거도 탔다. 그런데 그녀가 조금 서

---

* 인조 다이아몬드.

두르는 것 같았다. 천둥이 우르릉거리고 돌풍에서 틀림없는 비 냄새가 났기 때문이다. 아직 비가 한 방울도 내리지 않았는데도 제일 좋은 옷을 입고 나왔거나 나이가 많거나 불안증이 심한 사람들이 여기저기서 관중석을 떠나 비를 피할 곳을 찾았다. 줄타기 묘기가 끝나자 리앤더는 코벌리를 통로 머리 쪽으로 데리고 갔다. 그곳에서는 쿠치 쇼*를 한창 소개하는 중이었다.

　건장한 남자 분들, 건장한 남자 분들, 스트립쇼를 구경하세요. 오래전부터 내려오는 춤을 구경하세요. 연세가 많은 분이라면 더 젊고 강해져서 집에 있는 부인에게 돌아갈 것이고, 젊은이라면 젊은이답게 행복하고 쌩쌩해질 겁니다. 날카로운 얼굴과 날카로운 목소리로 궤변과 음탕함에만 전력을 다하는 것처럼 보이는 남자가 자그마한 빨간색 단에서 사람들에게 말했다. 마치 그가 악마나 되는 것처럼, 아니면 적어도 악마의 옹호자인 뱀이라도 되는 것처럼 사람들이 그에게서 안전거리를 두고 떨어져 있었는데도 말이다. 그의 뒤쪽에 있는 기둥에 매달려 비를 품은 바람 속에 쓸모없는 돛처럼 부풀어 올라 있는 것은 하렘 여인들처럼 옷을 입은 여자들을 그린 커다란 그림 네 점이었다. 오랫동안 비바람에 시달려 그림이 워낙 어두워져 있었기 때문에 빛을 비추어도 아무 소용이 없었다. 그러니 여자들이 아니라 감기약과 만병통치약을 광고하는 그림이라고 해도 믿을 판이었다. 중앙에는 전구로 "즐거운 파티"라는 글자를 만들어 놓은 문이 있었다. 긴 여름 동안 뉴잉글랜드 여기저

---

* 사육제 때 공연되던 스트립쇼.

기를 돌아다니느라 닳고 닳은 문이었다. 건장한 남자 분들, 건장한 남자 분들, 허리 춤입니다, 허리 춤입니다. 악마가 말했다. 아직 팔리지 않은 입장권 다발로 빨간색 단 윗부분을 후려치면서. 여기 이 아가씨들에게 맛보기를 딱 한 번만 더 부탁하겠습니다. 딱 한 번입니다. 여러분이 안에 들어가면 무엇을 볼 수 있는지 맛보기로 보여 드리는 겁니다.

　오두막 창문에 걸어 놓는 것과 같은 거칠고 투명한 천으로 만든 치마를 입은 아가씨 두 명이, 아이들에게 「하이어워사」나 「마을의 대장장이」를 암송해 보라고 했을 때처럼, 수줍고 수줍은 표정으로 자기들끼리 뭐라고 이야기하면서 마지못해 나란히 앞으로 나왔다. 한 명은 대담했고, 다른 한 명은 그렇지 않았다. 젖가슴이 천 속에 가볍게 매달려 있어서 곡선이 시작되는 부분이 보였다. 아가씨들은 금방이라도 무너질 듯한 단 위로 올라갔다. 두 사람의 무게 때문에 바닥의 널들이 휘어졌다. 아가씨들은 대담하고 발랄한 표정으로 사람들을 바라보았다. 한 명은 비를 품은 바람에 머리카락이 날리지 않도록 한 손으로 뒤통수를 붙들고, 다른 손으로는 치마의 트임 부분을 잡고 있었다. 두 사람은 포주가 곧 쇼가 시작될 거라며 해방시켜 줄 때까지 거기 서 있었다. 금방 시작합니다. 마지막 기회예요. 이 미인들의 춤을 볼 수 있는 마지막 기회입니다. 코벌리는 아버지를 따라 그곳으로 올라가 작은 천막 안으로 들어갔다. 서른 명쯤 되는 남자들이 작은 무대 주위에 무관심한 표정으로 서 있었다. 무대는 코벌리가 어렸을 때 사랑하는 주디가 펀치의 머리를 때리는 모습을 보았던 무대와 별로 다르지 않았다. 천막 천장에 구멍이 워낙 많아서 축제의 불빛들이 은하수 별빛처럼 안으로 새어 들어왔다. 코벌리는 이 환상에 넋을 잃고 있다가 자기들이 왜 여기 들어왔는지 간신히 기억해 냈다. 쇼가 어떤 것인지는 몰라도 관중들은 뚱한 표정이었다. 리앤더는 친구를 만나 코벌리를 혼자 남겨 두고 천막 밖에서 포주의 말에 귀를 기울였다. "건장한 남자 분들, 허리 춤입니다. 쇼를 시작하기 전에 여기 이 아가씨들에게 딱 한 번만 더 부탁하겠습니다……"

아가씨들이 단 위에 올라갔다가 다시 내려가는 동안 사람들은 기다리고 또 기다렸다. 오르락내리락. 그동안 밖에서는 밤과 축제가 흘러갔다. 비가 조금 내리기 시작하자 천막 벽이 바람에 부풀었지만 빗물은 천막을 식혀 주지 못하고 코벌리의 머릿속에서 버섯 냄새 나는 숲의 추억만 불러냈다. 그는 여기가 그 숲이었으면 좋겠다는 생각이 들었다. 그때 아가씨들이 천막 안으로 들어와 한 명은 축음기를 돌리고 다른 한 명은 춤을 추었다. 그녀는 어렸다. 리앤더에게는 자식뻘이었다. 예쁘지는 않았지만 한창 젊을 때라서 별로 문제가 되지 않았다. 그녀의 머리카락은 갈색이었고, 두 개의 컬을 만들어 놓은 옆 부분만 빼고는 카우보이처럼 생머리였다. 치맛단 두 자락을 한데 모아 꽂아 놓은 핀에 손가락을 찔리자 그녀는 투덜거렸고, 엄지에 핏방울이 맺힌 채로 계속 춤을 추었다. 그녀가 치마를 아래로 떨어뜨리자 알몸이 드러났다.

그러고 나서 군데군데 좀먹은 자국이 있고 발에 짓밟힌 풀 냄새가 가득한 이 천막 안에서 디오니소스의 의식이 진행되었다. 부서진 천막 기둥이 판 위에 놓인 상징(신성한 것들 중에서도 신성한 상징) 역할을 했다. 성적인 힘의 깊숙한 원천에 예를

표하는 이 의식은 각각의 단계가 인류의 역사만큼이나 오래된 것이었다. 소의 울음소리와 아이들의 목소리가 그들을 가려 주는 얄팍한 천막 벽을 통해 들려왔다. 코벌리는 넋을 잃었다. 그때 아가씨가 앞줄에 있던 어떤 농장 일꾼의 모자를 집어 들고 아주 추잡한 행동을 했다. 코벌리는 천막에서 나왔다.

비가 오는데도 축제가 계속되었다. 비 때문에 공기에서 기분 좋고 쌉쌀한 냄새가 났다. 회전목마와 회전식 관람차는 여전히 돌아가고 있었다. 코벌리의 등 뒤에서 쿠치 쇼의 직직거리는 음악 소리가 들려왔다. 그의 아버지는 아직 그곳에 있었다. 코벌리는 비를 피하려고 농산물 전시장으로 들어갔다. 그곳에는 노인 한 명밖에 없었고, 구경할 만한 것도 전혀 없었다. 호박, 토마토, 옥수수, 리마콩이 가격과 이름표가 붙은 종이 접시에 진열되어 있었다. 이런 상황에서 호박에 감탄하는 것이 얄궂은 일이라는 것을 그는 놓치지 않았다. "2등. 올가 플루진스키." 그는 토마토 피클 병을 비참한 표정으로 뚫어지게 바라보면서 이름표를 읽었다. "골든 밴텀 옥수수. 피터 코벨 재배. 2등. 예루살렘 아티초크……" 회전목마 소리와 빗소리 너머로 아가씨들이 춤추고 있는 곳에서 음악 소리가 여전히 들려왔다. 음악이 멈추자 그는 다시 천막으로 가서 아버지를 기다렸다. 코벌리가 천막에서 나가는 것을 리앤더가 봤는지는 모르겠지만, 어쨌든 리앤더는 아무 말도 하지 않았다. 두 사람은 자동차를 세워 놓은 마을까지 아무 말 없이 걸었다. 코벌리는 레인즐리에서 느꼈던 감정을 기억했다. 그가 자신의 권리를 위험에 빠뜨렸을 뿐만 아니라, 아직 태어나지도 않은 왑샷 후손과 노인과 맹인 들까지도 위험에 처해 있었다. 게다가 부모님의 근사한 노년까지도 위험에 빠져 있었다. 부모님은 그런 노년을 즐길 자격이 있는데 말이다. 어쩌면 그가 웨스트 농장에 사는 식구들의 삶까지 위험에 빠뜨린 것 같기도 했다. 두 사람이 집으로 돌아와 보니 모두들 잠들어 있었다. 두 사람은 우유를 조금 마시고 잘 자라고 중얼거린 다음 잠자리에 들었다.

하지만 코벌리의 고민은 끝나지 않았다. 그는 천막에서 본 아가씨 꿈을 꾸었다. 그가 잠에서 깨어 보니 날이 습했다. 소금기 섞인 안개가 강 상류를 떠돌면서 보풀이 일어난 모직 조각처럼 전나무에 들러붙어 있었다. 그날 아침에는 그가 몸을 숨길 만한 곳이 하나도 없었다. 누더기 조각 같은 안개 때문에 그의 몸과 마음이 안으로만 향해서 자꾸 고민거리를 생각하게 되는 것 같았다. 그는 털실로 짠 수영복을 찾으려고 바닥에 쌓인 옷가지들을 뒤적거렸다. 젖은 수영복에서 죽은 바다의 냄새가 났다. 축축한 털실이 썩은 것처럼 느껴져서 코벌리는 금욕을 실천한 사람들과 성자들을 경건하게 생각하면서 수영복을 몸에 걸치고 뒷계단을 내려갔다. 하지만 그날 아침에는 이 집에서 음침한 분위기에 빛과 분별력을 가져다줄 수 있는 유일한 장소인 부엌조차 더럽고 차가운 폐선 같았다. 코벌리는 뒷문으로 나가 정원을 지나서 강으로 향했다. 물이 빠져나가서 드러난 진흙에서 악취가 났다. 하지만 코벌리가 느끼기에는 악취가 그리 심하지 않았다. 그의 허리를 감싸서 이제 그의 한심한 육체 덕분에 따스해진 축축한 니트 수영복에서 그가 움직일 때마다 썩은 바닷물 냄새가 새로이 풍겨 나왔으니까. 그는 다이빙대 끝으로 가서는 감자 자루 조각 위에 서서 팔짱을 껴 가슴 피부를 데우며 한기 속 풍경을 위아래로 훑어보았다. 안개가 계곡에 걸려 있고, 계곡에서는 기분 나쁜 이슬비가 지하 감옥에 고인 습기처럼 땅으로 떨어졌다. 그는 물속으로 뛰어들어 오들오들 떨면서 강 한가운데까지 헤엄쳐 갔다가 다시 축축한 정원을 가로질러 뛰어 돌아왔다. 삶의 기쁨이 자신에게 있는지 궁금해 하면서.

두 아들은 11시에 어머니를 교회로 모시고 갔고, 코벌리는 열렬히 무릎을 꿇었다. 하지만 그가 기도를 절반도 마치기 전에 앞자리에 앉은 여자의 향수 냄새가 그의 모든 고행을 무위로 돌리고, 엄격한 기독교 교회도 결코 강력한 요새가 아님을 그에게 보여 주었다. 교회 문지기가 떡갈나무 문을 닫아 버리고 아이도 들어올 수 없을 만큼 좁은 창문만 열려 있었는데도, 코벌리가 느끼기에는 악마가 왔다 가면서 자신의 어깨에 앉아 하퍼 부인의 원피스 앞자락을 들여다보며 부인의 발목에 감탄하고 교구 목사와 소프라노를 맡은 소년에 관한 소문이 사실인지 생각해 보라고 충동질하는 것 같았다. 성찬식 시간이 되자 어머니가 팔꿈치로 그를 쿡쿡 찔렀지만 그는 창백한 얼굴로 어머니를 바라보며 고개를 저었다. 설교는 지루했다. 목사가 설교하는 내내 코벌리는 어떤 주교에 관한 외설적인 2연짜리 오행 속요를 쉬지 않고 머릿속으로 읊었다.

그날 늦게 식구들이 차를 마시고 있을 때 코벌리는 집 뒤꼍으로 나갔다. 구름을 밀어내는 바람 냄새가 나고, 바람에 나무가 부스럭거리는 소리가 들리고, 구름이 걷히는 것이 보였다. 이제 비참한 날씨가 사라지고 노란빛이 서쪽에서부터 번져 왔다. 그때 그는 자신이 무엇을 해야 하는지 깨닫고 준비했다. 겨드랑이를 씻고 저금통을 비웠다. 그녀에게 지불할 돈은 충분했다. 그는 축복받은 남자들의 대열에 합류할 것이다. 소들의 울음소리와 아이들의 목소리를 살짝 가려 주는 천막 안에서. 그는 걷다가 달리다가 다시 걸었다. 그는 웨일런즈의 풀밭을 가로질러 비포장 길을 따라 축제장으로 가는 지름길을 택했다. 인생이 이렇게 단순하다는 사실을 왜 좀 더 일찍 알지 못했는지 궁금해 하면서.

그가 비포장 길에 이르렀을 때는 이미 날이 어두워져 있었다. 구름을 밀어내는 바람이 불었는데도 하늘에는 별이 하나도 없는 것 같았다. 그는 축제장 입구가 보일 때까지 걸음을 멈추지도, 머뭇거리지도 않았다. 축제장의 불은 모두 꺼져 있었다. 당연한 일이었다. 축제가 끝나고 사육제도 사라져 버렸으니까. 축제장으로 들어가는 문은 활짝 열려 있었다. 케이크와 호박에 이어 큐피 인형과 바느질 작품들이 모두 전시장에서 철수되었으니 더 이상 지킬 것이 없지 않은가. 어두운 길과 나무에 가려진 장소들이 워낙 많기 때문에 아무리 심한 반대에 부딪친 연인들이라도 축제장을 피난처로 삼지는 않을 것이다. 매년 이맘때 사나흘 동안만 임대되는 축제장은 리앤더의 나이만큼이나 오래된 곳이었으며, 밤공기 속으로 썩은 나무 냄새를 토해 냈다. 하지만 코벌리는 계속 나아갔다. 짓밟힌 풀 냄새가 아직 남아 있는 곳으로, 바큇자국이 난 중앙 통로를 따라서, 그녀가 의식을 치렀던 곳으로. 아니, 어둠 속에서 그곳이라고 짐작되는 곳으로. 아, 이런 아이를 어떻게 해야 좋을까?

모지스의 경우에는, 아직 아버지가 되지 않은 것이 순전히 요행이었다.

9

헨리 파커가 시내에서 농작물 화물차에 로절리의 옷을 싣고 왔다. 로절리는 웨스트 농장에 계속 머물렀다. 앨런데일에 다닐 때 알던 여자 친구를 만나러 시카고에 가겠다고 말하면서도. 하지만 언제 떠날지는 몰라도, 떠나겠다는 그 계획 덕분에 그녀에게는 이 낡은 사각형 집과 계곡이 너무나 훌륭한 황금빛을 받고 있는 것처럼 보이고, 눈에 보이는 모든 것이 너무나 사랑스럽게 느껴지는 것 같았다. 그래서 그녀는 계속 머물렀다. 가끔 강가를 걷다가 근처에 집이 하나도 없는 곳에 이르면 늦은 오후의 공기 속에서 동풍에 실려 온 레몬 향기, 나무에서 나는 연기 냄새, 장미 향기, 먼지 냄새를 맡는다. 어렸을 때 틀림없이 가 본 적이 있는 커다란 집의 향기. 우리의 기억은 너무나 희미하고 유쾌하다. 어렸을 때 그 집에 머무르고 싶었지만 그럴 수 없었으므로. 그런데 웨스트 농장이 로절리에게 이렇게 보이기 시작했다.

그녀는 비가 내릴 때의 이 낡은 집의 분위기를 가장 좋아했다. 아침에 일어나 여러 지붕과 채광창에 떨어지는 빗소리가 들리면 항상 커다란 위안을 느꼈다. 그녀는 비 오는 날 책을 읽을 계획을 세웠다. 뒤처진 독서 계획을 따라잡아야 한다면서. 그녀가 고른 책들은 모두 거창한 것들이었지만, 그녀는 한 번도 1장(章)을 넘기지 못했다. 새러가 부드럽게 그녀를 지도해 주려고 했다. 『미들마치』는 아주 좋은 책이야. 『죽음이 대주교를 찾아오다』를 읽어 봤니? 아침을 먹은 후에 로절리는 책 몇 권을 들고 뒤쪽 거실에 자리를 잡았지만 결국은 나무 상자에서 낡은 만화책을 꺼내 읽곤 했다. 가끔은 마을로 나가서 사람들이 자신을 금방 알아보는 것을 보고 기뻐하기도 했다. 왑샷 씨 집에 머무르는 그 아가씨로구먼. 다들 이렇게 말했다. 그녀는 집안일을 도우려고 거실 청소를 하기도 하고 걸레를 들고 돌아다니기도 했지만, 중년의 장식품과 가구 들이 앞길을 가로막는 가시나 돌멩이처럼 보이는 나이라서 항상 물건을 떨어뜨리곤 했다. 말은 하지 않았지만, 왑샷 부인이 왜 그렇게 많은 꽃을 집 안으로 가져와서 쉽게 손에 걸려 넘어지는 꽃병과 물병에 꽂아 놓는지 이해할 수가 없었다. 그녀의 웃음소리는 크고 다정했으며, 거의 모든 사람이 그녀의 목소리를 좋아했다. 심지어 멀리서 희미하게 들려오는 그녀의 발소리까지도 좋아했다. 그녀는 양수 펌프를 포함한 모든 것을 상냥하게 대했다. 펌프가 여러 번 고장이 났는데도 말이다. 펌프가 고장 나자 코벌리가 장작 창고 근처의 우물에서 로절리와 왑샷 부인이 몸을 씻을 물을 길어 왔지만, 남자들은 그냥 개울에서 목욕을 했다.

오노라는 그녀를 직접 보고 판단하러 오지 않았다. 식구들은 이것을 농담거리로 삼았다. "오노라 누님을 만나기 전에는 시카고로 떠날 수 없어." 리앤더가 말했다. 지붕에 빗방울이 떨어지는 소리를 듣다 보면 이곳 농장의 한가로운 생활이 자연스럽다는 생각이 들었다. 손가락 사이로 시간이 그냥 흘러가게 내버려 두는 것 말고는 다른 일을 할 필요가 없다는 생각. 죽은 친구가 생각나면 그녀는 다른 사람들과 마찬가지로 그의 죽음을 합리화하려 애쓰다가, 그가 갈 때가 되어 간 것이고 그는 원래 일찍 죽을 운명이었다는 식으로 설득력 있고 위안이 되는 감상적인 결론을 어영부영 내리곤 했다. 그녀는 그를 꿈에서 딱 한 번 보았다. 곤히 자고 일어났는데 그가 곤경에 처해 있다는 느낌이 들었다. 늦은 시간이라 집 안은 어두웠다. 시냇물 소리와 숲 속에서 울어 대는 올빼미 소리가 들렸다. 작고 감미로운 노래. 그 사람이 곤란해졌어. 그녀는 담배에 불을 붙이며 생각했다. 그가 눈에 보이는 것 같았다. 그녀에게 등을 돌린 채 벌거벗은 사람처럼 무방비한 모습으로. 길을 잃은 사람처럼. 그의 머리와 어깨를 보고 알 수 있었다. 길을 잃었거나 눈이 멀어서 엄청난 고통 속에서 미로를 헤매고 있다는 것을. 그녀는 그를 도와줄 수 없다는 것을 깨달았다. 그가 헤엄칠 때처럼 손을 움직이는 것을 보고 자신이 무기력하다는 사실 때문에 괴로워한다는 것을 느낄 수 있었는데도. 그녀는 그가 벌을 받고 있다고 생각했다. 그가 무슨 죄를 지었는지는 알 수 없었지만. 그녀는 다시 침대에 누워 잠이 들었지만 꿈은 이미 끝난 다음이었다. 그가 그녀의 시야가 미치지 않는 곳으로 가 버렸거나, 그의 방황이 끝난 듯했다.

리앤더가 어느 날 그녀를 토파즈 호에 태워 주었다. 아주 화창한 날이어서 그녀는 뱃머리 갑판에 서 있었다. 리앤더는 조타실에서 그녀를 지켜보았다. 배가 만을 가로지르기 시작할 때 낯선 사람이 그녀에게 다가왔다. 리앤더는 그녀가 그에게 거의 주의를 기울이지 않는 것을 보고 기분이 좋았다. 낯선 남자가 끈질기게 치근대자 그녀는 쌀쌀한 미소를 지어 보이고는 조타실로 올라왔다. "이렇게 웃기는 낡은 배는 본 적이 없어요." 그녀가 말했다.

리앤더는 사람들이 토파즈 호를 나쁘게 말하는 것을 좋아하지 않았다. 그녀의 가벼운 말이 그의 화를 돋웠다. 이 낡은 배에 대한 그의 애정이 약점일 수도 있지만, 그는 토파즈 호의 진가를 알아보지 못하는 사람들을 경솔하다고 생각했다. "배고파 죽겠어요." 로절리가 말했다. "사방에서 소금 냄새가 나요. 아직 10시도 안 됐는데 황소 한 마리를 통째로 먹어 치울 수 있을 것 같아요." 리앤더는 그녀가 처음 한 말 때문에 여전히 분개하고 있었다. "호수에서 야영을 한 적이 있는데요," 그녀가 말했다. "거기에 사람들을 태워서 돌아다니는 배가 있었지만 이 배만큼 재미있지 않았어요. 그 배의 선장과는 아는 사이가 아니었거든요." 그녀는 토파즈 호를 가볍게 말한 것이 실수였음을 깨닫고 열심히 수습하는 중이었다. "게다가 그 배는 바다에 나갈 수도 없었어요. 이 배는 바다에 나가도 충분할 것 같은데요. 바다를 항해하는 배를 어떻게 만들어야 하는지 잘 알던 시절에 만들어진 것 같아요."

"올봄이면 이 배는 서른두 살이 돼." 리앤더가 자랑스럽게 말했다. "오노라는 이 배에 한 계절에 200~300달러밖에 안 쓰는데, 아무리 날씨가 험한 날 오노라가 사람들을 데려와도 이 배에서는 머리카락 하나 다치지 않았어."

그들은 냉거서킷에서 함께 배에서 내렸고, 리앤더는 그녀가 핫도그 네 개를 음료수와 함께 먹어 치우는 모습을 지켜보았다. 그녀는 롤러코스터를 타고 싶어 하지 않았다. 그는 그녀가 더 섬세한 오락거리를 원하는 모양이라고 짐작했다. 그녀가 휴게실에서 칵테일을 마시는지 궁금했다. 자기 집에 대해 이야기할 때면 그녀는 가족들이 돈은 많지만 비열하다고 했었다. 리앤더는 그녀가 이 두 가지를 함께 겪으며 살아온 것 같다고 짐작했다. "어머니는 여름마다 엄청나게 큰 가든파티를 열어요." 그녀는 이렇게 말했었다. "관현악단이 덤불 속에 숨어서 연주를 하고, 맛있는 케이크가 수도 없이 많죠." 그리고 한 시간 후에는 자신이 살림에 소질이 없다는 이야기를 하면서 이렇게 말했다. "집에서는 아버지가 욕실을 청소해요. 낡은 옷으로 갈아입고는 네 발로 기면서 바닥과 욕조를 닦죠……" 관현악단을 데려온다는 이야기도, 성직자가 청소를 한다는 이야기도 리앤더에게는 똑같이 이상하게 들렸다. 흥미롭기도 했다. 로절리가 집에서 겪은 일들 때문에 냉거서킷을 제대로 즐기지 못하는 것 같아서. 그는 롤러코스터를 타고 싶었던 터라 그녀가 싫다고 했을 때 낙담했다. 하지만 두 사람은 난파선의 벽을 타고 백사장과 초록색 물 위로 올라갔고, 그는 그녀와 함께 있는 것이 즐거웠다. 새러와 마찬가지로 그도 딸이 있었으면 정말 좋겠다는 생각을 했다. 그녀가 살아가는 모습이 빠르게 머릿속에 떠올랐다. 물론 그녀는 결혼을 할 것이다. 심지어 그녀가 교회 계단을 내려갈 때 자신이 쌀을 던지는 모습까지 생생히 보이는 듯했다. 하지만 무슨 이유에서인지 그녀의 결혼 생활이 잘못되고 말았다. 그녀의 남편이 전쟁터에서 죽었거나, 아니면 알고 보니 주정뱅이나 사기꾼이었던 것 같았다. 어쨌든 그녀는 집으로 돌아와 늙은 리앤더를 돌봐 주었다. 그에게 버번을 가져다주고, 음식을 만들어 주고, 폭풍이 부는 밤에는 그의 이야기에 귀를 기울였다. 두 사람은 3시에 배로 돌아갔다.

모두들 로절리를 좋아했지만 모지스는 예외였다. 그는 그녀를 피했으며, 그녀와 부딪히면 무뚝뚝하게 굴었다. 왑샷 부인은 그녀를 배에 태워 주라고 계속 종용했지만 그는 매번 싫다고 했다. 그녀가 처음 나타났을 때 그가 들판에서 밤을 보내며 화재까지 겪었기 때문인 것 같기도 하고, 아니면 그녀가 어머니의 이마에서 튀어나온 어머니의 창조물처럼 보이기 때문인 것 같기도 했다.(이쪽이 더 가능성이 높았다.) 그는 포카매섯 보트 클럽에서 대부분의 시간을 보내며 제비갈매기호로 경주를 했다. 가끔 파슨스 연못에서 헛간 뒤를 지나 웨스트 강으로 흘러가는 개울로 낚시를 하러 가기도 했다.

어느 날 아침 그는 이렇게 낚시를 할 생각으로 동이 트기 전에 일어났다. 하지만 이미 늦여름이라 물고기를 잡을 가능성은 희박했다. 그는 날이 밝기 전에 부엌에서 커피를 끓이고 방수복을 입었다. 그의 머리는 예전에 지금처럼 일찍 일어났을 때의 기분 좋은 기억들로 가득 차 있었다. 레인즐리에서 야영했던 일과 스키를 탔던 일. 스키장 산막의 숨 막힐 듯한 더위와 형편없는 음식과 달리기. 어두운 부엌에서(창문이 조금씩 밝아지기 시작했다.) 커피를 마시다 보니 이런 것들이 모두 생각났다. 그는 거실 벽장에서 장비를 꺼내 장화를 허리띠에 매달고 들판을 터벅터벅 걸었다. 파슨스 연못까지 걸어가서 개울을 따라 내려가며 제물낚시를 할 생각이었다. 그가 찾아낸 것이 제물낚싯대뿐이었으니까.

그는 파슨스 연못 바로 아래쪽에서 숲 속으로 들어갔다. 다른 낚시꾼들이 이미 만들어 놓은 길이 있었다. 숲 속은 몹시 습했고, 갖가지 식물 냄새 때문에 도취된 기분이었다. (예언자들의 웅얼거리는 목소리 같은) 물소리가 들리고 연못이 처음으로 눈에 들어오자 심장이 펄쩍 뛰어오르는 것 같았다. 방광이 가득 찼지만, 그는 혹시 필요할지도 모를 행운을 위해 꾹 참았다. 그는 낚싯대를 물에 담그고 싶어 안달하다가 그렇게 서두르는 자신을 꾸짖었다. 목줄을 놓고 매듭을 잘 묶어야 했다. 이 작업을 하는 동안 송어 한 마리가 상류로 올라가는 것이 보였다. 눈 깜박할 순간에 일어난 일이었다. 송어는 저녁에 신문을 입에 물고 오는 개처럼 왠지 결의에 찬 모습이었다.

시간이 일러서 물 위에 안개가 조각보처럼 떠 있었다. 그런데 탠 껍질*만큼 강렬하면서도 훨씬 더 섬세한 이 냄새는 뭐지? 그는 연못 바닥이 단단한지 확인하면서 물속으로 들어가 솜씨 좋게 그물을 던졌다. 적어도 그는 자신의 솜씨에 만족했다. 만약 그가 송어였다면 침을 질질 흘리며 달려들었다가 턱에 낚싯바늘이 박혔을 터였다. 그는 낚싯줄을 거둬들여 한 번 더 던졌다. 물속으로 아주 깊이 들어가 있어서 가랑이가 젖을 정도였다. 그는 다행이라고 생각했다. 차가운 물 덕분에 그토록 단순한 기쁨을 멀리할 생각이 사라질지도 모른다는 희망을

---

* 가죽 무두질용으로 사용하는 오크 등의 껍질.

품고서. 몸이 성숙하면서 자신이 삶의 소소한 일들을 좋아한다는 사실을 깨달았으니까 말이다. 그는 낚싯줄 하나를 걸고는 또 하나를 묶으면서 물살이 빠르고 깊이가 얕은 곳을 지나 또 다른 웅덩이로 들어갔다. 가장 예쁜 웅덩이였지만, 그는 그곳에서 물고기를 잡아 본 적이 없었다. 웅덩이 주위의 화강암은 채석장 돌처럼 사각형이었고, 물은 검은색으로 느리게 흘렀으며, 여기저기에 전나무와 야생 사과나무 가지가 늘어져 있었다. 모지스는 자신이 이 웅덩이에서 시간을 낭비하고 있음을 알았지만, 여기에 송어가 없을 거라고 자신을 이해시킬 수 없었다. 아래턱이 쑥 나오고 몸이 재빠른 1킬로그램짜리 송어들이 잔뜩 있을 것 같았다. 그는 이 어두운 웅덩이에서 다시 하얀 물이 있는 곳을 지나 풀숲이 무성한 둑으로 갔다. 둑에는 백합과 들장미가 자라나 있었으며, 낚싯줄을 던지기가 쉬웠다. 그가 이 웅덩이에서 낚시질을 하는 동안 해가 나왔다. 황금빛 햇살이 숲 전체로 퍼져 나가다가 물속으로 가라앉아 파란색 돌멩이와 하얀 자갈이 전부 들여다보였다. 홍수처럼 물 위로 밀려오던 햇빛이 버번위스키처럼 황금빛으로 변했다. 그리고 그 순간 낚싯대에 입질이 왔다. 발밑이 불안해 하마터면 넘어질 뻔한 그는 커다란 소리로 욕설을 퍼부었다. 낚싯대가 휘더니 송어가 요란한 소리를 내며 물 위로 올라왔다가 웅덩이 입구의 통나무를 향해 움직였다. 모지스는 송어를 붙들고 놓아주지 않았다. 송어가 이리저리 몸부림치자 녀석의 힘이 모지스의 팔과 어깨로 짜릿하게 전해졌다. 물고기가 점점 지쳐 가자 그는 송어를 건져 올릴 그물을 꺼내면서 속으로 생각했다. 인생은 정말 근사해. 정말 근사해! 그는 물고기의 몸통에 난 장

빛빛 반점에 감탄하다가 녀석의 등을 부러뜨려 양치류로 쌌다. 이제 근사한 하루를 맞을 준비가 되었다. 오늘 그는 할 수 있는 최대한, 또는 그 이상 물고기를 잡을 것이다. 하지만 그 웅덩이에서 한 시간 동안 낚시질을 했어도 입질은 다시 오지 않았다. 그래서 그는 경주장의 송어처럼 반사적으로 계속 다음 웅덩이로 옮겨 갔다. 그렇다고 숲의 정적과 예언자처럼 큰 소리를 내는 물소리가 들리지 않는 것은 아니었다. 그는 저 아래쪽 웅덩이를 바라보다가 자신이 혼자가 아님을 깨달았다. 로절리가 와 있었다.

그녀는 원래 목욕을 하러 온 터였다. 실제로도 따뜻한 햇볕을 받으며 알몸으로 바위 위에 앉아 발가락 사이를 비누로 문지르며 몸을 씻고 있었다. 그는 낚싯줄을 끌어당기는 소리를 그녀가 듣지 못하도록 릴을 낚아채고는 소리가 안 나게 조심하면서 웅덩이 가장자리로 걸어 나왔다. 그녀는 그를 볼 수 없지만, 그는 나뭇잎 사이로 그녀를 볼 수 있는 위치에 있었다. 그는 부끄러운 얼굴로 반짝반짝 빛나는 자신만의 수재녀를 지켜보았다. 소박한 기쁨에 대한 꿈 대신 약간의 슬픔과 무거움이 자리를 잡았다. 입에서 피 맛이 나고 이가 아파 오는 것 같았다. 그녀는 물속으로 들어가지 않고 그냥 발만 씻었다. 물이 너무 차갑거나, 햇볕이 너무 따뜻한 모양이었다. 그녀가 일어서서 엉덩이에 붙은 나뭇잎 하나를 떼어 내고 초록색 숲 속으로 사라져 버렸다. 그녀의 옷이 거기 있는 모양이었다. 그는 머릿속이 혼란스러웠다. 그의 주머니에 든 죽은 송어 냄새가 마치 과거의 일처럼 느껴졌다. 그는 물고기를 쌌던 포장을 풀고 흐르는 물에 씻었다. 하지만 물고기가 장난감처럼 보였다. 그는 적당히 사이를 두고 기다렸다가 집으로 돌아갔다. 어머니가 우물물을 길어 오라는 부탁을 하려고 그를 기다리고 있었다. 점심을 먹은 뒤 그는 로절리에게 같이 배를 타러 가자고 말했다. "어머, 가고 말고요." 그녀가 말했다.

두 사람은 낡은 자동차를 타고 트래버틴으로 갔다. 그녀는 항해술에 대해 그가 예상했던 것보다 더 많이 알았다. 그가 배에서 물을 퍼내는 동안 그녀는 돛에 활대를 대고는 그에게 방해가 되지 않도록 물러나 있었다. 남서쪽에서 신선한 바람이 불어왔다. 그는 경주할 때의 항로를 따라 선미로 바람을 받으며 센터보드*를 올리고 첫 번째 부표를 향해 나아갔다. 그런데 바람이 동풍으로 바뀌더니 마치 입김에 유리가 흐려지듯 순식간에 날이 어두워졌다. 그는 두 번째 부표를 향해 크게 갈지자를 그렸지만, 물살이 거칠어서 갑자기 모든 것이 음침해지더니 화가 난 듯 위험하게 날뛰기 시작했다. 나이 많은 노인 같은 바다(썰물)가 뱃전을 잡아당기는 것이 느껴졌다. 파도가 뱃머리를 넘어 배 안으로 들어오기 시작하면서 파도가 칠 때마다 로절리의 몸이 흠뻑 젖었다.

그녀는 보트 클럽으로 돌아가고 싶었지만, 그가 그러지 않으리라는 것을 알았다. 추워서 몸이 벌벌 떨렸고, 배를 타지 말걸 그랬다는 생각이 들었다. 그녀는 그의 관심, 그의 우정을 얻고 싶었다. 하지만 배가 서투르게 솟아올랐다가 불길하게 쿵 소리를 내며 떨어지고 파도가 또다시 어깨 위에서 부서지자,

---

* 배(요트)가 옆으로 흐르는 것을 방지하기 위한 판. 용골을 뚫고 물속으로 나와 있으며 올리거나 내릴 수 있다.

그녀는 자신의 과거와 희망에 대해 의기소침한 생각을 하기 시작했다. 사랑하는 가족도 없고, 친구도 별로 없고, 주로 남자에게 의존해 지식과 지침을 구하는 그녀는 남자들이 하나같이 알 수 없는 순례자처럼 행동하며, 그들의 순례 여행 때문에 자신의 목숨이 위험해지기 일쑤라는 것을 이미 알았다. 그녀가 예전에 알던 남자 중에 등산을 좋아하는 사람이 있었다. 제비갈매기호가 기울면서 또다시 바다에 부딪치자 등산을 좋아하던 그 남자가 생각났다. 피곤해서 입가가 하얗게 일어났고, 발도 아팠다. 말라 버린 샌드위치와 물마루에서 바라다보이는 안개처럼 흐릿한 파란색 풍경 때문에 자기가 지금 여기서 뭘 하고 있는 건지 모르겠다는 의문이 일었다. 그녀는 새를 관찰하는 사람들을 따라나선 적도 있고, 집에서 어부와 사냥꾼 들을 기다린 적도 있었다. 그리고 지금은 제비갈매기호에서 반쯤 얼어붙은 몸으로 물에 빠져 죽기 직전이었다.

두 사람은 두 번째 부표를 돌아 보트 클럽으로 돌아가기 시작했다. 계류장이 가까워지자 로절리는 뱃머리로 올라갔다. 그다음에 일어난 일은 그녀의 잘못 때문이 아니었다. 모지스가 자기 눈으로 목격하지 않았다면 그녀를 탓했을지도 모르지만 말이다. 그녀가 배를 자기 쪽으로 당기자 배를 매는 밧줄이 끊어져 버렸다. 배는 생각에 잠긴 듯 항구 입구에서 일이 초 동안 가만히 있다가 천천히 뱃머리를 난바다 쪽으로 돌려 거친 물살 속에서 고개를 주억거리고 춤을 추며 나아가기 시작했다. 모지스는 운동화를 벗어던지고 물속으로 뛰어들어 배를 향해 헤엄치기 시작했다. 하지만 얼마쯤 헤엄치다가 배가 썰물과 바람을 타고 빠르게 움직이고 있어서 도저히 따라잡을 수 없음을 깨달았다. 그래서 고개를 돌린 그는 자기가 얼마나 커다란 실수를 저질렀는지 알아차렸다. 밧줄이 끊어졌을 때 배는 계류장에서 이미 멀어졌고, 이제는 그를 부르는 로절리를 태우고 돛을 내린 채 난바다로 나아가고 있었다.

잠시 후 안개가 끼었다. 해변과 포카매섯 클럽의 불빛이 간신히 보여서 그는 그쪽을 향해 출발했다. 하지만 서두르지는 않았다. 썰물이 강했고, 그의 체력에도 한계가 있었으니까. 누군가가 보트 클럽 쪽마루로 나오는 모습이 보이자 그는 손을 흔들며 소리를 질렀지만 그 사람은 그 소리를 듣지도, 그를 보지도 못하는 것 같았다. 그는 잠시 쉬려고 1분 동안 가만히 물에 떠 있다가 해안까지 먼 거리를 헤엄쳐 가기 시작했다. 발밑에 모래가 닿았을 때는 기분이 너무나 좋았다. 위원회의 낡은 보트가 선착장에 매여 있는 것을 보고 그는 닻줄을 푼 다음 그 배를 몰고 안개 속으로 나아가며 제비갈매기호가 어느 방향으로 갔을지 추측해 보았다. 그러다가 모터가 혼자 헛되이 돌아가도록 내버려 둔 채 소리를 지르기 시작했다. "로절리, 로절리, 로절리, 로절리……"

잠시 후 그녀가 대답하는 소리가 들려왔다. 그는 제비갈매기호의 윤곽을 발견하고 자신에게 어떤 줄을 던져 주어야 하는지 그녀에게 알려 주었다. 그리고 뱃머리에 있던 그녀를 자기 품으로 안아 올렸다. 그녀는 웃고 있었다. 그는 그동안 불안에 시달렸기 때문에 그녀의 명랑한 모습이 일종의 선한 행동처럼 보였다. 그녀에게 그런 면이 있을 거라고는 짐작도 하지 못했는데 말이다. 두 사람은 배를 회수해서 해안으로 향했다. 그렇게 제비갈매기호를 정박한 후 두 사람은 낡은 클럽 회관으로 들어갔다. 클럽 회관은 마치 노파와 생쥐 들이 지은 집처럼 보였다. 사실 클럽 회관은 세인트보톨프스에서 강을 타고 떠내려온 건물이었다. 모지스가 불을 피웠고, 두 사람은 젖은 몸을 말렸다. 스터지스 노인이 당구 연습을 하려고 당구실로 들어오지 않았다면, 두 사람은 그곳에 계속 머물렀을 것이다.

오노라는 그날 오후에 양탄자를 다 짰다. 빨간 장미 꽃밭이 그려진 양탄자였다. 이 양탄자와 우울하게 변한 바다 때문에 그녀는 마침내 웨스트 농장으로 가서 그 집에 새로 온 낯선 여자를 만나 보기로 했다. 그녀는 빗속을 뚫고 들판을 가로질러 보트 거리에서 리버 거리로 가서 옆문으로 들어가며 소리쳤다. "이봐, 이봐, 아무도 없어?" 아무 대답이 없었다. 집은 텅 비어 있었다. 그녀는 참견하기 좋아하는 사람이 아니었지만, 그 낯선 아가씨가 남는 방에 있는지 보려고 계단을 올라갔다. 서둘러 정리한 침대, 여기저기 의자에 흩어진 옷, 꽁초가 가득 찬 재떨이를 보고 그녀는 불쾌하고 수상쩍은 생각이 들어서 벽장문을 열어 보았다. 그래서 모지스와 로절리가 계단을 올라오는 소리가 들렸을 때 그녀는 벽장 안에 있었다. 모지스가 이렇게 말하는 소리가 들렸다. "우리 둘 다 기분 좋은 일인데 그게 뭐가 나빠요?" 두 사람이 방으로 들어올 때 오노라는 벽장문을 닫았다.

그다음에 오노라가 들은 소리(그녀는 많은 소리를 들었다.)는 지금 우리와 관계가 없다. 이건 냉정한 소리가 아니다. 우리는 폴리네시아에서 태어나 미스윌버 아카데미에서 교육을 받고 자선 사업을 하는 노부인이 순전히 진실을 찾으려다가 비 오는 오후에 좁은 벽장에 갇혀서 느낀 딜레마만 고려할 것이다.

10

그날 오노라가 그 집을 떠나는 것을 본 사람은 아무도 없었다. 설사 누가 보았다 해도, 비가 그녀의 얼굴 위로 죽죽 흘러내렸기 때문에 웨일런즈의 풀밭을 쿵쿵 가로질러 보트 거리로 가는 그녀가 울고 있었는지 어떤지 알 수 없었을 것이다. 그녀의 감정이 그토록 격해진 것은 데 사스타고 씨에 관한 기억 때문인지도 모른다. 작위와 성이 있다는 말이 알고 보니 모두 거짓이었던 그 남자 말이다. 그녀는 정숙하게 살아왔으며, 순수성을 지키겠다는 결심 또한 흔들린 적이 없었다. 그래서 그 보상으로 그녀는 세찬 바람 앞의 종이 성냥처럼 덧없어 보이는 삶의 이상을 얻었다. 그녀는 이해하지 못했다. 여러분도 짐작할지 모르지만, 그녀는 당혹감을 매기에게 풀지 않았다. 그녀는 마른 옷으로 갈아입고, 포트와인을 마시고, 저녁 식사 후에는 성경을 읽었다.

10시에 오노라는 기도를 하고 불을 끈 다음 잠자리에 들었다. 그런데 불을 끄자마자 머릿속이 말똥말똥해졌다. 그녀가 그렇게 말똥말똥해진 것은 어둠 때문이었다. 그녀는 어둠이 무서웠다. 그녀는 무서워할 필요 없다고 자신을 안심시키기 위해 용감하게 어둠을 바라보았다. 하지만 어둠 속에서 뭔가가 움직이는 것 같았다. 사람이나 요정 들이 한자리에 모이는 것처럼 움직임이 점점 커졌다. 그녀는 헛기침을 했다. 눈도 감아 보았다. 하지만 그래 봤자 어둠 속에 누가 있다는 환상만 더 강렬해질 뿐이었다. 그녀는 다시 눈을 떴다. 환상에서 도망칠 길이 없으니 아예 정면으로 마주 보자는 생각이었다.

비록 분명하게 보이지는 않았지만, 방 안에 있는 형체들이 많지는 않았다. 열둘이나 열넷쯤 되는 것 같았다. 그녀의 침대 주위에 빙 둘러 늘어서기에는 충분한 숫자였다. 그 형체들은 춤을 추고 있는 것 같았다. 동작이 추잡하고 외설적이었다. 그녀는 실눈을 뜨고 어둠 속을 바라본 끝에 그들이 어떻게 생겼는지 알아볼 수 있었다. 개와 흡사한 이빨을 내보이며 미소를 짓는 호박 머리, 할로윈 때 아이들에게 파는 딱딱한 고양이 가면과 해적 가면, 해골, 가면을 쓴 사형 집행인,《내셔널 지오그래픽》잡지에서 본 적이 있는 아프리카 주술사들의 윗부분이 무거운 머리 장식 등이 있었다. 하여튼 그녀가 이상하고 기괴하다고 생각했던 것들이 전부 있었다. 나는 오노라 왑샷이다! 그녀가 큰 소리로 말했다. 나는 왑샷이다. 우리 가문 사람들은 옛날부터 용감했다.

그녀는 침대에서 내려와 전등을 켜고 벽난로에 불을 붙인 다음 두 팔을 뻗어 불을 쬐었다. 전등 빛과 불빛 때문에 그 기괴한 형체들이 흩어지는 것 같았다. 나는 왑샷이다. 그녀가 다시 말했다. 나는 오노라 왑샷이다. 그녀는 한밤중까지 불가에 앉아 있다가 침대로 돌아가 잠이 들었다.

아침 일찍 옷을 차려입은 그녀는 아침 식사를 마친 후 트래버틴 행 버스를 타려고 서둘러 정원을 가로질렀다. 비는 그쳤지만, 날씨는 꾸물꾸물했다. 폭풍의 뒷자락이 남아 있는 탓이었다. 승객은 몇 명밖에 되지 않았다. 버스가 출발한 지 몇 분 지났을 때 뒷좌석에 앉아 있던 여자가 다가와서 오노라 옆에 앉았다. "전 키셀 부인이에요." 그녀가 말했다. "부인은 저를 기억하지 못하시겠지만, 전 부인을 알아요. 오노라 왑샷 부인이시죠? 아주 곤란한 얘기를 부인께 드려야겠는데, 부인이 버스에 오르실 때……" 키셀 부인이 속삭이듯 목소리를 낮췄다. "부인의 원피스 앞 단추가 전부 풀려 있는 걸 봤어요. 정말 말씀드리기 곤란한 얘기지만, 그래도 얘기해 드리는 편이 좋다는 게 제 생각이에요."

"고마워요." 오노라는 이렇게 말하고는 원피스 위로 외투를 단단히 여몄다.

"얘기해 주는 편이 좋다고 생각해요." 키셀 부인이 말을 계속했다. "사람들이 저한테 그런 얘기를 해 줄 때마다 저는 항상 감사하거든요. 누가 얘기해 주든 상관없어요. 그러고 보니 옛날 일이 생각나네요. 몇 년 전에 남편하고 같이 메인으로 휴가를 간 적이 있어요. 남편이 메인 주 출신이거든요. 보우든 대학을 졸업했죠. 우리는 침대차를 타고 갔어요. 기차가 아침 일찍 역에 도착했는데, 침대에서 옷을 입기가 엄청 어렵더라고요. 침대차를 타 본 건 그때가 처음이라서. 어쨌든 우리가 기차에서 내렸을 때 플랫폼에는 적잖은 사람들이 있었어요. 역장도 거기 있었죠. 아마 우편물이나 뭐 그런 걸 기다리고 있었던 모양이에요. 그런데 역장이 곧장 저한테 오더라고요. 한 번도 본 적이 없는 사람이라 왜 저한테 오는지 도무지 알 수가 없었죠. 역장이 곧장 저한테 오더니 작은 목소리로 이렇게 말했어요. '부인, 코르셋 끈이 풀렸습니다.'" 키셸 부인이 고개를 들고는 잠시 젊디젊은 여자처럼 웃어 댔다. "정말 한 번도 본 적이 없는 사람이었어요. 그 뒤로도 다시는 못 봤고요. 그런데 그 사람이 저한테 곧장 다가와서 그런 말을 한 거예요. 하지만 저는 기분 나쁘지 않았어요. 전혀. 저는 그 사람한테 고맙다고 인사하고는 여자 화장실로 들어가서 코르셋을 고쳐 입고 남편과 같이 마차를 타고 호텔로 갔죠. 아직 마차가 다닐 때였으니까."

오노라는 질투심에 사로잡혀 고개를 돌려 키셸 부인을 노려보았다. 옆자리에 앉은 여자는 너무나 소박하고 착하며 고민도 거의 없는 사람 같았다. 버스가 트래버틴에서 멈춰 서자 오노라는 버스에서 내려 간판 가게를 향해 씩씩하게 거리를 걸어갔다.

11

다음 날 아침 일찍 리앤더는 생선 비린내가 나는 길을 걸어 토파즈 호를 매어 둔 부두로 갔다. 십여 명의 승객들이 표를 사서 배에 오르려고 기다리고 있었다. 그때 조타실에 커다란 알림판 하나가 붙어 있는 것이 보였다. 순간적으로 오노라 짓이라는 생각이 든 그는 그녀가 도대체 무슨 일을 꾸미는 건지 궁금해졌다. 나무에 페인트를 칠한 그 알림판을 제작하는 데는 틀림없이 5달러 정도가 들었을 것이다. 거기에는 이렇게 적혀 있었다. "출입 금지. 요트 팝니다. 자세한 사항을 알고 싶으면 보트 거리 27번지의 오노라 왑샷을 찾으세요." 한순간 가슴이 철렁 내려앉고 기분이 가라앉았다. 그러더니 화가 나기 시작했다. 알림판은 못으로 박은 것이 아니라 조타실에 그냥 걸어 둔 것이었다. 그는 그것을 떼어 내서 강물 속으로 던져 버리려다가 나무가 좋은 것이라 어디 다른 곳에 쓸 수 있겠다는 생각이 들었다. "오늘은 배 안 뜹니다." 그는 승객들에게 이렇게 말하고 나서 알림판을 옆구리에 끼고는 사람들 사이를 뚫고 광장으로 향했다. 물론 마을의 상인들은 대부분 이 알림판에 대해 알았으므로 리앤더를 지켜보았다. 그의 주위에는 사람이 하나도 보이지 않았다. 커다란 소리로 혼잣말을 하고 싶은 것을 참는 것이 고역이었다. 우리가 알다시피 그의 나이는 육십대였고, 몸이 조금 굽은 데다 약간 안짱다리였다. 하지만 머리숱 많고 모습이 소년 같은 인물 좋은 노인이었다. 알림판이 무거워 팔이 아팠으므로 그는 보트 거리에 도착할 때까지 알림판을 좌우로 바꿔 가며 들어야 했다. 이제 그는 폭발 직전이었다. 상식 따위는 그에게 별로 남아 있지 않았다. 그는 알림판 모서리로 오노라의 집 문을 쾅쾅 두드렸다.

오노라는 바느질을 하다가 느릿느릿 일어섰다. 먼저 그녀는 지팡이를 짚고 거실 안을 돌아다니며 모지스와 코벌리의 사진을 모두 모아 소파 뒤 바닥에 던졌다. 그녀가 이런 행동을 한 것은, 비록 두 아이의 사진을 주위에 두는 것을 좋아했지만 자신이 그토록 노골적으로 애정을 드러내는 모습을 가족들에게 들키고 싶지 않기 때문이었다. 사진을 치운 다음 그녀는 옷매무새를 바로잡고 문으로 향했다. 리앤더가 문을 쾅쾅 두드리고 있었다. "우리 집 문에 페인트가 묻으면 가만 안 둘 거야." 그녀가 소리쳤다. 그녀가 문을 열자마자 리앤더가 다짜고짜 안으로 들어와서 고함을 질렀다. "도대체 이게 무슨 뜻입니까?"

"그렇게 소리 지를 필요 없어." 그녀는 이렇게 말하고는 손으로 귀를 막았다. "자네가 함부로 하는 말은 안 들을 거야."

"나한테 원하는 게 뭐예요, 오노라?"

"자네 말은 하나도 안 들려." 그녀가 말했다. "막말은 안 들을 거야."

"누가 막말을 한다고 그래요." 그가 소리쳤다. "막말 안 해요."

"그 배는 내 거야." 오노라가 귀에서 손을 떼면서 말했다. "그러니까 내 마음대로 해도 돼."

"그래도 배를 팔 수는 없어요."

"그것도 할 수 있어." 오노라가 말했다. "다고스티노네 애들이 낚싯배로 그 배를 사고 싶어 해."

"내가 그 배를 쓸 일이 있단 말이에요, 오노라." 그의 목소리에는 간청하는 기색이 전혀 없었다. 그는 여전히 고함을 지르고 있었다. "누님이 그 배를 나한테 줬잖아요. 이젠 그 배에 익숙해졌단 말이에요. 내 배라고요."

"난 빌려 줬을 뿐이야."

"젠장, 오노라, 식구들끼리 이렇게 뒤통수를 쳐도 되는 거예요?"

"막말은 안 들을 거야." 오노라가 말했다. 그녀의 손이 다시 귀로 올라갔다.

"원하는 게 뭐예요?"

"자네가 막말 안 하는 거."

"왜 이런 짓을 하는 거예요? 왜 내 등 뒤에서 이런 짓을 꾸민 겁니까? 왜 나한테 미리 말해 주지 않았어요?"

"그 배는 내 거야. 그러니까 난 뭐든지 내 맘대로 할 수 있어."

"우린 항상 모든 걸 함께 썼잖아요, 오노라. 저 융단은 내 겁니다. 내 거라고요." 이건 홀에 깔린 긴 융단을 말하는 것이었다.

"자네 어머니가 나한테 준 거야." 오노라가 말했다.

"빌려 준 거예요."

"속으로는 나한테 줄 생각이셨어."

"저건 내 융단이에요."

"그렇지 않아."

"그런 짓을 할 줄 아는 사람이 누님뿐인 줄 알아요?" 리앤더는 알림판을 내려놓고 융단 끝자락을 들어 올렸다.

"그 융단 내려놔, 리앤더 왑샷." 오노라가 소리쳤다.

"이건 내 융단이에요."

"그 융단 당장 내려놓지 못해?"

"이건 내 거예요. 내 융단이라고요." 그는 융단의 주름을 잡아당겼다. 융단이 워낙 길고 더러워서 주름 속에서 먼지가 일어나는 바람에 그는 문을 향해 재채기를 했다. 그러자 오노라가 융단 반대편으로 가서 끝자락을 잡고는 매기를 불렀다. 매기가 부엌에서 나와 오노라와 함께 융단을 잡았다. 세 사람 모두 재채기를 해 대면서 융단을 서로 잡아당겼다. 보기에 썩 안 좋은 광경이었지만, 세인트보톨프스가 이상한 곳이라는 사실을 받아들이는 사람이라면 이곳이 악의 가득한 울타리와 죽고 죽이는 싸움의 고장이며 핀칫 가의 쌍둥이가 한집에서 죽을 때까지 분필로 선을 그어 놓고 따로 살았다는 사실을 받아들여야 한다. 싸움에서 진 사람은 당연히 리앤더였다. 남자가 어떻게 그런 싸움에서 이길 수 있겠는가? 그는 오노라와 매기의 수중에 융단을 남겨 둔 채 화를 내며 그 집을 나왔다. 감정이 들끓고 있어서 어디로 가야 할지 알 수 없었기 때문에 그는 보트 거리를 따라 남쪽으로 걷다가 들판이 나오자 향기로운 풀밭에 앉아 입 안의 쓴맛을 없애려고 즙 많은 풀 줄기 끝을 씹었다.

지금까지 살아오면서 리앤더는 이 마을에서 남자들만의 성소가 하나로 줄어드는 것을 목격했다. 기마 경비대는 해산되었고, 애틀랜틱 클럽도 문을 닫았다. 심지어 보트 클럽조차 트래버틴으로 떠내려가 버렸다. 이제 남은 거라고는 나이아가라 호스 회사밖에 없었으므로 그는 다시 마을로 걸어가서 소방차 옆의 계단을 올라가 회의실로 들어갔다. 많은 사람들이 비프 스테이크로 즐거운 저녁 식사를 즐긴 냄새가 공기 중에 배어 있었지만, 방 안에는 필리 스터지스 노인뿐이었다. 필리는 자고 있었다. 벽에는 왑샷 일가의 사진이 많이 붙어 있었다. 젊은 시절의 리앤더, 리앤더와 햄릿, 벤저민, 에비니저, 로렌조, 새디어스. 리앤더는 자신의 젊은 시절 사진을 보고 기분이 나빠져서 창가의 모리스 의자에 가서 앉았다.

오노라에 대한 분노가 지금은 온몸으로 스며드는 불안감으로 바뀌어 있었다. 그녀가 무슨 일을 꾸미고 있는 게 분명했다. 그것이 무엇인지 알 수 있으면 좋을 텐데. 그는 그녀가 할 수 있는 일이 무엇일까 생각해 보다가, 그녀가 무엇이든 마음 내키는 대로 할 수 있음을 깨달았다. 토파즈 호와 농토는 그녀의 것이었다. 학비와 대출 이자를 내는 사람도 그녀였다. 심지어 지하실에 석탄을 가득 채워 준 것도 그녀였다. 그녀는 상냥하기 짝이 없는 태도로 이 모든 일을 해 주겠다고 제의했었다. 내겐 그만한 돈이 있어, 리앤더. 그러니 내가 내 하나뿐인 가족들을 돕지 않을 이유가 없잖아. 이런 호의가 어떤 결과를 낳을지 짐작하지 못한 것은 그의 잘못이었다. 그녀를 탓할 수는 없었다. 그는 그녀가 오지랖이 넓다는 것을 알면서도 그 사실을 무시해 버리고 삶은 풍요로운 것이라는 자신의 신념을 고

수했다. 강어귀에는 잉어, 개울에는 송어, 과수원에는 뇌조, 오노라의 지갑에는 돈. 세상이 그를 응원하고 기쁘게 해 주려고 작정했다고 생각해 버렸다. 그 순간 아내와 아들들의 초라한 모습이 떠올랐다. 얇은 옷을 입고 눈보라 속에 서 있는 모습. 그리 터무니없는 생각이 아니었다. 오노라가 마음만 먹으면 식구들을 굶주리게 할 수 있지 않은가. 가족들의 초라한 모습 때문에 그의 가슴이 뜨거워졌다. 그는 식구들을 지키고 보호할 것이다. 막대기와 돌멩이로, 맨주먹으로 식구들을 지킬 것이다. 하지만 그렇다고 해서 소유권이 바뀌는 것은 아니었다. 모든 것이 오노라의 것이었다. 심지어 다락방에 있는 흔들 목마까지도. 그가 인생을 다르게 살았어야 하는 건데.

하지만 그는 창문 너머 광장의 나무들 위로 펼쳐진 푸른 하늘을 보고 세상의 아름다움에 금방 빠져들었다. 이런 낙원에서 일이 잘못될 리가 없잖아? "일어나요, 펄리. 일어나서 나랑 주사위 놀이나 해요." 그가 소리쳤다. 펄리는 눈을 떴고 두 사람은 정오까지 성냥개비를 걸고 주사위 놀이를 했다. 두 사람은 빵집에서 점심을 먹은 후에도 주사위 놀이를 계속했다. 그런데 오후가 절반쯤 지났을 때, 돈만 있으면 모든 문제가 해결된다는 생각이 갑자기 리앤더의 머릿속에 떠올랐다. 가없은 리앤더! 그에게 지혜와 독창성이 없으니 우리도 그런 것들을 줄수 없다. 총리처럼 넓은 마음도 줄 수 없다. 그가 한 행동을 이야기하자면 이렇다.

그는 광장을 가로질러 카트라이트 블록으로 가서 계단을 올라갔다. 그리고 전화 회사의 마스턴 부인에게 인사를 했다. 백발의 유쾌한 과부인 마스턴 부인은 수많은 화분에 둘러싸여 있었는데, 그녀의 성격이 좋아서인지 화분의 꽃들이 잘 자라는 것 같았다. 리앤더는 그녀와 비에 관한 이야기를 나누다가 복도를 걸어 의사의 진료실로 갔다. "들어오시오."라고 적힌 안내판이 문고리에 턱받이처럼 걸려 있었다. 대기실에는 손에 붕대를 감은 여자아이가 엄마의 가슴에 머리를 기대고 앉아 있었고, 텅 빈 약병을 든 빌리 톰킨스 노인도 있었다. 가구들은 마치 누군가의 현관 쪽마루에서 가져온 것처럼 보였다. 리앤더가 앉아 있는 고리버들 의자에서는 삐걱거리는 소리가 심하게 났다. 생쥐 둥우리에 올라앉은 듯한 느낌이 들 정도였다. 벽지에는 여우 떼와 산울타리, 여우를 잡으려고 울타리를 뛰어넘는 사람들이 그려져 있었다. 리앤더는 같은 그림이 반복해서 그려진 이 벽지에 이 마을의 활기가 반영되어 있다고 생각했다. 기묘하고 색다른 삶을 자주 떠올리는 성향 말이다. 진료실 문이 열리고 거무스름한 피부의 젊은 임신부가 나왔다. 곧이어 손에 붕대를 감은 아이가 엄마 손에 이끌려 진료실 안으로 들어갔다. 아이는 진료실에 오래 있지 않았다. 그다음 차례는 빌리 톰킨스였다. 그는 빈 약병을 들고 안으로 들어갔다. 그가 처방전을 받아 들고 나온 뒤 리앤더가 들어갔다.

"어떻게 오셨습니까, 왑샷 선장님?" 의사가 물었다.

"소방서에서 필리 스터지스 노인과 주사위 놀이를 하다가 좋은 생각이 떠올라서요." 리앤더가 말했다. "내가 여기서 일을 할 수 있지 않을까 하고."

"그건 안 되겠는데요." 의사가 상냥하게 말했다. "전 간호사도 안 쓰는 사람이라서요."

"내가 그런 일을 하겠다는 게 아닙니다." 리앤더가 말했다.

"혹시 누가 우리 얘기를 듣고 있나요?"

"아뇨." 의사가 말했다.

"나를 실험에 쓰세요." 리앤더가 말했다. "부탁입니다. 내가 하고 싶은 일이 그거라는 생각이 들었어요. 계약서에 서명하라면, 내용 따위는 따지지 않고 서명하겠습니다. 남들한테 말하지도 않을게요. 날 수술하세요. 아무거나 좋습니다. 그냥 나한테 돈만 조금 주면 됩니다."

"그건 말도 안 되는 소립니다, 왑샷 선장님."

"날 실험에 쓰라니까요. 나는 아주 흥미로운 표본입니다. 순수한 양키거든요. 내 혈관 속의 피를 생각해 보세요. 주 상원 의원. 학자. 선장. 영웅. 학교 교장. 선생이 의학의 역사를 새로 쓸 수도 있단 말입니다. 명성을 얻을 수도 있고요. 선생은 유명해질 겁니다. 내가 우리 가문의 역사를 얘기해 드릴게요. 우리 집 족보를 드릴게요. 나한테 무슨 짓을 하든 상관없습니다. 그냥 돈만 조금 주면 됩니다."

"그만 나가 주세요, 왑샷 선장님."

"인류에게도 도움이 될 겁니다, 안 그래요? 인류에게도 도움이 될 거예요. 다른 사람들한테 사실을 알릴 필요는 없어요. 아무한테도 말하지 않을게요. 약속합니다. 아무한테도 말하지 않을게요. 성경을 걸고 맹세해요. 선생은 아무도 모르게 실험할 수 있습니다. 아무한테도 말하지 않을게요. 선생이 오라고 할 때마다 선생 실험실로 가겠습니다. 선생이 원한다면 밤에도 갈 수 있어요. 아내한테는 여행을 간다고 말할게요."

"그만 나가 주세요, 왑샷 선장님."

리앤더는 모자를 집어 들고 나왔다. 광장에서는 어떤 여자가 강 건너편에서 이탈리아 어로 아들에게 소리치고 있었다. "영어로 말해." 리앤더가 그녀에게 말했다. "영어로 말하라고. 여기는 미국이야." 그는 낡은 뷰익 자동차를 몰고 집으로 돌아갔다.

피곤한 탓에 집의 불빛이 반가웠다. 배도 고프고 목도 말라서 식욕이 주위 풍경과 집을 모두 얼싸안는 것 같았다. 룰루가 뭘 태운 모양이었다. 홀에서 탄 음식 냄새가 났다. 새러는 뒤쪽 거실에 있었다.

"알림판 봤어?" 새러가 물었다.

"응." 리앤더가 말했다. "오노라가 오늘 왔다 갔어?"

"응. 오후에 다녀갔어."

"조타실에다 그걸 걸어 놨어. 아마 직접 걸었을 거야."

"무슨 소리야?"

"알림판 말이야."

"알림판은 문설주에 있는데."

"그게 무슨 소리야?"

"문설주에 있는 알림판. 오노라가 오늘 오후에 그걸 붙여 놨다고."

"이 집을 팔겠대?"

"아니."

"그럼 뭐야? 뭐냐고? 도대체 뭐야?"

"리앤더, 진정해."

"나랑 말이 통하는 사람이 아무도 없구먼."

"그런 말 하지 마."

"그래, 무슨 알림판이야? 말해, 새러. 뭐야?"

"우리가 민박 집을 해야 한대. 오노라가 패터슨 씨네랑 이야기를 해 봤는데, 관광객들을 상대로 민박 집을 해서 매년 데이토너에 다녀올 수 있을 만큼 돈을 번다는 거야."

"난 데이토너에 가기 싫어."

"우리 집에 남는 침실이 세 개 있잖아." 새러가 말했다. "그러니까 우리더러 그 침실을 관광객들한테 빌려 주래."

"그 할망구 머리가 완전히 돌았군." 리앤더가 소리쳤다. "내 배를 외국인들한테 팔고, 내 집에 낯모르는 사람들을 잔뜩 들여놓겠다고? 완전히 돌았어."

"오노라는 그저……."

"오노라는 날 돌아 버리게 만들 생각뿐이야. 도대체 뭘 하려는 건지 알 수가 없어. 난 데이토너에 가기 싫어. 오노라는 왜 내가 데이토너에 가고 싶어 할 거라고 생각하는 거야?"

"리앤더, 이러지 마. 쉬……." 어스름 속에서 그녀는 자동차 전조등 불빛이 진입로를 올라오는 것을 보았다. 그녀는 옆문을 통해 현관문 앞 계단으로 나갔다.

"오늘 숙박할 수 있습니까?" 어떤 남자가 유쾌한 목소리로 소리쳤다.

"예, 뭐, 그럴 거예요." 새러가 말했다. 리앤더는 그녀의 뒤를 따라 옆문으로 통하는 복도를 내려가다가 낯선 남자가 어둠 속에 몸을 숨긴 채 자동차 문을 닫는 소리를 듣고 문에서 뒤로 물러섰다.

"숙박비가 얼마죠?" 남자가 물었다.

"그냥 남들 받는 만큼만 받아요." 새러가 말했다. "방을 한 번 보실래요?" 남자 한 명과 여자 한 명이 계단을 올라왔다.

"그냥 편안한 침대와 욕실만 있으면 돼요." 남자가 말했다.

"침대에는 질 좋은 털 매트리스가 깔려 있습니다." 새러가
신중하게 말했다. "하지만 뜨거운 물을 담아 두는 수조에 녹
이 좀 슬었고, 이번 달에는 펌프가 말썽을 부렸어요. 그래도
방을 한번 보세요."

그녀는 망사 문을 열고 복도로 들어섰다. 낯선 남녀가 그녀
의 뒤를 따랐다. 그 자리에 서 있다가 몸을 피할 곳이 없어진
리앤더는 낡은 외투와 운동 기구가 든 벽장을 열고 그 안의 어
둠 속에 몸을 쑤셔 넣었다. 낯선 사람들이 그의 집으로 들어와
새러를 따라 계단을 올라가는 소리가 들렸다. 바로 그때 낡은
수세식 변기에서 유난히 세찬 물소리가 들려왔다. 소리가 가
라앉자 낯선 사람이 이렇게 묻는 소리가 들렸다. "그럼 욕실이
따로 달린 방은 없는 건가요?"

"예, 없어요." 새러가 말했다. "미안합니다." 그녀의 목소리에
슬픔이 배어 있었다. "여긴 세인트보톨프스에서 제일 오래된
집이에요. 그러니까 욕실도 이 동네에서 제일 오래됐죠."

"우린 욕실이 따로 있는 방을 구하고 싶었는데." 낯선 사람
이 말했다. "그리고……."

"우린 항상 욕실이 따로 있는 방을 구하려고 해요." 남자의
아내가 부드럽게 말했다. "기차를 타고 갈 때도 그런 객실을
잡죠."

"취향이야 각자 자유죠, 뭐." 새러가 상냥하게 말했다. 그러
나 그녀의 상냥함은 억지로 쥐어짜 낸 것이었다.

"방을 보여 주셔서 감사합니다."

"별말씀을요."

망사 문이 쾅 닫히고 자동차가 진입로를 빠져나가자 리앤더는 벽장에서 나왔다. 그는 진입로를 걸어 내려가 "민박 집"이라는 알림판이 붙어 있는 기둥으로 갔다. 토파즈 호에 걸려 있던 알림판과 비슷한 크기에 비슷한 모양이었다. 그는 온 힘을 다해 그 알림판을 떼어 내 자갈 위에 내동댕이치고 있는 힘을 다해 두 쪽으로 쪼개 버렸다. 온몸의 뼈가 삐걱거렸다. 그날 밤 늦게 그는 걸어서 보트 거리로 갔다.

오노라의 집은 어두웠지만 리앤더는 그 집 앞에 떡 버티고 서서 그녀의 이름을 불렀다. 그녀가 실내복을 입을 시간을 준 다음 다시 그녀의 이름을 불렀다.

"왜 그래, 리앤더?" 오노라가 물었다. 그녀의 모습은 보이지 않았지만 목소리가 선명하게 들렸으므로 그는 그녀가 창가에 나와 있음을 알 수 있었다. "무슨 일이야?"

"요즘 아주 거만하고 대단하기 짝이 없어요, 오노라. 내가 누님 정체를 안다는 걸 잊지 마요. 난 누님이 돼지한테 음식 찌꺼기를 먹이던 것, 웨일런즈의 집에서 양동이에 우유를 담아 들고 오던 걸 다 기억하니까. 할 말이 있어요, 오노라. 아주 중요한 얘기예요. 아주 오래전 일이죠. 누님이 스페인에서 돌아온 직후의 일이니까. 난 미치 에머슨이랑 같이 무디스 잡화점 앞에 서 있었어요. 누님이 광장을 걷는 걸 보고 미치가 누님에 대해 뭐라고 말을 했어요. 내가 입에 담을 수 없는 말을. 난 그놈을 목재 야적장 뒤로 데려갔어요, 오노라. 그놈이 울음을 터뜨릴 때까지 내가 패 줬다고요. 나보다 몸무게가 22킬로그램이나 더 나가고, 에머슨 집안 놈들은 전부 튼튼한데도, 내가 그녀석을 울게 만들었다고요. 지금 처음으로 누님한테 얘기하는 거예요."

"고마워, 리앤더."

"그것 말고도 할 말이 많아요. 난 항상 누님한테 도리를 다했어요. 누님이 부탁했다면 스페인으로 가서 사스타고를 죽였을 거예요. 누님을 위해 일하느라 내 몸의 털이란 털은 죄다 하얗게 세어 버렸을 정도예요. 그런데 왜 나를 괴롭히는 거예요?"

"모지스는 떠나야 해." 오노라가 말했다.

"뭐라고요?"

"모지스는 세상으로 나가서 자신의 능력을 증명해야 돼. 나도 이 말을 하기가 힘들어, 리앤더. 하지만 그래야 할 것 같아. 모지스는 여름 내내 제가 즐기는 일이 아니면 손가락 하나 까딱 안 했어. 게다가 우리 집안 남자들은 전부 젊었을 때 세상으로 나갔지. 왑샷 일가 남자들이 전부. 곰곰이 생각을 해 봤는데, 모지스도 떠나고 싶어 할 거야. 향수를 느낄까 봐 걱정이 되기는 하지만. 나도 스페인에서 고향이 몹시 그리웠거든. 결코 잊을 수가 없지."

"모지스는 착한 아이예요." 리앤더가 말했다. "어딜 가든 잘할 거예요." 그는 아들이 자랑스러워서 몸을 똑바로 세웠다. "구체적으로 무슨 생각을 한 거예요?"

"모지스가 뉴욕이나 워싱턴 같은 데로 가면 어떨까 해. 낯설고 먼 곳으로."

"훌륭한 생각이에요, 오노라. 그래서 이런 짓을 벌인 거예요?"

"무슨 짓?"

"토파즈 호를 정말로 팔 거예요?"

"다고스티노네 애들이 마음을 바꿨어."

"내가 새러랑 얘기해 볼게요."

"우리 모두 쉽지는 않을 거야." 오노라는 이렇게 말하고 나서 한숨을 내쉬었다. 리앤더는 한숨 소리가 떨리고 있음을 알아차렸다. 한숨이 연기처럼 부서졌다. 세월이 흘렀어도 다정함이나 순수함이 고스란히 남아 있는, 저 노부인의 영혼 깊숙한 곳에서 솟아 나온 듯한 소리였다. 그것이 아이의 한숨처럼 그의 마음을 건드렸다.

"잘 자요, 오노라." 그가 말했다.

"산들바람이 아주 좋아."

"예. 잘 자요."

"잘 자, 리앤더."

12

대학 시절 모지스의 학업 성적은 평범했다. 친구들 몇 명을 빼면, 그는 대학 시절이 전혀 그립지 않았다. 오트밀 죽에 들어 있던 무지방 우유도, 찰스 강의 초라한 물가에 암퇘지처럼 서 있던 던스터하우스도. 그는 세상을 보고 싶었다. 리앤더에게 세상이란 모지스가 강하고, 상냥하고, 지적인 본모습, 즉 똑똑함을 드러낼 수 있는 곳을 의미했다. 아들이 떠난다는 생각을 할 때마다 그는 자랑스러움과 기대감으로 가득 찼다. 모지스가 얼마나 잘해 낼까? 오노라는 전통을 등에 업고 있었다. 리앤더의 아버지를 포함해 집안의 모든 남자들이 수염도 나기 전에 성장을 위한 여행에 나서 혼 곶*까지 갔다 왔으며, 고향으로 돌아오는 길에 사모아의 미인들과 음탕하게 놀았다는 전통. 사모아의 그 미인들도 이제는 조금 늙었을 것이다. 슬픈 일

---

* 남아메리카 최남단에 위치한 곳.

이 있을 때마다 항상 유연하게 적응하는 새러의 성격(삶은 곧 포기하는 것이며 우리는 그저 하루하루를 살아갈 뿐이라는 생각)이 억지로 첫아들을 떠나보내는 고통을 견디는 데 도움이 되었다. 하지만 그러면 가엾은 코벌리는 어떻게 되는 거지?

두 형제의 관계는 1년쯤 전까지만 해도 몹시 험악했다. 두 사람은 맨주먹, 막대기, 돌멩이, 눈덩이 등 온갖 것들을 동원해 싸움을 벌였다. 그들은 서로에게 욕을 퍼부었으며, 상대가 세상에 나가면 성질 더러운 사기꾼이라는 사실이 여실히 드러날 거라고 생각했다. 그런데 이런 나쁜 감정들이 모두 다정함으로 바뀌더니 형제애가 꽃을 피우며 사랑의 모든 징후를 드러냈다. 함께 있는 것을 좋아하고, 서로 헤어지는 것을 고통스러워하는 징후 말이다. 둘은 심지어 트래버틴에서 해안을 따라 함께 오랫동안 산책을 하며 가장 은밀하고 터무니없는 계획들을 서로에게 털어놓았다. 형이 떠난다는 사실 때문에 코벌리는 난생처음으로 사랑의 어두운 면을 경험했다. 쓸쓸하기 그지없었다. 모지스가 없으면 살 수 없을 것 같았다. 오노라가 여행 계획을 마련했다. 모지스는 워싱턴으로 가서 그녀에게 모종의 빚을 진 보인턴 씨 집에서 일하게 될 터였다. 모지스가 떠나야 한다는 사실에 아쉬움을 느꼈는지는 모르겠지만, 설사 그렇다 해도 세인트보톨프스를 떠나 세상에서 자신을 시험해 보고 싶다는 강렬한 소망과 혼란스러운 감정에 묻혀 아쉬움을 드러내지는 않았다.

새러는 모지스가 낯선 곳에서 자리를 잡을 때 필요할 법한 물건들을 챙겼다. 견진 성사 확인증, 그가 플리머스록에서 기념품으로 가져온 숟가락, 여섯 살 때 그린 전함 그림, 미식축구 할 때 입었던 스웨터, 기도서, 머플러, 성적표 두 장……. 하지만 모지스가 계단 밑에서 코벌리를 향해 커다랗게 고함치는 소리를 듣고는 그가 이런 물건들을 가져가지 않을 것임을 깨달았다. 그래서 그 물건들을 다시 치워 버렸다. 모지스가 떠날 날이 다가오자 새러와 리앤더는 서로 점점 가까워져서 대개 오랜 결혼 생활의 지주 역할을 하는 저 매혹적인 자기기만을 새로이 느꼈다. 리앤더는 새러가 연약한 사람이라는 생각이 들어서 모지스가 떠나기 전 밤마다 밤공기를 막아 줄 숄을 그녀에게 가져다주었다. 새러는 리앤더의 목소리가 아름다운 바리톤이니 모지스가 떠나고 나면 그가 음악을 다시 시작했으면 좋겠다고 생각했다. 새러는 약하지 않았다. 그녀에겐 열 명을 능히 당해 낼 힘이 있었다. 그리고 리앤더는 아주 간단한 노래도 제대로 부르지 못했다. "밤공기가 차가우니까 조심해." 리앤더는 그녀에게 숄을 가져다주면서 말했다. 그러면 새러는 그를 우러러보며 이렇게 말하곤 했다. "애들이 당신 노래를 한 번도 못 들은 게 안타까워."

환송회가 열렸다. 남자들은 버번을 마셨고, 여자들은 진저에일과 아이스크림을 먹었다. "오는 길에 웨일런즈의 풀밭을 지나왔는데," 애들레이드 포브스 아주머니가 말했다. "풀밭이 온통 쇠똥 범벅이었어. 내 평생 쇠똥이 그렇게 많은 건 처음 봐. 사방이 쇠똥투성이였으니까. 한 발짝 뗄 때마다 쇠똥이 밟힐 정도였어." 다들 그 자리에 있었다. 리바 히슬럽이 로절리에게 다가와서 말했다. "난 메이스닉 성당의 지성소에서 태어났어요." 모두들 자신이 옛날에 했던 여행 이야기를 했다. 게이츠 부부는 뉴욕에 갔을 때 하루에 18달러짜리 방에 묵었는데, 고양이를 들고 빙빙 돌릴 수도 없을 만큼 좁은 방이었다고 말했다. 애들레이드 아주머니는 어렸을 때 어른들을 따라 버펄로에 간 적이 있었다. 오노라는 워싱턴에 간 적이 있었다. 교회에서 오르간을 치는 밀드레드 하퍼가 피아노를 연주하자 다들 낡은 찬송가 책과 노래 책을 보며 노래를 불렀다. 「금실 속의 은실」 「안식의 땅」「땅거미 속에서」 등이었다. 사람들이 노래를 부르는 동안 새러는 창문 너머로 피피 마시멜로 아저씨의 얼굴을 보았다. 하지만 그녀가 그를 안으로 초대하려고 밖으로 나가 보니 그는 이미 도망치고 없었다. 마실 것을 가지러 부엌으로 들어간 모지스는 룰루가 울고 있는 것을 발견했다. "네가 떠나는 것 때문에 우는 게 아냐, 모지스." 그녀가 말했다. "어젯밤에 끔찍한 꿈을 꿔서 그래. 내가 너한테 금시계를 줬는데 네가 그걸 돌에 대고 쳐서 깨뜨리는 꿈이었어. 내가 정말 바보 같지? 너한테 금시계를 사 줄 돈도 없는데 말이야. 설사 돈이 있다 해도, 넌 그런 물건을 깨뜨리는 아이가 아닌데. 그래도 어쨌든 내가 너한테 금시계를 줬는데 네가 그걸 돌에 쳐서 깨뜨리는 꿈을 꿨어."

모지스는 다음 날 밤 9시 18분에 마을을 떠났다. 하지만 그를 배웅하러 나온 사람은 그의 부모뿐이었다. 로절리는 자기 방에서 울고 있었다. "난 역에 안 나갈 거야." 오노라는 가족의 장례식에서 묘지에 안 가겠다고 말할 때와 똑같은 말투로 이렇게 말했다. 코벌리가 어디 있는지는 아무도 몰랐지만, 새러가 짐작하기로는 트래버틴의 바닷가를 걷고 있을 것 같았다. 플랫폼에서 세 사람은 저 멀리 강의 동쪽 둑을 따라 다가오는 기차 소리를 들을 수 있었다. 새러는 그 소리를 듣고 몸을 떨었다. 기차가 순전히 이별과 죽음을 가져오는 기계로만 보이는 나이였으므로. 리앤더는 모지스의 어깨에 손을 얹고는 은화로 1달러를 주었다.

모지스는 감정적으로 격해져 있었지만 슬프지는 않았다. 보트 경주가 시작되기 10분 전 신호가 울리면 수면 위를 스치듯 달려가던 배들도, 지금은 폐허가 되었지만 옛날에 자신이 뇌조를 사냥하던 과수원도, 파슨스 연못도, 풀밭 위의 대포도, 예전에 친척 저스티나가 피아노를 연주하던 싸구려 잡화점과 철물점 사이에서 반짝이던 강물도 기억나지 않았다. 우리는 난초와 방한용 덧신이 볼을 맞대고 다정하게 모습을 드러내는 곳, 오래된 깃털의 지독한 냄새와 바다 내음이 뒤섞이는 곳의 시적인 정경에 이제 익숙하다. 우리 모두 씨앗과 개들과 아이들을 자동차 뒷좌석에 떨어뜨리듯 노란 낙엽들이 북풍을 타고 떨어지던 계절의 끝자락에 기차나 배를 타고 소박한 곳을 떠나왔다. 하지만 이별의 순간에 마치 물에 빠졌을 때처럼 눈부시고 명확한 형상들이 법석을 떨며 머릿속을 흘러간다는 말은 사실이 아니다. 우리는 불 켜진 집으로 돌아와 북풍에 실려 온 사과나무 타는 냄새를 맡았고, 폴란드의 백작 부인이 스키 별장에서 얼굴에 기름을 바르는 것을 보았으며, 발정기를 맞은 뿔달린 올빼미가 울어 대는 소리를 들었고, 앤트워프의 다정한 종소리와 올투나에서 우리를 소환하는 벨소리를 실어 오는 남풍에 함께 묻어 온 죽은 고래의 냄새를 맡았다. 하지만 기차에 오를 때 우리는 이런 것들을 모두 기억하지는 못한다.

모지스가 입을 맞추자 새러가 울기 시작했다. 리앤더가 그녀의 어깨를 끌어안았지만, 그녀는 그의 손을 뿌리쳤다. 그래서 모지스가 작별 인사를 할 때 두 사람은 서로 떨어져 서 있었다. 기차가 출발하자마자 트래버틴에서부터 이미 그 기차에 올라타 화장실에 숨어 있던 코벌리가 나와서 형과 함께 은 식기 공장을 지나고, "동물들에게 친절하게 대하라."라는 전설적인 문구가 쓰여 있는 라킨 씨의 낡은 헛간을 지나고, 렘센스의 밭과 '선원의 집'을 지나고, 얼음 연못과 양모제 공장을 지나고, 트림블 부인의 세탁소를 지나고, 9시 18분 기차가 덜컹거리며 창가를 지나갈 때 민스파이 한 조각과 우유 한 잔을 먹는 브라운 씨의 집을 지나고, 하워드의 집과 타운센드의 집과 건널목과 공동묘지와 줄로 톱날을 세우던 노인의 집을 지나갔다. 노인의 집이 마을의 맨 마지막 집이었다.

13

　불행은 언제나 혼자서 찾아오는 법이 없다. 리앤더와 새러가 모지스를 배웅한 뒤 집으로 돌아와 보니 복도 탁자에 코벌리의 편지가 놓여 있었다.

　"어머니, 아버지, 저는 형과 함께 떠납니다. 두 분께 미리 말씀드렸어야 한다는 건 저도 압니다. 미리 말씀드리지 않은 것이 거짓말과 같다는 것도요. 하지만 제 평생 이번이 두 번째 거짓말입니다. 앞으로는 절대 거짓말을 하지 않겠습니다. 저의 첫 번째 거짓말은 검은색 손잡이가 달린 드라이버를 티니컴 철물점에서 훔쳤으면서 훔치지 않았다고 한 것입니다. 저는 형을 너무나 사랑하기 때문에 형이 없는 세인트보톨프스에는 있을 수가 없습니다. 하지만 형과 함께 다니지는 않을 겁니다. 우리가 헤어져야 오노라 고모에게 우리의 능력을 증명하기가 더 쉬울 것 같아서요. 저는 뉴욕으로 가서 사촌 밀드레드의 남편이 운영하는 양탄자 공장에서 일할 겁니다. 거처가 마련되는 대로 편지를 써서 주소를 알려 드리겠습니다. 제 수중에는 지금 25달러가 있습니다.

저는 두 분을 사랑하기 때문에 두 분 마음을 아프게 하고 싶지 않습니다. 세인트보톨프스와 우리 집보다 더 훌륭한 곳은 세상 어디에도 없다는 것도 잘 압니다. 제 능력을 입증하는 대로 집으로 돌아가겠습니다. 집이 아닌 다른 곳에서는 결코 행복해지지 못할 겁니다. 하지만 이제 저도 세상으로 나아가 출세를 할 만큼 자랐습니다. 전에는 인생에 대해 아무 생각이 없었지만, 지금은 온갖 생각이 넘치기 때문에 이런 말씀을 드리는 겁니다. 키플링의 책 『만약에』를 가져갑니다. 제가 지금까지 읽은 위대한 사람들의 이야기와 이 책에 대해 생각할 것이며, 교회에도 나갈 겁니다.

두 분의 사랑스러운 아들, 코벌리."

그리고 이틀 뒤 로절리의 부모가 한 시간 후에 로절리를 데리러 오겠다고 전화로 알려 왔다. 오이스터빌로 차를 몰고 가는 길이라고 했다. 잠시 후 에멋 캐비스도 눈을 휘둥그렇게 뜰 만한 기다란 검은색 차가 웨스트 농장의 진입로를 올라오자 로절리가 부모를 맞이하러 달려 내려갔다. "그 초록색 옷은 어디서 난 거니?" 영 부인이 딸에게 이렇게 말하는 소리가 새러의 귀에 들려왔다. 그녀가 제일 먼저, 못해도 두 번째로 한 말이었다. 그리고 나서 두 사람이 차에서 내렸다. 로절리는 얼굴을 붉히며 아이처럼 혼란스럽고 당혹스러운 표정으로 부모를 새러에게 소개했다. 영 부인은 새러와 악수를 하자마자 로절리에게 시선을 돌리며 물었다. "내가 어제 뭘 찾아냈게? 네 스카라베 팔찌를 찾았어. 내 옷장 맨 위 서랍에 있더라. 어제 아침에 오이스터빌에 갈 생각을 하기 전에 내가 옷장 맨 위 서랍을 치워야겠다고 생각했거든. 그래서 그냥 서랍을 통째로 빼내서 침대 위에 쏟았어. 내 침대에다 쏟아 버렸다고. 그랬더니 세상에, 거기 네 스카라베 팔찌가 있잖아."

"전 올라가서 짐을 마저 싸야겠어요." 로절리는 얼굴을 붉히고 또 붉히며 말하고는 새러와 부모를 남겨 둔 채 집 안으로 들어갔다. 로절리의 아버지인 목사는 성직자 옷을 입은 뚱뚱한 사람이었는데, 아니나 다를까 그 자리에 선 채 배를 긁기 시작했다. 새러는 사람을 만나자마자 나쁘게 평가하는 것을 싫어했지만, 목사는 정말이지 뻣뻣하고 무미건조한 사람처럼 보였다. 그의 목소리도 너무 거만하고, 단조롭고, 심술궂어서 새러는 짜증이 났다. 영 부인은 키가 작고 약간 통통했으며, 모피와 장갑, 진주가 달린 모자로 몸을 장식했다. 유복한 중년 부인의 모습이었는데, 머리가 텅 빈 바보 같은 모습에서 비극의 냄새가 나는 듯했다. "그 스카라베 팔찌가 웃기는 게," 영 부인이 말했다. "전 로절리가 그걸 유럽에서 잃어버린 줄 알았거든요. 작년에 저 애가 외국에 다녀온 건 아시죠? 여덟 개국을 돌았답니다. 어쨌든 전 우리 애가 팔찌를 유럽에서 잃어버린 줄 알았기 때문에 옷장 서랍에서 그게 나왔을 때 엄청 놀랐어요."

"안으로 들어가시죠." 새러가 말했다.

"아뇨, 괜찮아요, 괜찮아요. 고풍스럽고 오래된 집이네요. 전 고풍스러운 걸 좋아해요. 언젠가 제가 나이를 먹고 제임스가 은퇴하면 저는 이 집처럼 고풍스럽고 아주 황폐한 집을 사서 완전히 다시 꾸밀 거예요. 전 고풍스럽고 황폐한 집이 좋아요."

목사가 헛기침을 하며 자기 지갑을 찾았다. "금전적인 문제를 좀 해결해야겠군요." 그가 말했다. "로절리가 내려오기 전에. 아내하고는 이미 의논을 했습니다. 저희 생각에 20달러면……." 그때 새러가 울기 시작했다. 코벌리, 로절리, 모지스, 그리고 이 멍청한 목사, 그들 모두 때문에. 가슴이 너무 아픈 것이 아이들을 기르다 젖을 뗄 때와도 같았다. "정말 죄송합니다." 그녀가 흐느끼며 말했다. "정말 죄송합니다. 죄송해요."

"그럼 30달러로 합시다." 목사가 이렇게 말하며 그녀에게 지폐를 건넸다.

"아유, 제가 어떻게 됐나 봐요." 새러가 흐느끼며 말했다. "아유, 세상에. 아유, 세상에." 그녀는 돈을 정원에 던져 버렸다. "평생 이런 모욕은 받아 본 적이 없어요." 그녀는 흐느끼며 이렇게 말하고는 집 안으로 들어갔다.

위층 방에서는 로절리가 왑샷 부인처럼 울고 있었다. 그녀의 짐은 이미 다 꾸려져 있었는데 새러가 들어가 보니 그녀는 침대에 엎드려 있었다. 새러는 그녀 옆에 앉아 그녀의 등에 다정하게 손을 얹고 말했다. "불쌍한 것, 아무래도 부모님이 별로 좋은 분들은 아닌 것 같구나."

그때 로절리가 고개를 들더니 놀랍게도 화를 내며 말했다. "남의 부모한테 어떻게 그런 말씀을 하실 수 있어요? 저 분들은 어쨌든 제 부모님이에요. 아주머니가 제 부모님이 마음에 안 든다고 말하면 안 되죠. 그러니까 그건 옳은 일이 아닌 것 같아요. 어쨌든 부모님은 저를 위해 모든 일을 해 주셨어요. 앨런데일에도 보내 주고, 유럽에도 보내 주고. 다들 아버지가 감독*이 될 거라고 하는데……." 그녀는 고개를 돌려 눈물이 그렁그렁한 눈으로 새러를 바라보다가 그녀의 뺨에 작별의 입맞

춤을 했다. 그녀의 어머니가 아래층에서 그녀의 이름을 부르고 있었다. "안녕히 계세요, 왑샷 부인." 로절리가 말했다. "그리고 룰루와 왑샷 씨한테도 저 대신 인사를 전해 주세요. 여기서 지내는 동안 정말 좋았어요……." 그러고 나서 그녀는 어머니에게 소리쳤다. "내려가요, 내려가요, 내려가요, 내려가요." 그녀는 가방을 거칠게 끌면서 계단을 내려갔다.

---

* 사도 시대 이후 교회에 봉사하던 최고의 성직 계급. 지금의 주교에 해당한다.

2부

14

티모시 덱스터 경의 전통에 따라 서한체가 만들어졌다.(고리앤더가 썼다.) 덱스터 경은 통신문 맨 끝에 온갖 구두점, 전치사, 부사, 관사 등을 놓고 독자에게 자기 방식을 따르라고 강요했다. 웨스트 농장. 가을날. 오후 3시. 북서쪽에서 불어오는, 항해에 적합한 산들바람. 황금빛 햇빛. 수면에서 반짝이는 잔물결. 천장에는 말벌. 낡은 집. 저 멀리 보이는 세인트보톨프스의 지붕들. 오늘날에는 강변 저지대의 오래된 도시. 한때 그곳의 유력 가문. 근처의 호수, 도로, 심지어 언덕까지 그 이름이 붙어 있음. 왑샷 대로가 지금은 저 남쪽에 있는 싸구려 해변 휴양지의 뒷골목. 핫도그, 팝콘, 소금기 섞인 바람 냄새와 낡은 회전목마에서 삐걱거리며 울려 나오는 음악. 하루나 한 주나 계절 단위로 빌려 주는 성냥갑 같은 오두막. 그런 거리에 자바의 바다에서 사흘 동안 맨발로 상어들을 걷어차며 돛대를 붙들고 표류했던 조상의 이름을 붙였다.

작가들의 혈관에 흐르는 것은 다른 어떤 것도 아닌 선장과 학교 교사의 피다. 모두 위대한 사람들! 요즘은 호기심의 대상인 진짜 평범한 사람들. 경우에 따라 중요한 기억일 수도 있고 그렇지 않을 수도 있지만, 그때를 되돌아보며 이미 벌어진 일을 이해하려고 애써라. 집 안의 벽장 안에 들어 있는 많은 해골들. 대부분이 육욕과 관련된 어두운 비밀들. 잔인함, 불륜, 솔직함, 하지만 수치스러운 것은 하나도 없다. 취향에 따른 결정들. 방광을 워낙 많이 비우고, 이를 워낙 많이 닦고, 차든 거리의 유곽을 워낙 많이 찾아갔다. 무슨 상관인가? 대부분의 현대 소설은 위의 것들 때문에 필자의 마음에 들지 않는다.

어쩌면 70년대 이후의 뉴잉글랜드 항구(여기도 공장 도시다.)에 관한 문학 작품이 있을지도 모른다. 하지만 그렇다 해도 내가 보기에는 결코 같아 보이지 않는다. 필자의 어린 시절에 번성하던 조선소. 리버 거리 끝의 조선소 작업장에 1미터 높이로 쌓여 있던 떡갈나무 조각들. 목재를 옮기는 것은 황소였다. 여름 내내 까뀌*와 망치 소리가 들렸다. 기운을 북돋우는 소리. 8월 말에는 이음매에 징을 박는 소리가 들렸다. 곧 추운 겨울이 올 것이다. 진수식**은 9월이다. 예전에는 한창때의 토박이 젊은이들이 선원이 되었지만, 나중에는 인도인, 카나카 원주민, 그리고 그보다 더 형편없는 사람들이 선원이 되었다. 곧 힘든 시기가 닥쳤다. 임종을 앞둔 할아버지가 외쳤다. "해운업은 죽었어!" 번성하던 유력가. 필자는 바다의 화려함을 보여 주는

---

* 한 손으로 나무를 찍어 깎는 연장.
** 새로 만든 배를 처음으로 물에 띄울 때 하는 의식.

기념품들 속에서 자랐다. 창가의 깊숙한 의자에는 벨벳 쿠션들이 있었지만 지금은 아무것도 없다. 옛날에 집 뒤에는 기다란 정원이 있었다. 기하학적인 모양의 화분. 직각으로 꺾인 오솔길들. 나지막한 회양목 울타리. 높이는 10센티미터. 아버지의 화려한 양계장. 공작비둘기. 전서구*. 공중제비 하는 비둘기. 새똥 더미 같은 것은 없었다. 지나간 시절에는 사람이 정원과 새들을 돌봤다. 동네 사람. 좋은 사람. 바다에 갔다 온 사람. 놀라운 이야기들. 날치. 돌고래. 진주. 상어. 사모아의 아가씨들. 사모아에서 6개월 동안 머물렀다. 낙원. 6개월 동안 단 한 번도 바지를 걸치지 않았다. 오후마다 비둘기들을 풀어 주었다. 종류에 따라 따로따로. 필자는 공중제비 하는 비둘기가 가장 흥미로웠다.

슬플 때도 있고 즐거울 때도 있었다. 뇌우. 크리스마스. 저녁 먹을 시간이라고 필자를 부를 때 쓰던 색소폰 소리. 작은 스쿠너를 타고 아버지와 함께 항해했다. 조(Zoe). 여름에는 정원 끝자락의 강에 정박했다. 뱃전이 높고, 선미는 작았다. 짧은 뱃머리는 밖으로 튀어나와 있었다. 채광창과 자그마한 취사실이 딸린 선실은 훌륭했다. 흘수선의 길이는 9미터. 소박한 돛. 중앙 돛, 앞 돛, 삼각돛 두 개. 크기가 적당했다. 날씨가 거칠 때도 배에는 물이 차지 않았다. 배는 선미 쪽에서 불어오는 바람을 타고 쑥쑥 나아가거나 바람 앞에서 날듯이 움직였다. 요즘 사람들은 그런 것을 "바람을 거슬러 나아간다."고 말한다. 배는 집처럼 움직였다. 바람이 불어오는 쪽으로 나아가다가 버티

---

* 편지를 보내는 데 쓸 수 있게 훈련된 비둘기.

지 못하고 푸시시 힘을 잃어버렸다. 대니얼 나이트가 몰던 스쿠너. 그는 은퇴한 선원이었다. 그때 이미 나이가 많았다. 키는 173센티미터쯤. 77킬로그램. 뚱뚱하고 생기가 넘쳤다. 가로돛배, 콜카타, 봄베이, 중국, 자바를 기억했다. 거룻배를 타고 조로 나갔다. 배에 오른 후 맨 처음 치른 의식은 선실에서 아버지와 선원들이 만난 것이었다. 바컴의 럼주와 당밀로 술잔치를 벌였다. 내게는 술이 돌아오지 않았다. 하지만 지금도 술 냄새가 나는 듯하다. 그때 세상은 지금보다 멋있었다. 배 안에서 빵굽는 냄새. 초록색 커피콩을 일주일에 한 번씩 볶았다. 볶은 커피콩 향기가 강 하류 쪽으로 몇 킬로미터나 퍼져 나갔다. 등불의 연기. 물통 속에 들어 있던 물의 냄새. 변소에서 나온 잿물. 장작불.

우리 식구는 나와 나보다 열 살 많은 형. 어렸을 때는 나이 차이가 심연처럼 엄청난 것 같았다. 나중에는 그런 느낌이 줄어들었다. 형의 이름은 덴마크 왕자의 이름을 딴 햄릿이었다. 아버지가 셰익스피어를 워낙 좋아했기 때문이다. 하지만 그 우울한 왕자와는 달랐다. 아주 쾌활했다. 호스 회사에서 야구를 했다. 라크로스도 했다. 달리기 시합에서 이긴 적도 많았다. 어머니의 사랑을 많이 받았다. 나중에는 차든 거리 창녀들의 귀염둥이였다. 내러갠섯하우스 술집의 단골. 체육관에서 글러브를 끼고 싸울 때도, 필요에 따라 거리에서 맨주먹으로 싸울 때도 실력이 좋았다.

따뜻한 계절에 필자는 광물과 신기한 것들이 잔뜩 있는 유치한 박물관 같은 다락방에서 잤다. 상아로 조각한 중국 정크선도 있었다. 길이는 60센티미터. 상아 공 세 개가 차곡차곡

겹쳐져 있었다. 크기는 사과만 했다. 뇌산호. 멜론만큼 커다란 바닷조개 껍데기. 다른 것들은 완두콩 같았다. 귀에 갖다 대면 파도가 해안에 부서지는 것 같은 소리가 났다. 어떤 조개껍데기에는 뾰족뾰족한 돌기가 있었다. 소중한 물건들 중에는 길들인 까마귀 두 마리도 있었다. 4월에 헤일스 섬의 둥지에서 가져온 것이다. 황새치의 가시와 눈구멍. 엄청난 냄새가 났다. 계단을 여러 칸 올라가면 있는 채광창에서 들어온 빛이 다락방을 밝혔다. 채광창에서는 강과 그 너머의 바다까지 훤히 내다보였다.

그때는 강에 철갑상어가 있었다. 길이는 90센티미터쯤. 온몸이 흑투성이. 공중으로 똑바로 뛰어올랐다가 다시 물속으로 떨어졌다. 당시 세인트보톨프스와 트래버틴을 오가던 마차에서 볼 수 있었던 광경이다. 뒷부분을 잘라 낸 마차. 사람들은 뒤쪽에서 마차에 올랐다. 딘지 그레이브스가 마부였다. 그는 바다에 나간 적이 있다. 콜카타까지 한 번의 항해. 나를 항상 공짜로 태워 주었으며, 가끔 내게 고삐를 맡기기도 했다. 고삐를 쥐고 철갑상어가 뛰어오르는 것을 보았다. 소년 시절의 행복. 딘지는 사랑 때문에 고민했다. 해리엇 앳킨슨이 그가 사랑하는 사람이었다. 그녀는 최고 가문 출신이었지만, 딘지의 재정 상태나 학력은 백지였다. 두 사람은 서로 사랑했지만 결혼하지 못했다. 그런 곳에는 연인들이 만날 수 있는 어둑어둑한 길이 많다. 나무가 우거진 강둑과 자그마한 숲. 그들의 사랑이 낳은 사생아는 노처녀 언니가 길렀다. 해리엇은 데드햄으로 쫓겨났다. 딘지는 마차를 몰면서 말없이 절망에 빠져 살았다.

딘지는 부두의 낡은 리버하우스에 항상 죽치고 있던 짐 그레이브스의 조카였다. 정직한 도박꾼. 가슴이 널찍했다. 180센티미터. 90킬로그램. 검은 머리. 리버하우스 술집은 아주 인기가 좋았다. 술이 맛있다는 말을 들었다. 한 잔에 10센트. 독한 술. 사람들은 술을 병으로 샀다. 손님들은 각자 스스로 술을 따랐다. 어떤 사람들은 저장 맥주를 마셨다. 차가운 저장 맥주. 저장 에일을 마시는 사람도 있었다. 이 지역 토산물도 있었다. 바컴의 럼주. 오래전부터 여기서 만들던 술. 칵테일은 없고, 다른 것과 섞어서 내놓는다. 짐 그레이브스 삼촌은 결코 걷는 법이 없었다. 전세 마차나 쌍두마차를 탔다. 말 한 쌍이 끄는 것. 한 마리가 끄는 것은 절대 타지 않았다. 항상 적어도 한 명 이상의 일행이 있었다. 조용했다. 위엄이 넘쳤다. 삶아서 빳빳하게 풀을 먹인 셔츠에 커다란 다이아몬드가 박힌 넥타이를 맸다. 손에는 커다란 루비 반지. 보석이 손 안쪽으로 가게. 늘 옷깃이 큼지막한 옷을 입었지만 천박하게 으스대지는 않았다. 유행을 따른 훌륭한 옷. 앨버트 공의 외투와, 앞자락을 어슷하게 재단한 더블 조끼. 머리는 요즘 유행에 비해 약간 길었다. 콧수염. 보기 싫지는 않았다. 실크해트. 카드. 파로*. 스터드 포커. 회전판. 크랩스**에는 주사위를 사용하지 않았다. 성인이 됐을 때 짐 아저씨, 딘지와 함께 유황과 '깊은물 침례교회'와 나란히 있는 차든 거리의 유곽에 갔다. 북쪽 지방 사투리를 쓰는 창녀. 로웰 아가씨. 굵은 넓적다리. 입에서는 제비꽃 향기가 났다. 교회에서 노랫소리가 들려왔다. 짐 아저씨가 샴페인을 바구니

---

* 카드 놀이의 일종.
** 주사위 두 개로 하는 도박의 일종.

째 주문했다. 어디서나 사랑 받았다. 거물. 큰 노름꾼. 술꾼. 목을 베이거나 다리를 잘린 적은 없었다. 시끄럽지도 않았다. 빈털터리로 죽었다. 리버하우스 3층의 방. 여분의 방. 추웠다. 아저씨를 보러 갔다. 모두들 아저씨를 버렸다. 티몬처럼. 시절이 좋을 때 사귀었던 친구들은 모두 흩어졌다. 원망은 하지 않았다. 마지막까지 신사였다. 물병에 살얼음이 얼어 있었다. 눈송이가 수줍게 떨어졌다.

계곡에서 보낸 젊은 시절의 마지막 여름에 대통령 후보인 J. G. 블레인이 저녁 식사를 하러 왔다. 일요일. 사촌 줄리아나도 와 있었다. 가난한 친척. 앞치마 주머니에 상아로 만든 자를 넣고 다니다가 일요일에 휘파람을 불었다는 이유로 필자의 손목을 때렸고, 계단을 한꺼번에 두 칸씩 뛰어올랐으며, '좋다'는 말 대신 '끔찍하다'는 말을 썼다. "끔찍하게 맛있는 푸딩." 쾅! 그때는 도미들이 강에서 떼를 지어 다녔다. 길이가 4미터 정도 되는 청상아리들이 한낮에 부두까지 도미를 쫓아왔다. 아주 신나는 일. 강둑을 따라 마을까지 달렸다. 하얀 물거품. 깊은 물속의 수수께끼. 엄청난 뇌우가 산에서 내려왔다. 지독한 비. 사과나무 밑에 서 있었다. 비가 그치자 장엄한 석양. 상어는 물결을 타고 강 하류로 내려갔다. 아름다운 시간. 하늘에 온통 불이 붙은 듯했다. 역마차는 뿌뿌거리고 기차는 삐삐거렸다. (그때는 기차가 정기적으로 다녔다.) 교회 종이 울렸다. 모든 사람들과 그의 할머니가 상어가 떠나는 것을 보려고 나왔다. 땅거미 속에서 집까지 걸어갔다. 저녁 별을 보며 금시계와 금시곗줄을 달라고 빌었다. 샛별인가? 석양빛 때문에 집에 불이 붙은 것처럼 보였다. 마차. 저녁때 블레인 씨가 오기로 한 것이 기억났다. 늦었다. 줄리아나의 자가 무서웠다.

앞쪽 복도 등에 2년 만에 처음으로 불이 켜졌다. 나방들이 등 주위에 잔뜩 몰려 있었다. 복도에 깔린 양탄자에는 사람의 발길이 닿은 적이 거의 없었다. 맨발에 닿는 감촉이 거칠었다. 거의 여름 내내 맨발로 다녔다. 거실에서는 등 대여섯 개가 타오르고 있었다. 당시로서는 휘황한 조명. 화려한 손님. 블레인 씨. 중량 있는 남자. 어머니는 심홍색 드레스를 입었는데, 이 옷은 나중에 커튼이 되었다. 뭔가가 이상했다. 줄리아나가 제일 좋은 검은 드레스에 황금 목걸이, 레이스 모자 등을 차려 입고서 바닥에 쪼그리고 앉아 있었다. 왼손에는 커다란 시가. 횡설수설. 필자는 누구의 눈에도 띄지 않고 2층으로 올라갔다. 기분이 좋지 않았다. 다락방 침실에서는 남자 팬티 냄새가 났다. 황새치 가시 냄새도 났다. 비 오는 날 사람을 밖으로 내보낼까? 주전자에 소변을 보았다. 화장실이 없었다. 집 뒤쪽에 놓아둔 물통에 모아 놓은 빗물로 세수를 했다. 줄리아나의 쪼그리고 앉은 모습이 영 마음에 걸렸다. 얼마 뒤 진입로에서 목소리가 들렸다. 남자들이 이야기하고 있었다. 마차 등에 불을 밝히면서. 강 상류 쪽으로 몇 킬로미터나 떨어진 곳까지 개 짖는 소리가 들렸다.

아침에 베델리아에게 물었다. 우리 집 하녀. 부모님에게는 물어보면 안 된다. 아이들을 보았지만 소리는 듣지 못했다. 베델리아는 아주 엄숙했다. "줄리아나 아가씨는 유명한 천리안이에요. 인디언의 영혼을 통해 죽은 사람들과 이야기해요. 어젯밤에는 블레인 씨의 어머니와 강에 빠져 죽은 하드위치의 어린 아들과 이야기를 나눴어요." 신앙심 깊고 나이 많은 여자가 죽은 사람과 이야기하는 걸 도무지 이해할 수 없었다. 지금은 기억이 분명치 않다. 하루 종일 줄리아나를 지켜보았다. 점심 식사 때 나타나지 않았다. 죽은 사람들과 이야기를 하느라 지친 것이다. 저녁 식사 때는 나타났다. 똑같은 제복 차림으로. 검은 드레스. 오글오글하게 만 흰머리. 레이스 모자. 커다란 목소리로 감사 기도를 했다. "주님, 이런 축복을 내려 주셔서 감사합니다." 식욕이 왕성했다. 항상 식품 저장실 같은 냄새가 났다, 줄리아나는. 계피 같은 냄새. 꿀풀, 세이지 같은 양념 냄새. 기분 나쁘지는 않았다. 천리안다운 모습이 있는지 보려고 지켜보았지만, 그냥 엄격하고 나이 많은 여자일 뿐이었다. 이중 턱. 가난한 친척.

인디언이 한 명 더 있었다. 조 스럼. 변두리에 살았다. 얼굴을 오렌지색으로 칠했다. 냄새나는 오두막. 비단 셔츠를 입었다. 귀에는 커다란 놋쇠 귀걸이. 더러웠다. 필자는 그가 쥐 같은 것을 먹는다고 믿었다. 최후의 야만인. 거친 서부극에서조차 인디언들이 밉다. 고조부가 두케인 요새에서 인디언에게 죽임을 당했다. 가엾은 양키! 고향에서 그렇게나 멀리 떨어진 곳에서. 물 설고 땅 선 곳. 오후 4시에 실오라기 하나 걸치지 않은 알몸으로 물가의 공터로 끌려갔다. 불 고문이 시작됐다. 저녁 8시에도 아직 살아 있었다. 너무나 애처롭게 울어 댔다. 인디언, 중국인, 대부분의 외국인들이 밉다. 석탄을 욕조에 둔다. 마늘을 먹는다. 폴란드의 흙, 이탈리아의 흙, 러시아의 흙냄새를 흘리고 다닌다. 사방에 이상한 흙냄새. 모든 걸 바꿔 놓는다. 모든 걸 망가뜨린다.

이것이 리앤더의 자서전인지 고백록인지 모를 글의 1장이었다. 그는 아들들이 떠난 해에 토파즈 호가 매물로 나온 후 이 글을 쓰며 시간을 보냈다.

15

모지스가 그랬듯이 저녁 9시에 낯선 도시 워싱턴에 온다. 가방을 들고 차례를 기다려 역마차에서 내린 뒤 플랫폼에서 대합실로 걸어간다. 여기서 가방을 내려놓고 이 역을 지은 건축가가 어떤 술수를 부려 놓았는지 궁금해 하며 목을 길게 쭉 뺀다. 희미한 불빛 속에서 머리 위로 신(神)들이 보인다. 그리고 특별실이 별도로 마련된 것이 아니라면, 지금 서 있는 바닥을 대통령과 왕 들도 밟았을 것이다. 사람들과 분수대에서 물 쏟아지는 소리를 따라 이 어둑어둑한 곳에서 밤의 거리로 나간다. 다시 가방을 내려놓고 입을 쩍 벌린다. 왼쪽에는 빛에 둘러싸인 의사당이 있다. 목걸이와 엽서에서 의사당을 워낙 많이 보았기 때문에 그 모습이 기억에 새겨진 것 같았지만 지금 보니 차이점이 있다. 눈앞의 의사당이 진짜라는 것.

주머니에 18달러 37센트가 있다. 아버지 말씀대로 그 돈을 속옷에 핀으로 꽂아 놓지는 않았지만, 소매치기를 당하지는 않았는지 확인하려고 계속 지갑을 만지작거린다. 머물 곳이 필요한데, 의사당 주변에는 그런 곳이 없을 것 같아 반대 방향으로 걷기 시작한다. 기운차고 젊은 기분이 든다. 신발은 편안하고, 질 좋은 모직 양말은 사랑하는 어머니가 떠 준 것이다. 속옷은 혹시 택시에 치여 낯선 사람들이 옷을 벗기는 일이 있을지도 모르니까 깨끗한 것으로 입었다.

가방을 양손으로 번갈아 들면서 걷고, 걷고, 또 걷는다. 불이 밝혀진 가게들, 기념물들, 극장들, 살롱들을 지나간다. 댄스 음악이 들려오고 위층 볼링장에서는 볼링 핀 쓰러지는 소리가 천둥처럼 울린다. 이 새로운 풍경 속에서 자신이 언제쯤 자리를 잡을 수 있을지 생각해 본다. 직장을 구할 것이다. 어쩌면 왼쪽의 대리석 건물에서 일하게 될지도 모른다. 책상, 비서, 전화, 업무, 걱정거리가 생길 것이고, 성과를 올려 승진할 것이다. 그동안 사랑도 할 것이다. 저 모퉁이의 기념관 옆에서 여자를 만나 길 건너편 식당에서 저녁을 사고, 그녀를 따라 저 멀리 보이는 아파트로 갈 것이다. 친구도 사귀어 즐거운 시간을 보낼 것이다. 셔츠 차림으로 활기차게 거리를 걷는 저 두 남자가 즐거워하는 것처럼. 볼링 클럽에도 가입해서 볼링 핀이 쓰러지는 천둥 같은 소리를 들을지도 모른다. 돈을 벌어 오른쪽 상점 진열창에 걸린 레인코트를 사게 될지도 모른다. 어쩌면 저기 모퉁이를 돌아오는 저 빨간색 컨버터블 같은 차를 살지도 모른다. 누가 알겠는가? 비행기를 타고 나무들 위를 지나 남동쪽으로 여행하게 될지도. 심지어는 여자아이의 손을 잡고 다른 손에는 딸기 아이스크림을 든 채 신호등이 바뀌기를 기다리고 있는 저 머리숱 적은 남자처럼 아버지가 될지도 모른다. 며칠만 지나면 그런 일들이 시작될 거라는 생각이 든다. 사실은 가방을 들고 이 풍경 속으로 들어온 순간부터 이미 그런 일이 시작된 것이 틀림없는데도.

걷고 또 걷다 보니 마침내 시골의 가정집 같은 분위기를 풍기는 동네가 나온다. 하숙집 광고판들이 여기저기 걸려 있다. 계단 몇 칸을 올라가자 흰머리의 과부가 나와 무슨 일로 왔느냐, 이름은 뭐냐, 전에 살던 주소는 어디냐고 묻는다. 그녀는 빈방이 있긴 한데 심장이 약하거나 아니면 다른 병이 있어서 계단을 올라갈 수 없다며 3층까지 혼자 올라가라고 한다. 거기 뒤쪽에 뒷마당으로 창문이 난 쾌적한 방이 있다고 한다. 숙박부에 서명을 하고 벽장에 제일 좋은 옷을 걸어 놓는다. 아침에 면접을 보러 갈 때 입을 옷이다.

아니면 코벌리처럼 세계 최대의 도시에 온 시골 소년 같은 심정으로 잠에서 깬다. 평상시에 리앤더가 몸을 씻기 시작하는 시간이다. 이곳은 가구가 딸린 3달러짜리 방이며, 집의 벽장만 한 크기이거나 그보다 오히려 더 작다. 벽이 사람에게 치명적인 영향을 미치는 초록색으로 칠해진 것이 눈에 띈다. 설마 그런 효과를 노리고 저런 색을 택하지는 않았을 것이다. 그 색은 항상 기분을 처지게 만드니까. 그러니 순전히 싸다는 이유로 저 색을 택했을 것이다. 벽이 땀을 흘리는 것처럼 보이지만, 손으로 물방울을 만져 보니 굳은 아교처럼 딱딱하다. 침대에서 나와 창밖의 넓은 거리를 내다본다. 시장과 철도 야적장에서 농산물을 싣고 온 화물차들이 지나간다. 기분 좋은 광경이지만, 뉴잉글랜드의 작은 도시에서 온 사람은 약간 의심스러운 눈으로, 심지어 연민까지 느끼며 그 광경을 바라본다. 비록 출세를 위해 이곳에 오기는 했어도, 도시는 세인트보톨프스 같은 곳의 단조로움을 견디기에는 인내심과 의지가 부족한 사람들에게 최후의 피난처 같은 곳이라고 생각하기 때문이다. 이 도시 사람들은 영원한 것의 가치를 결코 깨닫지 못한다는 말을 이미 들었다. 이렇게 이른 시간인데도 벌써 그 사람들이 안쓰러워 보인다.

복도에서 세면대를 발견하고 수염을 깎는다. 면도를 하는 동안 땅딸막한 남자가 다가와 비판적인 눈으로 지켜본다. "피부를 잡아 늘여야지." 남자가 말한다. "봐. 내가 시범을 보여 주지." 그가 자기 피부를 잡아 팽팽하게 당긴다. "이렇게 하는 거야. 피부를 잡아 늘여야 한다고." 충고해 줘서 고맙다고 말한 후 아랫입술을 쑥 내민다. 이제 그곳만 면도하면 된다. "그래, 그렇게 하는 거야." 남자가 말한다. "그렇게 하는 거야. 피부를 잡아 늘이면 깨끗하게 면도할 수 있어. 하루 종일 간다고." 세수가 끝나자 남자가 세면대를 차지한다. 방으로 돌아가서 옷을 입는다. 그러고는 계단을 내려가 충격적이고 놀라운 것들로 가득 찬 거리로 나간다. 비록 철학회가 있었어도 고향은 아주 작은 도시였기 때문에 높은 건물이나 닥스훈트를 본 적이 없다. 스웨이드 신발을 신은 남자나 크리넥스로 코를 푸는 여자도 본 적이 없다. 주차장 미터기를 본 적도, 지하철 때문에 발밑의 땅이 흔들리는 것을 느낀 적도 없다. 하지만 가장 먼저 눈에 띄는 것은 아름다운 하늘이다. 누군가에게 그런 이야기를 들어서 그랬는지, 지금까지 아름다운 하늘을 볼 수 있는 곳은 고향뿐이라고 생각했다. 그런데 지금 보니 방탕한 대도시의 끝에서 끝까지 아름다운 파란색이 펼쳐져 있는 것이 놀랍다.

이른 시간이다. 싸구려 과자 냄새가 난다. 화물차에서 짐을 내리는 소리(화물차 뒷문이 부딪치는 소리)가 크고 유쾌하다. 아침을 먹으려고 빵집으로 들어간다. 여종업원이 환하게 미소를 짓는 것을 보니 이런 생각이 든다. 어쩌면. 혹시. 나중에. 다시 거리로 나가 멍하니 넋을 잃는다. 도로를 오가는 자동차 소리가 아까보다 더 크다. 이렇게 혼란스러운 곳에서 사람들이 어떻게 살아가는지 궁금하다. 이런 걸 어떻게 견디지? 어떤 남자가 오리걸음으로 옆을 지나간다. 기계에서 나온 찌꺼기로 만든 것 같은 외투를 입었다. 세인트보톨프스에서 저런 옷을 입었다가는 큰일 날 거라는 생각이 든다. 사람들이 웃음을 터뜨릴 것이다. 어느 셋집 창가에 속옷 차림으로 종이봉투에 든 음식을 먹고 있는 노인의 모습이 보인다. 인생이 무자비하게 그 노인을 무시하고 지나가 버린 것 같아서 슬퍼진다. 그런데 길을 건너다가 하마터면 화물차에 치여 죽을 뻔한다. 다시 인도 위로 무사히 올라오니 이 대도시 사람들이 너무 정신없이 산다는 생각이 든다. 이런 속도를 어떻게 따라가지? 어딜 봐도 파괴와 창조의 흔적이 보인다. 이 도시가 목적과 취향을 놓고 둘로 갈라져 있는 것 같다. 이곳 사람들은 훌륭한 건물을 파괴하고 있을 뿐만 아니라, 훌륭한 거리들을 찢어발기고 있다. 소음이 너무 심해서 도와 달라고 소리를 질러도 아무도 듣지 못할 것 같다.

길을 걷는다. 스페인 식당에서 음식 만드는 냄새가 난다. 새로 구운 빵, 엎질러진 맥주, 커피콩 볶는 냄새, 버스의 배기가스. 넋을 잃고 높은 건물을 바라보다가 소화전에 부딪혀 하마터면 기절할 뻔한다. 아무도 그 민망한 모습을 못 보았기를 바라면서 주위를 둘러본다. 아무도 신경 쓰지 않는 것 같다. 그 다음 횡단보도에서 어떤 젊은 여자가 신호등이 바뀌기를 기다리며 사랑에 관한 노래를 부르고 있다. 거리를 오가는 자동차 소리 때문에 그녀의 노랫소리가 거의 들리지 않을 정도지만, 그녀는 개의치 않는다. 거리에서 저렇게 노래 부르는 여자는 한 번도 본 적이 없다. 그녀는 몸가짐이 아주 단정하고 너무나 행복해 보여서 그녀를 향해 환한 미소를 짓는다. 신호등이 바뀌지만 길을 건너지 못한다. 반대편에서 길을 건너는 젊은 여자들 때문에 앞으로 나아가지 못한 탓이다. 일터로 출근하는 여자들인 것 같다. 하지만 그들은 세인트보톨프스의 은 식기 공장에서 일하는 여자들과는 완전히 다르다. 고향 뉴잉글랜드의 미인들을 짓누르는, 정숙해야 한다는 부담감에 시달리는 사람은 하나도 없다. 그들의 뺨은 활짝 핀 장미꽃 같고, 머리카락은 부드럽게 구불거리고, 손목과 목에서는 진주와 다이아몬드가 반짝인다. 그중 한 명은 앙가슴의 검은 그림자 속에 천으로 만든 장미꽃을 꽂고 있다. 머리가 빙빙 돈다. 거리를 건너다가 또 죽을 뻔한다.

그때 사촌 밀드레드에게 전화해야 한다는 것을 기억해 낸다. 밀드레드가 양탄자 공장에 일자리를 마련해 줄 것이다. 하지만 잡화점에 들어가 보니 온통 번호판이 있는 전화기뿐이다. 이런 전화기는 사용해 본 적이 한 번도 없다. 낯선 사람에게 도와 달라고 할까 생각해 보지만, 그랬다가는 자신이 아무 경험도 없고 도시에 살기에 적합하지 않은 사람이라는 사실이 끔찍하게 드러나 버릴 것 같다. 작은 도시에서 태어나 자란 것이 마치 부끄러운 일인 것처럼. 이런 두려움을 극복하고 낯선 사람에게 접근한다. 그가 친절하게 도와준다. 이 자그마한 친절에 힘입어 태양이 밝게 빛나는 듯하고, 남자들끼리 형제애를 느낄 수 있을 것 같아 기분이 들뜬다. 사촌 밀드레드에게 전화하지만 전화를 받은 하녀는 그녀가 자고 있다고 말한다. 하녀의 목소리를 들으니 사촌이 어떤 삶을 사는지 궁금해진다. 플란넬 바지가 구깃구깃해진 것이 눈에 띄어서 양복점으로 들어가 다림질을 맡긴다. 사방 벽에 거울이 붙어 있는 작고 습한 탈의실에서 기다린다. 바지를 벗은 자신의 모습을 보니 창피해서 풀이 죽는다. 지금 이 도시에 폭탄이 떨어진다면? 양복점 주인이 바지를 건네준다. 스팀 기운 덕분에 바지가 따스하고 포근하다. 다시 밖으로 나간다.

이제 중앙 대로에 도착해 본능적으로 북쪽을 향한다. 이렇게 많은 사람들이 이렇게 서둘러 움직이는 모습은 처음 보았다. 다들 약속 시간에 늦은 모양이다. 다들 자신의 목적을 달성하려고 열심이다. 그들의 머릿속에서 진행되는 내면의 대화는 세인트보톨프스 사람들의 것보다 훨씬 더 맹렬한 것 같다. 너무 맹렬해서 그 내용이 여기저기서 말로 터져 나온다. 그런데 앞에 모자 상자를 들고 가는 아가씨가 보인다. 너무나 아름답고, 너무나 사랑스럽고, 너무나 우아한데도 자신의 미모와 능력이 의심스럽다는 듯 미간을 잔뜩 찌푸리고 있다. 그녀를 쫓아 뛰어가 돈을 좀 주든지, 아니면 하다못해 위로라도 해주고 싶다. 아가씨가 군중 속으로 사라진다. 상점 진열창에 서 있는 석고 아가씨들 앞을 지나간다. 이 아가씨들에겐 자기만의 계절적 주기가 있으며, 이미 오래전부터 우아한 벽장과 화랑, 결혼식장과 보도, 유람선과 칵테일파티에서 자세를 취했다. 우리가 먼지가 되어 사라진 후에도 오랫동안 그들은 그러고 있을 것이다.

사람들을 따라 북쪽으로 간다. 수천 명의 얼굴이 책처럼 보인다. 유쾌한 책. 이런 사치와 우아함을 본 적이 없기 때문에 이런 곳에서는 테오필러스 게이츠 부인조차 초라해 보일 것 같다. 공원이 나오자 대로를 벗어나 동물원 안으로 어슬렁어슬렁 들어간다. 낙원 같다. 초록색 식물들과 물과 위험에 빠진 순수성. 아이들의 목소리와 사자의 포효와 지하도 벽에 쓰여 있는 외설스러운 낙서. 공원에서 나와 화려한 아파트를 보고 깜짝 놀란다. 저런 곳에 누가 살까 싶다. 에어컨 실외기를 임시변통으로 만든 아이스박스로 착각하는 사람도 있을지 모른다. 사람들이 우유 조금과 100그램 남짓한 신선한 버터를 보관해 두는 아이스박스. 앞으로 저런 건물에 들어갈 일이 있을지. 거기서 차를 마시거나 저녁 식사를 하는 등의 인간적인 교류를 할 수 있을지. 콘크리트 가로대를 머리에 인, 가슴이 큰 콘크리트 요정을 보니 당황스럽다. 얼굴이 붉어진다. 바위에 앉아 베토벤 소나타 연주곡집을 무릎에 올려 놓은 여자 앞을 지나간다. 오른발이 아프다. 양말에 구멍이 난 모양이다.

공원 북쪽에서 시들어 버린 것 같은 동네에 들어선다. 박해를 받았다기보다 단지 인기가 없어서 그렇게 된 것 같다. 여드름이나 독한 입 냄새 때문에 그렇게 된 것처럼. 동네의 안색도 나쁘다. 아무런 색깔이 없고, 여기저기에 틈이 나 있으며, 원래 있던 것이 없어진 곳도 있다. 공중변소 같은 냄새가 나는 어두운 선술집에서 샌드위치를 먹는다. 졸린 얼굴의 여종업원은 테니스 선수권 대회 운동화를 신었다. 너무나 눈에 거슬리는 계단을 올라간다. 신성한 성자, 존의 성당이다. 거기서 기도를 드린다. 아직 공사가 다 끝나지 않은 성당의 맨벽이 고독한 기차역을 연상시키는데도. 성당에서 나와 길거리 야구 경기에 뛰어든다. 저 멀리서 누군가가 트롬본을 연습하고 있다. 고무 스타킹을 신은 여자가 버스를 기다리고 있는 것이 보이고, 노란색 앞머리를 늘어뜨린 여자가 싸구려 임대 아파트의 창가에 나타난다.

이곳 사람들은 대부분 흑인이고, 재즈의 선율이 공기를 울린다. 싸구려 잡화점에서 파는 알약과 만병통치약도 부기우기 음악에 맞춰 튀어 오르고, 거리에는 누가 분필로 이렇게 써 놓았다. "예수 그리스도. 그분이 부활하셨다." 휴대용 접의자에 앉은 노파가 점자 찬송가 책을 더듬거리며 노래를 부른다. 그녀의 손에 10센트짜리 동전을 던져 주자 노파가 말한다. 하느님의 은총을 받을 겁니다. 하느님의 은총을 받을 겁니다. 문이 활짝 열리더니 어떤 여자가 손에 편지를 들고 뛰어나온다. 그녀는 편지를 우편함에 쑤셔 넣는다. 너무 열정적으로 다급히 서두르는 기색이 아들이나 연인에게 편지를 보내거나, 아니면 돈을 딸 수 있는 경연 대회에 응모하거나, 아니면 친구에게 편지를 보내는 것 같다. 길 건너편에 황금색 천으로 만든 외투를 입은 잘생긴 흑인 여자가 보인다. "벌로니 존과 피그패츠, 둘 다 죽었어." 어떤 남자가 말한다. "나는 5년 전에 결혼했는데도 아직 가구 하나 장만하지 못했지. 5년이나 됐는데." "왜 항상 나를 다른 여자들과 비교해요?" 어떤 아가씨가 부드럽게 묻는다. "왜 항상 이런저런 아가씨들이 나보다 더 낫다고 말하는 거예요? 가끔은 당신이 순전히 날 이 사람 저 사람하고 비교하면서 비참하게 만들려고 데리고 나오는 것 같아요. 왜 항상 나를 다른 여자들과 비교해요?"

날이 점점 어두워지고 몸도 피곤하다. 양말에 구멍이 나서 발꿈치에 물집이 잡혔다. 지하철을 타고 집으로 돌아가기로 한다. 계단을 내려가 지하철을 탄다. 아침에 출발한 곳 근처까지 갈 수 있을 거라고 믿고서. 하지만 길을 물어보지는 않을 것이다. 웃음거리가 되는 것, 물정 모르는 얼간이 꼴이 되는 것이 너무 싫다. 그래서 자존심의 노예가 되어 거리 이름들이 휙휙 지나가는 것을 지켜본다. 네빈스 거리, 프랭클린 대로, 뉴라츠 대로.

16

비록 이런 말을 하는 것이 건방진지는 몰라도 필자에겐 기업가 기질이 있다.(리앤더는 이렇게 썼다.) 봄에 병든 송아지를 2달러에 샀다. 녀석을 돌보았다. 살을 찌웠다. 가을에 10달러를 받고 팔았다. 두 권짜리 백과사전을 사려고 보스턴에 돈을 보냈다. 그 백과사전을 받으려고 우체국까지 걸어갔다. 가을밤의 거리를 맨발로 걸었다. 심장이 두근거린다. 맨발로 걸었던 한 걸음 한 걸음이 모두 기억난다. 모래, 엉겅퀴. 거친 풀과 비단 같은 풀. 굴 껍데기와 부드러운 흙. 마을 밖 강가 오솔길에서 책의 포장을 벗겼다. 희미하게 사위어 가는 불빛 속에서 책을 읽었다. 어스름. 올보르그*. 주교관이 있는 곳. 아드울프**. 아론. 잊으면 안 된다. 결코 잊지 않을 것이다. 배움의 기쁨. 백

---

* 덴마크 노르드일란 주의 주도.
** 아프리카에서 사는 하이에나 비슷한 포유동물.

과사전을 처음부터 끝까지 다 읽기로 결심했다. 내용을 암기한다. 기억에 남을 만한 시간. 서쪽에서 불이 꺼진다. 달에 불이 밝혀진다. 계곡, 나무들, 물을 사랑했다. 강에서 축축한 교회 같은 냄새가 났다. 머리가 하얗게 센다. 위대한 밤. 슬픈 귀향.

아버지의 별이 지고 있다. 미남이었다. 꼿꼿한 몸. 검은 머리. 사람들은 아버지가 예의 없고 게으르다고 말했지만, 결코 그렇다고 믿지 않았다. 아버지를 사랑했다. 동인도로 네 번 항해를 다녀왔다. 자랑스럽다. 사촌들이 금 구슬 공장에 일자리를 마련해 줬지만 아버지는 거절했다. 그러지 못할 것도 없지. 아버지는 자부심이 높아서 금 구슬이나 만들 사람이 아니었다. 여러 번의 가족회의. 우리를 찾아온 친척들 때문에 분위기가 어두워졌다. 거실에서 속삭이는 소리. 돈도 없고, 저녁 식사도 없고, 불을 땔 장작도 없다. 아버지는 슬퍼했다.

그해 가을은 또한 화려하고 찬란하기도 했다. 낙엽이 낡은 천처럼, 낡은 돛처럼, 낡은 깃발처럼 떨어졌다. 여름에는 단단한 초록색 커튼. 그런데 북풍이 그것을 한 조각 한 조각씩 가져가 버린다. 6월부터 이파리에 묻혀 있는 지붕과 뾰족탑을 보라. 어디를 봐도 황금색. 미다스* 같다. 가엾은 아버지! 마음이 슬픔으로 거칠어졌다. 나무들은 황금색 지폐로 뒤덮였다. 어디를 봐도 황금. 땅에 황금이 무릎 높이까지 쌓였다. 아버지의 주머니에는 먼지. 실밥. 그뿐이다. 모지스 삼촌이 구해 주었다. 어머니의 오빠. 몸집이 크고 뚱뚱한 사람. 거칠었다. 보스턴에

---

* 그리스 신화에 나오는 소아시아의 왕. 손에 닿는 모든 것을 황금으로 바꾸는 힘을 얻었지만 먹으려는 음식과 사랑하는 딸마저 황금으로 변한다.

서 도매상을 했다. 교차로 상점들에 신기한 물건을 팔았다. 실과 바늘. 단추. 깅엄. 목사처럼 목소리가 우렁찼다. 반짝이는 바지. 해졌다. 마차 삯 8센트를 아끼려고 트래버틴에서 세인트보톨프스까지 6킬로미터가 넘는 길을 걸어 다녔다. 걸어 다니는 사람으로 유명했다. 한번은 빚쟁이를 따돌리려고 보스턴에서 살렘까지 걷기도 했다. 말 보관소에서 잤다. 집까지 걸었다. 아버지에게 보스턴의 집에서 살라고 했다. 일자리도 주었다. "돈은 도시에 있어, 아론!" 아버지는 모지스를 미워했다. 달리 방법이 없었다. 모지스는 항상 손해를 봤다고 말했다. 슬펐다. 1년에 4000달러를 잃었다. 그다음 해에는 6000달러를 잃었다. 도체스터에서 "매물"이라는 표지판이 내걸린 커다란 구식 집에서 살았다. 아내는 밀가루 부대로 속옷을 만들었다. 두 아들은 모두 죽었다.

그러고는 세인트보톨프스에 안녕을 고했다. 얌전한 까마귀들은 가라. '할렛&데이비스' 장미목 피아노를 포함해 얼마 안되는 세간을 짐마차에 실었다. 황새치 가시, 조개껍데기, 산호를 실을 자리가 없었다. 집을 내놓았지만 사려는 사람이 없었다. 너무 컸다. 구식이었다. 욕실이 없었다. 가구는 출발하기 전날 밤에 팅글리의 짐마차에 실었다. 말들은 헛간에 넣어 두었다. 다락방에서 마지막으로 잤다. 새벽 4시에 빗소리에 깨었다. 달콤한 음악. 여명 속에서 집을 떠났다. 영원히? 누가 알겠는가? 형과 필자는 짐마차 꽁무니에 탔다. 어머니와 아버지는 자동차로 움직였다. 동이 트기 전에 바람이 조금 불었다. 바람이 사위를 채웠다. 돛을 부풀리기에는 바람이 모자랐다. 바람이 낙엽을 휘저었다. 안녕. 어두워진 뒤에 핑크니 거리의 집에 도착했다. 아주 황폐한 집. 계단은 썩었다. 창문은 깨졌다. 모지스가 거기 있었다. 반짝이는 바지. 목사 같은 목소리. "집이 썩 좋은 상태는 아니지만, 아론, 몸을 놀리면서 일을 좀 하는 게 싫지는 않겠지." 첫날 밤엔 바닥에서 잤다.

다음 일요일에 도체스터로 모지스를 만나러 갔다. 거기까지 걸어갔다. 마차가 다녔지만, 어머니는 모지스가 살렘까지 걸어서 갔다 왔으니 우리도 도체스터까지 걸어갈 수 있을 거라고 생각했다. 가난한 친척들은 모범을 보여야 한다. 늦겨울 아침. 흐린 날씨. 북풍, 북동풍. 추웠다. 시골로 나가니 개들이 컹컹 짖으며 우리를 따라왔다. 우리는 이상한 모습이었다. 교회에 갈 때 입는 옷을 입고 흙 길을 행진했다. 2시에 모지스 삼촌 집에 도착했다. 큰 집이었지만 모지스 삼촌과 레베카 외숙모는 부엌에서 살았다. 아들들은 둘 다 죽었다. 모지스는 장작을 헛간에서 지하실로 옮기고 있었다. "와서 좀 도와라, 얘들아. 돈을 주마." 그가 말한다. 햄릿, 아버지, 나는 오후 내내 장작을 날랐다. 제일 좋은 옷에 나무껍질이 잔뜩 묻었다. 어머니는 부엌에서 바느질을 했다. 밤이 온다. 차가운 바람. 모지스가 우리를 우물로 데려간다. "이제 물을 먹자, 얘들아. 이것만큼 기운을 북돋워 주는 게 없어." 이것이 우리 노동의 보수였다. 차가운 물 한 잔. 어두울 때 집으로 출발했다. 몇 킬로미터를 가야 했다. 아침 식사 이후로 아무것도 못 먹었다. 도중에 앉아서 쉬었다. "모지스는 지독한 구두쇠야, 새러." 아버지가 말한다. "아론," 어머니가 말한다. "모지스는 왕처럼 물건을 사고팔아." 아버지가 말한다. "내가 애들하고 같이 그 빌어먹을 놈의 장작을 오후 내내 날랐는데 겨우 물 한 잔이야." "아론," 어머니가 말한다. "그쪽 업계에서 모지스는 구두쇠로 유명해." 아버지가 말한다. "1만 달러를 버는데, 겨우 5달러를 벌 때는 5달러를 잃었다고 말하지. 모지스가 파는 물건들은 전부 조잡하고, 처음부터 흠집이 있어. 아들들이 아팠을 때, 모지스는 돈을 아끼느라 약을 안 사 줬어. 아들들이 죽었을 때는 소나무 관에 아이들을 묻고 슬레이트를 무덤 앞에 세웠잖아." 어머니와 햄릿이 계속 걷는다. 아버지가 내 어깨에 팔을 얹어 꼭 끌어안는다. 뒤섞인 감정. 아주 깊고 아주 좋은 감정. 사랑과 위안.

아버지. 어떻게 설명할까? 엄격한 표정, 슬픈 가슴. 많은 사랑을 받았지만 누구하고도 친구가 되지 못했다. 주위 사람들에게 동정심, 애정, 염려, 찬탄을 얻었다. 결코 단단한 우정을 맺지 못했다. 대머리 선원들의 아이. 사모아에서 처음 사랑을 맛보았다. 긴긴 날처럼 정직했다. 어쩌면 결혼 생활이 불행했을지도 모른다. 그때는 기준이 달랐다. 숙명적이었다. 한 번도 싸우지 않았다. 아일랜드 인들만. 어쩌면 까다로운 원칙 때문이었는지도 모른다. 모지스를 미워하는 마음이 깊어졌다. 열심히 일했지만 약삭빠른 수완에 불평을 늘어놓았다. 이모들이 자주 집에 왔다. 속삭였다. 아버지는 찾아오는 사람이 너무 많다고 불평했다. "우리 집은 친척들에게 항상 열려 있어요." 어머니가 말했다. 아버지는 필자와 자주 체커를 두었다. 교활하게 체커를 두었다. 아련한 표정으로.

필자는 라틴 어 학교에 들어갔다. 마흔 명의 학생들 앞에 서 있었다. (성적표가 붙어 있었다.) 유난히 짧은 반바지를 입은 시골 머슴애. 겨울에는 동이 트기 전에 신문 배달을 했다. 하늘에는 아직 달이 떠 있었다. 커먼에서 놀았다. 라크로스. 눈

싸움. 스케이트. 때로는 야구. 모호한 규칙. 그때는 강둑이 없었다. 코플리 광장은 쓰레기장이었다. 치마를 부풀리는 철사가 잔뜩 있었다. 썰물 때 강에서는 바다의 가스 냄새가 났다. 필자는 명랑했다. 행복했다. 아버지를 빼면 불행한 기억이 전혀 없다. 지금 다시 기억해 내기가 어렵다. 가축의 전염병. (1873.) 시내의 모든 말들이 도살되었다. 수소 몇 마리가 수입되었지만 마차 바퀴와 발굽 소리는 거의 들리지 않았다. 거리에서 소리를 지르는 장사꾼들만 있었다. 석탄과 석유를 파는 사람. 칼 가는 사람. 늦은 시간에 아버지와 체커를 두었다. 종소리가 들렸다. 교회 종소리였지만 교회는 없었다. 소리가 컸다. 사방에서 났다. 찬양하라. 찬양하고 기리라. 종소리 속에서 사람들이 달려가는 소리가 들렸다. 아버지와 함께 지붕으로 올라갔다. 흥분감이 급속히 커졌다. 지붕에서는 종소리가 더 크게 들렸다. 높은 곳에 계시는 하느님께 영광을. 왁자지껄한 소리. 부두에 커다란 불길이 보였다. 보스턴 대화재.

아래층으로 뛰어 내려가 아버지와 같이 핑크니 거리로 나갔다. 보스턴이 불타고 있다! 찰스 거리에서 호스 회사 사람들과 합류했다. 아버지 옆에서 부두까지 내내 뛰었다. 처음에는 불꽃보다 연기가 더 많았다. 물건들이 타는 지독한 냄새. 신발, 벽지, 옷, 깃털 장식. 양동이 여단에 합류했다. 연기 때문에 눈이 아팠다. 기침을 했다. 아버지가 필자더러 안전선 뒤에서 쉬라고 했지만, 나중에 다시 양동이 여단에 합류했다. 거의 밤새 일했다. 새벽에 집으로 걸어왔다. 죽도록 피곤했다. 시내에 연기가 자욱했다. 워싱턴 거리와 윈터 거리에서 항구까지 연기가 있었다. 오래된 사우스 교회는 검게 그을렸다. 포트힐까지 가는 길은 연기를 피워 올리는 폐허였다. 새벽빛이 연기 속에 불그스름했다. 고약한 냄새. 커먼에 이재민을 위한 천막들이 있었다. 이상한 광경이었다. 울어 대는 아기들. 음식을 만들려고 피운 불. 유령 쇠 방울 소리 같은 물통 부딪히는 소리. 난리, 고통, 유머가 있는 광경. 찰스 거리에는 도둑들이 있었다. 인디언보다 나쁜 놈들. 도둑들이 군대처럼 몰려왔다. 재봉틀, 접시, 셀룰로이드 옷깃, 스무 켤레 남짓한 신발, 부인용 모자. 모두 야만인들이었다. 해가 뜰 때 침대에 누웠다.

모지스의 물건이 모두 탔다. 보험에 많이 들어 있었다. 1만 달러를 건졌다. 2만 달러를 기대했다. 1만 달러를 잃었다고 주장했다. 악어의 눈물. 유명한 구두쇠. 6주 후에 새 건물에서 새 가게를 열었다. 여전히 약삭빠른 수완. 아버지가 불평했다. 이모와 사촌 들이 개 뒷다리처럼 집을 들락날락했다. 속삭였다. 아버지는 저녁 식사 때 집에 없었다. 그 뒤에도 집에 없었다. 결코 질문을 해선 안 된다. 사흘 동안 아버지의 종적이 묘연했다. 일요일에는 교회에 갔다. 걸어갔다. 뉴잉글랜드의 비가 내린 후 화창하고 찬란한 봄날이 찾아왔다. 유쾌했다. 핑크니 거리와 시더 거리가 교차하는 지점 근처의 벽돌집을 지나갔다. 여자의 목소리가 들렸다. "얘, 얘, 너!" 창문을 올려다보았다. 벌거벗은 여자가 보였다. 턱수염처럼 생긴 얼룩덜룩 커다란 털 뭉치. 평범한 얼굴. 남자가 나타난다. 여자를 때린다. 커튼을 친다. 강까지 계속 걸어갔다. 다시는 여자의 모습을 찾으며 그 집 앞을 지나가지 않겠다고 결심했다. 마음은 깨끗하게, 몸은 건강하게 유지하겠다고 결심했다. 강둑에서 1.6킬로미터를 달렸다. 깨끗한 생각을 했다. 하늘에 감탄했다. 물에도. 하느님의 창조물. 곧장 핑크니 거리와 시더 거리가 만나는 곳으로 걸어갔다. 모든 결심이 깨졌다. 면목이 없었다. 창문을 보니 다시 여자가 보였다. 이제는 품이 넉넉한 실내복 차림이었다. 창가 제라늄 화분에서 잎을 따고 있었다. 이름이 트렉슬러 부인이라는 것을 나중에 알았다. 평판 좋은 신도였다. 가엾은 영혼.

어스름 무렵에 걸어서 집으로 갔다. 아버지는 없었다. 재러드 아저씨가 플루트를 불었다. 어머니는 장미목 피아노에 앉아 있었다. 순은 플루트. 프랑스 제. 「아치스와 갈라테아」. 필자는 방에서 음악을 들었다. 나중에 재러드가 작별 인사를 하는 소리도 들렸다. 그 후에 부엌으로 불려 갔다. 어머니와 형이 이야기를 하고 있었다. 문제가 생길 것 같은 냄새가 났다. 어머니는 성자 같은 아줌마였다. 하느님의 축복이 내리기를! 단 한 번도 불행하다거나 고통스럽다는 말을 하지 않았다. 음악에 울고 석양에 울었다. 인간의 일로는 결코 울지 않았다. 웨스트 강에서 어머니가 석양과 붉은 구름을 보며 눈물을 훔치던 기억이 난다. 장례식에서는 항상 눈이 보송보송했다. 나더러 앉으라고 했다. "네 아버지가 우리를 버렸다." 어머니가 말했다. "나한테 편지를 남겼어. 내가 불에 태워 버렸지만. 모지스 삼촌은 안다. 우리더러 버틸 수 있다면 여기서 계속 살아도 된다고 하더라. 이제 학교는 그만둬야겠다. 너도 일을 해야 돼. 햄릿은 캘리포니아로 갈 거다. 다시는 아버지 이야기를 입에 담지 마라."

그때 필자는 처음으로 슬픔을 맛보았다. 당혹스러웠다. 최초의 호된 경험이었다. 그 후로는 호된 경험이 많았지만. 부엌을 보았다. 다트머스 펌프. 남미 대륙처럼 생긴 천장 얼룩. 어머니가 세인트보톨프스에서 행복한 여름날에 입던 낡은 비단 드레스 조각으로 만든 어머니의 바느질 가방. 난로에 인쇄된 문구, "유니언의 자부심." 모든 것을 보았다. 어머니의 흰머리. 바닥의 갈라진 틈. 등불 연통의 연기. 가난한 양키의 흔적. 필자는 금이 간 접시, 유리에 묻은 검댕, 석탄 풍로, 펌프를 인생의 전환점으로 기억한다.

필자는 다음 날 아침 일자리를 찾으러 나갔다. 여행을 떠나는 햄릿을 배웅하러 걸어갈 계획이었다. 어떤 회사에 취직했다. 사촌 미네르바가 보증금을 내주었다. 6월에 항해를 떠났다. 햄릿은 어머니가 사랑하는 아들이었다. 7개월 뒤부터 집으로 돈을 보낼 계획이었다. 우리 모두를 구하기 위해. 햄릿을 위해 커다란 환송회를 열었다. 모지스는 삶은 돼지머리를 가져왔다. 다른 것도 전부. 재러드, 미네르바, 에벤, 레베카, 줄리아나, 그 밖에도 많은 사람들. 재러드가 요술을 부렸다. 미네르바의 머리에서 브로치를 꺼냈다. 시계를 사라지게 했다. 베수비오 화산의 용암으로 만든 꽃병에서 그 시계를 꺼냈다. 꿀 술을 마셨다. 집에서 만든 것이었다. 맛있었다. 어머니는 피아노를 연주했다. 햄릿은 노래를 불렀다. 듣기 좋은 테너 목소리.

젊음과 기쁨은 함께하는 것,
곧 겨울 추위가 오리라

집 안에 눈이 보송보송한 사람은 하나도 없었다. 어두운 밤. 등불이 많았다. 헤어짐은 너무나 달콤하고 슬픈 일이다. 내게는 달콤하지 않았다.

아버지가 사라졌다. 햄릿도 떠난다. 필자는 사랑하는 늙은 어머니와 단둘이 남았다. 하느님이 어머니를 축복하시기를! 하지만 어머니는 엄격했다. 필자는 깨끗하게 살았다. 아침마다 차가운 물로 목욕을 했다. 스톤힐스 보트 클럽. 노 하나짜리 배. 체육관은 일주일에 두 번. 아버지, 형이 그리웠다. 아버지가 제일. 외로운 곳들. 침실 복도. 계단이 꺾이는 곳. 사람들 속에서 아버지를 찾아 헤맸다. 곧장 돌아왔다. 검은 외투. 걸어서 퇴근했다. 항상 사람들 속에서 아버지를 찾았다. 북쪽과 남쪽의 역들을 들여다보았다. 부두도 살폈다. 부두에 닿는 온갖 종류의 배들을 지켜보았다. 여객선. 어선. 유령들이 사슬을 덜컹거린다. 성에서 산다. 대부분 목소리가 친절한 투명한 것들. 푸른빛을 유달리 좋아한다. 수탉이 울면 사라진다. 하느님이 나한테 그런 유령을 주어서 나는 울었다.

한번은 어머니에게 아버지 소식을 물었지만 대답을 듣지 못했다. 나중에 지나간 시절을 이야기했다. 세인트보톨프스를 기억하느냐고 내게 물었다. 추억에 잠겼다. 헤일스 섬의 서양자두. 매년 35리터들이 양동이만큼 땄다. 스물한 가지 파이가 나오던 교회의 유명한 야유회가 생각났다. 돛. 좋았던 시절. 집은 지금도 텅 비어 있다. 무너지고 있다. 늙은 어머니의 눈이 밝아졌다. 어머니가 즐거워 보인 것은 처음이었다. 웃으면서 강 계곡에 있는 낡은 집 '갓포세이큰'에 대해 이야기했다. 기분이 좋은 틈을 타서 다시 아버지 소식을 물었다. "아버지는 살아 계세요, 돌아가셨어요?"

"지난가을에 우리가 저녁 식사로 스테이크와 토마토를 먹은 날 기억나니?" 어머니가 말했다. "그 전날 네가 직장에서 일하는 동안 보스턴 경찰이 알려 주더라. 네 아버지가 찰스 거리의 하숙집에서 시체로 발견되었다고. 난 어느 누구의 도움도 없이 혼자 모든 일을 처리했다. 아침 일찍 시신을 차에 싣고 세인트 보톨프스로 갔지. 프리스비 씨가 설교를 했어. 무덤가에 다른 사람은 전혀 없었다. 그러고는 차를 타고 집으로 와서 너한테 줄 저녁 식사를 만들었다. 네가 무슨 일이 있다는 눈치를 채지 못하게."

햄릿에게서 편지가 왔어도 충격이 가라앉지 않았다.

"잘 있었니, 늙은 보이 스카우트. 우리는 일곱 달 아흐레 동안 항해한 끝에 행복한 땅에 도착했다. 항해는 생각보다 힘들었지만 난 잘 견뎌 냈어. 선원 서른 명 중에 일곱 명은 죽음의 신에게 잡혀갔다. 난 아직 건강하고 튼튼해. 우리는 턱수염을 텁수룩하게 기르고, 햇볕에 그을린 모습으로 채찍을 휘두르며 형제처럼 지내고 있다. 100만 달러를 벌든지 아니면 지〇에 가겠다는 결심으로 묶인 형제들.

우리는 사랑하는 사람들을 만나러 가는 여자와 아이 들을 많이 태우고 파나마 지협에서 샌프란시스코로 갔다. 샌프란시스코에 배가 도착하는 광경만큼 심금을 울리는 건 세상에 없어. 너도 여기 와서 그 광경을 볼 수 있으면 좋을 텐데. 그 곰팡내 나는 도시에 사는 네가 안됐다. 그에 비하면 샌프란시스코는 진짜 〇〇 벌집 같아. 하지만 생활비가 비싸더라. 방이 하루에 4달러라서 우리는 샌프란시스코에 일주일밖에 안 있었어. 그러고는 북쪽으로 갔지. 거기서는 방이 하루에 2달러였어. 사촌 미네르바를 만나거든 힘든 얘기까지 다 해 줘.

선원들 중에 데드햄 출신의 클랜시라는 아일랜드 인이 있다. 그 친구는 딸을 '교양 있는' 계층 사람과 결혼시키려고 지참금을 벌러 나왔지. 선원들은 그 밖에도 목수가 셋, 제화공 둘, 대장장이 한 명 등 직업이 다양해. 심지어 고상한 음악을 연주하는 사람도 있어. 그 사람은 바이올린을 가져와서 밤에 교향곡 선율로 우리를 즐겁게 해 주지. 우리가 여기서 자리를 잡자마자 나는 하위 코케인과 같이 강바닥을 곡괭이로 파는 일을 시작했어. 그런데 우리가 곡괭이질을 시작한 지 한 시간도 안 됐을 때 멕시코 인 두 명이 와서 우리가 파낸 걸 사금 30그램에 사겠다고 하더라. 그래서 우리는 그렇게 하기로 하고 처음으로 황금을 벌었지. 그때 일을 얘기하는 데 걸리는 시간보다 더 짧은 시간 안에 말이야. 금이 30그램에 5달러 60센트니까 만약 일이 이렇게 계속 잘 풀린다면 우린 하루에 사오십 달러를 벌게 될 거야. 지금 우리는 마슨스 선장의 지휘 아래 강에서 경주를 벌이면서 물길을 바꿔 놓고 있다. 그래야 물 빠진 강바닥에서 금을 캐낼 수 있을 테니까.

편지를 자주 못 쓸 거다, 늙은 보이 스카우트. 이 행복한 땅은 아직도 거친 곳이라서. 지금 나는 땅을 의자 삼고, 밤하늘을 지붕 삼아 편지를 쓰고 있어. 하지만 여기 나와 보니 기분이 정말 근사해. 교수가 바이올린으로 교향곡 선율을 연주해서 옛날 생각이 자꾸 나는데도 지금은 이 세상의 왕도, 거부도 부럽지 않다. 내가 태어날 때부터 운명의 아이였다는 것, 결코 다른 사람들의 재산이나 명성이나 권력에 무릎을 꿇거나 혐오스럽고 천박하고 불명예스럽고 비열하고 평범한 일을 하면서 간신히 생계를 해결할 운명이 아니라는 걸 옛날부터 알았으니까."

17

코벌리가 보기에 리앤더의 세계와 자신이 행운을 찾아 헤매는 세상 사이에 무언가 다리 같은 것을 만들려면 힘과 인내가 필요할 것 같았다. 달콤한 냄새가 나는 농가와 그가 사는 방은 엄청나게 달랐다. 그것들은 서로 다른 조물주의 작품이며, 서로의 존재를 부정하는 것 같았다. 코벌리는 어느 비 오는 밤에 빌린 턱시도를 입고 사촌 밀드레드의 집으로 가면서 이런 생각을 했다. "저녁 먹으러 와." 밀드레드가 한 말이었다. "밥 먹고 나서 오페라를 보러 가자. 너도 재미있을 거야. 오늘은 월요일이니까 정장을 입어야 돼. 월요일에는 다들 정장을 입거든." 사촌 밀드레드의 아파트는 코벌리가 이곳에 온 첫날 자기가 과연 들어갈 수 있을까 생각했던 커다란 건물들 중 하나였다. 코벌리는 그 건물을 올려다보며 세인트보톨프스의 기준으로는 이 건물이 어떻게 봐도 비싸고, 시끄러운 데다가, 안전하지도 못하고, 부를 과시하는 수단에 불과하다는 것을 깨달았다. 이 건물과 훌륭한 농장은 비교가 안 되었다. 그는 엘리베이터를 타고 18층으로 올라갔다. 이렇게 높은 곳에 올라와 본 적이 없었으므로, 그는 세인트보톨프스로 돌아가 탑 같은 건물들이 즐비한 이 도시 이야기로 피트 미컴을 즐겁게 해 주는 상상을 하며 즐거워했다. 자신이 영화에 나오는 사람처럼 세속적이고 냉소적으로 변한 것 같았다. 예쁜 하녀가 나와서 그를 거실로 안내했다. 그곳에는 그가 전혀 예상치 못한 광경이 펼쳐져 있었다. 벽은 웨스트 농장의 식당 벽처럼 절반이 널로 되어 있었다. 대부분의 가구는 그가 어렸을 때 건초 창고에 보관되어 있었기 때문에 눈에 익었다. 벽난로 위에서는 실내복인지 르네상스 식 의상인지 모를 옷을 입은 늙은 벤저민의 초상화가 정직하지 못한 성품이 노골적으로 드러나는 특유의 냉혹한 눈초리로 방 안을 쏘아보고 있었다. 그는 그 시선 때문에 가족들 사이에서 심한 냉대를 받았다. 대부분의 등은 창고나 다락방에서 가져온 것이었으며, 왑샷 할머니의 좀먹은 낡은 작품(「우리에게 아들이 생겼다」)이 벽에 걸려 있었다. 코벌리가 늙은 벤저민의 눈초리를 유심히 살피고 있을 때 사촌 밀드레드가 불쑥 나타났다. 뼈가 앙상한 어깨를 드러내려고 일부러 그렇게 재단한 것처럼 보이는 빨간색 드레스를 입은 밀드레드는 키가 크고 빼빼 마른 여자였다. "코벌리!" 그녀가 소리쳤다. "세상에. 이렇게 와 주다니 정말 고맙구나. 우리 가문 사람답게 생겼네. 해리가 무척 좋아할 거야. 왑샷 가문 사람들을 좋아하니까. 앉아. 뭘 좀 마시자. 지금 어디 머물고 있니? 전화 받은 여자는 누구야? 오노라 아주머니 얘기 좀 해 봐. 세상에, 정말 우리 가문 사람답게 생겼어. 사람이 많은 곳에서도 널 금방 알아보겠다. 사람들을 알아볼 수 있다는 건 좋은 일이지? 뉴욕에 우리 가문 사람이 하나 더 있어. 저스티나. 사람들 말로는 옛날에 싸구려 잡화점에서 피아노를 쳤다는데 지금은 아주 부자가 됐어. 우리가 벤저민의 초상화를 깨끗이 닦아 놨어. 보기 좋지 않니? 알고 있었어? 물론 그래도 사기꾼처럼 보이지만 말이야. 칵테일 한잔 마셔."

집사가 코벌리에게 쟁반에 있던 칵테일 잔을 건넸다. 그는 마티니 칵테일을 한 번도 마셔 본 적이 없었으므로, 그 사실을 숨기려고 잔을 들어 단숨에 마셔 버렸다. 기침을 하거나 침을 튀기지는 않았지만 눈에 눈물이 가득 고였다. 진이 불같아서 후두가 거기에 공명한 건지 아니면 그걸 막으려는 건지 마구 요동치기 시작했기 때문에 그는 말을 할 수 없었다. 결국 경련하듯이 침을 꿀꺽꿀꺽 삼키는 수밖에 없었다. "물론 내가 보기에도 이 방은 품위가 없어." 사촌 밀드레드가 말을 계속했다. "해리가 이렇게 꾸민 거야. 난 실내 장식가를 불러서 편안하게 꾸미고 싶었는데, 해리는 뉴잉글랜드에 푹 빠져 있거든. 해리는 사랑스러운 사람이고 양탄자 업계에서는 마법사로 통하지. 하지만 출신이 보잘것없어서 말이야. 내 말은 이렇다 할 추억이 없다는 거야. 그래서 다른 사람들의 추억을 빌리지. 해리는 정말이지 너나 나보다 더 왑샷 같아."

"해리가 벤저민의 귀에 대해서도 알아요?" 코벌리가 갈라지는 목소리로 물었다. 아직도 말하기가 힘들었다.

"세상에, 해리는 우리 가문 역사를 속속들이 알아." 사촌 밀드레드가 말했다. "영국에 가서 우리 조상들을 뱅크르-쇼까지 추적했지. 문장(紋章)도 찾아냈고. 틀림없이 로렌조에 대해서도 오노라 아주머니보다 더 잘 알 거야. 해리는 네 어머니가 갖고 있던 물건들도 몽땅 가져왔어. 돈을 후하게 줬을걸. 내 생각에는 네 어머니가……. 네 어머니가 사기를 쳤다는 뜻은 아냐……. 하지만 항상 생쥐들이 득실거리던 그 낡은 여행용 문갑 알지? 네 어머니 말로는 그게 벤저민 프랭클린의 물건이었다는데, 난 전에 그런 말을 들은 기억이 없어."

어머니가 거짓말을 했을지도 모른다는 이 말에 코벌리는 슬픔과 향수를 느꼈다. 사촌의 빠른 말투와, 소박함과 수수함을 과시하려는 듯한 거실의 분위기도 신경에 거슬렸다. 가만두었다면 그가 자신의 생각을 말했을지도 모르지만 집사가 잔에 술을 다시 채워 주는 바람에 그는 진을 한 잔 더 마시고는 후두의 진동이 다시 시작돼서 전혀 말을 할 수 없었다. 그때 해리 브루어 씨가 들어왔다. 그는 아내보다 훨씬 키가 작았으며, 안색이 발그레한 조용하고 유쾌한 남자였다. 그가 조용한 분위기를 지니게 된 것은 아내의 소란스러운 수다 때문인 것 같기도 했다. "자네도 왑샷이군." 그가 코벌리와 악수를 하며 말했다. "밀드레드가 말했는지 모르겠지만, 난 자네 가문에 관심이 많아. 여기 있는 물건들은 대부분 세인트보톨프스에서 가져온 것이지. 저기 저 요람은 네 세대에 걸쳐 왑샷 일가를 키운 거야. 마을의 장의사가 만들었다더군. 저 튤립 나무 탁자는 웨스트 농장의 잔디밭에 서 있던 나무로 만든 거야. 라파예트*가 1815년에 말을 타고 그 나무 밑을 지나갔지. 벽난로 위의 초상화는 벤저민 왑샷을 그린 거야. 이 의자는 로렌조 왑샷의 것이

---

* 프랑스의 군인이자 정치가.

고. 로렌조는 주 의회 의원으로 두 번 재직하는 동안 이 의자를 사용했네." 이 말과 함께 브루어 씨는 로렌조의 의자에 앉았다. 이 골동품 의자의 느낌이 좋아서인지 너무나 관능적인 미소가 그의 얼굴에 번졌다. 소파에서 예쁜 여자 둘 사이에 앉아 있는 것 같은 표정이었다. "코벌리의 코가 우리 가문 코예요." 사촌 밀드레드가 말했다. "사람들 속에서도 얘를 금방 알아볼 거라고 내가 이미 말했어요. 내 말은, 이 애가 왑샷이라는 걸 알아봤을 거라는 뜻이에요. 이 애가 당신 밑에서 일하면 정말 좋을 거예요. 그러니까 회사에서 왑샷 일가 사람이 일하는 게 좋을 거라고요."

브루어 씨는 한참 시간을 끈 뒤에야 입을 열었지만, 입을 다물고 있는 내내 코벌리를 향해 환한 미소를 지었기 때문에 침묵이 불안하지는 않았다. 침묵이 이어지는 동안 코벌리는 브루어 씨가 몹시 마음에 든다는 결론을 내렸다. "물론 자네도 밑바닥부터 시작해야 돼." 브루어 씨가 말했다.

"물론이죠." 코벌리가 큰 소리로 말했다. 부전자전이었다. "무슨 일이든 하겠습니다. 기꺼이 무슨 일이든 할 거예요."

"뭐, 자네한테 아무 일이나 시키지는 않을 거야." 브루어 씨가 코벌리의 지나친 열정을 달래려고 말했다. "하지만 일종의 도제 제도 같은 걸 만들어 낼 수 있을 것 같아. 말하자면 그렇다는 얘기야. 자네가 양탄자 일이 마음에 드는지 판단할 수 있고, 우리 공장도 자네가 마음에 드는지 판단할 수 있는 제도 말이지. 자네도 신원 확인 절차를 거쳐야 돼. 모든 사람한테 다 적용되는 절차거든. 그래플리와 하머가 우리를 대신해 그 일을 해 주고 있으니까, 내가 내일로 약속을 잡아 놓겠네. 그

둘이 조사를 끝내면 월요일에 내 사무실로 와서 일을 시작하면 돼."

코벌리는 올바른 만찬 예절에 익숙하지 않았지만, 사촌 밀드레드를 열심히 지켜본 결과 하녀가 나눠 주는 접시에서 요리를 덜어 먹을 수 있었다. 그가 후식을 손가락 씻는 그릇에 담글 뻔한 것이 문제이기는 했어도, 하녀가 미소와 함께 신호를 보내 손가락 씻는 그릇을 옮기게 했기 때문에 그는 무사히 위기를 넘길 수 있었다. 식사가 끝나자 사람들은 엘리베이터를 타고 내려가 빗속에 차를 타고 오페라를 보러 갔다.

우리가 가장 많이 실망하는 것은 아마 어떤 일의 규모가 생각에 미치지 못할 때일 것이다. 마음 그 자체가 너무 커다란 미로 같은 방이라서 판테온이나 아크로폴리스가 기대보다 작게 느껴지는 탓인 것 같다. 어쨌든 오페라 극장이 굉장할 것이라고 기대했던 코벌리는 실제로 오페라 극장을 본 뒤 화려하지만 아늑하다는 느낌을 받았다. 일행의 좌석은 무대와 가까운 관현악단 석이었다. 코벌리에겐 대본이 없었으므로 무대 위에서 벌어지는 일을 전혀 이해하지 못했다. 가끔 줄거리가 눈에 보이는 듯했지만, 알고 보니 매번 그가 오해한 것이라서 결국은 더할 나위 없이 혼란스러운 기분이 되고 말았다. 그는 두 번이나 졸았다. 오페라가 끝나자 그는 복도에서 사촌 밀드레드 부부에게 작별 인사를 하며 고맙다고 말했다. 자신이 사는 빈민가까지 두 사람의 차를 타고 가는 것이 자신에게 이롭지 않을 것 같아서였다.

다음 날 아침 일찍 코벌리는 그래플리와 하머를 찾아가 평범한 지능 지수 검사를 받았다. 간단한 산수 문제, 블록을 세는 문제, 어휘력 문제 등을 풀면 되었다. 그는 어렵지 않게 문제를 다 풀었다. 비록 오전이 절반 이상 지나 버리긴 했지만 말이다. 그는 2시에 다시 오라는 말을 듣고 사무실을 나와서 샌드위치를 먹고 거리를 돌아다녔다. 이스트사이드에 있는 구두 수리점 진열창에 식물들이 가득 놓인 것을 보니 플루진스키 부인의 부엌 창문이 생각났다. 그래플리와 하머의 사무실로 다시 갔더니 어떤 낯선 사람이 그림이나 얼룩이 있는 카드 십여 장을 보여 주며(색칠한 카드도 몇 장 있었다.) 그 그림을 보고 무엇이 생각나느냐고 물었다. 쉽게 답할 수 있을 것 같았다. 그는 강과 바다 사이에서 평생을 살았으므로 그림을 보고 생선 가시, 해초, 소라 껍데기 등이 생각난다고 말했다. 의사의 얼굴에 표정이 없어 그는 자기가 대답을 잘한 건지 판단할 수 없었다. 의사의 과묵한 태도를 꿰뚫고 들어가기가 너무 어려울 것 같아서 코벌리는 서로 처음 보는 두 사람이 사무실에 앉아 이렇게 비인간적인 분위기를 만들어 내야 한다는 것에 화가 치밀었다. 그곳을 나서면서 그는 다음 날 아침에 다시 와서 시험 두 가지를 더 치르고 면담을 해야 한다는 말을 들었다.

이틀날 아침에 그는 어제보다 훨씬 더 이상한 상황과 맞닥뜨렸다. 또 다른 신사(코벌리는 그들이 모두 의사일 거라고 짐작했다.)가 일련의 그림들을 보여 주었다. 무슨 그림인지 종잡을 수 없었지만, 잘 보면 잡지의 삽화 같기도 했다. 비록 그림 솜씨가 조잡하고 열정이나 상상력이 전혀 엿보이지 않았지만 말이다. 그런데 이 그림들이 문제였다. 처음 몇 장을 보았을 때 아주 우울하고 불쾌한 생각밖에 들지 않았으니 말이다. 그는 처음에 자신이 원래 불건전한 사람이라서 이런 건지, 솔직히 말했다가 양탄자 공장에서 일하지 못하게 되는 것은 아닌지 걱정스러웠다. 그의 고민은 오래가지 않았다. 정직이 최선의 방법이었다. 모든 그림이 기분 나쁜 좌절을 다루었기 때문에 시험이 끝났을 때 그는 짜증스럽고 불행했다. 오후에는 문장을 완성하는 시험을 보았다. 모든 문장들이 문제를 제시하거나 특정한 태도를 요구했다. 코벌리는 돈 때문에 걱정하고 있었으므로(처음에 갖고 있던 25달러가 거의 떨어졌다.) 대부분의 문장을 돈과 관련된 내용으로 채워 넣었다. 다음 날 오후에는 심리학자와 면담을 해야 한다고 했다.

면담을 생각하니 조금 불안해졌다. 그에게 심리학자는 주술사만큼이나 이상하고 무서운 존재였다. 자기 삶의 치명적인 비밀이 탄로 날지도 모른다는 생각이 들었다. 하지만 그가 저지른 최악의 나쁜 짓이라고 해 봤자 자위행위밖에 없었다. 그는 또래들 중에서 그런 짓을 안 한 사람을 한 명도 못 보았기 때문에 자신의 삶을 되돌아보며 그런 건 비밀도 아니라는 결론을 내렸다. 그는 심리학자에게 최대한 정직하게 대답하기로 마음먹었다. 이런 결정을 내리고 나니 마음이 조금 편안해져서 불안감이 줄어드는 것 같았다. 약속 시간은 3시였지만, 그는 난초 화분이 많은 대기실에서 계속 기다려야 했다. 혹시 누가 구멍으로 자기를 엿보고 있는지도 모른다는 생각이 들었다. 그때 의사가 방음 장치가 됐는지 안 됐는지 알 수 없는 문을 열고 코벌리더러 들어오라고 했다. 의사는 무표정했던 다른 사람들과는 전혀 다른 젊은 청년이었다. 그는 친한 사람처럼 굴려고 했다. 코벌리가 지금까지 그를 만난 적이 없고, 앞으로도 만날 일이 없으며, 순전히 양탄자 공장에서 일자리를 얻으려고 그와 단둘이 방에 앉아 있는 것이어서 친한 분위기를 만들기가 힘들기는 했지만 말이다. 우정을 쌓을 수 있는 분위기는 전혀 아니었다. 코벌리는 아주 편안한 의자에 앉아 있었지만, 불안한 표정으로 손마디를 꺾었다. "자, 당신이 어떤 사람인지 얘기를 좀 해 주는 게 어떨까요?" 의사가 말했다. 그는 아주 상냥했으며, 메모를 하려고 종이와 연필을 준비해 두었다.

"뭐, 내 이름은 코벌리 왑샷이에요." 코벌리가 말했다. "세인트보톨프스 출신이고요. 거기가 어딘지는 선생님도 아시겠죠. 왑샷 일가가 전부 거기 살아요. 내 증조부 성함은 벤저민 왑샷이에요. 할아버지 성함은 아론이고요. 외가는 코벌리 가문인데……."

"난 당신 족보에는 별로 관심 없어요." 의사가 말했다. "내가 궁금한 건 당신의 감정 상태예요." 그가 코벌리의 말을 자른 것은 분명했지만, 그의 태도는 몹시 예의 바르고 상냥했다. "불안이라는 말이 무슨 뜻인지 알아요? 혹시 지금 불안한가요? 당신 집안이나 과거 경험 중에 불안감을 쉽게 느끼게 하는 뭔가가 있나요?"

"예, 선생님. 우리 아버지는 불을 보면 아주 불안해 하세요. 불에 타서 죽을까 봐 무서워하시죠."

"당신은 그걸 어떻게 알게 됐죠?"

"뭐, 아버지가 방에 준비해 놓은 게 있어요. 혹시 불이 나면 빨리 옷을 입고 나가려고 침대 옆에 속옷이랑 다른 옷가지들을 걸어 놓았죠. 복도마다 모래와 물을 채운 양동이를 놓아 두고, 전화기 옆 벽에다가는 소방서 전화번호를 써 놨어요. 비 오는 날 일하러 나가지 않으실 때는, 가끔 그럴 때가 있거든요, 거의 하루 종일 집 주위를 돌아다니면서 냄새를 맡아요. 연기 냄새가 난다면서요. 어떤 때는 거의 하루 종일 이 방 저 방 돌아다니면서 냄새를 맡는 것 같아요."

"그럼 어머니도 아버지처럼 불을 무서워하시나요?" 의사가 물었다.

"아뇨, 선생님." 코벌리가 말했다. "어머니는 불을 아주 좋아하세요. 어머니가 불안해 하는 건 따로 있죠. 어머니는 군중을 무서워하세요. 그러니까 사람들 사이에 갇힐까 봐 걱정하신다는 뜻이에요. 크리스마스 때 가끔 어머니랑 같이 시내에 나갔다가 커다란 가게에서 많은 사람들 틈에 휩쓸리기라도 하면 어머니는 거의 발작을 일으킬 정도예요. 얼굴이 창백해지고 숨이 가빠지죠. 정말 끔찍해요. 그러다가 어머니는 내 손을 잡고 끌고 나가서 사람이 없는 샛길로 도망치세요. 어떤 때는 5분이나 10분이 지나야 겨우 숨을 돌리시기도 해요. 어디서든 사방이 막혔다는 느낌이 들면 어머니는 아주 불안해 해요. 예를 들어 영화에서 누가 감옥에 들어가거나 작은 방에 갇히기라도 하면 어머니는 모자랑 손가방을 붙안고 순식간에 극장 밖으로 뛰어나가세요. 옛날에 나는 전속력으로 달려서 간신히 어머니를 따라잡곤 했어요."

"부모님의 결혼 생활은 행복한가요?"

"글쎄요, 그런 생각을 해 본 적이 없는데. 두 분은 부부이고 내 부모님이니까 다른 사람들과 마찬가지로 좋은 일 나쁜 일 다 겪으며 사시겠죠. 하지만 어머니가 하신 말씀 중에 기억에 남는 게 하나 있어요."

"어떤 말인데요?"

"음, 내가 아버지랑 즐겁게 놀고 돌아올 때마다, 그러니까 아버지가 나를 보트에 태우고 나가시거나, 뭐 그럴 때마다 어머니는 항상 나한테 이런 얘기를 하셨어요. 그러니까 내가 어떻게 태어나게 됐는지에 관한 이야기라고나 할까요? 아버지는 그때 은 식기 회사에서 일하셨는데, 어머니랑 같이 무슨 연회에 참석하러 시내로 나가셨대요. 어머니는 거기서 칵테일 몇 잔을 마셨죠. 눈이 내렸기 때문에 두 분은 그날 밤을 호텔에서 보내게 됐는데, 어쩌다 보니 일이 그렇게 됐다는 거예요. 그런데 아버지는 나중에 내가 태어나는 걸 원치 않으셨던 것 같아요."

"어머니가 그런 얘기를 해 주셨다고요?"

"그럼요. 그 얘기를 자주 하셨어요. 어머니는 아버지가 나를 죽이고 싶어 했으니까 절대 아버지를 믿으면 안 된다고 했어요. 아버지가 낙태를 해 줄 의사를 집으로 데려왔다면서, 만약 어머니가 용감하게 나서지 않았더라면 나는 죽었을 거라고 했어요. 이 얘기를 자주 하셨어요."

"그 이야기가 아버지를 대하는 당신의 태도에 근본적으로 영향을 미친 것 같아요?"

"글쎄요, 한 번도 생각을 안 해 봤는데요. 하지만 그런 것 같기도 해요. 가끔 아버지가 나를 해칠지도 모른다는 생각이 들었거든요. 한밤중에 잠에서 깼을 때 아버지가 집 주위를 돌아다니는 소리가 들리면 항상 기분이 안 좋았어요. 하지만 그건 바보 같은 생각이었죠. 아버지가 나를 해칠 리가 없으니까요. 나한테 벌을 주신 적도 없는데요, 뭐."

"어머니는 벌을 주셨나요?"

"자주는 아니에요. 하지만 한번은 어머니 때문에 내 등이 찢어진 적이 있어요. 아마 내가 잘못해서 그렇게 된 것 같아요. 피트 미컴하고 같이 트래버틴으로 수영을 하러 갔다가 내가 목욕탕 지붕으로 올라가서 여자들이 옷 벗는 걸 보기로 했거든요. 고약한 짓이었지만, 우리가 미처 올라가기도 전에 관리인한테 들켰어요. 어머니가 나를 데려가려고 직접 오셨죠. 집에 도착하자 어머니는 나더러 옷을 벗으라고 하시더니 증조부, 그러니까 벤저민 할아버지가 쓰시던 채찍을 꺼내서 내 등이 찢어지도록 때리셨어요. 벽이 온통 피투성이가 될 정도였으니까요. 등이 너덜너덜해진 걸 보고 어머니가 기겁하셨지만, 물론 감히 의사를 부르지는 못했어요. 그랬다가는 어머니가 난감해질 테니까요. 하지만 나한테 제일 나빴던 건 그해 여름 내내 수영을 할 수 없었다는 거예요. 수영을 하러 가면 사람들이 내 등의 상처를 보게 될 테니까요. 그래서 여름 내내 수영을 못했어요."

"그 일이 여자들을 대하는 당신의 태도에 근본적으로 영향을 미친 것 같아요?"

"글쎄요, 내 고향에서는 남자라는 사실에 자부심을 갖기가 좀 어려운 것 같아요. 여자들이 아주 힘이 세거든요. 다들 친절하고 항상 좋은 뜻으로 행동하지만 가끔은 여자들 때문에 숨이 막힐 때가 있어요. 가끔 남자로 태어난 게 잘못인 것 같다는 생각이 들 정도라니까요. 우리 마을 사람들이 하는 이야기 중에 하위 프리처드 이야기가 있어요. 결혼식을 올린 날 밤에 하위가 신부한테 소변보는 소리를 들키지 않으려고 요강 속에 한 발을 넣고 오줌이 다리를 타고 흘러내리게 했다는 거예요. 그렇게까지 할 필요는 없었을 텐데. 남자라면 자신이 남자라는 사실을 자랑스럽게 여기고 즐거워해야죠."

"성 경험은 있어요?"

"두 번이요." 코벌리가 말했다. "처음 같이 잔 사람은 매던 부인이에요. 이름을 말하면 안 될 것 같지만, 마을 사람들이 전부 매던 부인이 어떤 사람인지 아니까요. 매던 부인은 과부예요."

"두 번째 경험은요?"

"그것도 매던 부인이었어요."

"동성애 경험은 있어요?"

"글쎄요, 무슨 말씀인지 알 것 같아요." 코벌리가 말했다. "어렸을 때는 그런 경험이 많았는데, 벌써 오래전에 그만두겠다고 맹세했어요. 하지만 주위에는 그런 일이 아주 많은 것 같아요. 어쨌든 내가 생각했던 것보다는 많아요. 지금 내가 사는 곳에도 한 명 있어요. 나더러 항상 자기 방에 와서 자기 사진을 구경하래요. 날 귀찮게 하지 않으면 좋겠는데. 저기요, 선생님, 이 세상에서 내가 되고 싶지 않은 게 하나 있다면, 그건 동성애자예요."

"그럼 이제 꿈에 대해 얘기해 볼래요?"

"나는 오만 가지 꿈을 꿔요." 코벌리가 말했다. "항해하는 꿈, 여행하는 꿈, 낚시하는 꿈. 하지만 선생님이 제일 관심이 가는 건 나쁜 꿈이겠죠?"

"어떤 꿈이 나쁜 꿈이죠?"

"글쎄요, 어떤 여자랑 그걸 하는 꿈이요. 실제로는 그 여자를 본 적이 한 번도 없어요. 이발소에 걸린 달력에 나오는 예쁜 여자들 같은 사람이요. 그리고 가끔," 코벌리는 얼굴이 붉어져서 고개를 떨어뜨리며 말을 이었다. "남자랑 하는 꿈도 꿔요. 한번은 말이랑 하는 꿈도 꿨어요."

"꿈이 총천연색인가요?" 의사가 물었다.

"그런 건 신경 안 썼는데요." 코벌리가 말했다.

"음, 이제 시간이 다 된 것 같군요."

"저기요, 선생님. 내가 어렸을 때 불행했다고는 생각하지 마세요. 내가 말씀드린 걸로는 내 어린 시절이 진짜로 어땠는지 알 수 없겠지만, 나도 심리학에 대해서 조금은 들은 게 있어요. 아마 선생님이 알고 싶은 건 그런 거였겠죠. 난 정말 행복했어요. 농장에 살면서 보트도 있었고, 사냥이랑 낚시도 많이 다녔고, 그럭저럭 세상에서 제일 맛있는 음식도 먹었어요. 정말 행복했어요."

"어쨌든 고마워요, 왑샷 씨." 의사가 말했다. "안녕히 가세요."

월요일 아침에 코벌리는 일찍 일어나 양복점이 문을 열자마자 달려가서 바지 다림질을 맡겼다. 그러고는 시내에 있는 사촌의 사무실까지 걸어갔다. 접수계 직원이 약속을 했느냐고 물었다. 약속하지 않았다고 대답하자 그녀는 목요일까지는 비어 있는 시간이 없다고 말했다. "하지만 난 브루어 씨 사촌이에요." 코벌리가 말했다. "코벌리 왑샷이라고요." 비서는 미소만 지으면서 목요일 아침에 다시 오라고 말했다. 코벌리는 걱정하지 않았다. 그는 사촌이 워낙 바쁜 사람이고, 중역과 비서들에게 둘러싸여 있기 때문에 먼 친척인 왑샷의 문제를 깜빡 잊어버렸을지도 모른다고 생각했다. 코벌리가 가진 문제라곤 돈 문제뿐이었다. 수중에 돈이 별로 없었다. 그는 저녁 식사로 햄버거와 우유를 먹고 집주인에게 집세를 주었다. 화요일에는 아침 식사로 건포도를 먹었다. 건포도가 건강에 좋고 배도 든든하게 해 준다는 말을 어디선가 들었기 때문이다. 저녁 식사로는 롤빵과 우유를 먹었다. 수요일 아침에 신문을 사고 나니 수중에 60센트가 남았다. 신문의 구인 광고란에 창고 직원을 뽑는다는 광고가 있었다. 그는 어느 직업소개소에 들렀다가 시내를 가로질러 한 백화점까지 갔지만 주말에 다시 오라는 말을 들었다. 그는 우유 한 병을 사서 병에 3분의 1씩 표시를 한 다음 아침, 점심, 저녁으로 나눠 먹었다.

젊은이에게 굶주림의 고통은 견디기 어려운 법이다. 수요일 밤에 잠자리에 들 때 코벌리는 너무 고통스러워서 몸을 잔뜩 웅크렸다. 목요일 아침에는 먹을 것이 하나도 없었다. 그는 남은 돈으로 양복점에 바지 다림질을 맡겼다. 그러고는 사촌의 사무실까지 걸어가 비서에게 약속이 되어 있다고 말했다. 비서는 명랑하고 예의 바른 태도로 그에게 앉아서 기다리라고 했다. 그는 한 시간을 기다렸다. 이제는 배가 너무 고파서 똑바로 앉아 있을 수도 없을 지경이었다. 그때 비서가 그에게 브루어 씨 사무실에 그가 약속했다는 사실을 아는 사람이 아무도 없다면서, 오후 늦게 다시 오면 자기가 어떻게 해 볼 수도 있을 것 같다고 말했다. 그는 4시까지 공원 벤치에서 꾸벅꾸벅 졸다가 다시 브루어의 사무실로 갔다. 비서는 여전히 명랑하게 그를 맞이했지만, 그녀의 대답은 결정적이었다. 브루어 씨가 다른 지방에 가 있다는 것이었다. 코벌리는 사촌 밀드레드의 아파트를 찾아갔지만, 수위가 그를 막고 위층으로 전화를 걸었다. 그러고는 브루어 부인이 지금 막 약속 때문에 나가려는 참이라서 아무도 만날 수 없다고 말해 주었다. 코벌리는 건물 밖으로 나가서 기다렸다. 몇 분 뒤 사촌 밀드레드가 나오자 코벌리는 그녀에게 다가갔다. "아, 그래, 그래." 그녀는 그에게서 자초지종을 듣고 이렇게 말했다. "그래, 그렇지. 해리의 사무실에서 너한테 얘기해 준 줄 알았어. 네 감정에 좀 문제가 있는 것 같대. 그래서 널 고용할 수 없을 것 같다고 했어. 정말 미안해. 하지만 나도 어떻게 해 볼 수가 없어. 안 그래? 물론 네 할아버지는 좀 떨어지는 분이었지." 그녀는 손가방을 열고 지폐를 한 장 꺼내 코벌리에게 주고는 택시를 타고 가 버렸다. 코벌리는 공원으로 어슬렁어슬렁 걸어갔다.

날은 이미 어두웠고, 그는 피곤했다. 어찌하면 좋을지 알 수 없어서 절망적인 기분이었다. 이 도시에는 그의 이름을 아는 사람이 하나도 없었다. 그의 고향이 어딘지 아는 사람도 없었다. 인도산 숄들과 까마귀들*이 서류 가방을 든 회사원들처럼 강 계곡을 올라가고 있었다. 버스를 타러 가는 걸까? 여기는 몰 공원이었다. 도시의 불빛들이 나무들 사이로 타오르면서 반사된 불빛이 허공을 희미하게 밝혔다. 넓은 인도를 따라 왕들의 무덤처럼 늘어선 조각상들이 보였다. 콜럼버스, 월터 스콧 경, 번스, 할렉, 모스. 그는 이 어두운 형체들에게서 어렴풋한 위안과 희망을 얻었다. 그가 감탄한 것은 그들의 정신이나 업적이 아니라 상냥함과 따스함이었다. 그들은 살았을 때 틀림없이 상냥하고 따스했을 것이다. 그는 너무 외롭고 너무 분해서

---

* 숄을 걸친 사람과 흑인을 뜻한다.

놋쇠와 돌로 만들어진 그 조각상들이라도 말동무로 삼고 싶었다. 월터 스콧 경이 그의 친구, 모지스와 리앤더가 되어 줄 것이다.

그는 저녁 식사를 했다. 월터 스콧 경의 친구가 된 그는 아침에 워버튼 백화점 창고로 일하러 갔다.

18

모지스가 워싱턴에서 무슨 일을 하는지는 극비였다. 철저한 비밀이라서 여기서는 입에 올릴 수 없을 정도다. 그는 도착한 다음 날 일자리를 얻었다. 보인턴 씨가 오노라에게 빚을 졌기 때문일 수도 있고, 모지스가 마침 그 자리에 적합했을 수도 있다. 꾸밈없고 잘생긴 얼굴과 워싱턴 장군에게서 훈장을 주겠다는 제의를 받았던 사람의 후손이라는 점 때문에 그는 그 일에 잘 들어맞았다. 그는 사근사근한 편이 아니었다. 왑샷 일가 사람들은 다 그랬다. 보인턴 씨와 비교하면, 가끔 그는 칼로 완두콩을 찍어 먹는 사람처럼 보였다. 그의 상사는 직업 외교관 같은 분위기를 풍기는 곳에서 잉태된 사람처럼 보였다. 그의 옷차림, 태도, 말투, 사고방식이 모두 미리 규정된 것처럼, 서로 아주 복잡하게 연결된 것처럼 보였기 때문에 아무래도 일종의 행동 지침이 있는 것 같았다. 모지스는 상사가 동부의 대학에서 그 지침을 익히지는 않았을 거라고 생각했다. 아마 외교관 학교 같은 곳에서 배웠을 것이다. 그 지침을 지배하는 규칙은 결코 모지스의 눈앞에 모습을 드러내지 않았다. 그래서 그는 그 규칙을 따를 수 없었지만, 상사가 얌전한 옷을 입고 잘난 척하지 않는 것은 분명히 그 규칙 때문임을 알았다.

모지스는 우연히 고른 하숙집에 만족했다. 알고 보니 그곳 하숙생들 대부분이 그와 같은 또래였다. 시장이나 기타 정치인들의 아들딸들. 모지스처럼 과거에 누군가가 베푼 은혜 덕분에 워싱턴에 와 있는, 훌륭한 정치 운동원의 자식들. 그는 하숙집에서 많은 시간을 보내지는 않았다. 그의 사교 생활, 운동, 영적인 생활 대부분이 그가 일하는 직장에 의해 규정되었기 때문이다. 여기에는 배구, 성찬식 참석, X대사관과 Z공사관에서 열리는 연회 참석 등이 포함되었다. 그는 이 모든 일을 잘해냈다. 비록 어떤 연회에서도 술을 석 잔 이상 마셔서는 안되고, 정부에서 근무하거나 외교관 명단에 올라 있는 여성과 눈이 마주치지 않도록 조심해야 했지만 말이다. 보안 관련 규정들이 뜨내기가 많은 이 도시에서 자연스러운 색욕을 억제했다. 가을에 주말이 되면 그는 가끔 보인턴 씨와 함께 차를 타고 클락 카운티로 가서 말을 탔다. 보인턴 씨의 친구들과 함께 식사를 하기도 했다. 모지스는 말에서 떨어지지 않고 버틸 수 있었지만, 승마를 좋아하지는 않았다. 말을 타는 것은 개똥벌레들이 날아다니고 안개가 낀 남부의 실망스러운 가을 풍경과 시골 정경을 볼 수 있는 기회였다. 그런 풍경을 보면 웨스트 농장의 찬란한 가을이 그리워졌다. 보인턴 씨의 친구들은 화려한 집에 사는 친절한 사람들이었으며, 너나 할 것 없이 구강 청정제, 비행기 엔진, 맥주 같은 물건들로 자수성가했거나 그렇게 자수성가한 사람들에게 유산을 물려받았다. 널찍한 테라스에 앉아서 이 매력적인 모임의 비용을 죽은 양조업자가 지불하는 것을 지켜보는 것은 모지스에게 맞지 않았다. 양조업자 얘기가 나왔으니 말인데, 그는 평생 그렇게 훌륭한 버번을 마셔 본 적이 없었다. 이웃들을 속속들이 알 수 있는 작은 마을 출신이라서 모지스가 가끔 뿌리 뽑힌 것 같은 우울함을 느끼는 것은 사실이었다. 함께 어울리는 사람들에 대해 그가 아는 것은 여행자가 길에서 마주친 다른 여행자들에 대해 아는 것보다 나을 것이 없었다. 이미 그는 도시 생활에 어느 정도 익숙해졌으므로, 턱수염을 기르고 터번을 쓴 차림으로 아침에 버스를 기다리는 거무스름한 남자가 신분 높은 인도 귀족일 수도 있고, 하숙집에 사는 괴짜일 수도 있다는 것을 알았다. 어느 날 저녁 그는 어느 대사관에서 열린 연주회에서 영원한 것이 하나도 없는 이 연극적인 분위기, 사기꾼을 너그럽게 보아 넘기는 분위기 때문에 깊은 인상을 받았다. 그날 그는 일행 없이 혼자였다. 휴식 시간에 그는 바람을 좀 쏘이려고 대사관 앞 계단으로 나갔다. 그런데 문을 밀어 열고 나가려는데 계단에 할머니 셋이 있었다. 한 명은 엄청 뚱뚱하고, 한 명은 엄청 말라서 수척하며, 한 명은 얼굴이 너무 멍청하게 생겨서, 세 사람이 각각 인류의 어리석음을 대표하는 것 같았다. 세 사람의 야회복은 할로윈 때 아이들이 잡다한 옷가지를 긁어모아서 차려입은 것 같은 몰골이었다. 세 사람은 숄, 부채, 작은 망토, 다이아몬드 장신구를 모두 갖추었으며, 신발 때문에 발이 죽도록 아플 것 같았다. 모지스가 문을 열자 세 사람은 살그머니 대사관 안으로 들어갔다. 뚱뚱한 여자, 마른 여자, 멍청한 여자 모두 잔뜩 겁에 질려 주위를 경계하는 모습이 뭔가 잘못을 저지른 사람들처럼 보였기 때문에 모지스는 그들을 지켜보았다. 세 사람은 건물 안으로 들어가자마자 흩어지더니 각자 의자나 바닥에 버려진 연주회 차례표를 집어 들었다. 그때 경비원이 세 사람을 발견했고, 세 사람은 발각되자마자 문으로 달려가 도망쳤다. 하지만 모지스가 보기에 낙담한 기색은 아니었다. 세 사람이 모험에 나선 목적은 차례표를 구하는 것이었으므로, 그들은 화려한 차림으로 절룩거리며 즐겁게 진입로를 걸어 내려갔다. 세인트보톨프스에서는 결코 볼 수 없는 광경이었다.

모지스의 하숙집 옆방에는 서부 어딘가의 정치인 아들이 살았다. 그는 유능하고 잘생겼으며, 절약과 자제력의 모범이었다. 그는 담배도 피우지 않고, 술도 마시지 않고, 월급을 한 푼도 남김없이 저축했다. 버지니아의 마구간에 있는 승마용 말을 살 돈의 절반을 충당하기 위해서였다. 워싱턴에 온 지 2년이 된 그는 어느 날 밤 모지스를 자기 방으로 초대해 자신이 사교적으로 얼마나 진전을 이루었는지 기록해 놓은 도표를 보여 주었다. 그 도표에 따르면 그는 조지타운에서 만찬에 참석한 것이 열여덟 번이었다. 도표에는 만찬 주최자의 이름과 정부에서 그 사람이 차지하는 위치에 따른 등급이 적혀 있었다. 그는 '팬아메리컨 유니언'에도 네 번 간 적이 있고, X대사관에는 세 번 갔으며, B대사관에는 한 번(가든파티), 백악관에도 한 번(기자단 초대연) 간 적이 있었다. 세인트보톨프스에서는 결코 볼 수 없는 일이었다.

모지스가 워싱턴에 도착했을 당시 사람들은 성실성에 대단한 관심을 갖고 있었기 때문에 남자든 여자든 한순간의 추문 때문에 자리에서 쫓겨나거나 망신을 당할 수 있었다. 노인들은 옛날이야기를 즐겨 한다. 국회 도서관에서도 아가씨들과, 심지어는 사서들과도 버지니아 해변에서 주말에 밀회를 즐기자고 약속할 수 있었다면서. 하지만 그런 시절은 지나갔다. 아니, 적어도 공무원들에게는 그런 일이 허락되지 않았다. 공개적으로 술 취한 모습을 보이는 것은 용납할 수 없는 일이었으며, 문란한 사생활은 곧 죽음이었다. 사기업들은 달랐다. 한번은 육류 포장 회사에서 일하던 모지스의 친구가 이런 말을 한 적이 있었다. "토요일에 볼티모어의 셔츠 공장에서 일하는 헤픈 여자 네 명을 만났어. 걔들을 메릴랜드에 있는 별장으로 데려갈 거야. 어때? 너하고 나, 그리고 여자 넷이야. 걔들은 진짜 헤퍼. 얼굴도 쓸 만하고." 모지스는 괜찮다고 했다. 그는 상황이 어떻든 그렇게 말했을 사람이었다. 하지만 육류 포장 회사에서 일하는 친구의 자유가 부럽기는 했다. 그는 이 새로운 도덕관념을 자주 생각했다. 그 생각을 오랫동안 하다 보니 색욕과 첩보 활동을 어렴풋하지만 적절하게 연결시킬 수 있었다. 그러나 이런 사실을 깨달았다고 해도 그의 고독이 줄어들지는 않았다. 그는 심지어 로절리에게도 편지를 보내 주말에 자기를 만나러 오라고 했지만, 그녀는 답장이 없었다. 정부에는 미모의 여성들이 잔뜩 있었지만, 모두들 의심스러운 일을 피했다.

어느 날 밤 그는 외롭기도 하고 달리 할 일이 없기도 해서 산책을 하러 나갔다. 그는 시내 중심가로 가서 담배 한 갑을 사고 구경도 할 겸 메이플라워의 휴게실로 들어갔다. 그곳은 원래 우아한 모습을 연출할 의도로 꾸며졌지만, 그는 고향의 광대한 풍경만 생각날 뿐이었다. 모지스는 메이플라워 호텔의 휴게실을 몹시 좋아했다. 무슨 회의가 열리고 있었기 때문에, 자존심 강한 시골뜨기 남자들이 휴게실에 모여 있었다. 그들의 이야기에 귀를 기울이다 보니 세인트보톨프스에 더 가까워진 것 같았다. 그는 메이플라워를 나와 시내 안쪽으로 계속 걸어갔다. 그러다가 음악 소리를 듣고는 헛걸음하는 셈치고 '마린룸'이라는 곳으로 들어가 주위를 둘러보았다. 밴드와 무도장이 있고, 어떤 여자가 노래를 부르고 있었다. 한 탁자에는 금발 여자가 혼자 앉아 있었다. 멀리서 보니 얼굴도 예쁘고, 공무원도 아닌 것 같았다. 모지스는 그녀 옆 탁자에 앉아 위스키를 주문했다. 그녀는 벽 거울에 비친 자기 모습을 쳐다보느라 처음에는 모지스를 보지 못했다. 그녀가 이쪽저쪽으로 고개를 돌리며 턱을 치켜들고 손가락 끝으로 얼굴 피부를 밀어 올렸다. 5, 6년은 되었을 성싶은 주름살이 생겼다. 그녀가 거울에서 눈을 뗐을 때, 모지스는 그녀에게 술을 한잔 사고 싶다며 합석해도 되겠느냐고 물었다. 그녀는 상냥했고, 약간 당황한 것 같았지만 기쁜 기색이었다. "당신과 말동무를 하면 아주 좋을 것 같네요." 그녀가 말했다. "하지만 내가 여기 온 건 밴드 리더인 처키 유잉이 내 남편이기 때문이에요. 달리 할 일이 없을 때는 그냥 여기 와서 시간을 죽이곤 해요." 모지스는 그녀의 탁자에 앉아 술 한잔을 사 주었다. 그녀는 거울 속 자신에게 안녕을 고하며 몇 번 더 거울을 본 뒤 자신의 과거에 대해 이야기하기 시작했다. "옛날에는 나도 저 밴드에서 노래를 했어요." 그녀가 말했다. "하지만 난 주로 오페라를 공부했어요. 전 세계를 돌아다니며 나이트클럽에서 노래를 했죠. 파리, 런던, 뉴욕……." 혀 짧은 소리는 아니었지만, 발음이 어린아이 같았다. 머리 모양이 예뻤고, 피부는 하얀색이었다. 하지만 그것은 주로 파우더 덕분이었다. 모지스가 보기에 그녀가 예쁘다는 소리를 들은 지 오륙 년은 지난 것 같았다. 하지만 그녀가 옛날 모습에 집착하는 것 같았기 때문에, 그도 기꺼이 맞장구를 쳐 줄 생각이었다. "물론 나는 사실 직업적인 연예인은 아니에요." 그녀가 말을 계속했다. "학업을 마치려고 했는데, 내가 노래를 시작했더니 식구들이 거의 숨이 넘어가더군요. 워낙 케케묵은 사람들이라서. 오래된 가문이니 뭐니 그런 것 때문에. 우린 남서부 토박이거든요." 그때 밴드 연주가 끝나고 그녀의 남편이 탁자로 와서 모지스와 인사를 나누고는 자리에 앉았다.

"오늘 매상은 어때, 여보?" 그가 아내에게 물었다.

"구석 자리 사람들이 샴페인을 마시고 있어." 그녀가 말했다. "무대 옆에 있는 남자 여섯 명은 라이 위스키와 물을 마시고 있고. 각자 네 병을 마셨어. 스카치를 마시는 탁자가 둘, 버번을 마시는 탁자가 다섯, 그리고 무대 반대편 자리에 맥주를 마시는 사람이 몇 명 있어." 그녀는 손가락을 꼽아 가며 탁자의 개수를 말했다. 여전히 고상한 척하는 목소리였다. "걱정마." 그녀가 남편에게 말했다. "총수입이 300달러는 될 테니까."

"회의를 하러 온 사람들은 어디 있지?" 그가 말했다. "회의가 열리고 있잖아."

"나도 알아." 그녀가 말했다. "침대 덮개와 베갯잇 회의. 걱정 마."

"뜨거운 음식 있나?" 그가 탁자로 다가온 종업원에게 물었다.

"예, 있고 말고요." 종업원이 말했다. "뜨겁고 맛있는 음식이 있죠. 소시지 기름을 조금 넣고 간 커피가 있어요. 아니면 맛 좋은 레몬 껍질과 톱밥은 어떠세요?"

"맛있을 것 같군." 밴드 리더가 말했다. "레몬 껍질과 톱밥으로 하지." 처음 탁자로 왔을 때 그는 걱정스럽고 불안한 표정이었지만, 종업원과 장난을 치면서 기분이 좋아졌다. "음료수도 있어?" 그가 물었다.

"종류별로 다 갖추고 있죠." 종업원이 말했다. "기름기 많은 음료수도 있고, 찌꺼기들이 둥둥 떠다니는 음료수도 있고, 방충제와 젖은 신문지도 있어요."

"그럼 톱밥하고 젖은 신문지도 좀 줘." 밴드 리더가 말했다. "기름기 많은 음료수도 한 잔 주고." 그는 아내를 바라보며 말을 이었다. "집으로 갈 거야?"

"그럴 것 같아." 그녀가 고상하게 말했다.

"좋아, 좋아." 그가 말했다. "회의에 온 사람들이 이리로 오면 난 좀 늦을 거야. 만나서 반가웠소." 그가 모지스에게 고개를 끄덕하고는 무대로 돌아갔다. 골목길에 나가 있던 다른 연주자들도 어슬렁어슬렁 돌아오고 있었다.

"집까지 바래다 드려도 될까요?" 모지스가 물었다.

"글쎄요, 잘 모르겠네요." 그녀가 말했다. "이 동네 작은 아파트에서 살거든요. 대개는 집까지 걸어가는데, 당신이 바래다 줘도 나쁘진 않을 것 같네요."

"갈까요?"

그녀는 물품 보관대에서 외투를 찾으면서 그곳 여직원과 위스콘신의 숲 속에서 길을 잃은 네 살짜리 아이에 대해 이야기했다. 아이의 이름은 파멜라였는데, 실종된 지 나흘째였다. 대규모 수색대가 결성되었다고 했다. 두 여자는 몹시 걱정스러운 표정으로 어린 파멜라가 추위와 굶주림 때문에 죽었을지도 모른다는 이야기를 나눴다. 대화가 끝나자 비어트리스(이것이 그녀의 이름이었다.)가 그 자리를 떠나려 했지만, 물품 보관대의 여직원이 그녀를 불러 세우고는 종이봉투를 하나 주었다. "립스틱 두 개랑 머리핀 몇 개를 넣었어." 그녀가 말했다. 비어트리스는 물품 보관대 여직원이 여자 화장실을 주의 깊게 살피다가 손님들이 놓고 간 물건을 자신에게 준다고 설명해 주었다. 그녀는 이런 일을 부끄러워하는 것 같았지만, 금세 털어 버리고는 모지스의 팔을 잡았다.

그들의 아파트는 마린룸 근처였다. 마분지로 만든 커다란 옷장이 2층 침실을 압도했는데, 금방이라도 옷장이 무너질 것 같았다. 그녀가 뒤틀린 옷장 문을 힘겹게 열자 잡동사니가 든 옷장 안이 드러났다. 온갖 종류의 드레스가 100벌은 되는 것 같았다. 그녀는 욕실로 가서 등에 용이 수놓인 중국식 겉옷을 입고 돌아왔다. 수실이 일어나 있어서 모지스가 만져 보니 가시 같은 느낌이었다. 그녀는 쉽게 굴복했지만, 일이 끝난 후 어둠 속에서 잠깐 흐느끼다가 이렇게 물었다. "세상에, 우리가 무슨 짓을 한 거죠?" 그녀의 목소리는 그 어느 때보다 고상했다. "사람들은 이것만 빼면 날 전혀 좋아하지 않아요." 그녀가 말했다. "하지만 아무래도 내가 너무 엄격한 집안에서 자라서 그런 것 같아요. 가정 교사 손에 자랐거든요. 이름은 클랜시였어요. 세상에, 얼마나 엄격한 사람이었는지. 다른 애들하고 노는 것도 허락하지 않았다니까……." 모지스는 옷을 입고 작별 인사로 입을 맞춘 다음 사람들 눈에 띄지 않고 건물을 빠져나왔다.

19

리앤더는 낡은 집의 토대 주위에 빙 둘러 해초 둑을 쌓은 뒤 플루진스키 씨에게 돈을 주고 정원 청소를 맡겼다. 아들들은 한 달에 한두 번 편지를 보내왔고, 그는 둘에게 매주 편지를 썼다. 아들들이 너무 보고 싶어서 버번을 마실 때면 뉴욕과 워싱턴으로 아들들을 만나러 가야겠다는 생각을 자주 했지만, 날이 밝으면 차마 세인트보톨프스를 다시 떠날 수 없었다. 어쨌든 그는 이미 세상을 보았으니까 말이다. 그는 혼자 있는 시간이 많았다. 룰루는 일주일에 사흘씩 마을에서 딸과 함께 시간을 보냈고, 왑샷 부인은 트래버틴에 있는 애너 마리 루이즈의 선물 가게에서 일주일에 사흘씩 점원으로 일했기 때문이다. 새러는 집에 돈이 필요해서 일을 하는 것이 아니라는 사실을 누구나 분명히 알 수 있게 했다. 그녀가 일을 하는 것은 일이 좋기 때문이었다. 그것은 사실이었다. 그녀가 가진 모든 에너지, 예전에 그녀가 마을을 더 나은 곳으로 만드는 데 훌륭하게 활용했던 그 에너지를 이제는 선물 가게에서 이익을 올리는 데 집중한 듯했다. 그녀는 자기 집 거실에 선물 가게를 열고 싶었다. 심지어 이 계획을 실행에 옮기는 꿈까지 꿨지만, 리앤더는 이 주제에 관한 의논을 받아 주려 하지 않았다.

선물 가게를 열겠다는 생각이 새러의 삶의 의욕을 북돋우는 이유도, 리앤더가 그녀의 계획을 지독하게 비웃는 이유도 이해하기 어려웠다. 왑샷 부인이 색유리로 만든 꽃병들이 잔뜩 놓인 탁자 옆에 서서, 약간의 돈을 쓰며 시간을 보내려고 가게 안으로 들어오는 친구와 이웃 들에게 목사님 같은 미소를 지을 때면, 마음의 평정이 놀라울 정도로 확고하게 유지되는 것 같았다. 선물 가게를 사랑하는 마음, 장식품을 좋아하는 그녀의 이런 취향은 정강이뼈처럼 생긴 해안 지방의 퇴색한 모습 때문에 생겨난 것일 수도 있고, 아니면 자질구레하지만 관능적인 것들에 대한 자연스러운 갈망일 수도 있었다. 그녀가 손수 만든 샐러드용 포크나 직접 색칠한 유리를 보며 "정말 예쁘지 않아요?"라고 탄성을 지르는 것은 정말로 진심에서 우러난 행동이었다. 손님들을 말동무 삼아 잡담을 주고받을 때면 그녀는 예전에 여성 클럽에서 그랬던 것처럼 사교적이 되었다. 사람들도 항상 그녀와 이야기를 나누고 싶어 했다. 물건을 팔 때의 기쁨, 은화와 지폐를 낡은 양철 상자에 넣을 때의 기쁨은 엄청난 것이었다. 사촌 밀드레드에게 헛간에 있던 가구를 판 것을 제외하면 물건을 팔아 본 경험이 전혀 없기 때문이었다. 그녀는 남자 판매원들과 이야기를 나누며 즐거워했고, 애너 마리 루이즈는 유리 백조, 재떨이, 담배 상자 등을 사들일 때 그녀의 조언을 구했다. 그녀는 애너 마리 루이즈가 사지 않기로 한

봉오리 모양 꽃병 스물네 개를 자기 돈으로 샀다. 꽃병이 도착하자 그녀는 포장을 직접 풀었다. 못에 걸려 드레스가 찢어지고, 사방에 톱밥이 날리는데도. 그러고 나서 그녀는 꽃병을 씻어 그중 하나에 종이 장미를 꽂아 창가에 놓았다. (그녀는 종이꽃을 항상 끔찍이 싫어했지만, 서리가 내린 다음이라 별수 없었다.) 꽃병을 창가에 놓은 지 10분 후에 누군가가 그 꽃병을 사 갔고, 사흘 후에는 꽃병들이 모두 팔려 나갔다. 그녀는 아주 신이 났지만, 리앤더와는 그 이야기를 할 수 없었으므로, 부엌에서 룰루에게만 이야기했다.

아내가 일을 하는 것이 리앤더에게는 남성의 특권이라는 예민한 문제와 관련되어 있었다. 이미 오노라에게 빚을 지는 엄청난 실수를 저지른 그는 또다시 실수를 저지르고 싶지 않았다. 새러가 애너 마리 루이즈의 가게에서 일하고 싶다고 선언했을 때, 그는 그녀의 말을 신중하게 생각해 본 후 반대하기로 했다. "난 당신이 일하는 게 싫어, 새러." 그가 말했다. "당신은 뭐라고 말할 자격 없어." 새러가 말했다. 그것으로 끝이었다. 이제 문제는 남성의 특권을 넘어 전통의 영역으로 옮겨 갔다. 새러가 파는 물건들 대부분이 세인트보틀프스가 항구로서 전성기를 누리던 시절의 낭만적인 추억을 되살리기 위해 바다에떠 있는 배 그림으로 장식되어 있었기 때문이다. 리앤더는 옛해안과 항구의 흔적 위에 선물 가게와 골동품 가게, 식당, 찻집, 술집 등으로 이루어진 새로운 해안과 항구가 세워지는 것을 보았다. 사람들은 그런 곳에서 촛불을 조명 삼아 진을 마셨다. 쟁기, 그물, 나침반 함의 불빛 등 그들은 전혀 모르는 힘들고 규칙적인 삶의 유물들에 둘러싸여 술을 마실 때도 있었다. 리앤더는 피튜니아를 심어 놓은 낡은 어선이 예쁘다고 생각했지만, 트래버틴에 새로 문을 연 술집에 들어갔다가 어선을 둘로 갈라 바를 만들었다는 것을 알고는 마치 유령을 본 듯한 기분이었다.

그는 집의 남서쪽 구석에 있는 자신의 기분 좋은 방에서 많은 시간을 보내며 일기를 썼다. 그 방에서는 강과 마을의 지붕들이 내다보였다. 그는 솔직한 글을 쓸 작정이었다. 과거를 기록하다 보니 정말 운 좋게 좋은 친구를 사귀었을 때만 경험할 수 있었던 솔직함을 발휘할 수 있을 것 같았다. 젊었을 때나 늙었을 때나 항상 옷을 재빨리 벗어 버리곤 했는데, 이제 그는 벌거벗었을 때의 잡다한 기쁨을 되새겼다.

필자는 가엾은 아버지에 관해 허물없는 대화를 나눈 후 일을 하러 갔다.(그는 이렇게 썼다.) 여느 때처럼 동이 트기 전에 일어났다. 배달할 조간신문을 받아서 구인 광고를 살펴보았다. 'J. B. 휘티어'에 일자리가 있었다. 대형 제화 업체. 신문 배달을 끝냈다. 세수를 했다. 머리에 물을 발랐다. 양말에 구멍 난 부분을 잉크로 칠했다. 휘티어의 사무실까지 줄곧 뛰어갔다. 사무실은 골조식 건물 2층에 있었다. 시내 중심부. 내가 첫 번째. 하늘은 아직 희부연 색이었다. 봄날 새벽. 다른 청년 두 명이 나와 마찬가지로 일자리를 얻으려고 들어왔다. 커먼의 나무에서 새들이 노래했다. 찬란한 시간. 직원인 그라임스가 8시에 문을 열었다. 지원자들을 안으로 들였다. 나를 휘티어의 사무실로 데려갔다. 8시 30분이었다. 무서운 상대. 육중한 남자가 문을 등진 채 책상에 앉아 있었다. 그는 몸을 돌리지 않았다. 어깨 너머로 말했다. "편지를 쓸 수 있나? 집으로 가서 편지를 한 장 쓰게. 내일 아침에 그걸 가져와. 같은 시간에." 면접 끝. 바깥 사무실에서 기다리며 두 명의 지원자가 안으로 들어갔다가 똑같은 말을 듣고 나오는 것을 지켜보았다. 다른 지원자들이 집으로 돌아가는 것을 지켜보았다. 얼굴이 갸름한 직원에게 종이 한 장과 펜을 빌려 달라고 했다. 직원은 부탁을 들어 주었다. 맨 위에 "J. B. 휘티어"라고 적힌 종이. 가상의 채권자에게 편지를 썼다. 사장을 다시 만나게 해 달라고 부탁했다. 직원은 친절했다. 무서운 상대를 다시 만났다. "편지를 썼습니다, 사장님." 편지 쪽으로 손을 뻗었지만 몸을 돌리지는 않았다. 편지를 읽었다. 갈색 편지 봉투를 어깨 너머로 내밀었다. 중개인의 주소가 적혀 있었다. 브루스터 배섯 회사. "이걸 가져다주고 기다렸다가 영수증을 받아 오게." 중개인 사무실까지 줄곧 뛰었다. 영수증을 기다리며 숨을 골랐다. 줄곧 뛰어서 돌아왔다. 휘티어에게 영수증을 주었다. "거기 구석에 앉아 있게." 그가 말한다. 두 시간 동안 거기 앉아 있었지만 아무도 거들떠보지 않았다. 그때는 기업들이 더 독재적이었다. 상인들은 대개 유별났다. 폭군. 조합 같은 건 없었다. 두 시간이 지난 후 마침내 입을 열었다. "저리로 가게." 바깥쪽 사무실을 가리켰다. "타구를 씻고 그라임스에게 뭘 해야 하느냐고 물어봐. 자네한테 일을 줄 걸세."

모두 즐거운 기억. 심지어 타구도. 회사원 생활 시작. 자신감으로 가득 찼다. 출세하겠다고 다짐했다. 처세와 관련된 교훈들을 일기처럼 적었다. 항상 뛰었다. 절대 걷지 않았다. 휘티어 앞에서는 절대 걷지 않았다. 항상 미소를 지었다. 절대 인상을 찌푸리지 않았다. 부정한 생각을 피했다. 어머니에게 회색 비단 원피스를 사 주었다. 세기말이 다가오고 있었다. 모든 곳이 발전하고 있었다. 신세계. 음악당에는 비행선. 원예관에는 전축. 섬머 거리에 처음으로 아크등이 설치됐다. 매일 탄소 막대를 바꿔 주어야 했다. 콘코드와 렉싱턴 축제 때 전화기 실연(實演)이 있었다. 추웠다. 사람이 많이 모였다. 먹을 것은 없었다. 열차 이등칸 지붕에 올라타 보스턴까지 갔다. 휘티어는 상업계의 진정한 대가. 린에는 공장. 보스턴에는 사무실. 신발 가격은 한 켤레에 67센트부터 1달러 20센트까지. 모두 서부, 남부 출신의 삯일꾼들에게 팔려 나갔다. 1년에 100만 달러가 넘는 돈을 벌었다. 7시부터 6시까지 일했다. 미소를 지으며. 뛰어다니며. 새로운 것을 배우며.

그라임스는 직원들의 수장. 사무실에서는 최고의 친구. 호리호리한 남자. 비단 같은 머릿결. 원숭이 같은 손가락, 뿔처럼 단단한 성격, 슬펐다. 가끔은 성가셨다. 아내 이야기를 많이 했다. 결혼 생활의 행복. 눈빛이 깊어졌다. 입술을 핥았다. 터키의 풍습을 알았다. 프랑스의 풍습도. 아르메니아의 풍습도. 가끔은 앞에서 말했던 것처럼 성가셨다. 필자는 아내라는 말에 사로잡혔다. 황금빛 머리. 혹시 헤픈 여자? 그라임스의 집에서 저녁 식사를 하며 그 여자를 만나러 함께 갔다. 가슴이 설렜다. 그라임스가 잠긴 문을 열었다. 여자가 거실에서 뭐라고 말했다. 묵직한 목소리. 설렘은 사라졌다. 어깨가 넓고 몸집이 큰 여자. 붉은 뺨. 진흙이 말라붙은 무거운 장화. "저녁 식사는 돼지 갈비 살과 채소야." 그녀가 말한다. "난 8시에 홀에 갈 거야." 그라임스가 앞치마를 두른다. 저녁 식사를 조리한다. 식탁과 화덕 사이를 종종걸음으로 오간다. 화덕과 식탁 사이를 종종걸음으로 오간다. 아내는 많은 음식을 게걸스레 먹는다. 대식가. 말이 별로 없다. 무거운 외투를 걸치고 진흙 묻은 장화를 신고 쿵쿵거리며 약속 장소로 간다. 여성 해방 주의자. 그라임스가 설거지를 한다. 손가락이 원숭이처럼 생긴 남자. 슬프다.

아직 법적으로 성인이 되지 않았는데도 자신이 이성에게 강하게 끌리고 있음을 깨달았다. 강둑에서 매춘부를 골랐다. 커다란 모자. 더러운 속옷. 소녀 같은 분위기지만 젊지는 않았다. 무슨 문제람. 필자는 헛수고를 했다. 빨간 머리. 초록색 눈. 이야기를 했다. "하늘이 정말 예뻐요." 그녀가 말한다. "세상에 강 냄새가 얼마나 좋은지." 그녀가 말한다. 아주 숙녀 같다. 강에서는 진흙 냄새가 난다. 바다의 고약한 입 냄새. 썰물. 프렌치 키스를 했다. 사타구니와 사타구니가 맞닿았다. 손을 원피스 앞섶에 놓았다. 덤불 속의 어린 사내아이들이 키득거렸다. 바보들. 어스름 속에서 엉덩이와 엉덩이를 잇대고 걸었다. "벨몬트 거리에 작은 방이 있어요." 그녀가 말한다. 고맙지만 사양이다. 그녀를 기찻길 옆 둑으로 데려갔다. 재. 수레국화. 별. 열대 식물 같은 키 큰 잡초들. 사모아. 거기서 그녀와 ○○했다. 굉장하고 멋진 느낌. 한 시간 동안 사소한 일들을 모두 잊어버렸다. 돈에 좌우되는 생활. 돈 걱정. 야심. 기분이 상쾌해지고, 성자 같은 늙은 어머니를 너그럽게 대할 수 있을 것 같은 기분이었다. 매춘부의 이름은 비어트리스였다. 그 후로도 자주 만났다. 나중에 뉴욕으로 갔다. 23번가의 창문에서 그녀의 유리 반지들이 덜걱거렸다. 겨울밤. 나중에 그녀를 찾으려 했다. 사라져 버렸다. 앞의 것들이 취향에 맞지 않았는지도 모른다. 만약 그렇다면, 필자의 잘못이다. 남자는 불꽃이 위로 날아오르듯이 말썽꾸러기 기질을 타고난다.

냄새. 더위. 추위. 이런 것들 모두가 가장 선명하게 기억에 남는다. 겨울에는 사무실 공기가 고약했다. 석탄 난로. 저녁 식사를 하러 추위 속에서 집까지 걸었다. 즐거웠다. 거리의 공기는 눈을 머리에 인 산에서 곧장 흘러온 것이다. 워싱턴. 제퍼슨. 라파예트. 프랜코니아. 등등. 산속 도시의 겨울 같았다. 커먼에서 죽은 나뭇잎들의 냄새를 들이마신다. 북풍을 들이마신다. 그 어떤 장미보다 달콤하다. 햇빛과 달빛이 항상 부족하다. 문을 닫는 것이 항상 슬프다. 7월에 일주일간 휴가를 얻었다. 그라임스는 또 다른 청년(휘티어의 친척)에게 일할 기회를 주는 것이 목적이라고 필자에게 알려 주었다. 좋지 않았다. 어머니와 함께 세인트보톨프스로 갔다. 사촌들과 함께 지냈다. 집은 여전히 텅 비어 있었다. 현관 쪽마루가 무너지고 있었다. 정원에는 잡초가 무성했다. 장미는 거의 없었다. 강에서 수영을 했다. 배를 탔다. 파슨스 연못에서 1킬로그램 남짓한 송어를 잡았다. 사람 없는 해변을 걷는 것이 몹시 즐거웠다. 행복한 시간. 파도가 포효하며 뉴욕, 뉴헤이번과 하트퍼드처럼 덜거거렸다. 죽은 홍어가 밟혔다. 생가죽 채찍처럼, 꽃처럼, 페티코트처럼 생긴 해초. 조개껍데기, 돌멩이, 돛 조각. 모두 소박한 것들. 황금빛 속에 어쩌면 낙원의 기억이 있는지도 모른다. 어린 시절, 순수했던 기억. 바닷가에는 영원한 젊음의 기쁨과 쓴맛이 있다. 심지어 오늘날에도. 동풍의 냄새를 맡는다. 넵튠의 뿔피리 소리를 듣는다. 항상 떠나고 싶어 안달한다. 샌드위치를 싼다. 수영복도. 덜컹거리는 버스를 타고 바닷가로 간다. 저항할 수 없는 유혹. 어쩌면 타고난 기질인지도. 아버지는 파도를 향해 셰익스피어를 읽어 주었다. 자갈이 입 안을 채운다. 데모스테네스*?

인생을 세심하게 계획했다. 운동. 여름에는 항해. 플루타르 코스** 읽기. 하루도 결근하지 않았다. 단 한 번도. 봉급 인상. 책임도 늘었다. 성공의 또 다른 징후들. 겨울밤. 퇴근하는 직원들. 펜을 씻고. 불씨를 묻어 놓고. 휘티어가 지성소로 나를 불렀다. 얼굴이 거친 남자. 강한 사람. 거만함이 문제다. 사무실 구석에 위스키 통을 항상 놓아 두었다. 빨대를 통 주둥이에 대고 술을 마셨다. 나를 30분 동안 기다리게 했다. 마지막으로 퇴근하는 직원(그라임스)이 아래층으로 내려가는 발소리가 들렸다. "이 일이 좋은가, 리앤더?" 그가 말한다. "예, 사장님." "너무 그렇게 열성적으로 굴지 말게." 그가 말한다. "백인한테 굽실거리는 흑인처럼 보이니까." 헛기침을 한다. 타구를 사용한다. 갑자기 의자에 앉은 채 어깨를 늘어뜨린다. 슬픈 건가? 아픈 건가? 안 좋은 소식이 있나? 파산? 실패? 그보다 더 나쁜 일? "난 아들이 없네." 그가 말한다. "유감입니다, 사장님." "난 아들이 없네." 그가 다시 말한다. 커다란 얼굴을 든다. 뺨이 눈물범벅이다. 눈에서 눈물이 줄줄 흐른다. "열심히 일하게." 그가 말한다. "날 믿어. 자네를 아들처럼 생각하겠네. 이제 그만 가 보게." 내 어깨를 두드린다. 나를 퇴근시킨다.

야심과 애정이 뒤섞인 감정. 나는 사업에 마음이 가 있다. 휘티어와 왑샷. 왑샷 사. 제화업에 푹 빠졌다. 사장을 위해서라면 무슨 일이든 한다. 그를 불타는 건물이나 난파선에서 구해

---

* 고대 그리스의 웅변가이자 정치가.

** 고대 그리스의 철학자이자 전기 작가.

내는 상상. 유언장을 읽으며 화를 내는 상속인들. 이미 정해진 성공. 서둘러 저녁 식사를 마쳤다. 추운 방에서 플루타르코스를 읽었다. 계속 장갑을 끼고 있었다. 모자도. 입김이 연기처럼 나왔다. 다음 날 30분 일찍 출근했다. 뛰었다. 미소를 지었다. 편지를 썼다. 그라임스와 점심 도시락을 함께 먹었다. "J. B. 와는 어떻게 지내?" 그가 묻는다. "잘 지내요." 내가 말했다. "사장이 자네를 불러들여서 아들이 없다는 말 아직 안 했어?" 그라임스가 말했다. "안 했어요." 내가 말했다. "그럼 앞으로 할 거야." 그라임스가 말했다. "자네를 언젠가 사장실로 불러서 열심히 일하고 자기를 믿으면 자네를 아들처럼 생각하겠다고 말할 거야. 직원들한테 전부 그런 말을 하거든. 심지어 토머스 노인한테도 그랬어. 일흔세 살인데. 아들 삼기에는 나이가 많잖아."

필자는 상한 마음을 숨기려고 애썼다. 그라임스는 알고 있었다. 경험을 유용하게 쓰려고 애썼다. 계속해서 열성적인 아들 역할을 했다. 진심은 아니지만, 그것이 회사 생활의 법칙이다. 선천적인 독립성을 감춘다. 성실하게 보인다. 고분고분하게 군다. 그 결과 사장과 아버지와 아들로서 자주 대화를 나눴다. 당시 상인들의 전형적인 충고. "머리가 긴 남자한테는 외상을 주지 말게. 담배 피우는 사람은 절대 믿지 말게. 운두*가 낮은 구두를 신은 남자도." 사업은 종교. 약삭빠름으로 가득 찼다. 미신도. 휘티어의 딸과 결혼하는 백일몽을 꾸기 시작했다. 무남독녀. 해리엇. 그런 생각을 하지 않으려고 했지만, 휘티어 자

---

* 그릇이나 신 따위의 둘레나 둘레의 높이.

신이 오히려 부추겼다. 휘티어가 저녁을 먹으러 오라고 집으로 초대했다.

검은색 정장을 샀다. 역사적인 밤에 그 옷을 입고 어머니에게 작별 인사를 하러 부엌으로 들어갔다. 햄릿에게서는 아무 소식이 없었다. 제일 예뻐 하는 아들 때문에 불안해 했다. "잊지 말고 냅킨으로 입을 닦아." 어머니가 말했다. "부인들이나 나이 많은 사람들이 방으로 들어오면 벌떡 일어서야 한다는 것 정도는 너도 알겠지. 우리 집안사람들은 예의가 발라. 우리가 옛날부터 가난했던 건 아냐. 잊지 말고 냅킨을 사용해."

남쪽 끝에 있는 휘티어의 집까지 걸어갔다. 하인이 문을 열어 주고 외투를 받아 주었다. 그 집은 지금도 서 있다. 지금은 빈민가가 되었다. 큰 집이지만, 그때는 보기보다 궁전 같지 않았다. 온실의 꽃들. 벽지. 시계가 쳤다. 초인종이 몇 번 울리는지 세었다. 열네 번. 휘티어 부인이 거실 문에서 나를 맞이했다. 호리호리하고 우아한 여자. 목걸이 두 개. 팔찌 네 개. 반지 세 개. 사장과 인사하고, 그다음으로 딸과 인사했다. 목걸이 한 개. 팔찌 두 개. 반지 두 개. 몸집이 큰 여자. 말상. 희망이 깨졌다. 사랑과 결혼의 여지가 없었다. 인간의 욕구는 그리 단순하지 않다. 방광을 비우는 것도 잊어버렸다. 비참했다. 모든 일이 틀어졌다. 벽에 걸린 그림들의 숫자를 셌다. 열네 점. 모두 아름다웠다. 정물화. 바다의 폭풍. 이탈리아 여자인지 이집트 여자인지 구분할 수 없는 여자가 우물가에 있는 모습. 도미노 게임을 하는 프랑스 인 사제들. 낯선 풍경들. 벽지가 천장에도 발려 있었다.

규모가 큰 만찬. 주위는 우아했지만, 예의는 웨스트 농장만큼 훌륭하지 않았다. 휘티어가 트림을 두 번 했다. 두 번 다 커다란 소리가 났다. 식사가 끝난 후 휘티어 부인이 노래를 불렀다. 안경을 썼다. 탁자에 밝은 등들을 세웠다. 사랑을 노래했다. 날카로운 목소리. 볼만한 광경. 밝은 등들 때문에 여주인이 늙고 옹색해 보였다. 연주가 끝난 후 필자는 작별 인사를 했다. 집까지 걸었다. 어머니가 아직 부엌에 있었다. 등불 빛 아래 바느질을 하고 있었다. 이제 늙으셨다. 햄릿을 그리워하고 있었다. "저녁 식사는 즐거웠니? 냅킨 사용하는 거 잊지 않았지? 우리 집이 꼴사납고 어두워 보이지는 않아? 내가 젊었을 때, 너보다 더 젊었을 때 뉴베리포트에 사는 친척 브루스터의 집에 간 적이 있어. 마차도 있고, 하인도 있고, 집도 컸지. 세인트 보톨프스로 돌아왔더니 우리 집이 꼴사납고 어두워 보이더라. 그래서 많은 생각을 하게 됐어."

4주 후 여느 때처럼 날이 어두워졌을 때 아버지와 아들의 대화를 나눴다. 직원들이 하나둘씩 퇴근하는 중이었다. 불도 꺼져 가고 있었다. "앉게, 리앤더. 앉아." 그가 말했다. "자네가 날 믿고 열심히 일하면 자네를 아들처럼 생각하겠다고 했지? 다른 사람한테는 그런 말을 한 적이 없네. 자네도 알지? 날 믿지? 이제 내 말이 무슨 뜻인지 보여 주겠네. 업계의 흐름이 변하고 있어. 난 순회 판매원을 쓸 생각이네. 자네가 그 판매원이 되어 줬으면 좋겠어. 나 대신 뉴욕에 가 주게. 거기서 내 고객들을 만나. 자네가 내 아들이라고 생각하고. 주문을 받게. 신사답게 행동해야 돼. 뉴욕에 가서 자네가 하고 있는 일이 어떤 것인지 깨닫기 바라네. J. B. 휘티어가 단순한 기업 이상이라는 걸 깨달아 주면 좋겠어. 이 회사를 자네 어머니처럼, 우리 어머니처럼 생각하게. 사랑하는 늙은 어머니가 돈이 필요해서 자네가 어머니를 위해 돈을 벌려고 뉴욕에 간다고 생각해. 처신을 할 때나, 옷을 입을 때나, 말을 할 때 자네가 사랑하는 늙은 어머니를 대신한다 생각하게. 식사를 주문할 때나 호텔에 묵을 때는 사랑하는 늙은 어머니의 돈을 쓰는 것처럼 돈을 쓰게." 눈물이 줄줄 흘러내렸다. 우리는 서로를 이해했다.

밤배에 관한 노래. 필자가 아는 모든 것. 폴 강, 뱅거, 포틀랜드, 메이 곶, 볼티모어, 이리 호, 휴런 호, 세인트루이스, 멤피스, 뉴올리언스. 떠다니는 궁전. 옥수수 껍질 매트리스. 물 위에서 듣는 음악. 하룻밤의 카드 게임, 하룻밤의 우정, 하룻밤의 아가씨들. 모든 것이 여명과 함께 사라진다. 조용한 첫 항해. 유리 같은 바다. 수면에서 반짝이는 많은 불빛들. 해변의 듬성듬성한 불빛들. 현관 쪽마루, 잔디밭, 다리, 둥근 지붕에서 떠가는 궁전을 지켜보는 사람들. 배를 기준으로 시계를 맞췄다. 낯선 사람들과 선실을 함께 썼다. 시계, 현금, 수표를 양말 속에 넣고 양말을 신었다. 밤배의 요정을 갈망하며 옥수수 껍질 매트리스 위에서 잤다. 사랑하는 늙은 어머니를 위해 돈을 벌러 대도시로 가는 길. J. B. 휘티어 사.

지시대로 호프먼하우스를 숙소로 정했다. 첫 번째로 만난 고객이 800달러어치를 주문했다. 두 번째 고객은 그보다 조금 많았다. 사흘 만에 5000달러어치를 팔았다. 마지막 주문의 확인을 위해 전보를 보냈다. 매일 밤 시계, 현금 등을 양말에 넣고 잤다. 기차를 타고 돌아왔다. 피곤했지만 기분이 좋았다. 곧장 사무실로 갔다. J. B.가 기다리고 있었다. 필자를 덥석 끌어안았다. 돌아온 탕아. 정복자 영웅. 가장 사랑하는 아들을 파커하우스로 데리고 가서 저녁을 먹었다. 위스키, 포도주, 생선, 고기, 새고기. 나중에 차든 거리의 유곽으로 갔다. 그곳에 간 것이 두 번째. 처음에는 짐 그레이브스와 함께였다. 앞에서 말한 것처럼 세인트보톨프스에서 죽었다. 침례교도들이 여전히 노래를 부르고 있었다. "인도하라, 다정한 빛이여." 이 찬송가를 가장 좋아하는 모양이다.

흰머리 소년. 제품 제조, 판촉 등에 관한 조언을 구했다. 마침내 결혼이 화제에 올랐다. 예전과 똑같은 곳에서 똑같은 시간에 또다시 속내를 털어놓았다. "결혼을 할 생각인가?" 그가 말한다. "아니면 평생 독신으로 지낼 생각인가?" "저는 결혼해서 가정을 꾸릴 생각입니다, 사장님." 내가 말했다. "저 문 닫고 여기 앉게." 그가 말했다. "사귀는 사람이 있나?" 그가 묻는다. "없습니다, 사장님." 내가 말했다. "그럼 자네한테 어울릴 만한 아가씨를 내가 아네." 그가 말했다. "케임브리지에서 부모와 함께 사는 주일 학교 교사야. 나이는 겨우 열여덟 살이지. 위스키 한잔 마시게." 그는 구석에 있는 술통으로 걸어갔다. 번갈아 가며 빨대로 술을 마셨다. 다시 자리에 앉았다. "여자한테서 태어난 남자는," 그가 말했다. "수명이 짧고 모든 것이 비참할 뿐이야." 눈물이 흘러내리기 시작했다. 눈물이 줄줄 흘렀다. "내가 이 아가씨한테 잘못을 저질렀네, 리앤더. 내가 완력을 썼어. 하지만 자네와 결혼하면 훌륭한 아내가 될 걸세." 커다랗게 흐느끼는 소리. "변덕스럽거나 헤픈 여자는 아냐. 내가 처음이었네. 자네가 그 아가씨와 결혼하면, 자네에게 1000달러를 주겠네. 자네가 그 아가씨와 결혼하지 않으면, 보스턴이든 어디든 내 이름이 알려진 곳에서는 자네가 절대 일자리를 구할 수 없게 만들 거야. 월요일에 나한테 답을 해 주게. 이제 집으로 가서 생각해 봐." 그가 일어섰다. 육중한 몸집. 회전의자의 용수철이 큰 소리를 냈다. "잘 자게." 그가 말했다. 둥글게 휘어진 계단을 천천히 내려왔다. 밤공기에서 산 냄새가 났지만, 나는 느끼지 못했다. 아무런 색채도 없고, 증오스러운 북부의 도시. 가스등 불빛을 제외하고는 모든 것이 암흑이었다. 말 보관소의 말들은 겨자색 담요를 덮고 있었다. 발밑에는 더러운 눈. 말똥 때문에 진창이 된 눈. 회사에서 5년을 낭비했다. 아버지는 죽었다. 햄릿은 단 한 번도 집에 오지 않는다. 덕이 많은 늙은 어머니를 나 혼자 부양한다. 어떻게 하지? 어머니와 저녁을 먹었다. 2층의 차가운 방으로 갔다. 짧은 바둑판무늬 상의를 입었다. 결심을 적어 놓은 공책을 훑어보았다. 부정한 생각을 피한다. 걷지 말고 항상 뛴다. 미소를 짓는다. 절대 인상을 쓰지 않는다. 일주일에 두 번씩 체육관에 간다. 어머니에게 회색 비단 원피스를 사 드린다. 이런 것들은 전혀 도움이 되지 않았다. 올버니를 생각했다. 거기서 일자리를 구할까. 숙소도 구하고. 인생을 다시 시작하자. 올버니로 정했다. 일요일에 짐을 싼다. 월요일에 떠난다. 다시는 휘티어를 만나지 않겠다. 아래층으로 내려갔다. 어머니는 부엌 난로 옆에 있었다. 바느질을 하면서. 올버니 얘기를 했다. "네가 거기 갈 생각이 아니었으면 좋겠다." 어머니가 말했다. "넌 착한 아이야, 리앤더. 하지만 네 아버지를 닮았다. 네 아버지는 항상 아무도 자기를 모르는 곳으로 가면 부자가 돼서 행복하게 살 수 있을 거라고 생각했어. 그건 아주 커다란 약점이다. 네 아버지는 약한 사람이었어. 너도 어디론가 가고 싶다면, 최소한 내가 죽을 때까지만 기다려라. 햄릿이 집으로 돌아올 때까지 기다려. 난 늙었다. 추운 게 싫어. 내 고향은 보스턴뿐이다."

일요일에 교회에 갔다. 하느님은 나의 시련을 아실 것이다. 무릎을 꿇었다. 이번만은 진심으로 기도했다. 성 마가 축제. 성 요한의 교훈. 어떤 상징이 계시를 내려 줄까 생각하면서 교회 안을 둘러보았다. 고르디아스의 매듭, 양과 사자의 머리, 비둘기, 만(卍)자, 십자가, 가시, 바퀴. 예배를 드리는 내내 신경을 곤두세웠다. 아무 일도 일어나지 않았다. 돌멩이에게 묻는 것과 마찬가지였다. "내가 널 위해 기도했다." 어머니가 말했다. 팔짱을 끼었다. "올버니는 아일랜드 인 같은 외국인들 천지야. 거기 가지 마라." 나중에 재러드가 왔다. 「아치스와 갈라테아」를 연주했다. 음악이 싫었다. 아치스는 배가 고팠을까? 갈라테아는 늙은 어머니를 혼자 부양했을까? 인간들에게는 그보다 더 심각한 문제가 있다.

월요일 동이 트기 전에 잠에서 깨었다. 새벽 2시나 3시쯤. 마음을 정할 수 없어 잠이 오지 않았다. 창가에 앉아 결정을 내리려고 했다. 도시는 잠들어 있었다. 불빛이 거의 없었다. 겉으로는 순수해 보이는 풍경. 웨스트 농장을 생각했다. 즐거운 여름날의 기억! 아버지를 생각했다. 돈이 없어서 삶이 참을 수 없을 만큼 힘들어졌다. 평생의 교훈은 '돈을 벌어라.'인 것 같았다. 지옥의 불도 욕망만큼 강렬하게 타오르지 않는다. 가난이 모든 악의 근원이다. 누가 도둑인가? 가난한 사람. 누가 주정뱅이인가? 그것도 가난한 사람. 차든 거리에서 딸들이 낯선 사람에게 다리를 벌리게 만드는 것은 누구인가? 가난한 사람. 아들이 아버지 없이 자라게 하는 것은 누구인가? 가난한 사람.

이런 생각을 하다 보니 도덕적인 가책이 조금 줄어들었지만, 결정은 가장 근본적인 본능에 어긋나는 것이었다. 어쩌면 낭만적인 생각이라고 할 수도 있다. 아름다운 아내가 저녁에 장미 나무 그늘에서 기다리는 꿈을 자주 꾸었다. 하얀 오두막. 꽃이 만발한 나무에는 모란잉꼬. 넬리 멜바*의 비만한 몸. 이 모든 것이 사라졌다. 하지만 다른 길이 보이지 않았다. 하늘에 부드러운 빛이 나타났다. 어스름. 일찍부터 운행하는 철도마차가 조이 거리를 올라오는 소리가 들렸다. 아침이 되자마자 휘티어를 만나러 갔다. "기꺼이 받아들이겠습니다, 사장님." 내가 말한다. 휘티어가 자신의 계획을 이야기해 주었다. 그날 저녁에 그 아가씨를 만나러 간다. 한두 주 안에 그 아가씨와 결혼한다. 아이를 낳을 때가 되면 그녀를 네이헌트의 어떤 집으로 데려간다. 그곳에 아이를 맡긴다. 아기를 죽이라는 건가? 아기를 낳은 후 뉴욕 시 내셔널트러스트 사에 있는 필자의 계좌로 1000달러가 들어올 것이다.

저녁을 먹고 나서 제일 좋은 검은색 정장을 입고 휘티어가 알려 준 케임브리지의 집까지 걸어갔다. 봄날 저녁. 20도가 조금 안 되는 기온. 아직은 헐벗은 나무들 속에서 남풍이 케틀드럼 소리를 냈다. 별이 많았다. 부드러운 빛. 겨울의 별자리와는 달랐다. 집은 케임브리지 외곽에 있었다. 반쯤 굶주린 개들이 필자의 발소리를 듣고 짖어 댔다. 인도가 없었다. 진흙 위에 널빤지만 횡뎅그렁하게 놓여 있었다. 나무들 사이의 작은 집. 비참한 심정으로 문을 두드렸다. 키 큰 남자가 문을 열었다. 백

_____

* 오스트레일리아의 세계적인 소프라노 가수.

발. 짧은 구레나룻. 일그러진 표정. 어디가 아픈 건가? 뒤에서 창백한 아내가 등불을 들고 있었다. 노란 등유 속에 심지가 있었다. 수인사가 끝나고, 노부부를 따라 거실로 들어가서 미래의 아내를 보았다.

예쁜 아이였다. 머리카락은 갈까마귀 날개 같았다. 눈처럼 하얀 안색. 가는 손목. 안쓰러움을 느꼈다. 연민도. 주일 학교 소풍이 끝난 뒤 덤불 속에서 늙은 염소에게 깔린 아이. 사장은 인기가 없었다. 심지어 차든 거리의 미녀들 사이에서도. 숲 속의 아기들. 그녀와 나. "아버지가 성경을 읽고 있었네." 그녀의 어머니가 말했다. "「누가복음」이지." 노인이 말한다. "7장 31절." 성경을 한 시간 동안 읽는다. 기도로 끝을 맺는다. 다들 무릎을 꿇었다. 그러고는 작별 인사를 했다. "안녕히 가세요, 왑샷 씨." 미래의 아내가 한 말은 이것뿐이었다. 집까지 걸어오면서 생각했다. 그 여자는 멍청한 걸까? 요리는 할 줄 알까?

그다음 일요일에 클라리사를 교회로 데려갔다. 그녀의 부모와 함께. 그곳으로 가는 길에 청혼을 했다. "저도 당신과 결혼하고 싶어요, 왑샷 씨." 그녀가 말했다. 그때는 조금 행복했다. 절망적인 상황은 아니었다. 아이가 태어난 후를 미리 생각했다. 폭풍이 다가오고 있었지만, 그 후에 조용히 평화를 즐기지 못할 이유가 없지 않은가? 교회는 정통 침례교회였다. 햇빛이 화창했다. 예배 도중 잠이 들었다. 저녁 늦게 어머니에게 앞으로의 계획을 이야기했다. 착한 어머니는 눈 하나 깜짝하지 않았다. 혹시 몰라서 어머니에게는 결코 사실을 이야기하지 않았다. 시력을 잃는 것과 마찬가지로 간결한 말버릇도 다른 능력들을 만들어 내는 것 같다. 예지력. 그다음 일요일에 승천 교회에서 결혼했다. 매스터슨 신부가 우리를 부부로 맺어 주었다. 나이 많고 착한 사람. 어머니가 유일한 증인. 착한 어머니에게 하느님이 축복을 내리시기를. 교회에서 북역으로 갔다. 기차를 타고 프랜코니아로 갔다.

완행열차를 타고 지루한 여행을 했다. 남의 집 뒤뜰이 나올 때마다 멈춰 섰다. 그런 것 같았다. 길가에 선 모든 헛간 뒤편에는 광고가 그려져 있었다. 만병통치약. 간장약. 오래된 서커스 광고지. 말린 대구. 차. 커피. 세인트보톨프스의 헛간 뒤편에 그려진 광고들. 보스턴 가게. 최저 가격.

검은 머리의 어린 아내는 제일 좋은 옷을 차려입었다. 모든 옷을 직접 만들었다. 매우 다정하고 우아했다. 손목과 발목이 가늘었다고 기억한다. 얼굴에 기쁨과 슬픔이 스쳤다. 대단히 솔직했다. 사랑스러운 여자에게서 흘러나오는 아름다움의 진정한 의미. 시. 음악. 그녀가 손을 대는 모든 것이 계시처럼 보인다. 필자의 손. 꼴사나운 기차. "옛날에 기차를 타고 스웸스콧에 간 적이 있어요." 그녀가 말했다. 음악적인 목소리 덕분에 여행이 시처럼 보인다. 백조. 하프 소리. 샘물. 스웸스콧은 별것 아니고, 그곳으로 가는 기차도 다른 기차와 똑같다. 좋은 냄새가 나는 나긋나긋한 아이가 괴물의 씨앗을 품고 있다. 커다란 연민의 감정. 그리고 욕망.

프랜코니아에 도착했다. 말을 타고 민박집으로 갔다. 일주일에 8달러. 미국식 구조. 북부의 시골. 한여름에도 밤이 되면 추웠다. 음침한 식당에서 저녁을 먹었다. 상관없었다. 사랑 때문에 차가운 푸딩에도, 창백한 주인 여자에게도, 천장의 얼룩에도 눈이 멀었다. 신혼 방은 농가의 커다란 침실. 거추장스러운 침대 틀은 포도 같은 자주색. 쇠와 나무로 된 난로가 이글거렸다. 불빛과 열기 속에서 옷을 벗었다.

근처에서 낚시는 하지 않았다. 신부와 함께 산속을 걸었다. 아름다운 풍경. 멀리 보이는 산들은 우윳빛이 섞인 파란색이었다. 오래된 호수들. 오래된 산들. 공장 도시 북쪽의 코끝이 얼얼한 시골. 그때는 한창 발전하고 있었다. 나중에 망해 버렸다. (남부와 서부의 경쟁자들과 맞서지 못했다.) 이른바 한계 농업. 샘스캣. 돌처럼 딱딱한 땅. 그때도 대부분의 산속 마을들에는 인적이 없었다. 깊은 숲 속에 건물의 기초를 세웠던 구멍들, 무너진 건물들이 있었다. 농가, 학교, 심지어 교회도. 인근 숲은 여전히 야생 그대로였다. 사슴, 곰, 스라소니 몇 마리. 어린 아내는 농부의 아내들이 꽃을 심어 놓은 정원에서 꽃을 꺾어 꽃다발을 만들었다. 그러고는 그곳을 떠났다. 영국 장미. 수염패랭이. 레몬백합. 협죽초와 앵초. 꽃 몇 송이를 신혼 방으로 가져왔다. 물그릇에 담았다. 꽃을 정말로 좋아했다. 건초를 만들기에 딱 좋은 날씨. 필자는 농부와 그 아들들과 함께 들에서 일했다. 하루가 저물어 갈 무렵 뇌우가 몰려왔다. 먹구름이 쌓였다. 수탉이 울어 댔다. 돌산이 무너지는 묵직한 소리가 났다. 비가 오기 전에 건초를 헛간에 들여놔. 번개가 쳤다. 빗방울이 처음으로 떨어지는 순간 무거운 짐마차가 마침 안전한 곳에 도달한다. 주위를 둘러싼 소리. 밤이 내리고 한참 뒤에 비가 그치고, 아내의 포옹으로 필자는 다시 좋은 것들만 생각하게 된다. 건초를 말리기에 딱 좋은 날씨의 마술. 태양의 열기. 폭풍의 한기.

휴가가 순식간에 끝난다. 산, 들판, 소들이 풀을 뜯는 목초지, 낙원 같은 들판에 작별 인사를 하며 진심으로 슬퍼한다. 핑크니 거리, 휘티어, 그라임스 등. 착한 노모는 아내에게 다정했다. 햄릿 외에는 어느 누구에게도 그렇게 다정한 적이 없었다. 결코 문제가 있다는 이야기를 하지 않았지만, 아기가 곧 나온다는 사실을 눈치 챈 것 같았다. 하지만 정략결혼은 아니었다. 천생연분. 그런 것 같았다. 아침마다 다정한 아이가 필자와 함께 잠에서 깨었다. 양말을 꿰매고, 부부 침대를 달콤하게 만들고, 등 연통을 청소하고, 장미목 피아노에 왁스를 칠했다. 미래를 자주 생각했다. 괴물의 아기를 처리하고 나만의 가정을 꾸려야지. 착한 노모가 돌아가신 뒤에는 장미로 뒤덮인 오두막에서 살아야지. 교회에서 필자는 다정한 배필을 주신 하느님께 자주 감사 기도를 드렸다. 진심으로 기도했다. 다른 일로는 그렇게 감사한 적이 없었다. 아내는 가끔 저녁에 노래를 불렀다. 착한 노모가 할렛&데이비스 장미목 피아노로 반주를 했다. 음역은 넓지 않았지만, 가락이 정확하고 목소리가 아주 또렷했다. 다정하고, 착하고, 사랑스럽고, 상냥한 사람.

배 속의 어린 괴물은 아주 활발했다. 배가 불렀지만 보기 싫은 꼴이 되지는 않았다. 무더운 여름에는 쉽게 피곤해졌다. 분만 예정일은 10월이었다. 어느 날 오후에 사무실로 전갈이 왔다. 3시에 사무실을 나섰다. 가방이 꾸려져 있었다. 아내의 것과 필자의 것 모두. 네이헌트로 가는 밤 기차를 탔다. 러더퍼드 농장까지 마차를 빌렸다. 9시인가 조금 지나선가 그곳에 도착했다. 어두운 집. 바람에서 소금 냄새가 났다. 거친 파도 소리가 규칙적으로 들려왔다. 잡아당기는 초인종과 문고리를 모두 사용했다. 잠옷과 숄 차림의 창백한 여자가 문을 열어 주었다. 머리에 쓴 천은 누더기였다. "난 당신들 이름을 몰라요." 그녀가 말한다. "알고 싶지도 않고요. 당신들이 여기서 빨리 나갈수록 좋아요." 등을 켰다. 가방을 풀었다. 침대에 들었다. 아내는 선잠을 잤다. 자다가 자주 깼다. 불분명한 말. 밤새 그녀의 근심스러운 말소리에 귀를 기울였다. 바다의 소음에도. 파도 소리로 미루어 보건대 해변이 평평하고 돌이 많은 것 같았다. 돌을 두드리는 덜걱덜걱 소리가 뚜렷했다. 동이 트기 전에 우유 양동이 소리, 소 울음소리가 들렸다. 일찍 일어났다. 찬물로 세수했다. "부엌에서 식사해요." 창백한 얼굴의 주인 여자가 말했다. "몸을 움직일 수 있는 동안 자기 일은 알아서 해요. 내가 당신들 뒤를 쫓아다니며 어질러진 걸 치우지는 않을 거니까."

주인 여자의 남편이 아침 식사 때 우리에게 인사했다. 167센티미터, 57킬로그램. 발육 부진. 한심한 인간. 공처가 같았다. 전에 말 보관소 주인이었다고 주장했다. 잘나가던 시절의 이야기. 한때 네이헌트에서 제일 옷이 많았다. 말 예순네 마리. 말 돌보는 사람 일곱 명을 고용하고 있었다. 전염병으로 모든 걸 잃었다. 과거의 영광을 보여 주는 문서들을 자랑했다. 1000달러짜리 말먹이 대금 청구서. 양복점 청구서, 정육점 청구서, 식품점 청구서 등도 있었다. 모든 것이 사라졌다. 클라리사와 함께 해변을 걸었다. 사랑스러운 아내는 치맛자락에 색색가지 돌과 조개껍데기를 모았다. 하루가 느리게 흘러갔다. 고르디아스의 매듭과 같은 상황에 처한 것 같았다. 그것을 끊어 버리는 미래를 꿈꿨다. 시골 오두막에서 보내는 장밋빛 미래를 그렸다. 아이들이 옹기종기 둘러앉은 즐거운 생활. 그런 허황한 공상은 아내를 울게 했을 뿐이다.

진통이 7시에 시작되었다. 침대가 축축했다. 양수가 터졌다나 뭐라나. 필자는 지금도 산부인과 용어를 잘 모른다. "하늘에 계신 우리 아버지." 클라리사가 말했다. 계속 기도했다. 진통이 심했다. 그런 일은 처음이었다. 진통이 시작되면 아내를 품에 안았다. 창백한 얼굴의 주인 여자는 옆방에서 기다렸다. 흔들의자 소리. "입을 담요로 막아요." 그녀가 말했다. "저 위 덱스터 집에서도 소리가 들리겠어요." 11시에 가장 심한 진통이 왔다. 갑자기 피가 보이더니 아기 머리가 나타났다. 주인 여자가 달려 들어왔다. 나를 쫓아냈다. 공처가 남편에게 물, 걸레 등을 가져오라고 소리쳤다. 분주하게 오갔다. 얼굴이 창백한 주인 여자가 새벽 2시에 방에서 나왔다. "딸을 낳았어요." 그녀가 말한다. 마술 같은 변신! 아기를 보러 들어갔다. 비누 상자 안에서 자고 있었다. 클라리사도 자고 있었다. 이마에 입을 맞추었다. 아침까지 의자에 앉아 있었다. 해변으로 산책을 나갔다. 가리비 껍데기의 휘어진 줄무늬 모양 구름. 바다에서 반사된 빛이 구름 속으로 쏟아져 들어갔다. 하늘의 모양이 아직도 기억에 생생하다. 까치발로 방으로 돌아왔다. 문을 열었다. 클라리사가 침대에서 미소 짓고 있었다. 흐트러진 검은 머리. 젖 때문에 퉁퉁 불은 가슴에 아기를 안고 있었다. 필자는 웨스트 강을 떠난 후 처음으로 울었다. "울지 마요." 클라리사가 말한다. "난 행복해요."

얼굴이 창백한 주인 여자의 무거운 발소리. 변신은 아직도 유효하다. "하느님이 축복하실 거야, 귀여운 것." 그녀가 아기에게 말한다. 높고 새된 목소리. "저 조그만 손가락을 좀 봐요."

그녀가 말한다. "저 조그만 발가락을 봐요. 이제 내가 데려갈 게요." "젖을 조금만 더 물리게 해 주세요." 클라리사가 말한다. "아기가 식사를 마칠 수 있게 해 주세요." 내가 말한다. "당신들이 이 아기를 데려갈 게 아니잖아요." 그녀가 말한다. "당신들이 이 아기를 데려갈 게 아니고, 이 아기가 당신들 아기가 될 게 아니니까 젖을 물려 봤자 의미가 없어요." "조금만 더 젖을 물리게 해 주세요." 클라리사가 말한다. "내가 다른 사람들을 멋대로 판단할 수도 없고," 그녀가 말한다. "남의 일에 간섭하고 싶지도 않지만 당신이 잘못을 저지르지 않았다면 이 외진 곳까지 와서 아기를 낳지는 않았겠죠. 아기가 잘못을 저지른 엄마의 젖을 먹으면 그 모든 사악함과 죄와 욕망이 젖을 통해 곧장 아기에게 전달돼요." 그녀가 말한다. "입이 고약하군요." 내가 말했다. "지금은 우리끼리 있고 싶으니까 나가 주세요." "조금만 더 젖을 물리게 해 주세요." 클라리사가 말했다. "난 미리 돈을 받고 부탁받은 대로 하는 것뿐이에요." 그녀가 말했다. "게다가 이 아기는 하느님의 창조물이니까 태어나자마자 다른 사람의 사악함을 전부 빨아들이게 하는 건 옳지 않아요." "우리끼리 있고 싶어요." 내가 말했다. "아주머니 말씀이 맞아요, 리앤더." 클라리사가 이렇게 말하고는 그 아름다운 가슴에서 아기를 떼어 침입자에게 주었다. 그러고는 고개를 돌리고 울었다.

그녀는 하루 종일 울었다. 그녀는 밤새 울었다. 침대가 눈물로 가득 차도록 울었다. 아침에 내 도움으로 그녀가 옷을 입었다. 그녀는 너무 힘이 없어서 옷을 혼자 입을 수 없었다. 너무 힘이 없어서 검은 머리카락을 들어 올릴 수도 없었다. 그녀가 핀을 꽂는 동안 내가 검은 머리카락을 들어 올려 잡아 주었다. 보스턴 행 9시 기차가 있어서 나는 시간에 맞춰 우리를 데리러 오라고 마차 대여소에 연락했다. 그러고는 가방을 싸서 길가로 옮겼다. 그때 주인 여자가 악을 쓰는 소리가 들렸다. "당신, 당신, 그 여자 어디 있어?" 아, 그때 그 여자는 하피* 같았다. "여자가 도망쳤어. 텍스터네 집에 가 봐. 텍스터네 길로 가 봐. 난 조개껍데기 길로 가 볼 테니. 그 여자를 붙잡아야 돼." 그녀가 진흙 묻은 장화를 신고 출발한다. 예전에 말 보관소 주인이었다는 남편도 거름을 긁을 때 쓰는 쇠스랑을 들고 출발한다. 지평선 너머까지 사냥감을 쫓았다. 정원에서 아기 우는 소리가 들렸다. 정확히 말하면 칭얼거리는 소리였다. 그녀는 도망쳤지만 멀리 가지 못했다.

분수처럼 다듬어진 정원의 배나무. 어쩌면 양산 모양 같기도 했다. 우아한 천막 모양으로 늘어진 나무 이파리들. 그 아래 그녀가 앉아 있었다. 보디스의 단추가 열려 있었다. 캐미솔의 레이스가 풀려 있었다. 아기를 품에 안고 있었다. 성마른 울음소리. 아무 말도 하지 않았다, 그녀와 나는. 눈만 마주쳤다. 아무 설명도 없었다. 거친 말도 하지 않았다. 아기는 젖을 빨면서도 울었다. 비가 조금씩 내리기 시작했다. 하지만 우리에게는 빗방울이 떨어지지 않았다. 배나무가 충분히 피난처 구실을 했다. 아기가 잠들었다. 얼마나 거기 앉아 있었는지 모르겠다. 아마 반시간쯤. 굴 껍데기 도로가 빗속에서 어두워지는 것을 지켜보았다. 여전히 우리는 한 방울도 맞지 않았다. "젖보

---

* 하르피아아. 얼굴은 여자, 몸에는 새의 날개가 달린 탐욕스러운 괴물.

다 눈물이 더 많아요." 그녀가 말했다. "젖보다 눈물이 더 많아요. 젖이 마르도록 울었어요." 잠든 아기가 비를 맞지 않도록 머리와 어깨로 가리고 부엌 난로 옆 비누 상자로 다시 데려다 놓았다. 마차를 타고 역으로 갔다.

지저분한 문제, 슬픔 등을 길게 늘어놓고 싶지 않다. 짐승 같은 슬픔. 살아야겠다는 짐승 같은 의지밖에 믿을 것이 없는 시기. 잊어라. 잊어라. (여기서 리앤더는 클라리사가 그날 밤 찰스 강에 빠져 죽었다는 사실을 가리키고 있다.) 다음 날 아침 늦은 어머니, 가엾은 클라리사와 함께 기차를 타고 세인트보톨프스로 갔다.

흐린 날이었다. 춥지는 않았다. 갖가지 바람이 불었다. 남풍, 남서풍. 역에 영구 마차가 있었다. 구경꾼은 거의 없었다. 프리스비 신부가 설교를 했다. 그때 이미 노인이었다. 오랜 친구이기도 했다. 시뻘건 얼굴. 바람에 옷자락이 휘날렸다. 발목까지 오는 구식 부츠가 드러났다. 두꺼운 스타킹. 강 위 언덕의 가족 묘지. 물, 산, 들판 덕분에 처음으로 감각이 돌아왔다. 다시는 결혼하지 않겠다. 낡은 집 지붕이 멀리 보였다. 쥐, 다람쥐, 호저 들이 사는 곳. 아이들에게는 귀신 나오는 집. 기도 중간에 바람이 약해졌다. 멀리서 전기처럼 찌릿찌릿한 비 냄새가 났다. 나뭇잎들 사이에서 나는 소리. 그루터기. 수명이 짧다고 프리스비 신부가 말한다. 그는 불평불만만 늘어놓는다. 비가 더 말을 잘하고, 기운을 북돋워 주고, 자비롭다. 사람 귀에 닿는 가장 오래된 소리.

20

코벌리에게 면도하는 법을 조언해 준 뚱뚱한 남자가 저녁 식사를 마친 후 밤에 코벌리의 방으로 와서 출세하는 법에 대해 충고하기 시작했다. 그는 북쪽 어딘가에 집이 한 채 있는 홀아비였는데, 주말만 그 집에서 보냈다. 그가 하숙집에 사는 것은 퇴직 후에 편안한 생활을 즐기려고 한 푼이라도 절약하기 위해서였다. 그는 공무원이었으며, 코벌리도 공무원이 되어야 한다고 생각했다. 그는 공무원 일자리가 났다는 소식이 실린 신문을 가져와서 고교 졸업생이나 시내의 공무원 학교에서 공부한 전문가들이 지원할 수 있는 자리들을 계속 손가락으로 짚었다. 그해에는 테이프 기록원이 필요했으므로, 그는 코벌리에게 그 자리가 가장 확률이 높다고 일러 주었다. 코벌리가 매킬히니 학원에 다니는 비용의 절반을 정부가 대 줄 거라는 얘기도 했다. 그 학원 강의는 4개월 과정이었는데, 만약 그가 시험에 합격한다면 정부에서 주급 75달러짜리 일을 맡게 될 터였다. 친구의 충고와 격려를 받은 코벌리는 테이프 기록법을 가르치는 야간 수업에 등록했다. 수업 내용에는 물리 실험 결과를 계산기에 입력할 수 있는 기호로 옮기는 법, 즉 테이프에 기록하는 법이 포함되었다.

코벌리의 일과는 다음과 같았다. 그는 8시 30분에 워버튼 백화점에서 출근부를 기록하고 뒷계단을 통해 지하실로 내려 갔다. 공기가 아주 나빴다. 백화점 뒷방의 악취와 밀폐된 공간의 답답함 때문이었다. 창고 직원들은 나이가 제각각이었다. 육십대 노인도 한 명 있었다. 그들은 코벌리의 콧소리 나는 발음과 세인트보톨프스 이야기를 들으며 즐거워했다. 그들은 창고로 들어오는 상품의 포장을 풀어 위층 백화점으로 이어지는 화물 엘리베이터로 계속 올려 보냈다. 세일 때가 되면 한밤중까지 일하면서 가장자리에 모피가 달린 외투나 침대 덮개의 포장을 풀기도 했다.

코벌리는 워버튼에서 일이 끝나면 일주일에 세 번씩 매킬히니 학원 출석부에 이름을 적었다. 이 학원은 어느 사무실이 위치한 건물 4층에 있었는데, 이 건물에는 다른 학원들도 많이 입주한 것 같았다. 인물 사진 학원, 언론 학원, 음악 학원. 저녁에는 화물 엘리베이터만 운행되었다. 이 엘리베이터를 맡은 작업복 차림의 노인은 입술을 꾹 다물고 프렌치 호른 소리를 아주 그럴듯하게 흉내 낼 줄 알았다. 그는 엘리베이터로 사람들을 실어 나르면서 「윌리엄 텔」 서곡을 연주해 주고 칭찬받기를 좋아했다. 코벌리와 함께 수업을 듣는 학생은 스물네 명이었고, 강사는 항상 힘든 하루를 보낸 사람처럼 보이는 젊은이였다. 첫 번째 강의는 사이버네틱스, 즉 자동화에 관한 안내 교육이었다. 원래 약간 우울한 편인 코벌리가 앞으로 자신이 생각하는 기계와 맺게 될 관계 속에서 뭔가 모순을 찾아낼 생각이었는지는 몰라도, 어쨌든 그는 자신의 생각이 어리석었음을 금방 깨우쳤다. 안내 교육이 끝난 뒤 학생들은 암호를 암기하기 시작했다.

이것은 기초적인 언어를 배우는 것과 같았다. 모든 것을 기계적으로 암기했다. 학생들은 일주일에 쉰 개의 기호를 외워야 했다. 그들은 매번 수업이 시작되자마자 15분 동안 쪽지 시험을 치렀으며, 두 시간에 걸친 수업이 끝난 뒤에는 속도 테스트를 받았다. 이렇게 한 달이 지나자 언어를 공부할 때와 마찬가지로 이 기호들이 코벌리의 생각을 지배하기 시작했다. 그래서 그는 거리를 걷다가도 자동차 번호판 숫자, 가게 진열창에 나붙은 가격, 시계의 숫자 들을 기계에 입력할 수 있게 재배열하는 습관이 생겼다. 수업이 끝나면 그는 일주일에 닷새씩 학원에 나가는 친구와 가끔 커피를 마셨다. 그의 이름은 미틀러였으며, 데일카네기 학원에서도 수업을 들었다. 코벌리는 미틀러가 스스로를 호감 가는 사람으로 만드는 법을 터득했다는 사실에 깊은 인상을 받았다. 어느 일요일에 모지스가 코벌리를 만나러 와서 두 사람은 하루 종일 거리를 쏘다니며 맥주를 마셨다. 하지만 모지스가 떠날 시간이 되자 두 사람 모두 이별이 너무 괴로웠기 때문에 모지스는 그 뒤로 한 번도 코벌리를 만나러 오지 않았다. 코벌리는 크리스마스 때 세인트보톨프스에 갈 예정이었지만, 크리스마스이브에 시간 외 근무를 할 기회가 생기자 그 기회를 냉큼 잡았다. 어쨌든 그가 도시에 나온 것은 돈을 벌기 위해서였으니까.

바다의 모든 것은 비너스의 것이다. 진주와 조개껍질과 연금술사의 황금과 켈프*와 조금 때의 바다 냄새, 해안 근처의 초록색 바닷물, 저 멀리의 자주색 바다, 먼 곳의 기쁨과 무너지는 석조 건물의 포효, 이 모든 것이 비너스의 것이지만 비너스가 바다에서 나오는 것은 우리 모두를 위해서가 아니다. 그녀는 사십몇 번가에 있는 샌드위치 가게의 회전문을 통해 코벌리를 찾아왔다. 그는 매킬히니 학원에서 수업을 마친 후 먹을 것을 좀 사려고 그곳에 들른 참이었다. 그녀는 벳시 매캐프리라는 이름의 날씬한 검은 머리 아가씨였으며, 조지아 북부의 황무지에서 자란 고아였다. 그날 밤 그녀의 눈은 울어서 빨갛게 충혈되어 있었다. 코벌리는 그 가게 안의 유일한 손님이었다. 그녀가 우유 한 잔과 포장된 샌드위치를 가져다주고는 계산대 반대편 끝으로 가서 컵을 씻기 시작했다. 설거지를 하면서 그녀는 가끔 떨리는 듯한 소리를 내며 깊이 숨을 들이쉬었다. 그 소리 때문에 코벌리의 눈에는 개수대 위로 허리를 수그린 그녀가 약하고 무방비한 것처럼 보였다. 그는 샌드위치를 절반쯤 먹은 후 그녀에게 말을 걸었다.

"왜 우는 거예요?"

"어머," 그녀가 말했다. "이렇게 낯선 사람들 앞에서 울면 안 된다는 건 알지만, 조금 전에 사장님이 들어왔다가 제가 담배를 피우고 있는 걸 보고는 엄청 혼을 내셨어요. 가게 안에 아무도 없을 때였죠. 비 오는 날 이렇게 늦은 시간에는 원래 손님이 없어요. 그러니까 사장님이 손님 없는 걸 제 탓으로 돌

---

* 해초의 일종.

릴 수는 없는 거잖아요. 제가 비를 내리게 한 것도 아닌데요. 빗속에 나가서 사람들더러 들어오라고 할 수도 없는 노릇이고요. 어쨌든 손님이 별로 없어서 거의 20분, 아니 25분이나 30분 동안 가게에 아무도 없었어요. 그래서 제가 뒷문으로 나가서 담배에 불을 붙인 거예요. 그런데 바로 그때 사장님이 들어와서 돼지처럼 코를 킁킁거리더니 저를 막 혼내더라고요. 저한테 아주 못된 말을 했어요."

"사장님 말에는 신경 쓰지 마요."

"영국인이에요?"

"아뇨." 코벌리가 말했다. "세인트보톨프스라는 곳에서 왔어요. 여기서 북쪽에 있는 작은 마을이에요."

"제가 물어본 건 손님 말씨가 다른 사람들하고 달라서예요. 저도 작은 마을 출신이에요. 그냥 시골 아가씨죠. 어쩌면 그게 문제인 것 같기도 해요. 도시에서 잘 지내려면 낯짝이 두꺼워야 하는데 전 그렇지 못해요. 이번 주에는 정말 문제가 많았어요. 얼마 전에 친구랑 같이 아파트로 이사했거든요. 그 친구 이름은 헬렌 벤트예요. 아니, 그 애랑 옛날에 친구였다고 해야 맞겠네요. 전 그 애가 무슨 일이 있어도 변하지 않을 친구라고 생각했어요. 정말로요. 그 애가 정말로 절친한 친구처럼 굴기도 했고요. 우리 사이가 워낙 좋았기 때문에 같은 아파트에서 살면 좋겠다고 생각했죠. 우린 떼려야 뗄 수 없는 사이였으니까. 사람들이 우릴 보고 하던 말이에요. 헬렌이 있는 곳에는 항상 벳시가 있다고들 했어요. 저 두 아이는 떼어 놓을 수 없는 사이라고. 그래서 그 친구랑 제가 함께 아파트로 이사를 했어요. 그게 한 달쯤 전의 일이에요. 한 달이나 6주쯤. 그런데 짐을 다 정리하고 이제 막 즐거운 생활을 시작하려고 했을 때 이 모든 게 음모라는 걸 제가 알게 된 거예요. 그 애가 나더러 같이 살자고 한 건 순전히 그 집에서 남자들을 만나기 위해서였어요. 예전에는 퀸즈에서 가족들하고 같이 살았거든요. 가끔 남자 친구를 사귀는 거야 저도 반대하지 않지만, 아파트에 방이 하나밖에 없는데 그 애가 매일 밤 남자를 데려오는 거예요. 저는 당연히 당혹스러울 수밖에요. 남자들이 하도 들락거려서 거기가 제 집 같지 않았어요. 집세도 제가 내고 가구도 모두 제 것인데 어떤 때는 집으로 돌아갈 시간이 되면 혹시나 그 애가 그 친구들하고 같이 있는데 불쑥 쳐들어가는 꼴이 될까 봐 마음이 너무 무거워서 일부러 심야 영화를 보러 가기도 했어요. 결국은 제가 그 애한테 말을 꺼냈죠. 헬렌, 여기가 내 집 같지 않아. 내가 영화관에서 살다시피 하는데 집세를 내는 건 말이 안 돼. 그랬더니 그 애가 본색을 드러내더라고요. 세상에, 얼마나 험한 말들을 쏟아 놓던지. 다음 날 집에 갔더니 그 애가 사라졌더라고요. 텔레비전이랑 다른 것들도 같이. 물론 다시는 그 애를 안 보게 돼서 기쁘지만, 집세를 함께 내 줄 사람도 없이 그 아파트에 묶이는 신세가 됐어요. 이 가게에서는 여자 친구를 사귈 기회도 없는데 말이에요."

그녀는 코벌리에게 더 주문할 것이 있느냐고 물었다. 문 닫을 시간이 거의 다 되었으므로 코벌리는 그녀에게 자기가 집까지 바래다 줘도 괜찮겠느냐고 물었다.

"정말로 시골 출신인가 보네요." 그녀가 말했다. "누가 봐도 시골 출신이라는 걸 금방 알겠어요. 집까지 바래다 줘도 괜찮으냐고 묻다니. 하지만 제가 사는 곳이 여기서 다섯 구역밖에 안 떨어져 있어서 걸어 다니니까 손님과 같이 가도 괜찮을 것 같아요. 물론 손님이 뻔뻔스럽게 군다면 얘기가 다르지만요. 뻔뻔스러운 사람들을 너무 많이 겪어 봤거든요. 그러니까 뻔뻔스럽게 굴지 않겠다고 약속하세요."

"약속합니다." 코벌리가 말했다.

그녀는 가게 문 닫을 준비를 하면서 쉴 새 없이 수다를 떨었다. 가게 정리를 끝내고 문을 닫은 후 그녀는 모자를 쓰고 외투를 입은 다음 코벌리와 함께 빗속으로 발을 내디뎠다. 그는 그녀와 함께 있는 것이 즐거웠다. 이런 뉴욕 시민이 또 있을까. 그는 속으로 생각했다. 계산대를 보는 아가씨를 빗속에서 집까지 바래다 주다니. 집이 가까워지자 그녀는 그에게 뻔뻔스럽게 굴지 않겠다던 약속을 되새겨 주었다. 그래서 그는 아파트로 올라가도 되느냐고 묻지 않고, 언젠가 저녁 식사를 함께하자고 청했다. "어머, 그러면 좋죠." 그녀가 말했다. "제가 쉬는 날은 일요일뿐이에요. 그쪽도 일요일이 괜찮으시다면, 일요일 밤에 저녁을 먹는 게 좋겠어요. 이 근처에 근사한 이탈리아 식당이 있거든요. 한 번도 가 본 적은 없지만, 옛날에 친구였던 그 애가 아주 근사하다고 말해 줬어요. 음식도 엄청 맛있대요. 그 쪽이 7시쯤 절 데리러 오면……" 코벌리는 그녀가 불 켜진 복도를 지나 안쪽 문까지 걸어가는 것을 지켜보았다. 여윈 몸매에 그다지 우아하지도 않은 아가씨였다. 백조가 제 짝을 확실히 알아보는 것처럼, 자신이 사랑에 빠졌다는 느낌이 들었다.

21

　　북동풍.(리앤더는 이렇게 썼다.) 남서쪽에서 뒷걸음친 바람. 이 계절 세 번째 폭풍. 사랑에 빠진 사람들이 모두 까불어 대는 것도 아니고, 까다롭게 구는 것도 아니다. 다락방에서 빗방울이 양동이와 냄비 속으로 떨어지면서 줄 끊어진 하프로 연주하는 음악 같은 소리가 나기 시작했다. 비 내리는 강의 우울한 풍경 때문에 으스스해진 그는 쓰던 글을 밀어 놓고 아래층으로 내려갔다. 새러는 트래버틴에 가 있었다. 룰루도 집에 없었다. 그는 뒤쪽 거실로 가서 불을 피우며 어떻게 불이 붙는지 지켜보고, 깨끗한 나무의 향내를 맡고, 손끝에 닿았다가 옷 속까지 파고드는 열기를 느끼는 데 완전히 정신을 빼앗겼다. 몸이 따뜻해지자 그는 창가로 가서 우중충한 바깥을 내다보았다. 놀랍게도 정문에서 차 한 대가 방향을 돌려 진입로를 올라오고 있었다. 기차역 택시 정류장에 서 있는 낡은 세단 택시 중 하나였다.

자동차가 옆문에서 멈추더니 어떤 여자가 앞으로 몸을 기울이고 운전사와 이야기를 나누는 모습이 보였다. 그가 모르는 여자였다. 여자의 외모는 평범했고, 머리는 희끗희끗했다. 그는 새러의 친구인 모양이라고 생각했다. 그는 창가에서 여자를 지켜보았다. 여자가 차 문을 열고 내려 깨진 낙수 홈통에서 얇은 커튼처럼 떨어지는 빗물 속을 뚫고 현관문으로 걸어왔다. 리앤더는 누구든 말동무가 생긴 것이 기뻐서 복도를 내려가 여자가 초인종을 울리기도 전에 문을 열었다.

지극히 평범한 여자였다. 여자가 입은 외투의 어깨 부분이 빗물에 젖어 짙은 색으로 변해 있었다. 여자의 얼굴은 길었고, 모자 가장자리에는 딱딱한 하얀색 깃털이 화려하게 붙어 있었다. 배드민턴공에 쓰이는 것과 같은 깃털이었다. 여자의 외투는 낡아 보였다. 리앤더는 이런 여자들을 수도 없이 봤다고 속으로 생각했다. 그들은 뉴잉글랜드의 상징이었다. 성실하고, 신앙심 깊고, 인내심 강한 그들은 고지대 초원에서 자라는 잡초를 본받아 정신을 단련한 사람들처럼 보였다. 고등어 잡이에 나서는 어선들 이름이 원래는 이 여자들의 이름이었다는 생각이 떠올랐다. 앨리스, 에스더, 애그니스, 메이벨, 루스. 여자의 모자에 깃털이 꽂힌 것, 조개껍데기로 만든 꼴사나운 핀이 납작한 가슴에 꽂힌 것, 이토록 매력 없는 여자가 여성적인 장식품을 하나라도 달고 있는 것이 리앤더의 심금을 울렸다.

"들어오세요." 리앤더가 말했다. "왑샷 부인을 만나러 오셨죠?"

"선생님을 만나러 왔어요." 여자가 너무나 난처하고 수줍은 표정으로 말했기 때문에 리앤더는 자신의 옷차림을 내려다보았다. "저는 미스 헬렌 러더퍼드예요. 왑샷 씨인가요?"

"예, 제가 리앤더 왑샷입니다. 들어오시죠. 비가 내리고 있으니까 어서 들어오세요. 거실로 가죠. 제가 불을 피워 놨습니다." 그녀는 리앤더를 따라 복도를 걸었다. 그가 거실로 통하는 문을 열어 주었다. "앉으세요." 그가 말했다. "저기 빨간 의자에 앉아요. 불가에. 그래야 옷이 좀 마를 겁니다."

"집이 아주 크군요, 왑샷 씨." 그녀가 말했다.

"너무 크죠." 리앤더가 말했다. "이 집에 문이 몇 개나 되는지 아십니까? 백스물두 개나 됩니다. 그래 무슨 일로 저를 만나러 오신 겁니까?"

그녀는 감기에 걸린 사람처럼 코를 킁킁거렸다. 어쩌면 내내 울다가 온 사람 같기도 했다. 그녀는 자신이 가져온 무거운 서류 가방을 열었다.

"아는 분한테 선생님을 소개받았습니다. 저는 자기계발연구소의 대표입니다. 저희 연구소에 자격 있는 분들이 들어올 자리가 아직 몇 개 남아 있습니다. 연구소장이신 바솔로뮤 박사님은 인간의 지식을 일곱 가지 분야로 나누셨습니다. 과학, 예술, 문화적인 예술과 신체적인 안녕을 꾀하는 기술이 모두 여기 포함됩니다, 종교……."

"누구한테 날 소개받은 겁니까?" 리앤더가 물었다.

"바솔로뮤 박사님은 출신보다 의욕이 더 중요하다고 생각하십니다." 낯선 여자가 말했다. "운 좋게 대학 교육을 받은 사람들 중에도 바솔로뮤 박사의 기준으로는 자격이 안 되는 사람이 많습니다." 여자의 목소리에는 억양도 감정도 없었다. 뭔가를 두려워하는 것 같기도 했다. 마치 생각과는 다른 말을 하고 있는 것처럼. 게다가 그녀는 계속 바닥만 내려다보았다. "전 세계 교육가들과 유럽의 일부 왕들이 바솔로뮤 박사님의 교육 방식을 승인했으며, 네덜란드의 왕실 도서관은 바솔로뮤 박사님이 쓰신 「종교의 과학」이라는 글을 소장하고 있습니다. 여기 바솔로뮤 박사님의 사진을 보여 드리겠습니다……."

"누구한테 날 소개받았습니까?" 리앤더가 다시 물었다.

"아버지요." 그녀가 말했다. "아버지가 제게 선생님 성함을 일러 주셨어요." 그녀가 손을 비틀기 시작했다. "아버지는 지난 여름에 돌아가셨습니다. 저한테 정말 잘해 주셨는데. 진짜 아버지 같았어요. 저를 위해서라면 무슨 짓이든 하실 분이었죠. 저한테는 세계 최고의 남자였어요. 일요일이면 둘이서 산책을 하곤 했어요. 아버지는 정말 똑똑한 분이었는데, 사람들이 아버지를 속였어요. 모든 일에서 다 그랬어요. 하지만 아버지는 겁내지 않으셨죠. 아무것도 두려워하지 않으셨어요. 한번은 보스턴으로 쇼를 보러 간 적이 있어요. 그날은 제 생일이었는데, 아버지가 아주 비싼 좌석을 예약하셨죠. 관현악단 석이었어요. 그런데 극장에 갔더니 사람들이 우리를 난간 좌석으로 보내는 거예요. 아버지는 분명히 관현악단 좌석 값을 지불했다고 하셨는데. 그래서 우리는 아래로 내려가 관현악단 석에 앉기로 했어요. 아버지가 제 손을 잡고 아래층으로 내려가서는 거만하기 짝이 없는 극장 안내원에게 관현악단 좌석 값을 지불했으니 관현악단 석에 앉겠다고 말했어요. 저는 아버지가 너무 그리워서 다른 생각을 전혀 할 수 없어요. 아버지는 제가 어딜 가든 항상 저와 함께였거든요. 그런데 지난여름에 돌아가셨어요."

"집은 어디입니까?" 리앤더가 물었다.

"네이헌트예요."

"네이헌트?"

"예. 아버지가 제게 모든 얘기를 해 주셨어요."

"그게 무슨 소리입니까?" 리앤더가 말했다.

"아버지가 제게 모든 얘기를 해 주셨어요. 선생님이 해가 진후에 도둑처럼 그곳에 왔던 얘기, 휘티어 씨가 모든 돈을 지불한 얘기, 제가 사악한 젖을 먹지 못하게 어머니가 막으셨던 얘기."

"당신 도대체 누구요?" 리앤더가 말했다.

"선생님 딸입니다."

"그럴 리가 없어." 리앤더가 말했다. "거짓말하지 마요. 당신은 제정신이 아냐. 당장 나가요."

"저는 선생님 딸입니다."

"아냐." 리앤더가 말했다. "전부 당신이 꾸며 낸 이야기야. 당신과 네이헌트의 그 사람들이 꾸며 낸 거야. 전부 꾸며 낸 이야기라고. 당장 내 집에서 나가. 어서."

"선생님은 해변을 산책하셨죠." 그녀가 말했다. "아버지는 모든 걸 기억하셨어요. 그러니까 선생님은 제 말을 믿고 저한테돈을 주셔야 해요. 아버지는 심지어 선생님이 입었던 옷까지기억하셨어요. 바둑판무늬 양복을 입었다고 하시더군요. 선생님이 해변을 걸으면서 돌멩이를 모았다는 얘기도 하셨고요."

"내 집에서 나가." 리앤더가 말했다.

"선생님이 돈을 주시기 전에는 안 갈 거예요. 선생님은 제가 살았는지 죽었는지 한 번도 알아보지 않으셨어요. 절 한 번도 생각하신 적이 없는 거예요. 지금 저는 돈이 필요해요. 아버지가 돌아가신 뒤 제가 집을 팔아서 돈이 조금 생겼지만 그 돈이 떨어진 뒤에는 이 일을 할 수밖에 없었어요. 살기가 힘들어요. 너무 힘들어요. 저는 강한 사람이 아니에요. 세파에 시달리고 있어요. 돈이 필요해요."

"난 당신한테 줄 것이 하나도 없어."

"아버지도 그렇게 말씀하셨어요. 선생님이 절 돕지 않고 도망치려 했다고요. 그래서 선생님이 이렇게 말씀하실 거라고 했어요. 하지만 아버지는 저더러 반드시 선생님을 만나러 가야 한다고 당부하셨어요." 여자가 자리에서 일어나 가방을 들었다. "하느님이 선생님을 심판하실 거예요." 그녀가 문 앞에서 말했다. "하지만 저도 제 권리를 알기 때문에, 선생님을 법정에 세워 선생님 이름에 먹칠을 할 수도 있어요." 그러고 나서 그녀는 복도를 내려갔다. 그녀가 현관문에 이르렀을 때 리앤더가 그녀를 불렀다. "잠깐, 잠깐만 기다려." 그러고는 복도를 내려갔다. "내가 뭘 좀 줄 수 있을 것 같은데." 그가 말했다. "나한테 남은 게 얼마 안 되지만, 옥으로 만든 시곗줄과 금줄이 있어. 네 어머니 무덤이 어디 있는지 가르쳐 줄 수도 있고. 무덤은 이 마을에 있어."

"제가 거기 가 봤자 무덤에 침을 뱉을 거예요." 그녀가 말했다. "침을 뱉을 거예요." 그러고는 집을 나가 기다리던 택시를 타고 가 버렸다.

22

벳시와 저녁 식사를 함께 한 지 일주일이나 열흘쯤 뒤에 코벌리는 그녀의 아파트로 이사했다. 코벌리가 그녀를 한참 설득해서 이루어진 일이었지만, 그는 그녀가 내켜 하지 않는 것이 오히려 기뻤다. 그녀가 스스로를 얼마나 소중히 여기는지 알 것 같아서였다. 그는 그녀를 돌봐 줄 사람이 필요하다는 점, 그녀 자신이 말한 것처럼 이 도시에서 살아가는 데 필요한 두꺼운 낯짝이 그녀에게 없다는 점을 넌지시 들먹이며 그녀를 설득했다. 코벌리는 그녀의 무력함에 낭만적으로 탐닉하고 있었다. 그녀가 곁에 없을 때 그녀를 생각하다 보면, 연민과 투지가 한꺼번에 느껴졌다. 그녀를 돌봐 줄 사람이 없으므로 자신이 그녀를 지켜 줘야겠다는 생각이었다. 이것 외에 두 사람의 관계가 대단히 정당하다는 점도 중요했다. 낯선 대도시에서 맺어진 이 비공식적인 결혼 또는 결합 덕분에 코벌리는 몹시 행복했다. 그녀는 사랑받는 쪽이었고, 그는 사랑하는 쪽이었다. 이 점에서는 의문의 여지가 전혀 없었으며, 이것이 코벌리의 기질에도 잘 맞아서 그는 뭔가를 열심히 추구하는 사람처럼 활기차게 그녀에게 구애했고, 두 사람이 함께 보내는 시간에도 생기가 돌았다. 그녀는 친구를 찾으려고 끈질기게 노력했지만 실망을 맛보았고, 코벌리는 그 실망감과 분노를 없애 줄 수 있었다. 그녀는 전혀 허세를 부리지 않았다. 사냥꾼들과 무도회를 열었다거나 멧돼지를 잡았다는 식의 추억담을 늘어 놓은 적이 없었으니까. 또한 그녀는 그를 위해 기꺼이 저녁 식사를 만들어 주었으며 밤이면 그의 몸을 따스하게 해 주었다. 그녀는 할머니 손에 자랐는데, 할머니는 그녀가 교사가 되기를 바랐다. 하지만 그녀는 남부가 너무나 싫었기 때문에 그곳을 벗어날 수 있는 일자리를 아무거나 되는대로 잡았다. 그는 그녀가 무방비 상태라는 것을 알아차렸지만, 마음속 깊숙한 곳에 뛰어난 인간적 감성과 애처로운 방랑자 기질 또한 존재한다는 것을 알 수 있었다. 그녀 스스로 그렇게 말했기 때문이기도 하고, 연인의 역할을 모두 수행하면서도 그에게 자신이 사랑에 빠졌다는 말을 하지 않는다는 점 때문이기도 했다. 주말이면 두 사람은 산책을 하기도 하고, 지하철이나 연락선을 타기도 하고, 각자의 장래 계획과 취향에 대해 이야기를 나누기도 했다. 늦겨울에 코벌리는 그녀에게 청혼했다. 벳시의 반응은 산만했지만, 그래도 눈물을 글썽이며 예쁘게 굴었다. 코벌리는 세인트보톨프스에 보내는 편지에 자신의 계획을 썼다. 그는 공무원 시험에 합격해 테이프 기록원들이 일하는 로켓 발사대에 배치되는 대로 결혼하고 싶었다. 그는 벳시의 사진을 편지에 동봉했지만, 휴가를 얻기 전에 그녀를 데리고 세인트보톨프스에 갈 생각은 없다고 썼다. 그가 이렇게 신중을 기한 것은 벳시의 남부 사투리와 가끔 까다롭게 구는 그녀의 태도가 오노라와 맞지 않을지도 모른다는 생각이 들었기 때문이다. 따라서 먼저 결혼해서 아들을 낳은 다음 오노라에게 아내를 보여 주는 편이 현명할 것 같았다. 리앤더는 이런 속셈을 눈치 챈 모양이었다. 그는 코벌리에게 축하와 애정이 듬뿍 담긴 편지를 보냈다. 어쩌면 리앤더는 코벌리가 결혼하면 머지않아 모두들 유복하게 살게 될지 모른다고 속으로 생각했는지도 모른다. 아마 마음 한구석으로 그런 생각을 했을 것이다. 새러는 코벌리가 그리스도 교회에서 결혼식을 올리지 않을 거라는 사실을 알고 몹시 슬퍼했다.

코벌리는 4월에 뛰어난 성적으로 시험에 합격했다. 놀랍게도 매킬히니 학원에도 졸업식이라는 것이 있었다. 졸업식은 건물 5층에 있는 피아노 학원에서 열렸다. 교실 두 칸을 터서 강당을 만들어 졸업식을 치른 것이다. 코벌리의 동급생들은 모두 가족이나 아내를 데리고 왔고, 벳시는 새 모자를 쓰고 왔다. 학생들이 처음 보는 어떤 여자가 피아노로 「위풍당당 행진곡」을 연주했고, 학생들은 이름이 불린 순서대로 앞으로 나가 매킬히니 씨에게 졸업장을 받았다. 그러고는 4층으로 내려가니 매킬히니 부인이 차 끓이는 도구를 빌려다 놓고 그 옆에 서 있었다. 대니시패스트리 한 접시도 준비되어 있었다. 코벌리와 벳시는 다음 날 아침 현성용* 교회에서 결혼식을 올렸다. 미틀러

---

* 그리스도가 팔레스타인의 다볼 산 위에서 자신의 거룩한 모습을 드러낸 일을 일컫는 말. 여기서는 교회 이름.

가 유일한 증인으로 참석했고, 두 사람은 미틀러에게 어떤 섬의 오두막을 빌려 사흘 동안 신혼여행을 즐겼다. 새러는 코벌리에게 장문의 편지를 보내 그가 자리를 잡으면 농장에서 이러저러한 것들을 보내 주겠다고 했다. 광둥 지방의 도자기와 그림을 그려 넣은 의자 같은 것들이었다. 리앤더도 편지를 보내, 아들을 만드는 것은 무릎에 떨어진 깃털을 입김으로 불어 버리는 것만큼이나 쉽다는 말을 해 주었다. 오노라는 그에게 200달러짜리 수표를 보냈지만, 다른 말은 전혀 없었다.

코벌리는 공무원 시험에 합격했으므로 테이프 기록원이 될 자격이 있었다. 이제 그는 이 나라 로켓 발사대 대부분의 위치를 알았다. 그는 어디든 취직하는 대로 벳시를 데려와 결혼 생활을 시작할 생각이었다. 비록 코벌리의 신분은 민간인이었지만, 한 군사 기지에서 일하게 된 덕분에 공군에서 그에게 교통수단을 제공해 주었다. 그가 받은 명령서는 암호로 작성되어 있었다. 결혼식을 올리고 일주일 뒤 그는 접의자가 있는 낡은 C-54기에 올라 하루 만에 샌프란시스코 외곽의 비행장에 도착했다. 거기서 오리건으로 가라는 명령을 받거나, 다시 비행기를 타고 인적 드문 기지로 가게 될 것 같은 기분이 들었다. 그는 벳시에게 전화를 걸었다. 그녀는 그의 목소리를 듣고 울음을 터뜨렸지만, 그는 일주일이나 열흘 후에는 자기들만의 집에서 다시 함께 살 수 있을 거라고 그녀를 달랬다. 그는 아내를 무척 사랑했으므로, 매일 밤 벳시의 모습을 그리며 군대의 침상에 누워 그녀의 그림자를 품에 안고 잠들었으며, 아침이면 샌드위치 가게의 비너스였던 아내를 죽도록 그리워하며 잠에서 깨었다. 다음 명령서가 조금 늦어지고 있었기 때문에 그는 샌프란시스코 공군 기지에 거의 일주일이나 머물렀다.

성인 남자든 소년이든 우리는 모두 임시 막사가 어떤 곳인지 알므로 그 황량함을 일일이 설명할 필요는 없을 것이다. 코벌리는 민간인이었지만 전혀 자유가 없어서 장교 클럽에 가거나 영화를 보러 갈 때마다 당번실에 자신의 위치를 보고해야 했다. 막사에서는 만 건너편에 있는 샌프란시스코의 산들이 보였다. 그는 샌프란시스코 아니면 그 근처 발사대에서 일하게 될 거라고 생각하면서 벳시에게 서부로 오면 좋을 거라는 희망 섞인 편지를 썼다. "어젯밤에는 막사가 추웠어. 당신은 나와 함께 따뜻하게 침대에 들었겠지?" 이런 내용의 편지였다. 그는 부적격자로 판명되어 태평양 영구 기지에서 방출된 듯 보이는 사람들 십여 명과 함께 지냈다. 그들 중 가장 눈에 띄는 사람은 고추가 들어 있지 않다는 이유로 군대 음식을 전혀 소화하지 못하는 멕시코 인이었다. 그는 누구든 귀를 기울여 주는 사람에게 자기 이야기를 했다. 그는 군대 음식을 먹기 시작하자마자 체중이 줄었다고 했다. 그는 문제가 뭔지 알았다. 고추가 필요하다는 것. 그는 평생 동안 고추를 먹은 사람이었다. 심지어 어머니 젖에서도 고추 맛이 났다고 했다. 그는 부대 요리사와 의사 들에게 고추를 좀 구해 달라고 애원했지만, 그들은 그의 간청을 진지하게 받아들이지 않았다. 그는 어머니에게 편지로 사정을 말했고, 어머니가 고추씨를 봉투에 넣어 보내 주자 그것을 토양이 비옥하고 햇볕이 잘 드는 대공포대 주위에 심었다. 그는 고추에 물을 주며 정성 들여 가꿨다. 그런데 고추가 막 싹을 틔우기 시작했을 때 지휘관이 그 땅을 갈아엎으라는 명령을 내렸다. 포대에서 채소를 기르는 것은 군인답지 못하다는 것이었다. 이 명령 때문에 멕시코 인은 생기를 잃어버리고 살이 빠졌다. 너무 쇠약해져서 병동으로 보내질 정도였다. 군대에서는 그를 정신적 부적격자로 판정하고 전역시킬 예정이었다. 그는 고추가 들어간 음식을 먹을 수만 있다면 나라를 위해 기꺼이 봉사했을 것이라고 말했다. 그의 불만은 충분히 합리적인 것 같았지만, 매일 밤 그 얘기를 듣다 보니 지겨워져서 코벌리는 대개 불이 꺼질 때까지 막사에 들어가지 않았다.

그는 장교 클럽에서 식사를 하고, 도박 기계에서 1달러를 잃거나 땄으며, 바에서 진저에일 한 잔을 마시고 영화를 보러 갔다. 그는 서부 영화, 갱 영화, 행복한 사랑과 불행한 사랑을 다룬 영화를 봤다. 눈부신 컬러 영화도 있고, 흑백 영화도 있었다. 어느 날 저녁 그가 영화관에 앉아 있을 때 장내 방송이 나왔다. "손님 여러분, 지금부터 호명하는 분들은 장비를 챙겨서 32번 건물로 와 주시기 바랍니다. 조지프 디 가신토 이병. 헨리 월러스턴 이병. 마빈 스마이스 중위. 코벌리 왑샷 씨……." 관중들은 어둠 속으로 나가는 사람들을 향해 우우거리고 휘파람을 불며 소리쳤다. "너희들 큰일 났다." 코벌리는 가방을 들고 32번 건물로 가서 다른 사람들과 함께 차를 타고 비행장으로 갔다. 다들 어디로 이동하는 것인지에 관해 나름대로 추측했다. 오리건으로 갈 거라는 사람도 있고, 알래스카로 갈 거라는 사람도 있고, 일본으로 갈 거라는 사람도 있었다. 코벌리는 이 나라를 떠나게 될 거라고는 한 번도 생각한 적이 없었으므로 걱정스러웠다. 그는 오리건에 희망을 걸었지만, 설사 알래스카로 가게 되더라도 벳시가 거기까지 따라올 수 있을 거라고 생각했다. 일행이 비행기에 오르자마자 문이 닫히고 비행기가 활주로를 질주하다가 이륙했다. 코벌리는 속도가 그리 빠르지 않은 낡은 비행기인 것 같다는 생각이 들었다. 만약 목적지가 오리건이라면 동이 트기 전에 그곳에 닿을 것이다. 비행기 안은 덥고 공기가 탁했다. 그는 잠이 들었다가 동틀 무렵에 깨어나 창밖을 내다보았다. 비행기가 태평양 상공에 높이 떠 있음을 알 수 있었다. 그들은 잡담도 하고 성경도 읽으면서 하루 종일 서쪽을 향해 날아갔다. 비행기 안에 읽을 거라고는 성경밖에 없었다. 어스름 무렵에 다이아몬드헤드*의 불빛이 보이더니 비행기가 오아후에 착륙했다.

코벌리는 또 다른 임시 막사의 침상을 배정받았다. 아침에 비행장으로 나오라는 지시가 떨어졌다. 그것으로 이동이 끝난 것인지 알려 주는 사람은 하나도 없었지만, 그는 당번실 사무원들의 표정을 보고 아직 갈 길이 더 남은 것 같다고 짐작했다. 그는 가방을 놓아 둔 뒤 무기 수송 차량에 올라타고 호놀룰루로 나갔다. 덥고 답답한 밤이었다. 산에서는 천둥소리가 들렸다. 새디어스와 앨리스, 오노라와 늙은 벤저민에 대한 기억이 떠올랐다. 그는 수많은 왑샷 일가 사람들의 발자취를 따라 걸었지만, 그리 위안이 되지 않았다. 그와 벳시는 지구 반대편에 떨어져 있었고 아이를 낳아 기르면서 행복하게 살겠다는 계획, 가문의 명예를 지키겠다는 계획은 잔인하게 유보되거나 무산될 것 같았다. 벽에 다음과 같은 광고판이 보였다. "항공 우편. 단돈 3달러로 사랑하는 사람에게 난초 화환을 보내세요." 이 방법으로 벳시에 대한 애정을 표현할 수 있을 것 같

---

* 미국 하와이 주 오하후 섬 남동 해안에 있는 화산.

아서 그는 오래된 궁전 근처에 서 있는 헌병에게 어디서 화환을 구할 수 있느냐고 물었다. 그는 헌병이 가르쳐 준 길을 따라가서 어떤 집의 초인종을 울렸다. 야회복을 입은 뚱뚱한 여자가 문을 열고 그를 안으로 맞아들였다. "화환(lei)을 사고 싶어요." 코벌리가 슬픈 표정으로 말했다.

"그럼 제대로 찾아왔네요." 그녀가 말했다. "어서 들어오세요. 어서 들어와서 음료수나 한 잔 마셔요. 내가 냉큼 물건을 준비해 줄 테니." 그녀는 그의 팔을 잡고 작은 거실로 이끌었다. 그곳에서는 남자들 몇 명이 맥주를 마시고 있었다.

"아, 미안해요." 코벌리가 불쑥 말했다. "내가 잘못 알았어요. 저는 결혼한 몸이에요."

"그렇다고 달라질 건 없어요." 뚱뚱한 여자가 말했다. "내 밑에서 일하는 아가씨들 중에도 결혼한 사람이 절반이 넘어요. 나도 19년째 행복한 결혼 생활을 하고 있고요."

"내가 잘못 알았어요." 코벌리가 말했다.

"그럼 마음을 정해요." 뚱뚱한 여자가 말했다. "당신은 여자랑 자고 싶다면서(get laid) 여길 찾아왔고, 난 지금 최선을 다하고 있다고요."

"아, 정말 미안해요." 코벌리는 이렇게 말하고 그곳을 나왔다.

아침에 그는 또 비행기에 올라 하루 종일 비행했다. 어두워지기 조금 전에 비행기가 착륙하려고 선회할 때 코벌리는 창문 너머로 보이는 폭풍 같은 빛 속에서 해안에 파도가 부딪히는 초승달 모양의 기다란 환초, 옹기종기 모여 있는 건물들, 로켓 발사대를 보았다. 활주로가 짧아서 조종사는 세 번 선회한 후에야 비행기를 착륙시켰다. 코벌리는 비행기에서 훌쩍 뛰어

내려 활주로를 가로질러 사무실로 갔다. 그곳 직원이 그가 받은 명령서의 내용을 해석해 주었다. 그가 있는 곳은 반은 군사 시설이고 반은 민간 시설인 93번 섬이었다. 그가 여기서 근무해야 하는 기간은 9개월이었으며, 그동안 마닐라나 브리즈번에 있는 휴양 캠프에서 두 주 동안 휴가를 즐길 수 있었다. 둘 중한 군데를 선택하시죠.

23

모지스는 승진해서 자동차도 사고 아파트도 얻었다. 그는 사무실에서 열심히 일했으며, 보인턴 씨가 맡긴 야근거리가 아직도 많이 남아 있었다. 그는 일주일에 한 번쯤 비어트리스를 만났다. 그것은 즐거우면서도 무책임한 만남이었다. 그가 마린 룸에 발을 들여놓기 훨씬 전부터 비어트리스의 결혼 생활이 삐걱거리고 있었음을 곧 알게 되었기 때문이다. 처키는 밴드에서 노래 부르는 아가씨와 어울리고 있었고, 비어트리스는 그가 신의도 은혜도 모르는 놈이라고 즐겨 말했다. 그에게 밴드를 만들라고 돈을 준 사람도 그녀였고, 그를 먹여 살린 사람도 그녀였다. 심지어 그의 옷도 그녀가 사 주었다고 했다. 비어트리스는 모진 말을 하려고 했지만, 그럴 수 있는 위인이 아니었다. 우아하게 말하는 버릇 때문에 인간적인 고민을 깊이 드러내는 말들은 그냥 배제되어 버리는 것 같았다. 그녀는 고민이 많았지만 그것을 목소리에 담지 못했다. 그녀는 여행을 생각했으며, 멕시코나 이탈리아나 프랑스에서 새로운 삶을 시작하고 싶다고 말했다. 그녀는 돈이 많다고 했다. 하지만 모지스는 그게 사실이라면 그녀가 왜 부서진 마분지 옷장을 그대로 쓰면서 그렇게 낡은 모피 옷을 입는지 모르겠다는 생각이 들었다. 어느 날 밤 모지스가 예고도 없이 그녀의 아파트를 찾아갔을 때 그녀는 그를 곧장 맞아들이지 않았다. 그는 복도에서 발꿈치가 차가워질 때까지 조금 기다려야 했다. 안에서 들려오는 소리로 그는 그녀가 다른 방문객을 접대하고 있는 모양이라고 짐작했다. 마침내 안으로 들어간 뒤에는 자신의 맞수인 그 방문객이 욕실에 숨어 있는지, 아니면 옷장 안에 처박혀 있는지 궁금했다. 하지만 그는 그녀의 생활 방식에 전혀 개의치 않았다. 그는 담배만 한 대 피우고는 곧바로 일어나 영화를 보러 나갔다.

그것은 유용하고 평화로운 관계였다. 모지스가 흥미를 잃어버리고 비어트리스가 그에게 달라붙기 전까지는 그랬다. 그녀는 그의 사무실로 전화해도 연락이 닿지 않자 아파트로 전화를 걸었다. 밤중에 전화를 할 때도 있었다. 그가 그녀를 만나러 가면 그녀는 울면서 자기 어머니가 사회적으로 야심이 커서 전혀 어머니답지 않았다거나 클랜시가 아주 엄격한 사람이었다는 이야기를 했다. 그녀가 아파트에서 호텔로 이사할 때 그는 그녀의 가방을 함께 옮겨 주었다. 그녀가 이 호텔에서 다른 호텔로 옮길 때도 도와주었다. 어느 초저녁에 그가 막 저녁을 먹고 들어왔을 때 그녀가 전화를 걸어서 클리블랜드에서 노래를 부르기로 계약을 맺었다며 기차역까지 배웅을 나와 주겠느냐고 물었다. 그는 그러겠다고 했다. 그녀는 지금 집에 있다면서 새로운 주소를 불러 주었고 그는 택시를 잡아탔다.

그 주소지에는 소시지 등을 직접 만들어 파는 식품점이 있었다. 그는 그녀의 어머니가 형편이 조금 안 좋아져서 가게 위 아파트에 세를 들었나 보다고 생각했다. 하지만 아파트 입구가 보이지 않아서 가게 안을 들여다보았다. 가게 뒤쪽에 모자를 쓰고 외투를 입은 비어트리스가 여행 가방에 둘러싸여 앉아 있었다. 울고 있었기 때문에 눈이 빨갰다. "아, 와 줘서 정말 고마워, 모지스." 그녀가 여느 때처럼 우아하게 말했다. "1분만 기다려 줘. 숨 좀 고르게."

그녀가 앉아 있는 방은 식품점 주방이었다. 그녀 말고도 두 사람이 더 있었다. 비어트리스는 그들이 누구인지 설명하지도, 모지스에게 소개해 주지도 않았지만 모지스는 둘 중 한 명이 비어트리스의 어머니임을 알아보았다. 어머니는 혈색 좋고 위풍당당한 뚱뚱한 여자였지만, 딸과 많이 닮았음을 금방 알아볼 수 있었다. 어머니는 원피스 위에 앞치마를 입었고, 발에는 해진 신발을 신었다. 또 다른 여자는 여윈 노파였다. 이 사람이 클랜시였다. 비어트리스에게 찬란하면서도 불행한 기억을 만들어 준 장본인들. 그녀의 가정 교사였던 클랜시는 이 식품점의 요리사였다.

두 여자는 샌드위치를 만들고 있었다. 그들이 가끔 비어트리스에게 말을 걸었지만 그녀는 대꾸하지 않았다. 그들은 눈물 젖은 그녀의 얼굴이나 침묵에 개의치 않는 것 같았다. 주방 안 분위기는 그들 사이에 오랫동안 계속되다 못해 이제는 기운이 다 빠져 버린 오해가 있음을 보여 주었다. 비어트리스가 불행한 어린 시절에 대해 해 준 이야기들(우아하지만 냉담한 어머니)

과 식품점의 밝은 조명이 워낙 대조적이어서 그녀의 딜레마가 어린 시절의 고난 못지않게 강렬하고 애처롭게 느껴졌다.

식품점은 제법 훌륭했다. 문 근처에 놓인 통에서는 소금물에 담가 놓은 피클의 시큼한 냄새가 났다. 바닥에는 클랜시가 금방 뿌린 톱밥이 흩어져 있었다.(그녀의 앞치마에도 아직 톱밥이 조금 묻어 있었다.) 그리고 문부터 가게 뒤쪽까지, 바닥부터 천장까지 채소와 과일, 새우, 스톤크랩*, 가재 살, 수프, 닭고기 등이 든 양철통들이 쌓여 있었다. 유리 상자에 든 구운 칠면조와 새고기, 햄, 터번 모양의 롤빵, 얇게 저며 식초에 담근 오이, 크림치즈, 롤몹스**, 훈제 연어, 흰 살 생선과 철갑상어도 있었다. 이 시큼하고 맛 좋은 냄새가 흘러넘치는 곳에서 가엾은 비어트리스는 냉담한 어머니와 엄격한 가정 교사 때문에 불행한 어린 시절을 보냈다는 이야기를 지어낸 것이다.

비어트리스가 작게 흐느끼는 소리를 냈다. 그녀는 탁자 위 상자에서 종이 냅킨 한 장을 뽑아 코를 풀었다. "택시를 잡아서 내 여행 가방 좀 실어 줄래, 모지스?" 그녀가 말했다. "내가 너무 힘이 없어서 그래." 그는 여행 가방 안에 무엇이 들었는지 알았다. 그 잡동사니 옷가지들이 들었을 것이다. 가방을 들어 봤더니 돌처럼 무거웠다. 그는 가방을 들고 나가서 택시를 잡았다. 클랜시가 샌드위치가 가득 든 커다란 종이봉투를 들고 따라 나왔다. "기차에서 먹을 거예요." 클랜시가 모지스에게 말했다. 비어트리스는 어머니나 요리사에게 한마디도 하지

---

* 식용 게의 일종.
** 청어 살을 피클에 싸서 절인 것.

않고 택시에 오른 후에도 계속 흐느끼면서 종이 냅킨으로 코를 풀었다.

모지스는 역까지 그녀의 가방들을 들고 가서 클리블랜드행 기차에 실어 주었다. 비어트리스가 그에게 우아하게 작별 키스를 하더니 엉엉 울기 시작했다. "아, 모지스, 내가 끔찍한 짓을 했어. 당신한테 꼭 말해야 할 것 같아. 그 사람들이 항상 사람들을 조사한다는 거 알지? 그러니까 누구한테나 당신에 대해 아느냐고 묻는 것 말이야. 어느 날 오후에 어떤 남자가 나를 찾아왔는데, 내가 그 사람한테 한참 동안 얘기를 늘어놓았어. 당신이 날 이용했고, 결혼하겠다고 약속하고는 내 돈을 전부 가져가 버렸다고. 하지만 어쩔 수 없었어. 내가 그런 얘기를 하지 않았다면 그 사람들이 날 부도덕한 여자로 생각했을 테니까. 미안해. 당신한테 나쁜 일이 안 생겼으면 좋겠어." 이윽고 차장이 모두 승차했다고 외치자 기차가 클리블랜드를 향해 출발했다.

24

이제 토파즈 호가 난파했다는 이야기를 할 차례가 되었다.

그 일이 일어난 것은 5월 30일이었다. 그해 처음으로 토파즈 호가 항해에 나선 날이었다. 리앤더와 그가 고용한 벤틀리는 두 주 동안 토파즈 호를 정비했다. 라일락이 만개했고, 세인트보톨프스의 집들은 라일락을 울타리로 삼았다. 리버 거리를 따라 라일락 숲이 꽃을 피웠고, 언덕 건너편의 구멍 같은 지하실들 주위에도 라일락이 멋대로 자라고 있었다. 리앤더는 이른 아침에 부두로 가다가 학교로 걸어가는 아이들이 모두 라일락 가지를 들고 있는 것을 보았다. 아이들이 그것을 선생님에게 줄 건지(선생님들도 틀림없이 집에 라일락 나무가 있을 것이다.) 아니면 교실을 장식할 생각인지 궁금했다. 그 주 내내 그는 아이들이 라일락 가지를 학교로 가져가는 것을 보았다. 30일 아침일찍 그는 직접 라일락 가지 몇 개를 꺾어 묘지에 가져다 놓고는 토파즈 호가 있는 곳으로 내려갔다.

벤틀리는 전에도 리앤더 밑에서 일한 적이 있었다. 그는 바다에 나가 본 적이 있지만 평판이 나쁜 청년이었다. 그가 테오필러스 게이츠와 어떤 여자 사이의 사생아라는 것을 모르는 사람이 없었다. 그 여자는 스스로를 벤틀리 부인이라고 불렀으며, 은 식기 공장 근처의 두 가구용 집에서 살았다. 벤틀리는 한 달에 한 번씩 세상을 뒤집어 놓는, 깔끔하고 과묵하고 유능한 선원들 중 한 명이었다. 여러 도시의 하숙집 여주인들이 그의 깔끔함, 절주 습관, 근면함에 감탄했다. 하지만 그가 어느 비 오는 밤에 위스키 세 병을 종이봉투에 담아 집으로 돌아와 죄다 마셔 버리고 나면 여주인들도 생각이 바뀌었다. 술을 마신 뒤면 그가 창문을 깨뜨리고, 바닥에 오줌을 싸고, 신랄하고 거친 말들을 화산처럼 쏟아 놓았기 때문에 대개는 경찰이 불려 오게 마련이었다. 그러면 그는 다른 도시나 다른 하숙집으로 옮겨 가서 처음부터 똑같은 행동을 되풀이했다.

그날 토파즈 호의 승객인지 선원인지 모를 또 하나의 인물은 레스터 스피넷으로, 허친스 학원에서 아코디언을 배운 맹인이었다. 그가 토파즈 호에서 일해야 한다고 말한 사람은 오노라였는데, 그녀는 자신이 직접 그에게 봉급을 줄 생각이었다. 리앤더는 배에서 음악을 연주하는 것을 당연히 좋아했지만, 눈먼 스피넷의 지팡이 소리와 그의 외모가 마음에 들지 않았다. 스피넷은 뚱뚱한 몸집에 머리가 컸으며, 얼굴을 쳐들고 다녔다. 마치 아직 빛이 조금이나마 그 눈에 닿는 것처럼. 그날 아침 스피넷과 벤틀리는 리앤더를 기다리고 있었다. 그가 부두에 도착하자 그들은 손님 몇 명을 배에 태웠다. 그중에는 라일락 가지 몇 개를 신문지에 싸서 들고 있는 노파도 있었다.

하늘과 강이 모두 파란색이었고, 모든 것, 아니 거의 모든 것이 휴일 분위기를 제대로 자아냈다. 비록 날씨가 좀 무덥고, 강둑에서 흘러오는 라일락 향기에 젖은 종이에서 나는 불쾌한 냄새가 섞여 있었지만 말이다. 어쩌면 폭풍이 칠 것 같기도 했다.

트래버틴에서 그는 손님 몇 명을 더 태웠다. 딕 해머스미스는 남동생과 함께 수영복을 입고 부두에 서서 물속의 동전을 주우려고 뛰어들었지만 벌이가 신통치 않았다. 리앤더는 운하를 향해 가다가 맨션하우스 앞 해변에 사람들이 잔뜩 모여 있는 것을 보았다. 아이의 비명 소리도 들렸다. 아이의 아버지가 아이의 머리를 물속에 집어넣고 있었다. "아빠가 널 해치려고 이러는 게 아냐. 아빠는 물이 몸에 닿는 감촉이 얼마나 좋은지 너한테 가르쳐 주려는 거야." 아이의 비명 소리가 점점 높아져서 필사적으로 변하는데도 남자는 이렇게 말했다. 그는 헤일 바위와 '갈매기바위' 사이의 수로를 통과해 아름다운 만으로 나왔다. 해안 근처의 물은 초록색, 수심이 더 깊은 곳은 파란색, 수심이 마흔 길인 곳은 포도주 같은 자주색이었다. 햇볕이 화창하고 따스한 공기는 향기로웠다. 조타실에서 그는 승객들이 휴일 나들이객답게 매력적이고 순수한 모습으로 앞 갑판에 자리를 잡는 모습을 바라보았다. 일단 그가 바람이 불어오는 방향으로 배를 몰면 승객들은 흩어질 터였다. 그는 손님들의 모습을 가능한 한 오래 보려고 수로를 지난 뒤에도 한참 동안 같은 방향을 유지했다. 아이들을 데리고 나온 사람들도 있고 그렇지 않은 사람들도 있었지만, 그날 표를 사서 배에 오른 노인들은 거의 없었다. 혈기 넘치는 젊은이들은 여자 친구의 사진을 찍었고, 아버지들은 아내와 아이들의 사진을 찍었다. 리앤더는 평생 동안 한 번도 사진을 찍어 본 적이 없었지만, 사진기를 든 그 사람들뿐만 아니라 냉거서킷을 가로지르는 일처럼 별것 아닌 일을 사진으로 기록하는 모든 사람이 좋아 보였다. 손님들 중에 가발을 쓴 남자가 있는 것 같았다. 리앤더는 바람이 불어오는 방향으로 배를 돌리면서 그 남자가 머리를 붙잡고 그 위에 모자를 단단히 눌러쓰는 광경을 지켜보았다. 치마와 모자를 붙든 여자들도 많았지만, 이미 물이 엎질러진 뒤였다. 상쾌한 산들바람이 손님들을 모두 흩어 놓았다. 그들은 신문과 만화책을 한데 모으고 휴대용 접의자를 든 채 바람이 불어 가는 쪽이나 선미 쪽으로 옮겨 갔다. 리앤더는 혼자 남았다.

이렇게 혼자 남고 보니 헬렌 러더퍼드가 떠올랐다. 그는 전날 밤에도 그녀를 만났다. 늦게까지 배에서 일하다가 저녁 식사를 하려고 그라임스 빵집에 들어가 빵을 먹다가 시선을 들어 보니 그녀가 진열창 앞에 서서 거기 붙어 있는 메뉴판을 읽고 있었다. 그는 그녀와 이야기를 하려고 자리에서 일어나 밖으로 나갔다. 무슨 말을 해야 할지는 알 수 없었지만. 그런데 그녀가 그를 발견하자마자 겁먹은 표정으로 뒷걸음치며 이렇게 말했다. "가까이 오지 마요. 가까이 오지 마요."

봄날 해 질 무렵의 광장에는 사람이 없었다. 두 사람뿐이었다. "난 그냥……." 리앤더가 입을 열었다.

"날 해치려는 거죠? 날 해치려는 거죠?"

"아냐."

"아니, 맞아요. 날 해치려는 거예요. 당신이 그럴 거라고 아버지가 말씀하셨어요. 아버지가 저더러 조심하라고 하셨어요."

"제발 내 말 좀 들어 봐."

"움직이지 마세요. 가까이 다가오면 경찰을 부를 거예요."

그러고 나서 그녀는 몸을 돌려 카트라이트 블록을 따라 걸어 올라가 버렸다. 마치 부드러운 밤공기 속에 돌조각과 미사일이 가득 들어 있기라도 한 것처럼 겁에 질려 이상하게 절뚝거리는 걸음걸이였다. 그녀가 옆길로 들어가 버리자 리앤더는 빵집으로 돌아와 빵 값을 치렀다.

"그 이상한 여자는 누구예요?" 여종업원이 물었다. "이 근처를 돌아다니면서 만나는 사람마다 붙들고 자기가 엄청난 비밀을 안다고 말하던데요. 아, 미친 사람들은 정말 싫어."

벤틀리가 조타실로 올라왔을 때 리앤더는 그가 술을 마셨음을 알아차렸다. 그도 술 마시는 버릇이 있었기 때문에 다른 사람의 입술에 달라붙은 썩은 과일 냄새를 잘 맡았다. 벤틀리는 자주 게으름의 유혹에 빠지는 사람 특유의, 부자연스러운 깔끔함을 여전히 간직하고 있었다. 구불구불한 머리카락은 기름기 때문에 번들거렸고, 창백한 얼굴은 깨끗하게 면도되어 있었으며, 목에는 면도칼에 베인 자국이 있었다. 너덜너덜해질 정도로 벅벅 문질러 빤 청바지에서는 기분 좋은 비누 냄새가 났다. 하지만 비누 냄새에 위스키 냄새가 섞여 있었다. 리앤더는 이러다 집으로 돌아가는 항해를 혼자 책임져야 할지도 모르겠다는 생각이 들었다.

그때 냉거서킷의 하얀 벽들이 보이고, 회전목마의 음악 소리가 들렸다. 부두에는 냉거서킷하우스의 네 코스, 다섯 코스, 여섯 코스 식사를 광고하는 카드를 모자에 꽂은 노인이 서 있었다. 리앤더는 조타실에서 나와 여느 때와 똑같이 외쳤다. "돌아가는 배는 3시 30분 출발입니다. 돌아가는 배는 3시 30분 출발입니다. 시간 여유를 충분히 두고 배로 돌아오세요. 돌아가는 배는 3시 30분 출발입니다. 시간 여유를 충분히 두고 배로 돌아오세요……." 배에서 마지막으로 내린 사람은 스피넷이었다. 그는 지팡이로 바닥을 톡톡 두드리며 부두로 내려갔다. 리앤더는 선실로 가서 샌드위치를 먹고 곤한 잠에 빠졌다.

그가 깨어난 것은 3시 조금 전이었다. 사방이 상당히 어두워져서 폭풍이 불어올 것 같았다. 그는 세면대에 물을 조금 부어 얼굴을 씻었다. 갑판으로 나가 보니 1.6킬로미터쯤 떨어진 해상에 안개가 잔뜩 끼어 있었다. 돌아가는 항해를 도와줄 사람이 필요할 것 같아서 그는 모자를 쓰고 '레이스 카페'까지 걸어갔다. 벤틀리가 주로 술을 마시는 곳이었다. 벤틀리는 일을 도울 만한 몰골이 아니었다. 심지어 바에 있지도 않았다. 그는 작은 뒷방에서 술병과 잔 하나를 끼고 앉아 있었다. "내가 취한 줄 아시죠?" 그가 입을 열었다. 하지만 리앤더는 지친 표정으로 그냥 의자에 앉았다. 15분 안에 어디서 일손을 구할 수 있을지 막막했다. "내가 아무짝에도 쓸모없다고 생각하시죠? 하지만 난 오클라호마의 포트실에서 아가씨를 건졌어요." 벤틀리가 말했다. "그 아가씨는 내가 훌륭한 사람인 줄 알아요. 난 그녀를 앵무새라고 불러요. 그 아가씨 코가 얼마나 큰지 몰라요. 난 오클라호마 포트실로 돌아가서 내 앵무새를 사랑할 겁니다. 그녀는 은행에 2000달러가 있는데, 그 돈을 나한테 주겠대요. 못 믿겠죠? 내가 아무짝에도 쓸모없다고 생각하니까. 내가 취한 줄 아니까. 하지만 난 오클라호마의 포트실에서 아가씨를 건졌어요. 그 아가씨는 나를 사랑해요. 나한테 2000달러를 주겠대요. 난 그녀를 앵무새라고 불러요. 그 아가씨 코가 얼마나 큰지 몰라요……." 벤틀리가 개자식이 된 건 벤틀리의 잘못이 아니라는 것을 리앤더는 알았다. 심지어 그가 우울한 개자식이 된 것도 그의 잘못이 아닐 수 있었다. 하지만 리앤더는 일손이 필요했으므로 바로 나가서 메릴린에게 남동생이 일을 도와주면 1달러를 줄 테니 의견을 물어보라고 말했다. 그녀는 동생이 틀림없이 그 일을 할 거라고 말했다. 한 푼이라도 돈을 벌려고 혈안이 된 아이라면서. 그녀가 어머니에게 전화를 걸었고, 그녀의 어머니는 부엌문을 열고 아들을 불렀다. 하지만 대답이 없었다. 리앤더는 걸어서 다시 배로 돌아왔다.

그는 손님들이 배에 오르는 모습을 약간의 애정을 품고 흥미롭게 바라보았다. 손님들은 전리품, 즉 자기들이 획득한 물건들을 들고 있었다. 뼛속으로 파고드는 가을 추위를 막아 주지 못하는 얇은 담요, 땅콩과 젤리를 담는 유리 접시, 오일클로스*와 종이로 만든 동물 인형들. 어떤 인형들의 눈은 다이아몬드로 되어 있었다. 손님들 중에는 손에 장미를 든 예쁜 아가씨도 있고, 아내와 아이 셋을 데려온 남자도 있었다. 아이들은 모두 똑같은 천으로 만든 꽃무늬 셔츠를 입었다. 마지막으로 배에 오른 사람은 헬렌 러더퍼드였다. 하지만 그는 조타실에 있었기 때문에 그녀를 보지 못했다. 그녀는 지난번과 똑같이 배드민턴 공 같은 깃털로 장식된 단지 모양의 모자를 쓰고, 가슴에도 역시 똑같은 조개껍데기 브로치를 달고, 예의 그 낡은 서류 가방을 들었다.

---

* 기름으로 방수 처리한 천을 통틀어 이르는 말.

헬렌 러더퍼드는 냉거서킷의 오두막들을 일주일 동안 돌아다니며 바솔로뮤 박사의 지혜를 팔아 보려고 했다. 이곳에 머무르는 마지막 날인 오늘 아침에는 이 작은 휴양지에서 그 무엇보다 튼실해 보이는 동네에 어쩌다 발을 들여놓게 되었다. 그 동네의 집들은 겨우 방갈로만 한 크기에 불과했지만, 하나같이 이중 경사 지붕, 실패 모양의 난간, 내성을 향한 포문처럼 아치형을 그리는 현관 쪽마루의 격자 세공 등을 갖춘 것으로 보아 별장은 아니었다. 그 집들은 주민들의 삶의 중심이자, 그들이 아이를 낳아 기르는 곳이었다. 개들만 아니었다면 이 동네 풍경이 그녀에게 기분 좋게 보였을지도 모른다. 이 동네는 온통 개들 천지였다. 그런데 헬렌은 자신이 개들에게 바쳐진 순교자 같은 삶을 살아왔다고 예전부터 생각했다. 그녀의 발소리가 들리자마자 개들이 짖어 대기 시작했기 때문에 그녀는 두려움과 자기 연민에 사로잡혔다. 아침부터 밤까지 개들은 그녀의 발꿈치를 따라다니며 냄새를 맡고, 발목을 물고, 그녀가 가진 최고의 옷인 회색 외투 자락을 물어 대며 그녀의 가방을 노리고 달려들었다. 대개 그녀가 낯선 동네에 들어서자마자, 마당에서 평화롭게 햇볕을 쬐거나 난로 옆에서 자고 있던 동네 개들, 뼈다귀를 씹어 대거나 백일몽을 꾸거나 함께 장난을 치던 개들이 그 평화로운 일들을 포기하고 경보를 울리곤 했다. 그녀가 개들에게 물려 몸이 갈기갈기 찢기는 꿈을 꾼 적도 여러 번이었다. 그녀 자신이 순례자가 된 것 같았다. 그녀의 신발 바닥은 너무 얇아서 사실 맨발이나 다름없었다. 그녀는 매일 낯선 집과 사람과 적대적인 짐승 들에게 둘러싸였으며, 순례자처럼 가끔 차 한 잔과 곰팡내 나는 케이크 한 조각을 대접받았다. 그녀의 운명은 순례자보다 더 고단했다. 그녀의 로마, 그녀의 바티칸이 어느 방향에서 모습을 드러낼지는 오로지 하느님만 알았으니까.

그날 그녀를 가장 먼저 공격한 개는 콜리 종이었다. 녀석은 그녀의 발꿈치를 향해 으르렁거렸는데, 그것이 대놓고 커다랗게 짖어 대는 소리보다 더 무서웠다. 잠시 후 콜리 옆에 다정해 보이는 작은 개 한 마리가 합류했지만, 그 녀석이 정말로 다정한지는 알 수 없는 노릇이었다. 예전에 그녀의 외투를 찢어 버린 녀석도 다정해 보이는 생김새였다. 이 두 마리 옆에 검은 개 한 마리, 경찰견 한 마리가 차례로 합류했다. 경찰견은 지옥에서 온 개처럼 그녀를 위협하며 낮게 으르렁거렸다. 그녀가 반 블록을 걷는 동안 이 네 마리 개는 그녀의 뒤를 따르다가 콜리만 빼고 다들 원래 하던 일로 돌아가 버렸다. 콜리는 여전히 약간 떨어진 곳에서 그녀를 따라오며 그녀의 발꿈치를 향해 으르렁거렸다. 그녀는 누군가가 문을 열고 녀석의 이름을 불러 주기를 바라고 기원했다. 그녀는 몸을 돌려 녀석에게 말을 걸었다. "네 집으로 가. 집으로 가, 착하지. 집으로 가, 넌 착한 애야." 그런데 녀석이 그녀의 외투 소매를 향해 뛰어올랐고, 그녀는 가방으로 녀석을 쳤다. 가슴이 하도 벌렁거려서 금방 죽을 것 같았다. 콜리는 낡은 가죽 가방에 이빨을 박고는 그녀와 줄다리기를 시작했다. "그분이 가엾지도 않냐, 이 못된 똥개야." 누군가가 이렇게 말하는 소리가 들렸다. 그 낯선 여자는 물 주전자를 들고 그녀의 오른쪽에 나타나 개에게 물 주전자를 주었다. 개는 멍멍 짖어 대며 거리를 따라 올라갔다. "잠시 우리 집으로 가요." 낯선 여자가 말했다. "집으로 가서 당신이 파는 물건이 뭔지 이야기하면서 발을 좀 쉬어요."

헬렌은 고맙다고 인사하고 낯선 여자를 따라 그 동네의 어느 작은 집으로 들어갔다. 그녀의 구세주는 키가 작은 여자였는데, 눈은 섬세하고 연한 푸른색이었고 얼굴은 유난히 빨갰다. 그녀는 자신을 브라운 부인이라고 밝히고는 헬렌을 접대하기 위해 앞치마를 벗어 의자 등받이에 걸쳐 놓았다. 그녀는 온몸이 엄청나게 둥글둥글한 자그마한 여자였다. 그녀가 입은 실내복의 가슴과 엉덩이 부분이 팽팽했다. "이제 아가씨가 파는 물건이 뭔지 얘기해 봐요." 그녀가 말했다. "내가 살 만한 물건인지 한번 보게."

"저는 바솔로뮤 박사님의 자기계발연구소 대표입니다." 헬렌이 말했다. "저희 연구소에 자격 있는 분들이 들어올 자리가 아직 몇 개 남아 있습니다. 바솔로뮤 박사님은 대학 교육이 필수가 아니라고 생각하십니다. 박사님은……."

"뭐, 좋은 얘기네요." 브라운 부인이 말했다. "난 세상 사람들이 말하는 교육받은 여자가 아니니까. 나는 냉거서킷 고등학교를 나왔어요. 세상에서 제일 좋은 고등학교 중 한 곳이죠. 전 세계에 이름이 알려진 곳이기도 하고요. 하지만 내가 학교에서 받은 교육의 양은 내 핏줄 속을 흐르는 교육의 양에 비하면 아무것도 아니에요. 난 스탈 부인을 비롯해서 교육 수준이 높고 저명한 여러 사람들의 직계 후손이에요. 아마 내 말을 못 믿는 모양인데, 내가 미쳤다고 생각하겠죠? 하지만 벽에 걸린 저 그림을 한번 봐요. 스탈 부인의 그림이 들어간 우편엽서예요. 그러고 나서 내 옆모습을 보면 우리 둘이 틀림없이 닮았다는 걸 알 수 있을 거예요."

"유명한 역사적 인물의 4색 초상화는 많이 있어요." 헬렌이 말했다.

"내가 저 그림 옆에 가서 설게요. 그러면 우리가 닮았다는 걸 확실히 알 수 있을 거예요." 브라운 부인은 이렇게 말하고 는 방을 가로질러 가서 엽서 옆에 섰다. "이제 우리 둘이 닮았 다는 걸 알겠죠? 닮은 게 보여요? 틀림없이 보일 거예요. 다른 사람들도 다 그러니까. 어제 어떤 남자가 온수 난방기를 팔러 와서는 내가 스탈 부인과 쌍둥이처럼 닮았다고 했어요. 일란성 쌍둥이 같다고요." 그녀는 실내복 자락을 매끈하게 펴고는 다 시 의자로 와서 살짝 걸터앉았다. "내 핏속에 교육이 흘러넘치 는 건 스탈 부인을 비롯한 여러 유명한 사람들의 직계 후손이 라서 그래요." 그녀가 말했다. "내 취향은 아주 사치스러워요. 지갑을 사려고 가게에 들어갔을 때 1달러짜리 지갑이랑 3달러 짜리 지갑이 있으면 내 눈은 곧장 3달러짜리로 향해요. 난 태 어났을 때부터 값비싼 물건을 좋아했어요. 아, 유산은 또 얼마 나 엄청났는지! 내 증조부는 얼음 상인이었어요. 온두라스에 서 깜둥이들한테 얼음을 팔아서 한몫 잡으셨죠. 증조부는 돈 을 은행에 넣어 두는 분이 아니었기 때문에 죄다 캘리포니아 로 가져와서 금괴에 투자했어요. 그런데 증조부의 배가 돌아오 는 길에 하테라스 곶 앞바다에서 폭풍을 만나 가라앉았어요. 금이고 뭐고 전부 그대로 실은 채로. 물론 금은 지금도 거기 있어요. 250만 달러나 되죠. 그게 전부 내 거예요. 그런데 근처 은행들이 그 배를 끌어올릴 돈을 나한테 빌려 줄 것 같아요? 그럴 리가 없죠. 250만 달러가 넘는 내 돈이 바닷속에 잠자고 있는데, 이 근처에는 내 유산을 끌어올릴 돈을 나한테 빌려 줄

만큼 진취적이거나 명예를 아는 사람이 하나도 없어요. 지난 주에 내가 오노라 왑샷이라는 돈 많은 할머니를 만나러 세인트보톨프스에 다녀왔는데, 그 할머니는……."

"그분이 리앤더 왑샷의 친척인가요?"

"같은 핏줄이죠. 그 남자를 알아요?"

"제 아버지예요." 헬렌이 말했다.

"세상에, 리앤더 왑샷이 아버지라면서 아가씨는 왜 집집마다 돌아다니며 책을 팔고 있는 거예요?"

"아버지가 저와 연을 끊으셨어요." 헬렌은 울기 시작했다.

"세상에, 그랬어요? 그게 말만큼 쉬운 일이 아닌데. 나도 내 아이들과 의절해 버릴 생각을 한 적이 있지만, 그 방법을 몰라요. 내가 내 배로 낳은 딸애가 추수 감사절 때 무슨 짓을 했는지 알아요? 식구들이 전부 식탁에 앉아 있는데, 그 애가 5킬로그램이 넘는 칠면조를 들어서 바닥에 내던지더니 그 위에서 펄쩍펄쩍 뛰고, 발로 이리저리 찼어요. 그러고는 크랜베리 소스가 든 접시를 들어서 천장에 던졌어요. 천장이 온통 크랜베리 소스 범벅이 됐죠. 그래 놓고는 애가 울기 시작하더라고요. 그때 그 애랑 의절할 생각을 했는데, 그게 말만큼 쉬운 일이 아니라서……. 난 내 딸하고 의절을 못 했는데, 리앤더 왑샷은 어떻게 아가씨랑 의절을 한 거예요?" 그녀는 자리에서 일어나 다시 앞치마를 입으며 말을 이었다. "난 이제 집안일을 다시 시작해야겠어요. 더 이상 수다를 떨 시간이 없으니까. 하지만 내 아가씨한테 충고하는데, 그 리앤더 왑샷한테 가서 괜찮은 신발이나 한 켤레 사 달라고 해요. 아가씨가 개들을 꽁무니에 매달고 거리를 걷고 있을 때 그 구멍 난 신발을 보고 기독교인으로서 당신을 돕지 않으면 안 되겠다고 생각했는데, 아가씨도 왑샷 가문 사람이라니까 아가씨 피붙이들이 아가씨를 도와줄 수 있을 거예요. 잘 가요."

리앤더는 마지막 항해를 위해 경적을 불었다. 조타실에서 보니 롤러코스터 위로 비가 쏟아지고 있었다. 찰리 매터슨이 쌍둥이 동생과 함께 선로를 내려온 롤러코스터 열차 뒷부분에 방수포를 씌우는 것이 보였다. 회전목마는 여전히 돌아가고 있었다. 빨간 풍차를 타고 구운석고로 만든 괴물의 입에서 빠져나온 손님들이 갑자기 비를 맞고 놀라서 하늘을 바라보는 모습이 보였다. 어떤 청년이 즐거운 표정으로 여자 친구의 머리에 신문지를 덮어 주는 모습도 보였다. 절벽 위 오두막에서는 사람들이 등유 등에 불을 붙이고 있었다. 오랜만에 처음으로 집을 떠나 여행을 하면서 놀이 공원에 왔는데 비가 내리다니 참 안됐다는 생각이 들었다. 오두막에는 난로도 벽난로도 없었다. 축축한 습기도, 쓸쓸한 빗소리도 피할 길이 없었다. 은촉물림 판자로 된 오두막의 벽들이 바닷물에 흠뻑 젖어 딱딱해져서 손으로 만지면 드럼처럼 소리를 낼 것이고, 카드 놀이를 하려고 자리를 잡기도 전에 지붕에서 비가 샐 테니까 말이다. 부엌에도 비가 샐 것이고, 카드 놀이를 할 탁자 위에도, 침대 위에도 비가 샐 것이다. 휴가를 온 사람들이 우체부를 기다리는 것이야 자유지만, 그들에게 편지를 쓸 사람이 누가 있겠는가. 게다가 그들 역시 편지를 쓸 수 없다. 봉투가 모두 물에 젖어 달라붙어 버릴 테니까. 오로지 연인들만이 침대 기둥이 큰 소리로 즐겁게 짤랑거리는 가운데 이런 우울함에서 벗어날 수 있을 것이다. 바닷가에서 리앤더는 끝까지 남아 있던 사람들이 끝내 두 손을 들고 서로에게 담요 잘 챙겨라, 병따개 잘 챙겨라, 보온병과 소풍 바구니 잘 챙겨라 하고 소리치는 모습을 보았다. 마침내 바닷가에는 빗속 수영을 즐기는 노인과 빗속 산책을 즐기는 젊은이밖에 남지 않았다. 그 젊은이의 머리는 스윈번의 시 구절로 가득 차 있었으며, 그의 별명은 '바나나스'였다. 부채와 효자손을 파는 일본인이 비단과 종이로 만든 등불들을 거둬들이는 모습이 보였다. 식당 문간에 선 사람들과 창가에 서 있는 여종업원들도 보였다. 어떤 종업원이 '퍼골라 광둥 식당'의 벌거벗은 식탁들을 안으로 들여놓았다. 리앤더는 냉거서킷하우스의 창문 커튼을 누군가가 살짝 젖히는 것을 보았다. 하지만 커튼 틈으로 밖을 내다보는 얼굴은 보이지 않았다. 그는 씩씩하게 밀려오던 파도가 빗속에 잦아들어 이제는 거의 해안을 철썩철썩 때리지 못하는 것을 보았다. 바다는 잠잠했다. 그런데 허리까지 잠기는 물속에 서 있던 노인이 갑자기 방향을 돌려 힘겹게 해변으로 올라왔다. 폭풍이 이는 바다가 안에서 잡아당기는 힘을 느낀 까닭이었다. 그는 바나나스가 이러한 위험 징후를 기쁜 표정으로 지켜보는 것을 보았다. 이윽고 바다가 무너지는 돌무더기처럼 우르릉거리며 모래밭 너머로 물러나 항구의 맨 밑바닥인 돌밭이 시작되는 곳으로 밀려가면서 파도를 만들었다. (밤새 계속될 일제 공격의 첫 신호탄인) 그 파도는 해변에서 부서지면서 해변을 뒤흔들고, 노인의 발뒤꿈치를 잡아채려고 돌진했다. 그는 밧줄을 거둬들이고 경적을 울렸다. 토파즈 호가 바다로 나아가는 가운데 스피넷이 「징글 벨」을 연주하기 시작했다.

냉거서킷에는 수로가 있었다. 해초를 턱수염처럼 걸친 대리석 방파제와 남서쪽 바다에서 물결 따라 흔들리는 타종 부표*가 수로를 표시해 주었다. 부표가 살짝 기울어지자 하얀 물거품이 그 위로 넘실거렸다. 리앤더는 이런 바람 속에서라면 육지에서도 타종 부표의 소리를 들을 수 있다는 것을 알았다. 비가 새는 지붕 아래에서 냄비들을 정돈하는 행락객들과 냉거서킷하우스의 노부인들은 물론, 심지어 연인들도 침대 기둥이 즐겁게 짤랑거리는 소리 속에서도 저 종소리를 들을 수 있을 것이다. 또한 그 종소리는 리앤더가 꿈속에서 들어 본 유일한 종소리이기도 했다. 그는 종소리를 좋아했다. 저녁 식탁 종소리, 초인종 소리, 앤트워프의 종소리, 올투나의 종소리 모두가 그의 기운을 북돋워 주고 위안이 되어 주었지만, 그의 마음속 어두운 곳에서 울리는 종소리는 이것뿐이었다. 이제 그 매혹적인 음악 소리가 선미로 물러나 점점 희미해지더니 낡은 선체가 삐걱거리는 소리와 뱃전에 부딪히는 파도 소리에 묻혀 버렸다. 거칠게 요동치는 만 속으로 사라져 버렸다.

배는 낡은 흔들 목마처럼 파도와 정면으로 맞섰다. 파도가 조타실 유리창을 때렸기 때문에 리앤더는 앞을 보기 위해 한 손으로 계속 와이퍼를 작동시켜야 했다. 갑판으로 쏟아져 들어오는 물이 선실까지 밀려들기 시작했다. 더러운 날씨였다. 리앤더는 손님들을 생각했다. 머리에 장미를 꽂은 아가씨와 아이 셋을 데리고 나온 남자. 아이들은 모두 엄마의 여름 원피스와 똑같은 천으로 만든 셔츠를 입었다. 선실에 앉아 있는 승객들

---

* 물결에 흔들리면 종이 울리게 되어 있는 부표.

은 어떻게 하고 있을까? 겁에 질렸을까? 그랬다. 하지만 열에 아홉은 쓸모없는 억측으로 두려움을 가볍게 위장했다. 그들은 열쇠고리와 동전을 찾으려고 주머니를 뒤지고, 몸의 은밀한 부위를 한 번 잡아당겼다. 은화든 성 크리스토퍼의 메달이든 부적을 가진 사람들은 손가락으로 부적을 문질렀다. 성 크리스토퍼시여, 지금 저희와 함께해 주소서! 그들은 양말 대님을 다시 정돈하고, 신발 끈과 넥타이 매듭을 잡아당겨 단단하게 만들며, 왜 이것이 현실이 아닌 것처럼 느껴지는지 의아해 했다. 그들은 기분 좋은 것들을 생각했다. 밀밭과 겨울의 황혼. 5분만 지나면 레몬처럼 노란 빛이 서쪽에서 사라지고 눈이 내리기 시작하는 순간. 부활절 전야에 소파 쿠션 안에 젤리 과자를 숨기던 일도 생각했다. 젊은이는 머리에 장미를 꽂은 아가씨를 바라보며 그녀가 마음씨 좋게 자신을 위해 다리를 벌려 주던 것을 생각했다. 지금은 그녀가 너무나 아름답고 부드러워 보인다는 생각도 했다.

만 한가운데서 리앤더는 트래버틴을 향해 배를 돌렸다. 이것이 항해 중 가장 힘든 순간이었으므로 그는 걱정스러웠다. 배를 뒤따라온 바다가 선미에 벌을 내렸다. 파도 마루를 만날 때마다 배의 스크루가 뱃전을 뒤흔들었고, 골을 만나면 배가 왼쪽으로 기울어졌다. 그는 뱃머리를 갈매기바위 방향으로 맞췄다. 바위가 선명하게 보였다. 파도가 솟아올라 그 대리석 바위를 집어삼킬 때 부챗살처럼 펴지는 해초와 꼭대기에 쌓인 갈매기 배설물까지도. 수로를 벗어나면 앞을 가로막는 것이 전혀 없으므로 괜찮을 것이다. 고요한 강을 따라 집까지 달려가기만 하면 된다. 그는 여기에 희망을 걸었다. 갑판의 접의자들이 선미 난간에 쾅쾅 부딪히는 소리가 들렸다. 물이 너무 많이 들어와서 배가 기울었다. 이윽고 키를 묶어 둔 사슬이 총소리 같은 소리를 내며 끊어지자 그가 손으로 잡고 있던 키에서 스르르 힘이 빠져나가 버렸다.

선미에 임시 키가 있었다. 그는 머리를 재빨리 굴려 배의 속도를 절반으로 줄이고 선실로 들어갔다. 헬렌이 그를 보더니 비명을 지르기 시작했다. "저 사람은 악마예요. 저기 저 지옥에서 온 악마예요. 저 사람이 우릴 물에 빠뜨려 죽일 거예요. 저 사람은 나를 무서워해요. 18주 동안 나는 월요일에만 열아홉 번이나 바다에 나가 온갖 날씨를 경험했어요. 저 사람은 나를 무서워해요. 내겐 저 사람을 전기의자에 앉힐 수 있는 정보가 있어요. 저 사람이 우리를 물에 빠뜨려 죽일 거예요." 그를 막은 것은 두려움이 아니라, 그녀의 어머니가 너무나 사랑스러웠다는 기막힌 기억이었다. 프랜코니아 근처 농장과 천둥 치던 날 건초를 말리던 기억. 그는 조타실로 돌아갔고, 곧이어 토파즈 호가 갈매기바위에 부딪혔다. 뱃머리가 달걀 껍질처럼 푹 꺼졌다. 리앤더는 경적과 연결된 선으로 손을 뻗어 조난 신호를 울렸다.

사람들은 예전에는 맨션하우스의 거실이었지만 지금은 바가 된 곳에서 경적 소리를 듣고 리앤더가 무슨 짓을 꾸미는 건지 모르겠다고 생각했다. 그는 항상 경적을 울리는 데 인색해서, 아이들의 생일잔치나 결혼기념일이나 옛 친구를 보았을 때만 뚜뚜 경적을 울렸다. 주방에 있던 종업원 한 명(이곳에 익숙지 않은 사람)이 그것이 조난 신호임을 알아차리고 현관 쪽마루로 달려 나가 경보를 울렸다. 보트 클럽에 있던 사람들이 그

소리를 들었고, 누군가가 낡은 증기선에 시동을 걸었다. 리앤더는 그 배가 부두를 떠나는 것을 보자마자 다시 선실로 갔다. 대부분의 승객들이 구명조끼를 입고 있었다. 그는 승객들에게 소식을 전했다. 그들은 배가 옆으로 다가올 때까지 조용히 앉아 있었다. 그는 손님들이 그 배에 오르는 것을 도왔다. 스피넷도, 헬렌도. 헬렌은 흐느끼며 울고 있었다. 증기선이 통통거리며 떠나갔다.

그는 나침반 상자의 나사를 풀어 대에서 떼어 내고 자신의 사물함에서 쌍안경과 버번 한 병을 꺼냈다. 그러고는 배가 얼마나 부서졌는지 보려고 뱃머리로 올라갔다. 커다란 구멍이 나 있었다. 파도가 좌초한 배를 계속 못살게 굴었다. 그가 지켜보는 가운데 배가 서서히 암초를 벗어나기 시작했고, 뱃머리가 안정을 되찾는 것이 느껴졌다. 그는 선미 쪽으로 걸어갔다. 몹시 피곤했다. 졸음이 밀려올 지경이었다. 그의 동물적인 감각이 무너져 내린 것 같았고, 호흡과 심장 박동이 느려진 것 같았다. 눈꺼풀도 무거웠다. 저 멀리서 작은 어선에 탄 어떤 젊은이가 그를 구하려고 노를 저어 다가오는 모습이 보였다. 그가 잘 모르는 청년이었다. 정신이 멍한 탓인지, 아니면 피곤한 탓인지 자신에게 다가오는 젊은이가 보기 드문 미남처럼 보였다. 천사이거나, 아니면 혈기가 들끓던 젊은 날의 자신의 유령 같았다. 운이 나빴어요, 선배님. 낯선 젊은이가 말했다. 그러자 유령과 천사의 환상이 사라져 버렸다.

리앤더는 어선에 올랐다. 그는 토파즈 호가 서서히 암초를 벗어나, 파도가 쉴 새 없이 선미를 두드려 대는 가운데 저절로 수로를 따라 올라가는 모습을 지켜보았다. 버려진 물건 같았다. 해저 문명과 바닷속에 파묻힌 황금에 관한 사라지지 않는 전설처럼 헤아릴 수 없이 고독한 인간의 모습이 그의 마음속 가장 어두운 곳을 파고들었다. 배는 수로를 따라 흘러가고 있었지만, 수로 끝까지 가지는 못할 것이다. 파도가 밀 때마다 배는 부력을 조금씩 잃어버렸다. 물이 뱃머리의 뱃전을 넘어 들어오고 있었다. 이윽고 보통 때보다 더 우아한 모습으로 선미가 벌떡 일어서더니(접의자들이 선실 벽에 우당탕 쿵쾅 부딪히는 소리가 들렸다.) 토파즈 호가 바다 밑바닥으로 가라앉았다.

25

리앤더는 두 아들에게 편지를 썼다. 그는 코벌리가 태평양에 있다는 것을 몰랐으므로, 그의 편지가 93번 섬까지 전달되는 데 3주가 걸렸다. 모지스는 아버지의 편지를 아예 받지 못했다. 그는 비어트리스가 클리블랜드로 떠난 지 열흘 만에 보안상 문제가 된다는 이유로 해고당했다. 그때는 이런 해고 조치가 아무런 설명도 없이 신속하게 이루어지곤 했다. 어딘가 이의를 제기할 수 있는 곳이 있었다 해도, 당시 모지스는 그런 곳을 찾아 나설 만한 인내심도 상식도 없었다. 해고 통지서를 받은 지 한 시간 후에 그는 자동차 뒷좌석에 모든 소지품을 싣고 북쪽으로 향하고 있었다. 해고 조치가 익명으로 이루어졌기 때문에 마치 신탁처럼 느껴졌다. 어떤 나무나 돌멩이나 동굴에서 흘러나온 목소리가 그를 지목한 것처럼. 그가 화가 난 것은 정체불명의 힘이 자신을 비난하거나 쫓아냈을 때의 고통 때문인지도 모른다. 그는 상식이라는 푸른 초원과는 거리가 한참 먼 곳에 있었다. 그는 자신이 당한 일에 화가 났으며, 세상과 합리적으로 조화를 이루지 못한 자신에게 화가 났고, 부모님이 몹시 걱정스러웠다. 만약 그가 보안상의 이유로 해고됐다는 소식이 오노라의 귀에 들어간다면, 틀림없이 부모님이 그 대가를 치를 테니까 말이다.

그는 낚시를 하러 갔다. 어쩌면 아버지와 레인즐리에 갔을 때의 즐거움을 다시 느끼고 싶었던 것인지도 모른다. 상식에 다시 힘을 불어넣어 줄 만한 일로 그가 생각해 낼 수 있는 것은 낚시뿐이었다. 그는 워싱턴에서 포코노스에 있는 송어 연못으로 곧장 차를 몰았다. 전에 가 본 적이 있는 곳이었다. 그는 그곳에서 레인즐리의 야영지만큼이나 황량한 오두막인지 통나무집인지를 한 채 빌릴 수 있었다. 그는 저녁을 조금 먹고, 위스키 반 리터를 마시고 차가운 호수로 수영을 하러 갔다. 이 모든 것 덕분에 기분이 조금 나아진 그는 일찍 잠자리에 들었다. 동이 트기 전에 일어나 라카나나 강에서 낚시를 할 계획이었다.

그는 5시에 일어나 강을 향해 북쪽으로 차를 몰았다. 리앤더가 처음으로 숲 속에 발을 들여놓는 사람이 되려고 안달했던 것처럼 그도 처음으로 낚시를 하러 나선 사람이 되려고 안달했다. 하늘이 이제 막 밝아지기 시작했다. 그런데 앞에서 달리던 자동차 한 대가 방향을 꺾어 강으로 이어진 도로 갓길에 멈춰 서자 그는 실망스럽고 당혹스러웠다. 앞차의 운전자가 서둘러 차에서 내리더니 너무나 고통스럽고 겁에 질린 표정으로 모지스를 돌아보았다. 모지스는 아직 동이 튼 지 얼마 되지도 않았는데 혹시 살인자와 맞닥뜨린 것이 아닌가 하는 생각이 들었다. 그런데 그 낯선 사람이 바지 허리띠를 풀더니 바지를 내리고 환한 아침 햇살 속에서 볼일을 보았다. 모지스는 도구를 챙기며 그 사람에게 미소를 지었다. 그가 자기처럼 송어를 잡으러 나온 사람이 아니라는 사실이 반가웠다. 낯선 사람도 나름대로 그럴 만한 이유가 있었는지 모지스에게 미소를 지었다. 모지스는 강으로 통하는 오솔길에 발을 들여놓았다. 그날 하루 종일 그는 다른 낚시꾼을 한 명도 보지 못했다.

라카나나 연못은 강으로 흘러들었다. 댐으로 수위가 조절되는 강물은 깊고 물살이 거칠었다. 수심이 사람 키를 넘는 곳이 아주 많았다. 땅이 갑자기 꺼지면서 대리석으로 된 강바닥이 이어졌으므로, 어디서도 쿵쾅거리며 흐르는 물소리를 피할 길이 없었다. 모지스는 오전에 송어 한 마리를 잡았고, 오후 늦게 두 마리를 더 잡았다. 승마 길이 라카나나 여관에서부터 개울을 따라 평행으로 이어졌는데, 말 탄 사람 몇 명이 그 길을 지나갔지만, 오후 늦게야 어떤 사람이 말을 멈추고 모지스에게 뭘 잡았느냐고 물어보았다.

태양은 이미 나무 아래로 가라앉고 어스름 속에서 물소리가 더 묵직하게 울리는 것처럼 들릴 때였다. 이제 돌아갈 때가 되었으므로 모지스는 낚싯줄을 거둬들이고 낚싯밥을 챙기다가 말발굽 소리와 가죽 등자가 삐걱거리는 소리를 들었다. 그가 장화를 잡아당겨 벗고 있는데 중년 남녀가 말을 멈춰 세우고 고기를 얼마나 잡았느냐고 물어보았다. 두 사람의 도시풍 외모가 특히 눈에 띄었다. 이곳과는 너무나 어울리지 않는 사람들이었다. 둘 다 몸집이 크고 머리가 희끗희끗했다. 여자는 땅딸막했고, 남자는 성마른 사람이었으며, 뚱뚱한 몸으로 숨을 가쁘게 몰아쉬었다. 기온이 따뜻했는데도 두 사람은 검은 색 승마복을 제대로 갖춰 입었다. 중산모, 막대기, 태터솔 체크 무늬 모직으로 만든 옷 등등. 그런 옷차림이 틀림없이 몹시 불편했을 것이다. "행운을 빌어요." 여자가 중년 특유의 갈라진 목소리로 유쾌하게 말하고는 말의 방향을 돌렸다. 말이 뒷발로 일어서는 모습이 모지스의 시야 끄트머리에 들어왔다. 하지만 그가 고개를 돌렸을 때는 말발굽 때문에 먼지가 너무 많이 일어서 여자가 말에서 떨어지는 광경이 보이지 않을 정도였다. 그는 둑을 달려 올라가 성질 나쁜 말의 고삐를 잡았다. 여자의 남편이 고함을 지르기 시작했다. "사람 살려. 사람 살려. 사람이 죽었어요. 사람이 죽었어요. 사람이 죽었어요." 모지스가 고삐를 계속 쥐고 있는데도 말이 또 뒷발로 일어섰다. 그가 고삐를 놓자 말이 뛰어서 사라져 버렸다. "내가 가서 사람을 불러오겠소. 내가 가서 사람을 불러오겠소." 남편이 고함을 질렀다. "저 뒤에 농가가 있어요." 그는 느린 구보로 북쪽을 향했다. 먼지가 가라앉자 모지스는 죽은 것처럼 보이는 낯선 여자와 단둘이 남게 되었다.

여자는 무릎을 굽힌 자세로 흙 속에 얼굴을 박고 쓰러져 있었다. 그녀의 겉옷 뒷자락이 낡은 반바지의 널찍한 엉덩이 부분 위에서 양쪽으로 갈라지고, 부츠는 아이의 것처럼 발끝이 안쪽으로 모여 있었다. 초여름 날씨를 즐기려던 그녀는 인간적인 측면을 모두 잃어버리고 완전히 낭패한 모습이었다.(모지스는 그녀의 열성적인 목소리를 기억했다.) 모지스는 순간적으로 강한 반감을 느꼈다. 하지만 그는 그녀에게 다가가 무엇보다도 자신의 감정을 보호하기 위해서(그녀의 목숨을 구하기보다는 그녀에게 여자다운 모습을 되돌려 주고 싶다는 생각에서) 그녀의 다리를 똑바로 펴 주었다. 그러자 그녀의 몸이 굴러 쿵 소리를 내며 반듯이 누웠다. 그는 자신의 겉옷을 둘둘 말아 그녀의 머리 밑에 대 주었다. 눈 위 이마가 찢어져 피가 나고 있었기 때문에 모지스는 물을 좀 가져다가 상처를 씻어 주었다. 뭔가 몰두할 수 있는 일이 있다는 게 좋았다. 그녀는 숨을 쉬고 있었지만, 그의 의학적 지식은 거기서 끝났다. 그는 언제 누가 어떻게 자신들을 도우러 올지 궁금해 하면서 여자 옆에 무릎을 꿇었다. 그러고는 담배에 불을 붙이고 낯선 여자의 얼굴을 바라보았다. 창백하고 둥그런 얼굴은 요리를 해야 한다는 걱정, 제시간에 열차를 타야 한다는 걱정, 크리스마스 선물로 쓸 만한 물건을 사야 한다는 걱정 때문에 지쳐 있었다. 그 얼굴이 지금까지 살아온 삶을 고스란히 말해 주는 듯했다. 그녀는 자매가 한 명 있고, 아이는 없으며, 깔끔함에 고집스럽게 집착하고, 아마 유리로 된 동물 인형이나 영국산 커피 잔을 조금 수집하고 있을 것이다. 그때 말발굽 소리와 가죽 소리가 들리더니 아내를 잃은 남편이 먼지구름 속에서 달려 나왔다. "농가에 사람이 없어요. 시간을 너무 많이 낭비했소. 이 사람을 산소 텐트*에 넣어야 하는데. 아마 수혈도 필요할 텐데. 구급차를 불러야 해요." 그러고는 여자 옆에 무릎을 꿇고 앉아 여자 가슴에 머리를 대고는 소리쳤다. "아, 여보, 내 사랑, 날 두고 가지 마. 날 두고 가지 마."

　모지스는 오솔길을 달려서 자기 차로 갔다. 그러고는 흙먼지

---

* 산소를 흡입할 때 쓰는 텐트 모양의 비닐 장치.

가 풀썩거리는 승마 길에 차를 댔다. 남자는 여전히 아내 옆에 무릎을 꿇고 앉아 있었다. 두 남자는 차 문을 열고 함께 여자를 들어 올려 차에 태웠다. 모지스가 도로 쪽으로 차를 후진시키기 시작했다. 흙바닥이 단단하지 않아 바퀴가 헛돌았지만, 그래도 차가 움직였다. 검은 아스팔트가 깔린 도로가 나오자 기운이 났다. 뒷좌석에서 남자가 슬픔에 목멘 소리로 끙끙거리고 있었다. "이 사람이 죽어 가요. 이 사람이 죽어 가요." 낯선 남자가 흐느끼며 말했다. "이 사람이 목숨을 건지면 이 은혜는 잊지 않겠소. 돈은 문제가 안 돼요. 서둘러 주시오."

"말을 타기에는 두 분 다 나이가 꽤 많으신 것 같아요." 모지스가 말했다.

모지스는 옆 마을에 병원이 있다는 것을 알았다. 그런데 서둘러 차를 몰던 그는 산 닭을 싣고 좁은 도로에서 천천히 달리는 화물차 뒤에서 꼼짝도 못하는 신세가 되어 버렸다. 모지스가 경적을 울렸지만, 화물차 운전사는 그 소리에 오히려 더 오기를 부릴 뿐이었다. 그의 양보심에 한 여자의 목숨이 달려 있다는 사실을 그에게 어떻게 전달할 수 있을까? 모지스는 언덕 꼭대기에서 화물차를 추월했지만, 그것이 화물차 운전사의 악의를 더욱 부채질하는 꼴이 되어 버렸다. 그는 닭장들이 좌우로 심하게 흔들리는데도 부릉부릉 속도를 내며 내리막길에서 모지스의 차를 다시 추월하려 했지만 성공하지 못했다. 마침내 가로수가 늘어선 마을 길들과 병원으로 통하는 도로가 나왔다. 많은 사람들이 길가에서 걷고 있었다. 모지스는 병원 잔디밭에서 잔치가 열린다는 내용의 표지판들이 나무에 못으로 박혀 있는 것을 보았다. 운이 없었다. 시골 장의 좌판들, 불빛, 음악 소리가 병원을 사방에서 에워쌌다.

그들이 병원으로 다가가려 하자 한 경찰관이 차를 세우고는 주차장 쪽으로 손짓을 했다. "우린 병원에 가야 합니다." 모지스가 소리쳤다. 경찰관이 그들 쪽으로 몸을 기울였다. 그는 귀가 들리지 않았다. "여기 죽어 가는 여자가 있어요." 낯선 남자가 크게 소리쳤다. "생사가 걸린 문제입니다." 모지스는 경찰관 옆을 지나 장터를 통과해 벽돌 건물로 다가갔다. 여러 그루의 나무가 건물에 그림자를 드리웠다. 병원은 빅토리아 시대의 저택 같은 모양이었다. 어쩌면 실제로 그 시대의 저택이었는지도 모른다. 하지만 지금은 비상구와 벽돌 굴뚝 때문에 모양이 달라져 있었다. 모지스는 차에서 내려 응급실 입구로 들어갔지만 안은 텅 비어 있었다. 응급실에서 복도로 나간 그는 쟁반을 들고 가는 흰머리 간호사와 마주쳤다. "제 차에 응급 환자가 있어요." 그가 말했다. 간호사의 얼굴에는 상냥함이 전혀 없었다. 그녀는 사람들이 너무 지치거나 재수 없는 자신의 운명에 너무 화가 나서 이웃 사람이 살든 죽든 상관하기 싫을 때 보여 주는 그 무시무시하고 신랄한 시선으로 그를 바라보았다. "어떤 응급 환자인데요?" 그녀가 점잔을 빼며 물었다. 또 다른 간호사가 나타났다. 그녀도 나이는 젊지 않았지만 덜 피곤한 것 같았다. "말에서 떨어져서 의식이 없어요." 모지스가 말했다. "말이라고요!" 늙은 간호사가 소리쳤다. "하워드 박사님이 방금 들어오셨어요." 두 번째 간호사가 말했다. "당장 선생님을 모셔 올게요."

몇 분 뒤 의사가 두 번째 간호사와 함께 복도를 달려와 이동 침대를 밀고 응급실을 나가 자동차로 향했다. 모지스와 의사가 의식이 없는 여자를 이동 침대에 올려놓았다. 여름날 어스름 무렵에 나무들 뒤의 장터에서 들려오는 장사꾼들의 목소리와 음악 소리에 둘러싸여 그 일을 해낸 것이다. "누가 저것 좀 멈출 수 없나?" 낯선 남자가 말했다. 저것이란 음악을 가리키는 말이었다. "내 이름은 찰스 커터입니다. 돈은 얼마가 들든 상관없습니다. 사람들을 집으로 돌려보내요. 집으로 돌려보내요. 내가 돈을 드릴 테니. 그러니까 저 사람들한테 가서 제발 음악 좀 멈추라고 하세요. 이 사람은 조용한 곳에 있어야 합니다."

"그럴 수는 없습니다." 의사가 조용히 말했다. 시골 사투리가 뚜렷했다. "병원을 계속 운영할 자금을 모금하려고 저런 행사를 여는 겁니다." 병원 안으로 들어간 일행은 여자의 옷을 가위로 자르기 시작했다. 모지스가 먼저 복도로 나오고 여자의 남편이 뒤따라 나왔다. "여기 있어 주시오. 조금만 더 나랑 같이 있어 줘요." 그가 모지스에게 부탁했다. "나한테는 저 사람밖에 없소. 저 사람이 죽으면, 저 사람이 죽으면, 내가 어떻게 될지 나도 모르겠소." 모지스는 여기 남아 있겠다고 말하고는 복도를 어슬렁어슬렁 내려가 텅 빈 대기실에 이르렀다. 문에 걸려 있는 커다란 청동 명판에는 새러 P. 왓킨스와 그 자녀들이 이 대기실을 기증했다고 적혀 있었다. 하지만 왓킨스 일가가 도대체 뭘 기증했다는 건지 잘 알 수 없었다. 대기실에는 인조 가죽으로 만든 가구 세 점, 탁자 하나, 낡은 잡지들뿐이었다. 모지스는 커터 씨가 올 때까지 그곳에서 기다렸다. "저 사람이 살아 있어요." 그가 흐느끼며 말했다. "저 사람이 살아 있어요. 하느님 감사합니다. 다리와 팔이 부러지고 뇌진탕 증세가 있답니다. 내가 비서한테 전화해서 뉴욕의 전문의를 미리 부르라고 했소. 저 사람들은 살지 죽을지 모르겠답니다. 스물네 시간이 지나 봐야 알 수 있대요. 저 사람이 얼마나 사랑스러운 여자인데. 저 사람은 정말 상냥하고 사랑스러운 사람이오."

"부인은 괜찮으실 겁니다." 모지스가 말했다.

"저 사람은 내 아내가 아니오." 커터 씨가 흐느끼며 말했다. "아주 상냥하고 사랑스러운 사람이오. 내 아내하고는 완전히 다르지. 우리 둘 다 아주 힘든 일을 겪었소. 우린 많은 걸 바라지 않아요. 심지어 자주 함께 있지도 않았소. 설마 이게 천벌은 아니겠지? 천벌은 아닐 거요. 우린 누굴 해친 적이 없으니까. 우린 매년 이렇게 잠깐씩 여행을 해요. 우리가 함께 보내는 유일한 시간이오. 이게 천벌은 아닐 거요." 그는 눈물을 훔치고 안경을 닦더니 다시 복도를 내려갔다.

젊은 간호사가 문으로 다가가 바깥의 축제와 여름 저녁 풍경을 내다보았다. 어떤 의사가 그녀 옆으로 가서 함께 밖을 내다보았다.

"B2는 자기가 금방 죽을 거라고 생각해요." 간호사가 말했다. "신부님을 불러 달래요."

"내가 비비어 신부님께 연락했어." 의사가 말했다. "신부님은 지금 출타 중이셔." 그는 간호사의 날씬한 허리에 손을 대더니 엉덩이를 쓸어내렸다.

"아, 기분 좋은데요." 간호사가 명랑하게 말했다.

"나도 마찬가지야." 의사가 말했다.

그는 그녀의 엉덩이를 계속 쓰다듬었다. 간호사는 욕망 때문에 뭔가를 호소하는 듯한 표정을 지으며 인간적으로 훨씬 더 섬세해진 것처럼 보였다. 몹시 피곤해 보이던 의사도 기운이 나는 모양이었다. 그런데 그때 대기실의 어둠 속에서 울부짖는 소리가 났다. 몸이 지독하게 아프거나 합리적인 희망이 깨져 버린 사람이 자기도 모르게 으르렁거리는 소리 같았다. 의사와 간호사는 서로 떨어져서 복도 끝의 어둠 속으로 사라졌다. 으르렁거리는 소리가 점점 높아져 비명으로 변하자 모지스는 그 소리를 피하려고 건물 밖으로 나가 잔디밭을 끝까지 가로질렀다. 그가 있는 곳이 고지대여서 산들이 훤히 바라다보였다. 저녁놀의 잔광, 2월의 가장 추운 밤에만 저지대 시골에서 볼 수 있는 그 밝은 노란빛 때문에 검게 변한 산들.

나무들이 늘어선 왼편에서는 장인지 축제인지 모를 행사가 차분하고도 촌스럽게 펼쳐졌다. 단상에 자리 잡은 관현악단이 「미소」를 연주하고 있었다. 연주가 두 번째 합주부에 이르렀을 때 연주자 한 명이 악기를 내려놓고 확성기를 잡더니 노래를 불렀다. 하얀색, 바랜 빨간색, 노란색의 전구를 매단 줄들이 좌판과 좌판 사이에 늘어져서 좌판 위에 켜 놓은 희미한 촛불과 함께 단풍나무 그늘을 밝혀 주었다. 사람들이 웅성거리는 소리는 별로 크지 않았고, 둥그런 판을 돌려 선물을 맞추는 게임과 햄버거를 광고하는 남자들의 호객 행위도 그다지 집요하지 않았다. 모지스는 어떤 좌판으로 걸어가 예쁜 시골 아가씨가 파는 커피를 종이컵으로 한 잔 샀다. 그녀는 그에게 거스름돈을 주고 나서 설탕 그릇을 이리저리 조금씩 움직이고, 깊은 한숨을 쉬며 도넛 통을 바라보더니 앞치마를 잡아당겼다. "이 동네 분이 아니시군요!" 그녀가 말했다. 그는 그렇다고 말했다.

아가씨는 산속에서 해가 지니 날씨가 쌀쌀하다고 불평하는 다른 손님들을 상대하려고 판매대 아래쪽으로 갔다.

그 옆 좌판에서는 젊은 청년이 피라미드 모양으로 쌓은 목제 우유병 모형에 야구공을 던지고 있었다. 그의 조준 솜씨와 공의 속도는 놀라울 정도였다. 그는 마치 소총병처럼 약간 뒤로 물러나 눈을 가늘게 뜨면서 우유병을 뚫어지게 바라보다가 순수한 악의를 가득 담아 공을 날렸다. 병들이 하나씩, 하나씩 쓰러지자 아가씨와 청년 들이 모여들어 그의 솜씨를 지켜보았다. 하지만 병이 모두 쓰러지고 공을 던지던 청년이 사람들 쪽으로 돌아서자, 사람들은 잘 있어, 잘 있어, 찰리, 잘 있어, 라고 말하고는 저마다 팔짱을 끼고 사라져 버렸다. 그 청년은 친구가 없는 것 같았다.

야구공을 던지던 청년 뒤에는 마을 정원에서 꺾어 온 꽃을 파는 좌판이 있었고, 원판 돌리기 게임과 빙고 게임도 있었으며, 악사들이 쉴 새 없이 댄스 음악을 연주하는 나무로 만든 음악당도 있었다. 모지스는 악사들이 아주 나이 많은 노인임을 알아차리고 깜짝 놀랐다. 피아니스트도 노인이고, 색소폰 연주자도 허리가 굽은 백발노인이었으며, 드럼 연주자는 몸무게가 130킬로그램이 넘는 것 같았다. 그들은 오랫동안 함께 산 부부처럼 익숙한 의식, 편안함, 습관 때문에 자신의 악기에 애착을 느끼는 듯했다.

그들의 연주가 끝나자 어떤 남자가 그 동네 신동을 소개했다. 모지스가 보니 단상 끝에서 어떤 아이가 차례를 기다리고 있었다. 겉보기에는 아이 같았지만, 악단이 그녀를 위해 환영 음악을 연주해 주자, 그녀는 양손을 번쩍 치켜들고 빛 속으로 걸어 들어와 열심히 탭 댄스를 추기 시작했다. 고통스럽게 시간을 세고, 가끔 관객들에게 냉소를 던지면서. 그녀가 신은 은색 구두의 징들이 금속성의 챙그랑 소리를 내며 나무 단상을 흔들었다. 그녀는 자신의 어린 나이를 무대 밖 어둠 속에 남겨 두고 온 것 같았다. 얼굴에는 분과 립스틱을 바르고, 춤의 기교에 몰두한 데다 유혹적으로 보여야 한다는 의식 때문에 풋풋함은 사라져 버렸고, 호색적인 중년의 쓸쓸함과 실망감만이 그녀의 여윈 어깨에 잔뜩 얹혀 있는 것 같았다. 춤이 끝나고 그녀가 인사를 하자 작은 박수 소리가 났다. 그녀는 한 번 더 냉소를 짓고는 엄마가 그녀의 어깨에 걸쳐 줄 외투와 격려의 말 몇 마디를 준비하고 기다리고 있는 어둠 속으로 달려갔다. 그녀가 어둠 속으로 물러났을 때 모지스는 그녀가 기껏해야 열두세 살밖에 안 된 아이라는 것을 알아차렸다.

그는 종이컵을 쓰레기통에 던져 넣고 짙은 풀 내음을 맡으며 어둑어둑한 여름 저녁 풍경 속을 걷다가 어떤 사람들을 보았다. 어쩌면 가족 같기도 한 그 사람들 중에 노란 치마를 입은 여자가 한 명 있었다. 그 치마 색깔 때문에 그의 마음속에 갈망이 일었다. 이가 시큰해질 만큼 심한 통증. 이름은 생각나지 않지만 예전에 같은 색깔의 치마를 입은 아가씨를 자신이 사랑했다는 기억이 났다.

"전문의가 필요해. 뇌 전문의." 병원으로 돌아온 모지스의 귀에 남자의 고함 소리가 들렸다. "필요하면 비행기라도 전세를 내. 돈은 얼마가 들어도 상관없어. 자문을 해 줄 의사가 필요하다면 그 의사도 데려오라고 해. 그래, 그래." 그는 복도를 사이에 두고 왓킨스 일가가 기증했다는 대기실과 마주 보는 사무실에서 통화하는 중이었다. 아무도 굳이 신경 써서 등에 불을 켜지 않아 대기실이 어두워져 있었다. 병원 안에 켜진 불은 몇 개밖에 되지 않는 듯했다. 아내를 잃고 애인을 걱정하고 있는 초로의 남자는 덮개가 씌워진 타자기와 계산기 들 틈에 앉아 있었다. 통화를 끝낸 후 그는 시선을 들어 모지스를 바라보았다. 빛이 안경에 반사되어서인지, 아니면 기분이 바뀌어서인지 그는 아주 호의적인 표정이었다. "오늘 아침부터 자네가 내 직원이 된 걸로 생각해 줬으면 좋겠네." 그가 모지스에게 말했다. "이미 약속된 일이 있다면 취소하게. 내가 충분히 보상을 해 줄 테니 걱정 말고. 병원 측에서 오늘 밤 내가 머물 방을 하나 내주었네. 그래서 말인데, 자네가 여관으로 가서 내 물건들을 챙겨다 줬으면 좋겠어. 물건 목록은 내가 만들어 두었네." 그가 목록을 모지스에게 건네주면서 말했다. "이동 거리와 시간을 기록해 두면 내가 후하게 보상해 주겠네." 그러고 나서 그는 수화기를 집어 들고 장거리 전화를 신청했다. 모지스는 어두운 복도로 나왔다.

달리 할 일이 없었으므로, 차를 몰고 여관으로 가게 된 것이 오히려 반가웠다. 칭찬받아 마땅한 자비심이나 남을 돕겠다는 생각 때문이 아니라 지난 몇 시간 동안의 일들을 현명하게 분석해 보고 싶다는 생각 때문이었다. 여관에 도착한 그는 진정한 왑샷 가의 일원답게 지배인에게 그날 일어난 일을 최대한 간략하게 설명했다. "여자 분이 사고를 당했습니다." 그는 가엾은 커터 씨가 애인과 함께 쓰던 2층 방으로 올라갔다. 목록에 있는 물건들은 쉽게 찾을 수 있었다. 호밀 병만 빼고. 하지만 약장과 선반의 책들 뒤를 살펴본 뒤 침대 밑을 들여다봤더니 온갖 술들이 잘 갖춰진 바가 있었다. 그는 양치 컵으로 스카치위스키를 한 컵 마셨다. 그가 병원으로 돌아와 보니 커터 씨는 여전히 통화 중이었다. 그가 수화기를 손으로 가리고 말했다. "이제 가서 잠을 좀 자게." 호의와 생색이 섞인 목소리였다. "잘 데가 없으면 여관으로 가서 방을 하나 달라고 해. 아침 9시에 이리로 다시 오게. 돈은 걱정할 필요가 없다는 점을 명심하고. 자네는 이제 내 직원이야." 모지스는 낚시 장비를 챙기려고 승마 길로 되돌아갔다. 낚시 장비는 이슬을 몇 방울 맞은 것 외에는 아무 이상이 없었다. 그는 자신이 빌린 오두막에서 밤을 보냈다.

26

다음 날 어스름 무렵에 커터 씨의 애인이 의식을 되찾았다. 아침에 모지스는 자신의 차를 남에게 맡겨 뉴욕까지 가져다 달라고 부탁하고는 커터 씨와 환자와 함께 전세 구급 비행기를 타고 뉴욕으로 날아갔다. 그는 자신이 커터 씨 밑에서 어떤 일을 하게 될지 잘 알 수 없었지만, 그렇다고 달리 할 일이 있는 것도 아니었다. 그는 뉴욕에 도착하자마자 코벌리가 93번 섬에 가 있다는 것을 모른 채 그의 집으로 갔다. 벳시는 아직 그 집에 있었기 때문에 그는 그녀를 데리고 나가 저녁을 사 주었다. 벳시는 그가 결혼하고 싶은 타입의 여자가 아니었지만, 그래도 그녀가 마음에 들기는 했다. 하루쯤 뒤에 그는 커터 씨를 만나 면접을 보았고, 며칠 뒤 피듀시어리 신탁 회사 채권 학교에 채용되었다. 워싱턴에 있을 때보다 월급도 더 많고, 전망도 훨씬 밝았다. 리앤더가 워싱턴으로 보낸 편지는 그의 아파트 복도에 떨어져 있었는데, 내용은 이러했다.

"30일에 토파즈 호가 작은 불운을 겪었다. 모두가 물에 빠지기 전에 배에서 내렸다. 수로에 가라앉아서 화요일에 연안 경비대가 항해에 방해가 된다며 배를 치웠다. 배를 뭍으로 끌어올려 맨션하우스에서 수리했다. 배는 이제 네 계류장(제비갈매기호의 계류장)에 있고, 불운을 겪은 뒤로 줄곧 그랬다. 물에 뜰 수는 있지만 바다에는 나갈 수 없다. 비처는 수리비로 400달러를 예상한다. 금고가 텅 비었고, 오노라는 아주 비협조적이다. 네가 도와줄 수 있겠니? 내 아들답게 애를 좀 써 보아라. 네 늙은 아버지가 요즘 ○○○ 힘들다.

토파즈 호가 사라졌으니 내가 어떻게 살아가겠니? 나만큼 나이를 먹으면 이승에서 보내는 시간이 소중해지지만, 토파즈 호가 사라져서 하루하루가 목적도, 의미도, 색깔도, 형태도, 의욕도, 영광도, 비참함도, 후회도, 욕망도, 고통도 없이 지나간다. 어스름. 새벽. 전부 똑같다. 이른 아침이면 희망을 품기도 하지만 곧 풀이 죽는다. 유일한 즐거움은 라디오로 경마 중계를 듣는 것이다. 돈을 걸었다면 토파즈 호 수리비를 금방 벌충할 수 있었을 텐데. 그럭저럭 괜찮은 수준으로 돈을 걸 만한 여유도 없다.

나는 후하게 나눠 주는 사람이었다. 궁핍한 처지에 빠진 낯선 사람에게 거액을 준 적도 여러 번이다. 파커하우스의 택시 발차 담당자에게 100달러짜리 지폐를 주었다. 파크스트리트 교회에서 라벤더를 파는 할머니에게 50달러를 주었다. 식당에서 아들이 수술을 받아야 한다고 말하던 낯선 사람에게 80달러를 주었다. 그 밖에도 많지만 잊어버렸다. 말하자면 보상을 바라지 않고 남을 도와준 것이다. 지금까지 돈을 돌려받은 적은 한 번도 없다. 너한테 이런 말을 하는 것이 품위 없는 짓이긴 하지만, 가족들에게도 돈을 아낀 적이 없다. 제비갈매기호에 돛을 한 벌 사 주었다. 달리아 구근 값으로 300달러를 썼다. 영국산 신발, 버섯, 온실에서 자란 꽃, 보트 클럽 비용, 삐걱거리는 널빤지 때문에 만일을 대비해서 마련해 둔 것들이 많이 없어졌다.

힘이 닿는다면 늙은 아버지를 도와다오. 힘이 닿지 않으면 아는 사람들에게 도움을 청해 봐라. 어느 집단에나 돈을 잘 쓰는 사람이 한 명씩은 있게 마련이다. 도박꾼이 있을 때도 있고. 토파즈 호는 훌륭한 투자처다. 한 번만 빼고 철마다 항상 상당한 이윤을 안겨 주었다. 올해 냉거서킷은 아주 활기를 띨 것 같다. 8월까지는 빌린 돈을 갚을 수 있을 것이다. 너한테 매달리는 것 같아 마음이 안 좋다. 네가 웃으면 세상도 너와 함께 웃을 것이다. 하지만 울 때는 너 혼자다."

리앤더가 말한 계류장은 정원과 맞닿은 강 속의 버섯 모양 닻과 사슬이었다. 그곳에 가면 낡은 증기선인 토파즈 호를 볼 수 있었다. 왑샷 부인은 어느 날 오후 세이지를 따다가 토파즈 호를 물끄러미 바라보았다. 마치 환영이 나타나기라도 할 것처럼 그녀의 마음과 몸이 술렁거렸다. 사실 왑샷 부인의 상상 중에 실현된 것이 워낙 많기 때문에 그것을 환영이라고 불러도 될 것 같았다. 오래전 그녀가 그리스도 교회 앞을 걸어서 지나가고 있을 때 뭔가 다른 세상의 힘이 교회 옆 공터에서 그녀를 멈춰 세우는 것 같았다. 그때 그녀는 교구 회관의 환영을 보았다. 자그마한 두 짝 여닫이 창문과 깔끔한 잔디밭이 있는 빨간 벽돌 건물이었다. 그녀는 그날 오후에 교구 회관을 짓기 위한 운동을 시작했고, 1년 반 뒤에 그녀의 환영은 벽돌 하나하나까지 모두 현실이 되었다. 그녀는 말구유, 자선, 기분 좋은 여행 등을 꿈꿨고, 그것들을 대개는 현실로 바꿔 놓았다. 이제 세이지 한 다발을 들고 정원에서 돌아온 그녀는 토파즈 호가 정박된 강으로 통하는 오솔길을 내려다보았다.

그날 오후는 날씨가 흐렸지만, 기대되는 일이 아주 없는 것은 아니었다. 어쩌면 폭풍이 불어올 듯도 했는데, 그녀는 그것이 마음에 드는 것 같았다. 마치 옛 항구의 정취와 폭풍이 불어올 때의 어스름의 운치가 후추 열매처럼 혀끝에 매달려 있는 것 같았다. 공기 중에서는 소금 냄새가 났고, 트래버틴에서 파도 부서지는 소리가 들렸다. 토파즈 호는 당연히 캄캄했다. 캄캄해서 구제할 길이 없을 것 같았다. 시내를 흐르는 강의 석탄 적재장 옆에 정박된 낡은 폐선들처럼. 사람들의 헛된 애정이나 희망 때문에 아직 물 위에 떠 있는 배들. 개중에는 "배 팝니다."라는 말이 붙어 있는 것도 있고, 다리를 쫙 벌린 진줏빛 피부의 미인들 사진을 벽에 잔뜩 붙여 놓은, 이가 다 빠진 정신 나간 늙은 외톨이들의 마지막 거주지 노릇을 하는 것도 있다. 그녀가 어둠과 텅 빈 배를 봤을 때 가장 먼저 떠오른 것은 그 배가 다시는 항해에 나서지 못할 거라는 생각이었다. 저 배는 다시는 만을 가로지르지 못할 것이다. 그때 왑샷 부인은 환영을 보았다. 배가 정원 선착장에 정박되어 있는 모습이 보였다. 뱃전은 페인트칠을 새로 해서 번쩍거렸고, 선실에는 빛이 가득했다. 그녀가 고개를 돌리니 옥수수 밭에 십여 대의 자동차들이 서 있는 것이 보였다. 심지어 다른 주의 번호판을 단 자동차들까지 보였다. 오솔길 옆 느릅나무에 못으로 박아 놓은 안내판이 보였다. "S. S. 토파즈 호를 구경하세요. 뉴잉글랜드 유일의 수상 선물 가게입니다." 상상 속에서 그녀는 오솔길을 따라 정원을 내려가서 선착장을 가로질러 배에 올랐다. 선실 전체에 새로 페인트칠이 되어 있었고(구명 장비는 보이지 않았다.) 수많은 작은 탁자들 위에서 타고 있는 등불 빛이 재떨이, 라이터, 카드, 꽃을 묶는 끈, 꽃병, 자수 제품, 손으로 그림을 그린 컵, 뚜껑을 열면 「비엔나 숲 속의 이야기」라는 노래가 흘러나오는 담배 상자 등을 비춰 주었다. 그녀의 환영은 아주 자세하고 환했으며 따스했다. 선실 한쪽 끝에 있는 프랭클린 난로의 쇠창살 속에서 불이 타고 있었으니까. 나무에서 나는 연기의 향내가 향낭, 일본산 아마포, 여기저기 켜 놓은 양초의 수지 냄새 등과 뒤섞여 있었다. S. S. 토파즈 호. 뉴잉글랜드 유일의 수상 선물 가게. 그녀는 이 말을 다시 생각해 보고는 폭풍이 몰고 온 어스름이 어두운 배를 집어삼키게 내버려 두고 아주 기쁜 마음으로 집으로 들어갔다.

27

리앤더는 테오필러스 게이츠가 새러에게는 낡은 토파즈 호를 수상 선물 가게로 바꿀 돈을 전부 빌려 주면서 왜 자기한테는 토파즈 호의 뱃머리를 수리할 돈을 빌려 주지 않는지 이해할 수 없었다. 일이 어떻게 된 건지 설명하자면 이렇다. 새러는 환영을 본 다음 날 은행을 찾아갔고, 그다음 날 목수들이 와서 선착장을 수리하기 시작했으며, 판매원들이 하루에 서너 명씩 찾아왔다. 새러는 자기 입으로 말한 대로 술 취한 선원처럼 돈을 쓰면서 토파즈 호에 물건을 채워 넣었다. 그녀는 행복인지 황홀감인지 모를 기분을 진정으로 느꼈다. 등에 꽃이 그려지고, 발은 담배를 붙들 수 있도록 디자인된 도자기 개 인형을 보며 그녀 자신이 왜 그토록 기뻐하는지 이해하기가 어려웠지만 말이다. 그녀의 열정 속에 어쩌면 복수심이 조금 섞여 있었는지도 모른다. 여성의 독립성과 성스러움에 관한 자신의 생각을 남모르게 표현하고 있었는지도 모른다는 뜻이다. 그녀는 이렇게 행복한 적이 없었다. 그녀는 "S. S. 토파즈 호를 구경하세요. 뉴잉글랜드 유일의 수상 선물 가게입니다."라는 안내판을 만들어 마을로 통하는 도로마다 붙여 놓았다. 그녀는 화려한 다과회와 함께 토파즈 호의 문을 열고 먼저 이탈리아 제 도자기를 판매할 계획이었다. 초청장 수백 장이 발송되었다.

리앤더는 방해꾼이 되었다. 그는 거실에서 방귀를 뀌고, 강 위 배들과 이탈리아 제 도자기를 팔러 온 판매원들이 훤히 바라다보이는 사과나무 밑에서 오줌을 쌌다. 그는 자기가 급속히 늙어 가고 있다며 양탄자에서 실밥을 뜯어 내려고 허리를 굽힐 때 뼈가 얼마나 큰 소리로 삐걱거리는지 모른다고 주장했다. 라디오로 경마 중계를 들을 때마다 그의 눈에서는 변덕스러운 눈물이 줄줄 흘러내렸다. 그는 여전히 아침마다 면도와 목욕을 하는데도 그 어느 때보다 심한 바다 냄새를 풍겼으며, 그가 깜박 잊고 그냥 지나치면 귀와 콧구멍의 털이 수북이 자라나 있곤 했다. 넥타이에는 음식과 담뱃재가 묻어 있었지만, 밤바람 때문에 잠을 깰 때면 침대에 누워 어둠 속에서 바람의 경로를 추적하며 자신이 젊고 튼튼하던 때를 떠올렸다. 그는 이 차가운 바람에 속아, 배와 기차와 가슴이 풍만한 여자들, 또는 노란 느릅나무 이파리들이 착 달라붙은 젖은 도로처럼 보상과 힘을 상징하는 영상들을 열정적으로 떠올리며 침대에서 일어나곤 했다. 산을 오를 거야. 그는 속으로 생각했다. 호랑이를 잡을 거야! 발꿈치로 뱀을 밟아 죽일 거야! 하지만 새벽 어스름과 함께 신선한 바람이 잦아들었다. 콩팥이 아팠다. 다시 잠을 이룰 수 없었으므로 그는 기침을 하고 다리를 절룩거리며 또 하루를 보냈다. 아들들에게서는 편지가 없었다.

토파즈 호가 선물 가게로 문을 열기 전날, 리앤더는 오노라를 찾아갔다. 두 사람은 그녀의 집 거실에 앉았다.

"위스키 좀 마시겠나?" 오노라가 물었다.

"예, 주세요." 리앤더가 말했다.

"위스키가 없네." 오노라가 말했다. "과자나 하나 먹어."

리앤더는 과자 접시를 슬쩍 내려다보았다. 개미들이 과자를 뒤덮고 있었다. "개미들이 과자 속으로 들어간 것 같은데요, 오노라." 그가 말했다.

"웃기는 소리." 오노라가 말했다. "개미는 자네 농장에나 있지. 이 집에는 한 번도 개미가 꼬인 적이 없어." 그녀는 과자를 집어 먹었다. 개미가 달라붙은 채로.

"새러의 다과회에 갈 거예요?" 리앤더가 물었다.

"난 선물 가게 같은 데 갈 시간이 없어." 오노라가 말했다. "피아노를 배우고 있거든."

"그림을 배우는 줄 알았는데요." 리앤더가 말했다.

"그림이라니!" 오노라가 웃기지도 않는다는 듯이 말했다. "그림은 봄에 이미 포기했어. 해머 씨 집안이 경제적으로 어려움을 겪고 있어서 내가 그 집 피아노를 샀지. 지금은 해머 부인이 일주일에 두 번씩 와서 개인 지도를 해 주고 있어. 아주 쉽더라고."

"어쩌면 그게 집안 내력인지도 모르죠." 리앤더가 말했다. "저스티나 기억나요?"

"저스티나 누구?" 오노라가 물었다.

"저스티나 몰즈워스요." 리앤더가 말했다.

"당연히 기억하지. 내가 왜 기억을 못 하겠어?"

"저스티나가 싸구려 잡화점에서 피아노를 쳤잖아요."

"뭐, 난 싸구려 잡화점에서 피아노를 칠 생각은 전혀 없어. 저 신선한 산들바람을 느껴 봐."

"예." 리앤더가 말했다. (바람은 전혀 없었다.)

"저쪽 의자에 앉아." 그녀가 말했다.

"고맙지만 여기도 편안한데요, 뭐."

"저쪽 의자에 앉아. 얼마 전에 덮개를 새로 씌웠거든. 비록," 리앤더가 순순히 그 의자로 옮겨 앉는 동안 그녀가 말을 계속했다. "거기서는 창밖을 내다볼 수 없겠지만 말이야. 어쩌면 그 자리가 자네한테 더 나은지도 모르지."

리앤더는 미소를 지었다. 그녀가 젊었을 때도 그녀와 이야기를 하다 보면 곤봉으로 한 대 맞은 것 같은 기분이 들던 기억이 났다. 그녀가 왜 그렇게 행동하는지 궁금했다. 로렌조는 일기장에 이런 말을 쓴 적이 있다. 악마를 만나거든 놈을 둘로 가르고 그 사이로 지나가야 한다고. 오노라의 행동이 딱 그런 것 같았다. 하지만 그녀가 그렇게 게처럼 신중하게 삶을 살아온 것이 혹시 죽음에 대한 공포 때문은 아니었을까 하는 생각이 들었다. 사랑, 무절제, 마음의 평화처럼 우리가 언젠가 죽을 수밖에 없다는 사실을 면전에 들이미는 것들을 피해 옆걸음질하다가 그녀가 활기찬 노년의 수수께끼를 밝혀 낸 것 같기도 했다.

"부탁 하나 해도 돼요, 오노라?" 그가 물었다.

"혹시 나더러 새러의 다과회에 참석해 달라는 얘기라면 소용없어. 피아노 수업이 있다고 말했잖아."

"그런 거 아니에요. 다른 부탁이에요. 내가 죽으면 장례식

때 프로스페로*의 연설을 읽게 해 주세요."

"그게 무슨 연설인데?" 오노라가 물었다.

"이제 잔치는 끝났다." 리앤더가 의자에서 일어서면서 말했다. "내가 예언했듯이, 우리의 이 배우들은 모두 정령이었으며, 이제 공기 속으로, 허공 속으로 녹아 들어갔다." 그가 연설하듯이 말했다. 젊었을 때 본 셰익스피어 배우들과 프로 권투 경기장 장내 아나운서들의 과장되고 단조로운 억양, 그리고 지금은 사라졌지만 예전에는 철도마차와 시내 전차에서 정거장 이름들을 주문처럼 외우던 차장들의 말투를 조금씩 본뜬 말투였다. 그의 목소리가 높아졌고, 그는 어구에 아주 충실한 몸짓으로 시를 표현했다. "…… 그리고 이 근거 없는 환상처럼 구름 모자를 쓴 탑, 화려한 궁전, 엄숙한 신전, 거대한 지구 그 자체, 그러니까 지구가 물려받은 모든 것들이 스르르 사라질 것이고, 이 공허하고 빛바랜 가장행렬처럼 흔적 하나 남기지 않을 것이다." 그는 양손을 아래로 떨어뜨렸다. 목소리도 잦아들었다. "우리는 꿈과 같은 존재들이며, 우리의 하찮은 삶은 잠으로 완성된다." 그러고 나서 그는 작별 인사를 하고 그 자리를 떠났다.

다음 날 아침 일찍 리앤더는 그날 하루 종일 농장에서 혼자만의 시간이나 마음의 평화를 누릴 수 없음을 깨달았다. 부인들이 참석한 대규모 잔치의 소란(이탈리아 제 도자기를 파는 것이 이 소란을 더욱 부추겼다.)에서 도망칠 길이 없었다. 그는 친

---

* 셰익스피어의 희곡 「태풍 *The Tempest*」의 주인공.

구 그라임스를 찾아가기로 했다. 그라임스는 웨스트칠럼에 있는 양로원에 있었다. 그는 오래전부터 그라임스를 만나러 갈 생각이었다. 그는 아침 식사를 마친 뒤 세인트보톨프스 시내로 걸어가서 웨스트칠럼 행 버스를 탔다. 버스 운전사는 칠럼 반대편에서 트와일라이트 양로원에 도착했다고 알려 주었고, 리앤더는 버스에서 내렸다. 도로에서 본 양로원은 뉴잉글랜드의 학교 같았다. 대리석 벽에는 부랑자들이 꼬이는 것을 막으려고 날카로운 돌조각들이 박혀 있었다. 진입로에는 느릅나무들이 그늘을 드리웠고, 건물들은 빨간 벽돌로 지어져 있었으며, 처음 건물을 지은 사람들이 어떤 건축 양식을 염두에 두었는지는 몰라도 지금은 아주 우울해 보였다. 진입로에서 리앤더는 노인들이 괭이로 도랑을 파고 있는 것을 보았다. 그는 중앙 건물로 들어가서 어떤 사무실로 향했다. 어떤 여자가 그에게 무슨 일로 오셨느냐고 물었다.

"그라임스 씨를 만나러 왔습니다."

"평일에는 면회를 할 수 없어요." 여자가 말했다.

"세인트보톨프스에서 여기까지 왔어요." 리앤더가 말했다.

"그라임스 씨는 북관에 계십니다. 제가 들여보내 주었다고 아무한테도 말하지 마세요. 저쪽 계단으로 올라가시면 돼요."

리앤더는 복도를 내려가서 널찍한 나무 계단을 올라갔다. 북관은 중앙 통로 양편에 철제 침대들이 줄지어 늘어선 커다란 방이었다. 노인들이 누워 있는 침대는 그중 절반도 되지 않았다. 리앤더는 친구의 얼굴을 알아보고 그가 누워 있는 침대로 다가갔다.

"그라임스." 그가 말했다.

"누구?" 노인이 눈을 떴다.

"리앤더야. 리앤더 왑샷."

"아, 리앤더." 그라임스가 울음을 터뜨렸다. 눈물이 뺨을 타고 줄줄 흘러내렸다. "리앤더, 이 친구. 크리스마스 이후로 날 만나러 온 친구는 자네가 처음이야." 그는 리앤더를 끌어안았다. "친근한 얼굴을 보는 게 나한테 어떤 의미인지 자네는 몰라. 그게 어떤 건지 자네는 몰라."

"옛날부터 자네를 만나러 와야겠다고 생각은 하고 있었어." 리앤더가 말했다. "벌써부터 와 볼 생각이었는데. 여기에 당구대가 있다는 말을 듣고 언제 한번 와서 자네랑 당구를 쳐야겠다고 생각했지."

"맞아, 당구대가 있어." 그라임스가 말했다. "가세, 당구대가 어디 있는지 보여 줄게." 그는 리앤더의 팔을 잡고 북관 밖으로 나갔다. "여기에는 온갖 놀이 기구가 다 있어." 그가 신이 나서 말했다. "크리스마스 때는 사람들이 축음기 음반을 많이 보내 줬지. 밭도 있어. 그래서 신선한 공기를 마시면서 운동도 할 수 있어. 밭에서 일도 하고. 밭도 한번 구경할 텐가?"

"뭐든 자네 좋을 대로 해, 그라임스." 리앤더가 별로 내키지 않는다는 듯이 말했다. 그는 밭도, 트와일라이트 양로원 시설도 별로 구경하고 싶지 않았다. 한 시간 정도 어디 조용히 앉아서 그라임스와 이야기를 나눌 수 있다면 여기까지 찾아온 보람이 있을 것 같았다.

"우리가 먹는 채소를 여기서 직접 기른다네." 그라임스가 말했다. "밭에서 금방 따 온 신선한 채소를 먹을 수 있어. 먼저 밭을 보여 주지. 그러고 나서 당구를 치는 거야. 당구대는 상태가 별로 좋지 않아. 우선 밭을 보여 줄게. 어서 가세."

두 사람은 뒷문을 통해 중앙 건물을 나와 밭으로 향했다. 리앤더가 보기에 밭은 엄격한 소년원의 우울한 채소밭 같았다. "봐." 그라임스가 말했다. "완두콩. 당근. 사탕무. 시금치. 조금 있으면 옥수수도 딸 거야. 우리가 옥수수를 내다 팔거든. 어쩌면 자네가 집에서 먹는 옥수수 중에 우리가 기른 것이 있을지도 몰라, 리앤더." 그는 이제 막 수염이 나기 시작한 옥수수 밭에 리앤더를 끌고 들어와 있었다. "지금부터는 조용히 해야 하네." 그가 숨죽인 소리로 말했다. 두 사람은 옥수수 밭을 통과해 밭 가장자리로 나와 "들어가지 마시오."라는 경고판이 붙어 있는 돌담을 넘어 덤불 속으로 들어갔다. 잠시 후 진흙 속에 얄팍한 구덩이가 있는 빈터가 나왔다.

"봤지?" 그라임스가 속삭였다. "봤지? 여길 아는 사람은 많지 않아. 여긴 도자기 가마터야. 저 사람들이 우릴 묻는 곳이 여기지. 여기 두 사람은 지난달에 앓아누웠어. 찰리 돕스와 헨리 포스야. 둘 다 같은 날 밤에 죽었지. 그때 이곳 사람들이 죽은 사람들을 어떻게 하는지 감이 왔는데, 그걸 확실히 확인하고 싶어서 그날 아침에 이리로 와서 숲 속에 숨었어. 그랬더니 10시쯤에 뚱뚱한 녀석이 외바퀴 수레를 끌고 이리로 오더라고. 수레에 찰리 돕스와 헨리 포스가 있었어. 완전히 알몸으로. 뚱뚱한 녀석이 두 사람을 서로 포개지게 던졌어. 얼굴이 땅으로 향하게. 그 두 사람은 서로를 좋아하지 않았어, 리앤더. 서로 말도 안 했다고. 그런데 그놈이 두 사람을 함께 묻은 거야. 난 차마 볼 수가 없었어. 도저히 볼 수가 없었어. 그 뒤로 내내 기분이 좋지 않아. 내가 밤에 죽으면 저놈들이 날 알몸으로 구덩이에 던질 거야. 내가 알지도 못하는 사람하고 나란히. 가서 말 좀 해 주게, 리앤더. 신문 기자들한테 이 얘길 해 줘. 자넨 옛날부터 말을 잘했잖아. 가서 말 좀 해 줘……."

"그래, 그래." 리앤더가 말했다. 그는 빈터와 히스테리를 부리는 친구에게서 멀어지려고 숲 속으로 뒷걸음을 치고 있었다. 두 사람은 돌담을 넘어 옥수수 밭을 통과했다. 그라임스가 리앤더의 팔을 잡았다. "가서 말 좀 해 줘. 신문사에 가서 말하란 말이야. 날 구해 줘, 리앤더. 날 구해 줘……."

"그래, 그럴게, 그라임스. 그래, 그럴게."

두 노인은 나란히 정원을 지나 돌아왔고, 리앤더는 중앙 건물 앞에서 그라임스에게 작별 인사를 했다. 그러고는 서두르는 기색을 보이지 않으려고 애쓰면서 진입로를 내려갔다. 정문 밖으로 나오자 마음이 놓였다. 버스는 한참 동안 오지 않았다. 마침내 버스가 나타나자 그는 이렇게 소리쳤다. "여기요, 여기. 멈춰, 멈춰요. 내가 타야 한단 말이오."

그는 그라임스를 도와줄 수 없었다. 버스가 세인트보톨프스에 가까워지면서 "S. S. 토파즈 호를 구경하세요. 뉴잉글랜드 유일의 수상 선물 가게입니다."라는 간판을 보았을 때, 그는 자신이 자기 앞가림도 하기 힘든 처지임을 깨달았다. 지금쯤이면 다과회가 끝나 있으면 좋겠다는 생각이 들었지만, 농장 근처까지 왔을 때 잔디밭과 진입로 양편에 많은 자동차들이 주차되어 있는 것이 보였다. 그는 집을 끼고 돌아가서 뒷문으로 들어가 2층 자기 방으로 올라갔다. 늦은 시간이어서 창문 너머로 토파즈 호의 반짝이는 촛불 빛이 보였다. 차를 마시며 이야기를 나누는 부인들의 목소리도 들렸다. 그런 광경을 보니 자신이 웃음거리가 되고 있는 것 같았다. 자신의 실수와 불운이 공개적인 구경거리가 된 듯한 느낌. 그는 아버지를 추억하며, 옛날부터 그랬듯이 자기도 아론 같은 결말을 맞게 될까 봐 겁이 났다. 여자들이 자기 얘기를 할 것 같았다. 그러니 창가에서 여자들 이야기에 귀를 기울이기만 하면 될 일이었다. "그 사람이 대낮에 그 여자를 차에 태워 갈매기바위로 갔어요." 게이츠 부인이 선착장 쪽으로 난 오솔길을 걸어가며 말했다. "테오필러스는 그 사람이 취했을 거래요."

이러니 남자는 얼마나 약한 존재인가. 아무리 사타구니를 과시하며 으스대더라도 속삭임 한마디에 영혼이 다 타 버린 재로 변해 버리기도 한다. 포도 껍질에 묻은 명반의 맛, 바다 내음, 봄 햇살의 따스함, 달고 쓴 열매들, 이 사이에 낀 모래알, 그에게는 인생을 의미하는 이런 것들을 누가 빼앗아 가 버린 것 같았다. 고요한 석양처럼 노년을 보내려던 계획은 어디로 가 버린 걸까? 차라리 자기 눈을 뽑아 버리고 싶었다. 자기 배에서 타오르는 촛불을 보면서(그는 폭풍 속에서 그 배를 몰고 집으로 돌아오곤 했다.) 자신이 유령이나 거세당한 남자가 된 것 같았다. 그는 책상 서랍 속의 말린 장미와 머리카락으로 만든 화환 밑에서 장전된 권총을 꺼내 창가로 갔다. 이날을 위해 피워 놓은 불들이 산업화된 도시에 큰불이 났을 때처럼 타고 있었고, 헛간의 둥근 지붕 위로 저녁 별이 보였다. 사람의 눈물처럼 달콤하고 둥근 별. 그는 창밖으로 권총을 쏜 다음 바닥에 쓰러졌다.

그는 찻잔 부딪치는 소리와 여자들 목소리를 과소평가했다. 토파즈 호에서는 아무도 총소리를 듣지 못했으니까 말이다. 부엌에 뜨거운 물을 가지러 왔던 룰루만이 그 소리를 들었다. 그녀는 뒷계단을 올라와 서둘러 그의 방으로 와서 문을 열고는 비명을 질렀다. 리앤더는 그녀의 목소리를 듣고 무릎으로 일어섰다. "아, 룰루, 룰루, 자네한테 상처를 입히려고 그런 게 아니야. 자네 때문에 그런 게 아냐. 자네를 놀라게 할 생각은 없었어."

"괜찮으세요, 선장님? 어디 다치셨어요?"

"난 바보야." 리앤더가 말했다.

"아이고, 가엾은 분." 룰루가 그를 부축해 일으켜 세우면서 말했다. "가엾기도 하시지. 사모님한테 이러면 안 된다고 말씀드렸어요. 선장님이 속이 많이 상하실 거라고 부엌에서 몇 번이나 말씀드렸는데, 사모님은 제 말을 도통 들으려 하질 않으셨어요."

"난 그냥 제대로 대접받고 싶을 뿐이야." 리앤더가 말했다.

"가엾은 분." 룰루가 말했다. "가엾기도 하시지."

"여기서 본 걸 아무한테도 말하지 마." 리앤더가 말했다.

"예."

"약속하는 거지?"

"약속할게요."

"여기서 본 걸 아무한테도 말하지 않겠다고 맹세해."

"맹세해요."

"성경 책에 걸고 맹세해. 성경이 어디 있더라? 내 성경 책 어디 갔지? 내 낡은 성경 책 어디 있어?" 그는 정신없이 방 안을 뒤지며 책과 종이를 들었다 놓고, 서랍을 열어젖히고, 책꽂이와 궤짝들 속을 들여다보았지만 성경 책을 찾을 수 없었다. 그는 책상 위 거울에 꽂힌 자그마한 미국 국기를 뽑아 들고 룰루에게 내밀었다. "국기에 걸고 맹세해, 룰루. 여기서 본 걸 아무한테도 말하지 않겠다고 국기에 걸고 맹세해."

"맹세해요."

"난 그냥 제대로 대접받고 싶을 뿐이야."

28

93번 섬의 행정 업무는 군대와 민간이 반반씩 맡았지만, 군대가 교통, 통신, 식량 조달을 책임지고 있었기 때문에 민간인 관리들보다 우위에 서는 경우가 많았다. 그래서 코벌리는 어느 날 초저녁에 군대 통신실로 불려 가 룰루 브레큰리지가 보낸 전보를 받아 들었다. "아버지가 곧 돌아가실 것 같아요."라는 내용이었다. "유감입니다." 장교가 말했다. "당신이 통신 담당자에게 부탁할 수는 있겠지만, 그쪽 사람들이 당신을 위해 손을 써 줄 것 같지는 않습니다. 9개월 동안 여기 있기로 계약했으니까요." 코벌리는 전보를 쓰레기통에 버리고 통신실을 나왔다.

저녁 식사를 마친 뒤였다. 사람들이 땅을 파서 만든 변소에 불을 놓았기 때문에 야자수들 사이로 연기가 피어올랐다. 20분 뒤면 영화가 시작될 터였다. 코벌리는 건물 뒤로 조금 들어가서 울기 시작했다. 그는 길가에 주저앉았다. 해가 지고 있었다.

섬에서는 해가 금방 지는데 여자들이 전혀 없는 남자들만의 원시적인 생활이 당당히 모습을 드러내기 시작하는 것이 바로 이때였다. 빨래, 편지 쓰기, 남자들이 이성과 품위를 유지하려고 물건을 만드는 일 같은 것들 말이다. 남자가 길가에 앉아 있는 것은 전혀 이상한 일이 아니었으므로 아무도 코벌리를 눈여겨보지 않았다. 따라서 그가 우는 것을 본 사람도 없었다. 그는 리앤더가 보고 싶었다. 그는 아버지가 세인트보톨프스에서 죽어 가고 있는데, 자신은 아버지와 함께 세운 계획 때문에 영화가 시작되기 조금 전에 어느 열대의 섬에서 속임수에 빠져 고생하는 꼴이 되었다고 생각하며 울었다. 다시는 아버지를 볼 수 없을 터였다. 그는 집으로 돌아가려고 애써 보기로 하고 눈물을 닦는 수송실로 향했다. 수송실에는 젊은 장교가 한 명 있었는데, 그는 코벌리가 민간인 복장을 하고 있는데도 자신에게 경례를 하지 않았다는 사실에 실망한 것 같았다.

"긴급히 이동할 일이 있습니다." 코벌리가 말했다.

"무슨 일 때문에 그러십니까?" 코벌리는 장교의 오른뺨에 틱 증세가 있음을 알아보았다.

"아버지가 위독하십니다."

"그 말을 증명할 수 있습니까?"

"통신실에 전보가 와 있습니다."

"여기서 무슨 일을 하십니까?"

"테이프 기록원입니다."

"음, 일주일 동안 일을 빠질 수는 있을 겁니다. 하지만 긴급 수송편은 없습니다. 소령님은 지금 클럽에 가 계시지만, 어쨌든 당신을 도와주지 않을 겁니다. 가서 목사님을 한번 만나 보시죠."

"그럼 목사님을 만나 보겠습니다." 코벌리가 말했다.

날은 어두워졌고, 영화도 이미 시작했으며, 부드러운 어둠 속 허공에 별들이 잔뜩 매달려 있었다. 예배당은 사무실 건물에서 400미터쯤 떨어진 곳에 있었는데, 예배당에 가 보니 문 위에 파란색 휘발유 등이 걸려 있고, 등 뒤에는 "환영합니다." 라고 적힌 커다란 판이 걸려 있었다. 이 건물은 인간의 독창성에 바치는 찬사와도 같은 모습이었다. 대나무를 묶어서 발판을 만들고, 그 위에 야자수 돗자리를 덮었다. 그리고 이 모든 것이 한데 어우러져 시골 교회의 전통적인 선을 구현하고 있었다. 심지어 야자수 돗자리로 만든 뾰족탑도 있었고, 이곳 분위기는 사람들이 이곳을 별로 좋아하지 않음을 똑똑히 보여 주었다. 문간에는 "환영합니다."라는 판으로 도배가 되어 있었다. 건물 내부도 마찬가지였다. 문 근처 탁자에는 공짜로 쓸 수 있는 문구 용품, 곰팡내 나는 잡지들, 이곳에서 휴식과 여가를 즐기며 기도를 드리라는 초대장이 놓여 있었다.

중위 계급장을 단 린드스트롬이라는 이름의 군목이 거기서 편지를 쓰고 있었다. 그는 연약하고 못생긴 얼굴에 군용 철테 안경을 썼다. 그는 작은 곳에 어울리는 사람이었다. 순수함과 편협함, 악의 넘치는 소문 등이 판을 치는 작은 마을 말이다. 또한 그는 일요일 저녁 식사 때 연어 통조림과 레모네이드를 주셔서 감사하다고 하느님께 기도할 때 내보이는 독선과 지독한 신앙심, 그리고 3월 아침에 아마포 말리는 냄새를 이 산호섬까지 고스란히 가져온 것 같았다. 그는 코벌리에게 의자를 권하고 필기도구를 내밀었다. 코벌리는 도움이 필요하다고 말했다.

"당신 얼굴을 본 기억이 없군요." 린드스트롬이 말했다. "아마 예배에 나오지 않는 분인 것 같습니다. 저는 한번 본 얼굴은 절대 잊어버리지 않거든요. 사람들이 왜 여기 와서 예배를 드리지 않는지 도통 모르겠습니다. 이 교회는 서태평양 지역의 예배당 중에서도 제일 좋은 편에 속하는데 지난 일요일에는 다섯 명만 예배에 나왔습니다. 본부의 사진사를 한 명 이리로 불러서 여기 사진을 찍게 하려고 애쓰는 중입니다. 이 교회 사진은 《라이프》에 실려야 마땅해요. 이 교회를 오리어리 신부님과 함께 써야 하는데, 신부님은 힘든 일이 있을 때 저를 별로 도와주지 않습니다. 신도들이 예배를 어디서 드리는지 별로 신경 쓰지 않는 것 같았어요. 신부님은 지금 장교 식당에서 포커를 치고 있습니다. 신부님이 시간을 어떻게 보내든 내 알 바 아니지만, 복음을 전하는 성직자가 카드 놀이를 해서는 안 되지요. 난 카드를 손에 쥐어 본 적도 없습니다. 물론 이것도 제가 상관할 바 아니지만, 신부님이 신도들을 모으려고 쓰는 방법도 마음에 안 듭니다. 지난 일요일에 미사에 참석한 사람은 스물여덟 명이었어요. 내가 직접 세어 봤습니다. 그런데 신부님이 그 사람들을 어떻게 모았는지 아십니까? 지난 토요일에 위스키 배급이 있었는데, 신부님이 배급 장소로 가서 줄 서 있는 사람들을 끌어다가 고해를 하러 오게 했습니다. 고해를 하지 않으면 위스키도 없다면서요. 그런 짓을 하면 누구라도 신도들을 잔뜩 모을 수 있을 겁니다. 나는 필기도구와 잡지들을 여기 꺼내 놓고 환영한다는 말을 직접 써 붙였습니다. 아내가 과자를 보내올 때마다, 아내는 오트밀 과자를 만듭니다, 제과점을 열면 돈을 엄청 벌 수 있을 거예요, 어쨌든 아내가 과자를 보내오면 난 그걸 접시에 담아 여기 내놓습니다. 내가 할 수 있는 일은 그게 다예요."

"긴급 수송편이 필요합니다." 코벌리가 말했다. "집에 가고 싶습니다. 아버지가 위독하세요."

"이런, 정말 안됐군요." 린드스트롬이 말했다. "정말 유감입니다. 나도 긴급 수송편을 마련해 줄 수 없습니다. 그쪽에서 왜 나한테 사람들을 보내는지 모르겠어요. 그 사람들이 왜 이런 짓을 하는지 모르겠습니다. 가서 소령님을 만나 보세요. 지난달에 어떤 사람이 긴급 수송편을 타고 떠났습니다. 어쨌든 내가 들은 얘기로는 그래요. 가서 소령님을 만나 보세요. 당신을 위해 기도하겠습니다."

소령은 장교 클럽에서 포커를 치며 위스키를 마시다가 몹시 퉁명스럽게 자리를 떴다. 하지만 그는 술을 마시더라도 상냥함 또는 다정다감함을 잃지 않았다. 코벌리가 아버지가 위독하다고 말하자 그는 코벌리의 어깨에 팔을 두르고 수송실까지 함께 가서, 영화를 보고 있던 부하를 불러내 명령을 내렸다.

그는 날이 밝기 전에 기름으로 뒤덮인 낡은 DC-4를 타고 떠났다. 동체에는 수영하는 미녀가 그려져 있었다. 그는 바닥에서 잠을 잤다. 비행기는 산악 지대에서 번개가 치는 가운데 뜨거운 여름의 소란스러운 어스름 속에 오아후에 도착했다. 그는 다음 날 밤 11시에 수송기를 타고 샌프란시스코로 떠났다. 사람들은 주사위 놀이를 했고, 단열 처리가 되지 않은 비행기는 몹시 추웠다. 코벌리는 담요로 몸을 감싸고 접의자에 앉아 있었다. 윙윙거리는 엔진 소리에 토파즈 호를 생각하며 잠이 들었다. 깨어 보니 하늘이 장밋빛이었고, 승무원이 오렌지를 나눠 주며 육지의 바람 냄새가 난다고 말하고 있었다. 비행기가 해안으로 다가가자 단단해 보이던 구름 천장이 갈라지면서 여름 햇볕에 탄 샌프란시스코의 산들이 보였다. 군대식 입국 절차를 마친 지 몇 시간 후 코벌리는 폭격기에 무임승차해 워싱턴까지 날아가서 기차로 갈아타고 세인트보톨프스로 향했다. 그는 오전 중반에 기차역에서 택시를 타고 농장까지 갔다. 가는 길에 길가 느릅나무에 매달린 광고판을 처음으로 보았다. "S. S. 토파즈 호를 구경하세요. 뉴잉글랜드 유일의 수상 선물 가게입니다." 그는 택시에서 내려 주위를 둘러보다가 강가 풀밭에서 네 잎 클로버를 찾고 있는 아버지를 보고 그리로 달려갔다. "그래, 네가 올 줄 알았다, 코벌리." 리앤더가 소리쳤다. "너나 모지스가 올 줄 알았어." 그는 아들을 끌어안고 아들의 어깨에 머리를 기댔다.

3부

29

20세기 초에는 미국에 구드 왕 아서가 다스리던 시대의 메리잉글랜드*보다 더 많은 성들이 있었다. 아내를 찾아 나선 모지스는 그때까지 마지막으로 남아 있던 이런 성들 중 한 곳에 이르렀다. 이런 성들은 대부분 박물관으로 개조되거나, 종교 교단의 소유가 되거나 파괴된 후였다. 모지스가 도착한 곳은 클리어헤이븐이라는 곳으로, 저스티나 왑샷 몰즈워스 스캐던의 소유였다. 오래전에 세인트보톨프스에 살던 모지스의 친척인 저스티나는 싸구려 잡화점으로 큰돈을 번 백만장자와 결혼했다. 모지스는 채권 학교 시절의 동급생과 함께 갔던 무도회인지 댄스파티인지에서 그녀를 만난 적이 있으며, 그녀를 통해 그녀의 피후견인인 멜리사를 만났다. 모지스는 멜리사를 보는 순간 너무나 매력적이고 아름다운 여자라고 생각했다. 그는

---

* 영국의 옛 속칭.

그녀에게 구애했고, 그녀와 연인이 된 후 청혼했다. 그가 아는 한, 이 갑작스러운 청혼은 오노라의 유언장에 명시된 조건과는 전혀 상관없는 것이었다. 멜리사는 그가 클리어헤이븐에 살기로 한다면 그와 결혼하겠다고 했다. 그는 이 조건에 반대할 이유가 없었다. 클리어헤이븐이 어떤 곳이든 그곳에서 여름을 쾌적하게 보낼 수 있을 것이고, 가을이면 그녀를 설득해 시내로 이사할 수 있을 것이라고 그는 확신했다. 그래서 어느 비 오는 날 오후에 그는 멜리사 스캐던을 사랑해 그녀와 결혼할 생각으로 클리어헤이븐 행 기차를 탔다.

모지스가 세인트보톨프스에서 익힌 보수적이고 검소한 취향은 뉴욕 금융계의 검소한 취향과 우연히 잘 맞아떨어졌으므로, 모지스는 칙칙한 비옷 속에 오래된 항구인 세인트보톨프스에서 입던 우중충한 갈색 옷을 입었다. 그는 날이 거의 어두워졌을 때 출발했는데, 기차가 북부의 빈민가를 통과하는 동안 빗줄기가 도시의 매연과 더러움을 그물처럼 붙들어 가지고 왔기 때문에 그는 기분이 우울해져서 마음을 가라앉힐 수 없었다. 그가 탄 기차는 강둑을 달려 올라갔고, 그는 육지 쪽에 면한 좌석에 앉아서 풍경을 지켜보았다. 그곳 풍경은 이상한 것들로 가득 차 있어서 그가 클리어헤이븐과 대면할 준비를 하는 데 도움이 될 만했다. 이제는 원래 예정된 모습이나 궁극적으로 취하게 될 모습을 유지하고 있는 것이 하나도 없어서, 가문의 자부심을 드러낼 목적으로 지어진 그 집이 장례식장으로 변했고 세속적인 자부심을 드러낼 목적으로 지어진 그 집이 하숙집으로 변했으니까 말이다. 허영에 물든 자부심을 드러낼 목적으로 지어진 그 성에 지금은 우르술라 회 수녀들이 살았지만 이렇게 목적이 변질되어 가는 과정 속에서 모지스는 인간의 다정함과 독창성이 사방에 각인되어 있음을 보았다. 그가 탄 낡은 기차는 완행이었으므로, 삐걱거리며 한 역에서 다음 역으로 나아갔다. 하지만 도시에서 어느 정도 멀어진 뒤에는 역이 그렇게 많지 않았다. 그는 차창 밖 플랫폼에서 기차나 일행을 기다리며 가족들과 함께 서 있는 사람들을 보았다. 창백한 불빛과 빗줄기와 그들 특유의 태도 때문에 그들이 뭔가 슬프고 급한 일로 인해 그렇게 모이게 된 것처럼 보였다. 기차가 클리어헤이븐에 도착했을 때, 그가 탄 열차 칸에는 승객이 두 명밖에 남지 않았는데, 그곳에서 내린 사람은 그뿐이었다.

비가 세차게 내렸고, 밤이라 사방이 어두웠다. 그는 대합실로 들어가 벽에 걸린 떡갈나무 액자를 한참 동안 바라보았다. 그의 목적지를 찍은 커다란 사진이 액자 안에 들어 있었기 때문에. 클리어헤이븐의 수많은 탑들에서 깃발이 휘날렸고, 버팀벽에는 담쟁이덩굴이 수북이 자라나 있었다. 그가 그곳에 가는 목적을 생각해 보면 그것은 전혀 우스꽝스러운 모습이 아니었다. 대합실 바닥에 융단이 깔려 있는 것으로 보아 저스티나가 미리 손을 쓴 것 같았다. 은촉물림 판자로 된 벽에는 마호가니 색깔의 얼룩이 있고, 겨울에 이곳을 따뜻하게 해 주는 파이프들이 두 개씩 우아하게 위로 뻗어 올라가 뱀처럼 천장 구멍 속으로 사라졌다. 벽에 빙 둘러 놓여 있는 벤치들에는 일정한 간격을 두고 우아하게 구부린 나무 막대들이 있었는데, 그것이 여행자들에게 팔걸이 역할을 함과 동시에 낯모르는 사람들끼리 따뜻한 넓적다리를 잇대지 않아도 되도록 해 주는 것 같았다. 그가 대합실 밖으로 나오자 길가에 택시 한 대가 서 있었다. "제가 정문까지 모셔다 드리겠습니다." 운전사가 말했다. "저택까지 모셔다 드릴 수는 없지만, 정문 앞에 내려 드리죠."

모지스가 택시에서 내려서 보니, 쇠로 만든 정문이 사슬과 맹꽁이자물쇠로 잠겨 있었다. 왼쪽에 작은 문이 있었으므로 그는 그리로 들어가 굵은 빗줄기를 뚫고 불빛을 향해 걸었다. 문지기가 있는 경비실이나 별채에서 나오는 빛 같았다. 어떤 중년 남자가 문을 열어 주러 나왔는데(그는 식사하던 중이었다.) 모지스가 이름을 밝히자 몹시 기쁜 표정을 지었다. "나는 자코모입니다." 그가 말했다. "자코모예요. 나를 따라오시죠." 모지스는 그를 따라 낡은 차고로 들어갔다. 차가운 콘크리트 특유의 습기로 인해 악취가 나는 곳이었다. 그런 습기는 금방 뼛속까지 파고드는 법이다. 그곳의 눈부신 빛 속에 웨스트 농장의 옥외 변소처럼 뒷좌석에 초승달 모양의 창문이 달린 낡은 롤스로이스 한 대가 서 있었다. 자코모가 연료 펌프를 조작하는 동안 모지스는 앞 좌석에 탔다. 차에 시동이 걸리는 데는 시간이 조금 걸렸다. "이 차가 거의 죽은 거나 마찬가지라서요." 자코모가 말했다. "밤에 운전하기에는 좋지 않아요." 그러고 나서 두 사람은 전함처럼 차를 후진시켜 빗속으로 나갔다. 앞 유리창에 와이퍼가 없는 건지, 아니면 자코모가 와이퍼를 작동시키지 않은 건지 모르겠지만, 어쨌든 두 사람은 와이퍼도 없고 전조등도 없이 구불구불한 진입로를 올라갔다. 그러다가 갑자기 클리어헤이븐의 불빛들이 모지스의 눈에 띄었다. 불빛이 수백 개는 되는 것 같았다. 불빛이 워낙 많아서 도로까지 환하게 밝혀 주었기 때문에 그의 기분도 밝아졌다. 모지스는 자코모에게 고맙다고 인사한 뒤 여행 가방을 들고 빗속을 걸어 비를 피할 수 있는 널찍한 현관 쪽마루로 걸어갔다. 현관 쪽마루는 성당의 현관 쪽마루처럼 이랑 무늬와 조각으로 장식되어 있었다. 그의 눈에 띈 유일한 초인종은 단련한 쇠에 이파리와 장미를 새긴 신기한 물건이었다. 그 초인종이 워낙 신기하고 낡은 것이라서 그는 줄을 잡아당기면 종이 자기 머리 위로 떨어질까 봐 그냥 주먹으로 문을 쾅쾅 두드렸다. 하녀가 나와서 문을 열어 주었고, 그가 둥그런 홀에 발을 들여놓는 순간 멜리사가 또 다른 문에서 모습을 드러냈다. 그는 가방을 내려놓은 뒤, 빗물이 모자챙을 타고 흘러내리는 것도 아랑곳하지 않고 사랑하는 여인을 품에 안았다.

그의 옷은 축축했고, 약간 불쾌한 냄새도 났다. "옷을 갈아입으면 좋을 것 같은데," 멜리사가 말했다. "시간이 별로 없어요⋯⋯." 그는 그녀의 표정에서 불안과 기쁨이 뒤섞인 감정을 감지했다. 자기 삶의 한 부분을 또 다른 한 부분에 소개하면서 그 두 부분이 충돌해서 어쩌면 자기가 양자택일을 하거나 누군가와 헤어져야 할지도 모른다는 불안감을 느끼는 사람의 표정. 그녀가 그의 팔을 잡고 홀을 가로지를 때 그는 그녀의 불안감을 느꼈다. 두 사람의 발소리가 흑백의 대리석 바닥에 울려 퍼졌다. 모지스답지 않은 일이었지만, 사실 그는 분수 소리가 들리는 왼쪽도, 온실의 달콤한 흙냄새가 나는 오른쪽도 바라보지 않았다. 오노라처럼 어떤 환경에서든 그곳에서 태어나 자란 사람처럼 행세하는 것이 그 사람의 성격을 보여 준다고 생각했기 때문이다.

그가 이처럼 호기심에 저항한 것이 어떤 의미에서는 옳은 일이었다. 클리어헤이븐은 이방인들에게서 감탄을 자아낼 목적으로 만들어진 곳이었으니까. 이곳에 방이 몇 칸이나 되는지 세어 본 사람은 아무도 없었다. 다시 말해 오늘처럼 비가 내리는 어느 날 오후에 이곳에 들렀던 천박하고 야심만만한 사촌 외에는 아무도 없었다는 얘기다. 그녀는 숫자를 통해 찬란함이 드러날 수 있다는 생각에 오후 내내 방의 개수를 세었다. 그 결과 아흔두 개라는 숫자가 나왔지만, 그녀가 하녀들의 방, 욕실, 쓰지 않는 이상한 방들까지 모두 세었는지 어땠는지는 아무도 몰랐다. 쓰지 않는 방들 중 일부는 창문이 없었으며, 그런 방들이 생긴 것은 이곳에서 수도 없이 증축을 했기 때문이었다. 이 집은 저스티나의 고집스럽고 괴팍한 성격을 반영하듯이 점점 자라났다. 그녀는 밀라노의 빌라 페셰레에서 커다란 홀을 사들인 뒤 건축가에게 전보를 쳐서 그 홀을 자그마한 서재에 붙이라고 지시했다. 일주일 뒤 샤토드라뮈에트에서 응접실을 팔겠다는 제의가 들어올 줄 미리 알았더라면, 그녀는 결코 그 홀을 사지 않았을 것이다. 그녀는 건축가에게 이 응접실을 자그마한 식당에 붙이라고 지시하면서, 자신이 사계절을 상징하는 대리석 분수 네 개를 샀다고 알려 주었다. 건축가는 답장에서 분수가 도착했으며 집 안에는 분수를 놓을 공간이 전혀 없으니 밀라노에서 가져온 홀에 겨울 정원을 붙이는 계획을 승인해 주겠느냐고 물었다. 그녀는 그렇게 하라고 전보로 알린 뒤, 그날 오후에 작은 예배당 하나를 샀다. 스캐던 씨가 그녀의 생일에 선물로 준, 그림이 그려진 방에 예배당을 붙일 수 있을 것 같았다. 사람들은 그녀가 너무 많은 방들을 사들여서 그걸 다 어떻게 쓸지 본인도 모른다고 자주 말하곤 했지만, 그녀는 그 방들을 모두 사용했다. 그녀는 수집품이 창고에서 썩어 가게 내버려 두는 사람이 아니었다. 그 여행 때 그녀는 빈첸초에서 대리석 바닥과 기둥 몇 개를 샀지만, 그녀가 그때든 나중에든 클리어헤이븐에 덧붙이려고 찾아낸 모든 물건 중에서 가장 인상적인 것은 저 훌륭한 윈저 홀의 석재와 목재였다. 지금 멜리사가 모지스를 데려가고 있는 곳이 바로 조국을 떠나온 그 홀이었다.

저스티나는 불가에 앉아서 셰리를 마시고 있었다. 리앤더의 계산에 따르면 그녀의 나이는 일흔다섯 살 내외였지만, 머리카락과 눈썹은 새까만 색이었고, 얼굴에 찰싹 달라붙게 손질한 곱슬머리에 둘러싸인 얼굴에는 붉은 연지가 잔뜩 발려 있었다. 그녀의 눈은 흐릿하고 노회했다. 머리카락은 이마에서 높이 솟아 있었는데, 모지스는 그 구식 머리를 보고 세인트보톨프스에 있는 카트라이트 블록의 가짜 정면 장식을 떠올렸다. 둘 다 같은 시대의 산물이었다. 하지만 그는 그녀를 보며 그녀의 과거 모습, 늙은 여우 같은 무용수의 모습을 가장 많이 떠올렸다.

그녀는 아주 무관심한 표정으로 모지스를 맞이했지만, 남자들에 대한 불신감을 오노라보다 더 거리낌 없이 드러내는 여자였으니 그리 놀랄 일도 아니었다. 그녀의 드레스는 화려하면서도 단순한 디자인이었으며, 오만하고 거친 목소리는 사회적인 야망을 달성한 사람들의 목소리보다 한층 더 높게 울렸다. "달바 백작, 버고인 장군, 엔더비 부인." 그녀가 모지스를 방 안의 다른 사람들에게 소개했다. 백작은 키가 크고 피부가 거무스름했으며, 동굴 같은 콧구멍에는 털이 많이 나 있었다. 장군은 휠체어를 탄 노인이었다. 엔더비 부인은 코안경을 썼는데, 마름모꼴 렌즈가 콧잔등에 워낙 느슨하게 걸려 있어서 마치 수종에 걸린 사람처럼 보였다. 그녀의 손가락에는 잉크 얼룩이 있었다. 멜리사와 모지스는 불가에 놓인 의자로 갔지만, 의자가 엄청나게 커서 모지스는 의자를 짚고 몸을 들어 올려 그 위에 앉았다. 앉고 보니 다리가 바닥에 닿지 않을 정도였다. 하녀가 그에게 셰리 한 잔과 묵은 땅콩 몇 알이 담긴 접시를 주었다. 셰리는 상태가 별로 좋지 않았는데, 어쨌든 그가 맛을 보는 순간 멜리사가 그를 향해 미소를 지었다. 저스티나가 극도로 인색하다던 그녀의 말이 생각나서 그는 여행 가방 속에 든 위스키를 좀 꺼내 올 걸 그랬다는 생각이 들었다. 잠시 후 하녀가 저쪽 문간에 서서 종을 울리자 사람들이 복도를 내려가 촛불이 켜진 방으로 들어갔다.

저녁 식사는 수프 한 컵, 삶은 감자 한 알, 생선 토막 하나와 일종의 커스터드였으며, 사람들의 대화는 원래 저스티나의 뜻에 따라 좌우되어야 했으나 그녀가 피곤한 건지, 정신이 다른 곳에 가 있는 건지, 아니면 모지스가 나타난 것 때문에 기분이 상했는지 별로 관심을 보이지 않았으므로 대화도 제대로 이어지지 못했다. 장군이 그녀에게 어떤 친구가 아프다는 이야기를 꺼내자, 그녀는 남자들의 불성실함에 관한 자신의 고정관념을 이야기했다. 그녀는 자기 친구가 남편 때문에 병에 걸렸다고 생각했다. 결혼하지 않은 여자들이 결혼한 여자들보다 훨씬 더 건강하다는 것이 그녀의 말이었다. 식사가 끝난 뒤 사람들은 다시 홀로 이동했다. 모지스는 여전히 배가 고팠기 때문에 이 집 주방에 뭔가 허점이 있으면 좋겠다는 생각이 들었다. 만약 클리어헤이븐에서 살게 된다면, 이렇게 부실한 식사로는 견딜 수 없을 것 같았다. 저스티나는 장군과 함께 주사위 놀이를 했고, 백작은 피아노에 앉아 칵테일파티에서 연주되는 애절한 곡들을 연달아 연주하기 시작했다. 너무나 순수한 사랑의 감정과, 행동에 나서기보다는 동경만으로 가득 찬 열정을 담고 있기 때문에 사랑에 빠진 남자의 귀에는 별로 좋지 않게 들리는 곡들 말이다. 그런데 갑자기 집 안의 불이 전부 꺼져 버렸다.

"퓨즈가 또 나갔네." 저스티나가 벽난로 불빛에 의지해 주사위를 굴리며 말했다.

"제가 고쳐 볼까요?" 저스티나에게 잘 보이려고 안달하던 모지스가 물었다.

"글쎄다." 저스티나가 말했다. "여기저기 퓨즈가 워낙 많아서."

멜리사가 양초에 불을 붙였고, 모지스는 그녀를 따라 복도를 내려갔다. 주방에서 하인들이 성냥불을 켜서 양초를 찾으며 수다 떠는 소리가 들렸다. 그녀는 또 다른 복도로 통하는 문을 열고, 가파르고 낡아 빠진 나무 계단을 내려가 흙냄새가 나는 지하실로 들어갔다. 퓨즈 상자를 찾아낸 모지스는 낡은 퓨즈를 새것으로 바꿔 끼웠다. 그런데 전선 일부가 피복이 벗겨진 채 그대로 드러나 있거나, 절연 테이프가 아무렇게나 붙어 있는 것이 눈에 띄었다. 멜리사가 양초를 불어서 껐고, 두 사람은 홀로 돌아왔다. 백작은 또다시 혼자서 음악을 연주하고 있었고, 장군은 휠체어를 몰아 모지스에게 바짝 다가오더니 벽난로 근처의 유리 장식장으로 그를 데리고 갔다. 장식장 안에는 고(故) 스캐던 씨가 프린스턴에서 명예 학위를 받을 때 입었던 예복이 곰팡내를 풍기며 걸려 있었다.

모지스는 이 궁전과 홀의 기반이, 맛있지만 불량한 냄새를 풍기던 어린 날의 싸구려 잡화점이라는 사실을 생각하며 즐거워했다. 그가 가장 생생하게 기억하는 것은 그곳 아가씨들이었다. 화장품 판매대에서 일하던 여드름 난 아가씨, 철물 잡화를 팔던 가슴 풍만한 아가씨, 사탕 판매대의 게으른 아가씨, 오일 클로스를 팔던 새침데기 미인, 태엽 장난감들 사이에 서 있던, 밀짚 색깔 머리의 헤픈 여자. 그녀는 당시 집행 유예 중이었다. 이런 기억들과 클리어헤이븐의 홀 사이에 눈에 띄는 접점이 없다 해도, 그 둘이 현실적으로 연결되어 있음은 이론의 여지가 없었다. 장군이 J. P. 스캐던에 관한 이야기를 할 때 '싸구려 잡화점'이라는 말 대신 상업이라는 말만 사용하는 것이 귀에 들어왔다. "스캐던은 뛰어난 상인이었네." 장군이 말했다. "비범한 사람이었지. 출중했어. 스캐던을 미워하던 사람들도 그 점은 인정할 걸세. 회사를 운영하던 40년 동안 스캐던은 아침 8시부터 일을 시작해서 어떤 때는 자정 넘어서까지 일을 했네. 내가 그 사람이 출중했다고 말한 건, 바로 활력, 판단력, 용기, 상상력이 출중했다는 뜻이야. 스캐던은 그 모든 면에서 아주 비범한 수준이었어. 게다가 수상쩍은 거래에는 절대 손을 대지 않았네. 상업이 오늘날과 같은 형태를 갖추게 된 데는 스캐던의 상상력, 똑똑한 머리, 도덕성이 적잖은 역할을 했어. 물론 스캐던 밑에서 일하는 사람만도 100만 명이 넘었네. 베네수엘라와 벨기에와 인도에 가게를 열었을 때, 스캐던은 자기 자신이나 주주들을 부자로 만들어 주기보다 전반적인 생활 수준을 향상시킬 생각이었어……."

모지스는 장군의 말에 귀를 기울였지만, 멜리사와 함께 자게 될 거라는 생각에 그날 하루가 너무나 밝고 즐거웠으므로, 이미 세상을 떠난 백만장자를 칭찬하는 소리에 귀를 기울이면서 자신의 열정이 조바심으로 변하지 않게 하느라 애를 먹었다. 멜리사는 아름다웠다. 식품점 점원과 자동차 정비공마저 엄숙하게 만들 정도의 미모였다. 어둡고 진한 금발 머리, 어깨뼈와 가슴의 골짜기, 멀리서 보면 검게 보이는 눈이 모지스를 압도했기 때문에, 그녀를 지켜보는 동안 그의 욕망이 낡은 그림에 유약을 자꾸만 덧바르듯이 그녀의 모습을 흐릿하게 하면서 금빛 광채를 더해 주는 것 같았다. 그녀가 가벼운 상처를 입었다면 그는 기쁨을 느꼈을 것이다. 사랑스러운 여자, 아니 사랑스러운 마음 외에는 아무것도 남지 않은 여자라도 기차의 철제 계단이나 도로 턱에서 발을 헛디디는 것을 볼 때, 또는 비 오는 날 그녀가 식품점에서 산 물건들을 담아 들고 가던 봉투가 찢어지고 그녀의 발치와 인도의 물웅덩이 속으로 오렌지, 셀러리, 빵, 셀로판지로 싼 고기 등이 쏟아져 내리는 것을 볼 때 경험하게 마련인 그 깊은 동질감, 부상이나 손실이 있어야만 생기는 그 동질감을 모지스가 아무런 이유 없이 느끼고 있었기 때문이다. 그가 의자에서 반쯤 일어섰을 때 노부인이 쏘아붙였다.

"이제 잘 시간이다!"

그는 욕망으로 인해 자신의 얼굴이 어떻게 변했는지 미처 짐작하지 못했기 때문에 속내를 들키고 말았다. 저스티나가 염색한 눈썹 밑의 눈에 증오의 표정을 담고 그를 바라보았다. "네가 장군을 방으로 좀 모셔다 드려라." 그녀가 말했다. "네 방은 저 복도를 내려가면 바로 있으니까 장군을 모셔다 드리는 게 전혀 힘들지 않을 거야. 멜리사의 방은 반대쪽 끝에 있다." 그녀는 의기양양한 표정으로 이렇게 말하고는 멜리사의 방이 멀다는 것을 강조하는 몸짓을 해 보였다. "그러니 멜리사가 장군을 모셔다 드리는 건 좀 힘들어……."

얼굴에 나타난 욕망이 이미 그의 속내를 드러냈으므로, 그는 실망감이나 분노를 내비쳐 또다시 속내를 들키고 싶지 않았다. 그래서 그는 활짝 미소를 지었지만(정말로 얼굴이 환하게 빛났다.) 방들이 미로처럼 얽혀 있는 이곳에서 어떻게 그녀의 방을 찾아갈 수 있을까 싶었다. 방마다 노크를 하며 돌아다닐 수도 없고, 무턱대고 아무 방문이나 열었다가는 비명을 지르는 하녀들이나 목걸이를 벗고 있는 엔더비 부인과 맞닥뜨릴 수도 있었다. 또는 하인들(또는 달바 백작)이라는 벌집을 건드려 결국 클리어헤이븐에서 쫓겨나는 신세가 될 수도 있었다. 멜리사가 너무나 다정한 미소를 짓고 있었으므로 그는 그녀에게 뭔가 방법이 있는 모양이라고 생각했다. 그녀가 그에게 품위 있게 입을 맞추면서 속삭였다. "지붕 위에서 봐요." 그러고 나서 그녀는 다른 사람들에게 들으라는 듯이 이렇게 말했다. "내일 아침에 봐요, 모지스. 좋은 꿈 꾸세요."

그는 장군의 휠체어를 밀고 엘리베이터에 올라 3층 버튼을 눌렀다. 엘리베이터가 서서히 올라가는 동안 엘리베이터를 지탱하는 전력선들이 몹시 슬픈 소리를 냈지만, 또다시 그 무엇에도 꿈쩍 않는 기쁨으로 가득 찬 모지스는 비록 듣기에는 불안하고 슬프지만 파멸에 관한 사람들의 생각과 맞닿아 있는 듯한 이런 승강기(높은 건물, 성, 병원, 창고의 엘리베이터들)의 불길한 예언 능력에 무감각했다. "고맙네, 왑샷 군." 모지스가 휠체어를 방문 앞까지 밀어 주자 노장군이 말했다. "이제 됐네. 자네와 함께 시간을 보낼 수 있어서 아주 즐거웠어. 멜리사가 요즘 아주 우울했는데. 아주 우울하고 불안해 했지. 잘 자게."

자기 방으로 돌아온 모지스는 옷을 벗고 이를 닦은 다음 난간으로 나갔다. 비가 아직도 내리고 있어서 풀밭과 나뭇잎 사이에서 후두두 소리가 났다. 그는 세상과 세상 안에 있는 모든 것, 그리고 자기 몸속의 모든 것이 너무나 사랑스럽다는 듯 환하게 미소를 짓고는 지붕으로 올라가기 시작했다.

클리어헤이븐에서는 있을 성싶지 않은 일 같았지만, 지금 그가 생각하는 것이 무엇인지 감안한다면, 벌거벗은 남자가 함석지붕 위로 올라가고 있는 모습은 사실 그리 이상하거나 당혹스러운 광경이 아니었다. 그의 피부와 머리카락에 닿는 빗방울은 상쾌하고 부드러웠으며, 비 젖은 지붕의 혼란스러운 모습은 사랑이라는 그림과 쉽사리 맞아떨어졌다. 클리어헤이븐의 지붕을 볼 수 있는 것은 새와 길을 잘못 든 비행기뿐이었다. 클리어헤이븐을 지은 건축가는 지붕을 황량한 모습으로 그냥 내버려 두었는데(어떤 의미에서 이것은 그의 패배를 의미했다.) 이곳의 정돈되지 않은 당당함은 건축가가 부랴부랴 일을 하다가 잘못된 부분을 고친다는 것이 그만 오히려 일을 더 뒤죽박죽으로 만들어 버렸음을 보여 주었다. 빗줄기 속에 감춰져 있기는 하지만, 이곳에는 건축가의 비밀과 최대의 실패작이 있었다. 뾰족뾰족한 지붕, 평평한 지붕, 피라미드 모양 지붕, 스테인드글라스로 장식된 채광창과 굴뚝과 괴상한 배수 시설이 붙어 있는 지붕들이 400미터 넘게 뻗어 있었고, 저 멀리 숙소의 어떤 창문에서 흘러나오는 빛 때문에 지붕 여기저기가 도시의 지붕들처럼 반짝거렸다.

비 내리는 어둠 속에서 집 반대편으로 갈 수 있는 길이라곤 저 멀리 줄지어 늘어선 숙소들을 지나가는 길뿐인 듯했다. 그래서 그가 그쪽을 향해 움직이기 시작했을 때, 지붕 한쪽에 무릎 높이로 매여 있던 전선에 발이 걸려 넘어졌다. 다친 곳이 없었으므로 낡은 라디오 안테나인 모양이라고 너그럽게 생각해 버리고는 다시 움직이기 시작했다. 몇 분 뒤 빗물에 흠뻑 젖은·수건과 선탠로션 병이 나타났고, 그 뒤에는 빈 베르무트* 병이 하나 있어서 마치 지붕이 해변처럼 보였다. 그는 누군가가 저스티나 몰래 이곳에서 몸을 쭉 펴고 일광욕을 했던 모양이라고 생각했다. 불 켜진 숙소 중 맨 앞의 창문이 가까워지자 그는 방 안을 똑바로 들여다보았다. 성화(聖畵)들로 장식된 작은 방 안에서 늙은 하인이 다리미질을 하고 있었다. 그 옆방의 불빛은 분홍색이었는데, 살짝 안을 들여다보았더니 놀랍게도 달바 백작이 옷을 전혀 걸치지 않은 채 전신 거울 앞에 서 있었다. 그다음 창문은 엔더비 부인의 방이었다. 부인은 만찬 때와 똑같은 옷을 입고 책상에 앉아서 어떤 책에 뭔가를 적어 넣고 있었다. 그는 그녀의 책상에서 흘러나온 불빛이 미치는 곳을 벗어나 오른발을 디딜 만한 곳을 찾다가 그만 비가 내리는 허공에 발을 내딛고 말았다. 그는 슬레이트에 온몸을 던져

---

* 백포도주에 향초 등을 가미한 술.

서 간신히 지붕에서 떨어지지 않을 수 있었다. 그가 발을 헛디딘 것은 세 개 층을 똑바로 연결하는 통풍구를 미처 보지 못한 탓이었다. 자칫 잘못했으면 여기서 목숨을 잃을 수도 있었다. 그는 놀라서 후들거리는 몸이 정상으로 돌아오기를 기다리며 통풍구를 내려다보았다. 그러다가 엔더비 부인이나 다른 사람들이 그가 지붕에 쓰러질 때 난 소리를 혹시 들었는지 알아보려고 주위의 소리에 귀를 기울였다. 사위가 조용했다. 그는 아까보다 천천히 지붕을 올라가 마침내 멜리사의 방 난간으로 뛰어내려 창문 밖에 서서 그녀가 머리 빗는 모습을 지켜보았다. 그녀는 거울 옆 탁자에 앉아 있었는데, 속이 훤히 비치는 잠옷을 입어서 방 안 불빛이 희미했는데도 그녀의 가슴을 있는 그대로 볼 수 있었다. 그녀가 거울 쪽으로 몸을 기울이자 가슴이 양쪽으로 살짝 벌어졌다.

"흠뻑 젖었네요, 내 사랑. 흠뻑 젖었어요." 그녀가 말했다. 그녀의 눈은 흐릿하고 음탕했다. 그녀는 키스해 달라는 듯 입술을 내밀었고, 그는 그녀의 잠옷 리본을 풀어 잠옷이 허리까지 흘러내리게 했다. 그녀는 자신의 입술에 머물러 있던 그의 머리를 잡아당겨 자신의 가슴에 인사하게 했다. 그러고 나서 그녀는 벌거벗은 몸으로 전혀 부끄러운 기색 없이 방을 가로질러 가서는 몸단장을 마치려고 욕실로 들어갔고, 모지스는 물 흐르는 소리와 서랍 여닫는 소리에 귀를 기울였다. 현명한 남자라면 여자가 이런 식으로 얼마나 시간을 끌지 예측할 수 있어야 한다는 사실을 그는 알았다. 그녀가 다시 나타났다. 그는 그녀의 걸음걸이가 눈부시다고 생각했다. 그녀는 그를 향해 걸어오면서 도중에 있던 전등들을 껐다. 새벽에 그녀는 자신의 부드러운 엉덩이를 쓰다듬고 까마귀들의 노랫소리를 들으면서 그에게 이제 그만 가 보라고 말했다. 그는 알몸으로 지붕의 혼돈 속으로 다시 올라갔다.

곧 날이 밝았고, 모지스는 한숨도 자지 못한 채 옷을 입고 밖으로 나갔다. 계단을 내려오면서 보니 화려해 보였던 모든 것이 강한 아침 햇살 속에서 더럽고 낡아 보였다. 난간의 벨 벳 패딩에는 여기저기 기운 자국이 있고, 계단 양탄자에는 담뱃재가 떨어져 있었으며, 계단이 꺾이는 지점에 있는, 레이스로 장식된 벤치에는 다리 하나가 없었다. 둥근 홀에서는 커다란 회색 쥐도 한 마리 보았다. 쥐는 모지스와 눈이 마주쳤는데도 너무 뚱뚱해서인지 아니면 건방져서인지 제대로 뛰지도 못하고 천천히 서재로 들어갔다. 샹들리에는 군데군데 크리스털이 빠져 있고, 대리석 바닥은 여기저기가 깨져 있어서 홀 전체가 노인과 가난한 사람 들을 상대하느라 사치스러움과 우아함을 잃어버린 낡은 호텔처럼 보였다. 공기는 탁했고, 벽을 따라 일정한 간격으로 서 있는 궤짝들의 모서리는 유리 조각들로 장식되어 하얗게 보였다. 대부분의 궤짝들이 발이 하나 없거나, 철제 장식이 떨어져 나간 상태였다. 모지스는 홀을 가로지르면서 이렇게 궤짝들이 많은 곳은 처음이라는 생각이 들었다. 그 안에 무엇이 들어 있는지 궁금했다. 스캐던이 이것들을 우편으로 주문했는지, 아니면 어떤 상인에게 사들였는지, 아니면 육중하고 화려하지만 그가 아는 한 아무짝에도 쓸모없는 이 물건들을 갖고 싶다는 욕망에 굴복한 건지도 궁금했다. 궤짝들 안에 무엇이 들었는지 또다시 궁금해졌지만, 그는 궤짝을 전혀 열어 보지 않고 유리문을 지나 널찍한 잔디밭으로 나갔다.

모지스가 사랑했던 여자들이 햇빛 가득한 아침 하늘, 강, 산, 나무들 속에 있는 것 같았다. 그는 바지 속에는 욕망을, 가슴속에는 평화를 품고 즐거운 마음으로 풀밭을 걸었다. 집 앞에는 턱이 대리석으로 된 로마 식의 구식 풀장이 있었다. 풀장 가장자리에 늘어선 사자들의 입에서 물이 쏟아져 나오고 있었다. 모지스는 달리 할 일이 없었으므로 그곳에서 수영을 했다. 그런데 조금 전까지만 해도 눈부시게 맑던 하늘이 갑자기 어두워지더니 비가 내리기 시작했기 때문에, 모지스는 집 안으로 들어가 아침 식사를 하고 저스티나와 이야기를 나눴다.

모지스는 리앤더에게 보낸 편지에서 저스티나 이야기를 했고, 리앤더는 거두절미하고 '돈만 아는 녀 — ㄴ의 출세'라는 제목의 답장을 보내왔다. 제목 밑의 내용은 다음과 같았다. "저스티나, 에이모스 몰즈워스와 엘리자베스 몰즈워스의 딸. 무남독녀. 아버지는 운동을 좋아하는 신사였다. 미남이었지만, 가정적인 의무에는 소홀했다. 할 수 없었던 건지, 하기 싫었던 건지. 아내와 자식을 버렸다. 그러고 다시는 소식이 없었다. 엘리자베스는 양재사로 일해서 딸과 함께 먹고살았다. 밤낮을 가리지 않고 일했다. 눈이 망가졌다. 입에는 항상 핀이 가득했다. 어린 저스티나는 처음부터 못된 아이였다. 내 눈에는 그렇게 보였다. 공주 같은 것들을 확실히 좋아했다. 벨벳 조각. 공작새 깃털 등등. 어렸을 때 했던 놀이라고는 최고로 화려한 옷을 입고 여왕 행세를 하는 것이었다. 세인트보톨프스 같은 곳에는 어울리지 않았다. 놀림을 많이 당했다. 그레이시 톨런드가 그 아이를 제자로 받아들여 무희가 되는 법을 가르쳤다. 잡화점 위층의 이스턴스타 홀에서 군림했다. 가게도 먹여 살렸다. 그곳에서는 바닥에 바르는 기름 냄새가 났다. 나중에는 낡은 프리메이슨 회당과 J. P. 스캐던의 싸구려 잡화점에서 영화음악을 피아노로 쳤다. 나와 한 번 더 왈츠를 춰요, 윌리. 피아노는 항상 조율이 엉망이었다.

J. P. 스캐던은 나중에 울워스, 크레스지와 경쟁자가 되었다. 백만장자였지만 계속 초라한 가게들을 드나들었다. 건반을 간질이는 저스티나를 보았다. 첫눈에 반했다! 저스티나를 뉴욕으로 데려갔다. 에이미 앳킨슨이 가정 교사 역할을 했다. 나중에 저스티나와 결혼했다. 신문 기사에서는 세인트보톨프스, 양재사로 일한 어머니, 무희 시절이 전혀 언급되지 않았다. 어느 날 갑자기 완벽한 모습으로 고급 사교계에 나타난 것 같았다. 저스티나는 뉴욕이라는 맹수 우리에서 사회적 지위를 차지하기 위해 싸울 수 있는 자질을 모두 갖추었다. 개와 고양이 병원의 후원자가 되었다. 고마운 표정의 멍멍이들에게 둘러싸인 사진이 신문에 자주 실렸다. 언젠가 근처 '선원의 집'에 소액을 기부해 달라는 요청을 받았다. 거절했다. 고향과의 절연 상태를 그대로 유지하려고 안달했다. 자식은 없다. 공작이나 백작 들과 허물없이 사귀었다. 왕족들을 대접했다. 5번 대로에 있는 저택을 개방했다. 시골에도 집이 있다. 클리어헤이븐. 모든 꿈이 실현되었다."

오전 늦게 모지스는 겨울 정원에서 저스티나를 찾아냈다. 겨울 정원은 성 끝 부분에 붙어 있는, 일종의 돔 형태로 된 온실이었다. 창문이 많이 깨져 있었는데, 자코모가 창틀에 베개를 대신 쑤셔 박아 놓았다. 옛날에는 벽을 따라 꽃밭이 있던 듯했고, 온실 중앙에는 분수와 연못이 있었다. 모지스가 그 안으로 들어가 이야기를 나누고 싶다고 하자 저스티나는 철제 의자에 앉았다.

"멜리사와 결혼하고 싶습니다."

저스티나는 카트라이트 블록 같은 가짜 검은 머리를 손으로 만지며 한숨을 내쉬었다.

"그럼 결혼하지 그러니. 멜리사는 스물여덟 살이야. 뭐든 제 마음대로 할 수 있는 나이지."

"고모님의 허락을 받고 싶어요."

"멜리사는 돈도 없고, 물려받을 유산도 없어." 저스티나가 말했다. "가진 거라곤 목걸이 외에는 값나가는 물건도 없다. 중고 진주 목걸이 가격은 한숨이 나올 정도고, 보험에 드는 것도 거의 불가능해."

"그런 건 상관없습니다."

"넌 그 아이를 잘 몰라."

"그래도 멜리사와 결혼하고 싶습니다."

"그 아이의 과거에 대해 네가 알아야 할 게 몇 가지 있다. 그 아이 부모는 그 아이가 일곱 살 때 세상을 떠났다. 남편과 나는 기쁜 마음으로 그 아이를 입양했지. 너무나 귀여운 아이였으니까. 하지만 우린 그 아이 때문에 나름대로 고생도 했다. 그 아이는 레이 배저와 결혼한 적이 있어. 알고 있었니?"

"멜리사한테 들었어요."

"레이는 알코올 중독자가 되었는데, 내 생각에 멜리사의 잘못은 아닌 것 같다. 레이는 결혼에 대해 아주 비열한 생각을 가졌지. 너는 그렇지 않았으면 좋겠다."

"무슨 말씀인지 잘 모르겠습니다."

"남편과 나는 기회가 생길 때마다 서로 다른 방에서 잤다. 침대는 항상 따로 썼고."

"아, 예."

"이탈리아와 프랑스에서도 그랬어."

"저희가 여행을 다닐 수 있게 되려면 시간이 좀 흘러야 할 겁니다." 모지스는 혹시 화제를 바꿀 수 있을까 싶어서 이렇게 말했다.

"내가 보기에 멜리사는 절대 여행을 할 수 없을 거다." 저스티나가 말했다. "그 애는 이혼한 뒤로 클리어헤이븐을 떠난 적이 없어."

"그 얘기도 멜리사한테 직접 들었습니다."

"젊은 여자한테는 답답한 생활인 것 같았지." 저스티나가 말했다. "그래서 작년에 내가 그 아이한테 세계 일주 여행권을 사 줬다. 그 아이도 좋아하는 것 같더니만, 짐을 다 배에 싣고 자기 객실에서 나랑 포도주를 마시다가 여행을 못 가겠다고 하더라. 어찌나 괴로워하던지. 내가 그날 오후에 그 애를 다시 클리어헤이븐으로 데려왔다." 그녀는 모지스에게 미소를 지었다. "그 아이의 모자들이 세계 일주를 했지."

"아, 예." 모지스가 말했다. "그 얘기도 멜리사한테 들었습니다. 저는 결혼할 때까지 여기서 살고 싶습니다."

"그거야 문제없지. 네 아버지는 아직 살아 계시냐?"

"예."

"나이가 아주 많을 텐데. 난 세인트보톨프스에 대해 좋은 기억이 없다. 내가 그곳을 떠난 건 열일곱 살 때였어. 남편과 결혼했을 때, 그 마을 사람들한테 편지를 100통은 받았을 거다. 전부 경제적인 도움을 바라는 편지였지. 그러니 세인트보톨프스에 대한 내 기억이 좋아질 턱이 있나. 나는 도와주려고 애썼다. 오랫동안 애들 몇 명, 미술 하는 애 하나랑 피아노 치는 애 하나를 데려다가 교육을 시켰지만, 어느 놈도 좋은 결과를 내지 못했어." 그녀는 맞잡고 있던 손을 풀어 슬픈 표정으로 마치 학생들을 아주 높은 곳에서 떨어뜨리는 것 같은 몸짓을 했다. "난 그 아이들을 그냥 놓아줄 수밖에 없었다. 넌 강가에 살았지? 그 집이 기억난다. 네가 상속받을 유산이 좀 있을 텐데."

"예." 모지스는 이런 질문이 나올 줄 몰랐기 때문에 주저하면서 대답했다.

"유산으로 받을 물건이 어떤 건지 대충 이야기해 주겠니?"

"요람이나 옷장 같은 것들입니다. 세공한 유리그릇도 있고요."

"난 유리그릇에는 관심 없다." 저스티나가 말했다. "초창기 미국 가구는 수집한 적이 없어. 옛날부터 항상 수집하고 싶었는데. 접시는?"

"제 동생 코벌리가 저보다 잘 알 겁니다." 모지스가 말했다.

"아, 그래?" 저스티나가 말했다. "너와 멜리사가 결혼하든 말든 나는 상관없다. 지금쯤 엔더비 부인이 자기 사무실에 있을 것 같은데, 가서 날짜를 정해 달라고 해 봐. 엔더비 부인이 청첩장을 돌릴 거야. 바닥에 튀어나온 돌이 있으니까 조심하

고. 자칫하다간 걸려서 다칠지도 몰라." 모지스는 엔더비 부인
을 만났다. 그녀는 젊은 시절 리비에라에 갔을 때의 퀴퀴한 추
억담을 늘어놓더니 그에게 3주 후에 결혼할 수 있을 거라고 말
했다. 그는 멜리사를 찾아 나섰지만, 하녀들 말로는 그녀가 아
직 아래층으로 내려오지 않았다고 했다. 그가 그녀의 방을 향
해 계단을 막 올라가려 할 때 등 뒤에서 저스티나의 목소리가
들렸다. "내려와, 왑샷 군."

멜리사는 점심때가 돼서야 아래층으로 내려왔다. 점심 식사
도 푸짐하지는 않았지만 포도주가 두 종류나 나왔으며, 3시까
지 계속되었다. 점심을 먹은 후 두 사람은 만찬 접시 위의 인
형들처럼 탑 아래 테라스를 오락가락하다가 자기들끼리만 있을
수 있는 곳을 찾아 정원으로 내려갔다. 그런데 그곳에서 엔더비
부인과 맞닥뜨렸다. 모지스는 이곳을 떠날 시각인 5시 30분이
되자 멜리사를 끌어안았다. 그때 탑의 창문이 벌컥 열리더니
저스티나가 아래를 향해 소리쳤다. "멜리사, 멜리사, 왑샷 군한
테 서두르지 않으면 기차를 놓칠 거라고 말해라."

월요일에 일을 마친 후 모지스는 여행 가방 두 개와 종이
상자 한 개에 옷가지를 꾸리면서 셔츠들 사이에 버번 한 병,
크래커 한 통, 1.4킬로그램짜리 스틸턴 치즈를 챙겨 넣었다. 이
번에도 그는 클리어헤이븐에서 내린 유일한 승객이었지만, 자
코모가 낡은 롤스로이스를 몰고 나와 그를 기다리고 있다가
언덕 위 저택까지 데려다 주었다. 멜리사가 문 앞에 마중 나와
있었다. 그날 저녁도 그가 처음 왔을 때와 똑같이 흘러갔다.
다만 퓨즈가 나가지 않은 것이 다를 뿐이었다. 모지스는 10시

에 장군의 휠체어를 밀고 엘리베이터에 탔고, 또다시 지붕 위로 올라갔다. 이번에는 날이 맑고 별빛이 밝아서 하마터면 목숨을 잃을 뻔했던 지난번과 달리 통풍구를 금방 발견했다. 새벽이 되자 그는 다시 자기 숙소로 내려왔다. 새벽에 클리어헤이븐의 높은 지붕 위에서 울창한 숲과 야산들이 있는 시골 풍경을 보는 것만큼 기분 좋은 일이 또 있을까. 그는 기차를 타고 시내로 왔다가 저녁에 클리어헤이븐으로 돌아가 저녁 식사를 하는 동안 일부러 하품을 했고, 9시 30분에 노장군의 휠체어를 밀고 엘리베이터에 올랐다.

30

모지스가 이 황금 사과들을 먹고 있을 때, 코벌리와 벳시는 렘젠파크라는 로켓 발사대에 정착했다. 코벌리가 고향 집에 머무른 시간은 고작 하루뿐이었다. 리앤더는 코벌리에게 빨리 아내한테 돌아가라고 채근을 해 대더니 며칠 후 은 식기 공장에서 일을 시작했다. 코벌리는 뉴욕에서 벳시를 만나 겨우 며칠 뒤에 새로운 임지로 발령을 받았다. 이번에는 두 사람이 함께 임지로 향했다. 렘젠파크는 똑같은 집 4000채가 늘어선 마을이었으며, 오래된 군대 막사가 서쪽 경계선 구실을 했다. 이곳에 도시와 같은 기준을 적용할 수는 없을 것이다. 이곳은 로켓 프로그램에 가속도가 붙었을 때 편의주의에 의해 신속하게 만들어진 마을이었다. 하지만 집들은 빗속에서도 습기가 차지 않았고, 겨울에는 따뜻했으며, 필요한 것들이 잘 갖춰진 부엌과 벽난로가 있어서 가정적인 행복을 제공해 주었다. 집들이 모두 똑같이 생겼다는 사실 또한 국가의 보존이라는 건전한 목적을 감안할 때 충분히 용납될 수 있었다. 마을 중앙에는 온갖 물건이 구비된 커다란 쇼핑센터가 있었는데, 쇼핑센터 안의 건물들 벽은 모두 유리로 되어 있었다. 벳시는 이곳을 아주 좋아했다. 그녀와 코벌리는 심지어 벽에 걸린 그림까지 완벽하게 갖춰진 집을 빌려 새러가 세인트보톨프스에서 보내 준 파란색 도자기와 그림이 그려진 의자로 살림을 차렸다.

그들이 렘젠파크에 온 지 얼마 되지 않았을 때, 벳시는 자신이 임신했다는 결론을 내렸다. 아침이면 속이 메스꺼웠고, 일찍 일어날 수도 없었다. 그녀가 일어나 보면 코벌리는 이미 출근한 뒤였다. 그는 그녀를 위해 부엌에 커피를 끓여 두고, 자기가 먹은 그릇도 씻어 놓았다. 그녀는 천의 무늬처럼 지평선까지 쭉 뻗어 있는 렘젠파크의 집들을 바라보려고 부엌 창가에 앉아 늦은 아침을 먹었다. 옆집 여자가 쓰레기를 버리러 나왔다. 그녀는 이탈리아 인이었으며, 이탈리아 인 과학자의 아내였다. 벳시는 그녀에게 큰 소리로 아침 인사를 한 뒤 들어와서 커피나 한잔하라고 말했지만, 이탈리아 여자는 뚱한 미소만 지어 보이고는 자기 집 부엌으로 들어가 버렸다. 렘젠파크는 그다지 인심 좋은 동네가 아니었다.

벳시는 임신이 실망으로 끝나지 않기를 바랐다. 그녀는 저절로 기도하는 심정이 되었는데, 그것은 창문에 손가락을 찧었을 때 자기도 모르게 투덜거리게 되는 것처럼 자연스러운 일이었다. 하느님, 제가 엄마가 되게 해 주세요. 그녀는 순간적으로 이런 생각을 했다. 그녀는 아이를 갖고 싶었다. 아이가 다섯 명이나 여섯 명쯤 있었으면 좋겠다는 생각이 들었다. 그녀는 느닷없이 미소를 지었다. 자신의 소망 덕분에 부엌에 가족의 사랑, 혼란, 생기가 가득 차기라도 한 것처럼. 그녀는 아름다운 딸 샌드라의 머리를 땋아 주고 있었다. 네 명이나 다섯 명쯤 되는 다른 아이들은 방에 있었다. 그들은 행복하고 지저분했으며, 그중에 코벌리처럼 목이 긴 사내아이는 깨진 접시 반쪽을 손에 들고 있었다. 하지만 벳시는 그 아이를 꾸짖지 않았다. 아이가 접시를 깨뜨렸을 때 인상조차 찌푸리지 않았다. 그가 산뜻하고 쾌활한 성격을 갖게 된 비결은 성장 과정에서 부모가 인색하게 굴지 않은 덕분이었으니까. 벳시는 아이를 잘 기르는 재주가 자신에게 잠재해 있다는 느낌이 들었다. 아이를 낳으면 아이의 인격 함양을 무엇보다 중시할 것이다. 그녀 주위에서 뛰어노는 상상 속 아이들은 부모에게서 오로지 사랑과 신뢰만을 받으며 자라고 있었다.

집안일이 끝나자 다리미를 꺼내 전선을 수리할 차례였다. 그녀는 걸어서 서클 K를 빠져나와 325번가를 내려가서 쇼핑센터 안의 슈퍼마켓으로 들어갔다. 살 것이 있어서가 아니라 그곳의 분위기를 좋아하기 때문이었다. 슈퍼마켓 안은 엄청나게 넓고 밝은 조명이 켜져 있었으며, 높다란 파란색 벽에서 음악 소리가 흘러 내려왔다. 그녀는 「아름답고 푸른 다뉴브 강」을 들으며 엄청나게 커다란 땅콩버터 한 병을 사고 호두 파이도 샀다. 계산대에는 쾌활해 보이는 젊은 남자가 서 있었다. "전 여기 이사 온 지 얼마 안 됐어요." 벳시가 말했다. "뉴욕에서 방금 이사 왔거든요. 남편은 그동안 태평양에 나가 있었어요. 서클 K에 우리 집이 있어요. 제가 좀 물어볼 것이 있는데요, 다리미 전선이 낡아서 벗겨졌거든요. 그저께 남편 셔츠를 다리다가 그렇게 됐지 뭐예요. 혹시 이 근처에 그걸 수리할 수 있는 전기용품점이나 수리점이 있나요? 지금 수리를 맡기게요. 그러면 내일이 장 보는 날이니까 여기서 장을 본 다음에 집에 가는 길에 다리미를 찾아갈 수 있잖아요."

"음, 여기서 네 집, 아니 다섯 집 떨어진 곳에 가게가 하나 있는데요," 젊은 남자가 말했다. "아마 거기서 수리하실 수 있을 거예요. 예전에 저도 거기다 라디오 수리를 맡긴 적이 있거든요. 게다가 이 동네 가게들 중에 가끔 터무니없는 값을 부르는 경우가 있는데, 그 가게는 그렇지 않아요." 벳시는 상냥하게 감사 인사를 하고 거리로 나가 한가로이 전파사로 걸어갔다. "안녕하세요?" 벳시는 다리미를 계산대에 올려놓으면서 명랑하게 말했다. "여기 이사 온 지 얼마 안 됐는데요, 어제 남편 셔츠를 다리다가 다리미 전선이 나가서 이걸 어디로 가져가서 수리하나 그랬는데, 오늘 오전에 그랜드푸드마트에 들렀더니 거기 계산대 직원이, 그 예쁜 곱슬머리에 눈이 까만 친절한 사람 말이에요, 그 사람이 이 가게를 추천해 줘서 곧장 왔어요. 내일 시내에 나와서 장을 보는 길에 다리미를 찾아가고 싶은데, 내일 밤까지 남편 셔츠를 다려야 해서요, 내일까지 이걸 수리해 주실 수 있을까요? 이 다리미는 뉴욕에 살 때 비싸게 산 좋은 거예요. 그때 남편은 태평양에 나가 있었지만요. 남편은 테이프 기록원이에요. 물론 비싼 다리미의 전선이 왜 이렇게 금방 닳아 버렸는지는 모르겠지만, 혹시 여기에 아주, 아주 특별한 전선을 달아 주시면 안 될까요? 제가 다리미를 많이 쓰는 편이거든요. 남편 셔츠를 전부 다려요. 남편은 테이프 기록부의 높은 자리에 있기 때문에 매일 깨끗한 셔츠를 입어야 하고요, 저도 다림질할 옷들이 있어요." 점원은 벳시에게 튼튼한 전선을 달아 주겠다고 약속했고, 벳시는 한가로이 서클 K로 돌아갔다.

하지만 집이 가까워지자 그녀의 발걸음이 느려졌다. 상상 속의 아이들이 사방으로 흩어져 버렸는데, 그 아이들을 다시 불러 모을 수가 없었다. 월경이 시작됐어야 하는 날짜가 겨우 7일밖에 지나지 않았으니 어쩌면 임신이 아닐 수도 있었다. 그녀는 땅콩버터 샌드위치와 호두 파이 한 쪽을 먹었다. 뉴욕이 그리웠고 렘젠파크의 인심이 좋지 않다는 생각이 다시 들었다. 그날 늦게 초인종이 울려서 나가 보니 진공청소기 판매원이 문앞에 서 있었다. "아, 어서 들어오세요." 벳시는 명랑하게 말했다. "어서 들어오세요. 지금은 집에 진공청소기가 없는데, 당장 청소기를 살 돈도 없어요. 뉴욕에서 방금 이사를 왔거든요. 하지만 돈이 생기는 대로 청소기를 하나 살 건데, 혹시 새로운 흡착기가 달린 제품이 있으면 그걸 사게 될지도 몰라요. 조만간 진공청소기를 반드시 살 생각이고, 어쨌든 흡착기가 필요하거든요. 전 지금 임신 중이라 맨손으로 집안일을 다 할 수가없어요. 허리를 많이 숙여야 되잖아요. 커피 한잔 드릴까요? 그렇게 무거운 가방을 들고 하루 종일 돌아다니다 보면 몸도 피곤하고 발도 아프겠어요. 남편은 테이프 기록부에서 일하는데, 일이 힘들어서 피곤하기는 하지만 댁하고는 사정이 조금 다르죠. 머리가 피곤한 거니까요. 그래도 저는 발이 피곤한 게 어떤 건지 알아요."

판매원은 부엌에서 견본품 가방을 열고는 커피를 마신 뒤 벳시에게 흡착기 두 개와 바닥용 왁스 4리터를 팔았다. 그러고는 몸도 피곤하고 이곳이 마지막으로 방문한 집이었으므로 의자에 앉았다. "저는 남편이 태평양에 나가 있는 내내 뉴욕에서 혼자 살았어요." 벳시가 말했다. "그러다가 남편하고 같이 이리로 이사 왔죠. 물론 이사 온 게 기쁘지만, 여기가 그리 인심 좋은 동네는 아닌 것 같아요. 그러니까 뉴욕처럼 친절한 것 같지는 않다는 뜻이에요. 뉴욕에는 친구가 많았어요. 물론 친구한테 속은 적도 있죠, 한 번. 무슨 말인지 아시죠? 저하고 같은 층에 사는 핸슨이라는 사람이 있었어요. 저는 그 집 식구들이 진정한 친구인 줄 알았어요. 드디어 평생을 갈 친구를 찾았구나, 그런 생각을 했죠. 매일 밤낮으로 그 사람들을 만났고, 그집 여자는 옷을 살 때마다 항상 저한테 의견을 물어봤어요. 저는 그 사람들한테 돈을 빌려 줬고, 그 사람들은 항상 저를 정말로 좋아한다고 말했어요. 그런데 그게 거짓말이었어요. 빚을 갚기로 되어 있던 날 얼마나 슬펐는지 몰라요!" 부엌은 어둑어둑했고, 벳시의 얼굴은 감정이 복받쳐서 일그러져 있었다. "그 사람들은 위선자였어요. 거짓말쟁이 위선자."

판매원은 물건을 챙겨서 떠났다. 코벌리는 6시에 집으로 돌아왔다. "여보, 왜 어두운 데 앉아 있어?"

"나 임신한 것 같아." 벳시가 말했다. "임신한 것 같아. 월경이 7일 늦는 데다, 오늘 아침에는 기분이 이상했어. 어지럽고 속도 메스껍고." 그녀는 코벌리의 무릎에 앉아 그의 머리에 머리를 기댔다. "아들일 거야. 그런 느낌이 들어. 물론 병아리가 알을 깨고 나오기도 전에 몇 마리인지 세어 봐야 소용없지만, 만약 정말로 아이를 낳는다면, 좋은 의자를 하나 사고 싶어. 아이한테 젖을 먹일 때 좋은 의자에 앉고 싶으니까."

"의자야 살 수 있지." 코벌리가 말했다.

"며칠 전에 가구점에서 좋은 의자를 하나 봤어." 벳시가 말했다. "우리 저녁 먹고 그걸 보러 가자. 하루 종일 집에만 있었거든. 당신도 좀 걷는 게 좋을 것 같고. 그렇지? 다리 운동 좀 하는 게 좋을 것 같지 않아?"

저녁을 먹고 나서 두 사람은 산책을 나갔다. 신선한 바람이 북쪽에서 불어왔다. 세인트보톨프스 방향에서 곧장. 그 바람 덕분에 벳시는 생기가 돌면서 쾌활해졌다. 그녀는 코벌리의 팔짱을 꼈고, 길모퉁이 형광 가로등 밑에서 그는 고개 숙여 그녀에게 진한 키스를 했다. 쇼핑센터에 도착한 뒤 벳시는 자기가 봐 뒀다는 의자에만 정신을 집중하지 못했다. 진열창에 걸린 양복, 원피스, 모피 외투, 가구 들을 모조리 품평하고, 가격과 그런 물건을 사용하는 사람들의 삶을 짐작해 보느라 정신이 없었던 것이다. 어떤 경우에는 자신이 생각하는 행복한 삶에 그 물건이 어울리는지 아닌지에 대해서도 생각해 보았다. 좋다. 그녀는 어떤 화분대를 보고 말했다. 그랜드 피아노를 보고는 좋다를 연발했고, 가운데가 불룩한 책장을 보고는 별로라고 말했으며, 의자 여섯 개짜리 식탁을 보고는 다시 좋다고 말했다. 사람들의 속내를 훑어보는 성 베드로처럼 신중한 표정이었다. 10시에 두 사람은 걸어서 집으로 돌아왔다. 코벌리는 조심스레 그녀의 옷을 벗겼고, 두 사람은 함께 목욕을 한 뒤 침대에 들었다. 그녀는 그의 파치케, 플루치케, 나치케, 마치케, 즉 세인트보톨프스의 말로는 표현할 수 없는 그의 모든 것이었으므로. 그녀는 그의 작디작은 다람쥐였다.

31

결혼 전 3주 동안 모지스와 멜리사가 저스티나를 워낙 완벽하게 속였기 때문에 저스티나는 두 사람이 엘리베이터에서 서로에게 잘 자라고 인사하는 것을 보며 흡족해 했다. 그리고 그녀는 저녁 식사 때 이 저택에서 멜리사의 방이 있는 부분에 대해 여러 번 이야기했다. 모지스가 그쪽을 본 적이 없기 때문이었다. 모지스는 등산 훈련을 받은 덕분에 밤마다 지붕을 오르면서도 지치지 않았지만, 어느 날 저녁 식사와 함께 포도주를 마시고 서둘러 지붕을 오르다가 또다시 전선에 발이 걸려 슬레이트 위에 대자로 널브러지면서 가슴을 베였다. 살갗이 쿡쿡 쑤시는 와중에도 그는 너무 분해서 클리어헤이븐과 그 안에 있는 골동품까지 죄다 싫어졌다. 또한 사랑의 세계는 기괴하지 않다는 것을 반드시 증명해야겠다는 생각도 들었다. 그는 며칠만 지나면 멜리사의 손가락에 반지를 끼워 주고 방문으로 그녀의 방을 드나들 수 있게 될 거라는 생각을 하며 자신을 달랬다. 그녀는 무슨 이유에서인지 그에게서 클리어헤이븐을 떠나자고 재촉하지 않겠다는 약속을 받아 냈지만, 그는 가을이 되면 그녀도 생각이 바뀔 거라고 생각했다.

결혼 전날 밤, 모지스는 빌린 모닝코트가 들어 있는 여행 가방을 들고 역에서 걸어 나왔다. 진입로에서 그는 자코모를 만났는데, 자코모는 진입로에 죽 늘어선 가로등에 전구를 끼우고 있었다. "전구가 250개나 돼요!" 자코모가 외쳤다. "성자의 축제 날 같아요." 어스름 무렵이었는데, 전등 불빛들 덕분에 클리어헤이븐이 시골 장터처럼 유쾌해 보였다. 모지스는 그날도 장군을 방으로 데려다 주었다. 장군은 그에게 술이나 한잔하자면서 조언해 줄 것이 있다고 했지만, 그는 정중히 거절하고 지붕을 오르기 시작했다. 그가 예배당에서 시계탑까지 갔을 때 저스티나의 목소리가 아주 가까이서 들렸다. 저스티나가 달바의 창가에 있었다. "아무것도 안 보여, 니키." 그녀가 말했다. "안경이 없어서."

"쉿," 달바가 말했다. "녀석이 듣겠어."

"안경을 찾아야 되는데."

"쉿."

"정말 믿을 수가 없어, 니키." 저스티나가 말했다. "둘이서 나를 이렇게 실망시키다니."

"저기 온다, 저기 와." 어둠 속에 웅크리고 있던 모지스가 시계탑 그림자 속에 숨으려고 움직이자 달바가 말했다.

"어디?"

"저기, 저기."

"가서 엔더비 부인을 불러와." 저스티나가 말했다. "엔더비 부인을 찾아서 자코모를 데려오라고 해. 자코모더러 까마귀 총을 가져오라고 한다고 해.”

“그러다 저놈이 죽으면 어떻게 해, 저스티나?”

“저런 짓을 하는 놈은 총에 맞아도 싸.”

모지스는 두 사람의 이야기를 들으며 극도의 짜증과 조바심을 느꼈다. 일단 지붕을 오르기 시작한 이상 방해를 참아 낼 만한 자제력이 없었기 때문이다. 적어도 저스티나와 백작의 방해만은 참을 수 없었다. 그는 탑 아래 안전하게 숨어 있었다. 그곳에서 그는 엔더비 부인과 자코모가 차례로 두 사람과 합류하는 소리를 들었다.

“저긴 아무도 없는데요.” 자코모가 말했다.

“그래도 그냥 쏴.” 저스티나가 말했다. “만약 저기 누가 있다면 겁을 먹겠지. 누가 없다면, 자네는 아무도 해치지 않는 게 되는 거고.”

“그래 봤자 소용없어요, 스캐던 부인.” 자코모가 말했다.

“총이나 쏴, 자코모.” 저스티나가 말했다. “총 안 쏠 거면 나한테 총을 주든지.”

“내가 귀를 좀 막아야 할 것 같으니까 기다려요.” 엔더비 부인이 말했다. “잠깐 기다려요…….”

이윽고 자코모의 까마귀 총에서 귀를 찢어 버릴 듯한 소리가 났다. 모지스는 근처 지붕에 총알이 맞는 소리와 저 멀리서 유리가 깨지는 소리를 들었다.

“내가 왜 이렇게 슬픈 거지?” 저스티나가 애처롭게 물었다. “내가 왜 이렇게 슬픈 거야?” 달바가 창문을 닫고 방 안의 불을 켰다. 분홍색 커튼도 닫았다. 모지스는 계속 지붕을 올라갔다. 그가 멜리사의 방 난간에 내려서자 그녀가 울면서 달려 나왔다. "아, 내 사랑, 당신이 총에 맞을까 봐 얼마나 걱정했는지 몰라요." 그녀가 외쳤다. "아, 내 사랑, 당신이 죽은 줄 알았어요."

코벌리는 렘젠파크를 떠날 수 없었지만, 리앤더와 새러는 모지스의 결혼식에 참석하러 왔다. 두 사람은 틀림없이 새벽에 세인트보톨프스에서 출발했을 것이다. 에밋 캐비스가 자신의 장의차로 두 사람을 데려다 주었다. 모지스는 두 사람을 보고 기쁨과 자랑스러움을 느꼈다. 두 사람이 시골 사람답게 놀라울 정도로 소박하고 우아하게 자신들의 역할을 수행했기 때문이다. 저스티나는 청첩장을 돌리기 위해 먼지를 뒤집어쓴 낡은 주소록을 꺼냈고, 가엾은 엔더비 부인은 모자와 망사 쪼가리를 쓰고 400장의 봉투에 주소를 썼다. 일주일 내내 저녁 식사를 하러 올 때마다 그녀의 손가락과 블라우스에는 잉크가 묻어 있었고, 아무리 늦은 시간이라도 1918년 이전에 만들어진 「사교계 명부」와 저스티나의 주소록을 대조하느라 눈은 붉게 충혈되어 있었다. 자코모는 듣기 좋은 말("청첩장이 정말 예쁜데요, 스캐던 부인.")을 하며 청첩장을 우편으로 부쳤다. 청첩장은 동쪽 50번가의 고급 주택들에 배달되었는데, 원래 농가들이 있던 그 거리에 지금은 이탈리아 제 넥타이 전시장, 화랑, 골동품상, 엘리베이터가 없는 아파트, 그리고 '영어권 연합'이나 '스벤스카메리칸스카 푀르분데트' 같은 단체들의 사무실이 있었다. 동쪽으로 더 올라간 곳에서 이 청첩장을 수령한 사람들은 18층이나 20층짜리 아파트에서 일하는 연미복 차림의 도어맨

들이었다. 이런 곳에서는 누가 저스티나의 친구나 동료 들 이름을 말해도 기억하는 사람이 전혀 없었다. 5번 대로 위쪽에서는 또 다른 아파트들과 의상 디자인 학원, 아무렇게나 들어선 하숙집, 신부 학원, 그리고 '미국 아일랜드 역사 학회'와 '중미 친선 협회' 같은 곳의 사무실로 청첩장이 배달되었다. 이 청첩장들은 수취인이 찾아가지 않은 다른 우편물(티파니에서 오래전에 보낸 청구서와 《뉴요커》)과 함께 정문을 판자로 막아 놓은 주택들에서 검댕을 뒤집어썼다. 아이들이 울고 웃는 소리가 들리는 진보적인 유치원의 낡은 탁자 위에 놓인 청첩장도 있었고, 원래는 널찍하게 지어졌지만 개축 과정에서 협소해져서 사람들이 거실과 서재에서 저녁 식사를 조리하는 주택들의 익명성 속에 파묻힌 청첩장도 있었다. 유대인 박물관, 콜럼비아 대학 시내 교정, 프랑스 영사관과 유고슬라비아 영사관, 유엔 주재 소련 대표부, 여러 남학생회, 배우 클럽, 브리지 클럽, 모자 상점, 의상실 등에도 청첩장이 배달되었다. 더 멀리까지 살펴보면, 우르술라 수녀회 수녀원장들, '가난한 클레어와 자비' 수녀회에도 청첩장이 배달되었다. 예수회 학교와 기도원의 감독관들, 프란체스코 수도회 수도사들, 코울리 수도회 수도사들, 사도 바울 신봉자와 미세리코르디아 수녀들도 청첩장을 받았다. 컨트리 클럽, 기숙 학교, 정신병자 요양소, 알코올 중독 치료 기관, 건강 농장, 야생 생물 보호 구역, 벽지 공장, 제도실, 그리고 노인과 병자 들이 텔레비전 앞에서 악취를 풍기며 죽음의 천사를 기다리는 곳 등으로 바뀐 저택에도 청첩장이 배달되었다. 그날 오후에 성 미카엘 교회의 종이 울릴 때, 교회 안에는 겨우 스물다섯 명밖에 없었는데, 그중 두 명은 호기심 때문에 나와 본 하숙집 주인들이었다. 때가 되자 모지스는 진심을 다해 큰 소리로 결혼 서약을 했다. 결혼식이 끝난 후 대부분의 손님들은 클리어헤이븐으로 가서 축음기 음악에 맞춰 춤을 추었다. 새러와 리앤더는 당당하게 왈츠를 추고는 작별 인사를 했다. 하녀들은 샴페인 병에 싸구려 백포도주를 채웠고, 여름날의 어스름이 내려 모든 샹들리에에 불이 켜졌을 때 또다시 퓨즈가 나갔다. 자코모가 퓨즈를 수리한 뒤 모지스는 2층으로 올라가 문을 통해 멜리사의 방으로 들어갔다.

32

렘젠파크의 로켓 발사대는 남쪽으로 24킬로미터 떨어져 있었는데, 그 때문에 사람들 사기에 문제가 생겼다. 코벌리처럼 자기가 하는 일이 어디서 어떻게 시작돼서 어떻게 끝나는지 전혀 모르는 기술자들이 수십만 명이나 되었기 때문이다. 관리자들은 토요일 오후마다 공개적인 로켓 발사 행사를 열어 이 문제를 해결하려 했다. 온 가족이 샌드위치와 맥주를 싸 들고 와서 객석에 앉아 쾅쾅거리는 죽음의 소리를 듣고, 땅의 급소를 핥는 것처럼 보이는 불꽃을 볼 수 있도록 교통편이 제공되었다. 그들이 구경하는 광경은 다른 소풍 때 보는 것과 별반 다르지 않았다. 비록 소프트볼 게임이나 연주회 같은 것은 없었지만 말이다. 하지만 맥주를 마실 수 있었고, 아이들은 멍하니 돌아다니다가 길을 잃었으며, 지구의 대기를 뚫고 나아갈 수 있게 계산된 폭발을 기다리면서 군중들이 나누는 농담은 매우 인간적이었다. 벳시는 이런 것들을 모두 좋아했지만, 그래도 렘젠파크가 인심 나쁜 곳이라는 생각은 거의 바뀌지 않았다. 그녀에게는 친구들이 중요했으며, 이런 생각을 말로 표현했다. "난 조지아의 작은 마을 출신이야. 거긴 아주 인심 좋은 동네였기 때문에 나는 그냥 누구든 가까이 다가가기만 하면 친구를 사귈 수 있다고 믿어. 하긴 뭐, 인생은 한 번뿐이니까." 그녀는 인생에 대해 이런 말을 자주 했지만, 그렇다고 이 말의 위력이 사라지지는 않았다. 그녀는 세상에 태어났고, 언젠가 죽을 것이다.

그녀는 프라스카티 부인과 안면을 트려고 계속 노력했지만, 프라스카티 부인은 뚱한 미소만 지을 뿐이었기 때문에, 그녀는 그 옆집 여자인 갤런 부인에게 자기 집에서 차나 한잔하자고 말했다. 하지만 갤런 부인은 대학 학위가 여러 개나 있는 사람이라서 그 우아하고 잘난 분위기 때문에 벳시 스스로 불편해졌다. 그녀가 자신을 샅샅이 훑어보고 있는 것 같았다. 그것도 무자비하게. 그래서 그녀와 친구가 될 여지가 없음을 깨달았다. 그래도 그녀는 포기하지 않았고 마침내 성과를 거뒀다. "오늘 세상에서 제일 명랑하고, 친절하고, 상냥한 여자를 만났어, 여보." 그녀는 문간에서 코벌리에게 키스하며 말했다. "조세핀 텔러먼이라는 여자인데 서클 M에 살아. 남편은 제도실에 있대. 미국에 있는 거의 모든 군대 로켓 발사 기지에서 살아 봤다는데, 얼마나 재미있는 사람인지 몰라. 남편도 사람이 좋아. 그 여자는 좋은 집안 출신이고. 우리더러 언젠가 밤에 자기네 집으로 와서 술이나 한잔하재."

벳시는 그 이웃 여자가 아주 마음에 들었다. 이처럼 단순한 우정의 행위가 그녀에게 사랑의 기쁨과 위험을 모두 가져다주

었다. 코벌리는 그녀가 조세핀 텔러먼을 만날 때까지 서클 K
를 얼마나 우울하고 몰상식한 곳으로 생각했는지 알고 있었다.
아무래도 앞으로 몇 주나 몇 달 동안 텔러먼 부인에 관한 이
야기를 들어야 할 것 같았다. 그는 기뻤다. 벳시는 텔러먼 부인
과 함께 장을 볼 것이다. 매일 아침 전화로 수다도 떨 것이다.
"내 친구 조세핀 텔러먼이 그러는데, 이 집 양고기가 그렇게
맛있다면서요?" 그녀는 정육점에서 이렇게 말할 것이다. "내
친구 조세핀 텔러먼이 이 집을 추천해 줬어요." 세탁소에서도
이렇게 말할 것이다. 심지어 진공청소기 판매원도 힘든 하루를
보내고 마지막으로 벳시를 찾아와 초인종을 눌렀을 때 그녀가
변했음을 알아차릴 것이다. 그녀는 그를 친절하게 대하겠지만,
문을 열어 주지는 않을 것이다. "어머, 안녕하세요?" 그녀는 이
렇게 말할 것이다. "댁하고 얘기를 나누면 좋겠지만, 오늘 오후
에는 시간이 없네요. 미안해서 어쩌죠? 내 친구 조세핀 텔러먼
이 전화를 하기로 했거든요."

왑샷 부부는 어느 날 밤 텔러먼의 집으로 한잔하러 갔고,
코벌리가 보기에도 두 부부는 친절한 것 같았다. 텔러먼 부부
의 집에는 왑샷 부부의 집에 있는 것과 똑같은 가구들이 갖춰
져 있었다. 심지어 벽난로 위의 피카소 그림까지도 똑같았다.
맥스 텔러먼이 술을 준비하는 사이 여자들은 거실에서 커튼
에 대해 수다를 떨었고, 코벌리와 맥스는 부엌에서 자동차에
대한 이야기를 나눴다. "차를 사려고 했는데," 맥스가 말했다.
"올해는 안 사기로 했어요. 지출을 줄여야 하거든요. 차가 꼭
필요한 것도 아니고. 내가 남동생 대학 학비를 대 주고 있어요.
부모님이 헤어지셔서 내가 동생을 책임져야 한다는 생각이 강

해요. 그 아이가 기댈 곳이 나밖에 없거든요. 나는 고학으로 대학을 졸업했어요. 세상에, 안 해 본 일이 없다니까요. 내 동생이 그렇게 힘든 일을 겪게 하고 싶지 않아요. 4년 동안 편하게 지냈으면 좋겠어요. 원하는 걸 무엇이든 누리면서. 몇 년 동안이나마 자기가 옆에 있는 친구에게 뒤질 것이 없다는 생각을 하면서 지냈으면 좋겠어요……." 두 사람이 거실로 돌아와 보니 여자들은 여전히 커튼에 관해 이야기하고 있었다. 맥스는 동생 사진을 몇 장 보여 주고는 계속 동생 이야기를 했다. 코벌리 부부는 10시 30분에 작별 인사를 하고 집까지 걸어갔다.

벳시는 정원 가꾸기에 소질이 없었지만 뒤뜰에 놓을 캔버스 의자 몇 개와 쓰레기통을 가릴 격자 모양 나무틀을 샀다. 여름이면 밤에 그 의자에 코벌리와 앉아 시간을 보낼 수 있을 것 같았다. 그녀는 이 물건들을 잘 샀다고 생각했다. 어느 여름밤에 텔러먼 부부가 (벳시의 표현에 따르면) 럼주로 뒤뜰에 세례를 주려고 찾아왔다. 날이 더워서 이웃들이 대부분 마당에 나와 있었다. 조시*와 벳시는 빈대, 바퀴벌레, 생쥐에 관한 이야기를 나눴다. 코벌리는 웨스트 농장과 그곳에서 낚시했던 추억을 아련한 표정으로 이야기하고 있었다. 그는 술을 마시지 않았고, 다른 사람들에게서 나는 럼주 냄새도 싫었다. 그들은 술을 아주 많이 마시고 있었다. "마셔요, 마셔." 조시가 말했다. "이런 밤에는 그래야 돼."

조시의 말대로였다. 뜨거운 공기에서는 향내가 났고, 코벌리

---

* 조세핀의 애칭.

는 부엌에서 술을 준비하면서 창문 너머로 프라스카티 부부의 집 뒷마당을 내다보았다. 프라스카티의 딸이 엉덩이 골짜기만 빼고 몸의 모든 선을 강조해 주는 하얀 수영복을 입고 거기 나와 있었다. 그녀의 오빠는 정원용 호스로 그녀에게 조심스레 물을 뿌려 주고 있었다. 두 사람은 야단법석을 떨지도 않았고, 큰 소리를 내지도 않았다. 그 젊은이가 아름다운 누이에게 성실하게 물을 뿌려 주는 동안 아무 소리도 나지 않았다. 코벌리는 준비한 술을 가지고 마당으로 나갔다. 조시가 자기 어머니 이야기를 하고 있었다. "두 사람도 우리 어머니를 만나 봤으면 좋았을 텐데. 당신들 두 애송이가 우리 어머니를 만나 봤으면 좋았을 텐데." 벳시가 코벌리에게 잔을 한 번 더 채워 달라고 하자 그는 럼주가 다 떨어졌다고 말했다. "그럼 쇼핑센터까지 뛰어가서 한 병 사 와요." 조시가 말했다. "이런 밤에는 그래야 돼. 한 번뿐인 인생이잖아요."

"인생은 한 번뿐이지."

"내가 가서 술 사 올게." 코벌리가 말했다.

"내가 갈게요, 내가." 맥스가 말했다. "내가 벳시랑 같이 갈게요." 그는 의자에 앉은 벳시를 끌어당겨 쇼핑센터로 함께 걸어갔다. 벳시는 기분이 너무 좋았다. 이런 밤에는 그래야 돼요. 그녀가 생각할 수 있는 말은 이것뿐이었다. 하지만 향기로운 어둠과, 불이 하나둘씩 꺼지기 시작한 집들, 그리고 스프링클러 소리와 순간적으로 들려온 음악 소리 때문에 여행과 이사와 낯선 동네와 방황으로 인한 고통이 끝나고 자기가 그 고통을 통해 영원과 우정과 사랑의 가치를 배운 듯한 느낌이 들었다.

그때는 무엇을 봐도 기뻤다. 하늘에 떠 있는 달도, 쇼핑센터의 네온등도. 맥스가 주류 상점에서 나왔을 때, 그녀는 그가 정말로 출중하고, 몸도 좋고, 얼굴도 잘생겼다는 생각이 들었다. 집으로 돌아오는 길에 그는 슬픈 눈으로 오랫동안 벳시를 바라보더니 그녀를 끌어안고 입을 맞췄다. 키스를 도둑맞은 거야. 벳시는 속으로 생각했다. 이런 밤에는 그래도 돼. 이런 밤에는 키스를 훔쳐도 돼. 두 사람이 서클 K로 돌아와 보니 코벌리와 조시가 거실로 들어가 있었다. 조시는 여전히 어머니 이야기를 하고 있었다. "고약한 말을 한마디도 안 했어요. 엄격한 표정을 짓는 법도 없었고요. 어머니는 옛날에 상당히 실력 있는 피아니스트였어요. 아, 우리 집에는 항상 사람이 북적였죠. 일요일 밤이면 전부 피아노 주위에 모여서 찬송가를 부르며 정말로 즐거운 시간을 보냈어요." 벳시와 맥스는 술을 준비하러 부엌으로 갔다. "어머니의 결혼 생활은 불행했어요." 조시가 말했다. "아버지가 진짜 개자식이었거든요. 어머니는 아무 잘못이 없었지만, 철학적이었어요. 그게 어머니의 성공 비결이었죠. 아버지를 철학적으로 바라본 것. 어머니 얘기만 들으면 세상에서 제일 행복한 결혼 생활을 하는 사람 같았지만 아버지는……." "코벌리," 벳시가 비명을 질렀다. "코벌리, 도와줘."

코벌리는 복도를 달려 내려갔다. 맥스가 화덕 옆에 서 있었다. 벳시의 옷이 그의 손에 찢어져 있었다. 코벌리는 그를 향해 획 돌아서서 턱에 주먹을 한 방 먹여 바닥에 쓰러뜨렸다. 벳시는 비명을 지르며 거실로 뛰어갔다. 코벌리는 맥스를 내려다보고 서서 손마디를 우두둑 꺾었다. 그의 눈에 눈물이 고여 있었다. "날 때리고 싶으면 때리고 차고 싶으면 차요." 맥스가 말했다. "자제할 수가 없었어요. 정말 더러운 짓이었지만, 가끔 나도 정말 어쩔 수가 없어요. 어쨌든 끝났으니 다행이네요. 다시는 이런 일 없을 거예요. 하느님께 맹세해요. 하지만, 세상에, 코벌리, 가끔은 너무 외로워서 누구한테 기대야 좋을지 모르겠어요. 내가 대학 학비를 대 주고 있는 남동생 녀석만 아니라면, 난 아마 스스로 목을 그었을 거예요. 정말 어떻게 해야 좋을지. 그런 생각을 아주 자주 해요. 언뜻 보기에는 내가 자살을 생각한다는 걸 전혀 모르겠죠? 하지만 난 수도 없이 자살을 생각해요."

"조시는 괜찮아요. 정말 좋은 사람이죠." 맥스가 여전히 바닥에 쓰러진 채 말했다. "조시는 나와 온갖 고난을 함께할 거예요. 확실해요. 하지만 조시는 무척 불안정해요. 얼마나 불안정한지 몰라요. 아마 하도 이사를 많이 다녀서 그럴 거예요. 조시는 기분이 우울해지면, 나한테 화풀이를 해요. 내가 자기를 이용한다면서. 내가 식비도 가져다주지 않는다면서. 자동차 살 돈도 가져다주지 않는다면서. 새 옷이 필요하다, 새 모자가 필요하다 그러는데 도대체 새로 사지 않아도 되는 물건이 뭔지 모르겠어요. 그러다가 진짜 증세가 심각해져서 미친 듯이 물건을 사들여요. 그 대금을 다 해결하는 데 6개월이나 1년이 걸릴 때도 있을 정도예요. 지금도 전국에 빚이 깔려 있어요. 어떤 때는 도저히 더 이상 못 참겠다는 생각이 들어요. 그냥 짐을 싸서 나가 버릴까 하는 생각이 들 때도 있고요. 그런 생각이 들어요. 나도 좀 재미있게, 행복하게 살 권리가 있다는 생각. 그래서 여기저기서 여자들한테 집적거리는데, 벳시 일은 미안해요. 당신과 벳시가 우리한테 정말 좋은 친구였으니까. 하지만 가끔은 재미있는 일을 좀 벌이지 않으면 더 이상 견딜 수 없을 것 같은 생각이 들어요. 이런 식으로 계속해 나갈 힘이 없어요. 더 이상은 못 참겠어요."

거실에서는 조시가 벳시를 품에 안고 있었다. "자, 자," 조시가 말했다. "자, 자, 자. 이제 다 끝났어. 아무 일도 없었어. 내가 옷을 꿰매 줄게. 새 옷을 사 줄게. 그 사람이 술을 너무 많이 마셔서 그래. 그것뿐이야. 그 사람 손버릇이 원래 그래. 손버릇이 그런 데다가 술을 너무 많이 마셨어. 그 사람은 항상 손대서는 안 될 곳에 손을 대는 버릇이 있어. 벳시, 이번이 처음이 아냐. 잠을 잘 때도 그 사람 손은 항상 사방을 더듬거리다가 기어이 뭔가를 붙들어. 잘 때도 그런다고. 자, 자, 이제 걱정 마. 날 생각해. 내가 얼마나 참고 살아야 하는지 생각해. 네가 코벌리처럼 착하고 깔끔한 남편하고 사는 게 얼마나 다행이야. 불쌍한 나를 봐서 참아. 항상 명랑하게 살려고 애쓰면서 저 사람 뒤치다꺼리나 하며 돌아다니는 불쌍한 조시를 생각해. 아이고, 나도 신물이 나. 저 사람 실수를 덮어 주는 데 이젠 아주 신물이 나. 게다가 예정에 없던 돈이 조금이라도 생기면 저 사람은 그걸 코넬에 있는 자기 동생한테 보내 버려. 그 동생을 얼마나 좋아하는지. 나나 너나 그 누구보다도 그 동생을 좋아한다니까. 그래서 오히려 동생을 망치고 있어. 생각하면 내 피가 끓어올라. 시동생은 거기 기숙사에서 개인 욕실에 좋은 옷까지 갖추고 진짜 왕자처럼 사는데, 나는 세탁비 아끼려고 직접 옷을 깁고 빨래를 해. 저 사람이 대학에 다니는 동생한테 용돈이나 새 스포츠 재킷이나 테니스 라켓 같은 걸 보내 줄 수 있게 하려고. 작년에는 시동생한테 최고급 외투가 없다고 저 사람이 걱정하기에 내가 이랬지, 맥스, 내가 이랬어,

당신 꼴을 좀 봐, 당신은 시동생한테 외투가 없다고 그렇게 속을 끓이는데, 그럼 나는 뭐야? 나도 좋은 겨울 외투가 없다는 생각을 해 보기는 했어? 당신의 사랑하는 아내도 어린 남동생 못지않게 외투를 입을 자격이 있다는 생각 해 본 적 있냐고? 이런 식으로 생각해 본 적 있어? 그랬더니 그 사람이 뭐라고 했는지 알아? 대학이 있는 곳은 우리가 사는 몬태나보다 더 춥대. 내 말에는 신경도 안 쓰더라고. 항상 그런 생각만 하는 사람하고 사는 게 얼마나 끔찍한지 몰라. 가끔은 남편이 시동생 응석을 있는 대로 다 받아 주는 걸 보면서 속이 부글부글 끓어. 그래도 그냥 그러려니 해야지 어쩌겠어, 안 그래? 진정한 친구 사이에 가끔 조금씩 비가 내리는 건 당연한 일이잖아. 그러니까 그냥 그러려니 하자. 그냥 비가 조금 내렸다고 생각해. 가서 남자들을 불러다가 우정의 잔을 마시고 다 잊어버리자. 그냥 비가 조금 내렸다고 생각해."

두 사람이 부엌으로 가 보니 맥스는 여전히 바닥에 앉아 있고, 코벌리는 개수대 옆에 서서 손마디를 꺾고 있었다. 벳시가 코벌리에게 가서 다 잊어버리자고 속삭이며 간청했다. "우리 모두 다시 친구가 되는 거예요." 조시가 큰 소리로 말했다. "자, 자, 전부 잊어버려요. 다 같이 거실로 가서 우정의 잔을 마시자고요. 그 잔을 마시지 않는 사람은 나쁜 놈이야." 맥스가 그녀의 뒤를 따라 거실로 갔고, 벳시는 그 뒤에서 코벌리를 이끌었다. 조시가 커다란 잔에 럼주와 콜라를 채웠다. "흘러간 날을 위하여." 그녀가 말했다. "지난 일은 다 잊어버려요. 우정을 위하여." 벳시가 울기 시작했고, 네 사람 모두 잔에 담긴 술을 마셨다. "이제 우리 다시 친구가 된 거죠?" 벳시가 말했다. "내가 할 말이 있어요. 우리가 다시 친구가 됐다는 걸 증명하기 위해서. 내 마음 한구석에 자리 잡고 있던 생각이 있는데, 이런 일을 겪고 나니 그게 훨씬 더 중요해졌어요. 토요일이 내 생일이에요. 그날 맥스랑 같이 우리 집에 와서 저녁을 먹어요. 진짜 축하연답게 턱시도를 입고 샴페인을 터뜨리는 거예요. 진짜 연회처럼. 오늘 이런 일을 겪었으니, 그런 연회를 여는 게 더욱더 중요해졌어요."

"아, 자기, 이렇게 감동적인 초대를 받아 본 건 처음이야." 조시가 이렇게 말하고는 자리에서 일어나 벳시와 코벌리에게 차례로 입을 맞추고 맥스와 팔짱을 꼈다. 맥스가 코벌리에게 손을 내밀었고, 벳시는 조시에게 다시 입을 맞췄다. 그러고는 서로에게 잘 자라는 인사를 했다. 부드럽게, 부드럽게. 늦은 시간이었으니까. 새벽 2시가 넘은 시각이었고, 그 동네에서 이 집 불빛만 밝게 타오르고 있었으니까.

아침에 조시의 전화가 오지 않았다. 벳시는 그녀에게 전화를 하려 했지만, 계속 통화 중이거나 전화를 받는 사람이 없었다. 그래도 벳시는 연회 준비를 하느라 정신이 없어서 그다지 신경 쓰지 않았다. 그녀는 새 옷, 유리잔, 냅킨을 샀고, 연회 전날 밤에는 식당을 더럽히지 않으려고 코벌리와 함께 부엌에서 저녁을 먹었다. 코벌리는 토요일에도 일을 했으므로 5시가 넘어서야 집으로 돌아왔다. 연회 준비가 끝나 있었다. 벳시는 아직 새 옷 대신 목욕 가운을 입은 모습이었고, 머리도 미처 매만지지 못했지만 잔뜩 신이 나서 기뻐하고 있었다. 그녀는 코벌리에게 입을 맞추면서 빨리 목욕하라고 말했다. 식탁에는 웨스트 농장에서 보내온 식탁보가 깔렸고, 역시 웨스트 농장에서 온 낡은 촛대, 파란색 도자기가 놓여 있었다. 그리고 자리마다 칵테일과 함께 먹을 마른안주 접시가 놓여 있었다. 그가 샤워를 마치고 나와 벳시가 미리 내놓은 옷을 입고 있을 때 전화벨이 울렸다. "응, 그래." 코벌리의 귀에 벳시의 말소리가 들렸다. "그래, 조시. 아, 아, 그럼 못 온다는 얘기네. 알았어. 응, 알았어. 그럼 내일 밤은 어때? 연회를 내일 밤으로 미루지, 뭐. 아, 그렇구나. 그럼 오늘 밤에 잠깐이라도 들르면 안 돼? 맥스가 춥지 않게 담요로 몸을 감싸 주면 되잖아. 그리고 원한다면 식사만 하고 가도 돼. 그래, 그래. 응, 알았어. 그럼 할 수 없지. 그래, 응."

코벌리가 거실로 나가 보니 벳시가 소파에 앉아 있었다. 손은 무릎 위에 놓여 있고, 초췌한 얼굴은 눈물에 젖어 있었다. "못 온대." 그녀가 말했다. "맥스가 감기에 걸려서 못 온대." 그녀는 이 말을 하고 나서 큰 소리로 흐느끼기 시작했다. 코벌리가 옆에 앉아서 그녀의 어깨를 끌어안자 그녀가 그를 물리쳤다. "이틀 동안 연회 생각만 하면서 연회 준비만 했어." 그녀가 울면서 말했다. "이틀 동안 다른 일은 하나도 안 했다고. 잔치를 하고 싶었는데. 정말 즐거운 잔치를 하고 싶었는데. 원하는 건 그것뿐이었는데."

코벌리는 계속 신경 쓰지 말라면서 그녀에게 셰리 한 잔을 주었다. 잠시 후 그녀가 프라스카티 가족을 부르자는 생각을 해 냈다. "난 지금 그냥 조촐한 모임을 갖고 싶을 뿐이야." 그녀가 말했다. "음식도 이렇게 다 장만해 놓았는데. 어쩌면 그집 식구들이 와 줄지도 몰라. 별로 다정하게 굴지는 않았지만,

혹시 외국인이라서 그런 건지도 모르잖아. 그 집 식구들한테 한번 물어볼래."

"그냥 다 잊어버리면 안 돼?" 코벌리가 말했다. "우리끼리 저녁을 먹든지, 아니면 영화를 보러 나가도 되잖아. 우리 둘이서 즐겁게 보낼 수 있어."

"난 프라스카티 부인한테 물어볼래." 벳시는 이렇게 말하고 나서 전화기가 있는 곳으로 갔다. "벳시 왑샷이에요." 그녀가 명랑한 목소리로 말했다. "계속 전화해야지 하고 생각은 했는데, 제가 이웃 사람의 도리를 다 못 한 것 같네요. 이사 온 뒤로 너무 바빠서 시간이 없었어요. 제 도리를 다 못 해서 정말 부끄럽네요. 저기, 혹시 남편 분하고 같이 오셔서 저녁 같이하지 않으실래요?"

"고맙지만 저녁을 벌써 먹었어요." 프라스카티 부인은 이렇게 말하고 전화를 끊었다.

벳시가 갤런 씨 집에 전화하는 소리가 들렸다. "저는 벳시 왑샷이에요. 좀 더 일찍 전화를 드렸어야 하는 건데, 부인과 잘 지내고 싶었거든요. 오늘 밤에 남편 분하고 같이 오셔서 저녁 드시지 않을래요?"

"어머, 정말 미안해요." 갤런 부인이 말했다. "텔러먼 씨네가, 아마 두 분이 그 집 부부하고 친구죠? 어쨌든 맥스 텔러먼의 남동생이 와서 동생이랑 같이 우리를 만나러 온다고 했어요."

벳시는 전화를 끊었다. "위선자." 그녀가 흐느끼며 말했다. "위선자. 이렇게 뒤통수를 치다니. 갤런 씨네하고 친해지려고 하면서 나한테는 그런 말을 안 했어. 내가 제일 친한 친구인데. 사실대로 말할 배짱도 없는 사람이야."

"진정해, 진정해." 코벌리가 말했다. "별로 중요한 일도 아니잖아. 별일 아냐."

"나한테는 중요해." 벳시가 소리쳤다. "나한테는 생사가 걸린 문제라고. 정말이야. 내가 가서 볼 거야. 내가 가서 갤런 부인 말이 사실인지 확인할 거야. 내가 가서 맥스 텔러먼이 정말로 아파서 누워 있는지 아닌지 확인할 거야. 내가 가서 볼 거야."

"그러지 마, 벳시." 코벌리가 말했다. "그러지 마, 여보."

"내가 가서 볼 거야. 정말로 그렇게 할 거야. 그 남동생 얘기는 질리도록 들었어. 하지만 동생을 소개할 때가 되니까, 오랜 친구들의 격이 떨어진다는 생각이 들었나 보지? 내가 가서 볼 거야." 그녀가 일어섰다. 코벌리가 막으려고 했지만, 그녀는 밖으로 나갔다. 목욕 가운과 슬리퍼 차림으로 그녀는 씩씩거리며 거리를 걸어 옆 동네로 갔다. 텔러먼네 집 창문에는 불이 켜져 있었지만, 그녀가 초인종을 눌러도 나오는 사람이 없었다. 집 안에서는 아무 소리도 들리지 않았다. 그녀는 커튼이 쳐지지 않은 집 뒤쪽으로 돌아가서 거실을 들여다보았다. 거실에는 아무도 없었지만 탁자에 칵테일 잔 몇 개가 놓여 있고, 문 옆에는 코넬의 스티커가 붙은 노란색 가죽 여행 가방이 있었다. 벳시가 어둠 속에 그렇게 서 있는 동안 복수의 여신들이 그녀를 사로잡은 듯했다. 그녀가 겪는 모든 일, 삶의 모든 순간을 가로지르는 끈이 있었다. 고독이라는 끈. 그녀 자신이 행복하다고 생각한 적도 있었지만, 그것은 결국 자기기만에 지나지 않았다. 그 행복 밑에 고통스러운 외로움이 숨어 있었으니까. 그녀가 지금까지 했던 여행과 친구들은 아무것도 아니었다. 모든 것이 아무것도 아니었다.

 그녀는 집까지 걸어왔고, 그날 밤늦게 아기를 유산했다.

33

벳시는 이틀 동안 입원했다가 집으로 돌아왔지만 몸이 나아지는 것 같지 않았다. 몸뿐만 아니라 마음도 아팠다. 코벌리가 보기에 그녀는 지금의 생활은 물론 유산과도 상관이 없는, 과거의 어떤 일 때문에 힘들어하고 있는 것 같았다. 그는 매일 퇴근한 뒤 그녀에게 저녁을 만들어 주고, 그녀와 이야기를 하거나 이야기를 하려고 애썼다. 그녀가 자리에 누운 지 두 주가 넘었을 때, 그는 그녀에게 의사를 부르자고 말했다. "의사를 부르기만 해 봐." 벳시가 말했다. "의사를 부르기만 해 봐. 당신이 의사를 부르려는 건 순전히 내가 아픈 데가 하나도 없다는 걸 증명하려는 거야. 나한테 망신을 주고 싶어서 그러는 거라고. 못됐어." 그녀는 울음을 터뜨렸지만, 그가 침대 가장자리에 앉자 그에게 등을 돌렸다. "가서 저녁을 준비할게." 그가 말했다. "나 먹을 음식은 만들지 마." 벳시가 말했다. "너무 아파서 못 먹겠어."

코벌리가 어두운 부엌으로 들어와서 보니 프라스카티 씨 집의 불 켜진 부엌 안 풍경이 보였다. 프라스카티 씨가 포도주를 마시며 화덕과 식탁 사이를 오가는 아내의 엉덩이를 툭툭 두드리고 있었다. 그는 베네치아 풍 블라인드를 홱 내리고는 냉동실에서 먹을 것을 찾아 자기 방식대로 조리했다. 음식의 양은 별로 많지 않았다. 그는 벳시 몫의 음식을 쟁반에 담아 그녀 방으로 가져갔다. 그녀는 짜증을 내며 베개를 등에 받치고 일어나 앉아 그가 자기 무릎에 쟁반을 내려놓을 수 있게 했지만, 그가 부엌으로 돌아가자 그의 뒤통수에 대고 소리를 질렀다. "나랑 같이 안 먹을 거야? 나랑 같이 먹기 싫어? 날 보기도 싫은 거야?" 그는 자기 접시를 침실로 가져와 화장대에 놓고 먹으며 그녀에게 직장에서 있었던 일들을 이야기해 주었다. 그가 줄곧 하고 있던 긴 테이프 작업이 사흘 후면 끝날 거라는 이야기, 팬크래스라는 상사가 새로 부임해 왔다는 이야기. 그는 벳시에게 아이스크림을 한 접시 가져다주고는 설거지를 한 다음, 그녀가 읽을 추리 소설 책을 사러 쇼핑센터까지 걸어갔다. 그는 외투를 덮고 소파에서 자면서 슬픔과 욕망을 느꼈다. 자신이 호색한이 된 것 같았다.

벳시는 일주일 더 자리에 누워 있었는데, 시간이 갈수록 더 불행해지는 것 같았다. "연구소에 새로 박사가 한 명 왔는데, 벳시," 어느 날 밤 코벌리가 말했다. "이름은 블레너야. 구내식당에서 봤어. 잘생겼더라고. 일종의 결혼 상담가인데, 내 생각에는……."

"그 사람 얘기는 듣고 싶지 않아." 벳시가 말했다.

"그래도 들어 봐, 벳시. 당신이 블레너 박사를 만나서 얘기를 해 봤으면 좋겠어. 박사가 우릴 도와줄 수 있을지도 몰라. 나랑 같이 가자. 아니면 당신 혼자 가든지. 박사한테 당신이 무엇 때문에 괴로워하는지 말한다면……."

"내가 왜 그 사람한테 그런 얘기를 해야 하는데? 내 문제가 뭔지는 내가 알아. 난 이 집이 싫어. 이 동네, 이 렘젠파크가 싫어."

"블레너 박사랑 얘기를 해 보면……."

"그 사람 정신과 의사야?"

"응."

"당신, 내가 미쳤다는 걸 증명하고 싶어서 그러지?"

"아냐, 벳시."

"미친 사람들이 정신과 의사를 만나잖아. 난 아무 문제 없어." 그러고 나서 그녀는 침대에서 일어나 거실로 나갔다. "정말이지 당신이 지긋지긋해. 그놈의 성실한 태도가 지긋지긋하고, 당신이 목을 쭉 빼는 것, 손마디를 꺾는 것도 지긋지긋하고, 새로운 소식 없냐, 좋은 소식 없냐, 무슨 소식 없냐고 귀찮게 편지를 써 대는 당신 아버지도 지긋지긋해. 왑샷 일가가 지긋지긋해. 온 세상 사람들이 다 알게 돼도 난 상관없어." 그러고 나서 그녀는 부엌으로 들어가서 새러가 웨스트 농장에서 보내 준 파란색 접시들을 들고 나와 바닥에 던져 깨기 시작했다. 코벌리는 거실에서 뒷문 계단으로 나갔지만, 벳시가 그를 따라 나와서 남은 접시들을 마저 깼다.

결혼한 다음 날 두 사람은 토파즈 호와 비슷한 시기에 건조됐지만 훨씬 큰 증기선을 타고 바다로 나갔었다. 바다에 나가기에 좋은 날씨였다. 온화하고 맑았으며, 사방에 안개가 걸려 있어서 선미에서 부글거리며 멀어지는 물거품만 아니라면 방향 감각과 시간 감각을 잃어버릴 정도였다. 두 사람은 손을 잡고 갑판을 돌아다니며 다른 승객들의 얼굴에서 친절함과 유머를 보았다. 두 사람은 뱃머리에서 선미까지 갔다. 선미에서는 스크루가 발밑에서 쿵쾅거리는 것이 느껴졌고, 취사실과 기관실에서 나오는 더운 바람이 주위를 채웠다. 포르투갈까지 무임승차한 갈매기들도 보였다. 안개가 너무 짙어서 섬이 보이지 않았지만, 바다에 고독하게 울려 퍼지는 종소리에 이끌려 섬이, 뾰족탑과 오두막과 해변에서 캐치볼을 하고 있는 소년 둘이 안개 속에서 솟아오르는 것을 보았다.

오두막은 아주 멀리 있었다. 그곳은 리앤더의 시대에 속한 곳이었다. 열두 채나 열여섯 채쯤 되는 오두막들이 너무나 일그러지고 비바람에 시달린 모습으로 옹기종기 모여 있었기 때문에, 그것이 매년 여름 바다로 순례를 오는 사람들을 위해 지은 건물이라는 것을 몰랐다면 이재민들을 수용하기 위해 급조한 건물처럼 보일 정도였다. 두 사람이 향한 집은 웨스트 농장처럼 식구가 점점 늘어나면서 두서없이 뻗어 나간 토끼굴 같은 곳이었다. 두 사람은 가방을 내려놓고 수영을 하려고 옷을 벗었다.

이르든 늦든 그때는 수영을 하는 계절이 아니었다. 여관과 선물 가게도 잠겨 있었다. 두 사람은 몸을 가릴 생각을 전혀 하지 않은 채 세상에 태어날 때처럼 벌거벗은 모습으로 손을 잡고 길을 내려갔다. 흙 길 군데군데에 재가 깔려 있고, 그 끝에는 고운 설탕 같은 모래가 불쾌감이 들 정도로 딱딱하게 깔려 있었다. 그다음에는 밀물 때문에 축축하게 젖은 거친 모래와 문을 쾅쾅 닫을 때처럼 소리를 내고 있는 바다가 나왔다. 벳시는 바다 저쪽에 있는 암초를 향해 헤엄쳤고, 코벌리는 몸을 치유해 주는 듯한 풍요로운 북대서양 물살을 헤치며 그녀의 뒤를 따랐다. 그가 다가갔을 때 그녀는 알몸으로 암초에 앉아 손가락으로 머리를 빗고 있었다. 그가 암초 위로 기어오르자 그녀는 다시 바다로 뛰어들었고, 그는 그녀를 따라 해안으로 갔다.

기쁨에 들떠 소리 지르고, 춤추듯이 발을 차고, 큰 소리로 노래를 부를 수도 있었겠지만, 그는 그냥 해변을 걸으며 물 위에 뜬 것들을 파도 너머로 집어 던졌다. 그가 던진 물건들은 수면을 스치듯 날아가기도 하고, 그냥 물속으로 가라앉기도 했다. 그러고 나니 만족감과 함께 커다란 슬픔이 그를 감싸는 것 같았다. 워낙 섬세한 기쁨이라서 가을에 처음 피운 불처럼 그의 살갗과 뼈를 따스하게 데워 주었다. 그는 여전히 물에 뜬 것들을 주워 던지면서 천천히 그녀에게 되돌아갔다. 서두를 이유가 없었으니까. 그는 그녀 옆에 무릎을 꿇고서 그녀의 입술을 자기 입술로 덮고, 그녀의 몸을 자기 몸으로 덮었다. 그러고는 몸이 방탕하게 날뛰는 가운데, 황금시대의 뜨거운 환상이 머릿속에서 꽃을 피우는가 싶더니 그는 잠이 들었다.

다음 날 밤 코벌리가 집에 돌아와 보니 벳시가 없었다. 그녀가 그에게 남긴 것이라고는 두 사람 명의로 개설했다가 해지한 저축 통장뿐이었다. 그는 어둑어둑한 집 주위를 돌아다녔다. 여기에는 그녀의 손길이 닿지 않은 물건이 하나도 없었다. 그녀가 다시 정돈해서 그녀의 개성과 취향이 뚜렷이 새겨져 있는 물건들. 먼지가 둥둥 떠 있는 빛 속에서 죽음의 징후가 느껴지는 듯했고, 벳시의 목소리가 들리는 듯했다. 그는 모자를 쓰고 산책을 했다. 하지만 렘젠파크는 산책하기에 그리 좋은 곳이 아니었다. 저녁에 들려오는 소리라고는 대부분이 기계 소리였고, 숲이라고 있는 것은 부대 뒤편에 나무들이 조금 길게 늘어서 있는 곳에 불과했지만 코벌리는 그리로 갔다. 벳시를 생각하면 여행과 관련된 장면들이 떠올랐다. 기차와 플랫폼과 호텔과 가방을 들고 낯선 사람들에게 도움을 청하는 그녀의 모습. 그는 커다란 사랑과 연민을 느꼈다. 이미 존재하지 않는 상황에 자신이 감정적으로 이토록 깊이 휘말려 있는 것이 이해가 되지 않았다. 숲을 한 바퀴 돌고 나서 막사를 통과해 돌아오는 길에 렘젠파크의 집들을 바라보며 그는 세인트보톨프스가 너무나 그리워졌다. 거리들이 인간의 마음처럼 두서없고 구불구불한 곳, 나무들 사이로 반짝이는 물, 저녁에 들려오는 사람들 소리가 그리웠다. 심지어 맨몸으로 쥐똥나무들 사이를 뚫고 나아가는 피피 아저씨도 그리웠다. 산책이 길었기 때문에 그가 집에 돌아온 것은 자정이 넘어서였다. 그는 아내와 함께 쓰던 침대에 벌거벗은 몸을 던졌다. 그녀의 살갗에서 나던 향내가 아직 배어 있는 그 침대에서 그는 웨스트 농장 꿈을 꾸었다.

요즘 세상에는 정신을 빼앗길 것이 많다. 사랑스러운 여자들, 음악, 프랑스 영화, 볼링장, 술집 등. 하지만 코벌리에게는 정신을 다른 곳에 쏟을 만한 활기나 상상력이 없었다. 그는 아침에 출근했다가 냉동식품을 사 들고 저녁에 집으로 돌아와 음식을 녹여 그릇에 덜지도 않고 그대로 먹었다. 그의 현실이 맹렬히 공격받는 듯했고, 낙천적인 성격도 손상되거나 파괴된 것 같았다. 몇몇 종류의 불행에는 지역적인 특성이 있다. 거룻 배를 타고 경계선을 넘나드는 삶처럼 지리적으로 멀리 떨어져 있다는 느낌. 그럴 때면 사람들이 최소한의 에너지와 인식만으로 삶을 살아가거나 참아 내고, 세상 대부분이 산타페*의 호화로운 기차에 탄 승객처럼 획획 스쳐 지나가는 것 같았다. 이런 삶에도 나름대로 보상이 있다. 혼자 놀기와 별을 보며 소원을 비는 것. 하지만 이것은 우정, 교제, 사랑이 없는 삶이다. 심지어 여기서 도망칠 수 있다는 현실적인 희망마저 없다. 코벌리는 이런 감정적 은둔 상태에 빠져들었다. 그런데 얼마 뒤 벳시에게서 편지가 왔다.

"여보, 난 할머니를 만나러 뱀브리지로 돌아가는 길이야. 날 따라올 생각 마. 내가 돈을 다 가져와서 미안해. 일자리를 찾는 즉시 전부 갚을게. 당신은 나와 이혼하고, 당신에게 아이를 낳아 줄 다른 여자와 결혼해. 난 타고난 방랑자인가 봐. 지금도 또다시 방랑하고 있어." 코벌리는 뱀브리지에 전화를 걸었다. 그녀의 할머니가 전화를 받았다. "벳시 좀 바꿔 주세요." 코벌리가 고함을 질렀다. "벳시 좀 바꿔 주세요." "그 앤 여기 없어." 할머니가 말했다. "그 앤 이제 여기 안 살아. 코벌리 왑샷하고 결혼해서 다른 데서 남편이랑 같이 살아." "제가 코벌리 왑샷이에요." 코벌리는 고함을 질렀다. "자네가 코벌리 왑샷이라면 전화는 왜 한 거야? 자네가 코벌리 왑샷이라면 벳시

---

* 아르헨티나 중부의 상공업 도시.

하고 직접 얘기하면 되잖아. 그 애한테 내 말이나 좀 전해 줘. 기도할 때 무릎을 꿇어야 한다고. 무릎을 꿇지 않으면 아무리 기도해도 소용없다고 전해 줘." 그러고 나서 할머니는 전화를 끊었다.

34

이제 우리 이야기 중에서 불쾌한 부분, 즉 동성애 이야기에 이르렀다. 관심 없는 독자는 그냥 건너뛰기 바란다. 얘기는 이렇다. 코벌리의 직속상관은 월콧이라는 남자였지만, 테이프 기록부 전체를 책임진 사람은 팬크래스라는 젊은 남자였다. 그의 목소리는 무덤처럼 음산했고, 치아는 고르고 하얘서 아름다웠으며, 차는 유럽 산 경주용 자동차였다. 그는 기다란 테이프 기록부 사무실을 지나가면서 코벌리에게 아침 인사를 하거나 격려의 미소를 지을 뿐 다른 말은 전혀 하지 않았다. 어쩌면 우리가 사실을 감추는 우리의 능력을 과대평가한 건지도 모른다. 어쩌면 고독과 보답받지 못하는 감정의 낙인이 우리 생각보다 더 뚜렷하게 드러나는 것인지도 모른다. 어쨌든 팬크래스가 어느 날 저녁 느닷없이 코벌리에게 다가와 집까지 태워다 주겠다고 제의했다. 코벌리는 누구라도 곁에 있어 주기만 하면 고마운 처지였고, 게다가 차대가 낮은 경주용 자동차는 그의 마음에 상당한 영향을 미쳤다. 두 사람이 325번가에서 꺾어져 서클 K에 들어섰을 때, 팬크래스는 코벌리의 아내가 문간에 나와 있지 않은 것이 놀랍다고 말했다. 코벌리는 아내가 조지 아로 누굴 만나러 갔다고 말했다. 그럼 우리 집으로 가서 나랑 저녁을 같이하지. 팬크래스가 말했다. 그는 기어를 바꾸고 부르릉 소리를 내며 그곳을 떠났다.

팬크래스의 집은 당연히 코벌리의 집과 똑같았다. 하지만 그 집은 군 기지와 가까웠고, 대지가 넓었다. 가구도 우아했으며, 엉망으로 어질러져 있는 코벌리의 집에 비해 쾌적했다. 팬크래스는 그에게 술을 한 잔 따라 주고는 코벌리에게 입에 발린 소리를 늘어놓기 시작했다. "오래전부터 자네와 이야기를 해 보고 싶었어." 그가 말했다. "자네 실력이 아주 좋아. 눈이 부실 정도야. 그 얘기를 해 주고 싶었어. 몇 주 뒤면 영국으로 사람을 하나 출장 보내야 하는데, 내가 직접 갈 거야. 영국인들과 우리의 테이프 기록 기술을 비교하러 가는 거야. 물론 나랑 같이 갈 사람이 있으면 좋지. 잘생기고, 사회 경험이 좀 있는 사람이 필요해. 자네가 관심 있다면, 출장 갈 사람으로 선발될 가능성이 높아."

이렇게 자신을 평가해 주는 말에 코벌리는 기분이 좋았다. 비록 팬크래스가 끈적거리는 시선으로 드러내 놓고 그를 자꾸 쳐다보는 바람에 좀 불편하기는 했지만. 이 남자는 여자 같지 않았다. 그런 것과는 거리가 멀었다. 그의 목소리는 아주 깊은 저음이었고, 몸은 털로 뒤덮여 있는 것 같았으며, 움직이는 것을 보면 기력이 왕성해 보였다. 그런데도 코벌리는 왠지 그가 엉덩이를 만지면 기절할 것 같다는 생각이 들었다. 그는 이 남자의 사생활에 의심을 품은 상태로 이 아름다운 집과 그의 친절을 받아들이는 것은 배은망덕하고 정직하지 못한 행동임을 알 수 있었다. 게다가 솔직히 그는 너무나 즐거운 시간을 보내고 있었다. 코벌리는 이런 우정이 어떤 식으로 완성될지 생각할 수 없었지만, 팬크래스가 만들어 낸, 찬사와 애정이 넘치는 분위기를 즐길 수는 있었다. 그는 이 분위기에 푹 빠져 있는 것 같았다. 그날 코벌리는 몇 달 만에 처음으로 최고의 식사를 했다. 식사가 끝난 뒤 팬크래스는 군 기지를 지나 숲 속으로 산책을 가자고 제의했다. 코벌리에게도 더할 나위 없이 마음에 드는 제안이었으므로, 두 사람은 밤거리로 나가 숲 속을 한 바퀴 돌면서 다정하고 진지한 목소리로 일과 오락에 대해 이야기를 나눴다. 그러고 나서 팬크래스가 코벌리를 집까지 차로 데려다 주었다.

아침에 일을 시작하기 전에 월콧이 코벌리에게 팬크래스에 대해 주의를 주었다. 그가 동성애자라는 것이었다. 이 말을 듣고 코벌리는 당혹감, 슬픔, 약간의 오기를 함께 느꼈다. 오노라가 짐마차를 끄는 말에 대해 느끼는 것과 같은 심정이었다. 그는 짐마차를 끄는 말이 되고 싶지 않았지만, 자기들이 잔인한 시선에 노출되는 것도 싫었다. 그는 하루나 이틀 동안 팬크래스를 보지 못했다. 그런데 어느 날 저녁, 그가 냄비에 든 음식을 그릇에 덜지도 않고 그냥 먹으려 하고 있을 때, 경주용 자동차가 부르릉거리며 서클 K로 들어오더니 팬크래스가 초인종을 눌렀다. 그는 코벌리를 자기 집으로 데려가 저녁 식사를 대접했고, 두 사람은 또다시 숲 속을 산책했다. 코벌리는 세인트보톨프스에서 보낸 지난 시절 이야기에 이토록 관심을 보인 사람을 만난 적이 없었으므로, 과거에 대해 이야기할 수 있게 된 것이 기뻤다.

그 뒤로 팬크래스와 하루 저녁을 한 번 더 보내고 나자 코벌리는 이 친구의 의도가 무엇인지 분명히 알 수 있었다. 하지만 자기가 어떻게 처신해야 할지 알 수 없었고, 동성애자와 저녁 식사를 하지 말아야 하는 이유도 찾을 수 없었다. 그는 자신이 순진한 사람이라 그렇다고 속으로 주장했지만, 그것은 빈약하기 짝이 없는 변명이었다. 사실 동성애자들은 결코 놀라운 존재가 아니다. 우리는 자신이 원하는 사람의 마음에 들기 위해 넥타이를 고르고, 머리에 물을 적셔 빗고, 신발 끈을 맨다. 그들도 마찬가지다. 코벌리는 친구를 사귀어 본 경험이 많았으므로 팬크래스가 자신에게 쏟는 과장된 관심이 사랑임을 알 수 있었다. 그는 코벌리를 유혹하려 했으며, 저녁 식사를 마치고 산책을 할 때는 에로틱한 느낌을 분주하게, 또는 고통스럽게 발산하는 듯했다. 두 사람은 집들이 늘어선 곳을 지나 군기지에 도착했다. 막사, 예배당, 하얗게 표백한 돌을 양옆에 깐 산책로가 있었고, 어떤 남자가 계단에 앉아 로켓에서 떨어져 나온 쇳조각을 망치로 펴서 팔찌를 만들고 있었다. 그곳은 대부분의 군 기지에서 볼 수 있는, 감정적인 공백 지대였다. 전쟁의 압박 속에서는 견딜 만하지만, 지금은 그 어느 때보다 고립되어 외로움의 지배를 받는 곳. 두 사람은 막사들을 지나 숲속으로 들어가 바위에 앉았다.

"열흘 후에 영국으로 갈 거야." 팬크래스가 말했다.

"부장님이 보고 싶을 거예요." 코벌리가 말했다.

"자네도 같이 가는 거야." 팬크래스가 말했다. "내가 전부 준비해 뒀어."

코벌리는 팬크래스에게 시선을 돌렸고, 두 사람은 너무나 슬픈 시선을 교환했다. 이 슬픔에서 결코 빠져나올 수 없을지도 모른다는 생각이 들 정도였다. 과거에 그는 그런 시선을 받으면 몸을 움츠리며 피하곤 했다. 트래버틴의 의사, 워싱턴의 바텐더, 밤배에서 만난 사제, 가게 점원. 남자들 사이의 성적인 슬픔이 담긴, 분노를 부채질하는 시선. 도망치고 싶다는 뒤틀린 소망과 슬픔. 수프 그릇에 오줌을 싸고, 헛간 뒷벽에 고약한 말을 쓰고, 더럽기 짝이 없는 선원과 바다로 도망치고 싶어 하는 마음. 세상의 법과 관습으로부터 도망치는 것이 아니라 세상의 힘과 활기로부터 도망치고 싶어 하는 마음. "겨우 열흘밖에 안 돼." 팬크래스가 한숨을 내쉬었다. 코벌리는 자신의 바지 속에서 동성애적 욕망이 갑자기 희미하게 진동하는 것을 느꼈다. 이런 감정이 지속된 시간은 1초도 채 되지 않았다. 피피 마시멜로 아저씨처럼 어둠 속을 방황하는 이 창백한 눈의 남자와 동류가 될지도 모른다는 사실에, 고환이 상처를 입지 않을까 싶을 정도로 세차게 그의 양심이 즉시 채찍을 휘둘렀기 때문이다. 양심은 잠시 뒤에 다시 채찍을 휘둘렀다. 이번에는 인간의 처지를 경멸한 것에 대한 벌이었다. 여기저기 정원들을 정처 없이 돌아다니는 것은 피피 아저씨의 운명이었고, 코벌리는 이런 쓸쓸함이 받아들여지는 세상을 꿈꾸어야 했다. 채찍이 한 번 더 그를 때렸다. 이번에는 그의 친구들을 지독하게 경멸하며, 이제 그가 아침의 생물인 여자들과 느끼는 기쁨에서 영원히 차단되었다고 눈으로 말하는 아름다운 여자가 휘두른 채찍이었다. 그가 남색꾼과 함께 바다로 가고 싶다는 생각을 했기 때문에 비너스가 그 벌거벗은 등을 그에게 돌리고 그의 삶에서 영원히 사라져 버린 것이다.

그것은 기운 빠지는 일이었다. 그들의 태도와 고백, 그들의 기억과 원자 폭탄에 관한 이론, 몰래 숨겨 놓은 크리넥스와 핸드 로션, 젖가슴의 따스함, 굴복하고 용서하는 그들의 힘, 그가 이해할 수 없었던 사랑의 달콤함이 사라져 버렸다. 비너스는 그의 적이었다. 그는 그녀의 부드러운 입에 콧수염을 그려 넣었고, 그녀는 자신의 부하들에게 그를 경멸하라고 말할 것이다. 어쩌면 가끔 그가 늙은 여자에게 말을 건네는 것은 허락해 줄지도 모르지만, 그뿐이었다.

여름이었다. 꽃씨와 꽃가루가 허공을 가득 채우는 여름. 코벌리는 마치 돋보기를 쓴 것처럼 엄청나게 커 보이는 슬픔을 안고 발밑에 무성하게 흩어져 있는 열매와 씨앗 꼬투리 들을 보며 자연의 모든 것이 동류들을 수정시킬 수 있도록 풍요롭게 창조되었다는 생각을 했다. 코벌리 자신만 예외였다. 그는 웨스트 농장에 있는, 가난하고 상냥한 부모를 생각했다. 그는 재주가 없어서 부모에게 행복, 안정, 음식을 제공해 줄 수 없었다. 그다음으로는 형 모지스를 생각했다. 형이 너무나 보고 싶었다. "난 부장님과 영국에 갈 수 없습니다." 그가 팬크래스에게 말했다. "형을 만나러 가야 하거든요." 팬크래스는 애원하다가 나중에는 대놓고 화를 냈다. 두 사람은 차례로 숲을 빠져나왔다.

아침에 코벌리는 월콧에게 팬크래스와 함께 영국에 가고 싶지 않다고 말했고, 월콧은 그래도 괜찮다며 미소를 지었다. 코벌리는 험상궂은 표정으로 그를 돌아다보았다. 그것은 이미 다

안다는 듯한 미소였다. 팬크래스에 대해 안다는 뜻이 담긴 미소. 그것은 속물의 미소였다. 자신이 위험에서 벗어났다며 만족하는 사람의 미소. 그것은 겉치레, 비난, 잔인함으로 이루어진 불건전한 세상을 유지하며 자양분을 제공해 주는 유치한 미소였다. 그런데 좀 더 자세히 바라보니, 너무나 다정하고 유쾌한 미소라는 생각이 들었다. 상대가 자기 마음을 알아차렸음을 인정하는 사람의 미소. 코벌리는 모지스를 만나러 가려고 이틀간의 연가를 신청했다.

그는 정오에 연구소를 나와 가방을 꾸려서 역으로 가는 버스를 탔다. 여자들 몇 명이 플랫폼에서 기차를 기다리고 있었지만, 코벌리는 그들에게서 시선을 돌렸다. 이제 그는 그들을 보고 감탄할 권리가 없었다. 그는 그들의 사랑스러움을 누릴 자격이 없었다. 기차에 오른 뒤 그는 어쩌면 보기 좋을 수도 있는 풍경을 보지 않으려고 눈을 감았다. 아름다운 여자를 보면 자신이 자격 없는 인간이라는 생각 때문에 속이 뒤집힐 것이고, 말쑥한 남자를 보면 자신이 이제부터 시작하려는 지저분한 삶이 생각날 테니까. 그때 그가 평화롭게 여행할 수 있는 길은 무사마귀투성이의 남자와 싸움 좋아하는 여자처럼 괴물 같은 사람들과 동행하는 것뿐이었다. 우아함과 아름다움이라는 위험 요소들이 불법으로 규정된 이상한 땅에서.

브러시윅에서 흰머리 남자가 그의 옆자리에 앉았다. 그 남자는 예전에 케임브리지에서 사람들이 들고 다니던 초록색 서지 책가방을 들고 있었다. 낡은 초록색 천을 보니 뉴잉글랜드의 겨울이 생각났다. 소박하고 전통적인 삶. 크리스마스를 지내려고 농장으로 돌아가던 일, 스케이트를 타던 연못에 내려앉은 눈[雪]빛 어둠, 멀리서 들려오던 개 짖는 소리도 생각났다. 낯선 남자와 코벌리는 책가방을 사이에 두고 이야기를 시작했다. 그 남자는 학자였다. 전공은 일본 문학이었다. 그는 사무라이 무용담에 관심이 있다며 코벌리에게 번역본 하나를 보여 주었다. 그것은 어떤 동성애자 사무라이에 관한 이야기였다. 남자는 이 말을 하고 나서 사무라이의 싸움 장면을 묘사한 판화를 몇 장 꺼냈다. 코벌리는 누가 심장 판막을 비벼 대는 것 같았다. 그는 자신의 장기들이 움직이는 소리에 귀를 기울이고 있는 듯했다. 우리가 죄스러운 욕망을 품지 않았는지 보려고 그럴 때처럼. 코벌리는 오노라처럼 얼굴을 붉히면서, 즉 하늘 높이 쌓아 올린 정숙함이라는 성이 삐걱거리며 흔들리는 것을 알아차린 노처녀처럼 얼굴을 붉히면서 여행 가방을 움켜쥐고 다른 칸으로 도망쳤다. 속이 메스꺼워서 화장실로 갔더니, 벽에 동성애자가 연필로 쓴 유혹의 말이 있었다. 누구든 생각이 있으면 냉수기 옆에 서서 「양키 두들」을 휘파람으로 불라는 것이었다. 그가 어떻게 하면 도덕적 현실감을 회복할 수 있을까. 어떻게 하면 팬크래스의 말을 듣지 않은 것처럼, 학자가 보여 준 판화가 눈 속에서 다리를 건너는 게이샤를 그린 작품인 것처럼 생각할 수 있을까? 그는 창밖 풍경을 물끄러미 바라보며 그 속에서 유용하고 창조적인 진실 한 조각을 진심으로 찾으려 했다. 하지만 그의 눈에 보이는 것은 들소들이 여전히 어슬렁거리는, 미국식 성 경험이라는 어두운 평원이었다. 매킬히니 학원 대신 사랑을 가르치는 학교에 다닐걸 그랬다는 생각이 들었다.

그는 그런 학교의 입구와 벽을 그려 보며 교과 과정을 상상했다. 우선 서로를 알아보는 순간에 관한 수업이 있을 것이고, 숭배와 애정을 혼동하는 치명적인 실수에 관한 강의도 있을 것이다. 무차별적이고 에로틱한 충동과 남자의 복잡하고 악마 같은 본성에 관한 집단 토론회도 있을 것이고, 세상을 우울하고 사랑스러운 색채로 밝혀 주는 불안감의 힘을 설명하는 시간도 마련되어 있을 것이다. 학생들에게 비너스 그림들을 줄줄이 보여 주고 학생들의 반응을 채점할 것이다. 자신의 성적인 본성을 확인하려면 여자들에게 기댈 수밖에 없는 가엾은 남자들은 자신의 죄와 불행을 고백할 것이고, 여자를 함부로 대했던 난봉꾼들도 증언을 할 것이다. 그는 침대에 누워 기차 소리와 빗소리에 귀를 기울이며 엉덩이 밑의 빵 부스러기와 차가운 사랑의 얼룩을 느끼던 밤들, 기쁨이 지나쳐 이해의 범위를 넘어섰던 밤들에 관한 자세한 설명을 듣고, 서리가 내리기 전, 어스름 속에서 꽃을 가지고 들어오는 사랑스러운 여자의 모습을 정확하고 실용적으로 해석하는 법도 배울 것이다. 또한 너무나 부드럽고 사랑스러운 모습들, 무릎에 파란 천을 쌓아 두고 바느질을 하는 여자, 이제 막 어두워지기 시작한 무렵에 실패자의 노래인 찰스 스튜어트의 노래를 아이들에게 불러 주는 여자, 바다에서 걸어 나오거나 바위에 앉아 있는 여자들을 분별 있게 평가하는 법도 배울 것이다. 코벌리를 위해 모계 가족과 그것이 미치는 미묘한 영향에 관한 특별 강의도 마련될 것이다.(그는 이 과목에서 추가 시험을 치러야 할 것이다.) 사랑의 가면을 쓰고 회의와 분노를 표현하는 애처가 노릇의 위험성에 관한 강의 말이다. 동성애와 사회 속에서 자꾸만 변화하는 동성애의 지위에 관한 과학적인 강의, 죽고자 하는 의지와 동성애의 관계가 진실인지 거짓인지에 관한 강의도 있을 것이다. 연인들이 서로에게 자양분을 제공하는 대신 서로를 집어삼키기 시작하는 지점, 애정이 자부심을 갉아먹고 정신이 녹처럼 벗겨지는 듯한 그 미묘한 지점이 강철 대들보처럼 크고 또렷하게 보일 때까지 현미경과 확대경으로 조사하는 과정도 마련될 것이다. 사랑에 관한 그래프와 우울함에 관한 그래프도 있을 것이고, 우리가 도저히 손을 쓸 수 없을 정도로 호색적인 사람을 바라볼 때 마땅히 지을 수 있는 험악한 표정도 샅샅이 측정될 것이다. 코벌리는 그것이 자신에게 어려운 강의가 될 것임을 알 수 있었다. 대부분의 경우 그는 턱걸이로 간신히 강의를 통과하겠지만, 그래도 졸업은 할 것이다. 꼿꼿하게 서 있는 피아노에서 「위풍당당 행진곡」이 흘러나오고, 그는 단상을 가로질러 가서 졸업장을 받은 뒤 사랑의 힘을 모두 몸에 지닌 채 계단을 내려와 벽 아래로 갈 것이다. 그리고 솔직한 시선으로 재미있게 세상을 바라볼 것이다. 끝이 없는 세상을.

하지만 그런 학교는 없었다. 그가 밤늦게 뉴욕에 도착했을 때는 비가 내리고 있었고, 역 주변 거리들은 풍기문란의 분위기를 내뿜는 듯했다. 그는 호텔에 방을 잡고는 진실을 찾아 헤매다가, 자신이 싸구려 호텔에 들어온 경험 없는 동성애자라는 결론을 내렸다. 그는 오노라와 자신이 닮았음을 결코 깨닫지 못하겠지만, 손마디를 꺾고 목을 쭉 빼면서 오노라와 비슷한 생각을 했다. 만약 자신이 남색꾼이라면, 그 사실을 공개적으로 밝힐 것이다. 팔찌를 차고, 단춧구멍에는 장미를 꽂을 것이다. 그리고 남색꾼들을 조직화하는 사람, 그들의 대변인이자 예언자가 될 것이다. 그는 사회, 정부, 법에 압력을 가해 자신들의 존재를 받아들이게 만들 것이다. 그들은 클럽을 갖게 될 것이다. 옹색한 만남의 장소가 아니라, '영어권 연합'처럼 명실상부한 조직 말이다. 가장 마음에 걸리는 것은 자신이 부모에 대한 책임을 이행할 수 없다는 점이었다. 그래서 그는 의자에 앉아 리앤더에게 편지를 썼다.

코벌리는 아침 기차를 타고 클리어헤이븐으로 갔다. 형을 만나고 나니 자기들의 우애가 정말 단단하다는 생각이 들었다. 두 사람은 서로를 끌어안고 등을 두드리다가 낡은 롤스로이스에 올라탔다. 고뇌에 가까운 불안감에 시달리던 코벌리는 건전하고 소박해서 좋은 일들만 연상시키는 삶의 수준으로 순식간에 올라섰다. 마치 아버지의 집으로 돌아온 듯한 느낌이 드는 것이 잘못된 일일까? 그는 속으로 생각했다. 농장에 돌아와서 제비갈매기호를 타고 경주에 참가하려고 트래버틴으로 가고 있는 듯한 기분이 드는 게 잘못된 일일까? 두 사람이 정문을 지나 정원을 가로질러 올라가는 동안 모지스는 가을까지만 클리어헤이븐에 살 거라고 말했다. 이곳이 멜리사의 집이라는 얘기도. 코벌리는 탑과 성가퀴*를 보며 감탄했지만, 놀라지는 않았다. 모지스가 항상 자기보다 운이 좋다고 생각했으니까. 멜리사는 아직 침대에 있었지만, 곧 내려올 거라고 했다. 세 사람은 풀장으로 소풍을 나갈 예정이었다. "여긴 서재야." 모지스가 말했다. "여긴 무도장이고, 여긴 공식 만찬장이고, 여긴 이곳 사람들이 둥근 홀이라고 부르는 곳이야." 그때 멜리사가 계

---

* 몸을 숨기고 적을 감시할 수 있도록 성 위에 낮게 쌓은 담.

단을 내려왔다.

그녀를 보고 코벌리는 숨이 막힐 것 같았다. 그 황금빛 피부와 거무스름한 빛이 감도는 금발이라니. "만나서 정말 반가워요." 그녀가 말했다. 그녀의 목소리도 듣기 좋았지만, 강렬한 외모와는 비교가 되지 않았다. 코벌리가 보기에 그녀는 개선장군 같은 미인, 깃발을 치켜든 군대 같았다. 그는 모지스가 욕실로 자신을 밀고 갈 때까지 그녀에게서 눈을 뗄 수 없었다. 욕실에서 두 사람은 수영복을 입었다. "모자를 쓰는 게 좋을 것 같아요." 멜리사가 말했다. "햇빛이 너무 환해요." 모지스가 옷장을 열고 멜리사에게 모자를 꺼내 준 다음 자기 모자를 찾으려고 옷장 안을 뒤지다가 띠 부분에 솔이 달린 초록색 티롤식 모자를 꺼냈다. "이건 달바 것인가?" 모지스가 물었다. "천만에, 아니에요." 멜리사가 말했다. "여자 같은 남자들은 절대 모자 안 써요." 코벌리에게는 이 말만으로도 충분했다. 그는 옷장 속으로 뛰어들어 아무거나 가장 먼저 눈에 띄는 모자를 잡았다. 죽은 스캐던 씨의 것이 분명한, 낡은 파나마 모자였다. 모자가 너무 커서 귀를 덮을 정도로 흘러내렸지만, 적어도 그의 사내다움만은 증명해 주는 이 상징을 머리에 얹은 그는 모지스와 멜리사의 뒤를 따라 풀장으로 내려갔다.

그날 멜리사는 수영을 하지 않았다. 그녀는 대리석 턱에 앉아 점심 식사를 준비하기 위해 천을 바닥에 깔고 잔에 술을 따랐다. 그녀가 하는 말과 행동이 모두 가엾은 코벌리에게 매혹과 기쁨을 안겨 주었기 때문에 그는 바보 같은 짓들을 저질렀다. 다이빙도 하고, 풀장 끝에서 끝까지 네 번이나 오가며 헤엄을 치기도 했다. 뒤로 하는 다이빙을 시도했다가 실패해서 멜리사의 몸에 물을 잔뜩 튀기기도 했다. 그들은 마티니를 마시며 농장에 대해 이야기를 나눴다. 코벌리는 술에 익숙하지 않았기 때문에 금방 취해 버렸다. 그는 독립 기념일 행진 이야기로 말문을 열더니 사촌 애들레이드에 관한 추억을 이야기하며 곁길로 샜다가 마지막에는 토요일 오후의 로켓 발사 행사를 설명했다. 벳시가 떠났다는 이야기는 하지 않았다. 모지스가 그녀의 안부를 물었을 때, 그는 마치 아직도 자신과 벳시가 행복하게 살고 있는 것처럼 이야기했다. 점심 식사가 끝난 뒤 그는 풀장 끝에서 끝까지 한 번 더 왕복하고는 회양목 그늘에 누워 잠이 들었다.

코벌리는 지쳐 있었기 때문에 잠에서 깨었을 때 초록색 사자 머리에서 쏟아져 나오는 물과 잔디밭 머리맡에 있는 클리어헤이븐의 탑과 성가퀴를 보고는 일순간 여기가 어딘지 알 수 없었다. 그는 얼굴에 물을 좀 끼얹었다. 풀장 턱에는 깔개가 여전히 펼쳐져 있었다. 깔개 위에 놓인 칵테일 잔이나 접시나 닭 뼈도 그대로였다. 모지스와 멜리사는 어디로 갔는지 보이지 않았고, 솔송나무 한 그루가 풀장에 그림자를 드리웠다. 그때 온실로 이어진 오솔길로 모지스와 멜리사가 걸어오는 것이 보였다. 두 사람은 온실에서 즐거운 시간을 보내고 오는 길이었다. 두 사람 사이의 분위기가 너무나 우아하고 부드러워서 코벌리는 심장이 둘로 쪼개지는 것 같았다. 그녀의 아름다운 모습을 보면 그의 마음속에서 오로지 슬픔만, 이별과 쓸쓸한 느낌만 떠오르기 때문이었다. 팬크래스를 생각하니, 그가 자신에게 단순히 우정만 보여 주었던 게 아닌 것 같았다. 그가 코벌리에게 제시한 것은 여성의 사랑스러움을 손상하고 축소하는 미묘한 도구였다. 아, 얼마나 사랑스러운 여자인가! 그런데 그는 그녀를 배반했다! 비 오는 밤에 그녀의 왕국으로 첩자들을 들여보냈고, 찬탈자들을 부추겼다.

"혼자 남겨 두고 가서 미안해요, 코벌리." 그녀가 말했다. "하지만 잠들어 계셔서, 코도 골고……." 늦은 시간이었다. 코벌리가 옷을 갖춰 입고 기차를 타러 가야 하는 시간.

일요일 오후의 기차역은 어디든 시간의 심장 근처에 놓여 있는 것처럼 보인다. 한여름에도 그림자는 가을 분위기를 내고, 거기 모인 사람들, 병사, 선원, 종이로 싼 꽃을 든 노부인 등은 이 동네에서 그냥 아무렇게나 골라 온 것처럼, 질병이나 죽음의 방문을 받은 것처럼 보인다. 그래서 1막이 끝날 무렵이면 등장인물들이 모조리 죽어 버린 것처럼 보이는 엄숙한 연극이 생각난다. "소프트슈*를 춰 봐, 코벌리." 모지스가 부탁했다. "버크앤윙**을 춰 봐." "몸이 예전 같지 않아, 형." 코벌리가 말했다. "이젠 못 춰." "그래도 해 봐, 코벌리." 모지스가 말했다. "그래도 해 봐……." 따닥, 따닥, 따닥 소리를 내며 코벌리는 플랫폼을 한 번 오간 다음 발을 끌며 뒤로 물러나 붉어진 얼굴로 인사를 하며 춤을 마무리했다. "우리 식구들은 재능이 아주 많아요." 그가 멜리사에게 말했다. 그때 기차가 역으로 들어왔고, 그들의 감정은 플랫폼에 흩어진 종잇조각들처럼 엉망으로 뒤섞여 버렸다. 코벌리는 두 사람 모두를 한 번씩 끌어안고는(그는 울고 있는 것 같았다.) 기차에 올랐다.

---

* 징이 없는 부드러운 가죽 구두를 신고 추는 탭 댄스.
** 빠르고 복잡한 탭 댄스.

코벌리가 렘젠파크의 텅 빈 집으로 돌아와 보니 그가 뉴욕에서 아버지에게 쓴 편지에 대한 답장이 와 있었다. "기운 내라." 리앤더는 이렇게 썼다. "필자는 순진하지도 않고, 한 번도 순진하다고 주장한 적도 없다. 학생 때 여자 친구한테는 그런 척한 적이 많다. 장작 창고 안의 욕망. 비 내리는 일요일. 테오필러스 게이츠는 촛불로 방귀에 불을 붙이려고 시도했다. 나중에 포카매섯 은행 신탁 회사의 사장이 되었다. 젊은 시절에 불행한 경험을 했다. 너무 불쾌해서 기억하기도 싫다. 아버지가 사라진 후에 일어난 일. 체육관에서 낯선 사람과 친구가 되었다. 파민터라는 이름. 좋은 말동무인 것 같았다. 재치. 보기 좋은 체격. 필자는 그때 가장 외로웠다. 아버지는 사라졌다. 햄릿도 떠났다. 파민터를 집으로 데려와 함께 저녁을 먹은 적이 여러 번 있었다. 늙은 어머니는 그의 우아한 태도에 반했다. 좋은 옷. 네가 점잖은 사람과 친구가 돼서 다행이라고 어머니가 말한다. 파민터는 어머니에게 꽃다발을 주었다. 노래도 불렀다. 듣기 좋은 테너 목소리. 내 생일에는 금으로 만든 커프스단추를 주었다. 감상적인 말이 새겨져 있었다. 너무나 기뻤다. 내가.

내 자만심이 문제였다. 내 몸매에 대단히 자만했다. 옷을 거의 다 벗고 거울 앞에서 혼자 감탄하는 일이 많았다. 죽어 가는 검투사처럼 자세를 취했다. 원반던지기 선수. 도망치는 머큐리 신. 자기애라는 죄를 지었던 것 같다, 아마도. 그 뒤의 일은 그 죄에 대한 벌이었는지도 모른다. 파민터는 여가 시간에 예술을 한다고 주장했다. 필자에게 자세를 취해 주면 현금으로 대가를 지불하겠다고 제안했다. 괜찮은 일인 것 같았다. 보기 좋은 몸을 누군가가 제대로 인정해 주었다며 기뻐했다. 약속된 날 밤에 이른바 스튜디오라는 곳으로 갔다. 좁은 계단을 올라 악취가 나는 방으로 갔다. 크지 않았다. 파민터는 친구 여럿과 함께 있었다. 옷을 벗으라고 했다. 기분 좋게 지시에 따랐다. 많은 찬사를 들었다. 파민터와 친구들이 옷을 벗기 시작했다. 남색꾼들인 것 같았다.

필자는 반바지를 움켜쥐고 도망쳤다. 비 내리는 밤. 분노. 낭패감. 가엾은 음낭에 뒤섞인 감정이 자리 잡고 있는 것 같았다. 오르락내리락. 누가 빨래 짜듯이 음낭을 쥐어짠 것 같았다. 그런 감정 때문에 의문이 생겼다. 필자가 남색꾼인가? 19세기의 음침한 분위기 속에서 성 문제는 어려운 문제였다. 스스로에게 물었다. 남색꾼인가? 운동 경기를 마친 뒤의 샤워실. 스톤힐즈에서 단짝 친구와 알몸으로 수영할 때. 탈의실에서 스스로에게 물었다. 남색꾼인가?

사실이 드러난 후 파민터를 만나고 싶지 않았다. 떨쳐 버리기가 쉽지 않았다. 다음 날 저녁 우리 집에 나타났다. 참회하는 기색도 없이. 부끄러운 기색도 없이. 늙은 어머니에게 줄 꽃다발. 파르스름한 까만 눈으로 나를 찾는다. 상황을 설명할 수 없었다. 어머니한테 차라리 달이 초록색 치즈로 되어 있다고 말하는 편이 나을 것이다. 세인트보톨프스에도 그런 사람이 여러 명 있었기 때문에 그런 일에 전혀 무지하지 않았지만, 신사 친구가 그런 부류에 속한다는 생각은 한 번도 해 본 적이 없는 것 같았다. 필자는 이 상황에 비열하게 맞서기가 싫었다. 영스 호텔에서 파민터와 같이 저녁을 먹기로 했다. 티 하나 없는 이성적인 분위기를 유지하기를 희망했다. 네거리에서 예의 바르게 헤어지기를. 당신은 그쪽으로 가지요? 난 이쪽으로 갑니다.

파민터는 카드 놀이를 할 때 같은 기분이었다. 눈은 사냥개 같았다. 찻주전자처럼 안달했다. 위스키를 많이 마셨다. 음식은 거의 안 먹었다. 필자는 헤어질 때 한바탕 연설을 했다. 계속 친구로 지내고 싶다 등등. 그 결과는 날카로운 막대기로 독사를 쿡쿡 찌른 것과 같았다. 반박. 협박. 감언이설. 등등. 금으로 만든 커프스단추를 돌려달라고 했다. 내가 자기를 유혹했다고 비난했다. 남색꾼으로 유명하다고 비난했다. 내 몫의 계산을 치르고 식당을 나섰다. 잠자리에 들었다. 나중에 내 이름을 부르는 소리를 들었다. 창문에 자갈이 날아들었다. 파민터가 뒷마당에서 나를 부르고 있었다. 그때 구정물 통이 생각났다. 교만했던 죄, 아마도. 멀지 않은 곳에 지옥의 불. 모든 것이 정해진 대로. 변기를 열었다. 요강 뚜껑을 열었다. 탄약은 충분했다. 그것들을 창가로 가져가 마당에 있는 사람에게 두 통을 모두 부었다. 끝.

사람은 단순하지 않다. 사랑이라는 도깨비가 항상 우리와 함께 있다. 거리에 면한 창문 밖으로 벌거벗은 엉덩이를 내미는 사람들. YMCA 샤워실에서의 자위행위. 기사, 시인, 현자도 이 사랑의 잡동사니 속에 있다. 포목상. 소규모 상인. 유순하다. 깨끗하다. 목소리가 부드럽다. 온화한 지혜. 운치가 없다. 기운찬 고등학생을 갈망한다. 정원사의 포옹을 죽도록 갈망한다. 삶에는 더한 문제도 있다. 가라앉는 배. 번개 맞은 집. 순진무구한 아이들의 죽음. 전쟁. 기근. 도망친 말. 기운 내라, 내 아들. 지금 상황이 고민스럽다고 생각하겠지. 울기 전에 네 머릿

속을 먼저 들여다보아라. 사랑에 빠진 사람들이 전부 경박하
고 성마른 것은 아니다. 명심해라."

35

　감상적인 여름이 될 거라고 모지스는 생각했다. 방에서 분수 소리가 들리고, 그녀가 그의 침대를 베네치아 같은 곳으로 만들어 놓았는데 누가 저녁 식사 때 자주 나오는 멀건 수프와 커스터드에 신경을 쓰겠는가? 멜리사는 그를 사랑했고, 지금 생활에 만족했다. 이걸 어떻게 저스티나가 조작할 수 있었겠는가? 결혼식 며칠 후에 엔더비 부인이 모지스를 자기 사무실로 불러서 방세로 한 달에 300달러를 청구하겠다고 말했다. 그때 그는 특정한 장소에서 움직이지 못하는 여자를 사랑하는 것이 몇 가지 문제를 만들어 낼 수 있음을 깨달았지만, 그것은 그저 염려에 지나지 않았으므로 그는 방세를 지불하겠다고 정중하게 말했다. 며칠 뒤 밤에 그가 채권 학교에서 돌아와 보니 그녀가 그를 만난 후 처음으로 눈물을 흘리고 있었다. 저스티나의 결혼 선물이 도착했다고 했다. 자코모가 널찍하고 우툴두툴한 부부 침대를 치우고 슬레이트처럼 좁고 단단한 트윈 베드를 놓았다. 멜리사는 그것 때문에 난간으로 통하는 문간에 서서 울고 있었다. 모지스는 황금빛 피부의 아내와 나이에 비해 젊고 가혹한 쭈그렁 할멈, 즉 그녀 보호자 사이의 관계가 얼마나 깊은지 자신이 간과한 것인지도 모르겠다는 생각이 들었다. 그는 그녀의 눈물을 닦아 주고, 저녁 식사 때 저스티나에게 침대를 보내 줘서 고맙다고 말했다. 저녁 식사를 마친 뒤 그는 자코모와 함께 트윈 베드를 원래 있던 창고에 다시 가져다 놓고 예전 침대를 가져왔다. 그날 밤 멜리사가 옷 벗는 모습을 지켜보면서(그녀의 어깨 너머로 달빛을 받고 있는 잔디밭, 정원, 풀장이 보였다.) 그리고 이 성벽이 그녀에게는 현실이라는 생각, 그녀가 성벽을 둘러싼 장미 가시들이 살을 찔러 댄다고 생각할 거라는 생각에 저항하면서 그는 가을이 되기 전에 여기를 떠나면 안 되겠느냐고 물어보았다. 그녀는 그가 이런 말을 하지 않기로 약속했음을 일깨워 주었다.

며칠 뒤 아침에 모지스가 옷장을 열었더니 양복이 모두 사라지고 전날 입어 더러워진 아마포 양복만 남아 있었다. "아, 어떻게 된 일인지 내가 알아, 여보." 멜리사가 말했다. "저스티나가 당신 옷을 가져가서 교회 자선 경매에 기증했어." 그녀는 아무것도 걸치지 않은 몸으로 침대에서 나와 불안한 표정을 지으며 자기 옷장으로 갔다. "저스티나가 그렇게 했어. 내 노란 원피스, 회색 원피스, 파란 원피스도 가져갔어. 내가 교회에 가서 다시 찾아올 거야."

"저스티나가 나한테 묻지도 않고 내 옷을 자선 경매에 내놓았다고?"

"응, 여보. 저스티나는 클리어헤이븐에 있는 물건 중에는 자기 것이 아닌 것도 있다는 사실을 도무지 이해 못 해."

"언제부터 그랬어?"

"오래전부터."

멜리사는 교회에서 겨우 몇 달러로 두 사람의 옷을 되살 수 있었고, 모지스는 이 사건을 잊어버리고 감상적인 생활을 시작했다. 그는 비틀거리며 지붕에 올라갔을 때 마음속에 생겨났던, 클리어헤이븐에 대한 반감을 오래전에 잊어버렸다. 이제는 이곳이 몇 달 동안 신혼을 즐기기에 아주 좋은 장소처럼 보이기 시작했다. 정원 벤치들조차 엄청나게 큰 대리석 젖가슴이 달린 여자들이 떠받치고 있었고, 복도에서는 잘생긴 남녀들이 알몸으로 사랑을 뒤쫓거나 사랑의 빛으로 달아오른 모습을 묘사한 조각품에 자꾸만 눈길이 갔기 때문이다. 조각상들은 레이스로 덮은 의자 위에 놓여 있었고, 그 속의 남녀들은 육중한 난로 장작 받침 위에서 서로를 향해 손을 뻗었으며, 저녁 식탁을 밝혀 주는 촛대와 저스티나가 약을 먹을 때 쓰는 유리잔을 떠받치고 있었다. 그는 정원의 백합조차 자신이 그리는 사랑의 그림 속에 집어넣고 있는 것 같았다. 멜리사가 백합을 꺾어 나뭇짐처럼 품에 안고 슬프기 짝이 없는 그 향기를 이리저리 흘리며 들어오면 그는 기뻐서 어쩔 줄 몰랐다. 밤마다 두 사람은 방에서 위스키를 조금 마시고, 홀에서 셰리를 조금 마시고, 초라한 저녁 식사 시간 내내 자리를 지키다가 함께 풀장으로 내려갔다. 어느 날 두 사람이 저녁 식사를 마치고 자리에서 일어나려 할 때 저스티나가 말했다.

"오늘은 브리지 게임을 할 거다."

"저희는 수영하러 갈 겁니다." 모지스가 말했다.

"풀장 전구가 고장 났어." 저스티나가 말했다. "어두워서 수영 못 해. 내일 자코모한테 전구를 고치라고 할 거다. 오늘 밤에는 브리지 게임을 하는 거야."

그들은 11시가 넘도록 브리지 게임을 했다. 늙은 장군, 백작, 엔더비 부인도 함께 했기 때문에 숨이 막힐 것 같았다. 모지스와 멜리사가 다음 날 밤 식탁에서 일어나려 할 때도 저스티나는 대답을 준비해 두고 있었다. "아직 풀장 전구를 안 고쳤다." 그녀가 말했다. "그리고 난 브리지 게임을 더 하고 싶어." 그날 밤과 다음 날 밤에도 브리지 게임을 하면서 모지스는 안달이 났다. 그가 보기에는 클리어헤이븐에서 나갔다가 돌아오는 사람이 자신밖에 없다는 사실이 의미심장한 것 같았다. 결혼식 이후로 그는 집 안에서 낯선 사람이나 새로운 얼굴을 본 적이 없었고, 그가 아는 한 심지어 자코모도 성을 나가는 일이 없었다. 그가 멜리사에게 불평을 늘어놓았더니 그녀는 토요일에 몇 명을 초대해서 함께 술을 마실 생각이라고 말했다. 다음 날 저녁 식사 때 그녀는 저스티나에게 허락을 구했다. "당연하지, 당연해." 저스티나가 말했다. "네가 젊은 사람들을 불러들이고 싶어 하는 건 당연해. 하지만 융단을 세탁하기 전에는 손님을 초대하는 걸 허락할 수 없어. 내가 지금 견적을 뽑고 있으니까, 한두 주 후면 세탁이 끝날 거다. 그때 모임을 가지면 돼." 토요일 아침에 저스티나는 엔더비 부인을 통해 피곤하니 주말은 자기 방에서 보내겠다고 선언했다. 멜리사는 모지스의 부추김을 받아들여 근처에 사는 부부 세 쌍에게 전화를 걸어 일요일에 술을 마시러 오라고 초대했다. 일요일 오후 늦게 모지스는 홀에 불을 피우고 숨겨 두었던 술을 꺼내 왔다. 멜리사는 음식을 만들었고, 둘이 함께 그 방에 하나밖에 없는 편안한 소파에 앉아 손님들을 기다렸다.

비가 내리고 있었으므로 이 낡은 저택의 복잡한 지붕 위에서 빗소리가 쾌적한 분위기를 만들어 냈다. 멜리사는 자동차가 진입로를 올라오는 소리를 듣고 등을 켠 뒤 복도를 내려가 둥근 홀을 가로질렀다. 모지스는 트렌홈즈 부부를 맞이하는 그녀의 목소리를 멀리서 듣고는 불을 한 번 쑤시고 일어서서 젊음과 기분 좋은 태도 때문에 무해하게 보이는 부부를 맞이했다. 멜리사가 크래커를 돌렸고, 호우 부부와 밴 비버 부부가 도착한 뒤에는 그들 목소리가 자아내는 맥 빠진 음악이 빗소리와 기분 좋게 뒤섞였다. 그때 문간에서 저스티나의 거칠고 완고한 목소리가 들렸다.

"이게 무슨 짓이냐, 멜리사?"

"아, 저스티나." 멜리사가 씩씩하게 말했다. "저스티나도 이분들과 아는 사이죠?"

"그럴지도 모르지." 저스티나가 말했다. "저 사람들이 여긴 웬일이야?"

"제가 칵테일을 같이 마시자고 초대했어요." 멜리사가 말했다.

"그것 참 고약하게 됐구나." 저스티나가 말했다. "하필이면 오늘 부르다니. 내가 자코모한테 융단을 가져가서 세탁하라고 했는데."

"그럼 우리가 겨울 정원으로 가죠, 뭐." 멜리사가 머뭇거리며 말했다.

"내가 몇 번을 말해야 알겠니, 멜리사? 난 네가 겨울 정원에 손님을 데려가는 게 싫어."

"제가 자코모를 부르겠습니다." 모지스가 저스티나에게 말했다. "자요, 위스키를 좀 드세요."

모지스가 저스티나에게 위스키를 주자 그녀는 소파에 앉아 놀라서 말문이 막힌 사람들을 바라보며 즐거운 듯이 미소를 지었다. "네가 굳이 사람들을 이리로 초대하고 싶다면 말이다, 멜리사, 나한테 의견을 물어봤으면 좋겠다. 우리가 조심하지 않으면 소매치기와 뜨내기 들이 집 안에 득실거릴 거야." 손님들은 문 쪽으로 물러났고, 멜리사가 그들을 둥근 홀까지 배웅했다. 그러고 나서 홀로 돌아온 그녀는 의자에 앉았다. 모지스 옆자리가 아니라, 저스티나의 맞은편 자리였다. 모지스는 그녀가 그렇게 어두운 표정을 짓는 것을 본 적이 없었다.

비가 그쳐 있었다. 지평선 가까이 무겁게 걸려 있던 구름이 창에 찔린 것처럼 갈라졌고, 그 틈으로 투명한 빛이 마음껏 흘러나와 잔디밭 위로 퍼지다가 유리문을 통해 안으로 들어와서 홀과 노파의 얼굴을 비췄다. 100개나 되는 이 집 유리창들에 부딪힌 빛이 몇 킬로미터나 뻗어 나갈 것 같았다. 우르술라 회수녀들, 새를 관찰하러 나선 사람들, 자동차 운전자들, 어부들이 이 집이 불꽃에 휘감긴 듯한 환상적인 모습에 감탄할 것이다. 빛이 얼굴에 닿는 것, 그 빛이 자기 자신이 되는 것을 느끼며 저스티나는 자기애를 여지없이 드러내는 미소를 지었다. 마치 온 세상에 거울이 걸려 있는 것처럼 착각하게 만드는, 그 귀족적인 시선. "내가 이러는 건 다 너를 너무나 사랑하기 때문이야, 멜리사." 저스티나는 이렇게 말하고 나서 다이아몬드, 에메랄드, 유리 반지를 잔뜩 낀 손가락을 희미해지는 빛 속에서 움직였다.

송어 연못 같은 정적이 방 안에 내려앉는 듯했다. 저스티나는 거짓 약속을 미끼로 내놓는 것 같았고, 멜리사는 물속을 지나 그 밑바닥 모래에까지 닿은 자신의 그림자를 지켜보며 보호자의 못된 말 속에서 일말의 진실을 찾으려고 애쓰는 것 같았다. 저스티나의 얼굴이 연지 때문에 반짝였고, 눈썹은 검은 염색약 때문에 빛났다. 모지스가 보기에는 이 노파의 모습이 '분장'이라고 불리는 영역 어딘가에 있는 것 같았다. 그녀의 얼굴에는 화장이 갈라진 흔적이 생길 것이고, 옷은 검은색일 것이며, 목소리는 갈라질 것이고, 그녀는 손자들을 위해 담요와 스웨터를 짤 것이고, 서리가 내리기 전에 장미를 들여놓을 것이고, 세상을 떠난 친구와 친척 들 이야기를 자주 꺼낼 것이다.

"이 집은 엄청난 짐이야." 저스티나가 말했다. "이 짐을 나와 같이 져 줄 사람도 없어. 이걸 모두 너한테 주고 싶은 마음이 간절해, 멜리사. 하지만 만약 네가 모지스보다 먼저 죽으면, 모지스가 이걸 아무한테나 팔아 버릴 게다."

"그러지 않겠습니다. 약속해요." 모지스가 명랑하게 말했다.

"내가 그 말을 믿을 수 있으면 얼마나 좋을까." 그녀는 한숨을 내쉬고는 여전히 얼굴을 빛내며 일어서서 자신의 피후견인에게 다가갔다. "하지만 우리 사이에 감정이 쌓이면 안 돼, 이것아. 비록 내가 네 모임을 망쳐 버리기는 했지만. 내가 융단 얘기를 이미 했잖니. 넌 처음부터 분별이 없었어. 지금까지는 내가 항상 널 감싸 줄 수 있었다."

"전 이 집을 가질 생각이 없어요, 저스티나." 모지스가 말했다.

"넌 빠져, 모지스."

"멜리사는 제 아내입니다."

"넌 저 애의 첫 번째 남편도 아니고, 마지막 남편도 아닐 거야. 저 애가 지금까지 사귄 애인이 얼마나 많은데."

"정말 고약한 말씀을 하시네요, 저스티나."

"네 말대로 난 고약한 인간이야. 무례하고, 야비해. 게다가 스캐던 씨랑 결혼한 다음에 알게 된 건데, 그보다 더 고약해질 수도 있어. 그래도 여전히 내 신발이라도 핥으라면 핥을 사람이 많아." 그러고 나서 그녀는 또다시 그에게 최고의 미소를 지어 보였다. 그 순간 그는 이 늙은 무희가 한창때 얼마나 강력한 힘을 휘둘렀을지 알 수 있었다. 그녀는 옛 라인의 공주 같았다. 5번 대로 북쪽이라는 버려진 공국과 리버사이드 드라이브라는 먼지투성이 왕국에서 추방당한 사람. 그녀는 허리 숙여 멜리사에게 입을 맞추고는 우아하게 방에서 나가 버렸다.

멜리사는 자기 눈물 맛을 확인하려는 듯이 입술을 일그러뜨렸다. 모지스는 서둘러 그녀에게 다가갔다. 저 노파가 방에 남겨 두고 간 파괴적인 분위기로부터 자신이 그녀를 꺼내 줄 수 있을 거라고 생각하면서. 하지만 그가 그녀의 어깨에 손을 얹자 그녀가 몸을 비틀어 그의 손에서 벗어났다.

"술 한 잔 더 할래?"

"응."

그는 그녀의 잔에 위스키를 조금 따르고 얼음을 넣었다.

"위층으로 올라갈까?"

"그래."

그녀가 앞장서서 걸었다. 그녀는 그가 자기 옆에 서는 것이 싫었다. 오늘 있었던 일로 그녀의 품위가 깎였기 때문에 그녀는 걸으면서 한숨을 내쉬었다. 그녀는 마치 성배를 들듯이 양손으로 위스키 잔을 잡았다. 그녀에게서 피로와 고통이 뿜어져 나오는 듯했다. 다른 사람이 볼 수 있는 곳에서 옷을 벗는 것이 그녀의 귀여운 습관이었지만, 오늘 밤에는 욕실로 가서 문을 쾅 하고 닫았다. 다시 나타난 그녀는 우중충한 회색 원피스 차림이었다. 모지스가 한 번도 본 적이 없는 옷이었다. 볼품 없고 아주 낡은 옷. 옷에 좀먹은 자국이 있는 것으로 보아 틀림없었다. 돛을 활짝 펼친 배 모양으로 만들어진 쇠 단추들이 좁은 목 부분부터 축 늘어진 밑단까지 줄줄이 달렸고, 옷 주름 때문에 그녀의 허리와 가슴 선이 사라져 버렸다. 그녀는 화장대에 앉아서 귀걸이, 팔찌, 진주 목걸이를 떼어 내고는 구불구불하게 손질한 머리를 빗으로 펴기 시작했다.

그 순간 모지스는 여자들의 모습이 수없이 변할 수 있음을 깨달았다. 격정적인 사랑에 빠져 있을 때는 육지나 바다의 그 어떤 짐승이나 미녀의 모습(불, 동굴, 화창한 날의 달콤함)을 전부 취할 수 있으며 수면에 빛이 비치듯이 가장 눈부신 모습을 마음속에 각인시킬 수 있다는 것. 그는 이런 변신의 재능이 자신을 근사하게 포장하기 위한 온갖 비도덕적이고 쩨쩨한 계략에 이용될 수 있다는 사실이 당혹스럽지 않았다. 그는 따스하던 여자가 어느 날 갑자기 자기만 아는 이유로 인해 노처녀처럼 굴더라도 놀라지 않고 자신의 인내심을 지탱해 주는 희망을 잃지 않도록 자신이 사랑하는 여자들이 자주 취하는 모습을 마음속에 새겨 두는 것이 현명한 일임을 이미 알았다. 여자들이 마음대로 변신할 수 있다지만, 이렇게 변화한 모습을 오래 유지하지는 못하며, 만약 그가 여자의 변장이나 불만이나 거짓 정숙함을 참을성 있게 견뎌 낸다면 곧 그 모습들이 닳아 없어진다는 사실을 깨달았기 때문이다. 그는 황금빛 피부의 아내에게 찾아온 변화를 지켜보며 그녀가 지금 무엇을 나타내려는 건지 알아보려고 애썼다.

그녀는 정숙함을 나타내고 있었다. 불완전하고 가차 없는 정숙함. 그녀는 불행한 노처녀 흉내를 내고 있었다. 그녀는 그가 옷가지를 벗어 떨어뜨려 놓은 방바닥을 경멸스럽다는 듯 흘깃 바라보며 알몸으로 서 있는 그를 보지 않으려고 시선을 피했다. "당신 물건은 당신이 좀 정리했으면 좋겠어, 모지스." 그녀가 억양 없는 목소리로 말했다. 그가 한 번도 들어 본 적 없는 목소리였다. 그 목소리에는 외롭고 참을성 많은 여자가 억지로 다정한 척하는 것 같은 느낌이 배어 있었다. 자신이 몰락해서 더러운 남자를 돌봐 줘야 한다는 사실 때문에 억지로 다정한 척하는 듯한 느낌. 그녀는 부드럽게 구불거리던 머리를 최선을 다해 편 다음 의자에서 일어나 종종걸음으로 문 쪽으로 향했다.

"난 내려갈 거야."

"잠깐만 기다려, 여보."

"내가 지금 내려가면 다른 사람들을 도와줄 수 있을 거야. 가엾은 하인들은 할 일이 너무 많으니까." 그녀의 미소는 철저히 위선적이었다. 그녀는 바람처럼 방을 나갔다.

모지스는 이 서투른 변장을 꿰뚫어 보고야 말겠다고 결심했기 때문에 바보 같은 입장이 되고 말았다. 옷을 입는 동안 그의 주름진 얼굴이 거짓으로 명랑한 표정을 지었다. 자정쯤이면 그녀도 정숙한 역할을 더 이상 할 수 없을 것 같았다. 그러니 그는 그때까지 욕망을 미뤄 두어야 했다. 하지만 뭔가가 꽉

찬 느낌과 힘이 느껴지면서 등불 빛 속에서 점점 더 강해지는 듯했다. 홀로 내려온 그는 자기가 바보처럼 그곳에 놓아 두었던 술병들을 저스티나가 압수해 버렸음을 알게 되었다. 다시는 그 술병들을 볼 수 없을 터였다. 그는 형편없는 셰리 한 잔과 땅콩을 먹었다. 멜리사는 레몬 나무들 사이에서 죽은 이파리들을 비틀어 떼어 내고 있었다. 그 일을 하면서도 한숨을 내쉬는 것 같았다. 이제 그녀는 보잘것없는 사람이었다. 그림자처럼 잘 드러나지 않는 존재. 인생에서 커다란 역할을 하지 못하고 달관한 듯 작은 역할로 물러나야 하는 사람. 레몬 나무 다듬기를 끝낸 그녀는 탁자 위 재떨이를 유별나게도 불 속에 털어 비웠다. 종소리가 울리자 그녀는 휠체어에 앉은 장군의 다리에 먼저 담요를 덮어 여며 준 다음 휠체어를 문 쪽으로 밀어 주었다. 그리고 식탁에서는 음식을 깨작거리며 개와 고양이 병원에 대해 이야기했다.

그들은 10시까지 브리지 게임을 했다. 10시가 되자 멜리사가 하품을 하며 고상한 표정으로 피곤하다고 말했다. 모지스도 자리에서 일어났지만, 그녀가 종종걸음으로 자신을 앞질러 걸어가는 것을 보고 풀이 죽었다. 계단에서 그는 그녀의 허리를 안고(우중충한 옷의 주름 때문에 허리가 어딘지 더듬어 찾아야 했다.) 뺨에 입을 맞췄다. 그녀는 일부러 그의 품을 벗어나려고 하지는 않았다. 방으로 올라온 그는 문을 닫아 집 안의 다른 부분들을 차단시키고 그녀가 어떻게 하는지 지켜보았다. 그녀는 의자로 가서 마을 세탁소에서 보낸 광고지를 집어 들고 읽기 시작했다. 모지스는 그녀 손에서 광고지를 부드럽게 빼내고는 그녀에게 입을 맞췄다. "알았어." 그녀가 말했다.

그는 기쁨에 들떠 옷을 벗으며 그녀가 금방 자기 품 안으로 뛰어들 것이라고 생각했다. 하지만 그녀는 화장대로 가서 자그마한 황금색 상자를 엎어 핀을 잔뜩 꺼내더니 손가락으로 머리카락을 한 가닥 갈라서 꼬아 머리에 납작하게 붙이고 핀을 꽂았다. 그는 그녀가 몇 가닥만 꼬겠거니 하면서 시계를 바라보며 10분이나 15분쯤이면 될 거라고 생각했다. 그는 그녀의 풍성한 머리를 좋아했지만, 그녀가 머리카락을 계속 한 가닥씩 잡아 꼬아서 머리에 납작하게 붙이고 핀을 꽂는 모습을 바라보며 불길한 예감이 들었다. 그렇다고 해서 그의 희망이 지연되거나 바뀌거나 욕망이 줄어들지는 않았다. 그는 다른 데 정신을 쏟으려고 잡지를 펼쳐 몇 가지 광고를 훑어보았지만, 조금 있으면 사랑의 왕국이 자기 것이 될 판이었으므로 광고 속 사진들은 아무 의미가 없었다. 그녀는 이마 위 머리카락을 모두 머리에 붙인 뒤 옆머리를 꼬기 시작했다. 그는 한참 더 기다려야 한다는 것을 알고 침대에서 일어나 앉아서 바닥으로 발을 내리고 담배에 불을 붙였다. 사타구니의 충만함과 힘이 절정에 이르러 있었다. 찬물로 목욕을 해도, 빗속을 한참 걸어도, 웃기는 만화를 봐도, 우유를 마셔도 전혀 도움이 되지 않을 터였다. 그녀는 이제 뒷머리를 꼬아서 머리에 붙이고 있었다. 그때 충만한 느낌이 살짝 고통으로 바뀌더니 허리에서부터 창자 속 깊숙한 곳까지 번져 나갔다. 그는 담배를 끄고 잠옷 바지를 입은 다음 어슬렁어슬렁 난간으로 나갔다. 그녀가 욕실 문을 닫는 소리가 들렸다. 곧이어 그녀가 욕조에 물을 채우는 소리가 들리자 그는 정말로 참담하기 짝이 없는 한숨을 내쉬었다.

멜리사는 목욕하는 데 45분 이상 걸린 적이 없었다. 모지스는 대개 기쁜 마음으로 그녀를 기다릴 수 있었지만, 그날 밤에는 고통스러웠다. 그는 계속 난간에 서서 이름을 아는 별들을 하나씩 찾아보며 담배를 피웠다. 45분 뒤 그녀가 욕조의 배수구 마개를 뽑는 소리가 들리자 그는 방으로 돌아와 몸을 쭉 펴고 침대에 누웠다. 그의 욕망이 새로이 순수함과 행복의 절정을 향해 높아졌다. 욕실에서 병이 유리에 부딪히는 소리, 서랍 여닫는 소리가 들렸다. 이윽고 그녀가 욕실 문을 열고 나왔다. 알몸이 아니라 무거운 잠옷을 걸친 모습이었다. 그녀는 이 사이로 부지런히 치실을 놀리고 있었다. "아, 멜리사." 그가 말했다.

"당신이 날 사랑하는 건지 의심스러워." 그녀가 말했다. 빈약하고 냉정한, 노처녀의 목소리였다. 그 목소리를 들으니 연기나 먼지처럼 빈약한 것들이 생각났다. "가끔 당신이 날 전혀 사랑하지 않는다는 생각이 들어. 게다가 당신은 섹스를 지나치게 강조해. 정말 너무 지나치게. 문제는 당신이 생각할 게 많지 않다는 거야. 당신이 일에 별로 관심이 없다는 뜻이야. 대부분의 남자들은 자기 일에 엄청 관심을 갖는데. J. P.는 퇴근해서 집에 왔을 때 너무 지쳐서 저녁도 못 먹을 정도였어. 대부분의 남자들은 너무 지쳐서 매일 아침, 낮, 저녁으로 사랑만 생각할 수가 없다고. 그 사람들은 피곤하고 불안해 해. 그게 정상이야. 당신은 일을 좋아하지 않으니까 항상 섹스만 생각하는 거야. 당신이 정말로 타락한 사람이라 그런 것 같지는 않아. 그냥 게으를 뿐이야."

그는 분필이 끽 하고 긁히는 소리를 들었다. 그의 침실이 교실 같은 분위기로 바뀌고, 그의 장미들이 시들어 버린 것 같았다. 거울 속에서 그는 그녀의 칙칙하고 변덕스러운 얼굴이 열정적이고 다정한 표정을 짓는 것을 보았다. 그녀의 능력을 생각하며 그는 그녀가 왜 그 능력을 포기했는지 궁금했다. 그가 문제를 일으킨다는 것(감상적인 기질이 비행기처럼 날아오르다가 불시착하는 것), 그가 가끔 방귀를 뀌고 부엌에서 쓰는 성냥으로 이를 쑤시는 것, 그가 머리가 뛰어나지도 않고 외모가 아름답지도 않다는 것이 전체적인 맥락에 포함되어 있었지만, 그래도 그는 이해할 수 없었다. 그녀의 말을 곱씹어 봐도, 그의 마음을 열어 주고 심지어 홈통에서 빗물이 새는 소리조차 음악처럼 만들어 주는 사랑을 그녀가 무슨 권리로 순전한 게으름의 창조물로 만들어 버리는 건지 이해할 수 없었다.

"난 당신을 사랑해." 그가 혹시나 하는 심정으로 말했다.

"어떤 남자들은 일거리를 집까지 가져오기도 해." 그녀가 말했다. "대부분의 남자들이 그래. 내가 아는 남자들은 대부분." 말하는 동안 그녀의 목소리가 점점 건조해지고, 감정이 편협해지면서 목소리에서도 묵직한 느낌이 사라지는 것 같았다. "영업직 남자들은 대부분," 그녀가 가느다란 목소리로 말을 계속했다. "출장을 많이 다녀. 아내와 떨어져 있는 시간이 엄청 많아. 섹스 말고 다른 분출구도 있어. 건강한 남자들은 대부분 그래. 스쿼시를 친다고."

"나도 스쿼시를 쳐."

"날 만난 뒤로는 스쿼시를 친 적이 없잖아."

"옛날에는 쳤어."

"물론 당신이 나랑 기어이 사랑을 나눠야겠다면 나도 응할 거야. 하지만 그게 당신 생각만큼 중요한 일이 아니라는 걸 당신도 알아야 할 것 같아."

"그 짓을 하면 안 되는 논리를 당신이 스스로 만들어 냈군." 그가 풀 죽은 목소리로 말했다.

"당신은 정말이지 증오로 가득 차 있고, 자기밖에 몰라." 그녀가 고개를 마구 저으면서 말했다. "당신이 생각하는 건 정말 조악하고 비열해. 당신이 원하는 건 나한테 상처를 주는 것뿐이야."

"난 당신을 사랑해 주고 싶었어. 그걸 생각하면 하루 종일 기분이 좋았다고. 그런데 내가 부드럽게 물었을 때 당신은 화장대로 가서 금속 핀을 머리에 잔뜩 꽂았어. 아까는 내 마음에 사랑이 차 있었는데," 그가 슬픈 목소리로 말했다. "지금은 화가 나서 주먹을 휘두르고 싶어."

"그럼 그 기분 나쁜 감정이 전부 나를 향해 있는 거야? 내가 당신이 원하는 걸 모두 줄 수는 없다고 전에 말했잖아. 내가 아내, 자식, 엄마 역할을 한꺼번에 할 수는 없어. 그런 걸 바라다니 지나친 것 아냐?"

"난 당신한테 엄마나 자식 역할을 바라지 않아." 그가 갈라진 목소리로 말했다. "어머니는 이미 계시고, 자식은 앞으로 태어날 거야. 엄마나 자식이 없어서 문제가 되지는 않을 거라고. 난 당신이 아내 역할을 해 주길 바랐는데, 당신은 머리에 핀만 잔뜩 꽂았어."

"전에도 우리가 이 얘기를 했던 것 같은데. 당신이 원하는 걸 모두 줄 수는 없다고……."

"지금은 이야기할 기분이 아냐." 그는 이렇게 말하고 잠옷을 다른 옷으로 갈아입은 다음 밖으로 나갔다. 그는 진입로를 내려가 스캐던빌 마을로 통하는 뒷길로 접어들었다. 마을까지의 거리는 6킬로미터였다. 마을에 도착해서 보니 거리들이 깜깜했다. 그는 숲을 가로지르는 길로 들어섰다. 숲 속에서 느낄 수 있는 여름밤의 온화함 덕분에 겨우 화가 가라앉는 것 같았다. 저 멀리 집들에서 개들이 그의 발소리를 듣고는 그가 지나가고 난 한참 뒤까지도 계속 짖어 댔다. 나무들이 바람 때문에 조금씩 흔들렸고, 하늘에는 수많은 별들이 너무나 선명하게 떠 있어서 플레이아데스성단과 카시오페이아자리라며 인간들이 제멋대로 그어 놓은 선들이 거의 눈에 보일 듯했다. 여름밤의 어두운 오솔길에는 도저히 파괴해 버릴 수 없는 건전함이 있는 듯했다. 이 계절에 이런 곳에서는 나쁜 감정을 계속 품고 있기가 불가능했다. 멀리 클리어헤이븐의 어두운 탑들이 보였고, 그는 진입로를 다시 올라가 잠자리에 들었다. 멜리사는 잠들어 있었다. 그가 아침에 방을 나설 때도 그녀는 잠들어 있었다.

그가 저녁에 돌아와 보니 멜리사가 방에 없었다. 그는 혹시 그녀의 기분이 조금 바뀌지 않았을까 하는 기대를 품고 주위를 둘러보다가 누군가가 이 방을 구석구석 청소했음을 깨달았다. 그것 자체만 놓고 보면 좋은 징조일 수도 있었지만, 그녀가 화장대에 있던 향수병을 모조리 치우고 꽃도 전부 던져 버린 것이 눈에 띄었다. 그는 세수를 하고 보들보들한 외투를 입은 다음 아래층으로 내려갔다. 달바가 홀의 황금 옥좌에 앉아서 미키마우스 만화책을 보며 커다란 시가를 피우고 있었다. 그가 만화를 좋아하는 것은 사실이지만, 모지스가 보기에는 그가 일부러 편안히 쉬는 척하고 있는 것 같았다. 거의 문맹에 가까운 거상(巨商)들의 J. P. 식 전통을 향해 목례를 하는 것 같은 느낌. 달바는 멜리사가 세탁실에 있다고 말해 주었다. 놀라운 일이었다. 모지스가 아는 한 그녀는 세탁실 근처에도 간 적이 없었다. 그는 무대 뒤 통로처럼 집의 다른 부분들과 동떨어진 허름한 홀을 지나 더러운 나무 계단을 내려가서 지하실로 들어갔다. 세탁실에서 멜리사는 세탁기에 침대보를 넣고 있었다. 그녀의 황금색 머리카락이 수증기 때문에 검게 보였다. 모지스가 말을 걸어도 그녀는 대답하지 않았고, 그가 손으로 그녀를 잡자 이렇게 말했다. "날 내버려 둬."

그녀는 집 안의 침구를 몇 달 동안이나 빨지 않았다고 말했다. 하녀들이 계속 이불장에서 새 침대보를 꺼내 왔기 때문에 빨래통에 침대보가 가득 차 있었다는 것이다. 모지스는 그녀에게 침대보를 세탁소로 보내라고 말해서는 안 된다는 것을 알았다. 그녀가 집 안을 깨끗하게 만들려고 이 일을 하는 게 아니라는 것이 느껴졌다. 그녀는 자신의 미모를 스스로 제대로 망가뜨려 버렸다. 지금 입은 옷은 틀림없이 청소 도구함에서 꺼내 온 것 같았고, 황금빛으로 빛나던 팔은 뜨거운 물 때문에 빨갛게 변해 있었다. 머리카락은 끈적끈적했고, 입술은 싫어 죽겠다는 표정을 짓고 있었다. 그는 그녀를 열정적으로 사랑했으므로 이런 모습을 보고는 얼굴이 어두워졌다.

그는 조각으로 장식한 의자에 앉아 십여 송이의 장미를 거꾸로 들고 있는 그녀의 어머니를 찍은 암갈색 사진 외에는, 그녀의 가족을 본 적이 없었다. 그는 우리가 성격 변화의 원인을 추적하는 데 때로 도움이 되기도 하는 부모, 이모, 고모, 삼촌,

형제자매를 몰랐다. 그러니 만약 지금 어떤 이모나 고모의 그림자가 그녀를 삼켜 버렸다 해도 그는 그 이모나 고모를 한 번도 본 적이 없었다. 그녀가 침대보를 세탁기에 집어넣는 모습을 지켜보며 그는 순간적으로 그녀가 고아가 아니었으면 좋겠다는 생각을 했다. 그녀는 회개하려고 열심히 몸을 놀리는 사람 같았고, 그는 그녀를 그냥 내버려 둘 생각이었다. 그가 그녀를 사랑하게 된 것은 그녀에게 수학적 재능이 있어서도 아니고, 깔끔함이나 합리적인 성격 같은 인간적 장점이 있기 때문도 아니었다. 그가 그녀를 사랑하게 된 것은, 그녀에게서 그의 욕구와 맞아떨어지는 놀라운 내면의 아름다움, 또는 우아함을 감지했기 때문이다. "거기 앉아 있는 것 말고는 할 일이 없어?" 그녀가 쏘아붙였다. 그는 알았다면서 계단을 올라갔다.

저스티나가 홀에서 아주 친절하게 그를 맞이했다. 멜리사가 세탁실에 있느냐고 물을 때 그녀는 눈을 크게 뜨고 흥분이 깃든 목소리로 속삭였다. "너희가 결혼하기 전에 우리가 말해 줄 걸 그랬다 싶기도 한데," 그녀가 말했다. "너도 알겠지만 멜리사는 아주, 아주……." 그녀가 원래 하고 싶은 말이 너무 노골적이었으므로 그녀는 말을 좀 부드럽게 바꾸기로 했다. "멜리사는 원래 유순한 아이가 아냐. 이리 와라." 그녀가 모지스에게 말했다. "가서 술이나 한잔해. 달바한테 위스키가 좀 있을 거야. 오늘 밤에는 셰리보다 좀 독한 걸 마셔야겠다." 그녀의 말이 불러낸 인상은 아늑했다. 모지스는 그녀의 고약한 장난기를 적나라하게 느낄 수 있었지만, 정원을 거닐며 장미를 바라보는 것 외에는 달리 할 일이 없었다. 그는 그녀와 나란히 홀을 지나갔다. 달바가 옥좌 밑에서 위스키 병을 꺼냈고, 세 사람 모두 술을 한 모금씩 마셨다. "멜리사가 또 그러는 거야?" 달바가 물었다. 그들이 수프를 절반쯤 먹었을 때, 청소 도구함에서 꺼내 온 듯한 옷을 입은 멜리사가 나타났다. 그녀가 옆으로 다가오자 모지스가 일어섰지만, 그녀는 식사를 하는 동안 그가 있는 쪽을 보지도 않고 말도 하지 않았다. 저녁을 먹은 후 모지스는 그녀에게 산책을 하자고 말했지만, 멜리사는 침대보를 넣어야 한다고 대답했다.

다음 날 밤, 저스티나가 우울하고 흥분한 표정으로 문간에서 모지스를 맞이하더니 멜리사가 아프다고 말했다. "아마 몸이 찌뿌드드하다고 말하는 게 더 맞겠지." 그녀는 모지스에게 자신과 달바와 함께 술을 한잔하자고 청했지만 그는 올라가서 멜리사를 봐야겠다고 말했다. "그 앤 네 방에 없어." 저스티나가 말했다. "다른 침실로 옮겼어. 어떤 침실인지는 나도 몰라. 그 애가 아무도 방해하지 말라고 했어." 모지스는 그녀가 부부 침실에 없다는 것을 확인하려고 먼저 그 방을 들여다본 다음, 복도를 걸으며 그녀의 이름을 큰 소리로 불렀지만 대답이 없었다. 그는 부부 침실 옆방의 문을 열고 캐노피가 늘어진 침대와 방 안을 들여다보았는데, 언젠가 방 천장이 무너진 적이 있는지 회칠 조각들이 천장에 난 구멍에 매달려 있었다. 커튼은 닫혀 있었고, 방 안에는 습기가 많아서 무덤 같았다. 만약 그가 유령을 아주 무시하는 사람이 아니었다면 유령 같았다고 말했을 것이다. 그가 그다음으로 열어 본 방은 사용하지 않는 욕실이었다. 욕조에는 덩어리로 묶어 놓은 신문지가 가득 차 있었고, 스테인드글라스로 장식한 창문 때문에 욕실 내부가 불그스름한 빛을 띠었다. 그다음 방은 놋쇠 침대 틀과 흔들의자, 떡갈나무로 만든 벽난로 선반과 재봉틀, 비참한 모습의 마호가니 양복장 등 훌륭하지만 무시당한 가구들이 천장까지 쌓여 있는 창고였다. 아마 저스티나가 처음 이탈리아에 다녀오기 전의 가구들인 것 같았다. 이 방에서는 박쥐 냄새가 났다. 그다음 방은 풀장만큼 커다란 물탱크가 있는 다락방이었고, 그다음 방의 문에는 이오우리언 하프*가 매달려 있었다. 하프 소리가 천식 환자의 기침 소리처럼 갑갑하고 공허해서 하프가 울리기 시작하자 마치 독사가 쉭쉭거리는 소리를 들었을 때처럼 그의 온몸에 소름이 돋았다. 이 문 뒤에는 탑으로 올라가는 계단이 있었으므로 그는 길고 긴 계단을 올라 서까래가 있는 커다란 방으로 들어갔다. 이 방 창문들은 좁고 뾰족한 모양이었고, 가구는 하나도 없었으며, 벽난로 위에는 이런 말이 황금빛으로 적혀 있었다. "몸에서 진실과 빛으로 시선을 돌려라." 그는 계단을 달려 내려와 아이 방의 문을 열었다. 멜리사가 어릴 때 쓰던 방인 것 같았다. 그가 천장이 무너진 침실을 하나 더 발견한 뒤에야 비로소 하프 소리가 잦아들었다. 코와 허파에 곰팡내 나는 공기가 너무 많이 들어왔기 때문에 그는 창문을 열고 황혼 녘의 여름 공기 속으로 고개를 내밀었다. 저 아래에서 식구들이 저녁을 먹는 소리가 들렸다. 그러고 나서 또 다른 문을 열어 보니 깨끗하고 밝은 방이 나왔다. 멜리사는 그를 보고는 베개에 얼굴을 묻었다. 그가 손을 댔을 때는 이렇게 소리쳤다. "날 내버려 둬. 날 내버려 둬."

그녀가 정숙한 척할 때처럼, 지금도 정말로 아파서 누워 있

---

* 가는 허리에 여섯 개 이상의 현을 맨 것으로, 바람을 받으면 저절로 울린다.

는 것 같지 않았다. 그는 참아야 한다고 자신을 타일렀지만, 창가에 앉아 점점 어두워지는 잔디밭을 바라보고 있자니 너무나 쓸쓸했다. 아내는 그토록 많은 것을 약속했건만, 지금은 날씨에 대해서든 은행업에 대해서든 그와 이야기를 하려 하지 않았다. 지금이 몇 시냐고 묻지도 않았다. 그는 어두워질 때까지 그곳에 있다가 아래층으로 내려왔다. 저녁 식사 시간을 놓쳤지만 부엌에 아직 불이 밝혀져 있었고, 물기를 빼는 널을 걸레로 닦고 있던, 뚱뚱하고 나이 많은 아일랜드 여자가 음식을 만들어 화덕 옆 식탁에 놓아 주었다. "부인하고 문제가 있는가 봐요." 그녀가 상냥하게 말했다. "뭐, 나는 가엾은 라일리 씨와 14년간 결혼 생활을 한 사람이니 사랑에 대해서라면 모르는 게 없지요. 라일리 씨는 자그마한 사내였답니다. 그 사람이 저기 톨레도에 살 때는 다들 그 사람보고 발육 부진이라고 했어요. 몸무게가 57킬로그램을 넘은 적이 없죠. 그런데 날 봐요." 그녀가 모지스의 맞은편 의자에 앉았다. "물론 나도 옛날에는 이렇게 뚱뚱하지 않았어요. 하지만 나중에는 내 몸무게가 그 사람 세 배쯤 됐을걸. 그 사람은 항상 어린애처럼 보였어요. 고개를 가누는 모습이나 뭐 그런 게 그랬다는 말이에요. 지금도 가끔 기차 창문으로 낯선 도시를 내다보다가 몸집이 작은 남자를 보면 라일리 씨가 생각나요. 그 사람은 어머니가 갱년기에 낳은 아이였어요. 그 사람이 태어났을 때 어머니가 쉰 살이 넘었으니까. 결혼하고 나서 우리가 가끔 맥주를 마시려고 술집에 가면 바텐더가 그 사람이 어린아이인 줄 알고 술을 안 줬어요. 물론 나이를 먹으면서 그 사람 얼굴에도 주름이 생겨서 마지막에는 바짝 마른 아이처럼 보였죠. 하지만 사랑이 넘치는 사람이었어요.

아무리 사랑해도 모자라는 사람 같았어요. 내가 기억하는 그 사람 모습이 바로 그런 거예요. 그 슬픈 표정. 그건 그 사람이 사랑하고 있다는 뜻이었거든요. 그 사람은 항상 그걸 하고 싶어 했는데, 참 사랑스러웠어요. 날 쓰다듬고 내 옷의 단추를 풀면서 사랑스러운 말들을 해 줬어요. 그 사람은 아침에 하는 걸 좋아했어요. 그러고는 침대 왼쪽에서 머리를 빗고, 바지 단추를 잠그고, 주물 공장으로 출근했죠. 아주 기분 좋고 으스대는 표정으로. 톨레도에서는 한낮에 밥을 먹으러 집으로 와서도 그걸 하고 싶어 했어요. 그걸 하지 않으면 그 사람은 잠을 못 잤어요. 잠도 못 잤다고요. 내가 한밤중에 그 사람을 깨워서 아래층에 도둑이 든 것 같다고 말해도 소용없었어요. 메이블 랜섬의 집이 화재로 무너지던 날 나는 새벽 2시까지 불구경을 하느라 깨어 있었는데, 그 사람은 내 말을 전혀 듣지 않았어요. 밤에 천둥소리 때문에 깨거나 겨울에 북풍 소리 때문에 깨었을 때도 그 사람은 항상 사랑이 넘쳤어요.

하지만 난 늘 그렇게 사랑을 원하지는 않았죠." 그녀가 슬픈 표정으로 말했다. "질투심이 일거나 방귀 때문에 마음이 내키지 않을 때는 그 사람을 아주 조심스럽게 대해야 했어요. 신중하게 말을 골라서 해야 했으니까. 한번은 내가 아무 생각 없이 거절한 적이 있어요. 그 사람이 날 어루만지는데 내가 말을 거칠게 했어요. 얼마 동안은 꿈도 꾸지 마, 찰리. 이런 거죠. 헬렌 스터머가 그러는데, 그 집 남편은 그걸 한 달에 한 번밖에 안 한대. 당신도 그 사람을 좀 닮아 봐. 그랬더니, 아주 세상이 끝난 것 같더라고요. 그 사람 얼굴이 얼마나 어두워졌는지 봤어야 하는데. 아주 끔찍했어요. 몸속을 흐르는 피까지도 까맣게 변했죠. 내 평생 그런 표정을 짓는 걸 한 번도 본 적이 없어요. 그 사람은 곧장 집을 나가더니 저녁때가 돼도 돌아오지 않았어요. 난 오겠거니 하면서 잠자리에 들었는데, 아침에 일어나 보니 침대가 여전히 비어 있더라고요. 나흘 밤이나 기다렸는데도 그 사람은 나타나지 않았어요. 결국은 내가 신문에 광고를 실었죠. 그때 우리는 올버니에 살았어요. 제발 집으로 돌아와요, 찰리. 내가 광고에서 한 말은 이것뿐이었어요. 광고비로 2달러 50센트가 들었죠. 내가 신문에 광고를 낸 게 금요일 밤이었는데, 토요일 아침에 그 사람이 우리 집 문을 열쇠로 여는 소리가 들리더라고요. 장미를 한 아름 안고 활짝 웃으면서 들어왔어요. 그 사람 머릿속에는 오로지 한 가지 생각밖에 없었죠. 아직 오전 10시밖에 안 됐을 때라 집안일이 절반도 넘게 남아 있었어요. 아침 식사 설거지가 아직 개수대에 그대로 있고, 침대도 정리하지 못했죠. 일을 다 끝내기 전에 사랑을 나누는 건 여자한테 아주 힘든 일이에요. 하지만 탁자들이 전부 먼지투성이였어도 난 내 처지를 알았어요.

어떨 땐 정말 힘들었어요. 그것 때문에 마음을 넓게 가질 수가 없었죠. 그 사람 때문에 보지 못한 중요한 것들도 많아요. 예를 들면, 전쟁이 끝난 뒤에 포치 원수가 참가한 행렬이 우리 집 창문 바로 옆을 지나갔거든요. 난 그 행렬을 고대했지만 결국 못 봤어요. 린드버그*가 대서양을 건널 때도 그 사람

---

* 미국 비행사. 1927년 뉴욕 파리 간의 대서양 무착륙 단독 비행에 처음으로 성공했다.

이 내 몸에 올라타고 있었고, 이름은 모르지만 하여튼 그 영국 왕이 사랑 때문에 왕관을 내려놓고 연설을 할 때도 난 한마디도 듣지 못했어요. 하지만 지금 생각나는 건 그 사람의 그런 모습이에요. 사랑하고 싶다고 쓰여 있는 그 슬픈 표정. 그 사람은 아무리 사랑해도 부족한 모양이었어요. 그런데 지금은 차디찬 무덤 속에 누워 있죠. 하느님이 그 불쌍한 남자를 축복해 주시기를."

멜리사는 토요일이 되어서야 아래층으로 내려왔다. 모지스는 그녀에게 저녁을 먹은 후 함께 산책하자고 청했지만 그녀는 테라스로 통하는 문 앞에서 머뭇거렸다. 마치 여름밤의 분위기 때문에 자신의 연기가 끝장날까 봐 두려워하는 것 같았다. 그녀는 그와 함께 밖으로 나왔지만, 그와 일정한 거리를 유지했다. 그는 장미 향기와 분수 소리가 분위기를 바꿔 주지 않을까 싶어서 정원으로 내려가자고 했다. 하지만 그녀는 자신을 보호하려는 듯 계속 거리를 유지했다. 정원을 빠져나왔을 때 그녀는 소나무 숲 속으로 난 오솔길로 접어들었다. 그가 한 번도 본 적이 없는 그 숲 끝에는 빈터가 있었는데, 알고 보니 그곳은 동물 묘지였다. 잡초에 뒤덮인 묘비 십여 개가 있었다. 모지스는 묘비에 새겨진 글들을 읽으면서 멜리사의 뒤를 따랐다.

사랑스러운 새의 유해와 깃털이 여기 누워 있다.
이 아이는 추운 12월의 황혼 녘에 추락했다.
목소리를 높여 달콤한 노래를 부르던 이 아이의 목소리를 아무도 듣지 못했다.

이 아이가 너무 작았기 때문에.

토끼 실비아의 유해가 여기 누워 있다.
실비아는 6월 17일에 멜리사 스캐던 옆에 앉아 있다가
타박상으로 죽었다.

경주견 테세우스의 유해가 여기 누워 있다.

콜리 종 개 프린스의 유해가 여기 누워 있다.
모두들 이 아이를 그리워할 것이다.

한니발의 유해가 여기 누워 있다.

나폴레옹의 유해가 여기 누워 있다.

부엌에서 기르던 고양이 로나의 유해가 여기 누워 있다.

이곳에서는 가족의 힘이 느껴진다고 모지스는 생각했다. 가족들이 터무니없는 짓을 하며 느낀 기쁨도 느껴졌다. 그는 묘비에서 멜리사의 얼굴로 시선을 옮기다가 이 엉뚱한 묘지 덕분에 그녀의 표정이 누그러진 것 같아 희망을 품었다. 하지만 그는 서두르지 않기로 하고 그녀를 따라 묘지를 빠져나가서 헛간과 온실로 이어진 오솔길을 내려갔다. 그때 밤새의 음악적인 노랫소리가 커다랗게 들려와서 두 사람 모두 걸음을 멈췄다. 저 멀리서 칼처럼 반짝이는 소리가 초저녁 공기에 실려 왔

다. 멜리사는 그 소리에 넋을 잃었다. "J. P.는 나이팅게일을 기르고 싶어 했어." 그녀가 말했다. "그래서 영국에서 수백 마리를 수입해 왔지. 나이팅게일 관리인을 따로 두고 집도 만들었어. 우리가 영국에서 돌아올 때 배에서 아침을 먹자마자 제일 먼저 한 일은 둥지로 내려가서 나이팅게일한테 먹이로 벌레를 주는 거였어. 그런데 개들은 전부 죽어 버렸어……."

모지스는 그 밤새가 앉아 있는 것 같은, 그녀 뒤쪽의 헛간 지붕을 바라보다가 그것이 전혀 새소리가 아님을 깨달았다. 그 소리는 녹슨 환풍기가 밤바람을 맞아 회전하면서 애처롭게 부르는 노랫소리였다. 멜리사가 이 사실을 알면 황혼과 무덤과 노래가 약속했던 감상적인 분위기가 바뀔지도 모른다고 생각한 모지스는 그녀를 이끌고 서둘러 낡은 온실로 들어가 바닥에 자기 옷을 깔아 침상을 만들었다. 그날 밤늦게 그녀와 함께 집으로 돌아온 모지스는 사랑 때문에 온몸의 뼈가 가뿐하고 깨끗해진 것 같은 기분으로 잠이 오기를 기다리며 그녀가 또 다른 모습으로 변하지 않았는지 궁금해 했다.

다음 날 밤 그는 방으로 들어와 그녀가 스타킹을 한 짝만 신고 침대에 누워 하녀에게 빌려 온 연애 소설을 읽고 있는 것을 보고는 그녀의 변신에 관한 궁금증이 마음속에서 새로이 고개를 들었다. 그는 그녀에게 입을 맞추고 그녀의 숨결이 느껴지는 옆자리에 누웠다. 그녀의 입에서는 불쾌한 냄새가 아니라 사탕 냄새가 났다. 하지만 다음 날 밤, 역에서 집으로 오는 길에 잔디밭을 가로지르면서 모지스는 저스티나가 즐겨 강조했던 그녀의 불쾌한 과거를 떠올렸다. 그녀는 젊은 정원사인 자코포와 함께 테라스에 있었다. 그녀가 자코포의 머리를 잘라 주고 있었다. 모지스는 아직 멀리 있었는데도 그 광경 때문에 마음이 불편하고 슬퍼졌다. 그가 그토록 사랑했던 그녀의 탐욕이 변덕의 가능성을 열어 놓았기 때문에. 그는 자코포에게 살의에 가까운 증오를 품었다. 그녀가 머리카락을 가위로 자르고 빗으로 빗는 동안 음탕하고 잘생긴 얼굴로 웃어 대는 그가 모지스의 눈에는 우리 의식 중에서 밝은 조명이 비치는 중심부 바깥에 서서 솔직함을 사랑하는 마음과 삶의 달콤함에 대한 자신감을 무너뜨리는 존재 같았다. 하지만 모지스가 테라스에 나타나자 멜리사는 자코포를 내보내고 눈부신 표정으로 그를 맞이하며 자신의 애정을 보여 주었다. 그래서 그는 정원사도, 그 밖의 다른 것에 대해서도 전혀 걱정하지 않았다. 하지만 며칠 뒤 밤에 복도를 걷다가 그는 자신과 멜리사의 침실에서 흘러나오는 웃음소리를 들었다. 멜리사가 난간에서 낯선 사람과 위스키를 마시고 있었다. 그 사람은 레이 배저였다.

모지스는 그가 전처를 찾아온 것이 의심스럽기는 해도 걱정스럽지는 않았다. 배저가 아직도 자신의 연적인지는 모르겠지만, 어쨌든 그는 튼튼하게 마무리된 양복을 입었고, 한쪽 눈은 사팔뜨기인 데다 머리카락은 에나멜가죽 같았다. 모지스가 그들에게 다가갔을 때 배저는 매력적인 사람처럼 굴려고 했지만, 그와 멜리사의 추억(그도 나이팅게일에게 먹이를 주었다.)이 클리어헤이븐에서 보낸 과거에 한정되어 있어서 모지스는 대화에 끼어들 수 없었다. 멜리사는 그때까지 배저의 이름을 입에 올린 적이 거의 없었다. 그녀가 그와 살 때 불행했는지는 몰라도, 그날 저녁에는 그런 기색이 전혀 없었다. 그녀는 그와 함께 있는 것을 기뻐했으며, 그가 떠올리는 추억들에 즐거워했다. 하지만 기쁘면서도 슬픈 모양이었다. 배저가 방을 나간 뒤 그녀는 모지스에게 감상적인 표정으로 전남편에 대해 이런 말을 했다. "저 사람은 꼭 열여덟 살짜리 소년 같아. 저 사람은 항상 다른 사람들이 원하는 대로 했는데, 서른다섯 살이 된 지금에야 자기 뜻을 표현해 본 적이 없다는 걸 깨달았어. 정말 너무 안됐어……." 모지스는 배저에 대한 판단을 유보했지만, 저녁 식사 때 저스티나가 그를 옹호한다는 것을 알게 되었다. 그녀는 자신의 손님에게 말을 걸지 않았으며, 감정에 깊이 휩싸여 있는 것 같았다. 저스티나는 자신이 가진 그림들을 모두 메트로폴리탄 박물관에 팔겠다고 선언했다. 다음 날 점심때 큐레이터가 그림을 감정하러 올 예정이라는 것이었다. "내 물건들을 잘 지켜 줄 거라고 믿을 만한 사람이 없어." 그녀가 말했다. "당신들을 전혀 못 믿겠어."

배저는 저녁 식사를 마친 뒤 모지스에게 시가 한 대를 권했고, 두 사람은 함께 테라스로 나갔다. "내가 왜 돌아왔는지 궁금하시죠?" 배저가 말했다. "내가 설명하는 게 좋겠군요. 난 장난감 업계에서 일하고 있어요. 당신이 아는지 모르겠지만, 얼마 전에 아주 커다란 행운을 만났습니다. 내가 저금통 특허를 땄는데, 그건 옛날의 쇠 저금통을 플라스틱으로 만든 겁니다만, 울워스가 그걸 6000개 주문했어요. 내가 뉴욕에서 주문 확인서를 받았죠. 그래서 내 돈 2만 5000달러를 거기에 투자했어요. 그런데 이번에 장난감 총 특허를 딸 기회가 생겨서 저금통에 관한 내 지분을 1만 5000달러에 팔려고 합니다. 그래서 그걸 누구한테 팔까 하다가 당신과 멜리사가 생각났어요. 신문에서 두 분의 결혼 소식을 봤거든요. 그래서 내가 직접 와서 제일 먼저 두 분께 기회를 주기로 했습니다. 울워스의 주문만으로도 두 분은 투자금의 두 배를 건질 수 있을 테고, 문구점을 통한 판매에서 6000달러가 더 들어올 겁니다. 내일 오후 늦게 술이나 한잔하게 월도프에 들르시면 내가 특허장과 설계도와 울워스의 서신을 보여 드리겠습니다."

"난 관심 없습니다." 모지스가 말했다.

"돈을 벌고 싶지 않다는 말씀인가요? 이런, 멜리사가 아주 많이 실망할 텐데요."

"당신, 아직 멜리사하고는 이 이야기를 해 보지 않았잖소."

"뭐, 그런 셈이죠. 하지만 멜리사는 틀림없이 아주 많이 실망할 겁니다."

"나한테는 1만 5000달러가 없습니다." 모지스가 말했다.

"1만 5000달러가 수중에 없다고요?"

"그래요."

"아, 그럼 장군님은 어떨까요? 그분한테 혹시 돈이 좀 있을까요?"

"나야 모르죠." 모지스가 말했다. 그가 배저의 뒤를 따라 홀로 돌아와 보니 배저가 노장군에게 시가를 주고는 휠체어를 밀고 테라스로 나가고 있었다. 멜리사는 모지스에게 배저와 나눈 이야기를 전해 듣고도 배저에 대한 감상적인 생각이 바뀌지 않았다. "그 사람이 장난감 사업을 할 리가 없어." 그녀가 말했다. "그 사람은 사실 딱히 일이라고 할 만한 걸 해 본 적이 없어. 그냥 여기서 잘 지내고 싶어서 그러는 거야. 안됐어."

저스티나가 믿을 만한 사람이 없어서 자신이 소장한 미술품을 다른 곳에 팔기로 했다는 사실은 다음 날 슬픔과 흥분을 동시에 불러일으켰다.

큐레이터인 듀윗 씨가 1시에 오기로 되어 있었는데, 공교롭게도 모지스가 그를 둥근 홀로 안내하게 되었다. 그는 호리호리한 몸매에 갈색 펠트 모자를 썼는데, 모자가 너무 작아서 붑맥넛*처럼 보였다. 모지스는 혹시 그가 칵테일파티에 갔다가 남의 모자를 잘못 쓰고 온 것이 아닐까 하는 생각이 들었다. 그의 얼굴은 홀쭉했고, 주름이 깊게 패었으며(부석부석한 눈이 근시인지 고개를 한쪽으로 살짝 기울였다.) 코는 유난히 길고 뚜렷한 삼각형 모양이었다. 가늘고 각진 코는 우아하면서도 음탕해서(악덕, 참회, 악마의 선물), 전체적으로 우아하면서도 음탕해 보이는 인상을 한층 더 강조해 주었다. 나이는 쉰 살쯤 된 것 같았다. 그보다 젊은 나이라면 눈 밑이 그렇게 불룩할 리가 없었다. 하지만 그의 몸가짐은 우아했고, 말을 할 때는 혀에 머리카락 한 올이 묻은 것처럼 발음이 살짝 이상했다. "돼지고기는 싫습니다, 돼지고기는 싫어요!" 그가 둥근 홀의 탁한 공기 냄새에 코를 쿵쿵거리면서 외쳤다. "난 지금 간신히 버티고 있어요." 모지스가 점심 식사로 닭고기를 먹을 거라고 말해 주자, 그는 뿔테 안경을 쓰고는 둥근 홀을 둘러보다가 계단 왼쪽의 커다란 패널화를 발견했다. "참 귀여운 위조품이네요." 그가 외쳤다. "물론 멕시코 인들이 아주 귀여운 위조품을 만들기는 하지만, 이건 아주 재미있는 물건이에요. 취리히에서 만든 겁

---

* 1915년~1934년에 발표된 동명 만화의 주인공. 항상 남을 돕겠다고 나서지만 실수만 연발한다.

니다. 1900년대 초반에 거기에 위조품을 대량으로 만들어 내는 공장이 하나 있었거든요. 재미있는 건, 그 사람들이 양홍색을 아낌없이 사용했다는 겁니다. 원본들은 그렇게 번쩍거리지 않아요." 그때 둥근 홀 안의 어떤 냄새 때문에 그는 다시 점심 식사를 떠올렸다. "돼지고기가 아닌 게 확실합니까?" 그가 다시 물었다. "내 배 속이 지금 아주 엉망이에요." 모지스는 돼지고기가 아니라고 재차 확인해 주었다. 두 사람은 기다란 홀을 지나 저스티나가 기다리고 있는 곳으로 갔다. 그녀는 위풍당당하고 정중했으며, 사회적 야망을 달성한 사람답게 아주 낭랑한 목소리를 냈기 때문에 그녀의 목소리가 저 위 산속과 저 아래 어두운 계곡까지 울려 퍼지는 것 같았다.

듀윗 씨는 홀에 있는 그림들을 보고 양손을 맞잡았는데, 모지스는 그가 왜 순간적으로 희미한 미소를 지었는지 궁금했다. 그는 칵테일 잔을 들고 티치아노의 커다란 그림 앞으로 다가갔다.

"놀랍습니다, 놀라워요. 정말 놀랍습니다." 듀윗 씨가 말했다.

"폐허가 된 베네치아의 어느 궁전에서 그 그림을 발견했어요." 저스티나가 말했다. "그 호텔의 어떤 신사가, 내 기억으로는 영국인이었는데, 그 그림에 대해 알아서 우리를 안내해 줬죠. 마치 탐정 소설 같았어요. 그 그림은 아주 나이 많은 백작 부인 소유였는데, 그분 집안이 몇 세대 전부터 소장했다고 해요. 우리가 그림 값으로 얼마를 줬는지 잘 기억나지 않는데, 목록을 좀 가져다주겠어요, 니키?"

달바가 목록을 가져와서 훑어보며 말했다. "6만 5000달러예요."

"저 고졸리 그림은 또 다른 오두막에서 발견했어요. 스캐던 씨가 제일 좋아하던 그림이지요. 저 그림을 찾아낼 때도 역시 낯선 사람의 도움을 받았어요. 아마 기차에서 만난 사람인 것 같아요. 처음 봤을 때는 그림이 워낙 더럽고 거미줄로 뒤덮인 데다가 아주 어두운 방에 걸려 있었기 때문에 스캐던 씨는 그림을 사지 않으려고 했지만, 나중에야 그렇게 까탈스럽게 굴면 안 된다는 것을 깨닫고 다음 날 아침에 생각을 바꿨어요."

큐레이터가 자리에 앉자 달바가 그의 잔을 다시 채워 주었다. 그가 저스티나에게 고개를 돌렸을 때, 그녀는 사노 디 피에트로의 그림을 찾아냈던 더러운 궁전을 회상하고 있었다.

"이건 전부 위조한 복제품입니다, 스캐던 부인."

"그럴 리가 없어요."

"위조한 복제품이에요."

"내가 그림을 당신네 미술관에 기증하게 만들려고 그런 말을 하는 거죠?" 저스티나가 말했다. "그렇죠? 내 그림을 공짜로 가져가려고 그러는 거예요."

"이 그림들은 아무 가치도 없어요."

"우리도 그라치 남작 부인의 집에서 큐레이터를 만나 봤어요." 저스티나가 말했다. "우리가 나폴리에서 그림을 증기선에 실으려고 포장하고 있을 때 그 사람이 저 그림들을 보더니 그림이 진품이라는 보증서를 써 주겠다고 했어요."

"이 그림들은 아무 가치도 없습니다."

하녀가 문간에 나타나서 점심 식사 시간을 알리는 종을 울리자 저스티나가 갑자기 냉정함을 되찾고 일어섰다. "점심은 다섯 명만 먹을 거다, 레나." 그녀가 하녀에게 말했다. "듀윗 씨는 지금 가실 거야. 차고에 전화해서 자코모더러 듀윗 씨가 기차역까지 걸어가실 거라고 전해 주겠니?" 그녀는 달바의 팔짱을 끼고 홀을 내려갔다.

"스캐던 부인," 큐레이터가 뒤에서 그녀를 불렀다. "스캐던 부인."

"그래 봤자 소용없어요." 모지스가 말했다.

"역까지는 거리가 얼마나 됩니까?"

"1.6킬로미터가 조금 넘어요."

"댁한테 혹시 차가 있습니까?"

"아뇨."

"택시도 없고요?"

"일요일에는 없어요."

큐레이터는 비가 내리는 창밖을 내다보았다. "이건 말도 안 돼. 이런 일은 생전 처음입니다. 그냥 좋은 일 한 번 하는 셈치고 온 건데. 난 위궤양이 있어서 정해진 시간에 꼭 식사를 해야 한단 말입니다. 내가 시내로 돌아가면 4시가 넘을 거예요. 나한테 우유라도 한 잔 갖다 주면 안 됩니까?"

"죄송합니다." 모지스가 말했다.

"이런 일이, 이런 일이. 부인은 도대체 어떻게 저 그림들이 진짜라고 생각한 겁니까? 어쩌면 그렇게 자신을 속일 수 있어요?" 그는 체념의 몸짓을 하더니 둥근 홀로 걸어가서 붑 맥넛을 연상시키는 그 작은 모자를 썼다. "난 죽을지도 몰라요." 그가 말했다. "정해진 시간에 식사를 하고, 흥분을 피하고, 몸을 심하게 움직이지 말아야 하는데……." 그는 빗속으로 나갔다.

모지스가 식탁으로 와 보니 모두들 한마디 말도 없이 식사를 하고 있었다. 침묵이 너무나 숨 막혀서 그의 왕성한 식욕이 사그라질 것 같았다. 갑자기 달바가 숟가락을 내려놓고 눈물을 글썽거리며 말했다. "부인, 오 부인!"

"서류가 필요해." 저스티나가 쏘아붙였다. 그러고는 배저를 향해 홱 고개를 돌려 사나운 목소리로 말했다. "입 꾹 다물고 음식이나 먹어!"

"죄송합니다, 저스티나." 배저가 말했다. 하녀들이 수프 그릇을 내가고 닭고기를 가져왔지만, 저스티나는 그것을 보자마자 손을 흔들어 물려 버렸다. "난 아무것도 못 먹겠어." 그녀가 말했다. "음식을 도로 주방으로 가져다가 아이스박스에 넣어 둬." 다들 고개를 수그렸다. 저스티나가 안쓰럽고, 식사를 못 하게 된 것이 아쉬워서였다. 일요일 오후에는 아이스박스가 자물쇠로 잠겨 있었으므로. 그녀는 식탁 가장자리를 양손으로 짚고 배저를 무섭게 노려보다가 일어섰다. "너도 시내로 돌아가고 싶겠지, 배저. 가서 이 일을 온통 떠벌리고 싶을 거야."

"아닙니다, 저스티나."

"네가 이 일을 한마디라도 입에 올렸다는 걸 내가 알게 되면, 네가 전과자라는 사실을 모든 사람한테 알릴 거야."

"저스티나."

그녀는 허리를 어느 때보다 더 꼿꼿이 세우고는 뒤에 달바를 거느린 채 문으로 향했다. 그리고 문 앞에서 양팔을 벌리며 소리쳤다. "내 그림들, 내 그림들, 내 사랑스러운 그림들." 그러고 나서 달바가 엘리베이터 문을 여닫는 소리, 엘리베이터 전력선이 그녀를 싣고 올라가면서 슬프게 노래하는 소리가 차례로 들려왔다.

　우울한 일요일 오후였으므로, 모지스는 작은 서재에서 생디 칼리슴*을 공부하며 시간을 보냈다. 날이 어두워지기 시작하 자 그는 책을 덮고 집 안을 어슬렁거렸다. 부엌은 깨끗했고 아 무도 없었지만, 아이스박스에는 여전히 자물쇠가 채워져 있었 다. 홀에서 음악 소리가 들려와서 그는 달바가 연주를 하고 있 는 모양이라고 생각했다. 칵테일파티용 음악이었으니까. 허울 뿐인 슬픔과 거짓 갈망, 술집의 황혼과 묵은 땅콩, 가슴앓이와 위염과 젖은 낙엽처럼 칵테일 잔 바닥에 들러붙는 종이 냅킨 을 연상시키는 늘쩍지근한 음악. 하지만 홀로 들어가 보니 음 악을 연주하고 있는 사람은 배저였다. 멜리사가 피아노 의자에 그와 나란히 앉아 있었고, 배저는 쓸쓸한 목소리로 노래를 불 렀다.

　　객지에서 느끼는 우울한 기분,
　　난 항상 우울하다네,
　　객지에서 느끼는 우울한 기분,
　　내 것이 아닌 것들에 둘러싸여 있지.
　　침대가 울퉁불퉁해서 등을 삐었네,
　　날 다시 데려가 줄 칙칙폭폭 소리가 들려,
　　객지에서 느끼는 우울한 기분……

---

* 19세기 말~20세기 초에 프랑스와 이탈리아를 중심으로 일어난 무정부주 의적인 노동조합 지상주의.

모지스가 피아노로 다가가자 두 사람 모두 시선을 들었다.
멜리사가 깊은 한숨을 내쉬는 바람에 모지스는 마치 자신이
밀회를 방해한 것 같은 느낌을 받았다. 배저가 넌더리가 난다
는 표정으로 모지스를 바라보고는 피아노 뚜껑을 닫았다. 그
가 감정적으로 혼란스러운 상태인 것처럼 보였기 때문에 모지
스는 그 표정을 오해하지 않으려고 애썼다. 배저가 피아노 의
자에서 일어나 테라스로 나갔다. 슬픔과 불쾌감을 고스란히
드러내면서. 멜리사는 고개를 돌려 눈으로 열심히 그의 뒤를
쫓았다.

　이제 모지스는 만약 남자들에게 성적인 의미가 흔적으로
만 남아 있는 의식(儀式)이 있다면, 즉 누군가가 처음으로 하
키 스틱을 손에 쥐여 줬을 때 그가 받은 편안한 느낌, 웨스트
농장의 벽장 속에 있던 그 운동 용구에서 그가 느낀 기쁨, 또
는 비 오는 날 미식축구장에서 싸움이 벌어지는 동안 빛과 운
동 경기가 어우러지던 그 마지막 순간에 자신과 같은 부류 사
람들의 과거를 깊숙이 들여다보는 것 같던 그 느낌이 조금이
라도 타당한 것이라면, 여자들에게도 틀림없이 그것과 똑같은
의식과 행사가 있을 것임을 깨달았다. 여기서 여자들의 의식이
란 재빨리 변신하는 능력이 아닌 다른 것, 어쩌면 어느 누구의
눈길도 닿은 적이 없는 지평선에 시선이 머물러 있는 것처럼
저 먼 곳의 풍경을 슬프게 바라보는 듯한 느낌을 불러일으키
는 아름다운 여자들의 힘과 관련된 어떤 것을 의미했다. 여기
에는 물리적인 증거가 있었다. 여자들의 목소리가 부드러워지
고 동공이 커지는 것, 그리고 그들이 여자들만의 바다에서 여
자들만 있는 배를 타고 그들의 본성과 신체적 특징 때문에 매

혹적이고 창조적인 슬픔의 창고를 새로이 채워 넣을 모종의 비밀스러운 의식에 몸을 바치게 될, 사방이 벽으로 둘러싸인 섬으로 항해하던 기억을 떠올리는 것 같은 표정이 되는 것. 모지스는 멜리사의 마음속에서 무슨 일이 벌어지고 있는지는 결코 알 수 없을 거라고 생각했지만, 그녀의 동공이 커지고 깊이 생각에 잠긴 듯한 표정이 그녀의 아름다운 얼굴에 내려앉는 것을 보고 그녀에게 물어봐도 소용없음을 깨달았다. 그녀는 그 항해를 떠올리는 중이거나, 아니면 이미 그 지평선을 본 다음이었다. 그리고 그 영향으로 그녀의 모호하고 폭풍 같은 갈망이 동요하고 있었다. 하지만 항해에 관한 그녀의 기억 속에 어찌 된 영문인지 배저가 잘 들어맞는 것처럼 보인다는 생각에 그는 불안해졌다.

"멜리사?"

"저스티나가 저 사람한테 너무 못되게 굴어." 멜리사가 말했다. "그럴 권리도 없으면서. 게다가 당신도 저 사람을 싫어하고."

"난 저 사람을 싫어하지 않아." 모지스가 말했다. "정말이야."

"정말이지 저 사람이 너무 안됐어." 그녀는 피아노 의자에서 일어나더니 배저가 있는 테라스로 나가려고 했다. "멜리사." 모지스가 그녀를 불렀지만, 그녀는 이미 어둠 속으로 사라진 뒤였다.

모지스가 2층으로 올라간 것은 10시쯤이었다. 부부 침실의 문이 잠겨 있었다. 그는 아내의 이름을 불러도 대답이 없자 화가 났다. 그때 그의 성적인 자존심만큼이나 타협을 모르는 그의 마음속 일부에 불이 붙었고, 이 분노가 돌덩이처럼 그의 뱃속에 자리를 잡는 것 같았다. 그는 문을 쾅쾅 두드리며 어깨로 자물쇠를 부수려고 했다. 그러다가 지쳐서 쉬고 있을 때 문틈 사이로 불어 나온 찬바람 덕분에 그는 자신이 처음으로 지붕을 넘을 때 자신의 방이었던 곳에서 배저가 자고 있음을 기억해 냈다.

그는 뒷계단을 달려 내려가서 둥근 홀을 가로질러 낡은 엘리베이터를 타고 집 반대편에 있는 침실로 향했다. 배저의 방 문도 닫혀 있었으며, 노크를 해도 안에서는 아무 대답이 없었다. 그가 문을 열고 안으로 들어갔을 때 가장 먼저 들은 것은 난간에서 들려오는 소란스러운 빗소리였다. 배저는 방에 없었다. 모지스는 난간으로 나가 지붕으로 올라갔다. 역시나, 그가 있는 데서 100미터쯤 떨어진 곳에서 허리를 숙이고 수영 선수처럼 양손으로 발목 주위의 공기를 휘저으며(이미 그 낡은 전선에 발이 걸려 넘어진 모양이었다.) 아주 조심스레 움직이고 있는 배저가 보였다. 모지스는 그의 이름을 불렀다. 배저가 도망치기 시작했다.

그는 길을 잘 아는 것 같았다. 어쨌든 공기 통로가 있는 곳을 잘 피하기는 했다. 그는 예배당의 피라미드 모양 지붕으로 달려가다가 오른쪽으로 방향을 틀어 홀의 경사진 슬레이트 지붕을 따라 달렸다. 모지스는 반대편으로 돌아 그를 잡으려 했지만, 배저는 뒤로 물러나 다시 직선 코스로 돌아가더니 불이 켜진 달바의 숙소로 달려가기 시작했다. 평평한 지붕을 절반쯤 가로질렀을 때 모지스는 그를 따라잡아 그의 어깨를 손으로 붙잡았다.

"오해하지 마요." 배저가 말했다. 모지스가 그를 한 대 치자 배저는 엉덩방아를 찧었다. 그런데 못이 있는 곳에 주저앉은 모양이었다. 그가 아파서 갈라진 목소리로 커다랗게 비명을 질러 댔기 때문에 백작이 창밖으로 머리를 내밀었다.

"거기 누구야? 거기 누구야?"

"배저와 저예요." 모지스가 말했다.

"저스티나가 알면 난리가 날 거야." 백작이 말했다. "저스티나는 지붕 위로 사람들이 걸어 다니는 걸 싫어하거든. 그러면 지붕이 샌다면서. 도대체 거기서 뭐 하는 건가?"

"전 지금 자러 가는 길이에요." 모지스가 말했다.

"아이고, 자네도 가끔은 양식 있는 질문에 정중하게 답해 줬으면 좋겠어." 백작이 말했다. "난 자네의 그 유머 감각이 아주 신물이 나. 저스티나도 마찬가지고. 왕족을 비롯해서 최고급 사교계 사람들과 평생을 보낸 저스티나가 자네 같은 사람을 집 안에 두는 건, 저스티나한테는 엄청난 몰락이지. 저스티나가 직접 나한테 말했어……." 모지스가 멜리사의 방 난간을 향해 계속 나아갔기 때문에 백작의 목소리가 점점 희미해졌다. 그는 너무 화가 나서 폭발할 지경이었다. 그는 빗물받이 홈통 속에 발을 담그고 30분 동안 지붕 위에 앉아서 제멋대로 구는 그녀를 어떤 심한 말로 비난해야 할지 생각했다. 뱃속에 돌덩이처럼 자리 잡은 분노가 조금 가라앉을 때까지 그는 자신이 생각해 낸 말들을 밤공기 속으로 분출하고 있는 듯 보였다. 그러다가 지금 상황에서 유용하게 쓸 만한 진실을 찾아내려면 반드시 자신이 직접 나서야 한다는 사실을 깨달은 그는 난간으로 내려가 옷을 벗고 멜리사가 잠들어 있는 침대 속으로 들어갔다.

하지만 배저에 관한 모지스의 생각은 틀린 것이었다. 그는 색욕 때문에 지붕으로 올라간 것이 아니었다. 그는 만취해 있었다. 하지만 그는 배짱이 있는 사람이었다.(인간을 뛰어나게 해주는 원재료의 흔적.) 아니, 그의 감정이 적어도 갈등을 일으킬 정도는 되었다고나 할까. 다음 날 아침 일찍 깨어난 배저는 술에 취해서 정신 나간 짓을 저지른 자신을 꾸짖었다. 창밖을 내다보니 온통 파란색과 황금색으로 가득 찬 데다 화살 과녁판처럼 둥그런 세상이 보였다. 하지만 사파이어 빛 하늘을 봐도 배저는 풀이 죽어서, 어둡고 환기도 잘 안 되는 곳으로 도망치고 싶은 생각뿐이었다. 이른 아침의 아직 희미한 빛 속에서 본 세상은 그에게 방문 판매원의 미소만큼이나 위선적이고 불쾌해 보였다. 어느 것도 진실이 아니야. 배저는 속으로 생각했다. 겉과 속이 같은 건 하나도 없어. 이 엄청난 속임수, 자신이 옷을 입는 동안 하늘 색깔이 눈에 띄지 않을 만큼 살짝 깊어졌다는 사실에 그는 화가 났다. 그는 누구와도 마주치지 않고 둥근 홀을 가로질렀다. 심지어 쥐 새끼 한 마리 없었다. 아직 6시도 안 된 시각이었지만 그는 자코모에게 전화를 걸었고, 자코모가 그를 역까지 태워다 주었다.

이렇게 이른 시간에 그가 탄 기차는 완행이었으며, 승객들은 모두 야간 근무를 마치고 집으로 돌아가는 노동자들이었다. 배저는 피로에 지친 그들의 더러운 얼굴을 들여다보면서 그들처럼 소박하게 살고 싶은 갈망을 느꼈다. 만약 그가 소박한 환경에서 자랐다면, 그의 인생도 더 의미 있고 가치 있는 것이 되었을 것이고, 그의 기질 중에서 훌륭한 부분들이 발달할 기회가 있었을 것이며, 그는 자신의 재능을 이렇게 낭비하지 않았을 것이다. 취기와 자책 때문에 풀이 죽은 그는 자신이 돌이킬 수 없을 만큼 재능을 낭비했다고 확신했다. 자신의 젊은 시절 모습, 뇌우가 몰려오기 전에 테라스에 있던 가구들을 들여놓던, 기운차고 잘생긴 소년의 모습이 떠올라 그는 더욱더 심하게 자신을 질책했다. 그런데 이 절망의 밑바닥에서 한줄기 빛이 그의 마음속으로 뚫고 들어오는 듯했다. 그것은 완전한 절망에 맞서 그의 머릿속에서 하얀 것들, 즉 적어도 대리석으로 만들어진 아치 길이나 도시 같은 것들을 보여 주었다. 번영, 승리, 화려함의 상징들을.

그 상징들이 에나멜가죽 같은 배저의 머리카락 밑에서 점점 불어나는 것 같았다. 젊은 세계의 도시와 장원 들. 그는 희망 찬 기분으로 시내로 들어갔다. 하지만 자신이 사는 옹색한 방에서 처음으로 커피 잔을 앞에 놓고 앉은 배저는 자신이 상상한 하얀 대리석 문명이 침략자들 앞에서 무력하다는 사실을 깨달았다. 원칙, 도덕, 믿음으로 이루어진, 높은 아치가 있는 새하얀 건축물, 궁전과 기념물 들이 반쯤 벌거벗은 몸에 악취가 나는 동물 가죽을 걸치고 함성을 질러 대는 남자들에게 짓밟혔다. 그들은 북문을 통해 말을 타고 들어왔고, 배저는 커피 잔 앞에 웅크리고 앉아 자신의 신전과 궁전 들이 하나씩 사라지는 것을 보았다. 야만인들은 가엾은 배저에게 그나마 위안이 되어 줄 폐허조차 남겨 주지 않은 채 남문으로 말을 타고 나갔다. 그들은 그에게 무(無)와 그의 정수만을 남겨 주었다. 그런데 그것은 이미 사라져 버린 숲 속 제비꽃 향기보다 별로 나을 것이 없었다.

"Mamma e Papa Confettiere arrivan' domani sera.*" 자코모가 말했다. 그는 진입로 나무들에 줄줄이 매달려 있는 가로등에 다시 전구를 끼워 넣고 있었다. 멜리사는 모지스가 처음으로 그곳에 왔던 날 밤처럼 문간에서 다정하게 모지스를 맞이하더니 저스티나의 옛 친구들이 다음 날 밤에 도착할 예정이라고 말해 주었다. 엔더비 부인은 사무실에서 전화로 사람들을 초대하고 있었고, 달바는 앞치마를 걸치고 홀 안을 뛰어다니면서 모지스가 본 적이 없는 십여 명의 하녀들에게 지시를 내리고 있었다. 집 안이 난장판이었다. 모든 방의 문들이 박쥐 냄새가 나는 거실들을 향해 열려 있었고, 자코모는 겨울 정원의 깨진 창문에서 베개들을 빼냈다. 겨울 정원에서는 사람들이 야자수와 장미 관목을 트럭에서 내리고 있었다. 앉을 자리가 없어서 식구들은 홀에서 음료수와 함께 샌드위치를 먹었다. 홀에서는 스캐던빌 심포니 관현악단(여덟 명의 부인들)이 하프에서 찢어진 방수포를 벗겨 내고 악기를 조율하고 있었다. 연회 준비를 하느라 난장판이 된 이 낡은 저택의 와자지껄한 분위기 때문에 모지스는 웨스트 농장을 떠올렸다. 마치 웨스트 농장이 클리어헤이븐처럼 식구들의 의식 속에 깊이 자리 잡고 있기라도 한 것처럼. 심지어 금방금방 바뀌는 하녀들의 꿈속에도 웨스트 농장이 있을 것 같았다. 하녀들은 지혜를 갈고닦듯이 낡은 방들을 찾아내 번쩍번쩍 광이 나게 닦았다. 지하실의 커다란 부엌들에서 박쥐가 발견되는 바람에 하녀 두 명이

---

* 콘페티에레 부부가 내일 저녁에 도착하실 겁니다.

행주를 머리에 뒤집어쓴 채 비명을 지르며 계단을 올라왔지만, 이 작은 사건 때문에 풀이 죽은 사람은 하나도 없었다. 이 사건이 오히려 이곳의 기묘한 분위기에 힘을 보태 주는 것 같았다. 요즘 같은 세상에 부엌에 박쥐를 기를 만큼 돈 많은 사람이 어디 있겠는가? 지하실의 커다란 궤짝에는 쇠고기, 포도주, 꽃이 가득 채워졌고, 정원에서는 모든 분수들이 춤을 추었으며, 풀장의 초록색 사자 입에서는 물이 쏟아져 나오고, 1000개도 넘는 불빛들이 집 안을 밝히고, 진입로에는 시골 장터처럼 전구들이 점점이 불을 밝혔고, 정원 여기저기에서도 불빛들이 반짝였다. 하숙집 복도의 불빛들처럼 갓도 없는 쓸쓸한 빛이었다. 10시나 11시쯤에는 문과 창문이 모조리 열렸고, 밤공기가 갑자기 차가워졌으며, 가장 넓은 잔디밭 위 하늘에는 가느다란 달이 떠 있어서 모지스는 전쟁, 휴가와 작별의 얼얼함, 길에서 어두운 배들이 침대에 들어 있는 연인들을 기다리는 노퍽이나 샌프란시스코 같은, 맥주 냄새 나는 항구들의 작별 춤과 돛을 매는 밧줄을 떠올렸다. 어쩌면 그런 일들이 다시는 일어나지 않을지도 몰랐다.

콘페티에레 부부가 누굴까? 그들은 벨라몬테 일가였다. 루이지와 파울라. 마지막으로 남은 상류 사회 사람들. 파울라의 아버지는 칼라브리아의 농부였고, 루이지는 제비꽃과 오래된 머리카락 냄새가 나는 로마의 이발소 뒷방에서 태어났다. 하지만 열여덟 살 때까지 그는 품격 있는 가게를 사들일 수 있을 만큼 돈을 모았다. 그는 바로 이탈리아의 울워스, 크레스, J. P. 스캐던이었으며, 서른 살 무렵에는 이미 남부와 북부에 각각 별장과 성 들을 소유한 백만장자가 되어 있었다. 그는 오십

대에 은퇴한 뒤 지난 20년 동안 아내와 함께 다임러 자동차를 타고 이탈리아를 돌아다니며 거리의 아이들에게 차창 밖으로 딱딱한 사탕을 던져 주었다.

그들은 부활절이 지난 후에 로마를 떠났다.(그들이 떠난 날짜가 신문과 라디오에서 발표되었다.) 그래서 이번 계절 최초의 공짜 사탕을 먹으려는 사람들이 두 사람의 집 앞에 모여들었다. 두 사람은 북쪽의 치비타베키아를 향해 차를 몰면서 좌우로 사탕을 뿌렸다. 여기서 사탕 45킬로그램, 저기서 사탕 135킬로그램을 뿌리는 식이었다. 두 사람은 치비타베키아를 비롯한 대도시들을 모두 우회했다. 예전에 밀라노에서 2만 명이나 되는 아이들에게 둘러싸여 온몸이 찢어질 뻔한 적이 있기 때문이었다. 토리노와 리보르노에서는 두 사람 때문에 심각한 폭동이 일어나기도 했다. 두 사람은 피에몬테와 롬바르디아에 들렀다가 남쪽으로 여행하면서 포르토마기오레, 루고, 이몰라, 체르비아, 체세나, 리미니, 페사로를 지나며 레몬 사탕, 박하사탕, 감초를 넣은 막대 사탕, 아니스와 쓴 박하를 넣은 사탕, 봉봉 과자, 버찌 막대 사탕을 한 줌씩 거리에 뿌렸다. 두 사람이 몬테산탄젤로를 올라가 만프레도니아로 내려올 무렵 거리는 이미 낙엽으로 뒤덮여 있었다. 두 사람이 오스티아 시(市)에 도착했을 때 그곳은 닫혀 있었고, 리도 디 로마의 호텔들도 문을 닫은 상태였다. 그들은 그곳에서 마지막 남은 사탕을 어부와 수위의 자식들에게 던져 주고 북쪽으로 방향을 돌려 로마의 겨울에 볼 수 있는 아름다운 하늘 아래 다시 집으로 향했다.

모지스는 아침에 출근할 때 여행 가방을 가져가 점심때 연미복을 빌렸다. 그는 이미 가을 냄새를 풍기는 늦여름의 어스름 속에 역에서부터 저택 홀까지 걸어갔다. 초저녁 풍경 속에 콘페티에레 부부를 위해 창문마다 불을 밝힌 클리어헤이븐이 보였다. 보기 좋은 광경이었다. 그는 테라스 문을 통해 안으로 들어가 저택이 과거의 모습을 회복한 것을 보고 기분이 좋아졌다. 조용한 집 안에서는, 번쩍번쩍 윤이 났다. 쟁반에 은 식기를 담아 든 하녀가 살금살금 걸어갔다. 겨울 정원의 분수 소리와 벽 속의 파이프를 따라 물이 흐르면서 나는 윙윙거리는 소리를 빼면 집 안은 정적에 잠겨 있었다.

멜리사는 이미 옷을 차려입고 있었다. 두 사람은 포도주를 한 잔씩 마셨다. 모지스가 샤워를 하고 있는데 불이 전부 꺼져 버렸다. 숨죽인 듯 조용하던 집 안에서 모든 사람들이 깜짝 놀라 당혹스럽게 목소리를 높였고, 낡은 엘리베이터 안에 갇힌 누군가가 벽을 두드려 대기 시작했다. 멜리사가 불붙인 양초를 욕실로 가져왔다. 모지스가 바지를 입고 있을 때 불이 다시 들어왔다. 자코모가 손을 쓴 것이다. 두 사람은 난간에서 포도주 한 잔을 더 마시며 자동차들이 도착하는 모습을 지켜보았다. 자코포가 그들이 잔디밭에 주차하도록 유도하고 있었다. 엔더비 부인이 저 손님들을 다 어디서 찾아냈는지는 하느님만 아실 일이지만, 어쨌든 이번에는 그녀가 손님들을 충분히 찾아냈기 때문에 심지어 3층에서까지 들려오는 이야기 소리가 10월에 트래버틴에서 들리던 바다 소리 같았다.

모지스와 멜리사가 아래층으로 내려갔을 때 홀에는 손님들이 줄잡아 100명쯤 있는 것 같았다. 달바와 엔더비 부인이 각각 홀의 양끝에 서서 잔이 빈 손님들에게 가 보라고 하인들에게 지시하고 있었다. 저스티나는 어느 이탈리아 인 노부부와 벽난로 옆에 나란히 서 있었는데, 그들은 피부가 가무잡잡하고, 얼굴이 달걀형이었으며, 유쾌하고 세련된 사람들이었다. 모지스는 그들과 악수를 나누면서 영어를 단 한 마디도 듣지 못했다. 만찬은 훌륭했다. 식사가 끝난 뒤에는 테라스로 자리를 옮겨 포도주 세 종류, 시가, 브랜디를 맛보았고, 곧이어 스캐던 빌 심포니 관현악단이 「어둠 속의 키스」를 연주하기 시작했으며, 손님들은 모두 춤을 추려고 안으로 들어갔다.

배저도 그 자리에 있었다. 초대받은 일이 없는데도. 그는 저녁 식사 후 역에서부터 걸어와서는 술에 약간 취해 무도장 가장자리를 맴돌았다. 왜 왔느냐고 누가 물어봤어도 그는 대답하지 못했을 것이다. 그때 저스티나가 그를 발견하고 신랄한 시선으로 바라보았다. 배저는 그녀가 보석을 전혀 걸치지 않았다는 사실에 자신의 목적을 다시 떠올렸다. 그날 밤 그는 자신의 운명을 발견하고 그 운명에 찬사를 보내는 남자의 멋을 느꼈다. 지금이 그의 전성기였다. 그는 2층으로 가서 지붕으로 다시 올라갔다.(멀리서 음악 소리가 들렸다.) 예전에는 사랑을 위해 이 지붕을 자주 건너다녔지만, 지금은 훨씬 더 강한 목적의식 때문이었다. 그는 집 북쪽 끝에 있는 저스티나의 방 난간으로 가서, 천장이 둥글고 육중한 침대가 있는 커다란 방으로 들어갔다. (저스티나는 결코 이 침대에서 자지 않았다. 칸막이 뒤의 작은 침상에서 잤다.) 그가 그녀의 패물을 훔치기로 한 것은 틀림없이 갑작스레 내린 결정이었을 것이다. 그녀의 패물들이 여기 저기 금이 가고 칠이 벗겨진 화장대 위에 죄다 쌓여 있었으니까. 그는 옷장에서 종이봉투를 찾아내(그녀는 종이와 끈을 모았다.) 귀중품을 잔뜩 담았다. 그러고는 신의 가호를 믿고 대담하게 문으로 나가 계단을 내려가서 음악 소리가 점점 희미해지는 것을 들으며 잔디밭을 가로질러 시내로 가는 11시 17분 기차를 탔다.

기차에 올랐을 때 배저는 패물을 어떻게 할 것인지 아무 계획이 없었다. 어쩌면 거기 박힌 보석을 몇 개 빼내서 팔 생각을 했는지도 모른다. 기차는 친구와 친척 들을 만나러 왔던 사람들을 도시로 다시 데려다 주는 완행 막차였다. 모두들 피곤해 보였다. 술에 취한 사람도 있었다. 지나치게 난방이 잘 된 기차 안에서 땀을 흘리며 선잠을 자는 그들은 배저가 보기에 친밀감과 피로라는 평민들의 특징을 공유하는 것 같았다. 대부분의 남자들은 모자를 벗은 상태였지만, 머리카락이 이미 모자에 눌려 찰싹 달라붙어 있었다. 여자들은 화려한 옷을 입었지만 옷이 뒤틀려 있고, 머리의 컬도 풀리기 시작한 상태였다. 대부분의 여자들은 남자들 어깨에 머리를 기대고 잤다. 그런데 그 냄새와 풀릴 대로 풀린 얼굴 때문에 배저는 이 기차가 모든 사람들이 보기 드물게 순수한 상태로 함께 누워 있는 거대한 침대나 요람 같다고 느꼈다. 그들은 불편한 기차 여행을 함께 하고 있었으며, 목적지도 같았고, 하나같이 초라하고 피곤한 모습이면서도 아름다운 정신과 목적을 공유하고 있는 듯 보였다. 배저는 앞자리에 앉은 여자의 빨간 염색 머리를 보면서 그녀가 배저의 머릿속에 솟아오르는 저 위대한 건물들의 유적처럼 아름답고 화려한 인상을 의식의 바로 아래에서 찾아내는 능력이 있을 거라고 생각했다.

그는 그들 모두를 사랑했다. 배저는 그들 모두를 사랑했다. 그가 한 짓은 그들을 위한 것이었다. 그들은 다만 서로를 도울 능력이 없을 뿐이었으니까. 저스티나의 패물을 훔침으로써 그는 그들의 실패를 경감시킬 행동을 한 셈이었다. 앞 좌석의 빨간 머리 여자가 사랑으로, 요염함으로, 연민으로 그의 마음을 움직였다. 그녀가 너무나 소박한 허영심이 깃든 표정으로 너무 자주 머리의 컬을 만졌기 때문에 그는 그녀가 이제 막 머리를 염색한 모양이라고 짐작했다. 그런데 이것이 또 그의 심금을 울렸다. 귀여운 아이가 데이지 꽃잎을 떼어 내는 모습을 볼 때처럼. 갑자기 그 빨간 머리 여자가 등을 똑바로 세우더니 탁한 목소리로 물었다. "몇 시예요, 몇 시예요?" 그녀 앞에 있던 사람들은 질문을 듣고도 꼼짝하지 않았고, 배저는 앞으로 몸을 숙이며 자정 조금 전이라고 말해 주었다. "고마워요, 고마워요." 그녀가 아주 따스한 표정으로 말했다. "당신은 내 타입이에요." 그녀가 다른 사람들을 가리키며 말을 이었다. "저 사람들은 내가 취한 줄 알고 시간조차 알려 주지 않으려고 해요. 내가 작은 실수를 좀 저질렀거든요." 그녀는 바닥에 고여 있는 물기와 깨진 유리잔을 가리켰다. 아마 그녀가 술병을 떨어뜨린 모양이었다. "내가 실수로 위스키를 좀 엎질렀다는 이유만으로 이 개자식들은 나한테 시간조차 말해 주려고 하지 않아요. 당신은 신사예요. 당신은 신사예요. 내가 실수로 위스키를 엎지르지 않았다면 당신한테 술을 줬을 텐데." 잠시 후 그녀는 요람처럼 몸을 흔드는 배저의 움직임에 압도당해 잠들어 버렸다.

엔더비 부인이 도난 사고가 있은 지 20분 뒤에 경보를 울렸기 때문에, 배저가 그랜드센트럴 역에 내렸을 때 사복형사 두 명과 보험사 직원 한 명이 그를 기다리고 있었다. 연미복 차림으로 금속 제품이 가득 든 것처럼 보이는 종이 가방을 든 그를 찾아내기는 어렵지 않았다. 그들은 패거리를 모두 소탕하려고 그를 미행했다. 그는 기쁨에 차서 파크 대로를 따라 세인트바솔로뮤 성당으로 가서 문을 밀어 보았지만 문들이 모두 잠겨 있었다. 그러자 그는 파크 대로를 건너고, 매디슨 대로를 건너 5번 대로를 따라 세인트패트릭 성당으로 갔다. 그곳은 아직 문이 열려 있었고, 청소하는 여자들이 바닥을 대걸레로 닦고 있었다. 그는 중앙 제단으로 가서 무릎을 꿇고 예수님을 불렀다. 그러고는 안쪽 성상 안치소를 가로질러 가서(가로대가 내려져 있었지만 그는 이목을 끌 거라는 생각도 할 수 없을 만큼 자기 생각에 흠뻑 빠져 있었다.) 제단 위에다 종이봉투를 비웠다. 사복 형사들은 그가 성당을 나갈 때 그를 체포했다.

경찰서에서 클리어헤이븐으로 전화를 걸어 저스티나에게 보석을 되찾았다고 알려 준 것은 1시가 되기도 전이었다. 저스티나는 자신이 보석함 뚜껑에 타자기로 쳐서 붙여 둔 목록과 경찰이 작성한 목록을 대조해 보았다. "다이아몬드 팔찌 하나, 다이아몬드와 줄무늬 마노 팔찌 두 개, 다이아몬드와 에메랄드 팔찌 하나……." 그녀는 경찰관의 인내심을 시험하려는 듯이 목걸이에 붙어 있는 진주가 몇 개인지 세어 보라고 했고, 경찰관은 순순히 그 말을 따랐다. 그때 콘페티에레 씨가 음악과 포도주가 필요하다고 외쳤다. "춤, 노래." 그는 이렇게 소리치고는 부인들로 구성된 관현악단에게 100달러짜리 지폐를 주었다. 그들은 왈츠를 연주하기 시작했고, 그날 밤 두 번째로 퓨즈가 나갔다.

모지스는 자코모가 근처에 있다는 것을 알았다. 홀에서 그를 보았으니까. 그런데도 그는 공연히 지하실 문까지 갔다. 기묘한 냄새가 그를 둘러쌌지만 별로 신경 쓰지 않았고, 자신이 뒤쪽 복도를 걸어오는 동안 몸에서 땀이 샘솟듯 흐르기 시작했다는 사실도 알아차리지 못했다. 그가 지하실 문을 열자 불구덩이가 눈앞에 나타났고, 뜨거운 공기가 그를 덮치면서 얼굴 털을 몽땅 태워 버리고 하마터면 그를 통째로 집어삼킬 뻔했다. 그는 휘청거리며 복도를 내려가 부엌으로 갔다. 그곳에서는 하녀들이 마지막 설거지를 하고 있었다. 그는 집사장에게 위층에 사람들이 있느냐고 물었다. 그는 일을 도우러 온 사람들을 하나씩 꼽아 보더니 위층에는 아무도 없다고 말했다. 그러자 모지스는 그들에게 모두 밖으로 나가라고, 집에 불이 났다고 말했다. (이렇게 사실을 단도직입적으로 표현한 말을 왑샷 부인이 들었다면 실망을 금치 못했을 것이다. 현명한 그녀라면 초승달을 구경하러 나가자며 손님들과 하인들을 잔디밭으로 데리고 나갔을 것이다.)

그러고 나서 모지스는 부엌 전화로 소방서에 전화를 걸었는데, 수화기를 집어 들다가 오른손 살갗이 지하실 문손잡이 때문에 많이 벗겨져 나갔음을 깨달았다. 흥분한 탓에 그의 입술이 부풀어 올랐고, 그는 묘하게 편안한 기분이었다. 그는 손님들이 여전히 왈츠를 추고 있는 곳으로 달려가 저스티나에게 집이 불타고 있다고 말했다. 그녀는 지극히 침착했으며, 모지스가 음악을 멈추자 손님들에게 잔디밭으로 나가 달라고 말했다. 마을에서 사이렌 소리가 들려오기 시작했다. 테라스로 통하는 문은 많았다. 손님들은 연회장 불빛을 뒤로하고 떼 지어 밖으로 나가다가 타오르는 불꽃의 분홍빛 속으로 발을 내디뎠다. 불길이 시계탑을 타고 곧장 위로 올라갔기 때문이다. 그래서 홀에서는 화재 사실을 전혀 느낄 수 없었지만 시계탑은 횃불처럼 타오르고 있었다. 진입로를 향해 도로를 달려오는 소방차 소리가 들리자, 저스티나는 J. C. 페니, 허버트 후버, 웨일스 공을 맞이할 때처럼 정문 앞에서 소방관들을 맞이하려고 복도를 걸어가기 시작했다. 하지만 그때 시계탑 안 어딘가의 서까래 하나가 불길 때문에 버팀목에서 떨어져 나와 둥근 홀의 천장을 뚫고 떨어지자 집 안의 모든 전등이 깜박이다가 꺼져 버렸다.

멜리사는 어둠 속에서 자신의 후견인인 저스티나를 불렀다. 저스티나는 그들과 합류해(그녀는 허리를 숙이고 있는 것 같았다.) 함께 테라스로 나갔다. 달바와 엔더비 부인이 그녀의 팔을 잡았다. 모지스는 손님들의 차를 옮겨 놓으려고 집 앞쪽으로 달려갔다. 불 속에서 구할 만한 가치가 있는 것은 그 자동차들밖에 없는 것 같았다. "지난 엿새 동안 밤마다 나는 부부간의 책임을 다하려고 노력했어." 소방관 한 명이 말했다. "그런데 내가 막 시작하려고 할 때마다 저 망할 놈의 사이렌이……." 모지스는 십여 대의 자동차를 잔디밭에서 밀어 안전한 곳으로 옮긴 다음, 사람들 사이를 돌아다니며 아내를 찾아 헤맸다. 그녀는 대부분의 손님들과 함께 정원에 있었다. 그는 풀장에서 그녀 옆에 앉아 화상 입은 손을 물에 담갔다. 이제는 몇 킬로미터나 떨어진 곳에서도 불길이 보이는지, 남녀노소를 막론

하고 많은 사람들이 정원 담장을 넘어 저택의 모든 문을 통해 쏟아져 들어오고 있었다. 이윽고 베네치아 풍의 방에 불이 붙었고, 아드리아 해의 소금기에 흠뻑 젖어 있던 그 방은 종이처럼 화려하게 타올랐다. 낡은 시계의 철제 구조와 시계 종, 톱니바퀴 등이 시계탑의 잔해 속에서 아래로 떨어지고 있었다. 기운찬 바람이 불길을 북서쪽으로 멀리 실어 오더니 정원과 계곡 전체가 지독한 연기로 서서히 가득 차기 시작했다. 불길은 동이 틀 때까지 꺼지지 않았다. 아침 햇빛 속에 굴뚝만 남은 모습으로 서 있는 집은 껍데기만 남은 배 같았다.

다음 날 오후 늦게 저스티나, 엔더비 부인, 백작은 아테네로 날아갔고, 모지스와 멜리사는 행복한 표정으로 뉴욕으로 갔다.

하지만 벳시가 돌아왔다. 이 일이 있기 오래전에. 어느 날 밤 코벌리가 집으로 돌아와 보니 집에 불빛이 반짝이고 있었고, 머리에 리본을 맨 그의 비너스가 있었다. (그녀는 애틀랜타에서 여자 친구와 함께 지냈는데 실망스러웠다고 했다.) 그날 밤늦게 침대에 누워 있던 두 사람은 빗소리를 들었다. 코벌리는 속바지를 입고 뒷문으로 나가 프라스카티 씨 집과 갤런 씨 집 마당을 지나 해로우 씨 집 마당으로 갔다. 그곳에는 해로우 씨가 초승달 모양의 작은 땅에 심어 놓은 장미 덤불이 있었다. 늦은 시간이라 모든 집들이 어둠에 잠겨 있었다. 해로우 씨의 정원에서 장미 한 송이를 꺾은 코벌리는 다시 갤런 씨 집과 프라스카티 씨 집 마당을 지나 자기 집으로 돌아와서 벳시의 벌어진 다리 사이에 장미를 놓았다. 이제 그녀가 다시 그의 파치케, 플루치케, 노치케, 작디작은 다람쥐가 되었으므로.

4부

36

초여름에 벳시와 멜리사가 모두 아들을 낳자 오노라는 약속을 지켰다. 아니, 그 이상을 해 주었다. 애플턴 은행의 신탁 담당 직원이 코벌리와 모지스에게 좋은 소식을 알려 주었고, 두 사람은 오노라의 뒤를 이어 '선원의 집'과 맹인 요양소에 기부를 계속하기로 했다. 오노라는 더 이상 돈 관리에 신경을 쓰려 하지 않았다. 코벌리는 렘젠파크에서 뉴욕으로 와서 모지스와 함께 주말에 세인트보톨프스에 다녀올 계획을 세웠다. 그들은 오노라의 돈으로 가장 먼저 리앤더에게 배를 한 척 사 줄 생각이었다. 코벌리는 아버지에게 편지를 써서 자신들이 갈 것임을 알렸다.

리앤더는 바다로 다시 돌아가겠다며 은 식기 회사를 그만두었다. 그는 토요일 아침 일찍 일어나서 낚시를 가기로 했다. 동이 트기 전에 고무장화를 신으려고 애를 쓰다 보니 자신의 팔다리(그는 그것을 자신의 가구라고 불렀다.)가 몹시 뻑뻑해졌음을 알게 되었다. 그가 한쪽 무릎을 비틀자 찌르는 듯한 통증이 점점 증폭되면서 온몸을 휩쓸었다. 그는 송어 낚싯대를 들고 들판을 가로질러 가서 전에 모지스가 로절리를 봤던 연못에서 낚시질을 시작했다. 그는 새 깃털과 털 한 줌으로 물고기를 속이는 자신의 솜씨에 푹 빠져 있었다. 무성한 나무 이파리는 날카로웠으며, 떡갈나무에서는 까마귀들이 시끄럽게 깍깍 울어대고 있었다. 그의 일생 동안 숲 속의 많은 아름드리 나무들이 쓰러지거나 베였지만, 물가의 아름다운 풍경은 전혀 변하지 않았다. 나뭇잎 사이로 비쳐 든 햇빛이 연못 바닥의 돌멩이들을 비추는 가운데 깊은 연못 속에 서 있자니 연못이 지옥 입구처럼 보였다. 태양이 그의 손을 따스하게 비춰 주고, 까마귀들이 깍깍거리며 세금에 대해 논쟁하고, 바람 소리가 들리는 이 세상과 지옥 입구를 갈라놓는 것은 가늘디가는 햇빛이었다. 송어가 눈에 띄었을 때 그는 그것이 그림자 같다고, 죽은 자의 영혼 같다고 생각했다. 이미 죽어 버린 낚시 친구들이 생각났다. 마치 자신이 이 개울 속을 돌아다니며 기분 좋게 그들을 기리는 것 같았다. 낚싯줄을 던졌다가 거둬들이고, 낚싯밥을 던지고 혼잣말을 하면서 그는 즐거운 마음으로 바삐 움직였다. 그러면서 아들들을 생각했다. 아들들이 세상에 나가서 능력을 증명하고, 아내를 맞이했으며, 이제 겸손한 부자가 되어 맹인과 은퇴한 선원 들의 복지에 신경 쓸 것이며, 가문의 이름을 이어 갈 아들들을 많이 낳을 것이라는 생각.

그날 밤 리앤더는 낯선 나라에 간 꿈을 꾸었다. 불꽃도 보이지 않고 유황 냄새도 나지 않았지만 그는 자신이 혼자서 지옥을 걷고 있다고 생각했다. 바닷가에 깨지고 침식된 돌멩이들이 쌓여 있는 것 같은 풍경이었지만, 몇 킬로미터를 걸어도 물의 흔적은 전혀 보이지 않았다. 바람은 건조하고 따스했으며, 하늘에는 바다 위 하늘에서 볼 수 있는 반짝임이 없었다. 멀리서 볼 때도 그랬다. 파도 소리도 들리지 않고, 등대도 보이지 않았다. 하지만 이 나라의 해안에는 등대가 없는지도 모를 일이었다. 그가 지나친 수천, 아니, 수백만 명의 사람들은 신발을 신은 노인 한 명을 제외하고는 모두 알몸에 맨발이었다. 그들의 발이 돌에 베여 피가 흘렀다. 바람, 비, 추위 등 그들이 겪었던 온갖 고통도 그들의 몸을 강해지게 해 주지 못했다. 그들은 부끄러워하는 사람과 추잡한 사람, 두 부류로 나뉘어 있었다. 길을 따라 걷다가 그는 젊은 여자를 보았는데, 그가 미소를 짓자 그녀는 손으로 자신을 가렸다. 그녀의 얼굴은 비참한 처지 때문에 어두워져 있었다. 다음 모퉁이를 돌 때 그는 혈암 위에 널브러져 있는 노파를 보았다. 그녀의 머리카락은 염색되어 있었고, 몸은 비대했다. 그녀만큼 나이 많은 남자가 그녀의 젖가슴을 빨고 있었다. 누구나 훤히 볼 수 있는 곳에서 서로의 몸에 올라타 성교를 하는 사람들도 보았다. 하지만 아름답고 씩씩한 젊은이들은 노인들보다 더 자제력이 있는 것 같았다. 이 이상한 나라에서는 육욕이 노인들의 것이기라도 한 것처럼 점잖게 나란히 걸어가는 젊은이들이 여러 번 눈에 띄었다. 또다시 모퉁이를 돌 때 리앤더 또래의 남자가 극단적인 성욕에 휩싸여 그에게 접근했다. 그의 몸은 얼룩덜룩한 털로 뒤덮여 있었다. "이것이 모든 지혜의 시작이오." 그가 자신의 몸에서 빨갛게 달아오른 부분들을 보여 주며 리앤더에게 말했다. "이것이 모든 것의 시작이오." 그는 집게손가락으로 자신의 똥구멍

을 찌른 채 혈암 길을 따라 사라져 버렸고, 리앤더는 잠에서
깨어났다. 남풍이 다정한 소리를 내며 불어오는 온화한 여름날
아침이었다. 이제 꿈의 세계에서 떨어져 나온 그는 그 추악함
에 신물을 느끼며 햇빛과 주위의 소리들에 감사했다.

그날 아침 새러는 너무 피곤해서 교회에 못 가겠다고 말했
다. 리앤더가 교회에 갈 준비를 하는 것을 보고 다들 놀랐다.
그는 천국의 천사들도 이 광경을 보고 날개를 펄럭일 거라고
말했다. 그는 자신의 기도가 얼마나 가치가 있을지 확신하지
못했지만 교회에서 무릎을 꿇은 자신이 세상 그 어떤 곳에 있
을 때보다 더 적나라하게 자신의 인간성과 마주했음을 기쁘
게 생각하며 일찌감치 성찬식에 참석하러 갔다. "우리는 주님
을 찬양하고, 주님을 축복하고, 주님께 예배 드리고, 주님을 찬
미합니다." 그는 큰 소리로 이렇게 말했지만, 그러는 내내 통로
건너편에서 들려오는 바리톤 목소리가 누구 것인지, 자신의 오
른쪽에서 사과꽃 향내를 풍기는 예쁜 여자가 누군지 궁금했
다. 그의 창자가 요동치고 음낭이 근질거렸다. 등 뒤의 문이 삐
걱거리며 열렸을 때는 예배에 지각한 사람이 누군지 궁금했다.
테오필러스 게이츠일까? 펄리 스터지스? 미사가 절정에 이르러
빵과 포도주를 받을 때가 되었을 때, 그는 복사들의 화려한 쿠
션이 성상 안치소 바닥에 못으로 고정돼 있고 제단보에는 튤립
이 수놓여 있는 것을 발견했다. 또한 그는 가로대 앞에 무릎을
꿇은 채, 악취를 풍기는 교회 양탄자 위에 솔잎인지 전나무 잎
인지 모를 뾰족한 이파리들이 몇 개 떨어져 있는 것을 보았다.
그 이파리들은 강림절 이후 몇 달 내내 그 자리에 있었던 게
분명했다. 그는 기분이 좋아졌다. 이 말라 빠진 이파리 한 줌

이 생명의 나무에서 떨어져 그 나무의 향내와 생기를 그에게 일깨워 주는 것 같았다.

월요일 오전 11시경에 바람이 동쪽에서 불어왔고, 리앤더는 급히 쌍안경과 수영복을 챙기고 샌드위치를 만들어 트래버틴 행 버스를 타고 바닷가로 향했다. 그는 모래 언덕 뒤에서 옷을 벗었지만, 자신이 수영과 일광욕을 즐기고 싶었던 곳으로 스터지스 부인과 게이츠 부인이 소풍을 나온 것을 보고 낙담했다. 통조림과 며느리들의 배은망덕에 대해 이야기하고 있는 저 노부인들에게 자신이 험악한 몰골로 보일 거라는 사실도 실망스러웠다. 파도는 커다란 목소리로 난파선과 항해와 사물이 비슷하다고 이야기하고 있었다. 죽은 물고기들의 몸통에는 고양이처럼 줄무늬가 있었고, 하늘에도 물고기처럼 줄무늬가 있었으며, 소라에는 귀와 똑같은 나선형 무늬가 있었고, 바닷가에는 개의 입처럼 이랑 무늬가 나 있었고, 파도 속을 떠다니는 물건들은 예리코 성벽처럼 조각조각 부서져 커다란 소리를 내며 충돌했다. 그는 물속으로 들어가 무릎을 꿇고 심장이 찬물에 놀라 심장마비를 일으키지 않도록 손목과 이마에 물을 적셨다. 멀리서 보면 마치 성호를 긋고 있는 것 같았다. 그러고 나서 그는 수영을 시작했다. 물속에 얼굴을 반쯤 담그고 풍차 날개처럼 오른팔을 들어 올리는 모잽이헤엄*이었다. 그 후로 다시는 아무도 그를 보지 못했다.

---

* 옆으로 누워서 치는 헤엄.

37

그래서 그에게 배를 사 주려고 온 아들들은 바다에 빠져 죽은 사람을 애도하는 말들을 들었다. 모지스와 코벌리는 각자 아내를 집에 남겨 둔 채 차를 몰고 뉴욕을 출발해 장례식 날 늦게 마을에 도착했다. 새러는 아들들을 보고서야 비로소 울음을 터뜨리며 두 팔 벌려 아들들을 끌어안고 입을 맞췄다. 하지만 이 마을의 예법과 말투가 그녀를 지탱해 주었다. "참 긴 세월이었다." 그녀가 말했다. 그녀와 아들들은 거실에 앉아 위스키를 마셨다. 오노라도 그곳으로 와서 모지스와 코벌리에게 입을 맞추고 위스키를 마셨다. "교회에서 장례식을 하기로 한 건 잘못이야." 그녀가 새러에게 말했다. "리앤더 친구들은 이미 다 죽었잖아. 장례식에 우리 말고는 아무도 없을 거야. 차라리 여기서 장례식을 하는 편이 나을 텐데. 그리고 한 가지 더. 리앤더가 장례식 때 프로스페로의 연설문을 읽어 달라고 했어. 너희가 교회로 가서 목사와 이야기를 해 보는 게 좋겠다. 작은 예배당에서 장례 예배를 드리면 안 되는지 물어보고 연설문 얘기도 해 줘."

모지스와 코벌리는 차를 몰고 그리스도 교회로 가서 사무실로 들어갔다. 사무실에서는 목사가 계산기와 씨름을 하고 있었다. 그는 현실적인 문제에서 신의 섭리가 조금밖에 도움이 안 된다는 사실에 짜증이 난 것 같았다. 그는 오노라의 제안을 부드럽지만 단호하게 거절했다. 예배당에 페인트를 새로 칠하는 중이라서 이용할 수 없으며 신성한 장례 예배에서 셰익스피어를 읽는 것도 허용할 수 없다는 것이었다. 오노라는 예배당 이야기를 듣고 실망했다. 그녀는 교회가 텅 빌까 봐 걱정하는 것으로 자신의 슬픔을 표현하는 것 같았다.

그날 그녀는 늙고 혼란스러워 보였다. 그녀의 얼굴은 사자처럼 사나웠다. 그녀는 가위를 갖고 들판으로 가서 리앤더를 위해 꽃을 꺾었다. 부처꽃, 수레국화, 미나리아재비, 데이지. 그녀는 점심 식사를 하는 내내 교회가 텅 빌지도 모른다고 걱정했다. 교회 계단을 오를 때 그녀는 코벌리의 팔을 잡았다. 피곤하거나 몸이 몹시 약한 사람처럼 꽉. 문이 열리고 사람들이 잔뜩 모여 있는 광경이 눈에 들어오자 그녀는 문턱에 그대로 멈춰서서 커다란 목소리로 물었다. "이 사람들이 다 여기서 뭣 하는 거야? 이 사람들 다 누구야?"

그들은 정육점 주인, 빵집 주인, 리앤더에게 신문을 팔던 소년, 트래버틴 행 버스 운전사였다. 벤틀리와 스피넷도 와 있었고, 도서관 사서, 소방대장, 어업 감독관, 그라임스 빵집의 여종업원, 트래버틴 극장 매표원, 냉거서킷의 회전목마 관리인, 우체국장, 우유 배달부, 역장, 톱 갈아 주는 노인, 시계 수리공도

와 있었다. 앉을 자리가 모자라서 뒤쪽에 서 있는 사람도 있었
다. 부활절 이후로 그리스도 교회에 이렇게 사람이 많이 모인
적은 없었다.

오노라는 예배 도중 목사가 「요한복음」을 읽기 시작했을 때
한 번 목소리를 높였다. "안 돼요." 그녀가 큰 소리로 말했다.
"우린 항상 「고린도서」를 읽었어요." 목사는 성경 구절을 바꿨
고, 그녀가 이렇게 끼어든 것이 전혀 무례해 보이지 않았다. 그
녀가 원래 그런 사람이었고, 어떤 의미에서는 가족들도 마찬가
지였으니까. 지금 이 장례식은 왑샷 일가 사람을 위한 것이었
으니까. 묘지는 그리스도 교회 옆에 있었다. 사람들은 둘씩 짝
을 지어 리앤더의 뒤를 따라 언덕을 올라가서 왑샷 일가 사람
들이 묻혀 있는 곳까지 걸어갔다. 우리가 망자의 뒤를 따라 묘
지로 갈 때 항상 그렇듯이 슬픔 때문에 멍한 표정들이었다. 기
도가 끝나고 목사가 성경 책을 덮자 오노라가 코벌리를 슬쩍
밀었다. "그걸 읽어라, 코벌리. 리앤더가 원하던 대로 해 줘." 코
벌리는 아버지의 무덤가로 가서 눈물을 흘리면서도 분명한 발
음으로 입을 열었다. "이제 잔치는 끝났다. 내가 예언했듯이,
우리의 이 배우들은 모두 정령이었으며, 이제 공기 속으로, 허
공 속으로 녹아 들어갔다. 우리는 꿈과 같은 존재들이며, 우리
의 하찮은 삶은 잠으로 완성된다."

예배가 끝난 뒤 아들들은 어머니에게 작별의 입맞춤을 하
고 곧 다시 오겠다고 약속했다. 그들이 약속을 지킨다면, 세인
트보톨프스로 오는 첫 여행길이 될 것이다. 코벌리는 정말로
약속을 지켜 7월 4일에 벳시와 아들 윌리엄을 데리고 기념 행

진을 보러 왔다. 새러는 물 위에 떠 있는 선물 가게 문을 닫고 여성 클럽의 꽃수레 위에 또다시 모습을 드러냈다. 그녀의 머리카락은 하얗게 세었고, 여성 클럽 창립 회원 중 남은 사람은 둘뿐이었지만, 그녀의 몸짓과 슬픈 미소와 연단 위 물 잔에서 비탄을 맛본 것 같은 표정은 예전과 똑같았다. 어떤 건달이 핀처 씨의 암말 몸통 밑에다 폭죽을 터뜨렸던 그 독립 기념일을 많은 사람이 기억할 것이다.

오노라는 그 자리에 있지 않았다. 행진이 끝난 후 코벌리가 전화를 걸어 벳시와 아기를 데리고 만나러 가도 되겠느냐고 물었지만, 오노라는 오지 말라고 했다. 그는 실망했으나 놀라지는 않았다. "나중에 와라, 코벌리." 그녀가 말했다. "내가 지금 좀 늦었어." 그녀를 만난 지 얼마 안 된 사람이라면 그녀가 피아노 교습에 늦은 거라고 짐작했겠지만, 그녀는 「명랑한 밀러」를 완전히 익히자마자 피아노 뚜껑을 닫아 버리고 야구팬이 되었다. 이번에 그녀가 늦었다고 말한 것은 펜웨이파크에서 열리는 경기에 늦었다는 뜻이었다. 그녀는 레드삭스 팀이 보스턴에서 경기를 할 때 일주일에 한두 번씩 경기장과 집을 오갈 수 있게 마을 택시 운전사와 이미 약속을 해 둔 참이었다.

그녀는 삼각 모자에 검은 옷을 입고 경기장으로 가서 순례자처럼 열성적인 모습으로 경사로를 올라가 난간에 있는 자기 자리로 간다. 경사로가 길기 때문에 그녀는 길이 꺾이는 곳에서 걸음을 멈추고 숨을 고른다. 손가락을 쫙 펴서 한 손으로 숨소리가 거칠게 나는 가슴을 부여잡는다. "괜찮으세요?" 낯선 사람이 그녀가 아픈 줄 알고 묻는다. "괜찮으세요, 부인?" 하지만 이 씩씩하고 어리석은 노파는 그의 말을 듣지 못하는 것 같다. 그녀는 자리에 앉아 경기 안내서와 득점표를 정리하고는 근처에 앉은 어떤 가톨릭 신부의 어깨를 지팡이로 톡톡 두드린다. "죄송합니다만, 신부님," 그녀가 말한다. "제가 말을 좀 함부로 하는 것 같더라도, 경기에 흠뻑 빠져서 그런 것이니……." 그녀는 지극히 순진한 모습으로 앉아 있다. 경기가 진행되는 동안 그녀는 손을 컵처럼 오므려 입에 대고 소리친다. "희생타를 쳐, 바보야, 희생타를!" 그녀는 자신의 빛에 의지해 전 세계를 걸어 다니는 늙은 순례자 같은 모습이다. 그녀는 실제로 그렇게 할 생각이었다. 그녀는 잠에서 깨어난 강한 남자처럼 몸을 일으키는 고결하고 강력한 나라를 마음의 눈으로 본다.

벳시는 물 위에 떠 있는 선물 가게를 좋아해서 오후 대부분을 그곳에서 새러와 함께 보내며, 담쟁이덩굴을 지탱하려고 물 위에 띄워 놓은 그물, 손으로 그림을 그려 넣은 다리미, 석탄통, 필리핀에서 들여온 오찬 세트, 개와 고양이 모양의 소금 통과 후추 통에 감탄사를 연발했다. 코벌리는 농장의 텅 빈 방들을 혼자 돌아다녔다. 곧 뇌우가 올 터였다. 햇살이 흐려지고 있었고, 홀의 전화기가 전기에 민감하게 반응하며 제멋대로 울려 대고 있었다. 그는 해진 융단, 양탄자 조각으로 깔끔하게 싸 놓은 벽돌을 보았다. 점점 거세지는 바람 때문에 문이 쾅쾅 닫히는 것을 그 벽돌이 막아 줄 터였다. 구석 탁자에는 백랍으로 만든 낡은 주전자가 있었는데, 먼지를 잔뜩 뒤집어쓴 월계수 열매와 노박덩굴이 그 안에 가득 들어 있었다. 번개 속에서 멋진 사각형 방들은 몹시 바람직해 보이는 삶의 양식을 상징했다. 하지만 코벌리가 이처럼 강렬한 감정을 느끼게 된 것은 뇌우가 올 거라는 기대 때문일 수도 있었다. 어린 시절의 기억이 떠올라 그는 예전에 뇌우가 왔을 때를 기억해 냈다. 룰루와 개가 옷장 속에 숨어 있고, 하늘과 계곡과 집 안의 방들이 어둠에 잠기고, 식구들이 서로를 생각하며 양동이와 주전자를 옮기고, 방마다 촛불을 밝히던 기억. 밖에서 나무들이 마구 흔들리는 소리가 들렸고, 홀에 있는 티크 나무 탁자(이 집의 척도로 유명한 물건)가 삐걱거렸다. 그런데 비가 내리기 전, 이 낡은 집이 이미 사라져 버렸거나 흉내 내야 할 생활 양식이 아니라 웃음처럼 따뜻하고 덧없는 삶의 이상처럼 보였다. 그가 삶의 기준으로 삼아야 할 어떤 것처럼.

리앤더는 마지막으로 말을 남겼다. 비가 내리기 시작한 뒤에 코벌리는 아론의 셰익스피어 책을 펼쳤다가 아버지가 "아들들에게 주는 충고."라고 써 놓은 쪽지를 발견했다. 그 내용은 이러했다.

"건조한 지역이나 나라의 경계선을 넘어갈 때는 절대 위스키를 보온병에 넣지 마라. 고무 때문에 맛이 변할 것이다. 절대 바지를 입은 채 사랑을 나누지 마라. 위스키에 맥주를 타는 건 아주 위험하다. 맥주에 위스키를 타는 건 전혀 겁낼 필요 없다. 위스키를 마실 때는 사과, 배, 복숭아 등을 절대 먹지 마라. 프랑스 식으로 오랫동안 만찬을 즐기면서 맨 마지막으로 과일을 먹을 때만 빼고. 다른 음식들이 진정 효과를 내니까. 달빛을 받으며 잠들지 마라. 과학자들 말로는 그것이 광기를 불러온다고 한다. 침대가 창가에 놓여 있다면, 맑은 날 잠자리에 들기 전에 블라인드를 내려라. 시가는 손가락과 직각으로 들지 마라. 촌스럽다. 시가는 대각선으로 들어라. 밴드는 떼어 내든 말든 마음대로 해라. 절대 빨간 넥타이를 매지 마라. 여자들이 즐거운 이야기를 하면 가볍게 코웃음을 쳐라. 약한 여자들에게 그보다 더 심하게 굴었다가는 참담한 일이 벌어질 수 있다. 아침마다 찬물로 목욕해라. 고통스럽지만 기분이 상쾌해진다. 욕망도 줄여 준다. 일주일에 한 번씩 머리를 깎아라. 저녁 6시가 지나면 어두운 색 옷을 입어라. 아침 식사로는, 구할 수 있다면 신선한 생선을 먹어라. 온기 없는 석조 교회에서 무릎을 꿇지 마라. 교회의 축축한 습기 때문에 머리가 빨리 센다. 공포는 녹슨 칼날 같은 맛이 난다. 그것을 절대 집 안에 들여놓지 마라. 용기에서는 피 맛이 난다. 꼿꼿하게 서라. 세상에 감탄해라. 부드러운 여자의 사랑을 즐겨라. 주님을 믿어라."

작품 해설

일상성의 미학

김욱동(한국외국어대학교 교수)

흔히 '386세대 소설가'로 일컫는 작가 중에서도 가장 대표적이라고 할 공지영은 "나를 키운 건 팔 할이 상처"라고 말한 적이 있다. 그러면서 "글쓰기야말로 남이 아니라 바로 나 자신의 고통이나 상처를 치유하는 방법"이라고 밝힌다. 두말할 나위 없이 공지영의 이 말은 "나를 키운 건 팔 할이 바람이었다."라는 미당 서정주의 말을 되받아 말한 것이다. "애비는 종이었다."로 시작하는 「자화상」에서 미당은 일찍이 "스물세 해 동안 나를 키운 건 팔 할이 바람이다. / 세상은 가도 가도 부끄럽기만 하더라." 하고 노래하였던 것이다.

미국 현대 작가 중에도 공지영처럼 자신을 키운 것이 팔 할이 상처라고 말할 사람이 있다. 20세기 전체를 거의 온몸을 부딪치며 살면서 작품 활동을 한 존 치버(1912~1982)가 바로 그러하다. 미국 작가를 통틀어 치버만큼 큰 시련을 겪으며 성장한 작가도 아마 찾아보기 쉽지 않을 것 같다. 시인으로, 비평가로, 또 단편 작가로 이름을 떨친 에드거 앨런 포와 단편소설을 확고한 문학 장르로 끌어올려 놓은 오 헨리 정도가 어쩌면 예외에 속할지 모른다. 오죽하면 치버가 한 작중 인물의 입을 빌려 "공포는 녹슨 칼날 같은 맛이 난다. 그것을 절대 집 안에 들여놓지 마라."라고 말하겠는가. 뒷날 알코올 중독과 마약 그리고 동성애에 빠지게 된 것도 어린 시절에 겪은 시련이나 고통과 무관하지 않은 듯하다.

그러나 진주조개가 더러운 분비물로 은은한 빛을 내뿜는 진주를 빚어내듯, 더러운 흙탕물이 한 떨기 아름다운 연꽃을 키워 내듯 적잖은 작가들이 어린 시절에 겪은 쓰라린 경험을 바탕으로 찬란한 우주를 빚어낸다. 치버도 예외가 아니어서 그는 시련과 고통에 굴복하지 않고 오히려 그것을 예술의 진주로, 예술의 꽃으로 승화했다. 「저스티나의 죽음」이라는 작품에서 그가 화자의 입을 빌려 "소설이란 예술이며, 예술은 혼돈에 대한 승리."라고 말하는 까닭이 바로 여기에 있다. 그는 예술을 통하여 삶의 혼돈과 무질서를 제어하고 불행과 절망을 화려한 승리로 이끌었던 것이다.

존 치버는 1912년 5월 매사추세츠 주 보스턴에서 남쪽으로 몇 킬로미터 떨어진 퀸시에서 태어났다. 그는 평생 동안 자신이 이 세상에 태어나서는 안 되는 '불청객'과 같다는 생각을 뇌리에서 떨쳐 내지 못했다. 그의 아버지 프레더릭 치버는 마흔두 살 때 첫아들 프레드를 낳았고, 아들 하나로 만족하고 있었다. 그로부터 몇 해 뒤 아내가 둘째 아이를 임신한 사실을 알고 그는 기뻐하기는커녕 무척 실망했고 낙태 수술을 하려고 집에 의사를 부르기까지 했다. 그도 그럴 것이 둘째 아들 존 치버가 태어날 때 프레더릭 치버는 무려 마흔아홉 살이었다. 뒷날 이 사실을 전해 들은 존 치버는 무척 분개하면서 자신이 부모가 원하지 않은 자식일뿐더러 부모로부터 버림받았다고 생각했다. 치버가 여러 작품에서 이 이야기를 언급하거나 중요한 모티프로 사용하는 것을 보면 출생을 둘러싼 이 사건이 그에게 심리적 외상으로 깊은 상처를 남겼음에 틀림없다.

어린 시절과 청소년기에 존 치버가 겪은 시련과 고통은 비단 이것으로 그치지 않는다. 그는 부모의 불행한 결혼 생활을 비롯하여 가족이 붕괴되는 것을 몸소 지켜보며 자라났다. 존 치버는 아버지가 구두 공장을 경영했다고 말한 적이 있다. 그러나 실제로 그의 아버지는 오랫동안 구두 외판원 노릇을 하다가 조그마한 구두 공장을 경영한 듯하다. 그러나 뉴잉글랜드에서 한때 번영하던 구두 사업은 방직업처럼 1920년대에 들어오면서 점차 쇠퇴의 길을 걷게 되었다. 게다가 1929년 10월 월 스트리트 주식 시장의 붕괴가 불을 댕긴 경제 대공황으로 존 치버의 아버지는 방직 사업이 도산하는가 하면 그동안 투자한 돈을 모두 잃고 말았다. 더구나 은행에 저당 잡힌 집마저 차압당하는 신세가 되었다. 하루아침에 실직자가 된 데다가 집을 잃은 그는 술로 울분과 절망을 달래기 시작했다. 뒷날 존 치버는 자신의 전기를 쓴 스콧 도널드슨에게 "내 일생에서 가장 크고 쓰라린 수수께끼는 바로 내 아버지다."라고 밝힌다.

이러한 상황에서 가장으로서 무거운 짐을 진 존 치버의 어머니 메리 치버는 시내에 조그마한 기념품 가게를 차려 가족의 생계를 어렵게 꾸려 나간다. 그러면서도 어머니는 대단한 사업가라도 되는 것처럼 행세하기 일쑤였다. 나이 어린 존 치버에게 어머니의 이 일은 '말할 수 없는 치욕'이었다. 또한 자신을 무시하는 도도한 아내의 태도에 자존심이 상할 대로 상한 아버지는 자살을 시도하기도 하고 끝내 아내와 별거한 뒤 가족을 남겨 두고 어디론가 자취를 감추고 만다. 감수성 예민한 사춘기 소년 존 치버에게 가족의 와해와 미국 자본주의 경제의 붕괴는 그야말로 엄청난 충격이었다. 뒷날 존 치버는 "내 가족들을 기억할 때면 나는 언제나 그들의 등을 떠올릴 뿐이다. 그들은 언제나 몹시 화가 나서 집을 떠나가고 있었다."라고 고백한 적이 있다.

이러한 분위기에서 자라난 존 치버의 학교생활이 순탄할 리 없었다. 1926년 대학 예비 학교인 세이어 아카데미에 입학하지만 성적에는 그다지 관심을 기울이지 않던 그는 2년 뒤 공립 학교인 퀸시 고등학교로 전학을 간다. 그리고 이듬해《보스턴 헤럴드》에서 모집하는 단편소설 공모에 응모하여 당당히 입선한다. 이 일을 계기로 그는 '특별 학생' 자격으로 다시 세이어 아카데미에 조건부로 복학을 허가받는다. 그러나 여전히 성적이 좋지 않은 데다 담배를 피우다 발각되어 결국 이 학교에서 퇴학당하고 만다. 그때 그는 열일곱 살로, 이 경험을 토대로 쓴 작품이 바로 단편소설 「퇴학」이다. 1930년에 그는 당시 미국 문단에서 비평가의 대부로《뉴 리퍼블릭》을 편집하고 있던 맬컴 카울리에게 이 작품의 원고를 보냈고, 카울리는 원고를 읽고 곧바로 이 작품을 잡지에 실어 준다. 평범한 사람들의 일상적 삶을 예리한 관찰로 솔직하게 묘사한 이 처녀작에는 치버가 앞으로 문학에서 사용하게 될 소재, 작중 인물, 배경, 주제, 스타일 등이 모두 들어 있다. 말하자면 이 작품은 치버 문학의 씨앗으로, 바로 이 씨앗이 싹을 틔워 줄기가 자라고 가지가 뻗고 잎사귀가 돋았다고 할 수 있다.

존 치버는 열여덟 살 때 「퇴학」으로 미국 문단에서 처음 주목을 받았지만 그가 문학적 재능을 보이기 시작한 것은 그보다 훨씬 전이다. 어렸을 적에 어머니를 따라 보스턴에서 헨리크 입센의 연극을 보고 얼마나 흥분했는지 코피를 다 쏟을 정도였다. 또한 여덟 살 때 온갖 이야기를 지어내어 친구들을 즐겁게 해 주고 그로부터 2년 뒤부터는 신문에 단편소설을 기고하기 시작했다고 하니 그가 작가로서 얼마나 조숙했는지 쉽게 미루어 볼 수 있다. 음악과 미술에는 신동(神童)이 있어도 문학에는 신동이 없다고 한다. 음악이나 미술과는 달리 문학은 삶에 대한 구체적인 경험 없이는 창작할 수 없기 때문이다. 존 치버가 비록 신동은 아니라고 할지라도 신동에 가까운 재능을 보인 것은 어느 작가보다도 어렸을 적부터 삶의 신산스러움을 맛보았기 때문일 것이다.

치버는 이렇게 자신의 좌절과 절망을 예술로 승화했을 뿐만 아니라 문학에서 위안을 찾고 또 그것에서 이 세계를 구원하는 힘을 발견하였다. 부모한테 버림받다시피 하고 제도 교육에서 쫓겨난 그에게 문학은 유일한 도피처였다. 언젠가 치버는 "문학은 저주받은 사람들을 구원하는 것이다. 문학은 연인들에게 영감을 불어넣어 주고 안내해 준다. 또한 절망을 몰아내고 어쩌면 이 세계를 구원할 수 있을지도 모른다."라고 말한 적이 있다. 또한 치버는 "글을 써야 할 필연성은 자신의 삶에서 어떤 의미를 만들어 내고 자신의 유용성을 찾아낼 필요가 있기 때문에 생겨난다."고 밝히기도 한다. 치버는 이렇게 문학 창작을 통해 자신의 존재 이유를 확인할 수 있었다.

뒷날 하버드 대학교에서 명예 문학 박사 학위를 받고 미국의 여러 대학에서 강의를 맡지만 존 치버는 세이어 아카데미를 떠나면서 제도 교육에 종지부를 찍는다. 고등학교를 중퇴한 그는 더 이상 학교에 다니지 않았으나 쉬지 않고 왕성하게 책을 읽으며 부지런하게 작가 수업을 쌓는다. 19세기 러시아 문학의 두 거장, 표도르 도스토예프스키와 레오 톨스토이를 비롯하여 프랑스 문학에서 사실주의를 완성한 귀스타브 플로베르, 마르셀 프루스트 같은 모더니즘 작가, 17세기 형이상학파 시인 존 던, 존 키츠·조지 고든 바이런·퍼시 비시 셸리 같은 낭만주의 시인, T. S. 엘리엇, W. B. 예이츠 같은 현대 시인 등 치버의 독서 폭이 무척 넓다는 데 놀라게 된다.

특히 치버는 플로베르의 『마담 보바리』를 스물다섯 번 읽을 만큼 이 프랑스 작가와 그의 작품에서 무척 큰 영향을 받았다. 치버는 언젠가 『마담 보바리』를 두고 "나의 예일 대학이요 하버드 대학."이라고 말한 적이 있다. 두말할 나위 없이 이 표현은 허먼 멜빌이 일찍이 『백경』에서 주인공 이시미얼의 입을 빌려 드넓은 바다와 고래잡이배를 두고 한 말이다. 멜빌에게 바다가 '예일 대학이요 하버드 대학'이었다면 플로베르의 작품은 치버에게 역시 '예일 대학이요 하버드 대학'과 같은 교육장의 구실을 하였다. 말하자면 치버는 중세 유럽 도시의 동직 조합(同職組合) 길드 제도처럼 도제에서 시작해 장인을 거쳐 도장인(都匠人)에 이르는 세 과정을 모두 마친 셈이다.

고등학교 퇴학과 함께 집에서 가출하다시피 한 존 치버는 일곱 살 위인 형 프레드와 함께 유럽 여행을 떠난다. 미국에 돌아온 뒤에는 보스턴으로 옮겨 작가로서의 길을 걷는다. 백화점에서 일하고 지방 신문 기자로 일하면서 존은 작품 창작에 몰두한다. 이 무렵 존 치버는 케임브리지와 코드 곶에서 활약하던 보헤미안적인 문인들을 만나 그들한테서 여러모로 크고 작은 도움을 받는다. 이 가운데는 시인 e. e. 커밍스, 소설가 리처드 헨리 데이너의 아들로 하버드 대학교에서 극작을 강의한 헨리 롱펠로 데이너, 그리고 프레드가 '비트 족의 원조(元祖) 중 한 사람'이라고 부른 소설가 헤이즐 호손 워너 등이 있다. 그들을 통하여 치버는 보스턴에서 발행하는 아방가르드 잡지 《파가니》와 《하운드 앤드 혼》의 편집자들을 알게 되어 이 잡지에 작품을 발표하게 된다. 특히 후자의 잡지는 T. S. 엘리엇, 매리앤 무어, 월러스 스티븐슨, 그리고 커밍스 같은 쟁쟁한 시인들이 작품을 발표하던 이름 있는 잡지였다. 그러나 커밍스는 치버에게 "보스턴에서 떠나게. 이곳은 다이빙할 줄 모르는 사람들한테는 다이빙대가 없는 도시라네."라고 충고한다. 커밍스는 치버 같은 젊은 작가 지망생한테는 보스턴 같은 도시가 오히려 걸림돌이 된다고 생각했던 것이다.

그리하여 존 치버는 경제 대공황의 회오리바람이 아직 세차게 몰아치던 1930년대 중엽 형 프레드와 헤어져 혼자 뉴욕 시로 거처를 옮긴다. 그가 뉴욕으로 거처를 옮긴 것은 커밍스의 충고도 충고였지만 한 젊은 여성을 두고 형과 빚은 불화 때문이었다. 근친상간의 혐의를 받을 만큼 형제는 친밀한 사이였지만 마침내 형이 이 여성과 결혼하면서 두 사람은 소원해진다. 뉴욕에 도착한 존 치버는 그리니치빌리지에서 가난한 예술가의 삶을 영위하면서 창작에 몰두한다. 일주일에 3달러 하는 누추한 하숙방에서 MGM 영화사를 위해 작품 줄거리를 요약하여 받는 돈으로 겨우 입에 풀칠하면서 틈틈이 작품을 쓴다. 이 무렵 치버는 《뉴 리퍼블릭》의 편집자 맬컴 카울리와 친교를 맺으며 그에게 크고 작은 도움을 받는다. 가령 뉴욕 북부 새러토가스프링스에 있는 작가 마을 야도(Yaddo writer's colony)에서 지내면서 문인들과 교류할 수 있도록 해 준 사람이 바로 카울리이다. 또한 카울리는 그에게 잡지사에 작품을 팔려면 좀 더 짧게 쓰라고 충고해 주기도 한다.

한편 이 무렵 치버는 셔우드 앤더슨, 존 도스 패소스, 제임스 에이지, 폴 굿맨, 제임스 패럴, 조세핀 헙스트 같은 소설가들과 하트 크레인, 뮤리얼 루카이저 같은 시인들과 에드먼드 윌슨 같은 비평가들을 만나거나 사귀기 시작한다. 그런가 하면 1934년에는 《뉴요커》에 「브루클린 하숙집」이라는 단편소설을 발표하면서 이 잡지와 처음 관계를 맺는다. 앞으로 40여 년 동안 치버는 이 잡지와 떼려야 뗄 수 없는 깊은 관계를 이어 간다. 《뉴요커》 하면 치버를, 치버 하면 《뉴요커》를 떠올릴 정도였다. 치버가 평생 동안 발표한 단편소설 157편 가운데 무려 77퍼센트에 해당하는 121편을 이 잡지에 발표했다. 존 오해러 한 사람을 빼놓고 나면 아마 치버만큼 이 잡지에 작품을 많이 발표한 작가는 아직껏 없다.

그러나 《뉴요커》와의 관계는 치버에게 축복인 한편 저주이기도 했다. 오랫동안 고급 종합지로 이름을 날린 이 잡지는 트루먼 카포티를 비롯해 존 업다이크, J. D. 샐린저, 앨리스 먼로, 블라디미르 나보코프, 수전 손택, 심지어 일본 작가 무라카미 하루키 등 쟁쟁한 작가들의 활동 무대였다. 치버로서는 이러한 뛰어난 작가 대열에 합류한다는 것이 여간 다행스러운 일이 아니었다. 이 잡지에 실린 작품들은 '삶의 단편'을 다루되 잡지의 제목 그대로 흔히 도회풍의 재치와 세련미를 지닐 뿐만 아니라 조금 퇴폐적인 인상을 풍기기도 한다. 중상류층의 천박한 풍습과 도덕을 별다른 감정을 드러내지 않고 묘사하기 일쑤이다.

《뉴요커》는 치버에게 걸림돌이 되기도 했다. 문학 비평가 존 올드리지는 치버를 "중요한 현대 미국 작가 가운데에서 가장 주목받지 못하고 있는 작가 중의 한 사람."이라고 평가한다. 그러면서 올드리지는 그가 이렇게 부당하게 제대로 평가받지 못하는 까닭 중의 하나로 《뉴요커》와의 '부적절한' 관계를 꼽는다. 치버는 이 잡지에 작품을 발표한 작가들과는 적잖이 다른데도 도매금으로 그들과 같이 취급받는다는 것이다. 이 점을 의식했는지 치버는 "나는 한 번도 《뉴요커》를 위해 작품을 쓴 적이 없다. 그 잡지의 편집자들이 내 작품을 구입했을 뿐이다."라고 말하기도 했다. 엄밀히 따지고 보면 치버의 작품은 이 잡지에 실린 작품에서 흔히 엿볼 수 있는 '안전하다'느니 '위생 처리했다'느니 '예측 가능하다'느니 하는 특징과는 거리가 있다. 작품 활동을 처음 시작할 무렵에는 몰라도 치버는 자신의 독특한 작품 세계를 구축하면서 점점 이 잡지에 실린 여타의 작품들과는 다른 방향으로 나아간다. 다시 말해서 작품의 길이가 점점 길어지는가 하면 플롯도 좀 더 복잡한 양상을 띠게 된다.

치버는 《뉴요커》와의 밀접한 관계에서도 엿볼 수 있듯이 처음부터 장편소설보다는 단편소설에 훨씬 더 깊은 관심을 기울였다. 관심을 기울인 것이 아니라 등단하고 나서 25년 동안 아예 단편소설만을 집필했다. 앞에서 밝혔듯이 치버가 생전에 발표한 단편소설은 무려 157편이나 된다. 이 정도의 작품 수라면 160여 편의 단편소설을 쓴 F. 스콧 피츠제럴드와 거의 맞먹는다. 장편소설은 한 편도 쓰지 않고 오로지 단편소설만 집필한 헨리가 250여 편의 작품을 썼을 뿐이다. 치버는 이렇게 많은 단편소설을 발표하여 미국 문단에서 단편소설 전통을 굳건히 다지는 데 크게 이바지했다는 평가를 받는다.

치버는 처녀 작품 「퇴학」을 발표한 지 13년이 지난 뒤에야 비로소 첫 번째 단편집 『어떤 사람들이 살아가는 방법』(1943)을 출간한다. 그러나 그는 웬일인지 이 작품집을 '창피할 만큼 미숙한' 책이라고 생각했다. 그리하여 일생 동안 이 책을 입수하는 대로 곧바로 없애 버렸다. 그러나 이 책 때문에 치버는 목숨을 건졌다고 할 수도 있다. 2차 세계대전이 막바지에 접어들던 1942년 그는 미 육군에 입대해 보병 훈련을 마치고 유럽 전선으로 배치를 받게 되어 있었다. 그런데 그의 상관 한 사람이 우연히 『어떤 사람들이 살아가는 방법』을 읽어 보고 치버의 문학적 재능을 알아차린 뒤 그를 전선이 아니라 뉴욕 시 퀸스에 있는 육군 통신 부대로 배치했다. 치버가 어윈 쇼나 윌리엄 서로이언 같은 작가들과 함께 작업실에서 반파시즘 선전 영화 각본을 쓰는 동안, 유럽 전선에 배치된 그의 보병 부대원들은 노르망디 해안 전투에서 거의 대부분 사망하거나 심한 부상을 입었다.

특히 첫 단편집은 앞으로 치버가 사용하게 될 소재와 주제 그리고 스타일 등을 잘 보여 준다는 점에서 주목할 만하다. 앞으로 그의 작품에서는 이 작품집 제목 그대로 미국의 중류층에 속한 평범한 사람들이 삶을 영위해 가는 일상적 사건이 뼈대를 이룬다. 치버는 때로는 남달리 예리한 관찰력으로, 때로는 비판적 시선으로 주로 교외에 사는 미국 중류층의 일상을 설득력 있게 다룬다. 조금 지나치다 싶을 만큼 사물을 현미경으로 들여다보듯 세부적으로 묘사하고, 대리석을 정교하게 조탁해 조각품을 만들듯 어휘 하나하나에 신경을 쓴다. 이렇게 중류층의 평범한 삶에서 어떤 비범함을 찾아내는 치버의 솜씨는 대단하다.

치버가 단편소설을 비롯한 작품에서 주로 공간적 배경으로 삼는 지역은 맨해튼 북부 이스트사이드 지역과 역시 맨해튼 북부 뉴욕 시 메트로폴리탄의 일부를 이루는 웨체스터 지역이다. 치버의 작품에서 사건들은 대부분 비평가들이 흔히 '치버 지방'이라고 부르는 이 지역을 배경으로 펼쳐진다. 지금까지 미국 작가들은 남부, 서부, 대도시 또는 소도시 등을 공간적 배경으로 즐겨 다루었지만 교외에는 별로 관심이 없었다. 처음으로 대도시에서 조금 떨어진 지역인 교외를 중심 배경으로 다룬 작가가 바로 치버이다. 그런데 치버는 이렇게 교외를 중심 배경으로 다루되, 언뜻 사소하고 별로 중요하지 않은 것처럼 보이는 중산층의 일상적 삶 속에 숨어 있는 진실을 깨우쳐 줌으로써 에드먼드 윌슨이 말하는 '인식의 충격'을 느끼게 해 준다.

비평가 존 레너드가 치버를 '교외의 체호프'라고 부른 것은 바로 그 때문이다. 실제로 치버의 작품을 읽다 보면 러시아 작가 안톤 체호프의 그림자가 자주 어른거린다. 굵직한 사건이 좀처럼 일어나지 않는다는 점에서도 그러하고, 플롯보다는 작중 인물의 성격이나 섬세한 심리적 갈등에 크게 기댄다는 점에서도 그러하다. 그런가 하면 두 작가는 직접적인 방법보다는 간접적인 방법을 사용한다는 점에서도, 언어보다는 침묵을 즐겨 구사한다는 점에서도, 겉으로 드러나는 의미보다는 표층 뒤에 숨은 심층적 의미에 무게를 싣는다는 점에서도 서로 비슷하다. 그러고 보니 치버의 작품이 왜 러시아에서 그렇게 인기를 끌었는지 알 만하다. 또 다른 비평가는 치버를 '교외 앙스트의 음유 시인'이라 일컫는다. 치버는 교외에 사는 중류층이 느끼는 실존적 고뇌나 불안을 즐겨 다룬다는 것이다. 또 다른 비평가는 치버를 '오시닝의 오비디우스'라고 일컫기도 한다. 오시닝은 만년에 치버가 살던 웨체스터 교외를 말하고, 오비디우스는 기원전 1세기 때 세계의 창조를 비롯한 여러 가지 그리스 신화를 서사시의 형태로 묘사한 「변신 이야기」를 쓴 로마 시대 시인이다. 치버가 로마 시인처럼 중류층의 정신적 변모 과정을 다루었다는 말이다. 미국 중산층의 정신적 공허감과 정서적 파산 상태를 치버처럼 실감나게 묘사한 작가도 아마 찾아보기 쉽지 않을 것이다.

치버는 『어떤 사람들이 살아가는 방법』 말고도 『거대한 라디오』(1953), 『셰이디힐의 가택 침입자』(1958) 『여단장과 골프 과부』(1964), 『사과의 세계』(1973) 등 단편집을 무려 일곱 권이나 출간하였다. 이로써 치버는 미국 문학뿐만 아니라 세계 문학에서도 단편소설의 대가로서 자리를 굳혔다. 앞에서 언급한 레너드를 비롯한 많은 비평가가 치버를 살아 있는 단편 작가 중 가장 뛰어난 작가로 높이 평가하는 것도 무리가 아니다. 미국 문학에서 오 헨리가 오노레 드 발자크와 기 드 모파상의 전통을 이어받아 플롯 중심의 객관적 단편소설의 기반을 세웠다면, 치버는 이반 투르게네프와 체호프의 전통을 이어받아 성격 형성 중심의 주관적 단편소설을 정립하였던 것이다.

미국 문학으로 좁혀 보면, 이렇게 언뜻 하찮아 보이는 일상적 경험을 소재로 즐겨 다룬다는 점에서 치버는 거의 같은 시대에 활약한 레이먼드 카버와 아주 비슷하다. 다만 차이가 있다면 카버는 미니멀리즘에 좀 더 가깝다. 반면 치버한테서는 조금 요설이다 싶을 만큼 맥시멀리즘적인 요소가 많다. 그런가 하면 치버는 중산층의 삶을 즐겨 다룬 유대계 작가 솔 벨로와도 비슷한 점이 적지 않다. 치버는 비교적 최근의 미국 소설 중에서 벨로의 『험볼트의 선물』을 가장 좋아한다고 밝힌 적이 있는데 그 까닭을 알 만하다.

치버는 1950년대에 들어서면서 작가로서 새로운 방향 전환을 모색하기 시작하였다. 그동안 그의 상표가 되다시피 한 '단편 작가'라는 꼬리표를 떼어 버리고 '장편소설가'로 인정받고 싶었다. 치버는 2차 세계대전이 끝나고 1950년대가 장밋빛으로 시작되었지만 그 중간쯤 이르러서 사정이 달라지기 시작했다고 생각했다. 이 무렵 치버는 자신의 문학에 대해 동료 작가 허버트 골드에게 "뭔가 잘못되어도 크게 잘못되었다. …… 오늘날 강력한 삶의 부조리성 때문에 나는 전혀 무방비 상태에 놓여 있다."라고 털어놓았다. 이렇게 갑자기 부조리해진 세계의 의미를 깨닫기 위하여 치버는 단편소설에서 장편소설로 눈을 돌렸다. 또한 1958년에는 "나는 여전히 단편소설 형식에 관심을 두고 있다. 어떤 상황은 단편소설로밖에는 쓸 수가 없다. 그러나 일반적으로 단편소설은 좀 더 격렬한 작가들, 지각 대상이 좀 더 파편적인 젊은 작가들한테 더욱 잘 어울리는 형식이다."라고 밝히기도 했다. 어느덧 40대 중반을 넘어선 치버는 말하자면 작가로서 위기의식을 느끼고 문학 장르에서 변신을 꾀할 필요성을 느꼈다.

치버가 장편소설가로 변신한 뒤 출간한 첫 장편소설이 『왑샷 가문 연대기』(1957)이다. 이 작품으로 그는 1958년 전미 도서상을 받았다. 이 소설이 출간되자마자 작품의 질을 두고 비평가들의 반응은 크게 엇갈렸다. 이 작품을 긍정적으로 평가하고 칭찬하는 비평가들도 없지 않았지만 부정적으로 보는 비평가들이 훨씬 많았다. 특히 부정적으로 보는 비평가들은 등장인물이 너무 많고 배경도 지나치게 자주 바뀌는 데다가 구성이 플롯 없이 에피소드 식으로 느슨하다고 불만을 털어놓는다. 단편적이고 개별적인 에피소드를 장편소설이라는 이름으로 한데 모아 놓은 책에 지나지 않는다는 것이다. 또한 중심 플롯에서 자주 이탈하기 때문에 독자들은 작가가 이야기를 어디로 끌고 가고 있는지 알기 어려울 때가 많다고 비판하기도 한다. 실제로 몇몇 장(章)은 아예 중심 플롯과는 무관하게 리앤더 왑샷의 저널로만 구성되어 있다. 다락방 짐 가방에서 발견되었다는 리앤더 왑샷의 저널은 그리스 비극에서 코로스(고전극에 등장하는 합창대)와 같은 구실을 하지만 중심 플롯에 찬물을 끼얹기 딱이다. 그리하여 몇몇 비평가들은 역시 치버는 단편소설을 써야 제격이지 장편소설을 쓰는 데는 한계가 있다고 지적한다.

그러나 이러한 부정적인 평가는 어디까지나 치버의 문학을 잘못 이해한 데서 비롯한다. 그가 아리스토텔레스가 말하는 짜임새 있는 플롯을 사용하지 않고 굳이 이렇게 산만한 에피소드 식 구성 방식을 택한 것은 어디까지나 의도였다. 치버가 "나는 플롯을 가지고 작품을 쓰지 않는다. 나는 직관, 이해력, 몽상, 개념으로 작품을 쓴다."라고 밝힌 점을 염두에 두어야 한다. 더구나 그는 플롯이 자신의 도덕적 확신과 양립되지 않을 뿐만 아니라 현대 사회의 무질서와 특성을 드러내기는커녕 오히려 감춰 버린다고 지적한다. 조앤 디디언의 지적대로 『왑샷 가문 연대기』는 감성 소설이 아니고, 그렇다고 풍속 소설도 아니다. 디디언은 치버의 소설이 "『마담 보바리』라기보다는 『톰 존스』에 가깝고, 『오만과 편견』이라기보다는 『트리스트럼 샌디』에 가깝다."고 주장한다.

치버는 『왑샷 가문 연대기』에서 세인트보톨프스를 가장 중심적인 지리적 배경으로 삼는다. 그런데 대서양 연안에 위치한 이 어촌은 지도로는 찾아갈 수 없는 상상의 공간이다. 말하자면 마크 트웨인의 '세인트피터스버그'나 셔우드 앤더슨의 '와인즈버그', 토머스 울프의 '올터먼트' 또는 윌리엄 포크너의 신화 왕국 '요크너퍼토퍼 군'과 '제퍼슨 읍'처럼 작가가 상상력으로 빚어낸 우주이다. 이러한 경우에 흔히 그러하듯이 세인트보톨프스라는 공간적 배경은 단순히 사건이 벌어지는 무대 이상의 깊은 의미를 지니게 마련이다. 다시 말해서 작가는 작중 인물들을 특정한 환경이 만들어 낸 구체적인 산물로 파악할 뿐만 아니라, 지리적 배경은 주제와도 깊이 연관되어 있다.

이렇게 상상력으로 창안해 낸 공간적 배경을 지닌 작품이 흔히 그러하듯이 『왑샷 가문 연대기』에는 신화적 요소가 강하게 부각된다. 작중 인물의 이름부터가 고대 신화에서 따온 것들이다. 가령 리앤더는 그리스 신화에서 헤로와 사랑을 나눈 아비도스 마을의 미남 청년 레안드로스에서 따온 이름이다. 이 밖에도 호메로스의 『일리아드』에서 슬기로운 노장군 네스토르의 이름을 딴 네스토, 역시 그리스 신화에서 달의 여신 아르테미스의 시녀 아레투사를 사랑한 알페이오스의 이름을 딴 앨피어스, 아르테미스의 별명인 멜리사 등 하나하나 꼽을 수 없을 만큼 아주 많다. 또한 이러한 신화적 요소는 작가가 구약 성서 「창세기」의 가문 계보를 흉내 내어 "데이비드는 로렌조, 존, 애버디아, 스티븐을 낳았다. 스티븐은 앨피어스와 네스토를 낳았다."느니 "벤저민은 엘리자베스 머서브와 결혼해 새디어스와 로렌조를 낳았다. 엘리자베스는 벤저민이 일흔 살 때 세상을 떠났다. 그 후 그는 메리 헤일과 결혼해 아론과 에비니저를 낳았다. 세인트보톨프스 사람들은 벤저민의 두 부인이 낳은 아이들을 각각 '첫 수확', '두 번째 수확'이라 불렀다."라고 말하는 데서 단적으로 드러난다.

『왑샷 가문 연대기』는 그 제목에서도 엿볼 수 있듯이 뉴잉글랜드 어촌 마을에서 오랫동안 살아온 왑샷 가문의 연대기를 다룬다. 치버는 자신의 작품이 자서전과는 거리가 멀다고 주장하지만 왑샷 가문의 이야기는 치버 가문의 이야기와 여러모로 비슷하다. 다만 계보에 굳이 얽매이지 않고 여러 선조한테서 자유롭게 빌려 올 뿐이다. 예를 들어 이 소설에 등장하는 가장 리앤더 왑샷은 작가의 아버지 프레더릭 치버가 아니라 1630년 아벨라 호를 타고 대서양을 건너 보스턴에 식민지를 건설한 선조 이지키얼 치버에게서 빌려 온다. 그러나 리앤더의 두 아들 모지스와 코벌리는 프레더릭 치버의 두 아들 프레드와 존에게서 빌려 온다. 한편 리앤더의 아내 새러는 존 치버의 어머니 메리 치버의 성격과 많이 닮았다. 실제로 새러 왑샷은 작가의 어머니와 너무 닮은 나머지 치버는 이 작품의 출간을 어머니가 사망한 뒤로 미룰 정도였다.

한 가문의 계보를 다루는 가족사 소설이 흔히 그러하듯이 『왑샷 가문 연대기』도 가문의 흥망성쇠를 다룬다. 치버 가문처럼 한때 이름을 떨치던 왑샷 가문도 시간이 흐르면서 점차 쇠퇴일로를 걷는다. 가령 왑샷 선조는 한때 뉴잉글랜드 지방에서 바다를 주름잡다시피 한 선원들이었다. 선조 한 사람은 멀리 태평양 한가운데 하와이 섬까지 가서 기독교 복음을 전파하기도 한다. 그러나 후대로 내려올수록 가문은 점점 세력이 약화된다. 그러다가 리앤더 대에 내려와서는 더더욱 말이 아니어서 그는 사람들을 배에 태워 세인트보톨프스에서 냉거서킷으로 실어다 주는 일을 맡는다. 그 일마저 배가 폭풍우 때문에 난파하는 바람에 중단되고 결국 그의 아내 새러는 폐선을 기념품 가게로 만들어 버린다. 어느 날 리앤더는 바닷가로 수영을 하러 나갔다가 다시는 집에 돌아오지 않는다. 한편 두 아들 모지스와 코벌리는 명예와 재산 그리고 정체성을 찾아 고향 세인트보톨프스를 떠난다. 그들의 이야기는 첫 장편소설이 출간된 지 7년 뒤에 나온 『왑샷 가문 몰락기』(1964)로 이어진다. 그러므로 왑샷 가문의 연대기는 2부작으로 이루어진 셈이다. 한 가문의 붕괴를 다룬다는 점에서 치버는 앤터니 트롤로프와 찰스 디킨스 그리고 헨리 제임스의 전통을 이어받는다.

왑샷 가문의 붕괴는 곧 뉴잉글랜드의 붕괴를 상징한다. 뉴잉글랜드는 일찍이 17세기에 청교도들이 '언덕 위의 도시'를 만들려는 원대한 꿈을 품고 도착한 곳이지만 세월이 지나면서 점차 그 꿈이 퇴색하고 변질되어 간다. 미국에서 뉴잉글랜드는 종교의 본산지일 뿐만 아니라 문화의 메카와 같은 곳이었다. 흔히 '뉴잉글랜드 문예 부흥' 또는 '미국의 문예 부흥'이라 일컫는 19세기 중엽은 미국 문학사를 통틀어 가장 찬란한 전성기였다. 너새니얼 호손을 비롯해 허먼 멜빌, 랠프 월도 에머슨, 에드거 앨런 포, 그리고 헨리 데이비드 소로 같은 문인들이 활약한 때가 바로 이 무렵이었다. 미국 문학은 이때 비로소 영국 문학이나 유럽 문학에서 젖을 떼고 독자적인 길을 걷기 시작한다. 그러나 뉴잉글랜드는 남북 전쟁 이후 종교적으로나 문화적으로 또는 경제적으로 점차 쇠퇴하기 시작했다.

더 나아가 뉴잉글랜드의 붕괴는 현대 사회의 와해를 뜻하기도 한다. 치버는 2차 세계대전 이후 미국 사회의 사회적·도덕적 풍조를 깊이 우려하였다. 겉으로는 '미국의 꿈'을 성취한 것처럼 보이지만 그 화려한 모습 한 꺼풀만 벗겨 놓고 보면 온갖 부패와 공허감이 뱀처럼 도사리고 있음이 드러난다. 이러한 현대 사회의 무질서와 혼돈을 W. B. 예이츠는 「재림」에서 "모든 것이 무너져 내린다. / 중심은 유지될 수 없다. / 순전한 무정부 상태가 세상에 횡행한다."라고 노래한다. 치버는 이렇게 중심이 없이 모든 것이 와해된 현대 사회에서 개인과 가족의 역할을 다시 한 번 깊이 성찰한다. 치버의 말대로 "뭔가 잘못되어도 아주 잘못된" 현대 사회에 대한 환멸, 비극적 상실감 그리고 삶의 구석구석에 퍼져 있는 공허감 등을 다룬다는 점에서 이 작품은 스콧 피츠제럴드의 『위대한 개츠비』와 비슷하다. 그런데 이러한 현대 사회의 무질서와 혼돈을 묘사하는 데는 일직선적 플롯 방법보다는 오히려 선형적인 에피소드 식 플롯 방법이 훨씬 더 안성맞춤일 것이다.

또한 치버는 『왑샷 가문 연대기』에서 이번에는 전통과 개혁, 기존 가치와 새로운 가치의 갈등이나 긴장을 다룬다. 리앤더 왑샷과 오노라 왑샷은 전통과 인습과 과거부터 전해 오는 기존 가치를 옹호하려는 인물인 반면, 모지스와 코벌리는 마치 헌 옷을 벗어 버리듯 낡은 인습과 가치관을 던져 버리고 새로운 가치관을 받아들여 그것에서 삶의 자양분을 섭취하려는 인물이다. 치버가 이 작품에서 다루는 이러한 갈등이나 긴장은 공동체 의식과 현대 사회 유목주의의 대립으로 볼 수도 있다. 리앤더나 오노라 같은 인물이 추구하는 세계가 조상이 처음 정착한 곳에 뿌리를 내리고 더불어 살아가는 유기적 공동체라면, 모지스와 코벌리 같은 젊은 세대들이 지향하는 세계는 유목민처럼 이곳저곳 떠돌아다니며 살아가는 좀 더 자유로운 생활 방식이다.

이 점에서 리앤더가 두 아들을 두고 두 번에 걸쳐 "이카로스, 이카로스!" 하고 부르짖는다는 점을 눈여겨보아야 한다. 두말할 나위 없이 이카로스는 그리스 신화에 등장하는 장인 다이달로스의 아들이다. 이카로스는 밀랍 날개를 만들어 크레타 섬에서 탈출하면서 하늘을 날고 싶은 나머지 태양을 향해 높이 날다가 그만 바닷물 속에 추락한다. 이카로스는 바로 인간의 욕망과 미지의 세계에 대한 동경을 상징한다. 그렇다면 이카로스에게 "너무 높이 날지 말라."고 경고한 다이달로스는 전통적 가치와 인습을 중시하는 아버지 리앤더로 보아도 크게 틀리지 않을 것이다. 그런데 이렇게 첨예하게 대립되는 갈등과 긴장을 다루되 치버는 이제 생존력을 상실했으면서도 여전히 우아함을 간직한 '잃어버린 시간'에 대하여 한 가닥 애틋한 향수를 느낀다. 작가의 이러한 태도는 리앤더 왑샷을 현실 감각이 없는 엉뚱한 희극적 인물로 묘사하면서도 위엄과 동정심을 지닌 낙관적 몽상가로 묘사하는 데서도 엿볼 수 있다.

그런가 하면 이러한 갈등과 대립은 이번에는 좀 더 형이상학적인 문제로 발전하기도 한다. 즉 치버는 이 작품에서 때로는 이중적 인간성을 다루기도 하고, 때로는 선과 악의 문제를 다루기도 한다. 근엄하고 품위 있는 사회적 가면 뒤에는 내적 부패나 타락이 독버섯처럼 자라고 있다. 삶의 겉모습과 실제 모습, 이상과 현실 사이에는 건너지 못할 심연이 가로놓여 있다. 이 작품에서 그다지 어렵지 않게 모순을 느낄 수 있는 것은 바로 그 때문이다. 한편 모지스와 코벌리 사이의 갈등과 긴장은 상징적으로 선과 악의 대립을 보여 주기도 한다. 물론 치버는 선과 악을 뚜렷이 대조하거나 두 가지 중 어느 한쪽을 택하지는 않는다. 이 점과 관련하여 그는 "지혜란 선과 악을 깨닫는 데 있을 뿐 그중 어느 한쪽을 선택하는 데 있지 않다."고 못 박아 말한다.

모지스와 코벌리에 초점을 맞추면 『왑샷 가문 연대기』는 성장 소설(빌둥스로만 Bildungsroman)로 읽어도 크게 무리가 없다. 이 작품에서 치버는 두 주인공이 소년 시절부터 사춘기를 지나 성인으로 성장해 가는 모습을 다룬다. 물론 이 소설에서는 그들의 육체적 성장 못지않게 정신적 발전, 즉 영혼의 개안(開眼)이 중요하다. 그들의 정신적 성장은 주인공들의 지리적 여정과 깊이 관련되어 있다. 그들은 뉴잉글랜드 어촌에서 뉴욕 같은 대도시를 거쳐 하와이 섬까지 이동하고, 이러한 여정을 통해 그들은 온갖 경험을 하며 정신적으로 조금씩 성숙해 간다.

존 올드리지의 지적대로 치버는 미국 문단에서 제대로 평가받지 못한 작가이다. 그런데 치버가 이렇게 과소평가받은 데는 그의 책임도 적지 않다. 그는 좀처럼 비평가들이나 학자들의 눈치를 보지 않고 오직 독자들만을 의식해 작품을 썼다. 이 점과 관련하여 치버는 "나는 독자 없이는 글을 쓸 수가 없다. 글을 쓴다는 것은 정말로 키스를 하는 것과 같다. 두 가지 모두 혼자서는 할 수 없으니까 말이다."라고 밝힌다. 작가가 비록 비평가나 학자 들의 비위를 맞출 필요는 없더라도 적어도 그들의 비판에 귀를 기울일 줄 아는 아량 정도는 지녀야 할 것이다. 또한 치버는 어니스트 헤밍웨이나 노먼 메일러처럼 대중의 이목을 끌려고 이상하게 행동하지도 않았다. 스캔들이나 엉뚱한 주장으로 신문에 그의 이름이 오르내리지도 않았으며, 텔레비전에 좀처럼 모습을 드러내지도 않았다. 한 친구에 따르면 치버는 대여섯 사람만 모인 곳에 가도 주눅이 들어 거의 그의 존재가 잊힐 정도였다고 한다.

작품의 형식적 실험에 비교적 무관심한 것도 치버가 정당한 대접을 받는 데 걸림돌이었다. 그는 "소설은 실험이며, 실험을 하지 않을 때 더 이상 소설이 아니다."라고 밝힌 적이 있다. 그러나 그의 작품을 읽고 있으면 왠지 이 말이 공허하게 느껴진다. 솔 벨로나 버나드 맬러머드 또는 필립 로스 같은 유대계 작가들처럼 치버는 전통적인 리얼리즘 형식의 테두리에서 좀처럼 벗어나지 않은 채 작품 활동을 해 왔다. 2차 세계대전 이후 포스트모더니즘의 바람이 미국 문단을 한바탕 휩쓸고 지나갔지만 치버는 좀처럼 아랑곳하지 않고 그동안 자신이 추구해 온 작품 스타일에 전념하였다. 어떤 의미에서 그는 일부러 미국 문단의 주류에 역행하여 정반대 방향으로 가고 있었다고 할 수 있다.

치버는 본질적으로 타고난 이야기꾼이다. 단편소설이건 장편소설이건 작가로서 그의 재능은 무엇보다도 이 이야기꾼이라는 사실에서 찾아볼 수 있다. 1961년에 쓴 글에서 치버는 "나는 내 생애 처음부터 이야기꾼이었다. 나는 사실들을 좀 더 의미 있는 것으로 만들기 위하여 그것을 재배열했을 뿐이다."라고 적는다. 작가라면 누구나 사실을 '재배열'하게 마련이지만 그 방법이 저마다 다를 뿐이다. 치버처럼 독자들이 비교적 쉽게 알아보도록 재배열할 수도 있고, 도널드 바틀미나 존 바스처럼 독자들의 창조적 참여를 유도하면서 재배열할 수도 있다. 어쨌든 치버는 밧줄 위에서 절묘하게 줄타기를 하는 광대보다는 차라리 시장 바닥에 앉아 구성지게 이야기를 늘어놓는 재담꾼에 가깝다.

치버는 타고난 이야기꾼일뿐더러 뛰어난 스타일리스트이기도 하다. 시점이나 플롯의 전개 방식 등에서 전통에서 크게 벗어나지 않으면서도 스타일에서는 세심한 주의를 기울인다. 어떤 구절은 리듬이나 상징 또는 이미지에서 시인을 무색케 할 만큼 무척 시적이다. 문장 하나하나에, 심지어 어휘 하나하나에 세심한 주의를 기울인다. 언젠가 치버는 "좋은 산문이란 마치 빗방울 소리를 듣는 것과 같다."고 말하기도 했다. 실제로 그의 작품을 읽다 보면 처마 밑으로 떨어지는 빗방울 소리를 듣는 것처럼 리듬이 느껴져 편안하다.

어떤 비평가는 기 드 모파상의 작품을 읽는 것은 마치 벌레 먹은 사과에서 성한 쪽을 먹는 것과 같다고 말했다. 치버의 작품을 읽는 것도 그와 크게 다르지 않다. 치버가 출간한 150여 편의 단편소설 중에서 상당 부분은 '벌레 먹은' 작품들이지만 '성한' 작품도 꽤 많다. 가령 「시골 남편」을 비롯해 「저스티나의 죽음」이나 「거대한 라디오」, 「형이여, 안녕」, 「셰이디힐의 가택 침입자」, 「수영 선수」 같은 몇몇 단편소설은 미국 문학은 말할 것도 없고 세계에 내놓아도 조금도 손색이 없다. 또한 일곱 편의 장편소설 중에서도 2부작 『왑샷 가문 연대기』와 『왑샷 가문 몰락기』 그리고 『매잡이』(1977) 같은 작품은 훌륭하다. 이러한 작품으로 그는 미국 문학사에서 아주 독특한 위치를 차지한다. 그동안 비평가나 학자 들에게 어떠한 평가를 받아 왔건 존 치버가 없는 미국 문학은 사과가 없는 과일 가게처럼 그만큼 초라할 것이다.

작가 연보

1912년   미국 매사추세츠 주 퀸시에서 출생. 어머니가 그를 임신했을 당시 아버지는 낙태 수술을 시키려고 의사를 집으로 불렀을 정도로 부모가 원치 않았던 둘째 아이로 태어남.

1926년   대학 예비 학교인 세이어 아카데미에 입학. 성적에 관심이 없었고 순탄하지 않은 학교생활로 방황함.

1929년   미국 경제 대공황의 여파로 아버지가 운영하던 신발 공장이 도산. 아버지의 자살 시도와 가출 등으로 부모님의 결혼 생활은 파경을 맡고 가정이 붕괴됨.《보스턴 헤럴드》의 단편소설 공모에 입선.

1930년   담배를 피우다 적발되어 세이어 아카데미에서 퇴학당한 후 가출. 이때의 경험을 토대로 한 단편소설 「퇴학」을 《뉴 리퍼블릭》에 발표. 형과 함께 유럽 여행을 함. 보스턴으로 돌아와 백화점에서 일하기도

하고 지방 신문 기자로 일하면서 창작 활동에 전념. 이 시기 e.e. 커밍스 등 보헤미안적 문인들과 교제하기 시작.

1934년   「브루클린 하숙집」을 《뉴요커》에 발표하면서 40년 동안 계속될 《뉴요커》와의 인연을 시작함. 이후 157편의 단편 중 121편을 《뉴요커》를 통해 발표.

1941년   매리 윈터니츠와 결혼.

1942년   육군에 입대. 유럽 전선으로 파견될 계획이었으나 문학적 재능을 인정받아 뉴욕 시 퀸스의 육군 통신 부대로 배치. 이때 반파시즘 선전 영화 각본을 쓰기도 함.

1943년   첫 단편집 『어떤 사람들이 살아가는 방법』 출간. 대부분 여러 잡지를 통해 발표했던 작품들을 모은 책으로, 뉴욕 부유층과 교외 주민들의 삶을 묘사하거나 자신의 신병 시절 경험을 이야기함. 스스로 이 책을 '창피할 만큼 미숙'하다고 생각하여 입수하는 대로 없애 버리기도 함.

1951년   「형이여, 안녕」으로 구겐하임 연구비를 받아 전업 작가 생활 시작.

1953년   《뉴요커》에 기고했던 단편들을 위주로 『거대한 라디오』 출간.

1956~1957년   버나드 대학과 아이오와 대학에서 글쓰기를 가르침.

1957년   첫 장편소설 『왑샷 가문 연대기』 출간. 작가로서의 위기의식을 느끼고 문학 장르에 변화를 꾀할 필요성을 절감하여 장편소설가로 활동 시작.

1958년 『왑샷 가문 연대기』로 전미 도서상 수상.『셰이디힐의 가택 침입자』출간.

1960년 D. H. 로렌스의 『길 잃은 소녀』 영화화 작업에 참여.

1964년 『여단장과 골프 과부』 출간.『왑샷 가문 연대기』의 속편『왑샷 가문 몰락기』발표.『왑샷 가문 연대기』처럼 비평가들의 관심이 쏟아지지는 않았지만 판매량에서 전작보다 수십 배 많이 팔려 나가 베스트셀러가 됨. 문화 교류 프로그램의 일환으로 러시아에 6주 동안 머무름.

1965년 『왑샷 가문 몰락기』로 미국 국립 예술원으로부터 하우얼스 메달을 받음.

1969년 『불릿 파크』 출간.

1973년 『사과의 세계』 출간.

1974~1975년 보스턴 대학 문예창작학과 객원 교수 역임.

1977년 『매잡이』 출간.

1978년 『존 치버 단편집』 출간.

1979년 『존 치버 단편집』으로 퓰리처 상, 전미 도서 비평가 협회 상, 미국 도서상 수상.

1982년 『오 이 얼마나 낙원 같은가』 출간. 미국 예술원으로부터 문학 부문 국민 훈장을 받음. 그로부터 6주 후 뉴욕 주 오시닝에서 일흔 살을 일기로 사망.

세계문학전집 **192**

왑샷 가문 연대기

1판 1쇄 펴냄 2008년 12월 5일
1판 19쇄 펴냄 2023년 6월 12일

지은이 존 치버
옮긴이 김승욱
발행인 박근섭, 박상준
펴낸곳 (주)민음사

출판등록 1966. 5. 19. (제 16-490호)
서울특별시 강남구 도산대로1길 62(신사동) 강남출판문화센터 5층 (우편번호 06027)
대표전화 02-515-2000 팩시밀리 02-515-2007
www.minumsa.com

한국어 판 © (주)민음사, 2008. Printed in Seoul, Korea

ISBN 978-89-374-6192-7 04800
ISBN 978-89-374-6000-5 (세트)

세계문학전집 목록

1·2 **변신 이야기** 오비디우스 · 이윤기 옮김 서울대 권장도서 100선

3 **햄릿** 셰익스피어 · 최종철 옮김 서울대 권장도서 100선 | 미국대학위원회 선정 SAT 추천도서

4 **변신 · 시골의사** 카프카 · 전영애 옮김 서울대 권장도서 100선

5 **동물농장** 오웰 · 도정일 옮김 미국대학위원회 선정 SAT 추천도서 | 《타임》 선정 현대 100대 영문소설

6 **허클베리 핀의 모험** 트웨인 · 김욱동 옮김 《뉴스위크》 선정 100대 명저

7 **암흑의 핵심** 콘래드 · 이상옥 옮김 미국대학위원회 선정 SAT 추천도서 | 《뉴스위크》 선정 10대 명저

8 **토니오 크뢰거 · 트리스탄 · 베네치아에서의 죽음** 토마스 만 · 안삼환 외 옮김 노벨 문학상 수상 작가

9 **문학이란 무엇인가** 사르트르 · 정명환 옮김

10 **한국단편문학선 1** 김동인 외 · 이남호 엮음 국립중앙도서관 선정 청소년 권장도서

11·12 **인간의 굴레에서** 서머싯 몸 · 송무 옮김

13 **이반 데니소비치, 수용소의 하루** 솔제니친 · 이영의 옮김 노벨 문학상 수상 작가

14 **너새니얼 호손 단편선** 호손 · 천승걸 옮김

15 **나의 미카엘** 오즈 · 최창모 옮김

16·17 **중국신화전설** 위앤커 · 전인초, 김선자 옮김

18 **고리오 영감** 발자크 · 박영근 옮김

19 **파리대왕** 골딩 · 유종호 옮김 노벨 문학상 수상 작가 | 《타임》 선정 현대 100대 영문소설

20 **한국단편문학선 2** 김동리 외 · 이남호 엮음

21·22 **파우스트** 괴테 · 정서웅 옮김 서울대 권장도서 100선 | 미국대학위원회 선정 SAT 추천도서

23·24 **빌헬름 마이스터의 수업시대** 괴테 · 안삼환 옮김

25 **젊은 베르테르의 슬픔** 괴테 · 박찬기 옮김 논술 및 수능에 출제된 책(1998~2005)

26 **이피게니에 · 스텔라** 괴테 · 박찬기 외 옮김

27 **다섯째 아이** 레싱 · 정덕애 옮김 노벨 문학상 수상 작가

28 **삶의 한가운데** 린저 · 박찬일 옮김

29 **농담** 쿤데라 · 방미경 옮김

30 **야성의 부름** 런던 · 권택영 옮김

31 **아메리칸** 제임스 · 최경도 옮김

32·33 **양철북** 그라스 · 장희창 옮김 노벨 문학상 수상 작가 | 서울대 권장도서 100선

34·35 **백년의 고독** 마르케스 · 조구호 옮김 노벨 문학상 수상 작가 | 서울대 권장도서 100선

36 **마담 보바리** 플로베르 · 김화영 옮김 서울대 권장도서 100선

37 **거미여인의 키스** 푸익 · 송병선 옮김

38 **달과 6펜스** 서머싯 몸 · 송무 옮김

39 **폴란드의 풍차** 지오노 · 박인철 옮김

40·41 **독일어 시간** 렌츠 · 정서웅 옮김

42 **말테의 수기** 릴케 · 문현미 옮김

43 **고도를 기다리며** 베케트 · 오증자 옮김 노벨 문학상 수상 작가 | 서울대 권장도서 100선

44 **데미안** 헤세 · 전영애 옮김 노벨 문학상 수상 작가

45 젊은 예술가의 초상 조이스·이상옥 옮김 서울대 권장도서 100선

46 카탈로니아 찬가 오웰·정영목 옮김

47 호밀밭의 파수꾼 샐린저·정영목 옮김 《타임》 선정 현대 100대 영문소설 | 미국대학위원회 선정
SAT 추천도서 | 《뉴스위크》 선정 100대 명저 | BBC 선정 꼭 읽어야 할 책

48·49 파르마의 수도원 스탕달·원윤수, 임미경 옮김

50 수레바퀴 아래서 헤세·김이섭 옮김 노벨 문학상 수상 작가 | 국립중앙도서관 선정 청소년 권장도서

51·52 내 이름은 빨강 파묵·이난아 옮김 노벨 문학상 수상 작가

53 오셀로 셰익스피어·최종철 옮김 서울대 권장도서 100선

54 조서 르 클레지오·김윤진 옮김 노벨 문학상 수상 작가

55 모래의 여자 아베 코보·김난주 옮김

56·57 부덴브로크가의 사람들 토마스 만·홍성광 옮김 노벨 문학상 수상 작가

58 싯다르타 헤세·박병덕 옮김 노벨 문학상 수상 작가

59·60 아들과 연인 로렌스·정상준 옮김 《뉴스위크》 선정 100대 명저

61 설국 가와바타 야스나리·유숙자 옮김 노벨 문학상 수상 작가 | 서울대 권장도서 100선

62 벨킨 이야기·스페이드 여왕 푸슈킨·최선 옮김

63·64 넙치 그라스·김재혁 옮김 노벨 문학상 수상 작가

65 소망 없는 불행 한트케·윤용호 옮김 노벨 문학상 수상 작가

66 나르치스와 골드문트 헤세·임홍배 옮김 노벨 문학상 수상 작가

67 황야의 이리 헤세·김누리 옮김 노벨 문학상 수상 작가

68 페테르부르크 이야기 고골·조주관 옮김

69 밤으로의 긴 여로 오닐·민승남 옮김 노벨 문학상 수상 작가 | 미국대학위원회 선정 SAT 추천도서

70 체호프 단편선 체호프·박현섭 옮김

71 버스 정류장 가오싱젠·오수경 옮김 노벨 문학상 수상 작가

72 구운몽 김만중·송성욱 옮김 서울대 권장도서 100선 | 국립중앙도서관 선정 청소년 권장도서

73 대머리 여가수 이오네스코·오세곤 옮김

74 이솝 우화집 이솝·유종호 옮김 논술 및 수능에 출제된 책(1998~2005)

75 위대한 개츠비 피츠제럴드·김욱동 옮김 《타임》 선정 현대 100대 영문소설

76 푸른 꽃 노발리스·김재혁 옮김

77 1984 오웰·정회성 옮김 《타임》 선정 현대 100대 영문소설 | 《뉴스위크》 선정 100대 명저

78·79 영혼의 집 아옌데·권미선 옮김

80 첫사랑 투르게네프·이항재 옮김

81 내가 죽어 누워 있을 때 포크너·김명주 옮김 노벨 문학상 수상 작가

82 런던 스케치 레싱·서숙 옮김 노벨 문학상 수상 작가

83 팡세 파스칼·이환 옮김

84 질투 로브그리예·박이문, 박희원 옮김

85·86 채털리 부인의 연인 로렌스·이인규 옮김

87 그 후 나쓰메 소세키·윤상인 옮김

88 오만과 편견 오스틴·윤지관, 전승희 옮김 미국대학위원회 선정 SAT 추천도서

89·90 부활 톨스토이·연진희 옮김 논술 및 수능에 출제된 책(1998~2005)

91 방드르디, 태평양의 끝 투르니에·김화영 옮김

92 미겔 스트리트 나이폴·이상옥 옮김 노벨 문학상 수상 작가

93 페드로 파라모 룰포·정창 옮김

94 차라투스트라는 이렇게 말했다 니체·장희창 옮김 국립중앙도서관 선정 청소년 권장도서

95·96 적과 흑 스탕달·이동렬 옮김 국립중앙도서관 선정 청소년 권장도서

97·98 콜레라 시대의 사랑 마르케스·송병선 옮김 노벨 문학상 수상 작가 | BBC 선정 꼭 읽어야 할 책

99 맥베스 셰익스피어·최종철 옮김 서울대 권장도서 100선 | 미국대학위원회 선정 SAT 추천도서

100 춘향전 작자 미상·송성욱 풀어 옮김 서울대 권장도서 100선

101 페르디두르케 곰브로비치·윤진 옮김

102 포르노그라피아 곰브로비치·임미경 옮김

103 인간 실격 다자이 오사무·김춘미 옮김

104 네루다의 우편배달부 스카르메타·우석균 옮김

105·106 이탈리아 기행 괴테·박찬기 외 옮김

107 나무 위의 남작 칼비노·이현경 옮김

108 달콤 쌉싸름한 초콜릿 에스키벨·권미선 옮김

109·110 제인 에어 C. 브론테·유종호 옮김 BBC 선정 꼭 읽어야 할 책

111 크눌프 헤세·이노은 옮김 노벨 문학상 수상 작가

112 시계태엽 오렌지 버지스·박시영 옮김 《타임》 선정 현대 100대 영문소설 | 《뉴스위크》 선정 100대 명저

113·114 파리의 노트르담 위고·정기수 옮김 미국대학위원회 선정 SAT 추천도서

115 새로운 인생 단테·박우수 옮김

116·117 로드 짐 콘래드·이상옥 옮김 《뉴스위크》 선정 100대 명저

118 폭풍의 언덕 E. 브론테·김종길 옮김 미국대학위원회 선정 SAT 추천도서

119 텔크테에서의 만남 그라스·안삼환 옮김 노벨 문학상 수상 작가

120 검찰관 고골·조주관 옮김

121 안개 우나무노·조민현 옮김

122 나사의 회전 제임스·최경도 옮김 미국대학위원회 선정 SAT 추천도서

123 피츠제럴드 단편선 1 피츠제럴드·김욱동 옮김

124 목화밭의 고독 속에서 콜테스·임수현 옮김

125 돼지꿈 황석영

126 라셀라스 존슨·이인규 옮김

127 리어 왕 셰익스피어·최종철 옮김 서울대 권장도서 100선 | 《뉴스위크》 선정 100대 명저

128·129 쿠오 바디스 시엔키에비츠·최성은 옮김 노벨 문학상 수상 작가

130 자기만의 방·3기니 울프·이미애 옮김

131 시르트의 바닷가 그라크·송진석 옮김

132 이성과 감성 오스틴·윤지관 옮김

133 바덴바덴에서의 여름 치프킨·이장욱 옮김

134 새로운 인생 파묵·이난아 옮김 노벨 문학상 수상 작가

135·136 무지개 로렌스·김정매 옮김

137 인생의 베일 서머싯 몸·황소연 옮김

138 보이지 않는 도시들 칼비노·이현경 옮김

139·140·141 연초 도매상 바스·이운경 옮김 《타임》 선정 현대 100대 영문소설

142·143 플로스 강의 물방앗간 엘리엇·한애경, 이봉지 옮김 미국대학위원회 선정 SAT 추천도서

144 연인 뒤라스·김인환 옮김

145·146 이름 없는 주드 하디·정종화 옮김

147 제49호 품목의 경매 핀천·김성곤 옮김 《타임》 선정 현대 100대 영문소설

148 성역 포크너·이진준 옮김 노벨 문학상 수상 작가 | 퓰리처상 수상 작가

149 무진기행 김승옥

150·151·152 신곡(지옥편·연옥편·천국편) 단테·박상진 옮김 《뉴스위크》 선정 100대 명저

153 구덩이 플라토노프·정보라 옮김

154·155·156 카라마조프가의 형제들 도스토옙스키·김연경 옮김

157 지상의 양식 지드·김화영 옮김 노벨 문학상 수상 작가

158 밤의 군대들 메일러·권택영 옮김 퓰리처상 수상 작가

159 주홍 글자 호손·김욱동 옮김 서울대 권장도서 100선 | 미국대학위원회 선정 SAT 추천도서

160 깊은 강 엔도 슈사쿠·유숙자 옮김

161 욕망이라는 이름의 전차 윌리엄스·김소임 옮김

162 마사 퀘스트 레싱·나영균 옮김 노벨 문학상 수상 작가

163·164 운명의 딸 아옌데·권미선 옮김

165 모렐의 발명 비오이 카사레스·송병선 옮김

166 삼국유사 일연·김원중 옮김 서울대 권장도서 100선

167 풀잎은 노래한다 레싱·이태동 옮김 노벨 문학상 수상 작가

168 파리의 우울 보들레르·윤영애 옮김

169 포스트맨은 벨을 두 번 울린다 케인·이만식 옮김

170 썩은 잎 마르케스·송병선 옮김 노벨 문학상 수상 작가

171 모든 것이 산산이 부서지다 아체베·조규형 옮김 《타임》 선정 현대 100대 영문소설

172 한여름 밤의 꿈 셰익스피어·최종철 옮김 미국대학위원회 선정 SAT 추천도서

173 로미오와 줄리엣 셰익스피어·최종철 옮김 미국대학위원회 선정 SAT 추천도서

174·175 분노의 포도 스타인벡·김승욱 옮김 노벨 문학상 수상 작가 | 《타임》 선정 현대 100대 영문소설

176·177 괴테와의 대화 에커만·장희창 옮김

178 그물을 헤치고 머독·유종호 옮김 《타임》 선정 현대 100대 영문소설

179 브람스를 좋아하세요... 사강·김남주 옮김

180 카타리나 블룸의 잃어버린 명예 하인리히 뵐·김연수 옮김 노벨 문학상 수상 작가

181·182 에덴의 동쪽 스타인벡·정회성 옮김 노벨 문학상 수상 작가

183 순수의 시대 워튼·송은주 옮김 《뉴스위크》 선정 100대 명저 | 퓰리처상 수상작

184 도둑 일기 주네·박형섭 옮김

185 나자 브르통·오생근 옮김

186·187 캐치-22 헬러·안정효 옮김 《타임》 선정 현대 100대 영문소설

188 솔로호프 단편선 솔로호프·이항재 옮김 노벨 문학상 수상 작가

189 말 사르트르·정명환 옮김

190·191 보이지 않는 인간 엘리슨·조영환 옮김 《타임》 선정 현대 100대 영문소설

192 왑샷 가문 연대기 치버·김승욱 옮김 퓰리처상 수상 작가

193 왑샷 가문 몰락기 치버·김승욱 옮김 퓰리처상 수상 작가

194 필립과 다른 사람들 노터봄·지명숙 옮김

195·196 하드리아누스 황제의 회상록 유르스나르·곽광수 옮김

197·198 소피의 선택 스타이런·한정아 옮김 퓰리처상 수상 작가

199 피츠제럴드 단편선 2 피츠제럴드·한은경 옮김

200 홍길동전 허균·김탁환 옮김

201 요술 부지깽이 쿠버·양윤희 옮김

202 북호텔 다비 · 원윤수 옮김

203 톰 소여의 모험 트웨인 · 김욱동 옮김

204 금오신화 김시습 · 이지하 옮김

205·206 테스 하디 · 정종화 옮김 미국대학위원회 선정 SAT 추천도서 | BBC 선정 꼭 읽어야 할 책

207 브루스터플레이스의 여자들 네일러 · 이소영 옮김

208 더 이상 평안은 없다 아체베 · 이소영 옮김

209 그레인지 코플랜드의 세 번째 인생 워커 · 김시현 옮김 퓰리처상 수상 작가

210 어느 시골 신부의 일기 베르나노스 · 정영란 옮김

211 타라스 불바 고골 · 조주관 옮김

212·213 위대한 유산 디킨스 · 이인규 옮김 서울대 권장도서 100선 | BBC 선정 꼭 읽어야 할 책

214 면도날 서머싯 몸 · 안진환 옮김

215·216 성채 크로닌 · 이은정 옮김

217 오이디푸스 왕 소포클레스 · 강대진 옮김 서울대 권장도서 100선

218 세일즈맨의 죽음 밀러 · 강유나 옮김

219·220·221 안나 카레니나 톨스토이 · 연진희 옮김 서울대 권장도서 100선

222 오스카 와일드 작품선 와일드 · 정영목 옮김

223 벨아미 모파상 · 송덕호 옮김

224 파스쿠알 두아르테 가족 호세 셀라 · 정동섭 옮김 노벨 문학상 수상 작가

225 시칠리아에서의 대화 비토리니 · 김운찬 옮김

226·227 길 위에서 케루악 · 이만식 옮김 《타임》 선정 현대 100대 영문소설 | 《뉴스위크》 선정 100대 명저

228 우리 시대의 영웅 레르몬토프 · 오정미 옮김

229 아우라 푸엔테스 · 송상기 옮김

230 클링조어의 마지막 여름 헤세 · 황승환 옮김 노벨 문학상 수상 작가

231 리스본의 겨울 무뇨스 몰리나 · 나송주 옮김

232 뻐꾸기 둥지 위로 날아간 새 키지 · 정회성 옮김 《타임》 선정 현대 100대 영문소설

233 페널티킥 앞에 선 골키퍼의 불안 한트케 · 윤용호 옮김 노벨 문학상 수상 작가

234 참을 수 없는 존재의 가벼움 쿤데라 · 이재룡 옮김

235·236 바다여, 바다여 머독 · 최옥영 옮김

237 한 줌의 먼지 에벌린 워 · 안진환 옮김 《타임》 선정 현대 100대 영문소설

238 뜨거운 양철 지붕 위의 고양이 · 유리 동물원 윌리엄스 · 김소임 옮김 퓰리처상 수상작

239 지하로부터의 수기 도스토옙스키 · 김연경 옮김

240 키메라 바스 · 이운경 옮김

241 반쪼가리 자작 칼비노 · 이현경 옮김

242 벌집 호세 셀라 · 남진희 옮김 노벨 문학상 수상 작가

243 불멸 쿤데라 · 김병욱 옮김

244·245 파우스트 박사 토마스 만 · 임홍배, 박병덕 옮김 노벨 문학상 수상 작가

246 사랑할 때와 죽을 때 레마르크 · 장희창 옮김

247 누가 버지니아 울프를 두려워하랴? 올비 · 강유나 옮김

248 인형의 집 입센 · 안미란 옮김

249 위폐범들 지드 · 원윤수 옮김 노벨 문학상 수상 작가

250 무정 이광수 · 정영훈 책임 편집 서울대 권장도서 100선

251·252 의지와 운명 푸엔테스 · 김현철 옮김

253 폭력적인 삶 파솔리니·이승수 옮김

254 거장과 마르가리타 불가코프·정보라 옮김

255·256 경이로운 도시 멘도사·김현철 옮김

257 야콥을 둘러싼 추측들 욘존·손대영 옮김

258 왕자와 거지 트웨인·김욱동 옮김

259 존재하지 않는 기사 칼비노·이현경 옮김

260·261 눈먼 암살자 애트우드·차은정 옮김 《타임》 선정 현대 100대 영문소설

262 베니스의 상인 셰익스피어·최종철 옮김

263 말리나 바흐만·남정애 옮김

264 사볼타 사건의 진실 멘도사·권미선 옮김

265 뒤렌마트 희곡선 뒤렌마트·김혜숙 옮김

266 이방인 카뮈·김화영 옮김 노벨 문학상 수상 작가 | 미국대학위원회 선정 SAT 추천도서

267 페스트 카뮈·김화영 옮김 노벨 문학상 수상 작가 | 국립중앙도서관 선정 청소년 권장도서

268 검은 튤립 뒤마·송진석 옮김

269·270 베를린 알렉산더 광장 되블린·김재혁 옮김

271 하얀 성 파묵·이난아 옮김 노벨 문학상 수상 작가

272 푸슈킨 선집 푸슈킨·최선 옮김

273·274 유리알 유희 헤세·이영임 옮김 노벨 문학상 수상 작가

275 픽션들 보르헤스·송병선 옮김 서울대 권장도서 100선

276 신의 화살 아체베·이소영 옮김

277 빌헬름 텔·간계와 사랑 실러·홍성광 옮김

278 노인과 바다 헤밍웨이·김욱동 옮김 노벨 문학상 수상 작가 | 퓰리처상 수상작

279 무기여 잘 있어라 헤밍웨이·김욱동 옮김 미국대학위원회 선정 SAT 추천도서

280 태양은 다시 떠오른다 헤밍웨이·김욱동 옮김 《타임》 선정 현대 100대 영문 소설

281 알레프 보르헤스·송병선 옮김

282 일곱 박공의 집 호손·정소영 옮김

283 에마 오스틴·윤지관, 김영희 옮김

284·285 죄와 벌 도스토옙스키·김연경 옮김 미국대학위원회 선정 SAT 추천도서

286 시련 밀러·최영 옮김

287 모두가 나의 아들 밀러·최영 옮김

288·289 누구를 위하여 종은 울리나 헤밍웨이·김욱동 옮김 노벨 문학상 수상 작가

290 구르브 연락 없다 멘도사·정창 옮김

291·292·293 데카메론 보카치오·박상진 옮김

294 나누어진 하늘 볼프·전영애 옮김

295·296 제브데트 씨와 아들들 파묵·이난아 옮김 노벨 문학상 수상 작가

297·298 여인의 초상 제임스·최경도 옮김 미국대학위원회 선정 SAT 추천도서

299 압살롬, 압살롬! 포크너·이태동 옮김 노벨 문학상 수상 작가

300 이상 소설 전집 이상·권영민 책임 편집

301·302·303·304·305 레 미제라블 위고·정기수 옮김

306 관객모독 한트케·윤용호 옮김 노벨 문학상 수상 작가

307 더블린 사람들 조이스·이종일 옮김

308 에드거 앨런 포 단편선 앨런 포·전승희 옮김 미국대학위원회 선정 SAT 추천도서

309 보이체크·당통의 죽음 뷔히너·홍성광 옮김

310 노르웨이의 숲 무라카미 하루키·양억관 옮김

311 운명론자 자크와 그의 주인 디드로·김희영 옮김

312·313 헤밍웨이 단편선 헤밍웨이·김욱동 옮김 노벨 문학상 수상 작가

314 피라미드 골딩·안지현 옮김 노벨 문학상 수상 작가

315 닫힌 방·악마와 선한 신 사르트르·지영래 옮김

316 등대로 울프·이미애 옮김 《타임》 선정 현대 100대 영문소설 | 《뉴스위크》 선정 100대 명저

317·318 한국 희곡선 송영 외·양승국 엮음

319 여자의 일생 모파상·이동렬 옮김

320 의식 노터봄·김영중 옮김

321 육체의 악마 라디게·원윤수 옮김

322·323 감정 교육 플로베르·지영화 옮김

324 불타는 평원 룰포·정창 옮김

325 위대한 몬느 알랭푸르니에·박영근 옮김

326 라쇼몬 아쿠타가와 류노스케·서은혜 옮김

327 반바지 당나귀 보스코·정영란 옮김

328 정복자들 말로·최윤주 옮김

329·330 우리 동네 아이들 마흐푸즈·배혜경 옮김 노벨 문학상 수상 작가

331·332 개선문 레마르크·장희창 옮김

333 사바나의 개미 언덕 아체베·이소영 옮김

334 게걸음으로 그라스·장희창 옮김 노벨 문학상 수상 작가

335 코스모스 곰브로비치·최성은 옮김

336 좁은 문·전원교향곡·배덕자 지드·동성식 옮김 노벨 문학상 수상 작가

337·338 암 병동 솔제니친·이영의 옮김 노벨 문학상 수상 작가

339 피의 꽃잎들 응구기 와 시옹오·왕은철 옮김

340 운명 케르테스·유진일 옮김 노벨 문학상 수상 작가

341·342 벌거벗은 자와 죽은 자 메일러·이운경 옮김 퓰리처상 수상 작가

343 시지프 신화 카뮈·김화영 옮김 노벨 문학상 수상 작가

344 뇌우 차오위·오수경 옮김

345 모옌 중단편선 모옌·심규호, 유소영 옮김 노벨 문학상 수상 작가

346 일야서 한사오궁·심규호, 유소영 옮김

347 상속자들 골딩·안지현 옮김 노벨 문학상 수상 작가

348 설득 오스틴·전승희 옮김

349 히로시마 내 사랑 뒤라스·방미경 옮김

350 오 헨리 단편선 오 헨리·김희용 옮김

351·352 올리버 트위스트 디킨스·이인규 옮김

353·354·355·356 전쟁과 평화 톨스토이·연진희 옮김

357 다시 찾은 브라이즈헤드 에벌린 워·백지민 옮김

358 아무도 대령에게 편지하지 않다 마르케스·송병선 옮김

359 사양 다자이 오사무·유숙자 옮김

360 좌절 케르테스·한경민 옮김 노벨 문학상 수상 작가

361·362 닥터 지바고 파스테르나크·김연경 옮김 노벨 문학상 수상 작가

363 노생거 사원 오스틴 · 윤지관 옮김

364 개구리 모옌 · 심규호, 유소영 옮김 노벨 문학상 수상 작가

365 마왕 투르니에 · 이원복 옮김 공쿠르상 수상 작가

366 맨스필드 파크 오스틴 · 김영희 옮김

367 이선 프롬 이디스 워튼 · 김욱동 옮김 퓰리처상 수상 작가

368 여름 이디스 워튼 · 김욱동 옮김 퓰리처상 수상 작가

369·370·371 나는 고백한다 자우메 카브레 · 권가람 옮김

372·373·374 태엽 감는 새 연대기 무라카미 하루키 · 김연경 옮김

375·376 대사들 제임스 · 정소영 옮김

377 족장의 가을 마르케스 · 송병선 옮김 노벨 문학상 수상 작가

378 핏빛 자오선 매카시 · 김시현 옮김

379 모두 다 예쁜 말들 매카시 · 김시현 옮김

380 국경을 넘어 매카시 · 김시현 옮김

381 평원의 도시들 매카시 · 김시현 옮김

382 만년 다자이 오사무 · 유숙자 옮김

383 반항하는 인간 카뮈 · 김화영 옮김 노벨 문학상 수상 작가

384·385·386 악령 도스토옙스키 · 김연경 옮김

387 태평양을 막는 제방 뒤라스 · 윤진 옮김

388 남아 있는 나날 가즈오 이시구로 · 송은경 옮김

389 앙리 브륄라르의 생애 스탕달 · 원윤수 옮김

390 찻집 라오서 · 오수경 옮김

391 태어나지 않은 아이를 위한 기도 케르테스 · 이상동 옮김 노벨 문학상 수상 작가

392·393 서머싯 몸 단편선 서머싯 몸 · 황소연 옮김

394 케이크와 맥주 서머싯 몸 · 황소연 옮김

395 월든 소로 · 정회성 옮김

396 모래 사나이 E. T. A. 호프만 · 신동화 옮김

397·398 검은 책 오르한 파묵 · 이난아 옮김 노벨 문학상 수상 작가

399 방랑자들 올가 토카르추크 · 최성은 옮김 노벨 문학상 수상 작가

400 시여, 침을 뱉어라 김수영 · 이영준 엮음

401·402 환락의 집 이디스 워튼 · 전승희 옮김

403 달려라 메로스 다자이 오사무 · 유숙자 옮김

404 아버지와 자식 투르게네프 · 연진희 옮김

405 청부 살인자의 성모 바예호 · 송병선 옮김

406 세피아빛 초상 아옌데 · 조영실 옮김

407·408·409·410 사기 열전 사마천 · 김원중 옮김 서울대 권장도서 100선

411 이상 시 전집 이상 · 권영민 책임 편집

412 어둠 속의 사건 발자크 · 이동렬 옮김

413 태평천하 채만식 · 권영민 책임 편집

414·415 노스트로모 콘래드 · 이미애 옮김

416·417 제르미날 졸라 · 강충권 옮김

418 명인 가와바타 야스나리 · 유숙자 옮김 노벨 문학상 수상 작가

419 핀처 마틴 골딩 · 백지민 옮김 노벨 문학상 수상 작가

420 사라진 · 샤베르 대령 발자크 · 선영아 옮김

세계문학전집은 계속 간행됩니다.